张炜文存
插图珍藏版 9 短篇小说

草楼铺之歌

山东教育出版社
SHANDONG EDUCATION PRESS

前 言

从二十世纪七十年代尝试写作到今天，张炜创作发表了大约一千五百万字的作品，这还不包括他亲手毁掉的约四百万字的少作。就体量而言，现当代的严肃作家几乎无人可出其右者。这些文字至广大而尽精微，有宏阔的视野和抱负，也有对人性与存在最幽微处的洞察和发掘。张炜不但代表齐鲁文学的高度，也一直屹立在中国文学的高原。鉴于此，我们请张炜先生编选了这套颇能代表其个人创作实绩的文丛，也希望它能成为引领读者深入张炜丰茂的文学世界的一个精要读本。

阅读张炜，并不是一件轻松的事情。

四十余年来，张炜切实参与了新时期文学的进程，且在每个时段均留下具有范本意义的作品，如《古船》《九月寓言》《你在高原》《融入野地》等代表作无一不被允为中国当代文学的经典。有意味的是，除了在二十世纪九十年代前期以忧愤的态度参与过人文主义精神的讨论，在更多的时间里，他与所谓的文学热点和流行话题自觉保持着距离，他的创作也很难被妥帖地归类到某一文学思潮和概念之下。比如，在一些文学史中，《古船》是反思文学的集大成之作，在另一些文学史中，它是改革文学的扛鼎之作，还有一些文学史则将其放入寻根文学的专章中讨论。事实上，张炜对庞大之物近乎偏执的关怀，他那些让人战栗的道德诘问，他交织着时代的迫力、灵魂创伤与人类苦难的文字所彰显出来的写作的德性和思想性都决定了他不会是一个文坛的"弄潮儿"，恰恰相反，他常常是潮流化写作的反动者。可是，当我们以文学史的眼光回头打量他所置身的文学时代，又会讶异地发现，原来有那么多重要的文学话题，张炜在它们成为热点之前便已做出实践或洞见。比如，批评界一度称许新历史主义写作，尤其推重以个人史、家族史取代阶级史和革命史的写作范式，在批评家们罗列出一通九十年代的重要文本之后，蓦地发现发表于一九八六年的《古船》已经几乎包孕了这个写作范式所有可能的向度，并且以家族史和阶级史并举的方式避免了新历史主义容易滋生的意义偏失。又如，近年来批评界强调发掘中国本土的叙事资源，激活汉语传统美学的意义，而多年来张炜持续与古老而灵性不散的齐文化和更古老的神话传统对话，他在演讲中说过："怪力乱神基本上是文学的巨资。"他在《〈楚辞〉笔记》《也说李白与杜甫》等诠解古代经典的散文中所表现出与前贤思接千载的会心以及借此获得的启悟，在《外省书》中对史传记人方式的创造性化用，也显见他对本土文学传统的倚重。再如，新世纪的底层文学蔚为壮观，欲迷人眼，当批评界顺着"底层"的概念前溯时，即会注意到张炜很早之前即有这样的提醒："一个作家心灵的指针要永远指向生活在最底层的人们。"甚至有时，张炜会因创作上的前瞻意识让他的作品陈义过高而逾越出时代的理解和逻辑框架，导致外界严重的错位式的误读，如对其"道德理想主义"的标签化概括，以及连带的反现代性的保守立场的质疑等，在我看来，即属此例。

  关注张炜的人都知道，《九月寓言》发表后，他一直承受着来自标榜启蒙现代性立场人士的非议，认为他的作品存在着一个善恶、正邪、大地伦理与现代文明的二元结构，并以对后者的弃绝将自己变成一个与潮流逆势的具有强烈乌托邦气质的不合时宜者。张炜对此决不妥协，他把道德力量视作一个写作者才华和人格构建的关键部分，依旧以近于独战的姿态横对失范的科技理性和物质欲望。阅读张炜的这些文字，常常让人想到二十世纪思想史和文学史上被划归到文化保守主义阵营的那些名字，学衡派、新儒家、杜亚泉、梁漱溟、梁实秋……他们在历史潮汐的进退中也一度被时人视为逆流而生的卫道士，是螳臂当车的文化反动势力，但当后来的人们跳出时代的烟云却发现，他们的探求和思索与西方近现代以来尤其是启蒙迷思被世界大战轰毁之后兴起的新人文主义思潮遥相呼应，他们代表的是对人类中心主义和工具理性万能论进行自我反省与批判的另一现代性路径，是参与现代性对话的建设性思维，也是与主导性的历史行为和历史观念相对峙的必不可少的制衡力量。当代西方最重要的伦理学家麦金太尔在他的《德性之后》中曾提出一个重要的问题：谁来为失去形而上学品质的现代人的精神立法，或者说，在德性被放逐的时代还有没有对个人而言的至善的目标？他如此质问道："道德行为者从传统道德的外在权威中解放出来的代价是，新的自律行为者可以不受外在神的律法、自然目的论或等级制度的权威的约束来表达自己的主张，但问题在于，其他人为什么应该听从他的意见呢？"他认为当代人深陷一种"情感主义"的道德迷思中，走出这种迷思的根本在于为当代人重建德性，而"德性必定被理解为这样的品质：将不仅维持使我们获得实践的内在利益，而且也将使我们能够克服我们所遭遇的伤害、危险、诱惑和涣散，从而在对相关类型的善的追求上支撑我们，并且还将把不断增长的自我认识和对善的认识充实我们。"我们以为，张炜的"道德理想主义"也应在此意义上理解。他捍卫君子固穷的价值观、严守义利有别的守成文化立场其实是对上述现代人文主义思路的自觉传承，其间固然有接续"斯文"、承袭道统的传统天命意识，亦有在终极关怀的层面重建现代人的意义世界的激进实践意图。他坚守民间的姿态也绝非像某些批判者说的那样是蹈入了老旧道德的泥淖，这些批判者被时代困陷的局限让他们忽略或者说失察了张炜站在全人类立场的超越意识和存在意识。而且，张炜这一信念几乎在他写作之初就建立起来，它当然经过一个不断磨砺和成熟的过程，但并不像一些批评者描述的那样存在着一个从八十年代张炜到九十年代张炜的急遽转型。我们分明可以在老得、隋抱朴和宁伽之间看到一条贯通的精神的丝缕。我们也不应忘记，《你在高原》的写作所经历了漫长的二十二年，没有持之以恒的心力和不为世移的信念，这样一部描写五十年代生人意志、情感和命运的百科全书式的大书不会完成。

  明乎此，我们也就不难理解为什么张炜的写作不能被简约地归类了，他的写作对应的并非时代，而是时间。他不存在趋时的问题，自然也就无法被时代利诱或者绑架；他能预知文学的热点，只是因为他内心有对文学恒常价值笃定的判断。也因此，我们以为，出于表达的权宜，人们可以用一些约定俗成的语汇来评价张炜其人其文，但必须警惕这些语汇对其文学世界丰富性的缩减。比如我们一再提到的"民间"。因为参照物的不同，"民间"至少有两重意涵，它既可以指与庙堂相对的知识分子的价值寄居地，亦可指与精英文化相对的大众化的文化生成空间。张炜的民间立场中和了这两种意义的理解，同时又对二者抱有清醒的审视。四十余年中，他像一个真正的地质工作者一样不断漫游在以其故地为中心辐射开的莽野林间，并反复倾诉这种"在民间"的行旅之于写作的滋养，因为这种跋涉不但是对民间的亲历和发掘，还构成与庙堂那种案牍之劳的有效区隔，是逃逸体制化和职业化写作伤害的最有效的方式，漫游让他的写作与那些想象民间的写作之间划开了一道鸿沟。与此同时，他赞美民间的苍茫与混沌，颂扬民间热辣活泼的不驯顺的生命热力，但并不以为这是可以豁免民间藏污纳垢的理由，事实上他也从未搁置对民间之恶的揭示和批判——把张炜的民间简略成浪漫的乡愁或野地的生趣显然是失当的。

同样，我们也应当小心在时下生态写作的浪潮里，对张炜写作呈现出的生态伦理观念的简单追认。的确，他二十年前在《寻找野地》等作品中对大地之灵踪的追觅放之今日依旧是不可掩其光彩的，而他笔下还有那么多多姿多彩、栩栩如生的动物形象，有那么多对自然魅性的倾心书写，但仅以生态立场来解读他的这些作品是远远不够的。他写有情的生灵万物，写悲悯的山河大地，会让人想起《猎人笔记》《鱼王》《白鲸》《草原》《白轮船》，也会让人想起楚辞和诗经里那些精魂不散的草木花树，他以对自然的敬畏尝试建立连接"宇宙的神性"的可能。而且他并没有像很多生态写作者习惯的那样，因为要质疑人类中心主义的僭妄，便把人排除在自然万有之外，在他笔下，我们总能找到一个辽远的人，一个因为自然而获得性灵延展的人，用里尔克的话说，这是一个

"沉潜在万物的伟大的静息中"的人,他"不再是在他的同类中保持平衡的伙伴,也不再是那样的人,为了他而有晨昏和远近。他有如一个物置身于万物之中,无限地单独,一切物与人的结合都退至共同的深处,那里浸润着一切生长者的根"。某种意义上说,张炜文学世界的开阔和深邃来源于他对自然理解的开阔和深邃,来自于他作为野地之子深扎在大地中的根须。

阅读张炜的难度即在于习惯妥协和随顺的我们与一颗灼热的、忧虑的、高远的心灵对话的难度。"伟大的心魂有如崇山峻岭,风雨吹荡它,云翳包围它,但人们在那里呼吸时,比别处更自由更有力。……我不说普通的人类都能在高峰上生存。但一年一度他们应上去顶礼。在那里,他们可以变换一下肺中的呼吸,与脉管中的血流。在那里,他们将感到更迫近永恒。以后,他们再回到人生的广原,心中充满了日常战斗的勇气。"这是罗曼·罗兰在《米开朗琪罗传》的结尾部分谈到的,阅读张炜,我们会有庶几近似的感受。

本卷导读

本卷收入了张炜各个时期的短篇小说代表作。

从创作起步一直到一九九〇年代,中短篇写作一度是张炜写作的重心,如他创作于一九八〇年代初的《声音》和《一潭清水》先后获得"全国优秀短篇小说奖",也初步奠定了他在文坛的声誉。

他的短篇小说大多围绕着"芦青河"和"海边"展开,芦青河依偎的南山,海边的玉米地、烟草地、瓜园和果园是最常出现的场景。语言上不避口语方音,有草木的清香,又不脱文人的基调。风格上或清灵流利,如《看野枣》《声音》;或苍凉悠远,如《怀念黑潭中的黑鱼》《三想》;或孤愤悲怆,如《致不孝之子》《梦中苦辩》,无一例外都回荡着一个敬畏生命、感恩大地的游荡者聆听自然、对话人性的心音。少男少女和老人是他短篇小说中写得最多的两类人。

他笔下野地里的少年往往对爱情有着朦胧又真切的渴望,如《声音》中的二兰子和小罗锅,《天蓝色的木屐》中的小能和大榕,《红麻》中的皮妞和达光……在爱的憧憬和领受里,他们充分展示着腾跃奔放的生命热力,以及坚韧倔犟的人生态度,那种以青春和健康做底色的美与善的世界,那种丰富的存真都让人神往。

他所塑造的一系列老人形象,同样被爱和善意包裹着,此外,他们更有着被岁月锻造出的练达和人生智慧。如《海边的雪》中的老人金豹，当抢掠过他财物的小蜂兄弟在海上遇险，金豹先是一把火点燃自己的铺子为他指明方向，又冒着生命危险投身大海将小蜂救上岸来。又如《致不孝之子》中的老人，深深地为儿子的不义之举而痛心焦虑，并以责任、信仰、忠诚等的训诫彰显出父爱的深沉和人性的光辉。

一九八二年在龙口海边

一九八五年夏在龙口园艺场

目 录

1 前 言
7 本卷导读

1 钻玉米地
21 锈 刀
31 槐 岗
41 叶 春
51 铺 老
61 开 滩
71 造琴学琴
87 石 榴
95 玉 米
113 下雨下雪
129 善 良
145 看野枣
163 天蓝色的木屐
181 三大名旦

203	山楂林	605	鸽子的结局
221	拉拉谷	617	王　血
253	生长蘑菇的地方	631	蜂　巢
271	声　音	643	鱼的故事
289	夜　莺	653	怀念黑潭中的黑鱼
303	紫色眉豆花	663	割　烟
321	草楼铺之歌	673	致不孝之子
343	一潭清水		
361	挖　掘	685	附　录　农村社会变革的隐痛
377	海边的雪		——论张炜早期小说
401	黑鲨洋		
425	红　麻		
451	烟　叶		
459	剥　麻		
467	烟　斗		
475	采树鳔		
489	激　动		
509	三　想		
531	美妙雨夜		
549	梦中苦辩		
569	满地落叶		
587	冬　景		

钻玉米地

无边无际的大玉米地里有什么？肥壮的玉米棵遮天蔽日，一片连着一片。无数的刺猬、兔子、黄狼、草獾，还有狐狸，都从里面跑出来。各种鸟雀一群群钻进钻出，喧闹着。你站在玉米地边，可以听见十分古怪的声音，有咳，有笑，有呼呼的喘息。

该进玉米地里看看去，看看究竟有些什么？人的一辈子不钻到玉米地里去几次，那可太亏太亏了。钻玉米地啊！

我们钻进玉米地，就像刮了一阵风。呼啦啦，玉米棵儿一溜儿摇动，叶子乱舞，大玉米穗子乱悠晃。我们尽量不把玉米棵子碰折，而是侧着身子，沿地垄往里跑。跑得越深，天色越暗，大玉米地深处黑乎乎的，远离村庄和学校。地的当心是谁也不曾去过的一个世界呀，是冒险的人才会得到的一个好地方。

男的有两个人结伴就敢钻到地当心；女的要有一群才敢往深处钻。她们什么都怕，怕野物也怕人。如果有不认识的人从玉米棵里钻出一个头来，她们就吓得呀一声跑开了。玉米叶子扫在她们的脸上、手上，扫出了小小的血口子。尽管这样她们还是要来。因为这玉米地里有馋人的好东西。

如果趁月亮天里钻进去，那就更来劲了。月亮天玉米棵里奇怪极了，各种声音响个不停，从声音里你就可以明白，这里面的东西和故事多了。一个人只要有胆量，就能找到他需要的一切。你想想看，玉米地这么大，什么东西没有呢？

小村里的人聪明得很，他们守着庄稼地过了一辈子，可知道土地的脾性：能滋生各种东西，也能招引来各种东西，更能埋藏下各种东西。比如人吧，最后还不是要入土？所以你缺了什么不用愁，只管跟土地要去。

秋天到了，玉米棵子连成大海大林，这不是个好机会吗？

小孩子们嘴馋，嚷着要吃瓜。哪里有钱去买？自己去找吧！他们呼啦啦钻进玉米地里，伸手扒拉开玉米叶儿，小鼻子不停地吸气儿，专门冲着香气去。一大片土地上藏下的瓜儿可多极了，你得用心找才行。终于找着了，一个金黄金黄的小瓜，像大鸭蛋似的，香得都不好意思吃。还有黄瓜、西红柿，它们的气味都比菜园里的好。瓜儿偷偷生在暗处，找它们的人在明处；它们不吭声。可它们有气味——于是它们就设法儿掩盖自己的气味。你可以看见它们的旁边有一株野花，花朵放出刺鼻的怪味儿。这就是瓜儿的诡计。它设法让别的气味蒙骗人们。

小炕理进玉米地里找瓜。他很想找一个西瓜。西瓜不易找，因为西瓜没有什么气味，而且容易和青草长在一起，你看不见。玉米地里的各种花草很多，多得叫不上名字来。什么野菠菜、野蒜、酸菜、三棱草……谁也数不清。有时你看见一片黄花，有时你看见一片红花。

小炕理胆子很大，他敢于一个人钻进钻出。他在地里像个野猪一样，呼噜呼噜喘着拱着，不知寻到了多少好东西。他随身有个大口袋，吃不了的瓜就装进去。他找到的大南瓜有十几斤重，全家用它熬甜饭喝。他还找到了野葫芦，做了一个挺好的水瓢。

小炕理的奶奶喜欢养猫，可是那时候猫很缺，要弄一只猫可不容易。自从老猫没了以后，炕理奶奶就想它。老人爱猫就像爱孩子差不多，整天说："我的猫呀！我的猫呀！"炕理说："奶奶，我设法到玉米地里找一只去！"奶奶说："胡诌！地里什么都有呀？"小炕理就弄了一个暗扣绳下在地里，又设法把一只小麻雀放在机关上。

两天过去了，暗扣儿套住了其他野物，就是没有套住猫。

小炕理并不灰心，他坚持了十几天。有一天他正在地里打瞌睡，突然有喵喵的叫声，一声比一声凄厉。他一下跳了起来，跑近了一看，见套住了一只长爪儿黑白花小猫。小猫野性十足，一看就知道是在野地里生活久了的东西。它胡乱蹬人，咬人，大嘶大叫。小炕理不得不揍了它一顿，绑上，带回了家来。

开始几天不喂它，硬饿硬饿；后来眼看它饿得站不起来了，才由老奶奶喂一点点东西。但是始终都未敢松了绳子，一直捆在桌子腿上。小猫一直处在饥饿状态，也一直由奶奶喂它。到后来它终于死也不肯离开老人了，温顺得很，老人可以一天到晚抱着它。

它长得很快，一年多的时间，它像个小老虎一样。谁见了都夸这是一只好猫，是猫中之王。

这只猫捉鼠很多，还能捉到麻雀、乌鸦、喜鹊，甚至能捉到大鹰。这是一只攻无不克的猫。

可惜炕理奶奶死后第二年，这只猫误食了死鼠，被鼠肚里的毒药毒死了。

炕理的父亲是个勤劳的人，整天劳动，喂猪喂鸡喂鸭。可是家里很穷。一头猪喂肥了卖掉，还舍不得钱买小猪。

　　也许是炕理找猫的经历启发了他，他有一段时间整天想到玉米地里去。那里面肯定有，因为人们经常抱怨庄稼被猪拱坏了。看来没有主人的猪会有的，至于它们究竟来自哪里，谁也不想去问。田野这么辽阔，里面什么都会有，这本来就是不成问题的。不过弄猪要有耐心，不能太急。炕理爸起了心就收不住，没事就往地里跑。他准备了一个捕鸟网，如果发现有了目标，就会架了网，然后从一个方向轰赶。

　　猪毕竟是猪，并不那么容易得到。一个多月过去了，炕理爸仍未如愿。可是他非常注意地上的印痕，不止一次发现有被猪拱过的痕迹。有一天他在玉米地里听到了呼呼大喘，摸索着凑近了，真的看到了有一头油亮亮的小猪。多么好的小猪，小猪嘴儿也油黑发亮。他笑得脸上开了花，一时倒忘了怎么去逮它。他认为它差不多已经是自己的了。他这样想着往前摸爬了一段，眼看就要揪到那可爱的小猪腿了。他猛一伸手，小猪猛一下跑了，发出"咕咕咕"一溜惊喘，没了影子。

　　他的确感到了小猪的热乎乎的皮肤。可是这次机会就这样失去了。不过他心里更加坚定了，认定玉米地里可以捉到他所需要的东西哩！他更加起劲地到地里来，一早一晚，只要是不出工，总会钻进去，一边拔草，一边寻找。

　　大约又过去了十几天，他终于发现了它。

　　这一次他总结了教训，先张网，然后小心地移近，一切都做得没法再谨慎了。当然，最后他是捉到了。小猪没命地喊叫，他拍打它，亲它，说:"别哭了别哭了,有个家就比没有家强 —— 咱回家去哩!"他差不多是把小猪一口气抱回去的,并从此开始了精心喂养。

这只野地里捉来的小猪长得很好。由于它的身架儿毛色及各方面都让人满意,所以最后没有舍得阉成肥猪,而是喂成了一头不错的种猪。

土成是个懒汉,没有媳妇。他熬到了三十多岁,还是没有。土成焦急得很,动不动就发火,有时连村里的领导也骂。他脸色发黄,不愿洗澡,身上灰尘很多。这样越发没有姑娘跟他了,连跟他说话的都不多。土成说:"一个一个都长得有限。"那意思是他还看不上她们呢。大家都说土成的事要看麻烦。

他自己不往好的地方发展,而是顺着劲儿走下坡路,做了一些不太光彩的事。比如说他常趴在别人家的后窗看一会儿;还偷过鸡。总之他的名声越来越坏。他刚刚三十来岁,就学习老年人的样子,装成有气无力的模样,还故意不系腰带,而是在裤腰那儿挽个疙瘩。

一个青年丢失了青春的气息,也就根本不可爱了。看来他也不准备再娶媳妇了。因为他甚至发展到这样的程度:一连几天不洗脸。他脸上的黑灰十分明显,鼻子两侧已经有硬币那么厚。平常他的生活很单调,除了下地干点活,再就是随便躺一会儿。走到哪儿躺哪儿,街头巷尾,树底下,草垛跟。他躺下就不愿意动,也不睡,只是打瞌睡,眯着眼想事。他想了些什么谁也不知道。开始有人以为他长了什么病,后来也就习惯了。

土成的个子很高,身材比较细,比较柔软,像是个没有骨头的人。他什么都吃,不讲卫生,有时吃得肚子滚圆,有时饿得直不起腰。他偷了好吃的东西,拢把草就烧起来。有时候他一个人坐在大树底下,坐着坐着就哎哟起来，像肚子疼似的。"你肚子疼吗？"有人这样问他。他谁也不理，只是哎哟，发出一连串奇怪的声音。他那时的眼睛眯着，有时突然睁大了，里面有一汪泪。

后来有人明白了，说土成伤心。

土成说谁家姑娘如果给他当媳妇，他抱着就跑。往哪儿跑？往家跑。他说不让她干活，只让她吃好的，喂她白面馒头和咸鱼什么的。大伙都说土成原来是个好人。

虽然这样说，他还是一个人过日子。

也不知从什么时候开始，他常常去玉米地里了。有时一整天在里面瞎窜，误了出工干活。他打个什么谱，慢慢大家都明白了。他是想在里面找个媳妇也说不定呢。不过媳妇毕竟不是西瓜蘑菇之类，也不是一般的野物，要找到不易啊！

当然，姑娘们有不少进玉米地的，她们进去摘野果啦，拔野菜啦，玩啦，解溲啦。不过她们可不会找土成。她们一般都不喜欢他。她们只有一点坚信不移：土成还算老实，不会对她们动手动脚。

土成趴在玉米地最深处，一躺就是一天。饿了，他扒开玉米皮，啃一个嫩玉米穗子；真的困了，就睡一会儿。刺猬、黄鼠狼都不太怕他，有时就从他身边走过。他还伸手捏过它们的小脚丫。

一个秋天快要过去的时候，土成创造了个奇迹。

那是一个黄昏，他走出了玉米地，后面还跟着一个头发黄黄、瘦瘦薄薄的姑娘。姑娘除了两眼有光，周身都是暗淡的。她大约有十八九岁，步子很小，像是害怕什么。问她多大了？她说二十五了。看来她发育不好，看上去还不够成熟。土成找到村里领导，问跟她成家行不行？领导说当然行了。

原来姑娘是南方穷地方下来的，秋天里窜在庄稼地里，走哪儿算哪儿。她有一天在玉米地里，见一条长虫爬近了睡着的土成，就替他赶开。他醒了，正做梦，一睁眼就把她抱住了。土成那会儿不像个安分人，他们打打闹闹就熟了。不过姑娘第一天并未跟他走出来，而是一个人留在地里过夜。土成回了家，半夜睡不着，就揣了几个玉米饼，抱着席子被子钻进玉米地里。地里有月光儿，他找到了她，把东西放下，说了三五句话，就回来了。

土成那些日子差不多都是在玉米地里。那里面藏下了她这个人，谁也不知道。一连多少天过去了，他终于把姑娘领回家了。

后来那个黄瘦姑娘渐渐胖了，像模像样了，还生了两个小孩儿。土成也讲究起来，不仅按时洗脸，过节时还要穿袜子，冬天戴护耳套。

锅头老叔的儿子比土成还要大五六岁，难坏了老叔。他名字叫"小就"，长了副很奇怪的样子，主要是粗矮异常，不过身体十分强壮。他口吃，但是憨厚，最爱帮大娘大婶干活儿。她们走在路上，扛着东西，只要小就看见了，一定要替下她们来。"小就娶不上媳妇，冤！"她们都这么说。可是她们谁也不把自己的女儿嫁过去。锅头老叔有时很粗野地骂她们，街上的小孩子渐渐也学会了这么骂。老叔带坏了村风。

土成的婚事大大启发了锅头老叔。他催促儿子，说连土成都不如，那可就白活了。儿子不愿到玉米地里去，再三劝导才跑进去了几次，可是并不深入。老叔说："你得往深里走，见了女的多说话，一遭不行两遭！"

小就几乎没有机会同姑娘们说话。姑娘们在玉米地里见了他，老远就跑。因为都知道他在这儿干什么，人们害怕。其实小就是个老实人，在玉米地里主要是拔草，拔了一大捆又一大捆。

仅有的一次说话，是同一个采野菜的老太婆。老太婆坐在玉米棵下，数叨了半天她男人在世时的"好处"，一把鼻涕一把眼泪，小就不由得跟上哭起来。后来老太婆拍拍身上的土末子走了，又剩下了他一个人。

锅头老叔带上一口袋上好的烟末去了玉米地。他慢慢地吸烟，捎带做点活计，安心地等待机会。他要亲手给儿子找个媳妇。他不信没有机会。

玉米地里好热闹啊，有时真有不少姑娘钻进来呢。不过她们大半是年纪轻轻的本村人，主动过来逗锅头老叔。老叔说："你们懂什么才是好？"她们都说："俺不懂。"老叔又说："矮壮矮壮，不矮能壮？庄稼日子讲个身子结实，又不是天天板着脸看。"姑娘们哈哈大笑，拍着手，跺着脚，呼啦呼啦跑出了玉米地。

庄稼快熟了的时候，有外地人顺着大路流过来。他们都是些吃百家饭的人，夜间就在沟渠里、庄稼地里过夜。其中有男有女，有老有少，都是些吃了上顿不愁下顿、到了秋天高兴得直打滚的人。

老叔就想打他们的主意。他对他们当中的女人们说："人这一辈子，走到哪里才是一站？不如见好就收，找个窝儿趴下。"女人说："瞧你老人家说的，谁家没有个人等着？俺人穷志不短哪！"老叔无话可说了。有的女人还没有男人，不过她们也不愿留下，只说："俺不服水土，胸口憋得慌！"

一个秋天过去了，锅头老叔没有留下一个女人。不过他仍不灰心。

他知道这是一生一世的大事情，哪能那么简单？

第二年秋天又来了，玉米一节一节往上蹿。"快长快长，疯长吧！"老叔在心里喊着。玉米林子形成的时候，老人又在地里来来去去了。他想大闺女家一个人钻到玉米地里，大半都是些有心事的人，也是些泼辣人。再也没有比到玉米地里找媳妇更聪明的办法了。他想到这些，愈发佩服光棍汉土成。

深秋到了。那些外地人又来了。这一年上，锅头老叔一口气抱住了好几个偷玉米的外地女人。她们都不在乎，还嘻嘻笑。老叔说："吃人的嘴短，拿人的手短。想不想留下来过日子？"女人说不中不中。她们当中有人愿意留下来过上一个冬天，可一直留下来，那可不行。

住一个冬天，那也不错啊！那就是说，儿子可以在一个冬天里有他的媳妇了！老叔于是赶紧把那个女人领回了家去。

小就见了领回的女人就跑，老叔喝了两声没喝住，就抄起了一根扁担。儿子这才站住。他把儿子和女人关到了一个屋里，当时村里没有一个人知道。

十天半月过去了，那个女人又白又胖，眼神里全是光亮，说这里人到底比那里人好一些，吃得也实在。冬天过得真快啊，一晃天要暖了。小就夜里搂着媳妇哭，说活活分离啊，还不如死了好。老叔商量女人说："续下去中不？"女人想了想说："不中。"

不过她要再多住些日子。她说要报答报答这个人家。

这一住又住了一个月。女人忽然在一天早晨蹦到院子里，大骂了一句粗话，高喊："我不走了！"

一家子搂着笑了好久，小就真的有了长久的媳妇了。小就说："俺要不好好过日子，让俺死。"

后来小就的媳妇生了两个儿子，又勤俭又孝顺，待男人好，待公爹也好。她在锅头老叔最后那几年里，还亲手为他洗澡、翻身、挠痒痒。

小村里的年轻人个个都能闹腾。他们吃饱了饭，干活时又花不尽力气，就想打一架。不过大家都知道打架是怎么一回事，很少一口气把别人打坏。打架打得恰到好处，一个一个脸上通红，喘呼呼的，身上一层小汗珠儿，这就算不错了。

大白天打架不太好，因为在街道上、巷子里，什么都看得清清楚楚，不像那么回事。最好是在晚上，更好是再有点月亮。大伙儿分成一帮一帮，呼喊着，揪住一个对头狠狠揍。这叫打群架。有时候一场大架打到天亮，打得满头是灰、是抓挠的印痕。这样的打法最让上年纪的人愤恨。他们说："吵得人睡不沉！"他们希望年轻人留住力气干活。

姑娘们也参与了打架，她们与小伙子摔跤，一下一下让小伙子摔倒，高兴得哈哈笑。"哎呀你这个驴玩意儿，真有劲儿，真有劲儿！"她们力图将男的摔倒，有时也真能摔倒。小伙子压住了姑娘，呼天喊地大叫，说再敢不敢了？姑娘们大声嚷："不敢了不敢了！"

一帮一帮人在街上跑来跑去，狗汪汪大叫。老人们在窗子前面大骂，骂得越来越难听。

年轻人跑着，追着，一头钻进了大玉米地里。这下子好了，谁也管不着了。他们小心地侧着身子在地垄里跑，唯恐碰坏了庄稼。这时候主要是藏，是找，是一下子把对方扑倒。对方为了不压坏玉米，也倒得利索。

他们哈哈大笑,在玉米地里蹿来蹿去。一地的野物都给惊起来了,它们尖声大叫,有的一蹦老高,有的飞到了天上。大鸟本来在玉米棵里睡得很美,突然被惊动了就有些火,它一下一下啄人的头发。狗最后也跟来了,它们首先在玉米地垄间追赶野物,来来往往十分繁忙。主人吹一声口哨,它们就回到各自主人身边。主人跟别人动手,它就帮主人撕扯别人的裤子,有时一口气把对方的裤子扯下来。

如果这种打架一直局限在本村的范围内就好了!可惜在玉米地里常常遇见跑出来的外村青年。由于彼此陌生,往往就不太友好,一旦吵起来,就成了一村对另一村。他们打得认真又专注,下手也厉害。有时一夜就能打伤几个人。有时这一夜吃了亏,下一夜就要设法补回来。大伙儿从四面包抄过去,一点一点围,尽量把对方困在玉米地中央——只等一声呼喊,大伙儿一齐蹿起。

尽管这样的打斗太冒险了,但打得还是很来劲儿。没有人害怕,没有人躲闪。到了晚上,领头的一点名,一个一个应声。如果谁不出来,领头的和大伙儿一块骂他。人齐了,就往玉米地里跑。那里又宽大又看不透,又有人又有野物,打起仗来可有意思了!

到了收玉米时,只要有碰折倒地的玉米秸子,人们就说:"打夜仗的碰的!"

姑娘们性格不同。有的什么也不怕,即便跟外村人打架也敢跟上;有的只能与本村青年一块儿打闹。不过她们一般都听小伙子的。她们一般都在暗暗保护一个人;也有的要保护两三个人:一个喜欢的小伙子,另外就是哥哥和弟弟。她们衣兜里装了好吃的东西,比如枣子和苹果、桃子，还有巴掌大、指顶大的硬面饼。

玉米地里比赛说粗话最好玩。这种话平时谁也不说，因为年纪大的人听见了就呵斥，甚至抡起巴掌打人。他们都是在特定场合才说。特别是配合着打架说粗话，最有意思了。用粗话骂人，骂得再狠也不准恼。如果与外村人打架，打到一定的时候，就主要是说粗话比赛了。那些五花八门的粗话像排炮一样冲腾而出，把对方压得抬不起头来。有时一个响亮的大嗓门负责喊，一边就有几个人为他准备粗话，小声编出来。姑娘们也跟着编，她们编粗话编得热火朝天，已经忘记了害羞。

只有在平静的时候，姑娘们回忆起晚上说的话，才或多或少有点不好意思。"咱把他们骂成了什么？真解气！真解气！"她们往往这样说。

年轻人如果不时时找点仗打，就不太舒服，就要出别的毛病。打仗像抽烟，不抽不好，抽得太多了也不好。最好是抽抽歇歇，歇歇抽抽。如果没有玉米地遮着人眼，打仗就成了胡闹腾，就没有了偷偷摸摸的滋味儿。

一些村里人闲了没事，都愿意到玉米地里去。去干点什么——拔草寻瓜儿，或者是逮野物，只要手里有点活儿就行。玉米地里反而比街巷上、比家里热闹。庄稼人除了干活儿，一年到头有个什么光景看？电影一年里演不了几回，唱戏的差不多等于没有。大伙儿蹲在地里拉个呱儿，说点家长里短，消愁解闷儿，正经不错呢。有了心事，一个人愁也愁死，一伙儿说说，愁事就消了。如果遇上个对脾气的，两人面对面，四周没有人，说上一会儿，多么好！

七姑这个人热闹了一辈子，她一刻也寂寞不得。冬天里，闲人多，她上了谁家炕头,就说上一天热闹话。春天里老年人在街上晒太阳,她就伴他们晒,主要是寻个工夫说说话,扯些天南地北的事。她愿帮眼神昏花的老年人捉虱子,一口气能捉好几个人。她是老头老婆婆们的知心人。大伙儿都说:"没有七姑,这个小村就白瞎白瞎!"七姑人缘好,谁家有了红白喜事,都少不了她。特别是喜事,都要喊她来;如果不喊,她就自己来。她说自己就是愿意吃好饭,愿意看不足月的小孩儿笑和哭。

秋天里忙,人们都下地去了。七姑早就不出工了,她一个人在村里与老年人玩,久了也闷得慌。有一次她偶尔去玉米地找一种草药,遇上了几个年轻人蹲在里面,就一块儿蹲了一会儿。真热闹啊,年轻人真能说能逗,高兴了还爬起来蹲一阵。他们给七姑起外号,问她一些稀奇事儿,她都不恼。"只要热闹就行,俺反正这么大年纪了。"有个小伙子给她取了个外号,叫"大肚蝈蝈"。她指着肚子说:"俺这是有福哩,俺这肚儿什么都盛过,猪头,活鲜活鲜的大刀鱼,无花果儿,咱都吃过。"

"净说些馋人的东西,七姑好不好闭上嘴呀?"小伙子们嚷着。七姑拍着手:"你们年轻,吃好东西的日子在后头。人一辈子说不准碰上什么好事儿——就像在这大玉米地里窜,日子久了什么碰不上?"

"七姑说得真对呀!""七姑有经验!""七姑年轻时候也到玉米地里玩吗?"

七姑沉沉脸说:"也来玉米地。不过那会儿七姑可不是如今的七姑。""怎么?""怎么?俊呗!你一活动脚就有十个八个盯着你,还保得住?一年秋天俺去玉米地摘个瓜儿,刚刚一会儿的工夫,得了,让赶车的麻脸老五瞅准了,一个恶虎扑食过来……好心不得好报啊!"

大伙儿笑起来。都说七姑是个好人，从来不记恨人，事情过去也就过去了。一个村住着，谁听见她骂过麻脸老五？七姑点点头："过日子，谁没有个三长两短？人不能得理不让人哪。一个村住着，低头不见抬头见，拉家带口的，谁也不容易啊！是吧是吧！"

"俺就一样喜好：热闹。只要是热闹地方就有俺。"七姑接上说，"年轻时候合作社来村里招干部，相中了俺。俺问：'社里热闹不热闹？'他们说也谈不上热闹，反正是干工作呗。我一听就摇手，说把俺留在村里吧，俺还没跟老少爷们玩耍够哩！"

年轻人说："七姑，你这样性情的人没有愁事，寿限大啊——老年人都这么说。"七姑又点头又摇头："离了热闹不行。有了热闹就好，反正是这样。"

由于玉米地里有年轻人说笑打闹，所以后来七姑就经常往地里钻。有人看见了说："这么大岁数了，好家伙！"她和年轻人在一块儿，又说又笑地快活，有时也干一些力所不及的事情。年轻人玩"骑大马"——几个人弓腰搂抱着，让另外几个人往上跳——她也跳，结果一下子从马背上栽下来，下巴上磕了个大口子。好在她这个人乐观，血迹还没干就哈哈笑起来。

老孙头性情孤独。他从年轻时就喜欢一个人独处，默默吸烟。本来是安安静静的地方，他坐一会儿还是嫌吵。他是全国最能抽烟的人，一杆大烟锅时刻不离。他一边抽烟一边拧艾草火绳，一口气能拧一大捆子。火绳平时就放在院门上面的搁板上，积成一座小山。谁进他家，一眼望到的首先就是火绳。

他手拿火绳,嘴里咬着烟锅,找个没人的地方去打发时光。七十岁的人了,剩下的时光尽管不多,可也足够他打发一阵子的了。人说话、狗吠猪哼,他都受不了。老孙头整天为寻找一块安静地方发愁。他的老伴一天说不上三五句话,可他还是埋怨:"吵死我!吵死我!"他听见唰唰啦啦的脚步声也受不了。

"老孙头肯定在琢磨事儿。"村里人这么说。"人一辈子要琢磨好多事儿,这是肯定的。不过老孙头琢磨的时光可不短了。"

老人的眼珠盯住眼前的一片泥土,长时间不会移动。他缓缓吸烟。火绳在一边冒烟,烟笔直地往上。

有时他一个人微笑。不过大多数时间他是紧紧绷着脸的。他如果要说话了,会主动找人;他如果坐在那儿,最好还是不要打扰。有人试着搭讪过,结果老人差点扔了烟锅。

人如果沉默了并且又丝毫不寻思事情,那是绝对不可能的。不过老孙头成天琢磨了些什么事情?这太让人纳闷了。有一天村领导小心地绕开他往前走去,他却看见了,轻轻招手示意村领导过来。村领导比老人小十几岁,也算个老人了。他赶紧走过去,哈着腰站着。老孙头抽着烟,头也不抬。停了片刻他说道:

"五八年秋天那匹栗皮马不是让人毒死的,它是自己病死的。"

村领导闭上眼,用手敲打着自己的头,还是想不起。他想啊想啊,还要想下去,可老人已经挥手让他离去了。

"原来他在想这样一些事情,嗯。"从此他觉得老人的孤单是非常重要的事了,告诉村里人,谁也不要去扰乱他。"老人琢磨大事哩!"

他这样说。

有一次老伴蹑手蹑脚从老头子身边走过，听见哼了一声，赶紧站住了。老孙头磕了烟锅，抬头看看她说：

"娶了你第二年春回娘家，你爹骂我那句话好狠。"

老伴记不起了。"骂了什么？骂了什么？"她揪着衣襟问。老孙头挥挥手，她于是走开了。

老孙头在哪里待一会儿，哪里就有一堆烟灰。他的烟吸得越来越猛了。这让人感到他正琢磨更琐碎更深入的事情。也可能是年龄的关系，他越来越不能与人同处了，在家里几乎不能安乐。到后来他终于走出村去，一直走向田野，走到大玉米地里去。大伙儿都躲开他，让他一人向玉米地深处钻去。那里的野物也好像不跳不叫了，只让老孙头一个人坐下来吸烟。

多么好的庄稼地，大绿叶儿一串一串，都在老孙头眼前闪跳。他这一辈子都是看着庄稼的，每片叶子都让他安恬。老孙头像来到真正的家，身心都松下来。玉米缨的气味，泥土的气味，青草的气味，什么都混到了一起，涌进他肺里。这气味养人哩。他舒服得躺下来，觉得泥土热乎乎软绵绵，比自家的大炕好上十倍。地里有各种细碎的声音，有人在远处呼叫——这一切声响一点也不吵人。好哩，好哩，大玉米地才是俺的老窝儿！老孙头透过玉米叶儿，一眼望穿了好几十年！陈谷子烂芝麻，什么都记起来了。死了十几年的驴也昂昂大叫，故去的老人们也凑过来拉呱儿。这回不是老孙头去想往事，而是往事来找老孙头了！你说怪不怪？怪不怪？

村里人只要一看见老孙头手提火绳往前匆匆走过，都知道他是去钻玉米地的。"老家伙又进去了！"大伙儿都这么说。

一个庄稼人最恋着的是什么？一开始没人知道，后来大家才一点点弄明白。他们恋着庄稼地，而不是老婆孩子，也不是热乎乎的炕头。

小古妈妈东跑西颠地讲叙这个理儿，她说她算开了窍了。

她是个小脚女人，个头一点点，眉眼好看。上年纪的人都记得她年轻时候的模样。男人早死了，小古妈妈不嫁人也不乱跑，安安静静守着小古过日子。可是她越来越想自己的男人，想小古爹。她做梦做他，说话说他，天天把他挂在嘴边。"过年过节孩子他爹也不来家！"她埋怨。有人听了就说："你老糊涂了，人死如灯灭，怎么还能回来？"

小古妈妈腿脚还算灵便，只是神志已经不清了。小古常常逗妈妈玩，听她说一些驴唇不对马嘴的怪话。小古笑得嘎嘎响。村上人都说小古这孩子不孝。

老太婆走走街坊，跟大伙儿一块儿乐乐。七姑喜好热闹，就长时间地陪伴她。后来七姑建议小古妈妈不要闷在村里，说这样长了会生出毛病，不如到田里走走。那时正是秋天，是玉米棵茂盛的时候。小古妈妈提个篮子钻进去，随便拔点野菜，累了就安静地坐一会儿。她觉得无边无际的大玉米地里有一万种声息，细碎而且邈远，在远处，好像有个男人在深长地喘息。

"小古爹！小古爹！"她呼叫着。

然后是倾听。有他的声音吗？似乎他在很遥远的地方哩。"你呀，你不来家，你在玉米棵子里胡闹腾。我可知道你脾性呀，你不是安分的人。

你在那里蹲了一会儿,看看,又站起来了,哎呀,还笑,笑什么?你不想我,也不想孩儿?你说说,啧啧啧啧!"

小古妈妈拍打着膝盖,数叨着,又惊喜又绝望。

"你走了多少年了?闯关东也有个回家的时候嘛,谁知你一口气跑了哪去?早不回来晚不回来,到了快收玉米的时候就往回跑。我知道你是馋个秋天,馋又大又香的玉米棒子!"

小古妈妈笑哈哈地拍手:"俺这回可看见你了,你在玉米地里钻来钻去,这回可瞒不过俺的眼去!我知道,你出门回来都是先看看庄稼,这样心里才踏实。你这回看明白了吗?一地好玉米,绿油油黑乌乌,大棒子比小孩儿胳膊还粗……"

她数叨一会儿坐下来,闭着眼,一脸的皱纹飞快地活动。她这样说着,笑着,走着,一直忙到天黑,这才恋恋不舍地往村里走去。

有人亲眼见到她在玉米地里干什么,回村里对人说:"小古妈妈痴了。"七姑反驳说:"谁的事情谁自己心里有数。她或许真的看到了男人呢。"有人大笑:"玉米地里还能没有男人?""我是说她自己的男人!自己的男人自己看得见……"

七姑的话让人将信将疑。都知道小古妈妈和小古爹在玉米地里会面。他们两个人都返老还童了,那么大年纪还在地垄里追着玩,互相下绊子。小古妈妈一个绊子被绊倒,全身是土,爬起来还是跑。她嘴里嚷:"小古爹,你这个老不正经,我叫你野跑!我叫你给我下绊子!"

玉米地的另一面是什么?走不到边,走不到边!多少老人小孩儿,这里可是个热闹地方。他们都在干自己愿干的事儿,别人看不见也抓不着。

小古妈妈有一回真的抓住男人的衣襟了,一张两臂抱住了他,大叫:"小古爹,坐下坐下,两口子拉拉知心呱儿……"小古爹一脸胡子比针还硬,老皮老肉也刺得疼。小古爹是个有劲的男人,一伸手指把她捏住,鼻子吭吭喷气。"两口儿没有不说的话!"他粗粗的嗓门说。"哎呀,这么多年不见了,你还喝酒,喝起来没头,你是个酒鬼啊!"小古妈妈笑着叫着。

多么好的大玉米地啊!庄稼人没白没黑地干活,从播种到施肥浇水,费了多大劲儿才弄出这么大一片。它还能不好吗?庄稼人流血流汗莳弄大玉米地,大玉米地也得保佑咱庄稼人,事情都是有来有往嘛!

一个人只要耐住心性,只要信服大玉米地,大玉米地就会帮你。你要什么?你只管跟它说,不用不好意思。不过你得是个好人。是个诚心诚意的人。就是这样,嗯。

一九七六年写于龙口
一九八一年改写

锈 刀

二盒娶不上媳妇,心里一急,想学着杀猪。他觉得做个屠宰手轻轻松松不累,生活又好。他爹老月气得直叹气,又没有办法。

二盒长得又高又瘦,不干不净,身子懒,好吃不做,姑娘们当然不喜欢。人们都说他跟他爹太不一样了,简直不像他爹的儿子。街坊邻居都说:"这孩子算完了。"

老月是个刚强的人。村里没有不佩服老月的,都知道他是个宁折不弯的汉子。出于对老月的尊重,有的人家甚至硬要将闺女许给二盒,只是姑娘自己不愿意才没成功。

姑娘跟二盒没法单独相处,因为她们与他在一起,觉得活着一点意思都没有。二盒身上的毛病很多,不是一句话两句话可以说得完的。他身上散发着奇怪的气味,主要是因为他不洗澡。他一坐下来就不停地挠痒,挠出"哧啦哧啦"的声音。他还真能打嗝,打得又尖又响。他在姑娘面前没有一点刚气,松松垮垮,站都站不直,三句话没有说完就拉起了知心呱,不懂道理。姑娘离开后埋怨:"连个家长里短都不知道,烦死人!"

二盒在街上走着,步子懒懒散散,身子像布带一样软。他东张西望,不知要干点什么才好。身上有股奇怪的要求,使他不知怎样对付。大街拐角处有猪的号叫声,他一听就知道又一头猪让屠宰手放倒了。他赶紧跑,鞋子都差点滑脱。紧跑慢跑到了跟前，可是已经晚了，最有意思的一截已经过去了，现在正该着给猪剥皮。

他看了一会儿，后来就不出声地走了。就在他走出五六步远的时候，他在心里做了个决定：杀猪。

一般讲屠宰手是不受人欢迎的。因为身上沾血太多，无论如何不够吉利。所以姑娘找对象，一般不找他们。一个人只有到了有家有口、土埋半截不思进取时才来做这个行当。一个小伙子要干这个，那么他就是豁出去了。"还能把我怎么样？"他是这个意思。

老月并没有特别地反对。因为在他眼里干什么都一样，都是吃饭的依靠。如果这小子真能因此而勤奋起来，那倒未必不算得一件好事。老头子这几十年里，儿子成了心病，他差不多让他给气死。"俺生了个孬种！"他对老婆子说。老婆子不爱听这样的话。她以为儿子是在爹娘面前耍小，故意不正干，等爹妈一闭眼，他还不是照例勤苦起来？她甚至认为自己的儿子漫长脸儿、大高个儿，长得不错。至于姑娘们嫌弃，那是因为她们狗眼看人！

小伙子说干就干，请示了队长，然后挽挽袖子就去学艺了。他在屋子角落里胡乱扒拉东西，弄得尘土飞扬。他要找些废铁块去锻几把不同形状的刀子。

他找了半天，突然喊了一声，他找到了一把锈成红色的长刀子，一把很适合使用的好刀子，只需要把锈磨去就成了！他觉得自己真有福。谁知老月迎着喊声过来看了，脸一拉老长，喊了一声：

"放下！"

"怎么哩？"

老月一把夺下刀子，在裤子上抹了两下说："这把刀子不能用，这是我的。"

"哎哟，真霉气，哎哟……"二盒哼着，搓着手。

老婆子过来了，埋怨说："不就一把破刀子吗？你的，这家里还有不是你的吗？"

老月举起巴掌，差点打在老婆子脸上。他跺了一下脚，返身回了里屋。那把锈刀被他紧紧攥着。他把刀子放在不远处，看了一会儿，又凑近了端量起来。

真是把好刀，不过锈了一层。这一层蚀锈遮去了它的颜色和光荣。这可不是一把平常的刀！老月握住刀柄，横着一抡，听到了"嗖"的一声！

二盒走进屋来，看见爹在练刀，哭丧的脸又一下笑了。"嘿嘿，俺爹耍刀！"他拧着头对屋外的娘说。

老月长叹一声，蹲下了。

儿子也蹲下了。老月看看他，皱了皱眉，吸起了烟。

这样待了一会儿，二盒又伸手了。他笑眯眯地向着老爹脚边的刀伸过手去——他想摸起它就跑，拿走也就拿走了，几天后老头子也就忘了这事儿了！他的手还没有挨着刀子，突然老月猛一跺脚喝道："这把刀杀过人！"

二盒的手一抖抽回来。

他站起来，斜着眼望着那把刀，往后退着。他退着退着，退到了门框那儿，一撒腿跑起来。"你回来！你给我站住！"老月在后面喊了两声，他像没有听见。

"一个孬种啊！"老头子咕哝了一句，回到那把锈刀旁边。

四十年前一帮散兵跑到了河岸上，胡吃海喝，奸淫掳掠，无恶不作。他们把河边上的人可害苦了，差不多每天都有人放开嗓子哭。老月当年刚好二十岁，浑身是胆，摸了一把刀子就跑进树林子里去了。

半夜里，他从树林子里摸出来，摸进了河岸匪兵的寨里，砍他一个两个。子弹嗖嗖响，就是打不着他，他跳进河里会潜水。

后来不少人拿着叉子和棍棒，学他那样跑进了林子里。他们在大海滩、在河两岸与敌人兜圈子，死了伤了也不悔不怯，硬是跟敌人拼上了。

他们缴获了枪，都说老月该分一杆，可他摆手不要。他说他有这把刀就够了。这把刀已经砍死了少说有五六个敌人。

苦战了一个冬春，匪兵才算离开了河岸。敌人一走，他们这一伙儿又成了村里的队伍，负责保护村子。日子久了，有一支革命的队伍知道了他们，要他们加入。人家最看重的当然是他们的武器。

他们几个人一商量，说一声"中"，就别了老婆孩子和爹娘，包一块干粮去了。谁知队伍上的人一个一个看了一遍，只要有枪的人，不要拿刀的老月。大伙儿都替他说情，那个领头的络腮胡子还是不要他。他最后终于火了，把络腮胡子好一顿骂，骂得对方真想掏枪打死他。有人劝阻络腮胡子说："你可千万别惹了他，他手里的刀砍死了好几个人哩！"

就这样，老月参了军。这支部队打过不少胜仗，很多人都成了功臣。老月也有了一杆步枪，不过那把刀还是不离身。它被磨得锃亮，锋利无比，装在一个皮套子里。他们的首长就是络腮胡子，如今对老月已经十分器重了。这是个无比勇敢的年轻人,首长终于知道了。

老月后来也立了一个大功。不过这时战争已经快要结束了,他要回家种地了。首长挽留他,他说:"不中。"

战争中他负过二十多次伤,其中有一次子弹打进了嘴里,又穿过腮部飞出来。他的舌头受了一点伤,所以后来说话的声音特别粗重吓人。大家都说他是个革命的功臣了,他不应声。有人偏要夸他,夸得他不耐烦。到后来谁夸他,他就骂谁一句。

复员时,他特意把那把刀也带回去了。

想不到日子一累,这把刀搁起来也就忘了,锈成了这样。老月用拳头捶了捶膝盖。

老婆子在门口叫他,他走出去。原来老婆子在哭。"哭什么,盒儿妈?"老婆子一把鼻涕一把泪地说:"盒儿爹,咱孩儿要做个事了,你该成全他。他要把刀儿使你都不给他,他给气跑了……"

老月大骂起来。"你奶奶的!你也糊涂啊!你不知道这是什么刀吗?我身上的疤疤都跟它连在一起哩!你敢说这把刀的坏话,好哇!你的胆子不小,好哇!"

老婆子不敢哭了。

她睁大了眼去看那把刀,终于辨认出来。她两手揽在了怀里,身子一仰一仰地说:"哎呀!哎呀!我不说了,不说了……"

她记得有一天刮大风下大雨,有人在前面擂门。爹娘都吓坏了,起来把她藏到地瓜囤里。门给掀开了,有几个匪兵喝得醉醺醺闯进来,浑身淋湿了。他们用枪托捣爹和娘,把两个老人都捣得爬不起来。她终于忍不住了，一下从囤子里蹦出来，抬腿就往窗户上跳，跳进院里，又没命地往外面跑。雨真大，后面的匪兵往天上打枪。他们放开了两个老人，穷追猛赶。她跑呀跑呀，不知跌了多少跤，爬起来还是跑。她不小心掉进了一个泥坑里，刚爬出来，就被两个匪兵按住了。他们揪紧了她的头发看着，说："真好真好！"他们扭着她往前走，前面就是一个黑乎乎的破碾屋。

她那会儿什么也不知道了，只等着死了。她想我非死不可，这遭谁说也不行了。她准备一头撞死在碾盘上，溅他们一身血！

这样想着往前走，一步一步比大石头坠在脚上还沉。眼看就要进门了，她心里说一句："鬼门关到了……"这句话还没有说完，只见门内"唰唰"飞出一个人影，还没等她弄明白，扭她的两个人都倒在了地上。他们的脖子上都中了刀子。她吓得坐在地上，那个飞来的黑影又来拉她。她定了定神，看出黑影是老月！老月手里握紧了那把刀子，那会儿滴着什么……他两眼在闪电里喷火，正呼呼喘息，嘴里咕咕哝哝骂人哩。她吓得蜷起来了，蜷成了小鸡一样，全身直抖。

老月把她扛上了肩膀。

他们冒着大雨回到家里，两个老人全身是泥，坐在屋子当中，已经哭哑了嗓子。这会儿姑娘醒来了，一头扑到妈的怀里。

后来两个老人就把姑娘许给了老月，说："她的命是你抢回来的，她不归你归谁？'老月粗声粗气地说一句："中。"……

就是这样的一把刀，能交给那个儿子做那种活计吗？天哩，你个昏头昏脑的老婆婆啊！二盒妈一声连一声嚷："俺再不说了，不说了！"

二盒开始杀猪了。他跟师傅学艺很用心，进步也快。他一天到晚围着油布扎腰，上面是血迹。姑娘们老远见了他，都赶紧躲开。开始的时候他负责扯紧猪腿，有时还要在猪腿上割个小口子，趴下身子往里鼓气儿，鼓饱了，再用绳子勒紧气口，用棍子噼噼啦啦地打。这之后，才是师傅剥皮。

队长在一边看，问："二盒什么时候能自己动手？"二盒吸吸鼻子："家什不行！"他是说他没有一副好器具，比如刀啦铁钩子什么的。队长说："那容易。"他当即吩咐人去给二盒打制各种器具。

二盒从心里感谢队长，偷了块好肉送给了他。队长把肉收下，眯着眼严肃地说："这样影响不好啊！"

二盒自己要杀猪了，快去看哪！快呀！

村里的闲散人儿全去了。大伙儿围上乱扭乱叫的一头肥猪，说不出的高兴。二盒站在木桌旁搓着手，他的前面是一溜儿锃亮的长短刀子和几个又尖又大的挂肉的钩子。他看着地上捆起的猪说："你哼不了多一会儿了。"

二盒家里人来了吗？嗯，你看看老月站在人空儿里呢。"老月上前面来，你该往前来！"有人把他推过几个人，他有些不高兴。二盒一歪头看见了爹，立刻闭了嘴巴。

"看人家二盒吧，等一会儿要亮出武艺了，他能用膝盖顶住猪脖——它叫都叫不出声……"有人这样说。"好的杀猪人一个人就可以将大肥猪按在木桌上。"他的意思是二盒也该这样。

二盒吸着冷气，继续搓手。

有人端来了水，嚷："还不快动手，听它干号！"

二盒往手上吐了一口，叫一声，弯腰就去解绳子。大伙儿一声不吭。他提了两次猪腿没有提动，大伙儿哄笑了一阵。有人看不下去，就帮他搬到了木桌上。他使劲用膝头顶住猪脖子，然后抄起尖刀，眼一眯，就是一下！

　　可惜偏了一点，血一溅，那肥猪一挣从膝下昂起脖子，接着一头拱倒了二盒。它号叫着一跳，把人群也吓散了。"抓呀抓呀！抄杠子呀！"猪的主人大喊，两手急得　在身侧。他干喊，没人敢拦受伤的猪。

　　二盒爬起来时，那头猪已经跑得没了影子，只在木桌上留下了一小片血迹。

　　人们看着二盒，又回头寻找老月。可老月不知什么时候已经走了。

　　他是在二盒倒地的那一刻回去的。他在院里吸烟，长长叹气。老婆子问他他也不语。停了一会儿，他找块磨石，磨起了那把刀。

　　他想起了那刀锃亮的样子。这样磨好，他准备抹上油包好，放到一个好地方去。

　　磨啊磨啊，刀刃下边一点点的锈斑怎么也磨不去。这刀好锈！他两手按紧它，又是一阵好磨。可是锈斑还是留在上边。慢慢的水儿渍透了锈垢，拍打两下，刀口上露出了豁牙和蚀洞——这把刀完了，不能用了。

　　老月站起来，扔下了刀。老婆子也过来看了，没有作声。

　　"不中用了，不中用了，跟咱那孩儿一样……"老月拍拍老婆子的胳膊，坐了下来。

　　外面又传过一阵猪号。大概大伙儿又把它逮住了。

一九七六年写于龙口

槐 岗

槐岗上阴乎乎的，丛林茂密，小孩子都不敢去玩。夏天里，那里也透出一股冷气。各种可怕的野物都在丛林里窜，有人说看见这个了，有人说看见那个了。

反正槐岗不是个吉利地方。

妇女队长小狗丽要领人去槐岗上开荒种花生，把不少人吓住了。

"小狗丽怎么了？这是真的吗？"……大伙儿都这么问起来。

队长大老耕胡乱骂人，谁都怕他，他不同意小狗丽就干不成，兴许是他的主意。可是有人亲眼看见大老耕骂小狗丽。

怎么回事？原来是上面支部里有人支持小狗丽。哼呀，这回小狗丽可算把大老耕得罪了。她大概忘了最初是谁提拔她的了。那是一个数九寒冬，大伙儿裹紧了棉衣到沙地上搞深翻，小狗丽领着十几个妇女跳到冰凌子里泼干。大老耕见了，一竖拇指说："好样的！"这一年年底，小狗丽就是妇女队长了。

小狗丽大名叫汪美丽，可是没有一个人那样喊。她从小会唱歌，长得很细弱，声音也很小。可是她唱歌有味儿。"小狗丽唱歌了！"只要有人咋呼一句，四周的人就呼啦一下围上去，瞪着眼听。

谁也想不到这样一个病病歪歪的姑娘长那么泼辣。她小时候三天两头病，咳嗽，发烧，她爹她妈没命地跑去找医生。可是现在一眨眼也成了气候了。

妇女们都听她的，她说干什么大伙儿就干什么。这会儿她说开荒，妇女们就一块儿嚷："开荒！开荒！"

"里面有狼，不怕咬着？"大老耕说。

"不怕不怕。"

"出来个特务，你们怎么办？"

"逮了他不正好？"

大老耕没话说。不过他觉得槐岗是个风水宝地，老辈儿人就这么说。他心里的意思是别破了风水。可是这个理由可讲不得，只能存在心里。他知道村里有个花生基地也不错，是件大事。可是那需要一大批劳力去做，是一场硬仗。再说那也是冒犯了禁忌……

小狗丽准备了不少镢头、镰刀、一捆捆的绳子。那里的槐丛和荒草被刨光之后，还要将沙丘搬平，要重新整地。如果遇上大旱天怎么办？看来还要打一眼深井。她们妇女队这样决定了：把开垦槐岗的任务包下来。

为了防备有个三长两短，大老耕让她们带上自己的老土枪。

她们要吃住在槐岗上，因为那里离村子远，来来回回不方便，再说夜间还要干活儿。一群女的土里扒窝，用玉米秸子搭铺，冷汤冷水，真够她们受的啊！不过她们一溜儿支起几口大锅，做饭的专门做饭，干活的专门干活，也真有意思！

男人们隔几天就去槐岗上喊她们回去，说："孩子衣裳破了。"再不就说："家也不顾了？"女人们有的半夜跑回去，天亮前再跑回来，真辛苦啊！小狗丽批评跑来跑去的妇女，说："你们才出来几天？工作不顾了？"妇女们握住小狗丽黄黄细细的辫子，理一下说一句："你不知道过日子的难处啊！"小狗丽不管这个，命令说："不行，不请假不准回去！"大伙儿只好点头："是啦！是啦！"

工地上进度不慢。一片片的槐丛给刨掉了，堆在一块儿。"咱这会儿有了柴火了！"妇女们高兴地说。大家做饭时就用晒干了的槐棵。生活很好，每顿伙食都能吃上玉米饼子、咸菜、熬白菜，有时还能吃上馒头、吃上鱼。

鱼是拉网的男人们路过这里时留下的。他们背上的柳条筐里有的是鱼，跟他们说说笑笑就能拿下几条大鱼来。一条大比目鱼有二尺多长，让大伙儿一顿好吃。鱼肉儿像雪那么白，鱼皮上的小鳞一粒粒像小盐花儿。"这鱼多好呀！这才是吃鱼哩！"妇女们一边吃一边议论。小狗丽说："我们干活累了时，也去海边上帮他们拉网，那样吃鱼就多了，也不缺理。"

有人担心说："听说他们拉网不穿衣裤……"

小狗丽皱皱脑门说："不要紧。我们先让队上领导通知他们，然后……去。"

这真是好办法。就要有吃不完的大鱼了！大伙儿都争着去海边上拉网，有的干脆一扔镢头要走了。小狗丽瞪瞪眼说："那不行那不行！这得轮着去，一人三天。"

后来，真的有人去帮忙拉大网了。去的妇女兴高采烈，回来时还忍不住地笑，怀里、背上，到处都是一条一条的大鱼。她说这是那些老爷儿们给的，他们拴好大鱼往她身上挂，还说："拿去吧，拿去吧，让姊妹们好好吃一顿！"

　　槐岗上垦荒的女人们有了好吃物！她们煎炒烹炸，鲜鱼味儿馋得人心里痒痒的。队长大老耕有一天来检查工作，磨磨蹭蹭不走，最后还是留下来吃饭了。

　　玉米饼子、鲜鱼汤，还有比这再好的伙食吗？大老耕大口地吃着，一口气吃了三个大玉米饼。这还不要撑破了肚子呀？好家伙，命也不要了！小狗丽问他："不来开荒，能吃上这样的好饭吗？"大老耕连连说"不能"。大伙儿都笑。

　　吃过了饭，太阳暖和和，红旗在风里呼啦啦飘，大伙儿全都高兴。有的唱歌，有的跑着玩，还有的摔跤。这真是劳动的好日子，是有奔头的日子。大老耕倚在一个草铺子上晒着太阳，看着刨去了杂树的白沙土上蹦跳着的年轻妇女，咕哝了一句："真是半边天哪！"

　　大老耕这天直到很晚的时候才离开工地。他与妇女们并肩干活儿，光着膀子刨地，一镢头就刨下一棵小树。妇女们夸："队长的劲儿真大啊，光吹不行，劲儿真大。"队长被鼓励了，干得更欢。他小半天的工夫就干了别人一天的活儿。汗水沾了沙土，挂在大老耕的胸脯上、脖子上，他擦也不擦，穿上衣服就要走了。

　　临走时他对小狗丽说：

　　"垦出槐岗来，值得。"

　　他走了。他思想通了——大伙儿都知道了，所以干起活来格外有劲儿。

　　小狗丽在休息时指挥大家唱歌，打着拍子，还把唱歌的人分成两拨儿，搞轮唱。有的大老婆们不会唱,一唱就走了调。她们说:"俺不唱。俺这不是耍痴气吗?"小狗丽非要她们唱不可,还说:"再不唱没有日子唱了,人活了一辈子就得有个高兴时候。"大老婆们说:"俺不唱也高兴。"不管怎么,小狗丽还是要她们唱。这一来,槐岗上热闹了,又干活又有文艺活动,生活得不错。大家都说:"工地上主要是伙食好,如果伙食不好,就没有意思了。"

队上常常送玉米面和地瓜来。送东西的人说:"你们这些老娘们儿,真能吃啊!"小狗丽代表大家回敬他说:"能干才能吃,你不看看俺这一伙干了多少活吗?"那个人笑着,连连点头。

一大片杂树都给清除掉了,剩下一片干净的沙土。夜晚,大家把晒干的树木点起火来,照得四周通亮。小狗丽就领人在火光里干活,说要不就糟蹋了这一堆好火。大火把不少远处的人引了来——那些打鱼的男人手里提着鱼来烧了吃,当然也分给大家一点。有的男人还帮妇女们干活,让她们歇息。真好的工地的夜晚哪,真有意思的劳动!小狗丽全身是劲儿,

在工地上来来往往,指挥大伙儿干活,不知不觉就亮了天。

奇怪的是白天干晚上干,也并不觉得累。"这是怎么回事?"有的妇女不明白地说,"俺过去在地里干活儿,半天工夫就累了。"大家也都有同感。真的,这是怎么了?"怪事啊,怪事啊!"大伙儿都嚷。后来小狗丽总结分析了一下,说主要是劳动热情高涨,一高涨,也就不累了。"'人是要有点精神的'——毛主席也这样说呀,他老人家也这样说哩!是吧!是吧!"大伙儿心服口服。

小狗丽从来没有去海边上帮助拉网,因为她要在工地上掌握全局。

后来所有人都轮了一遍，有人就催促，让领导也去一次，痛快痛快。小狗丽想了想，安排了一下工作，就去了。

拉网的男人穿上小裤衩，喊着，鼓掌，说："女领导来了，欢迎哩！"他们又跺脚又拍腿，把沙土踢起老高，小狗丽沉着脸，看不惯。

开始干活了，小狗丽不得不学着他们那样儿，把小绳子系到腰上，再拴到主纲上。领头的喊起了号子，大伙儿就随着这号子往后用力，海里的大网一丝丝往岸上移动了。

号子越喊越热闹，开始词儿还干净，到后来就不太干净了。小狗丽一摔小绳儿离开了。领头的一看不好，赶紧停了号子追上她，一个劲地赔不是。小狗丽说："怎么能这样？谁是出这些词儿的人？你告诉我！"领头的说："俺说不出。"小狗丽说："怎么说不出？说不出就是你！"领头的慌了，赶紧作揖："好领导饶了俺吧，这可不是俺编的，这是老辈儿打鱼的传下来的呀……"小狗丽这才转回去。

继续拉网。小狗丽领人喊起了号子，她重新编了词儿："拉大网那个呼呀咳！呼呀咳！呼呀咳！使劲拽那个呼呀咳！呼呀咳！呼呀咳！永向前那个呼呀咳！呼呀咳！呼呀咳！"……大伙儿喊了一会儿，都说没有意思。后来领头的自告奋勇编了新词，一扬胳膊喊了起来。大伙儿一听，一股劲地跟上喊，震得人的耳朵响。

"小狗丽呀么呼呀咳！好闺女呀么呼呀咳！来拉网呀么呼呀咳！使劲干呀么呼呀咳！呼呀咳！呼呀咳！好闺女呀么呼呀咳！真好闺女呼呀咳！呼呀咳！……"

小狗丽的脸红红的，她觉得全身都烧起来了。哎呀这帮男人哪，嘴头子就是厉害。不过他们没骂人哪，他们也是好意。小狗丽不好意思跑开了，只好跟上移动的人们往前用力拉。

这一天小狗丽觉得时间过得太快太快了，好像一眨眼的工夫天就快黑了。她该回去了，领头的就让一个人搬来大鱼数十条，硬要她带上去。可是她带不动啊！有个壮汉子就自告奋勇地扛起鱼来，和她一起回工地去了。

工地上的人一天不见小狗丽，像隔了一年似的。她们都说："俺离了领导就不行，离了领导，镢头怎么使都忘了！"

大伙儿那个笑！新带回的大鱼马上扔到锅里煮起来了，扔进姜葱、辣椒子，咕噜咕噜水响了，鲜味儿又飞得满天了。"吃大鱼啊！吃大鱼啊！吃了大鱼不睡了，干他一夜，怎么样哩？"有人建议。小狗丽拍拍手同意了。

工地上的进展越来越快，村子里的人来看了，都说了不得了，妇女们开天辟地了，从今后快没有槐岗了。他们担心那些野物没有藏身的地方了，今后会闯进村子胡窜，让大伙儿不得安生。

大老耕建议槐岗的一半留下来，一方面长木材，一方面留块林子挡挡风沙。他的这个意见很好，小狗丽报告了上级，上级也同意了。

尽管留了一半槐岗，那些野狸子啊、獾子啊，还是不高兴。它们联合起来，趁人们不注意，偷袭了妇女们的铺子，大家费了不少事积下的干鱼什么的，全被它们掠走了。妇女们火了，大嚷说："这是欺俺男人不在，不会使枪哩！非架上火枪打你们这些杂种不可！非打不可。"

话是这么说，她们还是没有去惹它们。本来嘛，把人家安身的林子给刨去了一半儿，人家当然要发火的了。野鸡一天一天嘎嘎大叫，叫声刺耳，大伙儿都说那是在骂开荒的人。

夏秋过去就是冬天。冬天好冷啊！冬天里只得不停地生火。在这个冬天里睡在野外的地铺里可真是遭罪啊！男人一个一个来工地上叫人了，说："小孩他妈妈家去吧，快在外面一年了，家去吧！"小狗丽代妇女们回敬说："男子汉不来帮俺干一会儿，就知道拽后衣襟子！"男人说好好好，接上就帮她们干一会儿活。天冷得喘气都打战，女人们用毛巾把头包了，只露出两只眼。她们跑着抬筐子，这样身上暖和。

干鱼全吃完了时，春天来了。荒野里的花儿开了时，工程也就结束了。下一场小雨，正好用来种花生了。花生出苗了，黑乌乌一大片。后来花生越长越壮，开了黄色的小花。"啊嗬嗬！多大的一片花生地，到秋天该收多少花生啊！"过路的打鱼人都这样呼喊。

大老耕常常拚着腰在花生地边上走着，望着另一半槐岗的丛林。黑乎乎的林子里，不时有嘎嘎的尖叫声。剩下的秘密全在那半片林子里了。

只要看到这片美丽的花生地，人们就会想到妇女的力量，想到一年来的苦斗，想到那个领头的小狗丽。

一九七六年写于龙口

叶 春

叶春是个知识青年，漂亮得没法儿说。她刚来村里时戴了个青色翻毛儿棉帽，短头发全遮住了。"她想装男的。"有人这样说。她怎么装也不像，因为她的眼和眼眉与男人根本不同。还有皮肤，太白，那真是大家都没见过的皮肤。

叶春如果像村里年轻人一样下田干活，大伙儿估计她会受不住。她该干点什么呢？记记账？做个工分员？做个保管员？学做技术员？反正得找点合适的营生给她。

大概这事难坏了队长老万头。老万头从她来了那天就皱着眉头。叶春叫他："万大伯队长"，他就"哎"一声，真正地笑一笑。可是她叫过之后他又皱眉了。

叶春自己提出了自己的工作问题，结果把全村人都吓了一跳。

她说要学习赶车。

一般讲，女人赶车，这只是书上电影上的事儿，哪能当真？老万头连连摆手，说不中不中，别闹着玩了！谁知叶春十分倔犟，非要跟上学赶车不可。老万头难住了，就去找车老板酒坛商量。

酒坛赶了一辈子车，岁数不小了，也该找个接班人。可是他想不到会是个细皮嫩肉的姑娘。酒坛这个老头不错，平生只有两大缺陷，一是嗜酒如命，常喝得大醉；二是长了一副斗鸡眼，看人时样子极其可笑。他的神奇之处是酒醉后仍能照常驾车，而且从不出错。有人预料他早晚得掉在车轮下被车轧死，可这惨事儿看来没有什么可能。

酒坛连连摆手，说不行不行，反了她了，还想赶车！他甚至骂了句粗话。

不巧他最后骂人时被走来的叶春听见了，姑娘得理不让人，说：不同意就不同意，凭什么骂人？她非要酒坛讲明白不可！

坏了，老头子惹祸了。他的斗鸡眼慌慌地瞪大了，瞅瞅队长，又瞅瞅姑娘。姑娘说："你说什么也没用，收下徒弟，这事儿就结了。"老头子大笑，拍拍膝盖说："就收下又怎么样！"老万头说："这事可闹不得，不兴反悔！"酒坛说："那当然了。"

这事儿就这样定下了。从此有个女车老板了。叶春为了让老头子高兴，常常用自己的零花钱买点酒给师傅喝。师傅喝了酒话就多，说："好孩子啊，告诉你吧，我这个人只要有了酒，你把我卖了也行啊！"叶春说："俺怎么能卖你呢，你又不是个什么器具家什。"老头子哈哈笑了："就是呀！我老婆子年轻时候就不懂这个！她那时候刚有了我的老三，家里没东西吃，就把我卖给了老地主赶车。老地主付了钱，吹胡子瞪眼对我说：'斗鸡眼，告诉你听好，你是我的了！'我点点头。其实我才不听他的哩——到了晚上，我照常跑回家去睡觉……"

叶春听了哈哈大笑。

老头子又说："老地主家里好吃的东西多，酒也多，我就偷了吃喝——你知道，做饭的人也是苦出身，他跟咱交上了朋友。俺俩好得像一个人哩，到最后他把厨房的钥匙都给了我。我半夜里就开门进去,伸手抓了好东西吃,然后倒了酒就喝。好酒啊!那酒是玉米酿出来的,一股透心香味儿。那些日子真是好生活啊!"

叶春说:"可地主都是黑心肠,是吧?"

"当然,那还用说!他想把我当牲口使,让我为他卖命。他打错了算盘。我不吃他给的猪狗食,饿了就偷厨房里的东西吃,他能斗过我?白想!"

叶春点点头:"剥削阶级都是愚蠢的,而劳动人民才有智慧。"

"这话不假!"酒坛拍着腿说。

两个人在车上,随着车晃荡,快活得很。他们干了一天活也不知道累,不知不觉太阳就落山了。叶春试着驾过一二次车,牲口不太听她的。老头子说:"它们有个耳朵,听惯了我的话。等你跟它们熟了以后,也就行了。"叶春点点头。老头子又说:"赶车这活儿,说技术也有,不过不多,主要是个感情活儿。"叶春不明白了。"感情活儿"几个字让人太费解了。老头子把斗鸡眼转过来,说:"你跟牲口有了感情,牲口就跟你好——这还不明白吗?"

后来,酒坛给叶春讲了个亲身经历的故事,她才算明白一点。老头子说:"还是得讲感情啊!我赶的牲口都知道我的脾气,知道我是个软肠子。我待它们好,它们也不好意思跟我过不去。天黑了,我早早让它们歇下,干了一天累活,我抓几把豆子扬进槽里。你当它们痴?它们最精了!什么都懂!我这辈子还没见过哪个人有它们聪明,比它们更重义气……"

叶春听不下去了，就插嘴道："大伯也不能这样说啊，是吧。"

酒坛生气地一拍大腿："嘻！我还能瞎说？没影儿的事咱从来未说。有一年上我去南山出车，半路上遇了大雨，大车轱辘直打滑。雨不停歇地往我头上泼，我想这回出车算霉气透了。我知道要出事，老觉得不祥。谁知道在一个下坡路上，车子一颠，我的身子软了，噗一下掉在车下。你想想那还能活？大车上载了石头，车正顺着坡往下轧，我躲都来不及哩。我心口上发烫，心想这遭完了，死在这里了，一辈子原来是这么完的。我正想着，谁知大辕子马像老虎一样呜哇一叫，低头咬在我的后腰裤带上，一扬脖子把我甩出去，那个快！就这样，大马救了我一命！你看看，这是我亲身经历的事儿，听见了吧！"

叶春惊讶地看着酒坛老人。她发现老人的斗鸡眼里，渗出了一层泪水。她用力点了点头。

叶春对老人有说不出的佩服。她天天与老人在一起，形影不离。村上人都说："别看人家是个知识女娃，身子真泼！"那是说她不娇惯自己。叶春仍然戴着那个翻毛小棉帽儿，衬着小脸儿，脸上长长的睫毛，真让人亲哪！小伙子们都说："这辈子要娶上叶春这么个媳妇，立刻死了也值！"知识青年当中也有男的，他们有的长得挺帅，也在暗中喜欢着叶春。他们听了村里小伙子的话，很不高兴。

大伙儿估计叶春早晚会跟一块儿来的知识青年好上，谁都认为这是合情合理的事儿。有一个知识青年长得不错，干活也肯花力气，特别关心叶春。他不久还当了政治队长，令人羡慕。他的名字叫魏铭。叶春说："魏铭，你怎么老跟着我转？这样不好。"魏铭鼻子吭吭两声，说："我爱……

这样嘛!"叶春说:"那也不好。影响不好。我们年轻人主要就是考虑影响,不是吗?"魏铭想了想,说:"也对。"

后来小伙子就不缠她了。

酒坛老人教给叶春喝牲口,总嫌她的腔儿不对。"不能那样,甜滋滋的,这不行。要有虎气,一句是一句。"叶春直笑。酒坛老人说:"牲口是兵,你是将,一个口令出去,要有威。牲口上了路,就得龙睛虎眼,它专听你的口气。你那样吆喝,一会儿它就笑了。"叶春赶忙说:"不会不会,牛马还会笑啊?"酒坛老人眯上眼:"不信我就不说了。你自己慢慢琢磨吧。日子久了,你就会看出它们也会笑——你现在还不行,你看不出来!"

叶春不吱声了。无论怎样说,她也不信它们会笑。她不作声就是了,免得惹老师傅不高兴。"这回老头子可错了",她心里这么说。

有时候酒坛老人在车上打瞌睡,手里的鞭子松松的。她担心老人睡着了出事,但又不好意思喊醒他。人老了就没有精神,他太疲惫了。她这时就坐到大车的前边,这样有个三长两短,她帮老人一把也来得及。可是日子久了,老人常常这样,从未出事。而且她发现路上有了情况,他总是马上醒来,半点也误不了事。老人昏睡时她曾仔细端量过他:小脸儿凹凹着,眼睛眯成一线,小鼻子不大,硬硬地挺着。他的胡子不旺,有些黄,很随便地剪过几剪子。她看着看着,觉得这个老头儿十分面熟,好像很久很久以前就认识了似的。"这个人的心肯定好!"她在心里这样说。

日子久了,叶春知道了酒坛老人的家庭情况:两个儿子,一个老伴。老伴是个黑乎乎的老婆儿,小脚,总爱唠唠叨叨。叶春觉得她配不上老头子。老头子虽然是个斗鸡眼，不过说心里话，他一点也不让人讨厌。老头子的大儿子在公社窑厂烧窑；二儿子在外地当兵，已经快要复员了。她看过他的照片，那是个精神头儿很足的小伙子。可能是由于遗传的关系吧，他也稍稍有些斗鸡眼——不过很轻很轻，以至于不成其为缺陷，反而显得格外有神采了。这真是个例外的情况。

　　酒坛老人十分喜欢他的二儿子，时常挂在嘴上。他说等这小子复员回来就好了，家里就有了帮手了。他说大儿子不行，大儿子不孝，娶了媳妇就忘了爹娘。"千万不能让他们娶本地媳妇，本地女人有个毛病——对公婆不好。"

　　叶春哈哈笑着。

　　村子里有个叫小豁的人，四十多岁，常常来缠磨酒坛老人，说要跟老人学艺，接下他的鞭子。老人说："你眼瞎吗？不看见我有徒弟了吗？"小豁说："哪能呢！她不过是从这儿顺路过过，哪里会长久！"叶春板起脸质问："这是谁说的？我们知识青年就是要扎根一辈子！"小豁说："别闹了，你们这一伙儿里眼看就要走几个了，慢慢的都会走光。本来嘛，城里人变不成乡下人……"

　　叶春觉得事出有因，再没有与他争执。晚上她找了队长老万头问了一下。老万头半天没吭声。停了半晌他才说："事是有这么回事。上面来了招工指标，要招回城里几个工人，点名要知识青年——看来你们一个也存不下了，早晚得走光了……唉，怪可惜！"

　　叶春听了，没说什么。她沿着一个大场边上的杨树往前走去。她不知为什么有些难过。本来讲好了是来一辈子的——上级给他们送行时还放了鞭炮，敲锣打鼓，这边迎接的人也同样敲锣打鼓。谁知上面又变了。如果大家都不走有多好呀，如果有走的，有留的，大家心里都不会高兴——走，还是不走？她想啊想啊，想得头痛。从大杨树这头走到那头，最后终于决定找魏铭商量一下。

魏铭正在找叶春。他见了她就说："哎呀好找！我要走了，找你告别呢！"

"你走这么快？"

魏铭擦着汗，说："嗯。我，还有一个，不知是谁——是你吗？"

叶春有些生气地摇摇头："不是我！我刚来不久，刚拜了老师。我希望你也不走！"

魏铭的脸有些红了。他的脸突然就红了起来。他十分激动地看着叶春。半晌，他说了句："你真好看哪！"

"胡扯！……"

魏铭擦着手："我干吗哄你？真的啊！我不骗你……你真好看！"

"不准再胡扯！"

"不是！坚决不是——我快走了，我不能不把这句话告诉你……"

魏铭咬着嘴唇，像在用力忍着什么。叶春急得直跺脚。魏铭咕咕哝哝地说下去："我想你啊，真正想你。我觉得你哪里都好，连小翻毛棉帽都好——其实你知道它本来是不好的，经你一戴才变得好了。我，我不客气地讲，我热爱你！"

叶春捂了一下脸，跳了起来。"你住嘴吧，哎呀我听不下去了，住嘴你这个傻子！你要逃跑了，还说这些！"

"我可不是逃跑！"魏铭一下冷静下来。

"你离开广阔天地了，还说不是！"

"我是出去工作的，是根据上级下来的指标……我有指标，不是吗？我不是逃跑！"

魏铭急得快要哭了。

叶春叹了一口气："我们当初不是说要在农村扎根一辈子吗？你，这么快就……就要跑开，大伙儿会怎么想呢？"

魏铭慢慢抬起头来，看着叶春，久久地看着。他的胸脯一起一伏，忽然说了一句："叶春！"叶春也抬头看他。魏铭急促地说道：

"如果我们的关系能比同志更进一步，那我就不走了！"

叶春咬着嘴唇，摇着头，摇出了眼泪。

这会儿正好酒坛老人赶着车过来了，老远就喊："你这俩孩儿在这干什么？"大车一会儿跑近了，叶春身子一纵跳上了车。

车远去了。魏铭站在那儿，两手抄在裤兜里，仰脸望着蓝天。

不久酒坛老人当兵的儿子回来了。酒坛老人高兴得不知怎么才好。他们家里一连热闹了好几天。队长老万头也高兴得合不拢嘴。这是个大喜大庆的秋天，看一地庄稼有多么旺盛！身穿黄军装的儿子一个人走在田野上，看着四周。他多么兴奋，大伙儿远远望见了他，都夸奖他是好孩子。大伙儿知道他见了庄稼，心里好喜欢。

叶春赶着车，替下酒坛老人——老人这些天真的喝醉了——年纪不饶人哪！她一个人驾车，觉得自由畅快。她慢慢把车赶到了复员军人身边，拉了车闸。小伙子转过脸来，她一眼看到了一张熟悉的脸：精神头儿十足的脸上，那双稍微有些鸡斗眼的……她突然觉得她已经跟他熟悉了很久似的。"上车吧，我带你转转。"

他们一块儿坐在车上。叶春与他没有多少话。可是叶春觉得他们在交谈不停。后来，复员军人终于问她了：

"你真的不准备离开农村了吗？"

"真的。你呢？"

"当然。这不回来了吗？"

叶春不吱声了。她的鞭子甩得很响，这是她跟师傅学的一招儿。

……

一年之后，村子里都知道叶春跟复员回来的小伙子恋爱了。他们看来准备在这个小村安家过日子了。村里的老婆婆拍着手说："人哪，怎么还不是一辈子；要紧是找个好人，是吧？是吧！"

叶春和复员兵小伙子愿意在田间散步，散步散到了杨树下就停住亲嘴。她久久地吻着小伙子，一双手抚摸着他又硬又黑的头发，说："真让人亲哪！"小伙子说："俺觉得你在亲新农村哩！"……

一九七六年写于龙口

铺 老

干什么也不如干个铺老——常年在海边守渔铺的老人!这是个馋死人的行当,每天里就是吃鱼、喝酒、说热闹话儿!人上了年纪还有这样的福分,真是做梦也想不到啊!不过铺老一般都是熬出来的,打了一辈子鱼,岁数大了,领头的说一句:"你看渔铺去吧!"也就成了。

大海边上一个个渔铺里,就活动着这样的老头儿。他们闲了就凑到一起玩儿;大晴天里,他们就在白沙滩上闲溜,弓着腰,一副心满意足的模样。

海里并不是时时都可以打鱼,有时捕鱼人可以很久很久不来,比如严冬里和风浪天里。那时铺老们就要守在铺子里,自己过沉默的生活。他们吃的是备下的咸鱼或自己设法搞来的鲜鱼。在海边上活动,捡来几条好鱼不费吹灰之力。即便是在大雪封岸的严冬,只要有耐心地沿着海岸走上一会儿,一定会捡到冻僵的大比目鱼、海蜇和章鱼等等。

铺老们都会做菜,都有一个油滋滋的小铁锅,有大把大把的鲜姜和辣椒。他们把这些东西埋在沙子下面,可以吃上一个冬春。他们亲手做出的鱼汤味道奇美,远不是其他人所能攀比的。这是一辈子练成的手艺,是海边生活最重要的一部分。

大雪天,他们几个人就凑到一个铺子里,喝滚烫烫的酒。大雪天都很静，无声无息，哗哗的海潮声也给关到门外去了。这真是个好日子啊！小火炉噜噜叫，铺子里热乎乎。几个老人盘腿而坐，把酒盅咂得嗞嗞响，谈天说地，有时还相互开个玩笑，真是有意思啊！

"老锛你这个老不死的，怎么能煮出这么好的桑叶茶来，里面加了冰糖吗？"

"土挠，日你……怎么抓到这么大一条老鱼？哈！哈！"

"小喜蛛，快起来吃口大鱼肉，别老躺着吸烟哪！"

几个老头子满脸都是神气，咋咋呼呼，喊着骂着，有时还噗噗捶上几拳，老胳膊老腿了，舒服得哎哟哎哟直叫。

老锛这个老头儿个子有一米九以上，谁看他都得仰脸。他奇瘦，胡子是白的，牙齿颗颗结实，他吃牡蛎不用家什撬壳，只用牙咬。他在沙滩上走路大步跨着，不紧不慢，像一柄锛斧在锛着土地。老锛可是个文雅人儿，说话慢，不太骂人，不过一骂起来就没有头。他没有上过一天学，不识字，手指很长像是捏过笔杆的人。他衣服比别人都整齐，穿了鞋袜扎了腿带子，所以他算个文雅人。

土挠是个能干的海上把式，很粗壮。他有耐性，有时为等一条鱼可以半天地蹲在海边。他常常趴下身子在沙滩上干什么，你过去看看他有什么道理，你看不出来。他离开地方，你才知道他又得了东西。他手里从来不空：三个大乌贼、两条刀鱼……有时他还能拣一杆橹、一块网、一根丈把长的竹竿子。土挠身体一年不如一年了，穿上了皮袄。他不耐冻了，这点上不如人家老锛。老锛半夜里踩着雪出去解溲，只穿一个裤头。

小喜蛛嘻嘻哈哈，人小手足也小，人老心不老。所有的老头子都照顾他，以为他力气不行。可是有一天抬船，他一个人扳住一端，昂一声大叫就把船头扳动了！天呀，他把力气藏在了哪里？看来他不是个好对付的主儿。从那以后，大伙儿不照顾他了。吃东西时，你一块鱼肉他一块鱼肉，平均分配。过去不是，过去只让小喜蛛尽吃。他的小手黑乎乎又软绵绵，捏起一撮鱼肉，嗖一下吸进嘴里，又吱一声饮一口烧酒。他的小脸一天到晚喝得红扑扑的。老锛说："你这个女人身！"大伙儿都笑。老锛真文雅啊，老锛把小喜蛛糟蹋得可不轻，不过又没使用一个脏字，你说让人服不服？老锛火了谁也得害怕，不怕不行。老锛坐在那里，理理胡子，咳嗽一声，大伙儿都得老老实实。其实老锛从来没对小喜蛛动一手指头，小喜蛛还是怕他。

他们很少是有儿女的人，不然他们也做不了铺老。他们当中如果有人有妻室儿女，他就成了别人嘲笑的对象。"你这个人哪，活得不利索！"他们都这样说。平时在一块儿，分东西吃、喝酒，那个有家口的人都要拣次的、挑小的用。因为大家都觉得他家里的人已经照顾过他了，他已经不错了。再说他又是个不利索的人——他会把这里的事情回家告诉一遍，把冬天或闲时铺里的一些事儿传出去。有这样一个人真不利索。

不过认真论起来，渔铺里好像也没发生过什么怕人知晓的事情。当打鱼的人多起来时，海滩上吵吵嚷嚷，不断有人在渔铺里出出进进，渔铺里还有什么秘密可言？不过认真观察一下就会发现，铺老们尽量不去过多地掺和那些打鱼人的事情。他们好像自成体系，好自为之。几个老人在震天的号子声里仍然安静得很，一起围坐或闲走，小声地说话，笑着。

他们的好时光应该说主要是打鱼人长期休息的日子。这时孤寂回来了,他们不受打扰的时刻也回来了。老锛在海边上拣回几个好看的玻璃瓶,涮好收起来,嘱咐一句:"不准出去说。"土挠把风浪过后推拥上来的竹竿和木板堆积在自己的铺子后面,也嘱咐一句:"不准出去说。"谁都明白这不是什么怕人的事情,可是还是觉得那句叮嘱是再好也没有的话了。

  小喜蛛有老婆孩子,他过去常常回去看看。老锛每次都盯着他的背影说一句:"走吧,人离开了,他铺子里非丢东西不可。"小喜蛛每次离开都不忘把铺门锁牢,可还是有人寻空儿把铺门撬开,进去偷些东西出来。老锛说的一点不差。

  偷东西的人正是他们的好友土挠。土挠听了老锛的预测,就迫不及待地让那句预测变为现实。老锛是个文雅人儿,可不能说了白说。土挠用一根钢筋弄掉了锁,爬进去,在小喜蛛的坛坛罐罐里找东西吃。他发现这里的腌鱼和咸菜都不错。他有一次还偷走了铺里的烟斗和小喜蛛的一件棉衣。

  小喜蛛回来十分恼恨,埋怨几个老朋友没有给他长长眼色。老锛说:"不能。你是有了仇人——要不怎么一离地方就丢东西?咱可不能跟你一块儿积仇。"土挠嘻嘻笑:"一点儿也不错。"除了那个烟斗他要偷偷一用,其余的东西都埋在了沙子里。

  后来,小喜蛛不回家了,只让老婆来看他。这下子可让几个铺老开了眼界。原来他的老婆个子高而且十分粗大,正好与小喜蛛相反。"他怎么娶来这么个东西?这不是自找麻烦吗?"土挠眨着眼对老锛说。老锛理着雪白的胡子,点点头。后来他就将两手抄在胸前,端量那个大老婆了。

大老婆脚掌很大,手也大,走起路来胸脯仰着,踩得沙滩噗噗响。她叫男人的名字总是拖长音儿,像喊猪喊狗似的。她的嘴巴又厚又大,嘴唇乌紫发青。她站在海边上看海水,又转脸看几个铺老,使劲咳了一声。

老锛文雅地站在一边。土挠使劲地在那儿抠挖什么。一会儿,他挖出了一支沙参。

大老婆提着包裹,一手揽起小喜蛛的肩膀,回自己的铺子里去了。

"这一个大家伙,我看很像个谋财害命的主儿。"老锛盯着她的背影说。

土挠说:"小喜蛛非让她气死不可!"

大老婆带来了酱瓜和玉米饼,小喜蛛就偷偷地拿来给几个好友吃。他们一块儿享用,还喝了酒。正喝着,外面传来了她的呼喊,老锛使个眼色,土挠就把铺门顶实了。大老婆无论怎样捶门,怎样叫,他们只是不理。这样喝了半天,个个都有些醉了。大老婆也无声息了。他们以为她一定是回去了,就开了铺门。谁知铺门刚开了一条缝,大老婆"呼"一下就扑进来,一把拧住了自己的男人,拧着他的耳朵拖出去。

小喜蛛一路吼着,跟大老婆回到了自己的铺子里去。

土挠和老锛在后面看着,一声不吭。老锛后来说了句:"不帮帮他,就对不起朋友了!"土挠点头。

这天夜晚,土挠在小喜蛛的铺子前蹲了半夜,想寻个机会下手,收拾一下那个大老婆。可是里面鼾声阵阵,什么机会也没有。后来他用钢筋从铺子外面往里扎一下,心想扎了谁算谁。他专往鼾声响的地方下手,轻轻地来了那么一下。只听鼾声停了,里面有个声音:"哎哟哎哟!"他听了撒腿就跑。

天亮了，小喜蛛捂着屁股走过来，对老镩说："得警惕了，海里上来了特务。"他让几个铺老看屁股上的伤，"这是半夜里被特务捅的——他们想谋害我，怎么办？"

土挠认真蹲下来看了看，咂咂嘴没有说话。他心里十分后悔。

大老婆也过来了，她看看几个人，咬咬嘴唇，就进铺里坐下了。老镩正在铺子里煮鱼汤，锅边已经摆上了酒和盅子。这会儿锅开了，老镩招呼几声，外面的人进来，要喝酒了。大家刚一动手，大老婆就抓过一盅酒，一仰脖子喝下去了。大伙儿面面相觑，不作声。小喜蛛给老婆添了一杯，她又一仰脖儿下去。老镩咳了一声。土挠把酒瓶儿收起来。大老婆火了，拍着腿要酒喝，没有办法，一瓶酒只得让她给喝光了。她喝得满面红光，哈哈大笑，心满意足地在铺子里摇晃着。小喜蛛看着老婆，兴奋得哼哼呀呀。

这一天直折腾到天黑大老婆才离去。她一个人摇摇摆摆走进海滩深处，回家去了。小喜蛛一个人留在了自己的铺子里，空荡荡的。他垂着两手，在浪印上走来走去。

老镩走出去，跟在小喜蛛身后不远的地方，走得步伐稳健。他的大白胡子在暮色里泛光，看上去又威严又沉重。土挠也只得走出去，尽力地赶上老镩。"这个人，活得真不利索！"老镩止住步子，冲着前面那个矮小的身影努努嘴。土挠重复一句："真不利索！"

他们这一天定了一条原则：不准家里人来铺里送饭。

他们都感到了严重的骚扰，好像损失巨大。其实大老婆送来了玉米饼之类，除了喝了一点酒，没有拿走任何东西。不过他们还是觉得这个女人如果频频出入海边渔铺子，那么这里也就没有任何幸福可言。

"你有这样的家口，还不如死了好——你死了吧。"铺老当中有人直言不讳地说。

小喜蛛擦着鼻子说："好死不如赖活着。"

"赶空儿俺把你扔进海里去。"

"把你的小手一捆，扔到海滩上，让狼、狸子吃了你。"

"用酒把你灌醉，然后把你埋进沙里，谁也不知道。"

小喜蛛听着这些议论，连连说："天哩，你听听，吓人！吓人！"

大伙儿哈哈笑了。

后来大伙儿对小喜蛛依旧，仍然一起喝酒、玩，过铺子里的生活。不过他们一提起他是个有家口的人，又都厌恶他，不能原谅他。铺老嘛，该是个利利索索的好汉，怎么能有那么些牵挂？呔！呔！真是一个——"一个不中用的东西"——老锛概括得再贴切不过了。

"咱也不是娶不上家口，咱不过不愿意要罢了。"老锛说。

大家一齐迎和："罢了！罢了！"

"如果有了家口，好鱼就不能一个人享用了，出油的鱼尾巴就得给她留着，让她放进嘴里转圈儿嚼。"老锛操着手，又说。

"那是哩！那真是一点不错。"

土挠接上说："俺在海边遇上买鱼的闺女万万千，哪个不想留在铺里？他们不馋我这个人，还馋鱼哩。大鱼一条一条，鱼肚儿发银光，谁不馋？咱思前想后，最后咬咬牙忍了，一拍大腿：自己过！"

"好！"

老锛大赞一声，喝了一口酒。他正在做鱼汤，这会儿掀开了木头小锅盖，伸进勺儿搅弄锅子。水中有一条花点儿银肚扁鱼，它的肉被汤浸松了，显得软软肥肥，油儿渗得很旺。老锛撒进大把大把的姜末和葱、花椒，四周的老人不停地咂嘴。

"不放醋能行吗？"小喜蛛从气味中感到少了什么。

"你怎么知道不放醋？馋猫鼻子尖。"土挠顶撞了他一句。

"你正经喝过几回好鱼汤？你知道该什么时候放醋？"另一个老头子问。

有人讪笑。

老锛像一切都没有听到，这会儿从铺子角落里摸出一个大罐子，一歪，哗一声倒进锅里一些东西。酸汽一下子扑满了铺子。这显然是失手倒多了。可是大伙儿伸出舌头舔着空气，都齐声说："好好好，这才好哩！"

该喝鱼汤了。铺子里一片呼呼的快乐喘息。老头子们的手由于兴奋，早已经湿漉漉的了。他们转身找碗、筷子，找小瓷勺。哪有这么多碗。后来有人干脆用大贝壳盛汤，一口一贝壳，喝得比谁都快。

只有小喜蛛一个人从裤带上解下了一个搪瓷杯子，不慌不忙地舀汤喝。大伙儿都羡慕这个好家什，这会儿盯着看。上面有红花绿叶儿，有蜜蜂儿飞哩。杯把儿弯弯，像小孩耳朵。真好杯子！其实小喜蛛一年到头把它拴在裤带上，常备不懈，不过大伙不注意它罢了。终于有人问了一句：

"喂呀，你哪弄来的？"

小喜蛛一边喝一边答:"扑!俺老婆赶集,扑!买的……给俺拴上。"

老锛的勺子一声砸在锅沿上。

大伙儿停止了喝汤,然后一句句骂起了小喜蛛。骂了一会儿,老锛才高兴一些,伸手扭了小喜蛛一下。小喜蛛转着脖子躲闪,一边躲一边嚷叫;"哎呀,痒死了痒死了,嘻嘻嘻!"

大伙儿都笑。老锛停了手,带总结性地说:

"其实小喜蛛这个人不错,是他老婆把他弄坏了。你们想,咱要有那样家口,还能活吗?"

"对,小喜蛛不错。不错不错。"……

老锛蹲在锅台上,盯着小喜蛛笑,小声说了一句:"你这个女人身……"

一九七六年写于龙口

书院北部海湾　　田恩华摄

开　滩

　　这个事不说没人知道：大海滩一年到头是封住的。它看起来平平常常，兔儿跑鸟儿叫，无边无缘的，其实一年到头都是封起来的。

　　封滩，就是一年里不准人进去砍柴、拾草、挖药材。一句话，想沾点大海滩的好处，那是不行的。

　　负责封滩的人叫常敬。他长得又粗又矮，只有常人三分之二高，剃了秃头，认真负责。大伙儿都说：常敬封滩，封得住；换了别人，封不住。

　　常敬脾气暴烈，而且在年轻时候不干人事。他积了不少怨恨，不少人想寻机会弄死他，所以他自己就警惕得很，大睁着两眼。如今上了年纪了，为人略好一些，不过仍然得不到别人的谅解。

　　他有武器，那是一支双筒小土枪。他个子矮壮，所以臂力过人，一只手就可以端起来放枪。"嗵嗵！"大海滩上一响起这种轰鸣声，人们就说："常敬又放枪了！"

　　不过谁也不知道他放枪干什么。有时他用它打野物，吓唬进滩的人，还有时毫无目标地打枪，问他干什么，他说打鬼。

　　他在海滩上盖了个小窝棚，一个人拱在里面过日子。其实他有儿有女有老婆，有个不错的家庭，只不过不愿回家罢了。他老婆体积大约有他一倍大，据人说年轻时妩媚过人。他究竟用什么办法弄来她做老婆，所有人都以为是一个谜。于是有人就猜测，说是依仗了暴力。但更多的人不这样认为。他们眼里，常敬是个心生百窍的怪人，在他那里，几乎没有什么做不成的事，只要他想做的话。年轻时候，人们亲眼见他把小女孩儿撵得吱哇乱叫，在大海滩上一溜急跑。那些小女孩儿犯了纪律，她们在封起的滩上攀折树枝。

他像个狗一样趴在草棵里，听着四周的动静。他如果发现了什么，就一跃而起，蹿上去，没命地追赶。那些在大海滩上胡作非为的人，比如那些偷树的、砍柴的人，没有一个不怕他的。

如今他是老了，可是他的勇力不减当年。他还能一声不吭地在草窝里趴十来个钟头，还能晃着膀子在树丛中疾跑。"啊唬！啊唬！"他一边追赶逃跑的人，一边放开嗓子大呼，单凭这烈性十足的腔音就能把对手吓住。有的女人刚一跑，就被这喊声吓趴下了，浑身乱抖。谁也弄不明白他这个人从哪儿发出这样粗响的声音来？他简直是个发音的专门器具。

他的生活不错，一年到头有荤吃。他打下的兔子、獾和狐狸很多很多。这些东西除了他，任何人不准碰。别说这些，海滩上一草一木都不准别人动。只有到了开滩的时候，才允许大家来这里拾草——人们就拼命地拾草，趁机备下一年的烧草。不过这样的机会一年里只有一次，一般都是在过大年之前。开滩的日子里，也就是常敬最厌恶的日子。

如果他说了算，他就会把滩一直封着。那时他是这滩上的王，想干点什么就干点什么。无论谁，只要一步闯到这滩上，那么就得归他管了。他说你错了，你肯定就是错了。你还敢不服吗？他说自己是守滩的人，打死了人不偿命。没人去考究这是不是一条实在的法律，反正都对他那支双筒小土枪吓得要死。可是人过日子要烧饭哪，有时家里实在一点可以烧的东西也没有了，眼看就要停下生活了，那时也就不得不冒险了！每逢这样的日子里，常敬就力量倍增。他一下子激动起来，双目闪亮，在树丛里一蹦三跳。好像他天生就是与人争斗的脾性，没有争斗就不舒服。

"胆真大啊！"后来有人对那些冒险进滩拾草的人评价道。他们不理解那些人为什么竟可以连常敬都不怕？

"啊唬！啊唬！"常敬一旦发现了目标，就一边跑跳一边大喊，烈性的嗓门能传出几十里，差不多惊动了海滩上所有的野物。被追赶的人不得不抛下耙子和绳索，弓下身子没命地窜。不过他们十有九个逃不出去。常敬在他们力乏下来的时候，猛力一跃骑上抖抖的身子，照准后颈就是一拳。被逮的人连声求饶。常敬烈呼："罚！"

那是可怕的惩罚，往往只一次就会让人记上一辈子。怎样罚要看他的高兴，没收拾草的器具是最轻的，其次是罚二十块钱、出几十个工，等等。没人干涉他的法律，这真是怪事。

有的妇女被逮住了，常敬照样骑上去。她们有的奋力搏斗，虽然无济于事，但总还算出了一口恶气。有的自知白费力气，就任他折腾了。他说："敢不听大叔的话？"被他逮住的人都像鼠见了猫，不敢抬眼看人。他对妇女的惩罚丝毫不轻，而且有时还显得重一些。海滩上的草丛中，常常有刚刚被罚过的女人一路号哭向前走去，那凄厉的声音让人难受。

太阳在大海滩上落了，大地红红的。不少人咒那个管滩人，说："让他随着日头死了吧，死了吧！"

可这是白费心思和口舌。他活得十分健壮，比一般人健壮得多，看样子会活一百岁。他随着年岁的增长，剃了秃头，越发精干英勇；而且不同之处，还在于他的嗓音变得更粗更烈，呼喊起来让人更加害怕。

不知有多少男人在打常敬的主意，他们都想杀了他——不过这主意怀在各人的心里，他们不敢联合行动。所以，常敬在好长一段时间里，并没有受到真正的威胁。不过，怀有这种心思的人多起来，溅血的日子迟早会来。

有一天半夜，常敬因傍晚吃了一只野兔，正香甜地大睡，好舒服。有个细长的黑影儿蹲在他的地铺入口处。蹲了一会儿，黑影捂着嘴呼唤道："常敬！常敬！大叔！大叔！"呼了一会儿，里面的鼾声停了；又住了一会儿，那个矮矮的人儿弓着腰爬出来——刚一出门，细长个子一挥手，撒开一张捕鱼小网，顺手一收一勒，就把常敬网住了。常敬没命地在网里扑腾，撒网的人只不吭声，用脚去踏住，另外两手唬唬紧着网绳。小网越收越紧，常敬给勒在了网的当心不能动，说话也困难。细长个子把他扛起来就走。

"你要把我扛到哪里去？"

细长个子不吭声，只管往前走。

"我日你妈我饶不了你……"

常敬费力地骂了一句。细长个子回手就是一个耳光。常敬再不骂了。停了一会儿，他用牙咯咯地咬断了几根网线。细长个子急了，就把他放下，先踢几脚，然后往他嘴里塞了几根树条子。

再没有声音了。他扛上继续走。

当时是个深秋,天有些冷。他扛他走到了大海边上,找个没人的地方站下。肩上的人发狠地扭动。细高个子说:

"你做到了头,今个结了,喂鱼去吧!"

他说完踩着浅水往里走了一会儿,直走到齐腰深的水里,才骂了一句,一下子扔了进去。

照理说常敬非死不可。

可是几天之后,他又拱在自己的小草铺里睡觉了——那天的风浪一会儿就把他扑上岸来。他连呛加冻已经昏了。可是太阳一照,他又活了,于是飞快地用牙咬东西,因为海水早把嘴里的树条冲掉了。咬了一会儿,钻出一个头;再后来,打鱼的人来了,把他放出来。

他花费了几年的时间寻访那个黑影,就是寻不到。

从那以后他更厉害了,警惕性增加了数倍,他在身上的贴近处配了刀子,夜间不脱衣裳。尽管这样,还是有人打他的主意。

有一天他正大睡,又被一阵叫声惊醒。这一回他没有马上钻出,而是弄明白了没有人蹲在铺口才出来。他走了几步,骂了几声。可是没有活动几步,他就被绊住。他狠狠一踢,两脚立刻被一种奇怪的绳扣给系住了——他明白这是打猎的人常下的狐狸套!"狗娘养的,俺杀你全族!"他大骂大叫,伸手掏出刀子弯腰割绳。割了两割没割动,这才知道下套用的绳子是铁丝。勒人真疼!勒人真疼!他急得刀子都握不住了。

大约有一两分钟的工夫,从近处的小树林里蹦出了一个人,他弯腰拾起什么就走。原来连住绳扣的有一根长索,他拖着常敬在地上跑起来。地上的棘子树茬,一齐划着常敬的身子,常敬没好腔地号叫,最后连叫的声音也没有了。

那个人看来不想弄死看滩的人,因为他拖一会儿,就停下来检查一次,看看死没死。最后一次他见常敬鲜血淋淋,喘息都弱了,就不拖了。他把半死的人放在那儿,就回头走了。走出了小半里,他又想起什么折回来,站在常敬身边。站了一会儿,他抬脚照准常敬的下身跺了一下。随着一声长喊,他这才匆匆地离去了。

这一回常敬离死只有一二寸远了。不过他的性命根儿真大,竟然还是活过来了。只是他的脸上结了些紫的红的斑痕,样子难看极了,让人看一眼心惊肉跳。

"他这遭真是个凶神恶煞了!"大伙儿都这么说。

常敬的家里人,主要是他老婆,比常敬害怕十倍。她以为常敬不一定什么时候就会被人弄死。她劝说男人放弃看守海滩这个活儿吧,可常敬根本就不考虑这个。他一如既往地住在大海滩上,像过去一样厉害,打猎也行,有时一天就能打十几只兔子、一只狐狸。他炫耀般地将一切收获都悬在树枝上,让它们在风中、在阳光下甩动不停。

大海滩上的枯草和落叶,一年里已经积了厚厚一层。人走在上面,像走在海绵上一样。"真肥呀!一耙子下去就是一堆!"经过海滩的人这么说。人们都等着开滩。

天快下雪了,还不开滩吗?

何时开滩是上级的事情。只要开滩的红纸一贴出来,各条大路小路上就挤满了人,一齐往大海滩上拥来。大伙儿又紧张又快乐,驾着大车小车,带着绳子扁担、锄头耙子,叫着喊着往前赶。"走啊!开滩了!

开滩了！快呀！一走晚了没有了！""好家伙啊！有喝一壶的了！"……

他们嚷叫着进了海滩，立刻没有声音了。全都扑到地上干活，哧哧地用耙子搂，用锄头锄，还胆怯地四处瞄几下。如果那个矮矮粗粗的人背着手走来，他们就赶紧低下头。

常敬一会儿出现在海滩的这一边，一会儿出现在那一边。他像是会飞的人一样，随时就可以站立在一个地方。刚才一会儿还听见他在远处咋呼，可是一眨眼的工夫他就出现在近前。

他的伤痕累累的脸谁也不敢看。他见谁瞪着他看一眼，就睁大了眼直视着，一步一步过来。先看他一眼的那个人往后退着，连连喊"大叔，大叔……"不管是年长于他或少于他的人，一律称他为大叔。这是多年养成的规矩了。

有些不懂事的小娃娃见了干结在树上的野果，就欢呼着去摘。大海滩上有多少奇怪的东西呀！野果子红得发亮，干蘑菇、木耳，看见眼就馋。大伙儿没有工夫去收拾它们了，他们时刻不忘这是开滩拾草的日子。也只有孩子们去拣去找那些好东西了。可是孩子们总是受到呵斥，大人不让他们乱喊，从来不忘告诉一声："常敬来了！"

"开滩了！开滩了！"小娃娃们躲在树林里喊。他们实在忍不住啊！

不少孩子逃开父母的约束，结伙儿往大海上跑。他们想看看大海在这会儿是什么颜色，有打鱼的人吗？他们一年里也不敢上大海滩一次。他们尽情地跑、跳，小腿儿飞快飞快。

他们一会儿就没了影儿，急得他们的父母到处去找。

常敬手里提着双筒小土枪，像是故意地寻机会亮亮枪法。有一只兔子跑在一个弯腰拾草的老汉旁边,被常敬嗵一枪打倒了。老汉开始还以为这枪是冲他打来的,一个筋斗翻倒了。其实枪子儿一粒也没有沾上他。常敬走过去,从他身旁捡起死兔子,慢悠悠地走开了。

有时候所有的人都停了手,没有一个人干活。他们都直着眼看去——

常敬的枪插在腰上,伸开两手像要捕捉东西似的,大步往前跑去。这真是一阵好跑。他这么大年纪了,跑起来呼呼小喘,飞也似快,还能在疾速飞奔中绕过棘棵。他要跑向哪里?他又发现了什么?人们放眼往前看,什么也看不见。不过大家从他的跑势上,都判断出在海滩的那一边又发生了什么事情。

有人担心不在身边的孩子,有人担心老婆和女儿……他们焦急地蹲下了。

"这个……人,能活一百岁!"有人议论。

"天哪!天哪!"有人轻轻吐气说。

常敬往前飞跑,一会儿就看不见了。

有人确信他再也听不见了,这才压低了嗓子喊了一声:

"开滩了——!"

大伙儿像他一样小声喊叫:"开滩了!开滩了!开 —— 滩 —— 了 —— !"

一九七六年写于栖霞
一九八〇年改于济南

造琴学琴

在学校里，我最羡慕的是那些拥有一把琴的人。他们拉小提琴、二胡、手风琴，弹拨三弦、打扬琴。琴是公家的，可是谁占了哪一个琴，那个琴差不多就成了他的了。他们都是老师和高年级的学生。琴是最神秘的东西，上面的弦发出的各种美好声音让我不解。琴比收音机还要古怪。

有了一个琴并且会使用，多么好！那样我就可以进学校宣传队，去拥军，去下乡，去让别人眼馋了。

我想买一个琴，什么琴都行。可是问了一下，贵得吓人。我明白我一辈子也不会有琴了。

绝望中听说林场里有个赶车人造了一把琴，我就跑去看了。一打听，事情不实。因为赶车的人有把二胡，不过不是他造的，是他家老辈人造的，传到他手里，已经很旧了。他多少会拉一点，赶着车也拉，拉很短的曲子。

我也要造一个琴。

赶车人四十多岁，没有老婆，叫老玉。是个挺好的人，就是爱打儿童。小孩子一缠他就发火，而且打人没轻重。他拉琴时闭着眼，有人一喊，他睁开眼，骂别人，用沙子扬人的眼。听说以前曾有个地方请他加入过宣传队，因为会拉琴的人手少。老玉去了几趟就跑回来了，说一起拉没意思。其实是他不合格。

我去找他求教，比如筒子怎么弄，钮子怎么弄，还有弓子 —— 胡琴多么简单！主要是三四样东西拴上弦就行了。我怎么不能造一个？老玉说："小孩呀呀还想造琴。"我气得慌，不过不想惹他，就说："工人阶级帮帮我吧。"他骂我，边骂边把琴从被套子里面拖出来 —— 原来平常他都是把琴藏了。他敲打琴筒，说这是用香椿树根做成的，杆儿是枣木做成的，钮子是槐木做成的。我问别的木头不行吗？他又骂我，说不行！

要造琴，先得找这些木料。

林场很大，可哪里有那么大的香椿树根？就是有，也不舍得割了大树呀！至于枣木槐木，比起香椿树根也就不算难弄了。我愁得一天到晚在林子里转，想狠下心偷伐一棵椿树。看林子的老头盯上了我，暗地跟着我。

没有那么大的香椿树！我差不多哀求老玉了，说："凑付点吧，用个梧桐不行吗？听人说梧桐做成东西也扩音！"

老玉说："再来犟嘴不教你了！"我只得重新去找。

又找了很久。我愁坏了。有一段日子我有些灰心了。一个偶然的机会，我听说南边有个小村，那儿有一个老太太，她家院墙外边有一棵大香椿树。告诉我这个消息的人说："去看看吧，也不知那棵树死没死。"

我赶紧去小村里，一路上在心里念叨，那棵大树啊，快死了吧，死了我好挖下树根用呀——我的话如果老太太听见了一准会骂我。

到了小村一问，真巧，那棵树早就伐了，大树根子老大老大，正堆在一边准备当柴烧！我高兴极了，一蹦三跳地找到老太太，说明了来意。我提出花钱买这个大树根子。老太太生气地说："送你送你，你也为了学本领搞宣传哪！"我取走了树根，给老人鞠了个躬。

老玉帮我用斧子修理了树根子，修成一个大疙瘩。我说怎么挖得成筒子？找场里的木匠吗？他说那不行——木匠做四方东西行，做圆的就不行了，这得找旋木头的旋成圆筒才行。

我想起学校里的二胡就有六棱筒的。老玉指指自己的胡琴说："那不是圆的吗？圆的才好！"

我问："到哪儿去旋呢？"老玉甩甩头说："'九里涧，两头旋'。"我知道九里涧是个地方名儿。"那里专门旋木头，你去吧。"我费了好大劲儿才打听出哪里是九里涧，找到了旋木头的地方。

那个开旋床机器的师傅看了看我，摘下眼镜擦擦又戴上，说："弄胡琴？"我点点头。他再不问，哧哧咔咔旋起来。先削掉多余的木边，接上摇着小铁柄儿往前推，小心极了。他甚至在木筒上旋了几道花纹。工人叔叔真好啊！真了不起啊！

我付了钱——他们只要一元钱！

离开时我又回车间看了看那个师傅。他问："胡琴钮子呢？"我说没有。他说："那也得旋。"我说："我找了槐木再来。"他说好。

第二天，我就找了两块槐木，去旋了钮子来。

整个这些天我兴奋极了。我几乎天天要找老玉。老玉还是常常骂我。不过我离不开他了。他赶车，我就跟上。我想跟他先学一点怎样拉琴的知识，等我自己的琴造好了，再正经学习。我常在夜里想，有一天，我要突然从老师或高年级同学手里接过琴来，拉一段好听的曲子！让他们发呆去吧！

我的学习给耽误了，功课不太好。不过功课要追上也容易得很。那些出去搞宣传的、写村史家史的，常常耽误一个多月的课，到头来还不是补上了！

多好的一个琴筒啊！我找木匠钻了个小洞，小洞上要镶琴杆儿。我看着木匠的钻头响着，真怕它把筒子弄碎啊！老玉帮我削了一支硬木琴杆儿——为这个我将永远感谢他！因为硬木在我们这儿没有，到底哪里有谁也不知道。老玉说他来想法吧。他直到很长时间也没想出法来，我怪急得慌。可是事情说成也就成了。他有一天给一个地方拉木头，看到一个屋里放了一支废旧的秤杆儿，就顺手取了扔到车上。他把车赶回来，冲我叫着："快来看，你这个馋痨！"谁特别想干一样事，他就管他叫"馋痨"。

我跑去一看，只见发红的一根小圆木，上面还有残留的称星儿。我明白了！老玉举起，用指头弹几下，说："真正的红硬木。你这个馋痨就是有福！成了，胡琴这遭成了！"

他削过红硬木，又用碎玻璃细细地刮过。琴杆儿刮得滑溜极了，他撸了两下。这么好的琴杆我做梦也没想到。把它镶到琴筒上，再加上钮子，几乎就是一个挺好的胡琴了。还缺什么？还缺一个弓子、一副蒙琴筒的蛇皮。弓子是藤杆做成的，细竹也行，这个好办。可是蛇皮呢？我真害怕蛇，怎么敢弄蛇皮？去店里买，哪里也没有。

过去我一直为琴筒什么的着急，这次一下子想到了蛇皮。老玉的琴上蛇皮带黄色花纹，那得多粗的蛇才行！老玉说它的蒙筒用料不是一般的蛇，是蟒——一种更大的长虫！

老玉整天骂我，我真想打他一拳。不过我事事都得求他，不敢得罪他。他骂我骂得好狠，没事了就叫我馋痨。他让我跟他出车，说有时拉木头，常能碰到蛇，如果有粗壮的，就打一条。我满怀希望，可又十分害怕。那条倒霉的蛇最好让老玉一个人撞上好了。

跟老玉常在一块儿，才知道他是个很脏气的人。他身上有股怪味儿。他几乎从不洗衣服，上面满是灰尘油污。下雨天他才把衣服脱下来，挂在绳子上让大雨淋一淋，太阳出来晒干了再穿上。不过他也挺有意思，心眼不太坏。

有一次我问他为什么不洗澡？他瞪大眼说："谁不洗？我要洗就不像有些人。我要洗就正儿八经。"我说怎么正儿八经？他说："俺忙了不洗，要有工夫，就跳到芦青河里洗上一天。捎带也摸几条鱼吃。一天的工夫，身上多结实的灰还不泡下来了？"

他的话也有道理。有一天他想起什么，说："星期天了，我领你去洗澡吧？"我说："好！"

我们去了芦青河湾。那里很多芦苇，水很宽，特别是河头那儿，像个湖。老玉脱了衣服，我发觉他身上一点不黑。他显得黑，主要是露在衣服外面的手足脸脖给晒黑了罢了。他的水性好，一头扎到深水里，半天不露面，吓死人。一会儿水面上鼓气泡，是他故意弄的。

他洗了一会儿，开始捉鱼。只见他像抱东西一样把手伸到靠岸的苇叶间，小心地一摸一摸，摸到了，就飞快一拃！二条乱蹦的鱼就让他给拃住了。他让我试试，我也伏下身子，小心地摸。我发觉鱼比人精，它们一被惊动，唰一下就窜了。这怎么摸得到？老玉说："你这个狗东西白瞎！你真是个馋痨，光想着造胡琴了。鱼是活物，还等你碰上它才跑？你的手觉得发热——鱼的身子烤你，你就猛一抔，鱼就在手里了。"

我费了不知多少工夫，也觉不出水里的鱼怎么能发热。鱼是凉的，人的手才是热的，老玉怎么会有那种奇怪的感觉？不过他真的能捉到。我到现在也觉得怪。

通过捉鱼这件事，我觉得老玉有很多值得我学习的地方。我比过去谦虚了。他主要的缺点就是骂人，不停地骂。他赶车时也骂牲口，一句接一句骂辕马，不过主要是骂前边的那匹灰马，说它奸滑、不正派等等。

这天我们洗得好惬意，一洗洗了多半天。老玉捧起河沙往身上搓，说："什么灰我还搓不掉它？"真的，他的身子洗得干净极了。这一次谁要再说老玉不干净，那就不对了。他洗好后站到岸上晒晒太阳，身子干了，又穿上那几件脏衣服。

往回走时，在河边树丛里发现了一条绿色的蛇。我尖声大叫，他低头看了看，说："粗细够了。不过这是一条水蛇，不知行不行。"我问："水蛇怎么了？"他说："水蛇一天到晚在水里，湿气大，我怕它的皮做胡琴，一拉音儿发闷。"他说得很严肃，我觉得水蛇是不行的。

又往回走，穿过大片青草地。有一条灰溜溜的大蛇游过来了。我大叫了一声。老玉说："你穷咋呼什么？打呀！"我折了一根树条，可就是不敢抽。老玉边骂我，边跟着蛇跑，并不动手。我说："你快打呀！"他说："跑了活该，又不是我做胡琴。"我急得快哭了，他才搓搓手，低头一捏，捏住了蛇尾。蛇头朝下，几次想往上举，都被老玉甩下来了。他不停地抖动，那蛇终于老实了。他又抖，然后放到地上，蛇就跑不快了。

这时老玉挽挽衣袖，把蛇打死了。

剥蛇皮怪吓人。老玉身上又不干不净了。

我们把蛇皮放进沙里搓、水里洗，觉得干净了才拿回来。老玉用刀子细细地刮过蛇皮正反面，又用碱面搓了半天。晚上，蛇皮放在月亮底下晾干，经了夜露。我问为什么要这样？他说蛇是凉性东西，非这样弄不行。到后来蛇皮干了，有些硬。我们放在琴筒上比了比，发现宽度绰绰有余。

蒙筒子之前，老玉又将蛇皮用温水泡胀了。他说这样蒙上筒子，晾干了以后蛇皮才紧。蒙筒子费了不少劲儿，我们不得不请了木匠帮忙，并且要了他一点最好的胶。老木匠说，我给你上上漆吧。那真太好了！他后来给琴杆琴筒上了老红漆，给钮子上了黄漆。眼看一把胡琴就要成了，我觉得我是天底下最幸福的人。

最后就是制弓子了。藤杆儿用火烤着弯成了弓，然后是拴上一束马尾。马尾要从大马的长尾巴上揪，老玉怎么也不让。我急坏了，说："你真小气，一毛不拔呀？"老玉又骂我，骂得脸红脖子粗，说："你想疼死我的马呀？你拔拔你自己的头发试试。"我说："你弓子上的马尾呢？不是拔的吗？"他咬着牙说，"不是！就不是！那是从一匹死马身上剪下来的。"

我又去找了饲养员，饲养员说不行。他说养什么就爱护什么，想拔马毛，那还行？

坏了，我的好生生的胡琴最后就卡在了几根毛上。我决心自己来处理这件事儿。我不信一道道关卡都过来了，最后会败在这几根毛上。我一天到晚往饲养棚里溜，只要饲养员不在，我就揪下几根马尾。那大马一被揪了,脊背就一抽一抽。看来它是有点疼。于是我也不好意思一次揪得太多,总想慢慢凑数儿。不过我太心急,不到半月的工夫,马尾就凑够了。

没办法,还得去找老玉,求他帮忙做弓子。老玉怀疑地,盯着闪亮的马尾说:"哪里弄的?"我说:"这是一个同学村里的马死了,他替我搞来的。怎么了?"老玉说:"不怎么。"他动手帮我制弓子了。

想不到制弓子也这么费劲儿。主要是马尾难对付。上面的油脂太多,洗也洗不掉,洗不掉,而有一点点油脂,就没法做弓子。老玉把它们放在碱水里浸,浸去一层油,过不久又出一层油。就这么浸浸泡泡好几天,后来又用松香粉去搓。搓呀搓,揉呀揉,马尾全染成白的了。好不容易才把它们归束到藤弓子上。

拴了一粗一细两根弦,调一调,老玉拉开了。真好啊!老天,一把胡琴好生生地响,令人不能相信似的,它前不久还是树根废秤杆什么的。这声音差一点让我哭起来,我笑也来不及了。老玉衷情肃穆地拉,一个曲子接一个曲子,也不嫌累。我说:"拉别人的琴不花钱哪,也不让我拉个!"他骂我,说:"你会吗?你的馋痨爪子一沾上就不是好音儿。"

我飞快地抓过来,拉了两下,真难听啊!

不过我仍然是高兴的。有了琴,难道还学不会吗?我把琴放在一边端量,觉得这是最好最好的一把琴,比学校那一些都好上十倍。夜间,我把琴放在枕边上睡觉。它的油漆味儿喷香,松香味儿也喷香。半夜里,我醒来轻轻按一下弦,发出"叮"一声。

我给琴做了个纸盒,平时就把它装在里面。

我该跟老玉好好学琴了。老玉说:"造琴容易学琴难。要想会,搬来跟师傅睡。"我同意了。妈妈不让我去,说那个人太脏了,我也就没去。老玉多少有些不高兴,一声接一声骂我。我有时从家里带点好吃的东西给他,他的态度才好一些。晚上,我待在他的宿舍里很久才出来。他的宿舍像狗窝一样,热乎乎有股怪味儿。他说他从来不晒被子,也不打扫。我说:"我帮你搞搞卫生吧?"他说:"穷毛病!"

我问他:"你为什么不娶媳妇?"他听了狠狠骂我一顿,我不敢再问了。停了一会儿他自说起来:"媳妇,哼,咱娶不来,也不馋。人怎么还不是一辈子。有了那东西过不自在,天天让她管着,这样吧,那样吧,烦人!我也见过那些有媳妇的人,比咱好了哪儿去?"他搓搓眼,抱起胡琴拉了一下。

我先学拉简单的音符。老玉的指头像棍子一样黑硬粗壮,可按在弦上,却能发出挺好的音儿。他告诉我指头怎么个姿势,怎么拉弓子,腿怎么放。我的左手老要往上抬,他就打了它一巴掌。胡琴原来真的难学,你用力不行,不用力也不行。它不听话。有时干着急,指头又不听使。有时想按下食指,可小拇指和中指跟上乱动。

我明白了那些会拉琴的人为什么那么傲气了!原来学这门本领是很难很难的。像老玉这样的赶车人会拉琴又会干活儿,简直就是百里挑一的人了!我学琴期间,对老玉的敬佩又增加了很多。

老玉让我每天拉上个把钟头。多么累人的事儿呀,我左手四根按弦的手指顶上磨破了皮,右手握弓子的几个手指头也磨得通红通红。我听不出有什么进步,甚至还倒退了。我越来越害怕听自己弄出来的声音!

可老玉的话总得听啊，每天坚持拉上个把钟头。

　　老玉让我有时间就跟他上车。大车在没人的林间路上摇晃，老玉拉着他的胡琴。他拉的时候我只能看和听，不准说话。他拉上了瘾，闭着眼，说话他也听不见。我真怕车子没人驾出了事。老玉有时给我讲解，说胡琴这东西，到老了也学不成，能成的只是几个人，那是命里定的。我听了赶紧批判他，他不服。他骂我馋痨什么也不懂。他说："你怎么不学别的琴呢？那些洋玩意儿看起来唬人，其实一学就会。你学胡琴，完了。"我说："别的琴更难造，我没有琴学什么。"他不答话，只是不住声地骂。

　　老玉啊，你这个坏蛋，等我学会了琴的那天，我就不听你骂了，我抱着琴跑走，再也不见你。

　　不过，我也许会想念他的。我会想起造琴时他帮的那些忙，想起一块儿洗澡捉鱼的事。那天捉了一些鱼，我们在岸上烧了吃，没有盐。那鱼的腥气味儿到现在也不忘。人就是怪，恨一个人，到离开他以后还会想念他的。

　　老玉对我使出了久不使用的绝招儿。他说这方法相信学校里那些家伙都不会用。他把胡琴夹在腿里，然后只用一根手指按弦，居然拉出了一首短歌。他还将胡琴像三弦那样抱了，把弓子甩到一边，用指甲拨弦，拨出一首短歌来。

　　这真是奇迹！我怎么也不理解。我相信他是个了不起的怪人了。老玉多么好啊！他告诉我，琴要拉得好，主要依赖两种东西，一是耳朵，二是指头。那就要练耳朵了，清早起来到林子深处，闭上眼睛细心地听。看看能听出多少种声音来？

我试了试。我听见呼呼的风吹树声，还有鸟叫，还有远处的牛什么的在叫。别的没有了。

老玉说："你不行。林子里少说也有几十种音儿，你辨不出，还能拉琴哪？你听不见顺着树枝底下传过来的河水声？听不见唰唰的声儿？那是小野物在暗里奔跑。还有丝拉丝拉的响动，那是树叶落地——一个接一个树叶死了。蛇、兔子跑，鹰逮鸟儿，都有自己的音儿。你好好听，听出来了，耳朵也就练成了。"

我没事了就到林子里去，练我的耳朵——这样的耳朵练成那天，弦上有一点点变化也听得出来。老玉说学校里那些人拉琴是瞎拉，他们没有练过耳朵。我练了一段时间，发觉林子里果然有不少杂乱声音，到后来，一个小虫在背后的树干上爬我也听得见了，我听见它的小爪一活动，发出铮铮的声音，像拨动小铜丝似的。

我把这告诉了老玉。老玉有些吃惊。他去听了听，说听不见。"你成了。你的耳朵超过师傅，肯定成了。"

接上他又让我练手指。他告诉我按弦的地方是手指顶，手指顶的那一朵肉不肥，按出来的音儿就别想好听。他摊开左手，让我看他的指顶肉。"肥不肥？"他问。我仔细地看，怎么也看不出。我只能如实回答说："不太肥。"他一拍膝盖，"这就对了！我的指顶肉不肥，天生不肥，练也没用。我的琴拉得不错，不过再有大长进也就难了，因为指顶肉不肥。"

他让我没事就在桌子上、树木枝干上揉动指顶肉。"一边揉一边颤颤，这样！"他做了个样子。那模样真好笑，像得了一种抖手病一样。

我天天揉，手指顶到后来抓东西就疼，忍也忍不住，红了，肿了。

我只得停下来。停了十几天,我去看老玉,一进门见他正在吃面条。他碗里的面条老粗老粗,像小蛇一样。一问,才知道他自己动手擀的。他说,要有老婆,就是老婆做面条——她们做面条细,不过不好吃。他的粗面条真香。他让我尝尝,我没尝。正说着话,他一把攥住了我的左手,翻来覆去地看了又看,最后大声说:"指顶肉有些肥了!"他立刻让我拉拉琴看。我拉了几下,他站起来说:"进步真大啊!"

我的脸庞都红了。我想我肯定是进步了。不知不觉,我已经学会了几首短曲子。我和老玉在车上时,他拉一段,我拉一段。有时我们调准了弦,同时合奏一首歌,那真是美妙极了。大车在林子里跑,我们一齐拉琴,呼啦呼啦使劲拉,谁不眼馋!

老玉说:"我还会唱!"他让我拉,他自己唱起来。老玉一唱歌就憋红了脸,脖子上青筋也出来了,昂昂大叫。他的歌与我的琴合不起来,响声也远远地压过了我的琴。不过我并不生气,还是尽力地拉。他停了,我也停了。他说:"馋痨拉得不错。"……这一天我们在林子里玩得高兴极了。他说:"你要是天天来陪我就好了,我教你学艺,你给我拉琴伴唱。你不用上学了,那是屁地方。"

我没有答应他。不上学倒是我没想过的。我还想学会了拉琴,到宣传队去呢!我的功课已经落下不少了,我已经违背了学校规定的"又红又专"。我想起来有些惭愧。

一个星期天,我抱着装琴的纸盒上学了。宣传队在排练节目,一溜人拿着马鞭子,一个教师一拍手,他们就一挥一挥往场上跳。同时,拉琴的一些人也忙起来。我站了一会儿,就回到了离排练地不远的教室,一个人拉起了琴。

我刚拉了一会儿,就听见外面的琴声停下了。我还是拉着,不一会儿,一帮人在教室门口往里望。一个大个子教师惊讶地说:"是你在拉啊?你还会拉琴?"我点点头,继续拉。又有几个人围过来,看我和我的琴。

那天可真把他们吓了一跳!那天真是难忘啊!

他们说:"你差不多可以进宣传队了。"

后来的一天晚上,高年级同学就邀请我来学校拉琴。我们一块儿拉着,每天都拉到深夜里,一点也不疲倦。冬天到了,我们拉得满头大汗。回家时,我一个人抱着琴,踏着半尺厚的大雪往前走,高兴极了。雪停了,天上晴了,星星一颗一颗,我那时突然想起了老玉。

第二天我放学后就去找他了。

他像病了似的,气色不太好,见了我一声不吭。他的头发更乱了,上面有些灰土和草屑。我叫他,他蹲在那儿也不应。我给他把头上的东西拨拉掉,捏下一根草梗。他的眼里全是血丝,鼻子两边有灰。我说:"老玉,你怎么了?"老玉不吭声。停了一会儿我又问,他骂了我一句。他要出车去了。我抱琴跳上了车,他也不阻拦。

老玉专心赶车,一会儿用鞭梢打打马儿。大车走得不快不慢。我坐了一会儿车,就取出了琴,一下一下拉起来。我拉得很慢,因为心里不高兴。正拉着,突然老玉把牲口喝停了,回头眯着眼看我。看了一会儿,他大声说:"拉得好!"

我心里挺难过,告诉老玉我这些天学琴去了。老玉说,"学琴怎么?学琴也不能忘本!忘本的人,没有一个是好人!"

我说："我没有忘本。这不，我又回来了！"

老玉脸都紫了，说："什么才叫忘本？拿刀杀了我才叫忘本吗？你一朝得了好，就忘了原来的师傅，这不是忘本是什么？"

我不作声了。

老玉得理不让人，把我使劲骂了一顿。我真想哭一场。我心里并没有忘记他。不过，我不能说每时都记着他。再说我早就有个离开他的念头，也不能老和他在一块儿呀。

老玉骂牲口，打牲口，大车飞奔起来了。大车跑到了最远的地方，还在往前跑。林子深处的路上没有辙印，长满了草，也有些窄了。大车在上面跑得多欢。老玉胡乱唱起来，破衣服脱了一半，穿在身上一半，像痴了一样。他让我给他伴奏，我就拉起来。他的歌是胡乱唱的，我也没法合谱儿，也只能胡乱拉一气。这样尽情乱来了一会儿，老玉哈哈大笑了。他从破麻袋里取出了琴，与我一同拉着。我们拉的是不同的歌，不同的调。他有时正拉着一首歌，半路又蹦到另一首歌上。

我从此以后一边上学，一边拉琴，有时间就来林场找老玉。老玉对我明显地好起来，不过还是常常骂我。他在林子里逮到一些好吃的东西，也留给我一点。

我的琴越来越进步了，渐渐可以加入宣传队了。进队的一天，我高兴得不知怎样才好。我带着我和老玉自造的琴，坐在乐队里，浑身都是自豪劲儿。

宣传队下乡演出了，到部队拥军了，到处都受到欢迎。我们有时坐大车去演出，有时坐迎接我们的卡车，也有时自己骑自行车。我们常常在深夜里才从演出地往回赶,有时半路上挨淋。不过我从来没让一滴雨落到琴筒上。

有一次我们宣传队坐上了老玉的车。他一边赶车一边拉琴,逗得全车的人都笑。他不高兴地问:"笑什么笑,我拉得不好吗?"大家赶紧说好。

说真的,那时连我也觉得他拉得不太好了。不过我不说。他是我师傅。更主要的是,他这个人心眼好。

我永远也不会忘本的。

有一次去部队慰问战士,演出结束时每人分得一卷儿桉叶糖。我没舍得吃,带回来送给了老玉。老玉剥了纸吃一颗,说:"味儿不错。行,经常出去演吧,有好吃的东西多带些回来。"

我手里有一把琴,是令人羡慕的。只有我自己知道这把琴来得多么不易,学琴又是多么艰难。

我要一辈子拉琴。

一九七六年写于栖霞
一九八一年改于济南

石 榴

树的年纪比人的年纪大,这好还是不好?人的寿命如果比树的寿命大,不是自然而然的吗?然而往往不是这样,不是……

姥娘小时候栽下的石榴一年一年结出甘甜的果实,可是姥娘早已去世了。我吃着石榴,用手掰下牙齿似的籽粒,就像在挖掘隐藏在这奇妙果实中的故事。

外祖父死得更早,他,我们都没见过。姥娘不怎么说他,好像是一个不会怀念亲人的人。妈妈告诉了很多外祖父的事情,使我们知道自己曾有一个了不起的长辈。

外祖父个子很高,很白很白,去过海外,做过一些惊天动地的事。他来到这座小城时,已经是四十岁的人了。那时小城还是敌人霸占着,一到晚上谁也不敢出门,连狗也不敢大声叫唤。可是外祖父夜间总不沾家。

"姥娘呢?"我问。

妈妈说姥娘夜里等男人回来,一夜一夜不睡。她不是个文化人,可她知道听男人的话。男人在做什么大事情,她心里明白。

来小城之前,外祖父骑过大马,打过裹腿,呼啸的子弹从他耳边飞过。他会使大刀,在马上劈着敌人。那时姥娘跟他一块儿住帐篷。外祖父有一次回来,姥娘给他脱衣裳,一脱靴子,里面流出一摊血。原来他伤了脚。

外祖父来小城时，后背上已经有了三道砍伤。那伤口有说不完的故事，可妈妈说不明白，姥娘也不讲。

姥娘的娘家也在这座小城里。小城里有个港口，敌人格外看重，因为要从这里往外运金子。外祖父快在外面野了半辈子了，又被人鼓动着，跟姥娘回来住。"小城的女婿来家了！"姥娘对熟人这么说。"你家姑爷在外做什么？"熟人问姥娘家里人。姥娘抢答："做生意……"

这时石榴还在院角，彤红的骨朵刚出来。姥娘说这是她小时栽的，喜欢得了不得，第一天就端了水浇。那不久有了妈妈，妈妈是看着石榴一次次结实、一次次被摘下的，心里所以也就装满了关于它的故事。

外祖父也真像个商人。他与港上的朋友交往，喝酒，打牌，什么都干，有时回来呕一些东西。姥娘为他擦身子，为他端水，从来不说一句难听的话。

"你家男人不学正经了！"邻居对姥娘说。姥娘回一句："他是俺信得过的人。"接上再不搭腔儿。姥娘搂着女儿睡觉，夜晚真长啊。天墨黑，没有月亮，狗叫一声姥娘就醒来。女儿哭了，她到院里摘一个石榴给她玩，女儿玩着玩着就睡了。

石榴好不容易熟了。外祖父把石榴摘下来，用一个大皮包装上提走了。妈妈说你一个不留吗？姥娘说你爸用石榴换回更好的东西，可好了。那时妈妈还小，她一听就高兴了。

两天之后，外祖父回来了。他一副十分疲劳的样子，胡子长长的，好像两天里老了好几岁。姥娘帮他收拾带回来的东西，从皮包里一个一个拣出石榴来——石榴没有卖掉！

那时妈妈抓起一个石榴就掰,姥娘伸手拦住了。妈妈大哭着。连个石榴都不让吃,还是自己家种的呀!

那以后不久小城里发生了事情:敌人从港口上运出金子,汽船走到半路被截了。这件事轰动了全城,都知道敌人的金子没有运走。金子给劫到了哪里,倒是谁也不明白的。敌人疯狂极了,在小城里搞搜查,对居民看管得更严了,动不动就抓人。

外祖父仍旧像过去一样,大部分时间泡在港上,港上的头儿换了,后来也还是跟他成了朋友。有一回港长还请外祖父去吃饭——那是一个礼拜天,外祖父穿上礼服,带上礼帽,年纪不太大还要挂着闪闪有光的小拐杖。他挽着姥娘的手,姥娘死也不肯与他一同走。

那一回,外祖父真的火了。妈妈回忆起来还有些害怕。她说:"天不早了,你姥娘还是不肯走。她一会儿说没衣裳穿,一会儿说出不得门。你外祖父气得把手杖都扔在地上。打我懂事起,记得这是他第一遭发这么大的火。"

当然,后来姥娘还是去了。她跟着外祖父,不情愿地让他挽着手。那天他们在港长家做客,玩得似乎并不愉快,因为妈妈说他们回来一句话也不说。姥娘坐了一会儿就去给石榴浇水,用手把一个个枯叶和干枝扳掉。

石榴长得又大又好。邻居家都夸我们的石榴长得好,那口气是想要我们送他们一个才好。姥娘别的东西什么都舍得送人,唯独送石榴不行。那时候小城人有个习惯,都愿弄一个大石榴摆在屋里看。一直等到它干了,干成一个小球似的也不扔掉。

姥娘的样子显得比外祖父年纪大，她的头发差不多白了一半。妈妈说给她梳头时，发现她的头上有一处大疤痕，一问，才知道是怎么一回事。

原来姥娘是外祖父家的一个丫鬟，后来跟外祖父好上了，她的婆婆就怀恨在心，拿起捶布的棒子，一下把姥娘的头打破了。那回她差点死了。她的伤好之后，外祖父表面上与她不再来往，后来在一个大雨之夜两人跑了，并且再也没有回去。

外祖父参加了革命的队伍。

姥娘跟着男人东跑西奔，过得不容易。妈妈说天底下的苦事都让老人尝遍了，她的身体弄坏了，肯定没有大寿。特别是外祖父的死，一下子把姥娘给击倒了。她也不知道自己是怎么活过来的，也许是恋着亲生女儿吧？

外祖父的死妈妈还记得一点。她说那天跟平常一样，他吃过早饭，穿整齐，然后提上皮包到他的朋友那儿去了。天黑了他还没回来，而姥娘对这种事已习以为常了。又是两天过去了，姥娘沉不住气了——因为外祖父走时没讲要出远门。她到港长那儿，港长沉着脸，再也不像过去一样了，说："你家男人走私金子，被抓起来了。"

姥娘拖着沉甸甸的腿回来。她托了几个人，他们来来去去传送消息。外祖父关在什么地方谁也弄不清楚。姥娘心里明白，男人哪里是走私金子啊！他才不爱财呢！他要爱财，就不会抛下万贯家产投奔革命了！

后来坏消息被证实了：外祖父早在好几天前 —— 也就是失踪的第三天上就被敌人杀掉了。

他死在港口西北边的沙滩上。那里有一片矮矮的松树。

他死的前一天，设法托人转出一个石榴。他说这石榴是某某人的，是他的一位好朋友的。这个石榴谁也无权吃掉，只能送给那个人。过了好久，这个石榴也就到了姥娘手里。

姥娘捧着石榴哭啊哭，说天哪，石榴花儿像血一样红，结出的石榴籽儿也像血一样红！

妈妈也哭，姥娘哄着她。

姥娘千方百计寻找外祖父那个朋友，后来终于找到了。那是个长络腮胡子的红脸膛的人。他接过了石榴，用手掂着，泪水在眼眶里闪动。这样掂了一会儿，他当着姥娘的面把石榴掰开了。随着红色的汁水往下流淌，石榴壳儿啪啦开了，里面有一块金光闪闪的东西！

不用说，那是一块金子！

那个人紧紧握着姥娘的手说："他是革命功臣……他为革命筹集了大量资金，战斗在小城里！他的石榴，都有一颗金子心，像他本人一样。革命需要医药，需要子弹，需要被服……这一切，他完成得再好也没有了。人民不会忘记他的。"

姥娘回来了。她一直就住在自己的小屋里，那里有她小时种的一棵大石榴树。从此她成了个沉默的人，不提自己的男人，也不愿与邻居交谈。

越来越多的人知道外祖父是个走私金子的人。邻居都说："咱早看出来了，那个人不学正经。"

姥娘一句话也不说。她不想解释任何事情。她只是与女儿生活在一起，给她洗衣服，教她做饭、认字——她仅仅识一些简单的字，就全教给了女儿。

有一年春上络腮胡子派人送来一些钱，说是补贴抚恤金之类的。姥娘流了泪。她不接受，坚决不接受。那人只好又带走了。

妈妈说她怎么也想不到姥娘历尽艰难还能活那么大年纪。她一直活到九十四岁。有好多年她是不被理解的，直到后来人们才知道她是一位革命的老妈妈。

姥娘去世了。小院里关于她的痕迹已经不多了。外祖父的痕迹更小。他的大皮包、他的衣服，早在他刚去世时就找不到了。只有那棵石榴树记录了些什么东西。

清明节时，我总要与妈妈做一件事情。我们要到海港西北面的沙滩上去。那里如今已经是松林茂密了，遍地开着野花。紫色的小果子干结在枝条上，那还是去年的果实呢！妈妈指点着告诉我那是外祖父的坟。我哭着，在心里发誓要继承他的遗志。姥娘的坟与外祖父的坟立在了一块儿。坟上开满了迎春花。

我认为天下的石榴没有会比我们家这棵更甜的。它的个儿大，颜色红，又圆又亮。它的花朵密得很，真正像火一样。石榴结出来了，我和妈妈勤于浇水、施肥，眼望着它长大。我想姥娘和外祖父如果看到它，会高兴的。

美丽的秋天又来到了。

石榴成熟了。我们做的第一件事，就是选两颗最红最大的石榴捧上，到松林里去，摆在两个坟前。

与姥娘不同的是，妈妈乐于把石榴送人。我们的邻居都吃过我们的石榴。每逢石榴成熟的季节，他们就知道我们快送去石榴了。他们都把它摆在最显眼的位置上,这使我十分高兴。

尽管我知道这石榴是刚从树上摘下不久的,它不会与其他的石榴有太大的区别,可我还是一直企盼着奇迹发生。

我希望能在石榴里面发现点什么。

一个大石榴被我小心地、一下一下地掰开,红色的汁水流出来,石榴壳儿发出啪啦啦的响声。它全开了,里面除了饱满的籽实什么也没有……

——我常常这样做。

一九七六年写于栖霞
一九八二年改写于济南

玉 米

一

小麦割了以后，一片麦茬直闪光。土地一眼望不到边。土很硬，如果下场小雨，就该着种玉米了。

"下雨了下雨了！"大老婆老鱼仰面朝天拍着手，喊着。

她喊过了不一会儿真的下雨了。会计老边说她长了一张神嘴。

土地在雨后变得有点黑，有点软。开始种玉米了。每架犁拴上一头牛，在土上划一道沟，有人在后面撒种。后面的犁翻出的土正好盖住了前一道犁沟。最后，要用耢把播过种的土地耢得更平整。

"今年的玉米啊，我敢说能行。"会计老边扶着犁走，身子一扭一扭。

老鱼给他牵牛，胖大的身体比大黄牛还壮，所以黄牛不敢狂。她接上老边的话茬说："过去种玉米等不来雨，就得泼地。今年好，一开头就顺。你的头真亮啊！"

老边是秃头。谁也不敢这么说，除了大老婆老鱼。他不知有个什么事儿被老鱼掌握了，所以老鱼最敢顶撞他。老边在村里是说了算的人。因为他懂账、识字多。这个村比较怪，队长反而没有多少权。

撒玉米种的是一个叫二盒的青年，他的眼一挤一挤停不住。谁都讨厌二盒，就是老鱼喜欢一点。二盒离他们近了些，老边就骂："跟这么紧，想吃牛粪吗？"

二盒不敢回骂，心里却想：我跟在你后边，你是牛吗？二盒伸手到小瓢里抓一把玉米，一边往沟里扬一边小声咕哝"豆儿豆儿，四五六儿"，那玉米粒也就真的四四五五地落到沟里，很匀。

二盒长得很瘦，全身发灰，他今年二十五岁了，没有提亲的。人们都说二盒已经不准备娶媳妇了。有人说也不一定，因为每年都有些过路女人，她们如果愿意落脚，跟二盒也说不定的。

老鱼在村里是一霸，不过大家都说这个人心眼还算好，不太欺负人。如果有人欺负她，她反过来才欺负你。全村里只有她一个女人穿短裤，露出黑红色的粗腿。她干活赤着脚，麦茬刺不疼她，多么怪。老边说："你不怕脚板出血啊？"老鱼说："俺不怕。你个男人干活还穿鞋，狗都笑！"老边呵呵地笑。

地里有数不清的人。一架一架犁子往前犁，像排了横队。犁子前边又是扬肥的老汉们，他们把铁锹一举一甩，肥料扬得又匀又广。跟在一架架犁子后面的是姑娘，她们的手巧，撒种才匀。"撒不匀种，到时候间苗就难了！"有经验的老人说。

夏天的原野上真热闹啊！多么多的夏天的劳动，夏天的播种啊！多么好的一个季节啊！雨后的天，没有酷热，没有飞扬的尘土，只有劳动的歌声，只有欢乐。

这个场面多么让人兴奋。一些老人说："旧社会种地，都是人拉犁，穷人哪有牛！都是大地主才有牛，大黄牛！咱穷人，哼，尽着肩膀使劲呀，一个夏季下来，流血呀！"还有人说："大伙儿在一块多热闹，累也显不出。有说有笑地干活多么好。旧社会，一家子在一块儿愁，种不上地，不顺心，就拿孩子撒气，噗噗打孩子的腚，孩子有什么错？冤！"

"二盒，你不觉着晃眼亮吗？"老鱼牵着牛，回身问二盒。二盒仰脸望望晕晕的太阳，说："不觉着。"老边喝停了牲口，手扶犁子骂二盒："你个孬种跟上说，我撕你的嘴！"

老鱼哈哈大笑，兴奋地拍起了手。

"快看啊，真好把式！"有人突然大嚷。

大家都停了手里的活去看，原来是有个扬肥的老汉在使飞锨——他光着上身，手里的锨左一甩，右一甩，只见肥料被扬到空中，扬到四周。他自己都干疯了，一口气把一堆肥撒光了，又撒另一堆。"真好把式呀！真好把式呀！"大伙鼓掌，喊，老汉就拼命地干。他的大锨在半空闪亮，两脚都快不沾地了。"真好把式啊！"大伙儿还在喊。

老汉的劲儿使尽了，大伙儿的喊声才歇下来。可是刚歇了不一会儿，又有人伸手指着嚷："快看！快看！"

原来是一个小伙子推了一大车子肥往前跑：他的手推车像压了座小山一样。他是怎么回事呀？他跑得那么快，小车吱嘎吱嘎响！他差不多是跳着往前跑，他一个人推了两个人的肥！"快看！快看！"大伙儿鼓掌。小伙子蹦着跳着更欢了，一大车子肥硬是被他推到了最前边去！

"现在的年轻人哪，了不得！"一个老汉对身边的人说。

"真了不得啊！真了不得啊！"大伙儿一块儿嚷着，给远处的小伙子鼓劲儿。

到了休息的时候了。大家放下手里的东西，拴了牛，身子一松往地边上走。会计老边坐到土埂上吸烟，笑眯眯的。有人大声喊着说："快呀，谁说一段数来宝吧！"他嚷过了，没人吭声。大伙儿的目光全转到一个矮矮的男人身上：他蹲在那儿，肚皮乌黑乌黑，闪着亮。他有四十多岁了。大家就这么看了一会儿，突然他往手上吐了口唾沫，哎了一声拍打起节奏。

"快来听数来宝呀！"有人招呼离远些的人说。

矮男人两条短腿在地上一蹦一蹦，拍手节奏分明。他的脸都憋红了，就是不说话。大家知道他在编词儿，一时编不出来也就憋成那样。他好就好在每一次都编新词儿。这样憋了一会儿，新词儿来了。他跳着拍着说了一会儿数来宝，大家高兴得一齐喊他的名字。"真好样的啊！真好样的！"

听过了数来宝，一群小伙子展开了摔跤比赛。刚才推车的小伙子一口气把十几个年轻人都摔倒了。他掐腰站着，再没人敢上。

老鱼搓了一下手，叫着他的小名，说老娘跟你来一跤。小伙子想跑，大伙儿就起哄。小伙子见老鱼张大手臂扑过来，撒腿就跑。老鱼穷追不舍，小伙子腰弓着奔去。他们跑到了耢得平整的地中间了。老鱼的大脚一下一下踩下了深坑。原来大家以为老鱼追一会儿也就算了，想不到她两眼瞪着很认真的样子。看来她非追上小伙子不可了。

小伙子又跑了一会儿，呼呼直喘。老鱼几步赶上去，伸腿一个绊子把他绊倒。"好呀！"大家呼喊。

"你起来起来！"老鱼伸手指着地上的小伙子。

小伙子刚爬起来就被老鱼抱住。她的两只粗胳膊一用劲儿，小伙子就"呀"地一叫;又一用劲,他又一叫。"俺输了俺输了!"他嚷。老鱼不听,一弯身子,噗一下把小伙子放倒在地上。

大伙儿一阵高兴。老边从土埂上站起来,伸出拇指。停了一会儿他才发现什么,青着脸喝道:"看看糟蹋了玉米地!"老鱼转过脸说:"你瞎汪汪什么!"

姑娘们唱起了忆苦歌,一会儿有人唱得眼泪汪汪。有的一边唱一边爬到了树上,像一只老猫一样蹲在枝叶繁茂的树丫上。大家说谁家姑娘这么皮呀,歇息了也不安生。树上的姑娘说:"就不安生!就不安生!"有个人说:"把你给二盒吧!"

树上的姑娘骂开了:"你不说人话,狗眼看人……"她骂着骂着哭开了。

大家在她的哭声里一句一句夸二盒,都说二盒真是个好青年哪,懂得节约,二十多岁了还不舍得买根腰带,用布条扎腰——有一回扛麻袋,一用力,咔,布条断了,裤子掉了……树上的姑娘哭得更厉害了,到后来往下吐唾沫。大伙儿赶紧躲开,说:"不好了不好了,狐狸子撒尿了——二盒!二盒!"

二盒在哪儿?怎么一会儿工夫就找不见二盒了呢?有人东张西望,突然伸手一指说:

"看!"

原来二盒和大老婆老鱼坐在紫穗槐棵子那儿。老鱼半歪着身子,二盒一下一下给她捶着背。二盒捶一下,老鱼就满意地应一句:"嗯!"

二

玉米说长高就长高了。它们唰唰往上蹿,几天工夫长成一片玉米林子啦。

各种小兽都往玉米地里钻,它们不知从哪儿汇集来,吱吱叫,用劲儿闹腾。它们不伤玉米棵,不咬叶儿棒儿,只是借块阴凉地方。

"下田的人不孤单,有野物伴着哩!"上年纪的老人说。

有个老人告诉一件往事,笑煞人:很早以前村里有个孤寡老婆婆,天天到玉米地里看秋,一天天坐着。后来有人发觉她咕咕哝哝说话——跟野物说。一个秋天过去了,老婆婆交往了不少野物。她坐那儿,身上痒了都是野物给挠。收玉米了,谁也没有她干得快。为什么?因为她有野物暗助哩。你听吧,老婆婆一挥镢头,只听"嚓嚓嚓"响成一片,一大片玉米全利索了。老婆婆一动手搬玉米秸,只听得"嚓嚓嚓"响成一片,玉米秸一眨眼就搬完了!冬天里,老婆婆坐在炕上,外面有响动,老婆婆闭着眼就能叫出野物的名儿:"小三来了?"再不就说:"獾儿来了?"她什么都认得!

有意思啊!好啊!秋天是交往野物的时候啊!好啊!下地去呀!

会计老边给人派活都有自己的打算。他让手脚不灵便的老人去地里看秋,说他们坐在地里不乱跑,没人敢去偷东西;他让年轻人去浇地,说他们在地里胡窜,哪里跑了水发现也快;他让老婆婆们去捉玉米秸上的黏虫,说她们虽然眼神不济但心思却专,就像做针线活儿一样,一下一下能把黏虫捉得一个不剩!

老边估计错了！老头子坐在地边上，跟捉黏虫的老婆婆说起话来就没个完，他们什么也顾不得。天快晌了时，老婆婆才一拍膝盖说："捉虫呀！"她们每天都得把捉来的虫儿从衣兜里掏出来，让会计亲眼看一看。会计一五一十数一遍，记在账本上。

年轻人钻进玉米地里，没人找得见他们，早把会计老边扔到了脑后去。他们可不管水跑到了哪里，因为反正跑不到玉米地外去。在玉米林子里不快活，人这一辈子就没工夫快活了！他们隔着一片玉米相互骂架、抛土块打闹，说些热闹话儿。还有人捏着鼻子叫人，对方恼了也不知是谁叫的。他们在玉米垄里乱跑，有时玉米叶儿把手上胳膊上割出血来。

在玉米地里饿不着。这个季节好吃的东西就多了。玉米垄里有小野瓜、野葡萄、野枣；小嫩玉米棒子一咬一口白水，鲜死人！如果口渴了，就寻找发红的玉米秸子，它像甘蔗一样甜。

不知是什么野物在一旁乱叫，还会像人一样咯咯笑——刚开始还以为是个姑娘呢，小伙子们猫着腰钻着地垄往前找，找也找不见。它在一旁咯咯笑，大伙儿好好听了一会儿，认为是一只鸟。

姑娘与小伙子一块儿烧东西吃。大家将两个地垄的玉米稍子结起来，看上去像个门一样。每个人进门都得说一声："报告！"门里的人说："进来！"一个最好看的姑娘坐在门内，抱着胳膊，故意眯着眼。大家都说她这会儿是"大官"，任何事情都要请示："大官，玉米快熟了吧？""不熟！""大官，让二盒吃个烧土豆吧？""不行！"

二盒的眼挤弄着，常常被别人排斥在玉米秸门外。他威胁说："老这样，我报告会计老边！"大家说："正好没有叛徒打，你去报告吧！"

二盒不作声了。

四十多岁的矮子男人吃了烧玉米棒,数来宝一支接一支,嘴角全是白沫儿。大伙儿吃过了东西,问他从哪儿学来这么多词儿?矮子男人说从老婆那儿。他老婆是个笨嘴笨舌的人,大家不信。不过他老婆年轻时候要过饭,走千村过万户,什么学不来?大家信了。

吃过东西大家就躺下睡觉,没有几个人真正睡得着。

蛤蟆一下一下蹦过来,跳到一个姑娘身上,姑娘说:"呀!"

大伙儿不睡了。有人撩着流过来的水头洗了洗脸,然后去采乌米——这是玉米棵上生出的一种菌,在结棒子处结出一个乌黑的嫩球,可以用来炒菜吃。今年的乌米可有不少,一会儿就采了一大串。"俺爸最爱吃炒乌米,俺妈不爱吃。"一个小伙子用柳条扎起收获,高兴地说。

二盒早跑到捉黏虫的那些人那儿了。老婆婆们由老鱼带领做活,老鱼不愿跟她们在一块儿。但她又乐于做个头儿。她一见了二盒就打听年轻人干什么了?二盒不想告诉,就说:"没干什么。"

老鱼不信他们一伙儿会安生干活,就撇撇嘴。"不准老拉呱儿,干活干活!"她冲老婆婆们一歪脖子嚷。老婆婆和看秋的老头子们盘腿坐着说话,听了吆喝只是一转脸儿,不怎么听。老头子们吸着长杆烟锅,一锅接一锅。老婆婆们拍打着腿说话,发出"啧啧啧啧"的声音。

"别小看了针头线脑的事儿呀,庄稼人的日子啊!"老婆婆们说。

"那一年芦青河发水,老边穿着翻毛皮袄上街,遇见了队长,打了队长一拳……"老头子小声说。

"哎呀,哎呀,不说没人信哪!……哎呀!"老婆婆揉揉眼,起身干活了。

"黏虫黏虫,黏上不走;忙了你的口,歇了俺的口!"老婆婆们一边把黏虫逮到衣兜里,一边念着顺口溜儿。

老鱼说:"年轻人不赶紧干活儿,一会儿老边来检查工作就晚了。"二盒说:"这么大一片玉米地,他找谁去?"老鱼叹口气:"要是让我管着他们也就好了,鸟无头不飞——你说呢?"二盒点点头。老鱼就让二盒领她找他们一伙儿去,二盒一犹豫,老鱼就拧了他一下。他们往玉米地深处钻了。

有个姑娘咯咯地笑。老鱼说:"你听听!他们在一块儿就知道疯,还有心思好好干活?"二盒说:"他们主要是烧东西吃。"老鱼咂咂嘴:"天天在地里泼吃,回家省自己的粮食,他们年纪轻轻心眼儿倒不少!你说说老边知道了能不发火?亏了老边不知道。"

有一个姑娘用乌米描了长眼眉,一步从地垄里蹿过来,正好撞上了老鱼。老鱼一愣,姑娘抬腿就跑。老鱼骂:"你这个狐狸精……"他们跟上跑了起来。玉米秸儿不断地碰他们的脸,一会儿就热汗淙淙的了。老鱼气得直喘,说:"非告诉老边不可,非去告诉他不行!"

正跑着二盒坐下来,说这里有个香瓜,快来吃吧!老鱼停了步子,见是一个又圆又大的野瓜,就摘下来。她给了二盒一半,自己吃一半。"多香的瓜!这么好的瓜集上都买不来……真甜哪!"老鱼把瓜瓤儿弄了一脸。她用衣袖胡乱抹着嘴,看了一眼二盒就愣住了!原来二盒坐在那儿,目不转睛地盯着她看,眼里有什么奇怪的神情。她伸手点了一下他的胸

部问:"怎么了?"二盒咽一口唾沫,声音哑哑:

"大婶,我的事就全靠你了。"

老鱼惊讶地瞪大眼:"什么事?"

"媳妇!"

两个人再不吱声。停了一会儿老鱼站起来,两只大手拢拢脏兮兮的头发,说:"玉米地里有的是呀,你得耐住性儿,慢慢找……咱去吧!"

一对小伙子手持铁锨站在地垄上,见了老鱼笑眯眯的。老鱼的大脚噗一下踩进水浸的稀泥里,溅了两人一身。"都哪儿去了?这边来!"她喊。小伙子掐着腰:"你是老边吗?"老鱼瞪大双眼:"我是老边他妈!"

大伙儿哈哈笑了。二盒笑得直抖。

男男女女都从四面汇了来。有人把手从后背伸出来,手里捧了几个黑乎乎的熟棒子。他们把手里的好吃东西纷纷递给老鱼。老鱼接过来,放在鼻子下嗅嗅,大口咬吃起来。她一边吃一边对小伙子姑娘说:

"我年纪大了,不过不是老人性儿 —— 我才不愿和那些老婆老头儿在一块儿。咱大伙儿一起我开心。今后做什么莫背着我,咱是一伙儿!"

大伙儿鼓掌。有人提议将她领进玉米秸门内,于是一个姑娘上来扯了她的手。

老鱼钻进低矮的小门,乐得一下子坐在了地上,两手拍打着土说:"这才是人过的日子哩!哎呀!大玉米地真好啊!真风凉啊!"

二盒小心地问:"你不能把这些事告诉老边吗?"

老鱼生气地骂了二盒一句:"胡诌!老边算什么!我管老边就跟管孩儿差不多!"

三

　　刨玉米秸这活儿你干过？那你就一辈子别想忘了！累死了，累死了！

　　收玉米是庄稼人一关。过了这一关，不愁吃和穿。这一关不好过啊！你得拿个小镢头，一棵一棵把玉米刨出来，像刨小树一样！人的心眼老要变——种玉米那会儿盼着玉米长得壮，到了收这一会儿，又盼它长得瘦一些。大高个子玉米秸刨不动啊！累人啊！

　　蝈蝈在地里叫，瞎凑热闹！庄稼人没心思听你唱。矮个子的数来宝俺也不想听了。"老天爷，可把咱给累死了，也不知南方人砍甘蔗是怎么干的？""人家累了有甜水咂，咱不行！""再说人家是用镰刀儿砍，咱得刨出这些根儿来！"……大伙儿汗湿衣衫，喘着，一边说着。会计老边虽然提个镢头，不过不太干活，主要负责在干活的人群后边检查。谁的土拍打得不净、谁的根子没有全部刨出来，他都要叫骂一阵。

　　一群小孩子、老太婆在前边掰玉米。只听得咔嚓咔嚓响，大玉米棒子就掰下来了。失去了棒子的玉米秸子看上去怪可怜的，它们在风中轻轻摇晃着，等着被人连根刨了。

　　一堆堆的玉米倒在地上。"多大的棒子啊！今年玉米得出来这个数——"老头子们捏着手指说。老边听了笑哈哈的。他的头顶在阳光下闪亮，眉毛上挂着土末。

　　干了一会儿，送水的来了，大家呼啦一声围上来。上年纪的人喝热水，年轻人喝凉水——送水的担子一头热一头凉。凉水是刚刚从土井里打上来的，热水里放了绿豆高粱。凉水桶里漂了一个绿色的水葫芦，它的叶儿梗儿毛茸茸嫩柔柔。干活的人咕咕喝水，像牛一样。他们的衣服都让汗水浸得透湿。

矮子男人后背干干的，老鱼一把揪住他问："你怎么不出汗？"男人拍拍身子："俺身子结实。"老鱼摇晃着去喝水，咕咕喝着还不忘抬眼去看矮子。二盒站在一边说："大婶你喝凉水能行？"老鱼缩回水漉漉的嘴说一句："能行。"一会儿两大桶水就喝干了，老边催促送水的人说："快回去挑，小步跑！"担着水桶咣当咣当响起来。

休息的时候烧豆子烧嫩玉米，老边也参与了。大伙儿的嘴都变黑了，牙齿雪白。男男女女低头吃东西，吃过了就进地捉蝈蝈和肥蚂蚱，串到腰上。收玉米时节，家家都在酱油坛里腌上它们，吃饭时蒸蒸就是美味。

大牛车嘎啦嘎啦驶进地里拉玉米了。一大群妇女喊着老边，要求跟车干活儿。老边伸手点划着她们说你去、你也去……被点中的人里总有老鱼。老鱼不顾得吃东西了，一抬腿跳开，三两步跨到车上，一拍牛屁股说："走哩！"

大车在刨过的地垄上吱嘎嘎往前走，老黄牛的大眼生气地看着一边的景物。几个妇女把车两旁的玉米棒子装在篮里，递到老鱼手里，老鱼再哗啦啦倒进车中。

"说起车老板，是个大混蛋，什么活不干，天天白吃饭！……"矮子男人在远处说起了数来宝。赶车的是个满脸胡茬的壮汉，朝矮子一伸手指，噼噼啪啪打了几个响鞭。老鱼在车上东晃西晃，说："贱嘴货，等我有工夫给他几个耳刮子就是！"

玉米棒子全给拉到了场院上。

大场院夜夜灯火通明,老老少少全围上玉米坐了,剥皮儿,将玉米棒编成长长的辫子。多香的玉米味儿,多好的夜晚,天不冷也不热啊!庄稼人苦尽甜来,一年里还不就盼个这样的夜晚?谁剥下玉米皮儿谁留着,那又大又白的玉米皮儿喜煞人!全村里人都来了,连腿脚不利落的老人也来了。可不,老边站在街口上喊一嗓子:"剥玉米了——"谁还不出来?

一根根火绳挂在凳子边上,老头子吸着烟,剥得十分认真。他们眼神不好,两只手按住一个玉米棒子,像按住一头小猪。每只棒子都要留下两张皮儿,留着编辫子用——姑娘们把它编起来,编得好长好长。

小娃娃们不干活,围着玉米堆乱跑。老边不住气地呵斥着,谁也弄不清他呵斥谁。老边晚上要数玉米辫子,要记账,所以戴了眼镜。他戴上眼镜,模样一下子变了。

老鱼不敢跟戴眼镜的老边开玩笑。她觉得这会儿的老边可不是一般的人。她在灯下注视过老边工作:他伸手扯过一辫子玉米,三抖两抖扔到一边,在账本上画一下……姑娘们直眼盯着老边的手,嘴唇使劲缩着。老边说:"吭!"姑娘们吓得赶紧退开一步。老鱼心里想,老边有威啊!

老头子老婆婆絮絮叨叨说起古旧故事,渐渐吸引了年轻人。老婆婆越说越快,声音也越来越大,手中的活儿也越做越利落。年轻人有时要问一句:"后来呢?"老婆婆就白他一眼。老头子从来不问,那是听了一辈子的故事啊!每逢剥玉米的时候就听一遍,剥玉米的夜晚有专备的故事!

平日里听到好故事的人，都默默地记到了心里，专等剥玉米的夜晚。

"老鱼啊，你讲个！讲个！"戴眼镜的老边虽然忙于记账，耳朵里还是留意了大家的故事，这时抬头催促老鱼了。

老鱼剥玉米很专心。她与所有人都干得不同，别人一手按住玉米，一手轻轻掀开玉米皮儿。唯独老鱼用不着那样。她的手大，又格外有劲儿。她一手的虎口扣住玉米，另一只手狠劲一撸，玉米皮就下来了。她听着老边的话，接上说："领导子叫俺讲，俺就讲……俺讲的都是亲身经历的事儿，俺不像有的人，诌南山扯北海，狗嘴里吐不出象牙。俺都是讲些家长里短，俺不像有些人，净拿大话吓唬小孩儿……"

"好！"老边喊了一句，用笔在本子上重重画了一道杠。

"俺要讲就讲真本实料的东西，不像有些人，净拿幌子晃人……"

"好！……"二盒小声嚷了一句。

老鱼掀一掀衣怀，说下去："俺这人从小厉害。俺什么也不怕。小时，妈说：你姊妹仨听好，谁能一口嚼个红辣椒，这顿饭就让她吃玉米饼！俺看看大姐和小妹，见她们都不敢伸手，就一把抓住一个大红辣椒，一口嚼了咽下！俺妈说，真好孩儿，不怕辣，这顿饭吃玉米饼吧！大姐小妹呢？只能吃馊瓜干……"

"老鱼自小厉害！"老边摘下眼镜说。

"老鱼真厉害！"矮子男人说。

二盒钦敬地望着身边的老鱼，张大嘴巴喘息。老鱼又说："小时，街坊邻居打俺，俺就往他屋里扔泥蛋、扔马粪、扔死鱼烂虾……男人欺负俺，俺就一手掐住他脖儿按在地上，问他敢不敢了？他一连声儿说：不敢了不敢了。俺这才放开他。"她一边说，一边飞快地剥玉米。

一场的人都哈哈笑。

有几个年轻人坐不住，这会儿就起来跳着，打个滚儿蹿到玉米堆上，身子倒立着往前走。有人鼓掌，老鱼就凑近了，用食指一捅年轻人的肚皮。年轻人哎呀一声倒下来。老鱼和年轻人在玉米堆上摔起跤来，年轻人没一个是她的对手。

"五十岁的人了，啧啧……"几个老婆婆议论起老鱼的身体来。

"她自小吃玉米饼啊！她能没有力气？"

"多好的玉米棒子啊，你看看，你看看粒儿饱鼓鼓，像牙齿似的；你再看看缨儿，像小孩头发似的；你放鼻子底下闻闻，哎呀，透心香！告诉你吧，新长出的玉米做糊糊喝，馋死人了！馋死人了！还有，新长出的玉米做米　儿干饭，吃不够啊！他盛一碗，孩儿盛一碗，再给老人盛一碗，一碗一碗直冒白汽儿，满屋香啊！要是有心眼的人家，再去河里逮些小虾做汤菜，一勺一勺浇到干饭碗里，那才好哩！吃一口那样的干饭，死也值！死也值！……快剥玉米吧。剥吧！咱收拾的是自己的口粮啊！"

老婆婆们念叨着，伸手到旁边的老头子们那儿拿过烟锅，长长地吸了一口。

"这天多大的露水啊！你看，一眨眼工夫，我后脊梁上湿啦！"老鱼反手摸着后背，叫着。

矮子又说起数来宝了。

老边重新戴上眼镜，从镜片上方看看所有的人，一个一个看。秋风吹来，满场都是玉米的气味……

一九七七年写于龙口
一九八九年冬，济南

下雨下雪

以前的下雨才是真正的下雨。"下雨了下雨了！"人们大声呼喊着，把衣服盖在头顶上往回跑，一颠一颠地跑，一口气跑过大片庄稼地，跑过荆条棵子，蹦蹦跳跳跨到小路上，又一直跑回家去。

雨越下越大，全世界都在下雨。

如果天黑了雨还不停，那就可怕了。风声雨声搅在一起，像一万个怪兽放声吼叫。我们这儿离海只有五六里远，奇怪的大雨让人怀疑是那片无边无际的大水倾斜了。

天黑以前父亲在院里奔忙。他冒雨垒土，在门前筑起一道圆圆的土坎，又疏通了排水沟。这样雨水就不易灌进屋里。半夜里漂起脸盆冲走鞋子，都是再经常不过的事情了。

妈妈说，我们搬到这个荒凉地方就没安生过。树林子里野物叫声吓人，它们说不定什么时候就跳出来，咬走我们的鸡、兔子。本来养了狗护门，可是好几次狗脸都让野物爪子撕破了。这个荒凉地方啊，大雨瓢泼一样，最大的时候你听，就像小孩儿哭："哇……"

是爸爸使我们来到这个荒无人烟的地方。茫茫的海滩上偶尔有采药的、到海边上捡鱼的人走过去。要穿过林子向南走很远，才看得见整齐的、大片的庄稼地，看见一个小小的村子，看见那些做活的人在雨中奔跑。

我有时并不慌慌地跑,因为白天的雨只好玩,不吓人。

让雨把浑身淋透吧,让衣服贴在身上,头发也往下淌水吧!让我做个打湿了羽毛的小鸟在林子里胡乱飞翔。雨水把林中的一切都改变了模样,让蘑菇饱胀着,伞顶儿又鼓又亮,从树腰、树根、从草丛中生出来,红红的、黄黄的。有的鸟不敢飞动了,躲在密密的叶子里;有的大鸟什么也不怕,嘎嘎大叫。我亲眼看见有一只大狐狸在雨中翘起前蹄,不知为什么东张西望。水饱饱地浇灌着土地,地上的枯枝败叶和草屑吮饱了水分,像厚厚的干饭被蒸熟了,胀了一层。小小的壳上有星的虫子在上面爬。老橡树的每一条皱纹里都流着水。咔啦啦,有棵老树在远处倒下了,我听见四周的树都哭了。地上有一大簇红花,仿佛被谁归拢在一块儿,红得发亮。

"这个孩子还不回来!"我听见妈妈在小屋里不耐烦地、焦躁地咕哝了。

其实这有什么可担心的。我又没有到海上去玩。有一次我差一点被淹死——那是大雨来临之前的一阵大风,推拥上一连串的巨浪,把我压在了下面。我飞快地划动两手往岸上逃,结果还是来不及。总之差一点淹死。当时大雨猛地下起来,一根一根抽打我。看看大海那一边的云彩吧,酱红色!多么可怕的颜色啊!

记得那一次我撒开腿往回跑,不知跌了多少跤。我朦朦胧胧觉得身后的大海涌来了,巨大的潮头把我追赶,一旦追上来,一下子就把我吞噬了。我的脸木木的,那是吓的。天上的雷落到地上,又在地上滚动,像两个穿红衣服的女人在打斗,一个撕掉了另一个的头发。轰轰的爆响就在我的脚下,我觉得裤脚都被烧得赤红。我趴在地上紧闭双眼,一动不动。我好不容易才抬起头,紧接着有个巨雷不偏不倚,正好在我的头顶炸响了……那是多么可怕的奔逃啊!

从那以后我知道了四周藏满了令人恐惧的东西,特别是雨天的大海。

我从林子里跑回家去,身上总是粘满树叶和绿草。妈妈一边责备,一边摘去我衣服上粘的东西。我嘴不停歇,比画着告诉雨中看到的一切。

我回到家里没有一会儿,外面就传来了青蛙的叫声。这声音密集而激烈,像催促着什么一样。天就要黑得像墨一样了。沟渠里的水满了,青蛙又高兴了。它们跳啊唱啊,在自己好玩的地方尽情地玩了。

夜里我睡不着,躺在炕上听雨和风怎样扑打后窗。到了半夜,这声音似乎又加大了。我想这世界多么可怕,你拿它一点办法也没有。这大雨多么厉害啊,树木都在大雨里哭啊,大雨用鞭子已经抽打了它一天一夜了,把它光亮的绿叶子都抽打碎了。我总担心这一夜海潮会漫上来,那时我们的小房子也会浮上来吧?

不记得什么时候醒来了——只听见父亲在吵什么。我赶紧揉揉眼爬起来,发现身上扣了个簸箕。原来半夜里房子漏雨了,妈妈给我扣上了它遮雨。我看见簸箕上溅满了泥浆。父亲挽着裤子在屋里走,弯腰收拾东西。屋里的水已经半尺深了。可外面的大雨还没有停呢!

这老天是怎么了啊!老天爷要祸害人了!大雨下了一天一夜还不够吗?还要下到什么时候?人、牲口,全都泡在水里,你就高兴了吗?父亲一声连一声地骂、咕哝。

胶皮鞋子像小船一样在屋子中间漂游。

我跳下来，一头钻出屋子。天哪！外面白茫茫一片大水。我们真的掉进海里了。妈妈说，恐怕是南边的水库大坝被洪水冲了，不然我们这儿不会这样。尽管下了一天一夜，可一般的雨水都退得比较快，因为这儿离海近。要是真的毁了大坝可就糟了！她咕哝了一会儿，我看见了一条白肚子小鱼在院子里游动，就大喊了一声。

父亲和母亲都迎着喊声跑过来，看院里的鱼。"恐怕是那么回事了！"父亲说了一句，手里的瓢掉在地上。他刚才一直往外淘水。

不管怎样，我得先逮住那条鱼再说。我跑在院子里，一次一次都落空了。那条鱼只有四寸长，不太大也不太小，主要是白白的肚子看上去银亮亮的诱人。我扑了几次，浑身弄得没有一点干净的地方了，那条鱼还是那条鱼。我又气又恨地住了手。

雨后来终于停了。可是地上的水却越来越多。看来水真的是从南边涌来的。父亲不停地从屋里往外淘水，屋里露出了泥土。我突然想起要到远处那个小村看看去，看看那里大雨之后是个什么样子。我瞅着家里人没有注意的工夫溜了出来。

我的膝盖之下一直泡在水中。地上的茅草只露着梢头。我老想再看到一条鱼，可总也没有看到。

那个小村里一片喧闹，像吵架一样。我还没有走近，就已经看到村上的人在乱哄哄地奔走，有的站在村边高坡上。

小村里每一户都进了水，有的墙基不是石头做成的，随时都有可能被水泡塌，那些户主正拼命地淘水、沿墙基垒土坎。猪和鸡都赶到外面来了，特别是猪，像狗一样系着脖绳拴在树上。

多么大的雨啊！庄稼全泡在水里了。因为庄稼地大片都在村南，那里地势洼，所以最深的地方可达一人多深。红薯地里的水最深，像真正的海。高粱田只露着半截秸子。

到庄稼地就得会凫水。一大群娃娃嚷叫着跳到水深处，又被大人吆喝上来。

太阳出来了，到处都耀眼地亮。天热烘烘的，水的气味越来越大了，那是一种很好闻的味道。父亲在雨停之后的第二天上逮了一条白色的大鲢鱼，要放进锅里还要切成两段。"这么大的鱼是怎么游到咱这地方的呀！多怪的事呀！"妈妈一边弄鱼一边惊叹。

有人来约父亲到那个小村里干活，还要扛着门板。我也跟上父亲去了。

原来已经有不少人扶着门板站在那儿了。人齐了，有人喊一声，就划着门板像小船一样驶进庄稼地了。我们这些孩子只有站在田边上看。干活的人不时扎一个猛子，返身出水时手里就攥紧一个红薯。

红薯还没有长得大，不过已经可以吃了。如果不及时地捞上来，那么很快就会被水泡烂；就是不烂，也不能吃了。

我眼看着父亲扎猛子，觉得他扎得最好看。他的两条腿倒着一拨动，就沉入了水中。他会不会把水喝进肚里呀？因为我看见他每次探出头来，都要吐出一大口水。

我们家里分了一小堆红薯。接上去天天蒸红薯——奇怪的是这些红薯煮不软了。它太难以下咽了。父亲命令我们吃下去，不准嚼了又吐。吃饭成了一件困难的事。

地上的水在慢慢渗下去，渗得很慢。不过鱼越来越多了，大多是几寸长的小鱼。它们像是一夜之间从地下钻上来的，几乎每个水洼和沟渠里都有。那些有心眼的人早就动手捉鱼了，他们专逮那些二三尺长的大鱼。

父亲也领我们到沟渠里捉鱼。他手里提一把铁锹，说只要鱼出现了，他就用铁锹砍它。真的有几条鱼从父亲跟前跳过，不过都没有砍中。后来，一条鱼似乎被他砍中了，但摇摇晃晃又顺流冲下去了——这会儿正好有个捉鱼的在下游，他用一个篓子将它毫不费力地扣住了。"那是被我爸砍伤的！"我追过去说。那个人瞪起大眼，狠狠地盯了我一眼。父亲过来，扯起我的手，往前走了。

天还没有黑，我们在水中站立了半天，不知砍过多少回鱼，都没有成功。

那些天，卖鱼的人抬一个大花笼子，在小村四周喊着，他们从哪儿、用什么办法逮到那么多的鱼？父亲和母亲羡慕地看着抬鱼的人，连连摇头。

后来我听到有人传说：一个人在一条水渠里逮了一百多条红色的大鱼。

水再也降不下去了。庄稼地里的水积成一大潭一大潭，就再也不动了。所有的喜欢水的小野物都闹腾起来，连水鸟也从远处飞来了。水中的小虫像箭一样飞射，它们忙得很。还有蜻蜓，简直多极了。

父亲一天到晚在林子里采蘑菇。潮湿的气候蘑菇最多，他捉不到鱼，却能采到蘑菇。他是干这个的好手。我们把采来的蘑菇晒干，又装成一袋一袋。有人买我们的蘑菇吗？有。可是父亲好像从来没有卖过。小村里的人来了，他就送他们一袋子。小村里的人也送我们玉米和花生，还有粽子。

我们的日子完全被大雨给泡馊了。如果不下雨，就完全不是这样了。

几乎所有的水井都满得很,一弯腰就能舀上水来;几乎每一条渠里都有深水,有鱼。小村里的人结伴来约我,主要的事情就是捉鱼。父亲忙着跟人出去排涝,天天不沾家了。他们要把田里的水设法引到渠里去;而渠里的多余的水,再设法引到河里去;河里的水,当然是流到海里了。

那条芦青河比以往任何时候都宽。河里翻腾着浪花,水是黄浊的。到了河口那一段,简直像大海一样开阔,并且与大海通连在一起。

从下大雨到现在,有人说芦青河淹死了十个人,也有人说淹死了一百个人。被淹死的人有的是捉鱼的,有的是过河被浪头打昏了的,也有的是自己跳进去的。

大树林子永远是水淋淋的了。我发现从大雨来临之后,各种野物多出了一倍。地上爬满了青藤,蛇也多了。不知名的野花数也数不清。半夜里,有个尖溜溜的声音在离我们屋子不远处叫,怪吓人的。妈妈说那个野物林子里从前没有,也是大雨以后生出来的。

……秋天过后就是冬天,冬天要下大雪。

以前的下雪才是真正的下雪。天空沉着脸,一整天不吭一声。父亲说:"坏了。"妈妈就赶紧往院子的一角收拾烧柴。天黑得也很快,我们就早早地睡觉了。父亲临睡前特意把一只铁锹放在门内。

一夜没有声息。早晨起来,觉得有什么不对劲儿,一开门,门外塞了一人多高的雪粉,成了一道雪墙。父亲就拿起早就准备好的铁锹掏起雪来。他掏了一个大洞子,我们就从大洞子往外钻,有趣极了。妈妈顺着挖到院角的洞子去抱柴草做早饭。

这满满一院子雪都是风旋进来的。不过院子以外的雪也有好几尺厚了！真是不可想象，一切都盖在大雪下了。

屋里好暖和。我们钻着雪洞进进出出，故意不把洞顶捣穿。父亲说如果不及时把铁锹放在门内，那就糟了，那要用手一点一点扒开雪墙，说不定全家都给闷在屋里，闷坏了。

大树林子里横着一座座旋起的雪岭。原来夜里曾经刮过很大的风——只是大雪渐渐封住了门窗，我们什么也听不见。

妈妈不让我到林子里去。她说陷到雪岭里就爬不上来了。这要等太阳出来，阳光把雪岭融化一层，夜里冻住那层硬壳才好。那时就是一座琉璃山了。

大雪化化冻冻，慢慢有些结实了。可是常常是一场大雪还没有化完，又接上了另一场雪。至于大树林子，它永远都是被大雪封住的，一直要等到暮春才露出热乎乎的泥土。

我们院里的雪洞渐渐破了顶，开了一个两尺见方的口子。一些小麻雀就从口子飞进来找东西吃，想逮住它们很容易。有的小鸟干脆就是掉进来的，它们给饿坏了。我们没有杀害一只小鸟。它是我们的邻居。妈妈说它们的日子也怪苦的，一个冬天不知要饿死多少麻雀。它们在院里甚至都不怕人了。

父亲在晴朗的日子里闲不住。他要去林子边上那个小村铲雪：那是极有趣的一个工作。他们排成一队，沿着田边小路往前推进，用锹把路上的雪像切豆腐一样切成一方一方，然后铲起一方就扔到田里。这样，当雪化掉时，小麦就会饱饮一次。

我终于可以去林子里了。虽然大雪岭还一道一道横着，但我可以安全地爬上爬下。就是不小心踩透了冰壳，那也陷不深。

林子里在冬天有奇怪的东西等待着我。有些野果被冻住了，揪下来咬一口，又凉又甜。冰果的味道我一辈子也不会忘。我还吃过封在雪里的冻枣子，它们已经变成黑紫色，又软又甜。

这年冬天发生了一个不好的、吓人的事情。父亲有一天干活回来告诉，有一个人——就是小村上的老饲养员，给村上背料豆子，穿过田野的时候，掉在了机井里——那是被雪封住的三丈多深的井啊！

我和妈妈不停地哭。

那个老人是个最好的人。他曾经到我们家串过门，有一段还经常来。他给我讲了很多故事，让我永远不忘。那时他一进门就嚷："有桃核吗？"妈妈说有，就弯下身子，到桌子、柜子下边找，用一根棍子往外掏。这些桃核都是我夏天秋天扔下的，现在风干在那里了。

妈妈一会儿工夫就收拾出一捧桃核来，老头子就笑眯眯地接过去，坐在地上，慢慢地用砖头砸着壳儿，一粒粒嚼着。我试了试，太苦了，赶紧就吐了。

老人能吃苦桃核，我们全家都觉得怪极了。父亲估计老人可能有一种病，说如果没病的人吃了这么多苦桃仁，非毒死不可。

父亲的估计很对。因为一年之后老人又来了，妈妈找桃核给他，他摆摆手说不要了。他再也不想吃了。问他为什么？他说有一天早晨觉得恶心，一张嘴吐出了一条奇怪的虫。从那儿以后就再也不想吃桃核了。

原来不是他想吃苦桃仁，而是那条虫。

我不记得那条虫怎样了——跑掉了吗？如果那样就太不应该了。那是一条很坏的虫。

老人不吃桃核了，于是也很少到我们家来了。

就是这样的一位老人，死得多么惨！可恨的雪天，你怎么偏偏跟这么好的一个老人过不去！我哭着，呜呜地哭。

小村上给老人送葬那天，我和父亲都去了。原来老人是个没家口的人，他一个人住在牲口棚里。村里的人说，老人最要好的不是村上的什么人，而是牲口棚里最西边拴的那条牛。我注意看了看那条牛，发现它长了一身黄中泛红的皮毛，那会儿眼角流着泪……

这个冬天很长，完全是大雪还没有化掉的缘故。妈妈说老天爷把冬天藏在雪堆里，一点一点往外发送。我跑到芦青河看过，发现河面上锃光瓦亮，像一大块烧蓝的铜板。开始我不敢走上去，后来一点一点走到了河心。

河冰是半透明的，我想看河里冻住了的鱼。有一天我正在河上玩，遇到了来河里打鱼的人。我觉得很奇怪，不知道他们怎样干这件事——他们先把冰用铁钎子凿开一个大洞，然后就伸进一个捞斗往外掏着，结果一会儿就掏出鱼来。这在以后很长时间，我都感到不理解。

我还看到一只兔子从河坝的雪堆上跑下来，想穿过河去。它跑到河心时，前蹄一滑就跌了一跤。由于它是当着我的面跌倒的，所以我明显地感到了它有些不好意思，爬起来，很不体面地向对岸跑去。

如果河堤上的雪堆往河道里缓缓地流水，就说明春天的热劲儿要来了。这时候你蹲在河冰上听听吧，河水在冰下咕咕咕流呢！不过两岸林中的大雪岭还要多久才能化掉？这是没有边的日子啊！

大雪化一层，就露出一层细小的沙尘，这是风雪之夜里掺进去的。大雪岭子一道一道躺在村边路口上喘气儿，像海边上快死的大鲨鱼，又脏又腥，苍蝇围着打旋儿。我发现田里到处都开始发出绿芽了，小小的蜂蝶也开始嗡嗡转。可是冬天的雪还不肯离开我们。

　　树林子里的冷气蓄得好浓，人走进去，就像走进了冷窖。没有叶子的梢头挡不住太阳，热力把地上的雪化掉一点，夜间又是冻结上了。一些去年秋天和冬天忘记摘下来的野果子，这会儿悄悄地发霉了。

　　我们家的院子里早就没有一点雪了。父亲把残留在院角和屋后的一点冰渣也清掉了。他不愿过冬天和春天相挨这些日子。妈妈在一个春天快来的时候就满脸高兴，扳着手指算节气，说什么什么日子还有多远，多久以后是清明……我就是这个冬春发现了妈妈头上的白发，一根一根，大约有十几根，闪闪发亮！我喊了父亲来看，父亲真的走到妈妈跟前，背着手，很认真地看，还伸手抚弄了一下妈妈的头发。

　　"妈妈……"我叫了一声。

　　妈妈没有吭声，用手在我的后背上轻轻抚了一下。

　　"时光真快啊！转眼又是一年了……"妈妈像是对父亲说。

　　我知道这句话是什么意思。因为我们就是在一年的开春，踏着一个春天化雪的泥泞搬到这儿的。那时的事我已经不记得了，是妈妈告诉我的。她说那一年的雪直化了很久很久，林子里背阴处的雪差不多一直留在那儿。

　　我是在这片林子里长大的。这儿的一切都是我的。我知道大林子里一切的奥秘，知道芦青河的所有故事。

小村里的孩子经常来变暖的林子里玩，我们就结伴在树上拴秋千、爬树挖鸟窝。我们特别喜欢把黑乎乎的雪岭掏开，从当中掏出白白的一尘不染的雪来吃。我们还将它们做成一个个窝窝头带回家去，当着大人的面张口就咬，让他们吓一跳。

河冰一块一块跌落到水流里。夜里，坐在岸上，可以听见咔啦啦的冰板的断裂声。春天真的要来了，可林子里的大雪真的一时还化不掉呢。

我们沿着河堤飞跑，一直向北，跑向了大海。大海被一个冬天折腾得黑乌乌的，白色的浪朵一层一层揭开，又慢慢覆盖在水面上。我们都惊讶地看到海岸上一堆一堆的雪和冰——这是海浪推拥上来的？还是冬天里积聚在海边上的？谁也搞不清楚。

有一条蛇在海滩的沙子上慢腾腾地游动。我们跟上它走了很远很远。后来，我们又看到了一个兔子，它飞似的不见了。再后来，我们又看到了一个刺猬。

我把刺猬拿来回家的时候，父亲正坐在院里抽烟。他让我放下刺猬，然后看它在院里走。"多么美丽！"他看了一会儿说了一句。我不解地看看父亲——我不明白它美丽在哪里，也不明白父亲为什么会说这样的话。

妈妈也跑到院里来了。她不知怎么靠在了父亲身上，两人一块儿看着刺猬。"多么美丽！"父亲又说了一遍，一只手搭在妈妈的肩膀上。

"孩子，你是从哪里弄来的呀？"妈妈无比和蔼地问我。

我详细地讲了起来。

我讲完了，他们满意地笑着。我觉得这是很久以来没有过的愉快时刻。

我们玩了一会儿,妈妈说吃饭了,大家就跑进屋里。等我吃过了饭再出来找刺猬时,它已经钻到什么地方去了。

夜晚睡觉冷极了。"下雪不冷化雪冷"——这还是个化雪的季节啊!我夜里紧紧蒙住被子,抵挡着严寒。在这样的夜晚,你不会觉得这是春天,而只能认为是在严冬。

如果是个大风之夜,树林子鸣响起来就怪吓人的。我知道野物们在春夜里不会平静,它们要跳要蹦,在林子里闹着。树木的枝条互相碰撞不停,风在树尖上发出刺耳的叫声。这是春天吗?这是隆冬天里啊。我甚至想起了以前的冬天和春天,想起了以前大雪是怎样融化的。那时的雪好像化得比现在快,而且是悄悄的,不声不响的。

林子里的槐树抽出了长长的叶片。再有不久就该着开槐花了。那时,整个大林子就要真的告别一个冬天了。

我心里焦急地等待着。

我等着槐花一齐开放、林子里到处是放蜂人的那样一个日子。我差不多天天往林子深处跑,一路上留意着。我总是将每一点新奇的发现告诉父亲和母亲。我发现槐叶下边已经生出了花骨朵,密密的,像粟子穗儿一样。今年春天的槐花一定比哪一年都密。

林子里还找得到雪的痕迹吗?没有了,到处都暖融融的。地上,是萌生的各种绿芽,是被太阳照得发烫的干草叶儿。

有一天,槐花终于一齐开放了。妈妈和爸爸领着我进了林子。我们每年的这时候都要采一些槐花,晒干了,留着食用 —— 这是一种独特的美味,是全家人都爱吃的。

我们高兴极了，不停地采啊采啊！满海滩的小动物都在吵闹，它们也高兴极了。鸟儿叫得好欢，它们在远远近近的地方打闹，互相问讯。

当我跨过一条小沟的时候，突然在一个拐弯处发现了一堆黑乎乎湿漉漉的东西。我觉得奇怪，用脚踢了一下，发现了白白的雪！我叫了一声。

父亲和母亲都过来了。他们注视着隐蔽的雪堆，没有作声。

原来冬天还藏在这儿。

它一下子又提醒了我们，让我们想起那一场持续长久的大雪天来……

一九七七年十二月写于龙口

善 良

一

　　小挪年轻时很美丽，现在四十岁了，也还是好看。她越来越温和，越来越慈祥，穿着洗得干干净净的衣服，每天不停地劳动。婆婆几年前得病卧床，她就更加辛苦。没人听她抱怨过什么。在整个园艺场里，所有人都认为她是一个好人。

　　好人有时并不顺利。小挪的男人开汽车，回家就喝酒，醉酒就打人。女儿长得天仙一般，他舍不得打，就专门打老婆。小挪的头发都被他揪掉了不少。她尽量迁就，实在挨不过去了就给他一耳光。奇怪的是他挨了一巴掌，反而会安静下来。

　　她平时常常劝导丈夫，他也听从。可他不会彻底改正。小挪每天要服侍婆婆，又要上班。她是场技术员，早年毕业于一所中专学校。那时她有很多追求者。场里人都说：能找这么个姑娘做媳妇，想想看，一辈子享不完的福。可是她都没有同意——那些追求者很痛苦，其中的一个还为她喝了有害液体。当然他被抢救过来了。为这事她十分痛苦。她找到他说：

　　"你不应该这样。因为不值得。我也没办法让你不难受，我知道自己不能和你一块儿组成家庭。我不愿意啊。你打起精神吧，找个愿意和你过一辈子的人，好不好？"

那个人想了想，说："我也有中专文凭，这个你知道。"

"知道。不过相同文凭的人就该在一块儿了吗？你一时思想还转不过弯来。你好好想想——想过来了没有？"

他想了一会儿，最后终于抬起头来：

"想过来了。"

她当时之所以不同意，主要是看上了一个刚刚调来的司机。小司机戴着套袖，工作帽，眼睫毛像女娃一样长，又有着一股帅劲儿。"这小伙子多精神！"她在心里说。后来她主动接近他，买了好吃的好用的给他。他比她小四岁，叫她大姐。她被叫得不好意思。后来当然是她主动提出建立那种关系的，让小伙子愣了半天。因为小伙子十分单纯，又没怎么看书，不太懂这些事。他以为他们在一块儿好就是了，其他的倒没想。小伙子说：

"哎呀！俺不和你结婚。"

她认真地问："为什么？"

"因为俺不配。"

"胡扯……到底为什么啊？"

小伙子搓搓手："主要是不好意思。"

她长长地吐了一口气："这就不要紧了……"她扳着他的脸亲了一下。小伙子没让她亲第二下，抬腿跑了。

待了很久，小伙子又回来了。他发现她还站在原来的地方。这一回她亲他，他就再不躲闪了。

后来是结婚。日子久了，她发现这个司机不懂多少事，心比年龄还小，光知道玩，没有多少家庭观念。他爱赌气，发脾气，动不动就恼。她有时真不知该怎样对待他。他在外面跑车，跟一些野性司机学了不少坏毛病，后来还给她起外号，叫得很难听。

她尽量做到不生气。

可是他喝酒越来越厉害。她认真批评过他，他说："早晚不喝它，怪辣的，有什么好？"那天她真给高兴坏了，眼泪都出来了。她觉得自己男人终有一天会变好的。男人见她哭了，一阵惊讶："又没打你，你哭什么？过去打你你都不哭——真怪啊！"她叹了口气，又笑了。她觉得他的心太简单了，也太粗糙了。

白天她在果林里行走，一个人时，嘴里轻轻吐出这样的话："我差不多不能爱他了……"

尽管这样，她还是坚持下来，转眼已经四十岁了。

这是一段多么漫长的日子。她什么都忍受下来。她与自己的男人不能交流什么——多么寂寞。她知道自己当年大概弄错了，不该和他一块儿组成家庭。不过后来又一想，她当时是爱他的，真的。她记得那会儿一看到他的身影、那张无忧无愁开开朗朗的脸、里里外外的健康，心里是多么激动多么幸福啊！直到如今，她也愿意看他，一直看下去——这不是爱吗？

他们之间一吵架，全园艺场的人都知道。她尽可能不让别人知道，男人却总设法让别人知道，还故意夸口："哎呀让我打得呀，直哭直哭！"

有人批评他不该动手,他就说:"女的就得管住——再说我从来不用力打,她要痛才怪。"

听者都笑。有的说:"小挪也算个命苦人了,摊了这么不懂事的男人!"

这期间正好那个用力追求过小挪的中专毕业生又独身了。他找到小挪说:"小挪同志,我们谈一次话可以吗?"小挪点点头:"当然可以。"

他们在果林深处的一口水井旁边坐了。四周很静,小鸟都不叫。中年男子两只手插在一起,一抽一插,然后缓慢有力地说了:"经过很长时间的考虑,我认为很有必要在一起谈一次。我想告诉你的是,我对你和你男人的情况做了理智的分析。我认为你们的这一次婚姻是不成功的。主要原因是他不懂得你,而有的人却很懂得你 —— 我就是这样的人……"

小挪安静地听着。她发现对方的脸色越来越红,口气越来越急促。

他往上伸出两手说:"反正话不说不明,灯不挑不亮。你要是肯离开他,我们就能在一起了。不知你肯不?"

小挪每一个字都没有遗漏。她说:"不肯。"

"怎么能'不肯'?"男人呼一下站起来,"难道他打你你不火吗?他打人呀!"

"他脾气不好,可我心里还是喜欢他。我想人人都是有缺点的。他和我在一块儿生活,我没能帮他改掉那些缺点,也有责任。你应该同时也批评我,不对吗?"

男人想了想,说:"道理上也对。"

"还有,你应该想一想,如果我听你的话跟他离开了,好吗?他不爱我了吗？"

男人又想了想，说："总的看，他还爱你。"

"那好，"小挪走近一步，"那我离开了，他一定会难过。你想想，一块儿过了这么多年，又有了孩子，哪能轻易分手呢？他见我跟了别人，能难过死。他这辈子也就没有高兴的时候了。再说他干的工作是开车，心里不好受，发脾气，出了事故怎么办？还有，他有个得病的老妈妈，这些年全靠我了。我得把老人服侍到底啊！我半路上离了他娘儿俩，就是没良心的人。"

男人听着，蹲下了。他看看小挪，又低下头。最后他说："你说的在理儿。不过小挪同志，你应该明白，我也是好意……"

"当然。你是个老实人，这我早看出来了。你约我谈话，我也就来了。为什么？因为你坚持这么多年爱我，不容易。世上变来变去的人太多了，你不是那样的人。再说你又是个直率的人，心里怎么想，嘴上就怎么说——我很感动。我不会忘记你这片好心的。我要把你当成最好的同志看！我一定能这样！"

小挪说着，有些激动。

那个男人不安地活动着，搓手，轻轻跺脚。小挪把话说完时，他嚷道："你是个多么善良的人哪！我敢说你是全国最善良的人。我更爱你了，真的，我真想亲你啊——不过我有理智，我知道，你还没有答应；我不能越过同志的界限，不能，对不对？"

小挪含泪点头："你做得很对。"

二

"喂,技术员在家没?"他喷着满嘴酒气,一进门就嚷。

妈妈在炕上呻吟。

"妈妈,妈妈!"他伏到妈妈床前,伸手替她盖被子。"我孩儿回来了——你又喝酒了,又喝了……"老人生气了。

小挪一手抱着孩子,一手端着饭菜过来了。他跳起来,抢过孩子就亲,说:"技术员打饭来了,咱吃饭吃饭……"小挪围上围裙,服侍婆婆吃饭,"妈今天背疼,一阵一阵疼。"

喂过婆婆,男人和女儿已经吃过了饭。男人说:"俺停了车就去找地方喝酒,——光是喝酒。真舒坦!"小挪停下筷子:"那样要伤胃的,你更受不了……你真该戒酒啊。"

男人哈哈笑了:"这样应该那样应该,还应该打你哩,是吧?"

小挪不理他。

"打一打才好哩。先吃饭吧,吃过饭再打。"

她很快吃饱了饭。当收拾桌子的时候,男人真的一歪一歪过来了,举起了手掌。小挪火了,一下扔了手中的抹布。男人也火了:"逗你玩的,还扔东西,好,这回真打了!"说着照准她的后背就是一下。

小挪气得不知怎么好,就去拉他的手、扭他的胳膊。他说:"你才有多少劲儿?'工人阶级有力量',你扭扭看!"他把胳膊绷紧,任她扭。她一丝也扭不动。

女儿过来帮忙,娘儿俩笑了。男人说:"算了算了,别费事儿了。"

小挪一边收拾东西一边说："打老婆是旧社会遗留下来的恶习。你就不能改正吗？真的不能吗？"

"不能。"

"你不怕把我打跑，跑到别人家吗？"

"不怕——你才不会跑哩。你是个正派人，打也打不跑。我心里有数。"

小挪气得跺脚："那不一定！那不一定！世上谁对我好，我就跟谁去！"

男人拍拍膝盖："胡说！妈妈你也敢扔下不管？"

"妈妈……"小挪的嘴软了。她不由得回身去看内屋的门，不吱声了。后来她进屋去了。

婆婆一个人孤单，小挪每天陪她说一会话儿。老人这时候多高兴，"我孩儿呀，你说今年的日头是怎么啦？灰蒙蒙的。这个秋天果子不知收不收？"小挪握着婆婆的手："能收啊！今年的日头还是老样子，怪好的，晒在身上暖洋洋。""这就好。我放心了。孩儿你让孙女过来——"

小挪招呼女儿。她一下跳进来，去偎着奶奶。小挪这才离开婆婆。男人蹲在那儿呕吐。酒劲儿泛上来了。气味刺鼻。她用湿毛巾给他擦嘴巴，又把他扶到床上躺下。她一句也没有埋怨。他躺在那儿，向她招手。

小挪走近了，他握住她的手，使劲握着。"好些了吗？"他点头。后来他抱着她的手，呼呼睡着了。

小花猫在地上蹦跳，玩它的乒乓球。后来乒乓球滚到了木箱底下。它焦急地抓拍木箱，无聊地走来走去。小挪用小树枝给它抠球，为了防止球重新滚进去，她用废报纸把箱底空隙塞起来。

天快黑了男人才睡醒，打个哈气，抓起帽子就出了家门。

"你回来！你去哪里？"小挪追出一步喊着，可人已经没有了影子。

这一天她的两条腿好沉重。这日子好累啊！婆婆在那边叫她了，她赶紧打起精神。

她调制了一碗甜甜的藕粉给婆婆，可是小花猫在大家不注意的时候伸出舌头舔了几口。女儿说小花猫一点也不脏，可奶奶说什么也不喝了。小女儿赌着气、也为了证明自己的话是对的，端起碗就喝。小挪想制止她已经来不及了。重新给婆婆调制一碗藕粉，然后把小猫抱开。

天很晚了，男人还没有回来。这是个星期天，她为他担心，就出去找他。找了场部的小供销部，他不在；找了车库和几个老熟人的家，都不在。后来她听说老场长提着一瓶酒回家了，就进去看了一下。他正和老场长面对面地喝呢！她一出现，老场长立刻吆喝老伴给她拿个杯子，男人听了一摆手："看您，她哪会！她不行！"她红着脸和场长老伴打着招呼，坐在桌边说："老场长，您不知道，他今天已经喝过了。"男人的脸有了酒色，这会儿赶忙说："乱说！打得轻了！"场长呵斥一句。他接连喝了几大杯子，故意撒气。"你别喝了，别喝了，会弄坏身子呀，快停下吧！"她去拦他的胳膊，他一下把她推开。场长又是呵斥。

他后来朝小挪恶狠狠瞪了一眼，离开了。

老场长自己喝酒。小挪说："场长，真对不起你——他今天是醉着回来的。我不敢让他再……"老场长说："我不知道……小挪啊，你男人可是个好人，车开得好，从不误事。我一直喜欢他。他要是再有点文化，我早就提拔他了……"

场长也半醉了。小挪觉得有趣，就忍住笑问："提拔他干什么呀？"

场长想了想："技术……科长！"

小挪笑了。

场长神色严肃地指着她说："别笑！真……的！"

三

小花猫不知吃了什么有毒的东西，不断地呕吐。小挪正在上班，女儿跑去告诉她，慌慌地跑回家。

婆婆躺在炕上，一声声唤着小猫。

小挪看了一眼，急得叫起来。婆婆说："去找块仙人掌，捣碎了给它灌上，兴许管用——前些年有人用这法儿救活了一只猫……"

她飞快跑出去，见人就问："有仙人掌吗？"不知打听了多少人，总算找到了一块。她一边往回赶一边摘去上面的尖刺，一双手都被刺破了。

她飞速地把仙人掌弄成糊糊，用瓷勺一口口灌给小花猫。它拒绝喝下去，不停地挣扎，小挪的手掌、衣服，全都给撕破了。

它吐啊吐啊，不知吐出了多少东西。吐过之后，就一动不动了。小挪让女儿和她一起，用温水细细地擦去了它身上的脏物，然后放到了床上。

这一夜她是搂着小猫睡的。一夜里她不知醒来多少次，老疑心小猫已经不呼吸了。她拉开灯，发现它小小的肚腹在动，这才重新躺下。

小猫过了最危险的关头，瘦成了一把骨头，站也站不稳。它对所有人都不理，唯独见了小挪才微弱一叫。小挪为它准备了一小片鱼肉、猪肉，它看都不看。

"多么可怜人哪！它有什么病，也不会告诉——它不会说话啊。它这会儿多么难受！"

她去请了场医。医生听了她的诉说，不想来。后来她再三央求，医生才来了。他用听诊器听了听它的腹部，又扒开它的眼皮看了看，说："我从来没医过它们——你知道我不是兽医啊！这么着吧，我按照给人治病的原理开药……"小挪说："就是啊！不过它这么小，小心着下药啊！"医生捏出了三粒黄黄的药片，想了想，又减了一粒。最后他说："研成面灌下，看看行不。"

小猫吃了药，慢慢好起来。小挪不知怎么高兴才好。她送给医生一些糕点，又送给他妻子一块布料。医生执意不收，她十分难过。后来医生只得收下了。有一次医生遇见她说："其实你什么也不用给我，只要有一点心意也就可以了。"他说这话时久久看着她，眼里是若有若无的泪水。她怔住了。

"真的。我从来没看见你这么好的人。你真好啊！我……敬佩你的全部然而，小挪同志！同志！"医生口吃起来，背起药箱离开了。

小挪盯着他的背影，一声连一声问："你在说什么啊？你说了些什么啊？"

医生站住了。他回头走了几步，声音低沉，又是异常缓慢地问："你、真、的、不、明、白、吗？"

"真的！"

"老天！"医生走了。

又过了许久，她收到了一封草绿色的信。展开信，她读到了一封热烈的情书。那是怎样的一些话啊，看得人脸红。不过她觉得句句都是真心话。他是十几年前从一所中等医科学校毕业分配来的，说来也巧，他也具有中专学历！她一遍又一遍地读这封信，直读得泪水涟涟。她发现、她承认，一个人即便结婚很久之后，也仍然有可能爱上另外的一个人，并且做到不让自己难堪，不让自己厌恶。

她有好长时间，都把这封信藏在一个破旧的水缸后面。她一直想写一封回信。后来她真的写了。她写道：我们都错过了，真的错过了。不过我们还没有错过做朋友的机会。我知道你是真心实意的，你不是那些花花草草的人，当然你明白我也不是。所以，我们只能好好过自己的日子，平时，互相帮助、互相鼓励、彼此提醒着，别犯错误……这事就不要告诉家里人了，因为尽管什么事也没有，还是会惹他和她生气的。

信的末尾她没敢签名。她发现来信下面只画了一个听诊器。她想了想，就在信尾空白处画了一个苹果——想了想，怕他弄不懂，又在旁边注了两个小字：技术。

后来的日子她偶尔沉入默想。有一次她想起了一点什么——自己从来不得大病，只是那年冬天有些发烧，让场医，就是他，给打了一针。她这会儿想起了他用酒精棉球给她擦拭屁股上一点皮肤的情景，脸呼呼地烧起来。

小挪无声地哭着。好像有什么东西早就丢失了，而她才刚刚发现一样。

男人回来时，她已经擦干了眼睛。她为他做了最好的饭菜，为他添了一小点酒。男人兴奋得不知怎样才好,说:"这才叫老婆!以前那样,算什么老婆?"

小挪不停地亲吻男人。男人擦着嘴说:"好家伙!"

他们有很长一段时间没有吵架了。男人高兴时就给她取外号,一口气叫出很多。有些外号具有很强的侮辱意味。这一切她都习惯了。

天渐渐冷了。

小挪病了。她在技术科待着,后来觉得不好,就回家了。她身上烧得难受。男人直到很晚才知道消息,赶回来,她已经病得十分严重了。他大叫:"怎么不去看看医生?快!我背你去医疗室……"他说着一下背起她来,抬腿就跑。

小挪在背上踢着:"你敢!你放下我!"

"怎么?你怎么?真怪!"

"我不去!"

男人火了:"去也得去,不去也得去!"

"你让我去,我就死!"

男人站住了。站了一会儿,他把她放下了……他什么也弄不明白。后来他用手去试她额头的温度,被她按住了。她用火烫烫的嘴唇亲着这只粗糙的大手:

"你开车去吧,我们到……到外面的大医院,那里更好……不对吗?"

男人一拍膝盖:"怎么不对?太对了!走走走!"

他跑着去开车了。

四

就是这一年春天,婆婆去世了。最后的时刻,老人的手还握着儿媳的手。

全家人放声大哭。太阳落下去了,黄昏的光色里,什么希望都随着老人死去了。

小挪久久发呆。她从未想过床上可以没有一个久病的婆婆。她不知道以后的日子怎么过。

"妈妈啊!妈妈……"

小挪和全家在悲恸中越走越远。

时间不知不觉间飞快消逝。秋天来临时,她才舒出一口气来。但平时,她常常不知为什么就流下泪来。她坐在果树下想着老人的事情,有时记起十分烦琐的细节。她还记得老婆婆讲过一些故事。

这期间,她无数次怀疑自己家的日子就要没法进行了——她等待着什么,埋藏着惊惧。她常常紧紧拥抱男人,像害怕什么突然冲入这个家一样。

男人说:"不怕啊!"……

日子慢慢又正常起来了。只是小挪一想到那个与她说过无数次的老人,仍然要流泪。时间也许真能医治一切。又过了一年,男人重新开始喝酒了。有时他对小挪像过去一样凶,甚至骂:

"我可不管你是什么'叽叽(知识)分子'!"

"我怎么你了啊?你不能这样!你什么时候才能懂事啊!"小挪长

长叹息。

　　只有男人不喝酒时,她才能与他好好谈一会儿,有时谈上很久。不过即便这时,她也有深深的被遗弃感,悲伤极了。她有时说:"孩子爸,你要和我好——比过去更好,我也是。我们俩是最亲最亲的人,你要有好脾气,啊?"

　　男人这时总是"嗯嗯"着,说:"行。"

　　"我一辈子都依靠着你,你不知道吗?我一直迁就你,因为我离不开你。我见你喝酒就不高兴,不是疼钱,是怕伤你的身子,怕你出事。你不该骂我,有时还动手打人——这会破坏感情的……"

　　男人粗声说:"不能。打了这么多年也没破坏。"

　　"已经破坏一些了……"

　　男人久久不吱声。

　　"我们不该吵,真的。你想想,我们都会老,会长出白头发。我们还会拄着拐。如果我们好得像一个人多么好!如果我们老了还形影不离,才是两口子。那时我搀着你,咱到树底下散步去,大家见了都会夸,说看哪……"

　　男人不耐烦,打断她的话:"乱说!你的身体比得上我吗?到时候还不得我搀着你?"

　　小挪紧紧依偎着,说:"都一样,都一样!……"

　　　　　　　　　　　　　　　一九七九年写于烟台
　　　　　　　　　　　　　　　一九八五年订改

看野枣

一

夏末秋初,不冷不热。夜晚,年轻人站在街头上,让温柔的南风抚摸一会儿,就会放开嗓子歌唱起来。这和鸟儿爱在清晨里啼叫是一个道理。

"穿鞋要穿牛皮鞋,唱歌要唱新鲜歌。"这几年新鲜歌特别多,因此他们一唱开了头就不愿停歇。硬要停歇是很难受的。所以,这天晚上社员会开始的时候,大贞子她们几个姑娘还在黑影里哼小调儿;有人几次制止,她们才不作声。但只停了一小会儿,又嘻嘻哈哈笑了起来——织着毛衣笑,勾着花边笑,从地上捡个草梗捏弄着笑,手不闲嘴也不闲。年轻的队长三来火了:他让姑娘都分开坐,你坐这边,她坐那边;大贞子的粗嗓门最响,很像个领头的,就让她坐到父亲曲有振跟前吧。

曲有振一口口吐着烟,她一坐下就咕哝"呛死人了",伸手把老父亲那支咬在嘴里的烟锅往旁一拨……大伙儿看了都笑,别人一笑,大贞子就有些来劲,索性把那烟锅从他嘴里拔出来,放地上"咔咔"一磕,往老人脚边"啪"地一扔,扭着手掌大笑起来。

曲有振指着女儿对身旁的人说:

"看看,缺个心眼不是?"

三来甩着油亮的分头，拍着桌子说："还开会不开？嗯？"

"谁不让你开来？"大贞子笑眯眯地说。

三来斜她一眼，无可奈何，只好提高嗓门往下讲。他说如今有件大事：海滩上嫁接那些野枣棵结满了大枣，再没有人去看管就要丢光了。他说看枣的人夜里要住在那儿的小泥屋里，一天的工分合一天半，谁愿去现在就报名。

是个美差！马上就有一个外号叫"老混混"的中年男子报了名。奇怪的是他一报名就冷了场，再也没人吱声了。

大贞子还在笑吟吟地扭着手掌玩儿，见众人突然沉默起来，立刻就不笑了。她四下里望望，这才弄明白是怎么回事儿，急急地站起来嚷："我去！还有我哩……"

曲有振被身边这猛然一喊吓了一跳。野性啊，野性！姑娘家能这么喊么？他揪住她的衣襟说："咱不，那不是姑娘家干的营生……"

大贞子使劲一甩，挣脱了说："怎么不是？一天合一天半工分，跟玩跟耍差不多，还能得空织毛衣……"

她的粗嗓门使大家一齐笑了。不知为什么，她一说话就能引得别人笑。

曲有振有些难堪地望望四周，小声规劝，阐述她不能去的道理：大海滩地广人稀，光柔草就有半人高，完全不是姑娘家织毛衣的地方……正讲着，那边的三来却要宣布散会了。最后说谁去看野枣得"研究研究"。曲有振一边随人退场一边摆手：

"我家的不用研究了……"

大约他的这句话三来没听见，因为后来确实连大贞子一块儿"研究"

了,并且一"研究"就成了,第二天三来亲自登门通知:你大贞子上海滩看野枣去吧!

糟蹋人啊!寒酸人啊!一个姑娘家能去看野枣?曲有振弯着腰,手捏一盒"大前门",在三来面前好说歹说,结果还是白搭。老头子送走了三来,回头就骂他。接着又骂大贞子,骂她二十多岁的大姑娘了还一脸"痴气"——有"痴气"的女孩儿,人家不欺负才怪!大贞子听了只是笑,坐在全家漆得最漂亮的一个杌子凳上,恣悠悠地甩动腿脚。停了一会儿,也许是被父亲说得不耐烦了,才一纵身跳起来:

"会上就老混混一个人报名了,我不去就该他去了,你看不见怎么的?!"

曲有振一听,嘴巴马上闭了。

老混混是个又蛮又横的老光棍,全村里很少有不怕他的。早几年混乱,他拿队里的东西就像拿自己的一样;腰上常别着一把铁锈斑斑的韭菜刀子,虽然不一定能伤了人,但也没谁敢招惹他;三来也是个游手好闲的角色,常常借老混混的钱花,不但不敢管他,下雨天还爱凑一块儿喝两盅。队里有什么不出力的轻巧活儿,也从来都是老混混一个人包了……好家伙,这会若是老混混进了海滩,那里地广人稀,光茅草就有半人高,野枣不就任他糟蹋了?

曲有振想到这一层上,觉得向来看不上眼的女儿还通晓"大义"哩,于是也就不咕哝了,只恨恨地说:"三来当队长,就便宜了他老混混!……南边几个庄去年腊月就民主选队长了,咱这边还没个动静!秋庄稼眼看要收了……"最近他一生气就咕哝这几句话,老盼着"民主选队长"。

早几年"割尾巴"，就因为他把自留地里的青菜卖过几回，三来就做主"割"去了他五十块钱。他记到了心里去，老盼着有谁能站出来治治这小子。可惜他现在还只能生闷气，最后只得决定：白天大贞子去海滩看野枣，晚上由自己替她住泥屋。

大贞子欢欢喜喜说了声"好来"，就去后院削了支五尺来长、胳膊粗的木棍儿，准备明天扛着上海滩——在大海滩上，就由它扒着荆棘和茅草走路，外加防身什么的。大贞子提着它走进屋来，嘴里还在哼着她最爱唱的一首歌："……亲爱的朋友们，美妙的春光属于谁？"曲有振可不管"属于谁"，只是看着白生生的木棍，还是有些不放心。他嘱咐：

"海滩上常有挖药材的，你不用跟他们说话！"

"'属于我'……"

"那些海边上拉网的人不规矩，你不用搭理他们！"

"'属于你'……"

…………

晚上，大贞子一个人躺在炕上，被月光照着脸，睡不着。她只好睁着黑乎乎的大眼数窗格儿。这双眉眼是经得起推敲的，谁看了都得说一句："聪俊聪俊！"她的确也不丑，特别在十七八岁的时候，连身影儿也是细乔乔的。后来不知怎么就胖了起来，大脸盘通红闪光。有人说她能吃能睡，可不就胖怎的；有人说她太能笑了，哪有姑娘家这么爱笑的？不胖才怪！……队长三来总爱到姑娘们做活的地方"检查工作"，蹲在那儿一扯就是半天，常常说着说着下了正道儿，被姑娘们骂一顿，投着泥块儿砸一顿。大贞子能说能笑，有点蛮不在乎，三来对她的胆子就特别大些,有一次还明明白白提出要跟她"闹点儿恋爱"……

她从不把说笑的事记在脑子里,可唯独这件事忘不了。三来怪厌恶人的,可毕竟是个小伙子啊!小伙子要跟她"闹点儿恋爱",还是第一遭经着。这会儿她躺在炕上睡不着,不知怎么又想到了这一节上,不禁红了脸,骂着:

"哪个瞎了眼的才跟三来'恋爱'呢!六(流)氓七氓……睡觉!睡觉!明天还得起早进海滩呢……"

她厌烦地在炕上翻了个身,把脸紧贴在枕头上,故意匀匀地喘着气。不一会儿,这屋里就鼾声大作了,那声音像个大汉……

二

大贞子进海滩了,并且雄赳赳地扛着一支木棍。

野枣熟了吗?快熟了。大海滩真像没有边沿似的,满是野草、野枣、花儿;花儿真香啊,紫乌乌的,红濡濡的,粉嘟嘟的;天空蓝得像海,云彩白得像棉。大贞子高兴极了,整天用粗咧咧的嗓门唱着"年轻的朋友来相会",问着"美妙的春光属于谁"。她见到一大丛野藤儿,就试着撩开长腿蹦过去;见到一条花花绿绿的蛇顺着草棵儿跑,就学它那样儿把身子弄得一弯一扭,跟上走了老远……远处传来一阵阵号子,她跑过去一看,见那是海边上一排排拉鱼的人喊出的。天哪!他们光着身子干活儿……大贞子又赶紧往回跑了……她这样在枣棵里转了几天,只遇到一个挖药材的，两个赶海的。从来就喜欢热闹的她慢慢有点受不住了。她从家里取来了毛线，可刚试着织了一指长就烦腻了，干脆团一团用小手绢包了。再干点什么呢？四周一个人也没有，想说个话都不行了！大贞子开始尝到了孤独的滋味。

可过了不久，终于有个人进了海滩，他就是三来。大贞子见到了熟人，高兴得什么似的，老远就跑过去。三来脸上搽了粉，三步之外看着一点也不丑。可是他偏要凑到跟前来，龇着牙呱啦呱啦地说，把大贞子厌恶死了！她说着说着就没好气儿了：

"你老远的跑来做什么？"

"嘿嘿，"三来一笑，接着板起脸，很严肃地摇摇头："随便转转，检查检查工作……"

"检查你娘个……"大贞子往地上吐了一口。

三来不恼，笑嘻嘻的："骂人吗？打是亲，骂是爱。"一边说一边蹲下，伸手揪了个枣子填到嘴里。当他再一次伸手摘时，被大贞子的木棍捅了一下。

三来赶紧收回了手，嚷：

"不让？"

"不让！"……

他蹲在那儿，看着枣棵上一串串圆鼓鼓的枣子，嘴巴空空地咀嚼了几下。

大贞子心软，从枣棵底下拣出几个被虫子咬上洞眼的递过去：

"不是不让摘，是没熟透。先吃个带虫子眼的吧！"

三来吃过一些枣子，又玩了一会儿，靠近中午才很不情愿地转身离去。他临走时还细声细气地告诉："我为什么不派老混混，偏派你来海滩呢？是为你好哩！"大贞子也不糊涂，冲着他一摆手："我不领情！你那是为你好……"

大海滩平常只有大贞子一个人。每到天傍黑的时候父亲才来替换她。老头子总是埋怨说，都是为了她才跑这么远的路；大贞子不服气，蹙着鼻子：

"为我？你是为那一天半工分儿！……"

巧的是不久从矿区来了几个搞测绘的女同志，晚上要在小泥屋借宿。这下子大贞子可有了作伴的！她可以白天晚上都在海滩上，就索性从家里搬来一些米面，自己做饭吃。有一次她做了几个包红糖的小面猫，夜晚硬让搞测绘的女同志吃，人家不吃，她一气给人家塞到了被窝里……

三来隔几天就要来检查一次工作，绝不嫌麻烦、不嫌天热。他现在已经变得很自觉了，只从地上拣着带虫眼的野枣吃，有滋有味地咀嚼，迈着碎步、一颠一颠跟在大贞子身后。大贞子倒也真希望身边有个人陪她说话，要不多闷人呀！她走累时，见到眼前是干净的、被太阳晒热的白沙子，就禁不住侧身躺下。热沙子炙得人真舒服呀，她嘴里不断地发出满意的"啊、啊"声……三来坐在一边，嚼着野枣，兴奋地咕哝些什么，很容易又下了"正道儿"。有一句真气着了大贞子，她实在忍不住，就麻利地捞过身边放着的木棍，"砰"一声砸在他的拐肘上！三来痛得倏地蹦起，一边抚摸着拐肘，一边埋怨大贞子："你的思想还是不够解放！"

大贞子并不搭腔，只是紧紧握着木棍儿。三来痛得"啊嗬、啊嗬"

嘘气儿，抚摸了一会儿拐肘，然后就抬步走了。

大贞子看着他的身影消逝在绿树丛里，立刻放开嗓子大笑了！她拿起白生生的木棍儿，一会儿盘转在腰上，一会儿又在两手里耍起了飞花儿，最后才满意地扛上肩膀……

三

三来以后好多天不来了。慢慢大贞子倒有些害怕：是否因为打坏了骨头，住进了医院？测量队的姑娘早出晚归，夜里她编了一套话儿问她们，说有个不认识的小伙子白天来偷枣儿，被她"砰"地打了一个拐肘，能打坏骨头吗？人家笑着摇摇头，她这才放了心……

日子过得真慢啊，枣子红得也真快，等到满海滩的枣子都快变红的时候，多少日子过去了啊！大贞子的父亲托测量队的人给她捎来一些米面，就再没到海滩上来；三来更没着面儿。大贞子想：肯定是队里忙秋到了节骨眼上！

有一次她在树丛里遇到了一堆晒蔫的鲜刺蓬 —— 多好的喂猪菜啊，是谁撇这儿的呢？这儿离村子远些，因此这种猪菜又肥又多。她料定是哪个肯下力气的人来海滩上拔猪菜了。谁这么会过日子呢？

中午的太阳热辣辣的。树丛枣棵都一动不动地挺在那儿，像是给晒懵了。大贞子用木棍扒着荆棘茅草往前走，突然又发现了一堆连一堆的鲜刺蓬儿菜！她瞪大了眼四处看，终于发现不远的树丛下边有个光着上身的背影。她喊了一声,那人影儿竟钻进了树丛里。大贞子生气地撩开长腿奔过去,盯住树丛里那个后背喊:"你是谁?!"

那人慢慢转过身来:啊!是……三来!

大贞子简直有些不相信自己的眼睛了。往常那油亮的头发变得又脏又乱,粘满了土末子,一绺一绺被汗水贴在脸上;光着的膀子晒脱了皮,红一块,黑一块,那暴起的白皮屑儿花花点点缀在身上,豆粒大的汗珠儿就在其间滚动……大贞子大吃一惊,简直弄不清这是怎么回事,手里的木棍一下掉在了地上。

三来有些结巴:"我是……来拔猪菜……"

"怎么不见你来检查工作了?"

三来的脸猛然涨红,说话更加结巴了:"选下来了,我……不,不是了!"

大贞子瞪大了眼睛:"不是'队长'了?"

"不是了。"

大贞子不吱声地站在那儿,直瞅了他一二分钟。她什么都明白了。早就听说要选了,可谁想到能这么快呀!她知道父亲在家里一准从心里高兴,全村的人也都一准从心里高兴:谁不厌恶这个三来啊,好吃懒做,好端端一个村子硬是让他给误了……她一想起他跟老混混缠在一起那样儿,心里就有气,这时有些解恨,不由得一阵痛快,突然拍了一下手,说道:

"'不是了'好啊!反正你压根儿就不配当,早晚得下来。你给大家办过什么好事?'不是了'好啊,哈哈……"

她从心里感到高兴,喊的话分外干脆,笑得也分外响亮。三来站在那儿默不作声，等她闭上嘴巴去看时立刻呆住了！

三来哭了，一颗豆大的泪珠挂在眼角上。

她大气也不出了，怔怔地瞅着。哎呀，哎呀呀，你怎么哭了？你难道还会哭吗？你不都是看别人哭吗？大贞子咬咬嘴唇，觉得又好气又好笑，心想：哭吧！哭吧！哼，你如今也知道这个滋味了，早几年你不该穿着小白裤儿，在大街上一抖一抖那个神气，活像县里来的大干部似的呀！……

三来的泪珠一颗紧接一颗，顺着黄黄的脸颊流下来，像道小溪，流过鼻沟，流进嘴角，流到脚下白白的沙土上……好像这一流就将身上的水分挤干了似的，腰弯了，腿软了，最后一下跌坐在了地上。

大贞子还是第一次看到一个男子汉这样哭，心里有些颤颤的害怕了。她知道他是被自己刚才的高喉大嗓伤了，不由得有些后悔，心像被谁拧了一下。她瞅着对面这张脸：多瘦啊，颧骨也高起来，颜色那么暗，无精打采——漂荡惯了的人，一经点劳动就折腾成这样……她禁不住怜惜地"啧啧"两声，也坐在沙土上。等到三来抹去泪珠的时候，她才试着和他说起话来，说他这么多天没到海滩来，她连一个熟人也没看到……

三来垂着眼皮说："队里从种麦起实行'责任制'了，我不得空闲……"

大贞子一听到这儿又想起他和老混混过去那股神气劲儿，在心里想："责任制"好！以前除了你和老混混谁得空闲？要忙大伙都忙，也好各拿自己的一份工分！虽这样想，但她终于没有说出来。

三来再也没有吱声。停了一会儿他讲了落选的经过，说可怜巴巴只得了三票——老混混因为没能上海滩看野枣，记恨着也没能投他一票……

说到老混混，他骂道："这个白眼狼！我白天落选了，他夜间就逼我还他三百块钱……"

大贞子吃惊地叫了一声："'三百'？讹人吧？"

"我零花零借没有数，人家自己有账！"三来说完十分懊丧，弯下腰收拾猪菜去了，捆成了一个大方捆儿。

大贞子什么也不想问了。她帮他把菜捆放到肩膀上，然后看着他扛起来走了。啊呀，好大的一捆猪菜呀，挡去了他大半个身子，压得他跟跟跄跄。大贞子站在那儿，直盯着这个负了菜捆的身影一步步走去，在那草丛树棵间摇晃。终于，这个身子摇了几摇，在远处重重地跌倒了！她想过去扶他一下，可没由她走近，他自己就挣扎着起来了……

活脱脱的大小伙子能让一捆猪菜压得趴下，这都是游手好闲的好处呀！小时候在一块儿，割草、摸鱼，谁干得过他？数他野、数他能！早几年谁油嘴滑舌谁吃香，三来留了分头，巧话儿一学就会，硬是叫那个年头给哄坏了！……看他现在这个狼狈样儿，也顾不得拣野枣吃了。大贞子后悔刚才没有摘些不带虫子眼的好枣子给他，心里不太好受。事儿要变也真快：前一回他还是检查工作的，这一会儿就是拔猪菜的了……她嘴里又难过地连着"啧啧"几声。谁不说大贞子心软？在村里看电影的时候，电影上的好人遭一点磨难，她的泪珠就顺着通红的大脸盘子滚下来。村里谁不知道她心软哪！

第三天上三来又来海滩上了，大贞子用木棍扳着枣棵净找好枣子给他吃！像上次一样，也是她帮他将菜捆儿放到肩膀上的。

四

  三来经常来海滩上了，而且都是趁着中午这段空闲时间。他如今干活倒也肯下力气，蹲在枣棵野草间，任那汗水在脊背上滚动，草里的虫虫往身上粘扑，他只是不抬头，一会儿就拔好了一大堆鲜刺蓬儿……原来人逼到了数儿上都是作活的好手啊！他告诉大贞子说，他养上了两头小猪，开春一准喂肥它们！看他那样子，是很有些雄心壮志的。但他跟大贞子说话的时候不多，总爱一个人钻到深深的树棵里去忙。大贞子只要遇上他，总要帮他收拾一下猪菜，帮他把菜捆儿放到肩膀上……有一次他扛起了菜捆，刚走了几步却又站住了，回过头来，有些不好意思地笑着，脸憋得彤红。大贞子以为他又要说什么不入耳的"下道话儿"了，正要走开，却听他嗫嚅道："我……以前做队长时，对你家……不算太好！真是的……"

  这比不入耳的话还让人受不住！她用木棍一触他肩上的菜捆说："快走吧！这捆菜不沉还是怎么的？……"

  这天中午，当大贞子像往常那样帮三来收拾鲜刺蓬，帮他把菜捆儿放到肩上的时候，正好让赶来给女儿送米面的父亲看见了。

  老头子正穿过大海滩赶来，满头是汗。当他看到这个场景之后，先是一惊，接着狠狠抛掉了手里提的东西，大步跨到他们跟前。他大口地喘息着，敞着衣怀，那由于衰老而变得更加坚硬的胸脯起伏着……大贞子叫了声："爸……"

  "你有了力气干点什么不好？也不怕脏了手！啊呸！"

曲有振冲女儿吼了一声,那双愤怒的眼睛紧紧盯着她的脸,狠狠一跺脚。

三来刚刚扛着菜捆走出两步,在这吼声里,身子重重地趔趄了一下,险些跌倒。他的身子这时颤抖得那么厉害,只得伸出两只黝黑的、青筋凸起的手,使劲攀抓着就要滑下来的菜捆,一步一步吃力地走开了。

大贞子看着离去的三来,又看看暴怒的父亲,站在那儿。啊,父亲那皱纹密密的脸上,肌肉抖着,一双深陷的眼睛闪着可怕的光……她从来都不把父亲的发火当作一回事儿,闹个玩意儿是她的拿手好戏。可她从来也没看到他像现在这样的严厉,心不禁"咚咚"跳了几下,又叫了一声:"爸……"

老头子又一跺脚:"你没脑性,一分钱也不值!你给我远点站着去!……"他用手朝一边指了一下,蹲在了地上。

"我做了什么坏事啊?我到底怎么了啊?"大贞子拉着木棍儿站在一边,一颗晶莹透亮的泪珠滚到了胸脯上。

"你还有脸哭哩,"老人站起来:"香臭不分他三来算个什么东西?早年得势那会儿还罚去咱五十块钱……这下子不用神气了,村里人没有一个瞧得起他!你倒好,还在这儿帮他弄菜捆儿,啊啊呀呀说话儿!……"

在父亲的斥责声里,大贞子的泪水流得更快了。她哭着,用胖胖的双手揉眼睛,哭出了声音。这泪珠儿个个都像草尖上的露水那样晶莹透明,打湿了花格儿衣衫。她哭得多伤心哪!突然,她狠狠抛了手里的木棍,火暴暴地冲到了父亲跟前,挺着高高的胸脯,甩着一脸泪花嚷起来:

"哎呀你呀!我还当你为了什么,你还记着那五十块钱哪!人家当队长,你就笑眯眯递烟卷儿,还是'大前门'的!人家落选了,就当面用鼻子哼人,说话比扎刀子还狠,你原来是个势利眼啊!哎呀你呀……"

她说话像放连珠炮,气得直喘,肩膀一耸一耸的。

曲有振站起来,看着女儿那一脸纵横流动的泪水,那双尖利利的眼睛,禁不住连连后退了几步,脸色赤红,一时说不出话来。

"我帮他弄菜捆怎么了?怎么了?人失脚掉到水沟里还不兴拉扯他一把呀?帮这点儿忙你都不让啊,哎呀你呀!……"

大贞子哭着又喊了一句,扔下父亲,一个人往小泥屋跑了……

这个晚上,大贞子怎么也睡不着了。父亲那张愤怒的脸老在她眼前晃动。她想老人也是一时生气,过后会好的,如果心老那样狠,还算父亲哪?不过她还是为他难过!她最恨那些心狠的人、恨那些势利眼:见人得势,甜蜜蜜的巧话说不够;见人遭了难事,就随着大帮儿欺负他……父亲该不会是这样的人吧?一定不是的。想过了父亲,又想起了三来:他现在还不知怎么难过呢!他用什么法儿能还清老混混那三百块钱?她不自觉地在心里替他盘算:如果一年的工分能剩下二百,再养两个肥猪,一年就还清了!哎哟,那是三百呀,三来做什么花他三百?她想着想着有些躺不住,干脆走出了泥屋。

外面一点不冷,她找了块干净的白沙歪在上面。望着圆盘盘似的月亮,她伸展了一下身体,喘着粗气。今晚的心窝不知怎么了,老烦闷发急,怪难受的——记得一个小媳妇有一次没脸没皮地说,她前几年心窝就常常烦闷发急,后来找了个女婿,这病不医就好了!……大贞子想到这儿红着脸骂了一句,也不知骂谁——骂小媳妇吗?不,是骂三来!骂他不争气,让老混混催逼三百块钱……提起三来,她马上想到那个晒脱了皮的身子,心里暗暗叫着:你年轻轻弄坏了名誉,没人看得起,加上浪荡惯了做不得重活儿,可怜不可怜死个人!……

徐徐的北风吹着,吹来了一声声号子,那是海边的人们在拉夜网。

大贞子一听这号子就想起那一排排光着身子干活的人。那些大小伙子,身子都是枣红色,胳膊上的肉一楞一楞的,吓不吓死个人!她看了总是飞快地转过脸去跑开。可她只一眼就记准了那一楞一楞的肉——他们真有劲儿呀!三来也是个大小伙子,要是肯下力干,保准也会生那样的肉……你个三来哟,你还"检查工作"哩!你见了姑娘就抬不动腿,一身毛病!你年轻轻坏了名誉,可怜不可怜死个人!你以后会像扛菜捆儿那样,跌倒再爬起吗?

大贞子最后想:帮帮他才好——怎么帮?干脆!我明天就帮他拔鲜刺蓬吧,这样他来了就能扛走,反正我闲着也没什么事儿,帮他吧!——要是父亲知道了不让帮呢?不让帮,哼,我就拔他嘴里的烟锅儿,往地上一摔一个响儿!……她想到这里一阵轻松,一纵身跳起,像往常高兴时一样,"哈哈"地亮开粗嗓门笑了。然后她还不由自主地唱起了最喜欢的一首歌——"年轻的朋友来相会"。

海边的号子喊得更紧了,大约是上网了吧?号子哟,粗犷的声调里蕴含了热情,明快的节奏中透露出力量!号子哟,更响亮地喊起来吧。大贞子歌唱着,那声音正和远处的号子对应着:

……

啊！

亲爱的朋友们，

美妙的春光属于谁？

属于我，

属于你，……

属于八十年代的新一辈！

当唱到"新一辈"的拖音时，她兴奋无比，不由得要做个动作。于是她两手举起了大木棍，像拿个矛枪那样，随着歌儿的节拍向前用力一捅！

多么可笑的动作啊！……

回去睡觉吧，大贞子。

一九八一年四月至六月写于济南

天蓝色的木屐

村有村俗，乡有乡风。比如说芦青河边，姑娘个个爱穿木头拖鞋。那木底儿碰着地面，一路能发出"喀嗒、喀嗒"的声音，当地人就管它叫"喀嗒板儿"。喀嗒板儿从初夏穿起，直到秋尾。如果在夏夜里，又是个微风扬柳的月亮天色，那错落有致的"喀嗒"声在远远近近的地方响起来，会让人听得出神。

穿喀嗒板儿省鞋子，热天里穿了也凉爽舒适。可就是没人想到它有时还能护身——有一回几个姑娘去龙口街市买红绒线，回来的路上遇到两个乱动手脚的人，她们就麻利地弯腰取下喀嗒板儿，一齐扑将上去，结果，那两个人头上带着几个大血包落荒而逃……

谁都会做喀嗒板儿，用不着找木匠。通常取块粗梧桐根，劈劈锯锯，钉上块带子就成了。一年做一次，旧的填到灶里。

小能却从来不像她们那样马虎。她的新喀嗒板儿总是用刨子刨得又平又滑，最后还要用天蓝色的油漆刷一遍，把后跟和前掌的截面染成红的；就连那块带子，也要选不软不硬的黄塑料皮来做！

姑娘们一路走着，听起来都是"喀嗒、喀嗒"的，可是仔细往脚底瞅一瞅就分出优劣高低了。怪不得王二力常在出工的路上对小能喊："喂，把你的喀嗒板儿借给咱穿穿！"

王二力是全村最早留起长头发的小伙子，同时又是在出工时唯一能把方格格衬衫掖到裤子里、用棕色人造革皮带勒腰的一个人……小能听到他的呼喊总是不出声地冲左右姑娘们笑笑，然后停住步子，轮换着把两只脚上的喀嗒板儿甩到半空里（人们叫"甩飞高儿"）。王二力接过来，很费力地套到脚上，"喀嗒、喀嗒"地摇晃着身子走了。

由于王二力经常穿小能的喀嗒板儿，所以那些心里有数的人从来不当着他们其中的一个说另一个的闲话。因为有教训：一旦说了这一个，另一个马上就知道了，比无线电传得还快！王二力的爸爸在公社修配厂做采购员，在乡间也算个头面人物了。他吃得胖，手指头都比别人的粗一圈。也许是遗传的关系，王二力在青年中也是白白胖胖出了名的，谁要惹了他，他就用那支粗粗的指头在你脑门上点划。小能也很不简单，打起嘴仗来很有些姑娘家的特点。她总是迈着轻盈的步子在惹了她的那个人身边转，仰着脸儿，随着喀嗒板儿踏出的节奏撩拨对方："喀嗒、喀嗒——你不是人！""喀嗒、喀嗒——你没娘教的！""喀嗒、喀嗒——你年轻轻的没脸皮！"……

所以，河边上不少年轻人都多少有点怕他们。

有个叫大榕的小木匠最近时运不佳，他正在做一副乒乓球台，用那个具有神功鬼技的木刨子刨了一搭子木板，片片都滑溜溜的。他把自己关在一个小屋里做活，进门插栓，出门上锁。可是有一回上厕所竟忘了这一手，回来的时候就发现有一片木板被人截走了二尺！更不幸的是他马上出门追寻，结果也就看到了夹着木板远远逃去的小能。不过他没有追得上（其实他根本就没敢追）。所以事后好多天他还生气，免不了就要说点什么。说点什么有何不可,不巧的是偏被王二力听见了。

于是当大榕第二天走上街头的时候,老觉得小能那喀嗒板儿专为他才踩那么响。她穿了条紫花裙子(除了她谁还穿裙子!)腰儿扎得圆圆的,一只手就按在上面。步子迈得很细碎,白白的圆脸仰起来,一对弯弯的眉毛差不多和鼻尖处在了一个水平面上。她用不高不低的嗓门咕哝着,说谁偷木板来?谁用偷来的木板做喀嗒板儿,穿上烂脚丫!真是瞎了眼,有个小木匠瞎了眼……大榕头也不抬,直走开好远才瞅过去一眼,心里说:"全村里数你长得俊,也数你厉害!……"他见她那白生生的双脚拖着喀嗒板儿,很自然地想到了雪白的小猫蹄子,心里想:这样的脚丫丫也要烂掉吗?不可惜怎么的!

大榕跑进了他做活的小屋,照例在里面上了栓,然后才拾起刨子来。

刨子握在了一双包了厚茧的、结实而又灵巧的手里。它唰唰地向前冲去,那么勇敢、又那么迅猛,严厉地斩削一切不平……木花儿从刨子间隙里涌出来,绽开了各种瓣儿。满屋里都是一种节奏分明的刨子声。满屋里都是一种木料的香味。也只是一小会儿的时间,那么一堆儿木块该直的直了,该平的平了,带上了勾勾曲曲,生出了榫榫道道,马上就可以装成一件有用的器具了!……这双握刨子的手真是神奇啊,是练就的,还是天生的?

是练就的,也是天生的。大榕和当时的好多孩子一样,生下来就是有罪的。他是个地主(因为他爷爷是地主);他不是地主,也不过才是这几年的事。那些年里,也许这样的人需要更多的本领才能得以生存,生活挤出一个个极端内向的性格和一双双多专多能的手。大榕是个好木匠，又是个钟表匠；打一手好乒乓，还能唱歌、拉二胡……他从不多言多语，不喜欢到人多的地方去，连走路也比别人步子迈得小、脚落得轻。这一切已经成了习惯，所以最近青年团组织青年上夜校，他总坐在灯光照不甚清楚的一个角落里。年轻人凑到一块儿总要添几分故事，这是合情合理的。姑娘们好像在比着劲儿穿花衣服，小伙子挺直的裤线像刀刃儿，差不多能用来切西瓜……有的甜生生地喊着姑娘的小名，让她"唱一段儿"；有的不说"唱"，而说"来一段儿"；王二力却用压倒一切的嗓门喊："小能，干脆，'甩'一段儿！"小能就像对方向她借喀嗒板儿那样，先不出声地冲左右姑娘们笑笑，然后就"啊啦啊啦"唱了起来——她会唱最新的歌，开头就这么"啊啦啊啦"的……大榕在角落里默默地听着，有时想：真怪，唱歌怎么能叫"甩"呢？……

　　大榕就是在给夜校做乒乓球台。那儿原来有一个台子，是他五年前出"义务工"用水泥抹的（这跟他顶着风雪扫街、在烈日下挑水担土一样，都是为了改造反动思想的。），如今已经破得不能用了，谁不盼望有个崭新的木板球台啊！所以当这美好的愿望即将在他手里实现的时候，他要让每一刨子都下得准确精致，恨不得雕上朵莲花儿；所以他也就越发不能原谅小能了。"小能是个'盗贼'——'忍能对面为盗贼'！……"大榕一个人在小屋里推着刨子，越想越气，不由得骂出声来，并且还套用了杜甫的一句诗……

　　经过几天的忙碌，乒乓球台子算是装起来了！大榕十分高兴，很快忘掉了一天的不愉快，胡乱吃了几口晚饭就跑到了小屋子里，要赶着把它油漆一遍。

可是刚刚抹了几刷子，屋子外面就响起了"喀嗒、喀嗒"的声音。大榕立刻警觉地踱到了门旁，手里紧紧地攥着那把沾满了绿漆的刷子。

"咚！咚！"门板给踢响了。

大榕不出声地听着。

"开门！我都听见你喘气儿了……"一个姑娘——是小能！对着门缝儿嚷。

"骂不还口——你还要怎样？！"大榕忍无可忍地在屋里喊了一句。

"哈哈，你还记得那个事啊？"小能一边"咚咚"地踢着门板一边大笑，"开门！有好事儿……"

多么奇怪，上午刚刚踩着响板儿把人骂了一通，如今还指望别人会全忘了呢！大榕右手举着刷子，左手小心翼翼地去拉栓。好像如果不是"好事儿"，他就敢把姑娘油漆一遍似的。门开了，小能"喀嗒、喀嗒"进了屋里，嘴里还咀嚼着什么，这儿摸摸，那儿看看，拍拍新乒乓球台子，说了句"你真能"，然后就一跳坐了上去。

大榕莫名其妙地在一边看着她，这才发现她的头发新亮亮的，也许是刚刚洗过，用个手绢扎成一束垂在后背。虽然像根马尾巴一样，但大榕心里承认是好看的。小能见大榕直看她的头发，就高兴地甩着腿脚说："我收工后去河里洗了个澡，真舒坦呀！回家吃了点饭，搽了点雪花膏，就来了……"

大榕马上闻到了一股浓浓的雪花膏味儿。

小能又说："你知道找你为什么事吗？"

没等大榕吱声，她就从台子上跳下来："是唱歌的事——夜校里要排男女声二重唱，女的我唱得最好，男的你唱得最好，团支部就让咱俩演这个节目了。我是来喊你去夜校的。走吧？"

小能那个能骂人的嗓子唱起歌来倒也非常好听。可大榕还是不想和她一起"二重唱"，只是心里一块石头落了地，开始动手刷起漆来。他推脱说这个活儿非在今晚完工不可，不能去夜校了。

"不能去？"小能又飞身跳上了台子，"那我和谁唱去？"

大榕才不管你和谁唱呢，只一下下刷着油漆，并且瞅准小能又一次跳下台的时候，在她坐过的那块台面上使劲抹了两板刷。

小能到底还是不能把大榕从这个小屋里叫走。她最后干脆也不走了，说在这儿排练二重唱还不是一样！然后就脱下喀嗒板儿坐在屁股下，两手抱着脚丫，"啊啦啊啦"地唱了起来。大榕只不作声地干着活，听她一个人唱。她一个人唱烦了，有时就故意扯着嗓子喊：

"哎呀，你抹的油漆呛坏我鼻子啦——"

有音乐细胞的人到底经不起撩拨，大榕在歌声里心头痒丝丝的，最后到底也跟着哼起来，并且还要给她纠正几处唱错的地方。小能是从不认错的，说："哪个鬼孙子才净唱错歌哩！"话是这样讲，但她到底还是顺着大榕的腔调溜了……他们就这样唱着，直到两个球台全部油漆完毕。闲下来的时候需要找点别的话说，但小能今晚上兴劲特大，没有什么正经词儿，却巧嘴滑舌的，一开口就给大榕取了五六个外号。大榕郑重地指出："随便起外号是不礼貌的。"她哈哈笑着：

"这谁不知道！我不过喊着玩儿，不真往外叫的，'五讲四美'嘛！"……

第二天晚上,一副崭新油亮的乒乓球台子放到了夜校里。由于它是新漆的,在灯下闪着亮,不少人还以为上面有层玻璃什么的,禁不住上前摸一下,还把触过台面的手指放到鼻子底下闻一闻……小能两手抱在胸前,"喀嗒喀嗒"地在新台子前边转着,说这个"外行",那个"不懂",倒好像这副新乒乓球台是她一手造的一样。

王二力来了。他今晚并没有用心打扮,但和别的青年站到一起,还是特别出眼。就说头发吧,谁的能有他亮?他身边照例跟着两三个矮矮瘦瘦的小伙子,都像他那样叼着一根过滤嘴儿香烟。他这时走到球台前面,很随便地掏出烟来往四周分发着,说:"来一根吧,我爸爸新从南京捎回的……"然后自己燃上一支,伸出手指弹着球台面子说:"不错嘛!"

"真棒!"

"漂亮极了!"

"……"

你一言我一语地跟着夸起来,好像都是跟着王二力学的一样。小能也凑了过来,于是不一会儿喀嗒板儿就到了王二力脚上了。

夏夜的风不同于秋天的风那么凉爽,也不像冬天的风那么严肃。只要看一看柳丝儿是怎么悠荡的,就知道那夏夜的风是多么柔软。这种柔软的风有时能吹开芦青河面上的水轮,有时也能吹醉年轻人的心……夜校像个大磁石,不断地吸引来年轻的小伙子姑娘。喀嗒板儿在通向这里的路上响着,远远近近,伴着口哨和歌声。

新乒乓球台子四周的年轻人越来越多了。由于夜校里新添了一件漂亮的体育器材,似乎每个人都比平常显得高兴一些,话也多了,台子四周吵吵嚷嚷的，热闹得很。有的姑娘往台子跟前凑一凑，试试它能不能映出自己的脸来，等抬起头来，就瞟一眼小伙子们；小伙子们本来是没有吃零食的习惯的，这个晚上却带了一裤兜儿炒玉米花，瞅空儿在暗中给这个姑娘一把，给那个姑娘一把，一会儿满场里都嚼得香喷喷的了。

嚼完了玉米花又要唱歌。姑娘唱，小伙子也唱，交织在一起，最终也不知唱的什么。就这么乱蓬蓬地唱了一会儿，小伙子们开始让好嗓子的姑娘独个儿唱了——这个说："唱一段儿！"那个说："来一段儿！"……王二力照例用最响亮的嗓门喊道：

"小能，'甩'一段儿！"

看来这个"甩"字儿只有他王二力配喊，也只用在小能一个人身上才合适。瞧人家小能，朝这个笑笑，朝那个挤挤眼，大大方方地把额上的头发往后一抿，就"啊啦啊啦"地唱了起来。她唱得怪响的，脆生生的词儿一串串蹦出来，可不就像"甩"的一样！可她刚唱了没有几句就嚷开了：

"大榕呢？——来呀，'二重唱'呀！"

没人应声。

"'二重唱'呀——唉，死大榕没来！……"小能失望地一扭嘴巴，只好一个人唱下去了。她唱呀唱呀，慢慢高兴起来，那嗓门一会儿粗，一会儿细，一阵子高，一阵子低，有时还颤颤悠悠的，这么拐一个弯儿，那么拐一个弯儿，像不断头的小水流。她的脸儿随着歌声轻轻地转着，一双眼睛像蓄满了清水，鲜亮亮的，看看这个，看看那个，把满场的人都看遍了，把满场的人都乐透了。她唱得忘了神儿。

王二力看看四周那些直着眼神听歌的人，又看看小能，得意地斜着身子站在那儿，两手叉在腰上，一条腿随着歌儿的节拍悠颤抖动着，嘴里还"哼呀哼呀"地跟着溜起来。停了一会儿，他也许想起要打球，不知从哪儿变戏法儿般地取来了一副乒乓球拍子，一下下敲打着球台，用"当咯当咯"的声音给小能伴奏。

小能看着王二力，脸儿笑盈盈的，那水流般淌去的歌声越发动人了……

"小水流"正撒着欢流去的时候，突然有谁奇怪地大吼了一声。

这是怎么回事呢？大家赶紧吃惊地把目光从小能脸上移开，四处观望着寻找，这才发现那吼声是从一个角落里发出的。

随着那声呼叫，一个人扑了过来。他热汗涔涔的，脸色憋得紫红，几步就跨到了王二力跟前，伸出粗楞楞的两只大手护住球台说："快停、快停！球台给你敲打毁了……别敲打了！……"

原来是大榕！他刚才一个人躲在角落里听歌啊。大家看他弓着腰护住球台的那个样子，觉得又惊奇又好笑。王二力开始不明白发生了什么事，等他醒悟过来的时候，嘴角马上挂上了一丝讥笑。

大榕把眼睛凑在台面上，手指在木板上移动着，嘴里连连咕哝："这儿，还有那儿，敲打出了痕子，啊呀……"

"不就是个破球台吗？有什么了不起的？"王二力斜着眼睛盯着大榕的脸，一边说，一边故意又敲打了几下，那响声谁听了都觉得特别沉重。

大榕一伸手抓住了拍子："这是新做的台子呀！……"

"哈哈哈哈哈……"王二力朝着左右笑了起来。

小能不管别的，这时只凑到跟前来，生气地问大榕："你怎么不和我'二重唱'呢？我还以为你没来哩！"

大榕的脸色更红了，有些口吃地说："没……没听见你喊我……"

"没听见？"小能"哈哈"地笑了，拍动着两片薄薄的手掌嚷："怪事哟，人家说'没听见'哩。哈哈，'没听见'——你说不愿唱就是了呗！"

"这个不老实的家伙！"王二力开始用粗粗的手指头点划大榕，朝他身边那几个矮矮瘦瘦的小伙子笑着，又挤眼又点头。那几个小伙子也赶忙点一点头，还伸手跟他要了一支过滤嘴儿烟。王二力自己也燃上了一支，吐着烟圈儿，慢悠悠地朝大榕说：

"球台打坏了怕什么？你再出'义务工'做嘛……"

大榕听到"义务工"三个字，身子猛地一震。几年前扫街，顶着烈日、冒着雨雪担水担土的情景一下子涌到了眼前！啊，义务工，义务工——一个大小伙子何尝没有力气去做啊，只要它不再和耻辱连在一起……大榕愤愤地扬起头说：

"不，这副球台不是出'义务工'做的，是拿工分的，一天合一个整劳力的工分的！……"

他说得那么响亮、那么气势，四周的人不禁一愣，仔细一想，才明白大榕这是说给大伙儿听的。

小能不满地瞅了一眼王二力，又瞟了一眼大榕，这才发现大榕的双眼似乎在灯下闪着一层晶亮的光……

王二力撇撇嘴巴，轻蔑地咕哝了一句："哼，'小地主'……"

这三个字发音是轻轻的，也只不过刚能听清，可在有人听来却无异于三声炸雷……大榕的两眼直盯着王二力，一动不动地盯着，这目光里似乎有几点火星闪了一下，又闪了一下……这个扬着的头颅终于慢慢低下了。他默默地转过身去，侧着膀头，唯恐碰着旁边站着的人，轻轻地从人群里走了出去……

"大榕！大榕……"小能冲着他的背影大声喊着。人群里有人气愤地议论着什么，有人安慰地叫着大榕。

可他没有应声，一个人走出很远，重新站在了一个角落里。

小能转身盯着王二力。王二力依旧还是满脸轻蔑的笑容。小能气恼地问他："你怎么能骂他？"

"怎么了？你前天也骂他来……"

"可我没骂那个话……"

"骂那个话又怎么？哼哼……"王二力使劲吸了一口烟。

小能盯着他，再没作声。突然，她喊了一声："你真坏！"接着用手一指他的脚："脱下我的喀嗒板儿来！"

这喊声又响亮又突然，王二力一怔，看看四周的目光，本想装一装硬汉的角色，但一碰到小能那双愤恨的眼睛，只好乖乖地把两脚从那双天蓝色的喀嗒板儿里退了出来。

小能不说话，只麻利地穿上，"喀嗒、喀嗒"地踩着走了……

过了不一会儿，夜校就开始上课了。这一夜讲的是"高粱杂交"，什么"遗传"呀，"优势"呀，小能一概懒得听。她老往大榕那边瞅，心想他一定还在难过，也不会听得进的……烦人的课好不容易才结束，王二力马上缠了几个人打开了乒乓，招惹得几乎所有人全围在了球台边上，似乎都要试一试在这种崭亮的台子上打球是什么滋味。

小能喜欢热闹，从来都是哪里人多往哪里跑的。可她今晚偏偏离开人群，和大榕一块儿待着。大榕催她："你看球去吧！"她还是不动。但她也不说话，只是默默地站在那里，有时从头上的树枝揪个绿叶捏弄着。不远处明亮的灯光下，球赛进行得很激烈。王二力大显身手，连胜几局，这时正一手持拍，一手叉腰喊着："哪个再来？"……小能一直看着，这时抿了抿嘴角，突然推大榕一把：

"你去！"

"我？不……"大榕连眼睛也不向球台那边转一下。

"你怎么不呢？你怎么就不呢？"小能又急又气地在他跟前跺着脚。"就该着他压着你呀？也真亏了你是个男子汉呀，大小伙子……"

大榕慢慢站了起来，看着小能，一对浓眉为难地绞拧着。小能还在跺着脚。他往那灿烂的灯下望了一眼，咽了一口唾沫，然后迈开了步子……小能叫住了他，叮嘱一句："一准胜他才行！"

大榕没有作声，只是看了她一眼，走了。

小能却没有动。她故意把背向着灯光。直等了好一会儿，听到人们为大榕发出的喝彩声，才快步跑到了球台边上。哎呀，大榕哟，这才是真正的大榕呢！瞧他脱了布衣，只穿一件白白的背心，骄傲地晃着肌肉凸起的臂膀，有力、雄健而又优美地挥着拍子……王二力满头是汗，连连失分，那虚胖的、在大榕古铜色皮肤的比衬下越发显得苍白的手臂在打颤，那有些发红的眼睛却不时恨恨地盯过去一眼，咬着牙，吃力地招架着……小能高兴得一蹦，又跺着响板儿围球台转了一圈，转到大榕身边就拖音拉嗓地唱了起来:"捎啦多,来咪多,抽杀呀,杀他一个当头懵……啦啦啦,哎呀你真行!……"

她又唱又蹦的,高兴得停住步子,那脚跟还一跷一跷的。王二力却在歌声里感到了绝望,这时突然做了个抽球的假动作,狠狠地抡出了手中的拍子……大榕毫无准备,躲闪不及,让飞来的拍子砸到了脸上,鼻子立刻淌下血来……

人群乱了,好几个人同时上来扶住了大榕。小能先是一惊,接着喊了一句什么,箭一般冲上前去。她在王二力跟前站住了,像不认识似的盯着他。她看呀看呀,这目光慢慢变得有些怕人了,胸脯起伏着,使劲咬着下唇。突然她退开一步,又退开一步,照准了王二力,猛地甩了一个"飞高儿"!那喀嗒板儿冲劲十足地从脚下甩出,又在空中翻了个个儿,直飞上王二力的额头。

这真出乎所有人的意料!王二力的前额马上鼓起个红包,他伸手摸了一下,立刻像个恼怒的狮子一样冲了过来。人们赶紧扭扯着他,阻拦着他,小能却满不在乎地挤开人群走过去,从从容容弯腰从脚上取下另一只喀嗒板儿,紧紧地握在手里,对王二力说:"我可不是大榕!你试试看,你!"

王二力倒被她这一下给镇住了!他竟然一动不动,木鸡似的呆立着。

小能的紫花裙子在微风里抖着,挺着胸,一手紧握喀嗒板儿,好不威武!竟有人这时禁不住在人群里小声夸奖起来,说:"瞧她……"

她可算不得一个娴淑姑娘。听,她这会儿甚至还在骂人哩:"你他妈的真不是人!你以为别人就这么好欺负啊?你试试看!……"她骂着,见对方直不做声，这才穿上喀嗒板儿，转身扯过鼻子还在流血的大榕说：

"走，咱到河边洗鼻子去！"

大榕跟上她走了。

人们默不作声，只用饱含钦敬的目光注视着这一前一后的背影，直到看不见为止。

小河离夜校只有几步远。清清的凉凉的河水撩在后脑上前额上，一会儿那血就止住了。他们坐在了一丛芦苇边上。

小能愤愤地说："……他敢动手，你就揍他，你保险揍得过他！"

"揍人犯法哩！"

"他打破了你鼻子就不犯法？你是熊包一个！"

大榕不作声了。小能又说："现在又不是过去，你哪里比不上大伙儿？你谁也不用怕！……"

大榕仰脸望着嵌满星斗的天空，久久地看着，那双出神的眼睛一动不动。也许触起了痛苦的回忆吧？他好久都没有吱声。停了一会儿，他伸手扶着脚旁折倒的芦苇，像自语似的说："你说的这些我都知道。……可不知怎的，这胆子老壮不起来。小能，你知道我多么怕啊！那时候，我看到别人畅怀大笑，就想：我什么时候也能这么高兴、这么舒畅地大笑啊！有时看见天上飞过一群鸟，心里也想：这天空这么大、这么蓝，可不光是哪一只鸟儿的，谁能飞多高就飞多高吧，自由自在地飞吧！……那真是幻想。可这幻想如今成了真的，这一天终于来了。只可惜我这翅膀拘束惯了，一时还飞不起来，我焦急死了，有时真恨自己……"

小能不出声地听着，望着他，透过薄薄的夜色看到了他那润湿的眼睛。她第一次跟大榕坐这么近,也第一次听他说这么多,觉得今晚的大榕比过去要深厚好多。是啊,人都该有点欢乐,凭什么给人家夺走呢?夺走的就该还给人家,就该全还给,一点也不剩!蔚蓝的天空多么好啊,它就该属于所有的鸟儿!她喃喃地说:

"快了,你很快就会飞起来的!"

"会吗?"

"一定的!"……

一阵凉爽的风吹来,苇叶儿发出一阵歌声。他们在这歌声里谈着,开始无拘无束了。小能坐在土坎上,花裙子伏在地上,似一片荷叶。大榕羡慕地看着,说:"你,总是穿这么好看……"小能撇撇嘴:"谁像你?土气邋遢的!看看人家王二力,方格衫儿扎在腰里……"她说到这里后悔得赶紧闭了嘴,厌恶地一蹙鼻子接上说:"你用心打扮,比他强!以后能吧?"大榕一笑,但庄严地点了点头。

深夜时分,他们开始沿着河堤往回去了。小能走在前面,那喀嗒板儿在深夜里响得特别清脆。大榕一听这声音就想到了它那美丽的天蓝色、它那精巧样子,心里想:小能多好啊,心好,手也这么巧。他禁不住夸了一句:

"你的喀嗒板儿真好……"

小能不高兴了,大声制止:"咳!你就别提这个了!"

"怎么?"

"还怎么!这是偷你的板儿做的呀!"

……

夜空传来几声雁鸣。听声音，它大概飞在了很高很高的天上。……

一九八一年五月至七月于济南

三大名旦

一

在芦青河口那围遭儿，提起"四大名旦"，立刻会有人故意做出一副惊奇的样子，然后说："'四大名旦'？'三大名旦'吧？我们这儿有'三大名旦'！"……

他们说完了就嘻嘻笑，并且你一句我一句接着茬儿打哈哈。尖刻一点的说："什么'名旦'，纯是些女流氓！"含蓄一点的说："细说起来，她们也不过爱交个朋友什么的，哈！哈！……"

总之，很容易听出这是送给某几个姑娘的外号，里面包含了无尽的贬义。对于一个姑娘来说，这无疑是最大的羞辱。

被称为"三大名旦"的姑娘们，是怎样一些人呢？又是怎样生活过来的呢？恐怕一时也搞不清楚。只知道她们照例走完了姑娘家该走的一段路程，先先后后嫁人了，最后只剩下了一个"大萍儿"。

她是"三大名旦"中最小的，如今一个人顶着这个"雅号"。今天提起"三大名旦"来，倒似乎是她一个人的"专称"。她的漂亮在芦青河两岸是有名的，长得身段儿苗条，匀匀称称，手脚经多少劳动也不粗不糙，脸庞儿怎么晒也是白润润的。人们说：剧团里没人来把她挑走，真是瞎了眼！

她虽然和别人出一样的工，干一样的活儿，身上却总是干干净净，衣服上没一丝土屑儿。下了田，她有一手好活计，样样抓得起放得下，做什么都比别人麻利几分。农活闲散的时候，她常常要歇个星期天。到了这天，什么都不干，只擦洗得全身清爽，穿上好衣服玩去了……人们说这叫"干像个干样儿，玩像个玩样儿。"她爱穿白鞋子，黑丝袜儿，通常头上还戴一个护士那样的小白帽。

在乡下，这样打扮也就算出格了。

据有经验的老年人讲，这样花着心思胡打扮的人，好的少。

老年人的话常常是有一定道理的。

前年秋天河边煤矿开始建设，村子里出现了一批外地来的矿工。他们尽管在井下穿得不成样子，下了班洗个澡，怎么漂亮怎么穿，哪里人多哪里去。姑娘们在路边收地瓜，他们就围上看。两帮人很快搭上话了。小伙子见了姑娘常常要炫耀什么，这是通病。矿工跟姑娘们闹熟了，说起话来就玄天玄地；有的越说越上劲，甚至连小时候上学当过班里的小组长、校运动会得过一回奖状的事也落不下。有一个矿工可能没什么值得骄傲的事儿，一直没有说话，好不容易才插空儿嗫嚅一句："我会吹口琴……"这声音低低的，却被一个姑娘听见了，她应上喊："我会吹箫！"

这个姑娘就是大萍儿。

她会吹箫，那倒也是真的。在乡下，吹个唢呐、箫的不算什么，可在姑娘中就很不多见！她是跟早年做过私塾先生的老父亲学的。手巧、心灵，大萍儿学什么都快。每逢月亮天，她就搬个马扎儿，坐在光敞敞的门前空地上吹了起来。有时吹得出了神，别人喊她都听不见，只低头看着箫管，很难说不是在吹自己的一腔心事。箫的声音妙极了，小伙子们常常围着她坐到半夜……可是后来，吹口琴的就常来找她了。他们两个坐在一起吹，迎着徐徐的南风，吹着吹着就笑了，怪有意思的。但第一天晚上，村里的小伙子们就断言：口琴和箫合奏，是天底下最难听的声音！

难听不听！大萍儿和矿工肩并肩地走了。打那儿她就常去矿上的宿舍串门儿了。她入了哪个门，哪个门里就有男人笑得"咯咯"的。男人应该"哈哈"大笑，"咯咯"的，不是正音儿。

村里人都说：大萍儿完了。

大萍儿却像没有听到，依旧到矿区串门儿，回到村里还对左右的几个姑娘说："人家矿上工人也不知从哪儿买来的胰子，真香啊！……"

初秋时节，村里来了个公社组织干事，叫卢乔林。他刚从一个师范学校的中文系毕业，到基层"从政"来了。小伙子二十五六岁，英俊潇洒。他会打球，又在学校做过游泳运动员，来到村里很快就博得了青年们的喜爱。他读高中就当过团干部，虽然到现在也还是个青年，却总愿组织青年、管理青年。他有这方面的丰富经验和浓厚兴趣。进村后尽管工作繁忙，但总能寻机会和村里的团干部们坐一会儿，谈一阵子。因此仅仅过了一个星期，他的小笔记本上就写满了青年的名字，并且还习惯地将特别先进和特别落后的注了记号。

"大萍儿"三个字下面划了一道粗粗的黑线，记了三个大大的问号。

他早就计划着，想找她谈一下了。

可这计划还没有实行，煤矿井下作业班的一个班长就找上门来了。

他对村领导讲了一下目前矿区生产的大好形势，然后又谈到工农关系问题。提到大萍儿，说得十分委婉。他说现在都是讲"精神文明"的时候，"那样"似乎不太像话；再说井下都在流大汗创高产，"那样"似乎也会涣散军心……

他讲完了就走了，临走时还有力地握了握几个人的手。卢乔林望着大步而去的班长，觉得事情是刻不容缓了。

当天晚上，吃过夜饭他就去找大萍儿了。

大萍儿很客气地迎接了他。因为屋里闷热，她取了两个马扎儿，把他领到了门前的空地上……月亮很亮，他看得清她。

她静静地坐着，两手叉起来放在膝盖上。她像漆过似的头发闪着亮光，梳成一束扎在脑后，洒脱俏丽得很。白白的脸庞上，乌黑的、大大的眼睛闪来闪去，长睫毛不断跳动，容易使人联想到那一湖荡漾的秋水。月光给她送去一层朦胧，一层皎洁。她坐在那儿，似一尊光莹透亮的水晶雕，似一个矜持傲慢的皇后……卢乔林略有惊讶地看着，在心里说："你长得也真算漂亮了！只可惜你没有一个更好的灵魂！"他长长叹了一声不知道怎么开场才好。

大萍儿却坐在那儿笑了起来："你老是看我干什么？……"一边说着一边站起来，伸手从衣兜里掏出几块糖："吃吧，奶油的。"

他不想吃，但见这只圆乎乎的手老在脸前伸着，只得拣一块放在嘴里……大萍儿又坐下了。她也在吃糖，咂得很响。

糖是很甜的，卢乔林觉得再吃下去就要影响这场严肃的谈话了。他偷偷地吐掉了糖果。

她吃着糖，腿轻轻晃动着，仰脸望着月亮，极为羡慕地说：

"大学毕业真好啊……"

这种气氛和即将进行的一场谈话相去太远。卢乔林皱了皱眉头。又停了一会儿，他终于开门见山地说了句："我今天……要和你谈一个严肃的问题。"

"是吗？"大萍儿的腿不动了，脸色一板。

"是的……"他的视线从她身上移开，开始接近正题了：

"……一个青年，必须注重自己的品德修养……要有信念，有理想，自觉抵制腐朽思想的侵蚀……"

大萍儿愣住了！但也只是一小会儿，她的表情又淡然了，两腿重新晃动起来，表现出一副心不在焉的样子来，眼睛四下看着。最后，她竟像变戏法儿一般，从身上的什么地方掏出了长长的竹箫。她把它放在了嘴边，两手捏住了洞眼，嘲弄似的斜眼瞅着卢乔林。

"应该懂得什么是美的、什么是丑的，要有做人的尊严……"

"啦——捎、啦、法、捎、咪……"她轻轻地吹响了。

"一个人，是要懂得廉耻的……"

"哆哆来咪法咪……捎法捎咪！……"她放开气量，旁若无人，吹得很响。

卢乔林气愤地站了起来。他想怒斥几句什么，但又说不出；想马上离去，又不甘心。他就这样呆呆地站着。

大萍儿倒好像已经把别人给忘了，自顾自地吹着，头低得厉害，那箫的下端都快要戳到地面上去了……她吹呀吹呀，细长的手指异常灵捷地在一串洞眼上移动着,一阵呜嘟嘟的声音从箫管里淌了出来,有点懒洋洋的意味。箫,一种神秘的乐器。它是吹响的,可它远不同于笛子,更不同于唢呐,它在多么奇怪地吟唱啊 —— 卢乔林听着听着竟挪不开步子。

这声音像是从多么遥远的地方发出来的,悠长,婉约,先是绵绵缠缠,柔和,悦耳,但慢慢就变得听不得了 —— 调儿倒是满好的,只是听起来使人难受。吹了些什么?那么哀怨、凄凉,如泣如诉,一个委屈套着一个委屈……卢乔林怀疑眼前的大萍儿故意这样吹了气他的,低头看了看,只见她倒还像刚才那样,姿势一点没变,只是将眼睛闭上了,夹出了两溜长长的睫毛……他真想不出是怎么了,认真端量了捏在她手里的那支箫:很简单呀,只不过是乌溜溜的一根竹管子,竹管子上有一排子洞眼……

但他料定这是个含有神秘意味的、很古怪的东西。

二

秋播开始了,芦青河边最红的一片高粱也砍倒了。由于上游雨水多,河岸村子都有了防洪任务。工作一下变得紧张起来,卢乔林一时顾不得大萍儿了。

但是他并没忘她,总觉得有一桩经他办理的要紧事儿没有利落。

深夜,白天忙秋的人们大多进入了香甜的梦乡,可青年还要轮班在河堤上巡视。当卢乔林这晚上披着一件遮露的雨衣来到河边,看到那一盏盏游动的马灯时，立刻想到了大萍儿：如果在这儿遇到，那倒要很好地跟她谈一下了。

她能来吗？哦，她来了——卢乔林顺着一个人的手指望去，看到了远远的堤上，一盏明亮的灯火映出一个修长的身影。他迎着那盏灯走了过去。

大萍儿也许不怕夜里的寒风，穿的衣服很单薄。别人都是三三两两聚在一起，她却独自一人，在堤坝上徜徉。卢乔林喊了一声，她马上站住了。但她没有答话，脸上冷冰冰的。他们在堤上慢慢向前踏去，谁也没有说话。河里，一个波浪掀起来，"啪啦"一声撞在什么地方，碎成一堆白亮的雪。

大萍儿走着走着突然站住了。她盯着那随波浪和秋风涌动、发出一声声细碎低语的芦苇，头也不转：

"你走开吧！"

"我？！"卢乔林吃了一惊。

"可不就是你嘛！"

"这……"卢乔林很觉尴尬地突然站住了，"这是为什么呢？"

大萍儿冷冷一笑："你不知道我是有名的'三大名旦'吗？你不怕沾个'好'名声吗？你今晚在这儿待一会儿，赶明儿人家会说了："某某人和女流氓溜达了一宿！……"

卢乔林很生气。他严肃地说："这是我的工作！"

大萍儿又笑了："'工作'？就是夜里找人家大姑娘的'工作'吗？哈哈……"

他觉得受到了一场大大的戏弄，抑制不住愤怒地盯着她，仿佛要研究一下这么漂亮的人是怎么说出那样的话来的。他气得嘴唇颤抖，但没有说出什么。

大萍儿也紧盯着他，笑容却早已收敛了；那对异常妩媚的眼睛，这时射出了两道愤慨、严厉的光；小巧的嘴唇动了动，出现了明显的棱角。她问：

"你'工作'，谁派你来'工作'的？你有资格来这儿'工作'吗？你是个明白人吗？你不能委屈了人家好人吗？……"

这简直像放连珠炮一样，卢乔林愣住了。她那由于突然绷紧而变得冰冷的脸庞上，有着猜不透的谜。他不知怎么有些害怕了。但他仔细一想，知道她在发泄那天夜里的怒气，就说："那天晚上，也许是我的工作方法欠得当，说得不太'策略'，但还是对你负责的，是为了你好……"

大萍儿白了他一眼，嘴里"哼"一声，转身将马灯挂在堤边柳树的枝丫上。她双手背在身后，抵着树干站着，望着灰蒙蒙的河水。虽然不说话，但从急剧起伏的胸脯可以看出她很激动。近处，"扑通"响了一声。她像是自语，又像是询问："是鱼跳吧？"

"是鱼跳……"

她眼睛一动不动地望着前面，像是跟那个鱼对话，嗓子沉沉的：

"我早就听说你来村里住下了，是个大学生——大学生，多好啊！我留神了你住在哪儿，几次从你的窗前走过去，可没敢招呼你。我真想跟你说话儿。我想，你的学问一定多极了，跟你说话一准是有趣的。你多忙啊，一来就投到秋田上去了。我知道你不会认识我的。可后来，是你自己到我们家来了！我多高兴啊，抓了糖果给你，身上别了箫！……"她说到这儿默默地把头扭到一边。直停了好长时间，她才猛一转脸问：

"可你接下去说了什么？我听啊听啊，开始不明白，慢慢就听懂了——你在当面侮辱人！……"

卢乔林怔怔地望着。

"别人都这样看我，你也像他们一样——可你是大学生啊！我那天夜里难过死了，一下触起了好多事儿，想起了那些大姐姐们，她们也真冤透了……"

"她们是谁？"

"就是我们'三大名旦'呗，你装什么糊涂！一个叫'红桃'，一个叫'妙妙'。她们早就出嫁了，可现在还有人那么看她们。我跟她们好得像一个人似的，谁心里想什么我不知道啊！她们太傲了，没几个小伙子看得上眼。谁让她们长得那么俊、那么聪明！红桃爱写诗——这儿有几个能写诗呀，妙妙干净得什么似的，哪天夜里也要把全身洗一遍——这儿有几个能这样啊！……"她说着说着仿佛忘记了脚下的大堤是潮湿寒冷的，一下子坐下来。

一阵大风吹过来，吹落几片柳叶，送来一股凄清的意味。河里的浪头加大了，河水的咆哮声比刚才增了几倍。那水流汹涌着，卷走了一些树棵和苇草……大萍儿继续说着："妙妙看上了邻村的一个小学教员，非跟他不可，家里用绳子绑也绑不住，趁夜里逃走了，跟他有了一个孩子……红桃更惨哪，那几年混乱，一个脸上长黑疣的民兵连长硬要娶她，她不从，黑心的东西就诬她这样那样，还说是亲眼见了，满村里传，红桃脸皮薄，就跳了这河，幸亏被一个老艄公救了……她们有什么罪啊？……"

卢乔林听着，觉得声音有些不对，低头一看，见她哭了，泪花流了满脸。

她带着哭音："你看，没弄明白就跟着乱说，是要死人的啊！……"

卢乔林望望浪峰叠起的河面，倒吸一口凉气。

大萍儿站起，向前伸着手："我从小时候就爱跟她们在一起，人们就喊我们三个是'三大名旦'。我爱穿戴，爱闹笑儿，爱读点闲书，和见识多的人一起聊天儿，我坏吗？就有那么种人：他们容不得和自己不一样的人。我从没做什么离格的事，做活儿也没落在谁后头。刨玉米秸，别人刨一垄，我刨一垄；锄花生，我敢跟小伙子比锄头。我哪点惹他们说了？——他们乱说，那怨他们没水平。可你哩？你思想解放，你是大学生啊！……"

卢乔林沉默了。他终于明白了那天晚上她为什么把箫吹得那么让人难受：她在表示抗议，她在吹自己的满腹委屈啊！

"告诉你吧，我是忘不了你是怎么侮辱了我的！……"大萍儿狠狠地跟上一句。

卢乔林一直没有吱声。他也许在考虑她刚才的话有几分是可信的。停了好长时间，他才抬起头望着她说："也许是我道听途说，犯了个错误，但愿是这样。我现在不一定全信你，但我可以从零开始去认识你。"

大萍儿痛快地提起马灯说："谁让你全信了？我只要求你能用自己的眼睛去看！……"

他们沿着堤坝向前走去。气氛开始缓和一些了。当卢乔林离开时，她友好地喊了一句:"晚安!……"

啊,"晚安",这个在校园里常常使用的词儿,今夜在河堤上觉得那么新奇、亲切!往回走的一路上他都在琢磨着;头挨上枕头,还微笑着重复一遍:"晚安!……"

三

上游又下了几场暴雨,防洪的风声一天比一天紧了。卢乔林到县里参加了几天防洪会议,赶回村里时,一场早来的洪峰已经沿河而去。全村人奋战了几个昼夜,眼下刚好是偃旗息鼓,稍事休息,准备第二场战斗的时候。

从县里回来那个中午,他走过大萍儿门前,正好遇到了大萍儿。她大约也经受了一场折磨,脸庞明显消瘦了,两眼还有血丝。唯有那身衣服还是那么整洁,头上依然戴着一顶可笑又可爱的小白帽儿。她见了卢乔林,响亮地打着招呼,像见了分别很久的老朋友似的,大步迎上来,老远就伸出了细长的小手。

"会议结束了吗?任务很紧吗?"大萍儿一边连连询问,一边和他向前走去。

卢乔林"嗯嗯"回答着,当抬腿跨过一道大门坎时,才发现已经不知不觉中跟她进了院子。他回身要走,她却爽快地说:"进屋坐会儿又怕什么?我正好要请教你……"

她把他领进了自己的厢房。他进来环顾四周，差不多给吓了一跳。

小屋子不大，布置得真好。炕上的被子叠得方方正正，上面披了白线网罩，稍呈倾斜放在那儿但仔细端量，就会察觉这种"倾斜"是故意的，和那披挂的线网一样，同样蕴含了匠心。旁边一个三抽屉黄桌，桌上有一本摊开的杂志。再一边是一个做工粗劣、然而是经过精心裱糊的木书架，并且上面确实有一排排书……卢乔林感到惊讶，却故意不让它流露出来，装着很随便地在书架旁边翻拣着。但当他看到一本卢梭的《忏悔录》时，这位中文系出身的组织干事禁不住兴奋起来，用手摩擦了两下书的封皮……

大萍儿看着他，像望着一个知音。卢乔林走过来，随手翻了一下桌上的杂志，见是一本文学刊物。他问："借来的吗？"

"自己订的。还有两三种别的杂志哩。你们大学生订杂志多吧？"

卢乔林点点头。

大萍儿接上问了好多学校里的事。他发现她特别喜欢谈论大学生活，什么都想知道。她甚至还问他在学校里恋爱过没有？卢乔林略有警觉地看着她，如实地告诉说没有。她无比神往地望着窗外，将两手叉起来按着，骨节儿"啪啪"响了。她说："上大学多好啊！……哎哎……"她长长叹了一声："要是换了我，除了使劲儿学习，还会恋爱的。能跟有知识的人过日子、生活一辈子多好啊！就有那么一个人，我早看上了他……"

卢乔林的心怦怦跳了几下。他此刻不敢、也不想询问她"看上"的是谁，只皱皱眉头。

"他真聪明，我简直想象不出他有多么好哩……"

他连忙打断她的话:"你不是要请教什么吗?那就快说吧!"

"急什么,我就爱跟你们文化人聊天儿……哎,我想请教……"她一条一条数叨开了。

她真的读书不少,谈起了《少年维特之烦恼》……哟哟!卢乔林渐渐感到她很不一般了。他此刻望着这个戴了雪白小帽、两手压在腿下、穿了黑丝袜的双脚轻轻悠动着的姑娘,轻轻摇了摇头。

"你摇头干吗?"

"我想,你也许生在城里更合适一点……"

大萍儿生气地"哼"一声,从炕上跳了下来。她凑近了,头扬着,带着嘲弄神气望着他,小白帽一晃一晃:"你以为我们就得从头'土'到脚、就该什么也不懂吗?偏不!"她像跟谁赌气似的说:"我们为什么就不可以活得更好些?为什么就不能像有些人那样,比如像你,谈点诗,谈点艺术,甚至晚饭之后弹一会儿钢琴呢?……"

卢乔林在心里"哎哟"了一声,连连后退几步。

她的手在他面前挥动着,脸涨得通红,好一会儿才使自己平静下来,慢慢坐到了炕上。她手撑着下巴颏,声音缓缓地说:"人就怕自己瞧不起自己。这儿有些人从来不穿好衣服,好像非要带身泥巴才舒坦,这样惯了。其实他们也不是穷成那样,为什么不打扮漂亮呢?我现在还买不起钢琴,可我买得起风琴……我常常想,将来的时候,一天出工,回来痛痛快快地洗干净,然后就该轻松轻松了。我会对我的爱人——我会有个爱人的——说:'你想听我唱支歌吧?哦,那好……'他老不说话,他眼角挂上了泪珠,他会是个书迷……"

大萍儿说着，向着窗外，那双大眼黑亮黑亮的。此刻她美极了。

卢乔林显然被她的情绪深深地感染了。他开始越来越强烈地意识到：对方是具有另一种情调的姑娘！她追求老实巴交的河边人最不敢梦想的东西……当他认识到这一点的时候，简直吃了一惊：是怎么一回事儿？！……他不解地望着大萍儿，心里却不得不羡慕对方描绘的家庭，承认那是一种幸福……他这样想着，思绪飞驰着，好不容易才回到现实中来。他又记起了回县召开防洪会议的情景，说道："现在，还不是谈论这些的时候。秋洪……"

大萍儿显然对他突然改变话题有些不高兴，眨眨眼："你很怕吗？"

卢乔林笑着反问："你不怕吗？"

"我当然不怕！"她在小小的空间里踱着步子，一只手插在裤兜里，另一只手高高挥动着：

"怕有什么用，来了就跟它拼！"

卢乔林很欣赏她焕发出的这一身豪气，赞同地点了点头。但也只是一小会儿，她又嘻嘻哈哈地笑起来："秋洪怕个什么？等它再来的时候，我露一手给你看看，进河捉条大鱼给你吃！……"

她这个人真没治！卢乔林笑了。大萍儿却用欣赏的目光看着他说：

"你一笑真好看。哎哟，细瞅一瞅，你还是大双眼呢！……"

四

河堤重新加固了。

由于涨水,近堤的大片芦苇只露出一片摇着白花的梢梢。水,白汪汪的,看久了只会使人增添焦虑。这儿的历史上有过一次大决口,很惨。年轻人没有经过,所以守堤时还像往常一样嬉笑。有一截新堤是最不让人放心的,护堤大队长特意划给了年轻人,并且说:"你们身强力壮的,要紧时候虎起神来,出了事往后逃,我一锨一个把你们铲到河里去!……"好家伙,小伙子姑娘们吓得伸伸舌头,开始鼓劲儿了。他们分成了小组,成员全都是二十岁左右,并且公推卢乔林做他们小组的"参谋长"。

天傍黑时,浪头变得凶猛起来了。青年们的防段上终于出现了第一次险情:坝脚被恶浪旋了几个悬空。最初发现的时候,有人惊恐地喊叫起来,接上就有几个水性好的小伙子跳了下去。迎着浪头站在堤脚上。他们填放着沙袋,那高高的浪头像恶虎一样扑过来,他们却一直像坚硬的石柱一样立在那儿……卢乔林在堤上指挥抢险,非常感激地望着他们。他看着看着,突然发现水中的小伙子里有一个戴了雪白的帽子——那不是大萍儿吗?他真想象不出她怎么会跟小伙子们一起跳下去!他喊了一声,无奈风浪太大,加上人群的喧哗,她根本就不可能听到。"真他妈的是个怪人,那是你去的地方吗?……"他一焦急,粗野地骂了一句。他一动不动地盯着那个小白帽儿看了一会儿,见她倒也行动敏捷,与身旁的几个小伙子并没什么两样,这才渐渐放心一些。

经过一个多小时的搏斗,堤脚的悬空总算给堵住了。可也只过了五分多钟，新旧堤的接头处发生了更大的悬空！浪头像利爪一样伸进堤脚，撕下的泥土顷刻间染黄了一大片河水。还没有来得及上堤的年轻人又呼喊着扑向了新的险区……人们拼搏着，互相叮咛，壮着胆子。

别的堤段上的人也汇聚过来，险情在慢慢解除。正在人们注视堤脚的时候，突然有一大片泥土从中堤滑塌下去，护堤的柳木也轰隆隆砸了下来，水中的青年全倒进了水里……堤上的人群全吓得变了脸色，但也只是一小会儿，水中的小伙子又一个个带着满身的泥浆从水里浮出来，人群又哗然大笑，由惊变喜了。可是卢乔林却一直在找那个小白帽儿，这时怎么也看不到了，心里一急，跳进了水里。水里的人定定神儿，这才知道大萍儿不见了！

几个人立刻不顾一切地寻找起来。他们游进河道深处，又被激流冲散开来。

卢乔林是做过游泳运动员的，但他万万没想到自己敢在这样的河流里游泳。他顺河而下，费力地辨认着那浮起的枯木朽枝、那随浊流滚动的苇草团子……他心里怕极了。多凶的河水啊，它卷走了一个漂亮姑娘……眼下，在这激流翻滚的河流里，在和恶浪的搏击中，他突然记起了和她那几次交谈，也记起了那支奇特的竹箫……

顺着激流游下去，已经望得见不断开阔的河面了 —— 河口马上就要到了。他相信她是让激流冲走的。他想：如果她被苇草缠住，挂在河底的什么地方，那可就惨极了。老天保佑千万别发生那样的事吧！他回头寻找和他一同游下的年轻人，一个也寻不见了。他们大约是散到别的地方去了。当他的目光在水面上旋了一百八十度，落在后面一堆柳棵上时，立刻惊呼了一声:漂浮的柳棵上,一个姑娘——当然是大萍儿,斜仰着躺在那儿,手里还紧紧地攥住了一束柳条……

卢乔林救起了大萍儿。大萍儿已经昏过去了,腰部渗出了鲜红的血。原来她被塌下的柳木砸伤了,所以唯独她没有重新浮出水面。他游到一片开阔的浅水里,轻轻地将她托起,一步步向着河岸走去。小白帽儿当然不见了,长长的散发搭在他的胳膊弯上,滴着水珠,闪着光亮。她像睡着了一样,长长的睫毛合起来,嘴角还带着一丝顽皮……卢乔林第一次这样仔细打量她,心里不禁怦怦地跳了两下。

离河一百公尺的地方,大萍儿醒来了。她看看抱她的卢乔林,第一件事就是哭,泪珠顺着被河水洗红的脸颊流下来,"唰唰"地滴进水流里。卢乔林看着她,心里有一点儿难过。他安慰说:"你在抢险中表现得很要强,差不多都是个英雄了,瞧瞧,还哭……"大萍儿抽泣着:"疼啊……"

卢乔林很快把她放在了河岸的一株大野椿树下。晚霞映得河水一片火红,那浪花扑卷着,就像火苗在蹿高儿。大萍儿让卢乔林给她包扎一下腰部,卢乔林答应着,可一看到她那洁白的肌肤,脸就"唰"地一下红了,两手颤颤抖抖。大萍儿拉着哭音儿说:"快点吧!我都伤成这样了,你还磨磨蹭蹭!……"

…………

大萍儿住进医院了。没想到好多人都去看她,就连平时最能取笑她的也去了。他们对她这次表现的勇敢表示了敬佩,也稍稍有些吃惊:她还能跳到河里抢险!有的说:"大萍儿别看毛病不少,可到关紧险要时候,还真能拼一下子!"他们敬佩她的只是这一点。但对她的一些"毛病",

依然是抱着永不妥协的态度。后来有人大约在医院里看到了什么，回来蹙着鼻子咕哝说："看看吧，这种人，就是住了医院也不规矩……"

卢乔林听到了议论，虽然不太相信，但考虑到她重伤在身，还是稍稍有些不安，就特意去了一次医院。一进她的病房，他就看到一些矿工围着一个床铺。看不见她，却能听到她在中间笑得十分快活。卢乔林立刻找来了护士，矿工们才被劝阻着走了。

大萍儿非常气愤地盯着卢乔林。

卢乔林说："我是为你好！"

"为我好，为什么赶走了我的朋友？"

卢乔林没有吱声。停了一会儿他说："你，要注意自己的身体，也要注意自己的……影响……"

大萍儿喊着："啊，影响——你还是在说影响啊！……"她气呼呼地从床上爬了起来，又被卢乔林轻轻地按倒了。她只得仰躺在床上。她的头痛苦地在枕头上转动着，清清的泪水从眼角流了出来："你这个大学生呀，什么时候我们才能说到一起啊！你还是跟他们一样看啊！……这些矿工都是我的朋友，知道我伤着了，还能不来看我吗？他们走南闯北，见多识广，我偏爱跟他们谈天、交朋友，偏不怕别人乱说，偏要这样做！因为我们之间没有发生别人想的那种事，没有！……"

她大声说着，脸色赤红。卢乔林怕她身体受不住，想要阻止，她却一股劲地嚷下去：

"什么'三大名旦'，有人存心是败坏人。我和红桃、妙妙都不是那种朝三暮四的人，我不是早跟你说过吗？我有自己的心上人……"

卢乔林一瞬间记起了她在自己屋里讲过的话，于是怯怯地问："他是谁？"

大萍儿半起着身子，大着声音说：

"一个青年作家！……"

"啊！……"卢乔林不很相信，怀疑地望着她。

大萍儿又重新躺下了。"他是河西岸的，业余时间写了很多……我见过他，也在报上读过他的作品；我喜欢他，前些天就给他写了信。可我还没等到回信……"

"信写了很久吗？"卢乔林变得关切起来。

"十七天零一个上午了……"大萍儿仰望着雪白的天花板，"不过我想他会来信的。也许他现在太忙了，也许参加创作会议去了——要知道这对他是太平常的了！……我等着……他是个青年作家！"

……他们接下去又谈了好多。卢乔林不想在病床边上多待下去，但还是谈了自己的一点真实感受：对她能跳河抢险十分吃惊！大萍儿淡淡一笑，什么也没说。但他仿佛听到了她的回应：

"因为你还不了解我。我想把日子过得更好一点，我才是个热爱生活的人哩。到了需要保卫它的时候，我绝不会比别人差的！"……

卢乔林走出医院的时候非常激动。他沿着芦青河向村里走去，一路上想了好多。他觉得至今为止，他认识了另一种人——"三大名旦"。

时间又匆匆地过了一个月。

芦花儿飞扬了。卢乔林要回公社了。大萍儿也扬着个雪白的脸蛋从医院出来了，并跟某护士要来了一个小白帽。她还是那么漂亮。她特意找了卢乔林一次，非让他走之前给提几条缺点不可，组织干事平时总觉得她缺点不少，可这会儿真要提起来倒也不多。他最后考虑了一会儿，说：

"你有些清高、孤傲；团结搞得也不好……就这些了。"

大萍儿听完一拍手掌："这就对了 —— 你看，你只要说得准，我还是服你的……"

他们非常友好地谈了一会儿，她就满足地离去了。

但她走后不久，他又稍稍有些后悔了：竟忘了问她一下，是否收到了河西岸的信？他多想知道啊！

他特意去找她，但走到院墙外面，不由得停住了步子。一阵非常优美的声音从院内徐徐飘出。她在吹箫；听啊，这奇特而古老的民间乐器，它那声音就像是从一道极为遥远的幽静翠绿的山谷里传出的，那么柔软，悠长，使人一听就情怀荡漾，如醉如痴！……就像第一次听到它一样，卢乔林又怔怔地站在那儿了，这箫的声音不像过去那般哀怨和委屈，而是透出了一种不能抑制的激动，一种含蓄的、但分明是人人都听得出的欢欣和幸福……他不忍心推门去打断她的吹奏，就这样静静地站在那儿听了一会儿……他心里有点隐隐作疼……

一九八一年十一月写于济南

山楂林

夏末的天气最热,山楂的叶子最青。这时候,山楂果儿刚结下不久,也是青绿色的。在一片青青的林子里,如果有一团红色在活动,那是再醒目不过的了,所以穿了个红衫儿的阿队和她爷爷古凿捉迷藏,尽输。她趴在树上,从浓密的叶子里探出头来,丧气地眨眨那双大眼,忽闪着睫毛,问:

"你不是说老了,眼也不中用了吗?"

古凿老爷爷眯着眼睛笑了……停了一会儿,他说:"下来吧!成天地玩,那盘渔网织完了吗?快织网去吧。"

阿队听了,不声不响地把头缩回叶子里。她耐着性子在树上趴了一会儿,才怏怏不快地跳下来,向着林子深处走去了……

阿队的个子高高的,那已见隆起的胸脯,意味着成熟;一双清澈的眼睛比常人稍深一些,显出美丽的少女常有的那种莫名其妙的淡淡哀怨。头发!多黑多亮的头发啊,密密的,长长的,红塑料发夹都收不拢,散散地搭在背上……但仔细端量起来,会发觉她的身材仍显单薄一些。她是个小姑娘呀,她今年十六岁。

十六岁不能算很小了。在学校的同班同学中,她的个子最高,年龄最大,自己都觉得是个大姑娘了。可是每年放暑假进了山楂林,又立刻觉得自己是个"小姑娘"了。

古凿老爷爷常年住在林子里。林子里有一个盖得结结实实的小茅屋，小茅屋里有锅灶、碗筷，有一个睡觉用的四四方方的大土炕，墙上，还挂了一杆黑溜溜的猎枪，所以老爷爷总也住不烦。阿队进了林子，小茅屋就好比遭了"劫难"，到处整得乱糟糟的。有一次盛稀饭的大碗怎么也找不到了，古凿一转门扇，发现藏在了门后，里面还养上了两条小鱼儿，古凿生气地喊道："你还像个姑娘吗？你是个小子。"

阿队每每听到爷爷喊叫，心里就一阵高兴。她这时总不出声地低下头，伸出右手来捏住左手，摆弄着，一边端详一边笑。原来那左手的食指和小拇指的指甲都染成了红的，胖胖的右手脖上，还套了一个红色的线圈儿……她笑了一会儿，凑到爷爷跟前，平平地端起左手，翘起两个红指甲，说："爷爷，你看，这不是'资产阶级思想'吗？"爷爷一挥手："去！去！……"

只有到了晚上她才能安静下来，她躺在土炕上，默默地倾听屋子外面的声音。唱了一天的知了睡去了，林子里显得沉静一些。小虫虫怎么叫的，蚂蚱在月光下飞行发出怎样的响动，她都知道。夜露润湿了山楂叶儿，然后从叶片上爬下来，"啪"的一声滴在另一片叶子上，那片叶子颤动一下，又"啪"地滚下更大的露珠儿，打在又一片叶子上……无数片叶子颤动着，发出一阵淅淅沥沥的响声。不远处的芦青河"哗哗"地唱着，它在连夜赶路……古凿人老觉少，总是很迟才睡去。入睡前他往往想起嘱咐一下阿队：告诉她已经不小了，要学会干活，学会害羞，学会大模大样地站着，等等。阿队仰躺着，大口地喘息着说：

"我睡着了!"

古凿不理睬她,继续嘱咐下去。她烦了,就提起高高的嗓门,用普通话背起了她在学校里学过的课文。

古凿老爷爷无可奈何地"唉"了一声,然后就不作声了。停了一会儿,他突然又想起了什么,大着声音说:

"你等着吧,你哥哥快来度假了,我让他管着你!"

古凿说的"哥哥",实际上是他当年掩护过的一位游击队长的儿子,叫莫凡。他曾在这儿当过"下乡知青",后招工进城,三年前又从城里考入了大学。莫凡想念山楂林里的老爷爷,这次暑假特意要来老人身边住一些日子,然后再顺路回城——他刚刚给老人写来一封信。

阿队听着高兴极了,一下子从炕上坐起来,喊道:"他真的要来吗?哎呀,我还不知道认不认得出哩,哎呀!……"

天亮以后,老爷爷回村里搬来一捆渔线,往地上一摔,说:"你织网吧,你闲了会手痒。"

她就这样织开了渔网。……

这会儿,阿队懒懒散散地进了茅屋,噘着嘴巴走出屋来,胳膊上套了一捆白白的尼龙丝线。林子里空荡荡的,只有远远近近的鸟儿在喧闹。她瞅瞅四周,不知怎么有些高兴,就平平地伸直套线捆儿的胳膊,另一只手按在腰上,一扭一扭地串着树空儿跑了起来,嘴里还"呀呀"地唱着。

丝线拴在树杈上,小竹梭儿在她胖胖的小手儿里翻开了花儿,一片网扣在胸前飞快地伸展着。织呀织呀,阿队的小胖手儿巧透了!织呀织呀,阿队的眼睛眨也不眨!她织给从身边飞过的小蚂蚱看,织给藏在树叶间的鸟儿看，织给密密的大山楂林子看啊！……织呀织呀，一圈又一圈的丝线变成了网，一片又一片的网格儿生出来；织呀织呀，梭儿出，梭儿进，梭儿在指缝里钻、在网眼里穿，在她的小胖手里打转转！她织一会儿笑一会儿，织一会儿烦一会儿，织一会儿想河，织一会儿想鱼，织一会儿想莫凡——莫凡哩，哥哥哩，你来还是不来哩？她最后气得把竹梭儿摔到了地上，又用脚踢了一下。……

两天过去了。

第三天上他来了！

阿队曾一个人暗里合计过：等他踏过河桥走来的时候，自己先趴在大路边上的山楂树上，然后"噌"一下子飞上他的肩膀！……这一天她就果真趴在了树上。可是她往下望着的时候，看到的是一个显得陌生起来的面孔：肤色比过去白了，眼神也比过去严肃了，添了副眼镜，也添了些密密的胡茬儿。他似乎没有四年前领她进河逮鱼那个"哥哥"好了……阿队说不上是失望还是惧怕，只眼睁睁地瞅着他走过去，悄没声地从树上滑了下来。

她和莫凡在一起了。仿佛她真被管住了似的，显得老实极了。她回答他的话时，常用的只不过是几个字："嗯""是呀""可不"……说话的时候，两手总在胸前绞弄着，她果然"知道害羞"了！

莫凡对古凿说："阿队真长成大姑娘了。"

可也只是一两天的时间，她又是她了。说起话来满山楂林都响，始终无拘无束地跟莫凡说这说那，当着古凿的面，就连人家的名字也要挑剔一番："'模范'（莫凡）？模范都是评的，像爷爷，队里奖他一条手巾呢！"

古凿笑了。

莫凡笑了。

阿队接上也和解地笑了："不过名字呗，怎么怪的都有，听人说南庄里有个姑娘还叫'肥蹄'呢！"……

她以主人的身份领莫凡转遍了山楂林的每个角落，又到芦青河岸上玩了。她指着宽宽的河道对他说："我能一口气游到对岸。"她见对方有些惊讶的样子，就着急地说："不信吗？是个晚上，我把衣服搭在树杈上……水真凉啊，冰得肚子老疼，嘻嘻……"

一个早上，她见爷爷把烟锅忘在了小茅屋里，就凑到近前，两手按着膝盖端详了好半天。那烟锅儿是青铜的，黑黝黝的，放在窗台上，闪着奇怪的光。她不知道吸一口会多有趣，就装了满满一锅烟末儿，让莫凡"吸吸看"。莫凡摇摇头。她生气了："还男的哩，连这也不敢！……"她自己吸了一口，呛得流出了眼泪，赶忙放下烟锅。转眼她又瞅见了立在一旁的猎枪，两眼马上闪出了亮儿。她要和他到河边玩枪去，说："这个也不敢吗？"莫凡被她逗得笑出了眼泪，这时候不知怎么就点头同意了。她让他到河边去等她。

哟，原来猎枪好重哩！她横在肩上，像背个扁担那样，用两只手抓紧了，蹑手蹑脚地走出门来。爷爷不知转到哪里去了，林子里面真静呵。阿队偷了枪，蹲下身子望了望，然后得意地晃动着身子，大步向着西河岸跑去了。哦哦，这是杆猎枪啊，顶厉害的东西呢，今天可要好好看一看！……她跑着，兴奋极了，刚望河岸那片白沙，就呼喊起莫凡来了。

但到了沙滩上,她却不让莫凡沾手,只一个人摆弄着,乐得合不拢嘴……

正玩着,突然,"轰"的一声巨响,她吓得抛了手里的枪!两人的脸色一下子变得煞白……河里的苇丛中,惊飞出一群鸟雀,嘎嘎叫着钻向天空……他们呆呆地站了一会儿,低头看看冒烟的枪口,这才知道刚才是放了一枪。他们从地上捡起枪来,一颗狂跳的心刚刚稳下来,古凿已经站在他们背后了。他跑得满头大汗,嘴里喊着:

"啊呀!你们……"

莫凡不好意思地叫了一声:"古凿老爷爷……"

古凿的脸色有些难看,没有说话,狠狠地盯了阿队一眼,夺过枪来走了……

有了河边这一场,莫凡再也不想和她到处玩了,免得惹老人不高兴。早晨,他起得很早,先背了一会儿外语单词,又开始朗读古文。这倒使阿队觉得很新奇,老是跟在他后面走着。古凿见了,大声吆喝说:"你不去织网,跟在人家屁股后面干什么?人家在忙功课呢!"阿队朝爷爷扮个鬼脸,止住了步子……她搬出丝线织着渔网,要求莫凡就坐在她身边读书。莫凡不停地读着,阿队不停地织着。有一次莫凡读《木兰辞》:"'唧唧复唧唧,木兰当户织……问女何所思,问女何所忆。女亦无所思,女亦无所忆……不闻爷娘唤女声,但闻黄河流水鸣溅溅……'"

阿队听着听着,再也无心织网,咬着竹梭儿笑了。

莫凡问她笑什么,她不作声。停了一会儿,她突然站了起来,面向着山楂林,大声地朗诵道:"手里拿镰刀,出来割牛草。老牛爱吃,管饱!管饱!"

因为过于用力,她的脸憋得通红,连脖子也红了一截儿。莫凡连连说:"好听,好听。"又问:"你还会别的吗?"

阿队点点头,又背诵道:"蚂蛛菜花儿五个瓣,麻家大婶五个曼,两个好,两个坏,剩下一个嘴歪歪。"

莫凡笑得腰都弯了。他问:"你这是跟谁学的呢?"

"跟村里人学的。村里人会的我都会……"

"你都能记得住吗?"

"都能。"

这个聪明的阿队!她自豪地歪歪头,开始坐下织渔网了。她一边织着一边说:"你刚才念得真好听,你再念啊!"

莫凡只得将《木兰辞》从头又读了一遍。阿队听得非常认真。听完了她要过书来看着,很费力地读出了几个不连贯的字,咕哝了一句:"这么多的笔画儿,谁能念得出啊!"说着,不高兴地把书塞回到他的手里。

莫凡有些惊讶地问:"你现在读几年级呀?"

"四年级。"

莫凡失望地说:"我还以为你初中毕业,该考高中了呢!"

"俺才不是哩!爸爸说上学早了人家会欺负的……"

"那你什么时候才能读完高中去考大学呀?"

阿队笑着嚷道:"谁考那个'大学'!'大学'就那么好吗?能识字就行了呗,到时候我到山楂林里,来和爷爷做伴儿……"

莫凡不作声了。他心里在为这个聪明的姑娘惋惜。

阿队继续嚷着:"大学里有芦青河吗?有那么多小鱼、那么多大鱼、那么多鸟儿吗？能捉迷藏吗？……俺哪里也不去，俺就和爷爷在茅屋里住一辈子。"

正巧这时候古凿背着猎枪转了过来，他听到阿队的话就接上说："我这一把白胡子！我要死的人啦，你能和我住一辈子吗？"

阿队跺着脚："白胡子！黑胡子！用刀儿割了。死干吗？我一个人住茅屋夜里不害怕呀？"

"害怕，给你找个婆家。你也一点点大了，你到婆家住好了！"古凿哈哈大笑起来。

"哎呀，你比'座山雕'还坏呀！"阿队摔了网梭儿，站起来嚷着。她看着莫凡，脸蛋红得像被染过。

莫凡看看古凿，发现他还是乐呵呵的，孙女骂他，他一点也不在意。这是多有意思的爷儿俩呀！

晚上，三个人正在茅屋里吃饭，突然外面传来一片喧闹。他们都跑到了门外。原来有一伙子人高高举着火把进了林子，一边走一边大声说笑着，惊得树上的知了到处乱飞。他们是不远处一个煤矿的工人，有时成帮结伙来这儿照知了。古凿看了，知道了，就让莫凡和阿队回屋里吃饭。阿队却一边咀嚼一边望着火把说：

"我去把他们轰开！"

"人家照知了碍你什么？！"古凿赶紧阻止。

阿队不理爷爷，只对莫凡说："这帮人都是外地的。他们特馋啊！你猜他们照了知了干什么用？包水饺吃——用'知了虫虫'包水饺吃——还不该赶他们走吗？"

莫凡不以为然地摇摇头:"知了含有高蛋白,再说,人家也有自己的生活习惯……"

阿队扯着他的手:"走啊,咱追他们去……"

"你敢!"古凿严厉地喊了一声。

"不赶!不赶!俺看热闹还不行吗?……"她嚷了一句,回屋里取来几块干粮,塞到莫凡手里,一边跑着一边告诉:"照知了可好看哩!你没见呀,两三个人抱住树干一摇,那些傻样儿知了就扑到火把下了,下小雨似的,一会儿就能捡一小铁桶……"

他们跟在举火把的人群后面看着,等人家盛知了的小铁桶满了,才把干粮吃完。工人们离去时,阿队突然追上嚷了一句:"下次再来呀,靠河边的山楂树上,知了特多——"

人们走了,林子里又静下来了。一阵清风吹过来,使人觉得凉爽舒适极了。阿队领莫凡走到河滩上,用手抚摸着白沙说:"这么白的沙子,多干净呀,怎么还不快躺下?"说着身子一仰躺了下来,"咯咯"笑着在沙土上滚动着。她停住时,就不眨眼地望着天上的星星,呼吸也变得轻轻的。她说:"你听!"

"听什么?"

"听河水!"

河水在"哗哗"地响着。

阿队大声嚷着,像唱歌一般:"'不闻爷娘唤女声,但闻芦青河水鸣溅溅'……"

莫凡愣住了!他伏下身,盯住阿队的眼睛看着。他看到一双又大又圆的黑眼睛，在夜色里泛着晶亮的光；长长的睫毛挡不住眸子里闪动的光彩，就从那里面，流露出一丝儿顽皮、一丝儿得意、还有一点小小的傲慢……阿队见他直着眼睛看她，就笑着问：

"我俊不俊呀？"

莫凡反问："你自己说呢？"

"我高兴俊，就俊！"她翻身爬起来，拍打着身上沾的沙粒说："明天，我回家穿个裙子你看——那是什么做的呀，像知了翅膀儿，又薄又细，净褶儿……"她说着，突然又想起了什么，摇摇头说："爷爷要不高兴了。"

"怎么呢？"

"他老让我干活儿，"她用手比画着织网的样儿说："'唧唧复唧唧，木兰当户织'呀！……"

莫凡兴奋了。他问："你刚听了几遍《木兰辞》，就全记下了吗？"

"这还不能吗？"

她真的从头背了起来！除了个别字音咬得不准、个别句子颠倒了外，其余的全对！莫凡深深地吃了一惊。这个姑娘简直聪明极了。他甚至有些不相信自己的耳朵。她的记性好，而且联想能力也相当强——竟能随便套用诗词里的句子！要知道她刚刚十六岁，如今才上四年级哟！……想到这里，莫凡禁不住替她惋惜起来。他非常激动，连连说：

"阿队！你的天资好，你用劲儿学，我保证你会学得很好——比我好，你会成功的！……"

阿队有些惊讶地看着他。停了一会儿，她笑着，像过去一样地在胸前绞扭着手掌说："咱不，咱能识字儿就行了，咱要回大山楂林里……"

"为什么非回山楂林里不可呢？"莫凡简直有些说不出的气愤和失望。

"大山楂林不好吗？俺要和爷爷住一辈子茅屋，爷爷老了，我就替他背着猎枪——猎枪真沉哪，有十多斤吧？"

回去的路上，莫凡再也不愿说话。他在一个人想心事。阿队却时时打断他的思绪，不停地说这说那。她见莫凡总不出声儿，也有些生气了，就鼓着劲儿不再说话。但她到底还是憋不住——看见一棵高高的大山楂树，就说："这是林子里最高最大的一棵树，爬到树梢梢上，能望老远老远，能望见海里的船灯！……"莫凡心一动，和她一块儿往大树尖顶爬去。

一个每天在密密的林子里进出的人，多么有必要登高远望啊！他会把眼界放到新的极限，望到一个更广阔的世界，更神奇的境地！……莫凡和阿队坐在树顶的一个粗杈儿上，四下里看着。啊，这就是芦青河边的夜啊，瞧那广阔的、被夜幕遮隐着的原野上，一盏盏灯光、一簇簇篝火。号子声从远处隐隐传来，是各种各样的嗓子喊出来的。往北看去，那很远很远的地方，有几点簇在一起的星星，闪烁、明灭，有时竟难以辨认——阿队说这就是那海上的船灯了。当莫凡把目光转向另一边，立刻惊住了！那一两公里之外的地方，竟真真切切地燃烧着一座火焰山！

莫凡的眼睛一眨也不眨地看着。

阿队告诉他：这是座矸石山，是开煤矿的人挖出来的土堆成的。那地底的土里有什么东西，风一吹就着，然后里面掺的煤和木头也跟着烧起来……讨厌人！

莫凡这才隐隐约约看出：那"火焰山"的旁边，矗立着一座座高大威严的井架，那钢铁的躯体正被火焰映得发红。

阿队继续说:"那些照知了的工人就是从那儿来的。他们成天在地底下放炮、开洞子,挖到哪里,哪里就要陷下去了,成了一片大水湾,净长苇子!……"

莫凡以前到过矿区,不记得地层下陷的情况。他想这是因为每个地方的地下构造不同吧。他担心地问:"种庄稼怎么办哪?"

"还种庄稼!那陷下去的地方连树也生不成了……"阿队使劲地噘着嘴巴,又接上一句:"讨厌!"

莫凡望着那燃烧的矸石山、山旁那雄伟的井架,轻轻地点了点头。他又问:

"工人们挖到山楂林这儿怎么办呢?"

"那还不知得多少年以后哩!"

"可是总要开采的。"

阿队着急地嚷开了:"'开采',哎呀,爷爷不会让的!我赶他们走……到那时候,我拿棍子啊,爷爷打猎枪啊,我们就站这林子的边上……还能没了山楂林、没有了芦青河呀?!"

莫凡盯着她的脸,声音沉重地说:"四个现代化有着总体规划。开发煤田就是开发能源——你懂吗,小阿队?你的棍子、还有爷爷的猎枪,能阻挡得住现代化的滚滚洪流吗?……"

"'嗵!'我们放枪!……"

"阻挡不住的!"莫凡坚定地又说了一句。

"……"阿队不作声了。

不知停了多长时间,阿队一直没有声响。当莫凡抬头仔细端量她的时候，才发现她的鼻子两旁有晶亮的东西。她哭了。

这个夜晚，阿队久久没有睡去。半夜了，古凿还可以听到她的啜泣声，不过他怎么也闹不清楚是怎么了。只有莫凡知道她在哭她的山楂林。

早上起来，阿队的两眼有些红肿。

莫凡在林子里读书，她就立在他的身边。不过她如今有了心事，再也不那么顽皮了。她一句话也不说，抵住一棵树桩站着，用手掌扶住脸颊，呆看着莫凡。她好像第一次发现，一个人早晨起来学习原来是这样的艰难：瞧他一会儿盯住书本看着，一会儿扶扶眼镜，望望前方，那眉头舒开、蹙起，再舒开、再蹙起……她直等他松闲下来的时候，才走上前去。她问了一句：

"煤矿要怎么开采，谁管了算呢？是个大干部吗？"

莫凡摇摇头："不，是工程师，是由'他'或者'她'设计的。"

"他怎么'设计'，就怎么开采吗？"

"是的。"

阿队生气了："俺们自己的地方怎么还要别人来'设计'啊？自己就不能'设计'吗？他'设计'，他知道芦青河有多么好吗？他知道山楂林有多么大吗？他知道这块地方的古怪脾性吗？……"

莫凡笑了。但他听着听着，突然眼睛一亮。他说："由你来'设计'吧！你知道芦青河有多么好、山楂林有多么大——可你是工程师吗？"

阿队急得要哭了。她盯着莫凡，一动不动地盯着，嘴里连连说着："我！……我！……"突然，她把披在肩上的头发使劲一甩，转身向着前面跑去了。等那身子渐渐隐没在一片浓浓的绿色里，才传过一声长长的呼喊：

"我要做工——程——师——"

"工程师……工程师……"山楂林发出了一声声回应。

阿队发疯似的奔跑着，呼喊着，那红红的衣衫穿行在林子里，像一团燃烧的火。她跑呀跑呀，直跑到林子的深处，仿佛要让这团流火点燃山楂林，让整个林子燃烧起来！

古凿老远就听到了这奇怪的长声大喊，有些吃惊地掮着猎枪跑了过来。阿队看也没有看他，只是从他身边跑过去。他想起了昨天晚上她哭过，不知发生了什么大事，于是就赶去询问莫凡。

莫凡沉吟着，久久没有说话。他只在倾听这一声声呼喊，都有些陶醉了。不知怎么，他觉得这喊声是出奇的美。他好不容易才弄明白老人在问什么，就跟他详细地讲了一遍。他暗示老人：应该关心一下阿队的文化学习，不要只是催着她织渔网、织渔网！……

古凿看了莫凡一眼，没有说话。他从肩上摘下猎枪，盘腿在上面坐了。他装了满满一锅烟。吸了一会儿，他说：

"你是个好人呀，孩子，和你爸一样！我知道你的意思。你想让阿队也成个大材料。不过我心里有数。大事都是你们干的，是你和你父亲那样的人干的。阿队吗？能认几个字也就不错了，到头还要回到山楂林里来的。"他说到这儿长长地吸了一口烟，将烟末在枪托上磕着，说：

"打游击那几年，我掩护过你爸爸，瞧他，如今在省城里干大事啦。大事都是你们干的，我们不过到时候能'掩护'一下你们……你就放心吧，如果以后有什么难处，还来这山楂林，那时候就是我不在人世了，阿队也会掩护你的……"

莫凡听着听着，不知怎么鼻子有些发酸。他终于明白了阿队为什么会那样：她有这样一个爷爷啊！此时，他心里有一个愤愤不平的声音在呼喊着：为什么你们只能"掩护"我们？为什么呢？！不！不！你、还有阿队……啊，阿队——他猛然想起了阿队的呼喊："我要做工程师！"……她以后也只能"掩护"别人吗？不！她，还有他们，要自己设计自己的山河！……

一丝不易察觉的泪水从莫凡的眼角流出来。他的心里热乎乎的，一股激流，在胸扉急剧地跃动着、冲撞着。不知为什么，他此刻真想抓起古凿那杆黑溜溜的猎枪，向着蓝天，鸣枪三响，让这寂静的山楂林发出一片巨大的回响。

……

十几天很快就过去了。

莫凡要回省城。山楂林！芦青河！昔日印过他的脚印、洒过他的汗水，今日又牵动着他新的情思……走的那天早上，他告别了古凿老爷爷，却没有见到阿队。

"阿——队——"

他呼喊着。没有回应。最后，他若有所失地向着河桥走去……

河边绿绿的柳棵间，燃烧着一团火。阿队身穿红色的衣衫，一动不动地立在河边。原来她已经等了好一会儿。

莫凡走了过去，她却不挪步儿。

"阿队，我要回城了。"

"你回吧。"阿队低着头，摆弄着那两个染红的指甲。

"你要好好学习，要有志气！"

"……"阿队没有说话，依旧摆弄着手指。

莫凡看着她一头乌亮的头发、那两溜儿扑闪的长睫毛，很想像对一个小妹妹那样，轻轻地抚摸她一下。……他轻轻问："阿队，你，这会儿在想什么呢？"

阿队把两个染得鲜红的指甲翘起、又落下，嚼嚼嘴，没有作声。停了一会儿，她突然抬起头，平平静静地说道：

"'……女亦无所思，女亦无所忆'……"

莫凡笑了！他向前走去，阿队跟在他的后面。莫凡望着河里的水流说："你骗我。你刚才也'思'了，也'忆'了——对不？"

"嗯。"阿队诚实地点点头，停住了步子。她望着莫凡的脸说："我在想，我今后要使劲儿学！我现在都十六岁了，我一年学别人两年的课，能行吗？"

莫凡语气坚定地说："行！你知道你有多聪明！你一定会追上去的……"

"会吗？"

"会！"

"要是我不能，你就……你就……"阿队寻思着词儿，最后说："你就把我扔到这河里吧！"

莫凡点点头……

他们又谈了一会儿，阿队说："还站着干什么？快走吧，我会爬到那棵最高最高的树上望着你的。"……

他沿着河岸，大步向前走去。直到走开很远，才回头望去。他发现那片绿的海洋里，一簇高高涌起的浪花上，一团红色的火焰在燃烧，鲜亮鲜亮，放出了夺目的光彩……他在心里叫了一声：

"阿队！"……

一九八二年四月至六月写于济南、青岛

拉拉谷

一

有些事情是没法琢磨的。像芦青河,一路静静地流淌,波澜不惊,很像个性情温恬的姑娘。这就很难使人相信,很久以前它的脾气竟会这样暴躁:巨浪卷起泥沙,呼啸奔腾,一夜之间就推平了近海的泥岭土渚,冲刷出一线平坦的谷地。

后来的人就叫它"拉拉谷"。

大半由于河水的滋润,天长日久,拉拉谷里长起了一片挺拔的林木。林木中,最引人注目的要算那些妩媚的蓉花树(即"合欢树",也称"夜合树")了。灌木和草丛挤得很密,里面还混生出各种野花。牵牛花常顺着荻草秆儿爬上去,爬得和人的鼻梁一般高,使人们走在谷地里净闻它的香味儿了……拉拉谷是很美的。

绿色的草地印着一条条弯曲的小路,那是买鱼的人们踏出来的。夏日里,正是太阳辣热的时候,一群买鱼姑娘头上顶个梧桐叶儿,斜挎着鱼篮子走过去。快到海边了,她们偏不再挪步,只找个柳荫卧下来,用胳膊支起脑袋看远处那白白的沙岸。

拉鱼的人在灼热的沙滩上是不穿衣服的。小伙子在号子声里跃动着,远远望去，那一簇簇赤铜色的躯体会给人留下长久的想象。姑娘们远远地看着他们抖纲、合网，用柳斗将一片银样的鱼收到小渔房子旁边的水泥场上，成帮成伙地离去时，就一个个从柳荫里跳起来，带着那些还没有散尽的美妙而朦胧的想象，跳动着、欢呼着，向着那个孤零零的小渔房子跑去……

金叶儿跑得很慢，她常常落到人群的后面去。

她手脚笨吗？那高挺的腰身儿，两条长长的腿，还有让人看一眼就再也不会忘记的黑亮亮的眼睛，到处透着敏捷和机灵。天热，她上身只穿了一件方领小花衫儿，短袖的，露出两截儿胖鼓鼓的胳膊。花衫的方领口儿太宽敞了些，让太阳晒红了一小片胸脯儿……有一天早上，金叶儿洗头，照着镜子擦脸的当儿，看到了自己凸起的高高的前胸，突然觉得自己是个大姑娘了！

她十九岁了。十九岁的姑娘生在海边，少不了鱼吃。父母的遗传和丰富的滋养，使得她十分漂亮。只看这两条辫子吧，乌油油的，绝不是一般地方的姑娘所能生出的。她一跑，这辫梢儿就打她的后背、脸庞，有时还打她的眼睛。于是她干脆也就不跑了，只迈开大步走。等走到小渔房子跟前，脸上连个汗珠儿也不挂！

而别的排队姑娘都汗津津的，头发散乱地粘到了前额上。对比之下，金叶儿倒更显得恬静温柔，引人注目了。

她们在渔房子跟前排起了一条长长的队。这是一条彩色的长龙。姑娘们的花衫儿红红绿绿，在海风里抖着，远看一眼是极有风采的。就有个聪明的人每天立在一边，捧个画夹把她们这模样儿给画下来。

画画的人细高身量，白皙的皮肤，洁净得周身衣服都没有一个汗点儿。他来的次数多了，人们都知道他叫陆小吟，是随地质勘查队过来的勘查员，业余时间爱画点画的——画拉拉谷里的花、草、谷中那条河；画大海、海边的船、网，什么都画，连赤身裸体拉网的人他也画哩！……

金叶儿站在长队里，老觉得他专画她自己一个人。

也许别的姑娘也觉得他在画她们自己呢。她们虽然都故意傲慢地挺着脖儿，可那兴奋怎么也抑制不了，于是这个"哎呀"一声，那个"嗯"地一哼，你推我，我搡你，嘻嘻哈哈地笑了起来……有人见金叶儿只抿着嘴角，连笑也不笑一声，昂着胸脯很有些文绉绉的样子，一丝儿嫉恨就在心头漾开，故意推她一把说："想什么哟？想女婿——想'泊里鹿'吗？……"

姑娘们一齐笑了。笑得真痛快，真舒心！她们把个柳条篮子舞动起来，各自在面前的空中划了个圈儿……

"泊里鹿"是个小伙子的外号。因为他的腿特别长，奔跑起来就像野泊里跃动的麋鹿。他就在海边拉网的那些人中。也不知从什么时候起，也不知是因为双方父母的约定还是什么别的原因，反正人们都知道金叶儿给泊里鹿当媳妇儿了。金叶儿一想起自己是个"小媳妇儿"，心里就痒丝丝的怪舒服。可她一想到自己是给泊里鹿做"小媳妇"，又立刻不那么高兴了。她不喜欢他。可她总算是知道的：她是他的媳妇儿。……这会儿，她狠劲儿瞪了一眼那个推她的姑娘，噘起了嘴巴。她的小胸脯儿一起一伏，那里面荡动着几句骂人的话儿哩："疯张张的，是你想女婿哩！你不想怎么就知道别人想？没脸没臊的……"

但她终于没有骂出来,这时反而低下了头,红着脸捏弄那个柳筐的边边。看上去,这个金叶儿老实极了,长得又俊,没有争议是个好姑娘。

海岸上没有什么风。海浪也给太阳晒蔫了,有气无力地拍打着沙岸。水蒸气往天上升去,透过它望去,好像小渔房子、人群,什么都在浮动着……这时一个老头子一拐一拐地走过来,他一边走,一边伸手打着凉棚儿,四下里望着;那只跛着的腿脚走一步甩动一下,特征是非常鲜明的。所以只要他出现在海滩上,哪怕离得再远一些,人们瞅一眼也就知道他是海边守夜的"铺老"、金叶儿的老父亲"骨头别子"。他的后屁股上系着割网线的刀子、烟袋荷包、网梭儿、小渔线拐儿……特别显眼的是还有一只半尺来长的猪腿骨做成的骨头别子 —— 那是用来编制柳条筐儿的——这一大串东西互相碰击,一路总发出"咯唧唧"的响声。

画画的陆小吟前不久曾为这个老渔民做过一张素描头像,所以骨头别子走到他身边,就笑眯眯地拍了拍他的肩膀。等陆小吟抬头说话的时候,那"咯唧"声却早已从身边飘去了。

"嬉闹什么呢?嗯——"骨头别子离姑娘们老远就嚷叫起来了。他总在开始卖鱼之前赶来维持秩序,站在队伍的一旁,吹胡子瞪眼的,好像只有他对一切要求得特别严格。姑娘家还能不笑吗?都像你的金叶儿吗?

金叶儿见父亲走过来,倒立刻就笑了。她这会儿像个小姑娘,很有点撒娇的意味。她一点也不怕父亲。姐姐早就出嫁了,妈妈在她生下不久就死去了,她是老父亲身边的"宝贝蛋"。这会儿她虽然还站在队伍里,可那样子就像马上要扑到母亲怀里的小孩子,眉梢儿皱着,眼里含着甜蜜的怨怒,薄嘴唇儿嚈着,一身肌肉软塌下来,手里那筐儿松松的就像要掉到地上的样子。可她就是不说一句话,要说的全在这奇特的表情里了:昨夜里你做的鱼丸子还有吗?香喷喷的小锅贴儿给我留了多少?

骨头别子朝她摇摇头,从口袋里摸出个东西,在她眼前晃了晃,又从一只手里"哧溜"一下滑到另一只手里……金叶儿瞅见了从他指缝里闪出的金色斑点,一把夺了过来:咦,一只多好的小海雀儿(一种样子精巧的螺状小海贝)呀!

"原来我想留下拴烟荷包的。是泊里鹿在沙滩上拾的,你留着玩吧!……"骨头别子小着声儿说。

金叶儿把海雀儿放在展成平板的手背上,迎着阳光看它反射出的光线。她被耀得眯起了眼睛,小翘鼻子上也起了皱皱……她好像没有在意父亲说些什么,看了一会儿,她轻轻地收回手掌,也像他那样,先在眼前晃了晃,然后把它从一只手里"哧溜"一下滑到另一只手里。她扯过父亲握紧了的那只老手,一根一根扳开手指,给他放在了掌心里。

"怎么咧?"骨头别子刚要装烟锅,这时有些吃惊,赶忙把荷包收了。

金叶儿没有回答。只好转过去身子,往队伍里靠一步,嘴巴几乎要对在前面姑娘的耳朵上了。她像嘘气似的问她:"快开卖了吧?……"

二

人们想象不出一个铺老成天过着怎样逍遥的日子。

骨头别子总在太阳落山的时候吃饭。在渔房子的东外间里有一个小小的锅灶，骨头别子一看到它总想笑。多精巧的小生铁锅啊，也不知用了多少年了，上面总被油滋得亮闪闪的。每到傍晚，用铁钎子捅开灶下的煤火，再取过一条沙板儿鱼或者小黄鳗，用小尖刃儿刀"塞"的一声破开肚儿，"咔咔""啪啪"，切碎葱丝，捣烂花椒，恣悠悠焖起了鲜鱼汤……小锅贴儿总是做得薄薄的，焦黄的片片，咬到嘴里香味就出来了，锅贴儿喜鱼汤。他不常喝酒，因为他最近感觉酒喝多了，那条跛着的腿老是痛。不过泊里鹿送来的酒一揭塞子都是扑鼻香的，他怎么能不喝呢？

酒足饭饱，他拿过了立在门旁的那杆鱼叉。

如果没有拉夜网的，海边上是安静的。骨头别子肩扛鱼叉，一拐一拐地走在沙滩上，雄赳赳像个将军。月亮升起来了，拖搁在沙滩上的大大小小的木船，月色里看得清清楚楚。船体黑黝黝的，那一个个硕大的船肚儿里有时就能钻进偷鱼贼——他们等到月落西天的时候再爬出来，有鱼偷鱼，没有鱼，他们就割截儿渔网；有时实在没东西可拿，连橹桨也会扛得走的！怪不得人家说"山霸王海贼"呢，海边的贼忒厉害……骨头别子多少年没有遇到这样的贼了——他倒真希望有这样一个贼，那时候他会先把这陌生的客人屁股上揍几个乌紫的印痕，然后再邀他到小渔房子喝上两盅，让他舒筋活血，使伤处不至于瘀结；临送行时要迎着海风高高吆喝一声："喂，朋友，咱们不打不成交啊！……"这只是他的想象。只可惜那海贼总也不来，使得他这充分展现渔人粗犷豁达性格的壮举一直未能实现。

但最近几天的一个夜晚，他倒差点儿如愿以偿。

那时月亮还没有落尽。骨头别子正转过几条木船,坐在沙滩上一个斜扣着的舢板上吸烟。突然他觉得小舢板轻轻拱动了一下。他暗自笑了,故意用烟锅狠劲地往船板上磕着烟灰,然后一锅接一锅,悠哉悠哉地吸起来。他想:嘿嘿,他娘的,我倒要坐这儿吸上一天一夜哩,看你急不?正想着,只听里面传出一个细细的声音:"你、你让俺出来哎"——

是个女人!骨头别子大吃一惊,异常灵快地蹦到一边,冲着那舢板喊:

"你是人是鬼?还是海里钻出来的女妖?"

舢板掀动一下,出来的是一个五十岁左右的女人。她那已经有了很多皱纹的脸上,两只眼睛却是明亮亮的,这时一动不动地望着骨头别子。他觉出有股香味往鼻子里钻,仔细一看,才知她穿过谷地走来,头发上粘了些粉红色的蓉花瓣儿……原来是小名叫"二姑娘"的李家寡妇!骨头别子心上颤了一下。他问:

"你大黑天的跑这海上做啥?"

"俺是看你一个人怪清冷……"

"呔!……"骨头别子一跺脚。

二姑娘胆怯似的坐在了舢板的边边上,一动不动地望着他,眼里慢慢涌上一层泪花。她喃喃地说着,嘴角在轻轻颤动:"……这几天,我看到拉拉谷里一对对小伙子姑娘,一颗半死的心又活过来了。我老在想:这半辈子就这么过下来、挨下去吗?……"她说着,泪水流到了脸颊上,突然站到近前,两手抱住了骨头别子的胳膊,用脸庞轻轻地摩擦着。

骨头别子呆住了!他慢慢坐在了舢板上。二姑娘依偎在他的胸前,两个膀头激动地颤抖着。他高高地昂着头,但终于伸出了那只铁一般硬的茸手,一丝丝地抚摩她那被蓉花染香了的头发……但这手抚摩着,抚摩着,突然剧烈地抖动了几下,接着他猛地站起身来,嗓子眼里喊了一声什么,使劲把二姑娘掀到了一边。

二姑娘倒在温热的白沙上,苦苦地叫着:"骨头别子啊,骨头别子!你真的就那么心狠吗?!"

他仿佛不敢看她,轻轻摸过一边的鱼叉,一跛一跛地走去了……

夜里的海风变凉了,他满耳朵都是海浪的喧嚣声。他踯躅在大海滩上,留下了深深浅浅的脚窝儿。他嘴里不停歇地小声咕哝着:"这个女人,这个女人……"

这个女人勾起多少他心中埋藏着的酸甜苦辣啊!

四十多年前的骨头别子,年轻、强悍,满身都是一疙瘩一疙瘩的肌肉。长这样肌肉的人特别适合于摇橹使桨,他就早早地在大海上出名了。像所有海边上的渔人一样,他很能喝酒。酒喝多了记不得自己的老婆,只认得女人。女人在这儿的海边上是太多了。她们的丈夫都出远海去了,有的不知多久才能回来,有的是分明再也不会回来了。她们年轻,都很爱美的,没有胭脂,就用红蚂蛛菜花儿搽脸,脸搽得红红的,有时为筐子烂鱼就能卖了贞节。那些夏天的夜晚哟,女人们跑到拉拉谷里了,男人们跑到拉拉谷里了,半夜里也不知道回家……

拉拉谷,伤风败俗的谷。

骨头别子有一个多好的媳妇儿啊,她温柔得像个小猫儿。小猫儿虽然喜腥,但吃个鱼头鱼尾也就满足了,总把整段的鱼肉儿剔给男人,自己"唆儿唆儿"地吮着光光的鱼骨。她为他生了一个姑娘,反而被他揍了一顿……村子里，有个寡妇儿眼眉细尖尖的，弯弯的像个大渔钩儿，把他的魂灵都给钓走了。月影皎皎的夜晚，他一次又一次走到她的窗前，看那个映在窗纸上的织网的影儿。可他不敢像对别的女人那样。他怕她。她那么美，那么端庄，连映在窗纸上的影儿都是让人又迷恋又敬畏的……他媳妇儿当时又怀了身孕，他却连家也不想沾了。她哭啊哭啊，泪水总像溪流似的……一个夜晚，骨头别子正站在小寡妇的窗前，痴痴迷迷地望着，突然那闭紧的窗扇儿"砰"地打开了。小寡妇探出半个身子，用竹梭儿指着他骂道：

"满海滩上还有你这样的鬼男人吗？你老婆怀着身子，你还站这儿想偷鸡摸狗的事儿！你老婆算倒了八辈子霉了……"

骨头别子像被突然抽了几个耳光，脸上立刻烧了起来。他第一次知道羞愧的滋味，嘴里"啊、啊"了几声，然后抬腿跑走了……他回到了家里，可是已经晚了。媳妇儿正好为他生下了第二个姑娘，脸色苍白，孤寂地躺在炕上呻吟……

她得了一场大病，不久就死去了。

青春的血容易沸腾，等它平静下去的时候，才开始知道忏悔。骨头别子跪在了妻子的遗体旁，好久好久没有起来……他忍住眼泪，在拉拉谷里急急地走、走，最后寻了一棵开得最美、树冠像巨伞一般的大蓉花树，将妻子的棺材埋到了下边……

"骨头别子，满海滩上还有你这样的鬼男人吗？没有，有才怪！"他重复着小寡妇的话，整天骂着自己，是真骂。

那个小寡妇就是二姑娘。葬金叶妈妈那天，她陪骨头别子大哭了一场,她在哭河边上苦命的女人啊!她一边哭着,一边大骂,她骂骨头别子,骂大海滩上一切一切没有良心的男人、女人,骂所有做下昧心事而没有受到惩罚的人!……骨头别子一声不吭,他紧紧咬着牙关……

多少年过去了,小寡妇的哭骂声还萦回在他的耳畔。他像个赎罪者,只默默地做、做,用心地经营着这个没有女人的家,百般珍爱着没有母亲的孩子。孩子长到两岁的那年秋天,他望着谷地里一片秋色,想起自己就在这样一个季节娶的亲,于是就给孩子取名"金叶儿"……

一年又一年过去了,拉拉谷的草木几经枯荣。金叶儿长大了,甜甜地喊着二姑娘"婶婶",骨头别子却没有和二姑娘说上一句话。他惧怕那双异常秀美的眼睛。那双湖水一样深的眼底,藏着女人对男人最严厉的谴责啊!……

这一年上,当"红色风暴"涌进世界的每个角落,连海滩的打鱼人也戴起红袖章摇橹的日子里,有一个夜晚,骨头别子正走在海滩上,突然听到了女人撕心裂肺的呼喊!他跑过去,借着月光,看到水边有一个踏烂的鱼篮子,几个汉子正往海里推一个舢板——舢板上捆着一个女人。显然是赶晚潮的女人遇上了歹徒!他们大概是要把她劫持到不远处的小荒岛上糟蹋,重复解放前海匪们常见的那种勾当……骨头别子怒喝了一声,扑了过去。

……一场真正的恶战!骨头别子仗着第一流的海上功夫救下了女人。当他扶着她走上海滩的时候,才发觉自己的腿骨被打折了,身上,满是被开春冰凌划下的血口子……那个女人心疼得呜呜地哭了,声音好熟悉啊,抬头一看,啊,原来是二姑娘!……她吃力地把他驮在背上,直驮到自己那个十几年不曾躺过一个男人的炕头上。

一连几个月的调养,二姑娘顾不上听那些咸言辣语,心都快操碎了。当骨头别子拐着养好的伤腿要离去的时候,二姑娘说:"你,你以后就住在这里不行吗?"……骨头别子多少年没有看她那渔钩一样的双眉了,在这个月色皎好的晚上,他却清清楚楚看到了这双眉毛是生在一对多情的眼睛上的。他的心开始急急地跳动了,他张开那双渔人的胳膊了……可也只是一小会儿,他的眼前又朦朦胧胧出现了金叶儿妈妈那张挂带着泪痕的脸。他的胳膊一震,轻轻地将她松开了……

一年年过去了,二姑娘在海滩上看到那个一拐一拐的身影时,一汪泪水就无声地淌了下来……这是怎样的女人啊:不愧是渔家女,泼辣辣的性子,大海滩上来来往往,敢和光屁股的男人一道儿拉大网。可她只恋着骨头别子一个人,从不向外人递一个媚眼。她苦苦地等待着,盼着能把眼泪洒到这个男人宽厚的胸脯上。

骨头别子整整提防了十几年!提防着这个眼眉像渔钩儿的女人,也提防着自己这颗曾经痴迷过的心。他跟自己内心深处涌出的那股情感一次次搏斗着,差不多折损了全身的力气……可以骄傲地说:这十几年里,他都是胜利者。

……这个夜晚,骨头别子迎着海风蹒跚地走着,一直向前走着。二姑娘赶走了他这个夜晚里香甜的梦,把他引进了痛苦的思索里,引进了记忆的深谷里。他在想那个苦命的妻子啊,仿佛一瞬间又听到了那"唆儿唆儿"吮鱼骨的声音。他走啊走啊,身子摇晃着,那纯粹是老人的步态。他走到哪里去呢?小渔房子在哪?一支支高翘的桅杆在哪?等他正过神来的时候，才猛然发觉自己不由自主地走到拉拉谷里了，脚下踏的，正是在月光下朦朦胧胧展现出的一条小路，它通向那棵开得最美、像巨伞般的蓉花树！他的双眼一阵模糊，嘴里轻轻咕哝着："金叶儿妈，我又来看你了……今夜里她来找我，你看我什么都不瞒你！……"

他的脚步加快了，急急地顺小路走着。走着走着，他好像听到了年轻人的笑声。这是真的吗？他扶住一棵树干，扳开一个枝杈儿看着——哦哦，那还不是真的吗？远远的草地上，月光下绿茵茵的草地上，姑娘、小伙儿一块儿走着，也顺着草间一条弯弯的小路……骨头别子慌忙挪开了视线。可就在他移开眼睛的一瞬间，他突然觉出那个姑娘就是金叶儿！等他急忙转身来重新证实自己的感觉时，那一对年轻人已经被一丛灌木隐去了。

如果是金叶儿，说明她真的长大了。

如果是金叶儿，就可以推断那个男的是泊里鹿。

骨头别子久久地站在了树下，不知怎么，这时他那不平静的心胸里却好似增添了一丝儿欣慰……

三

镜子真好哩！它能映照出东西来，映照得真真切切！花衣服映在里面，那一丝一丝的布纹都清清楚楚。金叶儿能够一个人躲在屋角里照镜子，半天不吱一声。她想数数自己的眼睫毛有多少根，数着数着就笑了起来……镜子里那个顽皮的姑娘看着金叶儿,右眼闭上了,左眼轻轻地眨了一下,闪出一丝儿狡黠。她伸出小小的食指点划着:"你坏哩!你坏哩!……"

她和姥姥合住在一间大屋子里,慢慢的,好多事情连姥姥也要瞒了。睡觉前她的头发总要洗得光光滑滑,躲在黑影里,编上两根粗粗的辫子,然后走出来照一照镜子;回到黑影里,散开辫子,只用一个小花点儿的手帕扎了,再出来照一照镜子……她从电视上看过舞蹈,夜里脱下衣服,就学那样儿,在炕上向后高高地翘起丰腴的腿,再伸出两只柔长的胳膊,在上方划一道圆圆的弧线……这一切都是默默地做的,有谁知道吗?月亮圆的夜晚她睡不着的,就有一次她悄悄地开了屋门,踏着铺满树影的院子走着,烦躁地推一推木槿树,撒了一身凉丝丝的露。

让太阳快来赶走月亮吧!

天亮的时候,积了一夜的露珠儿在小草的尖上、在树冠的枝丫上闪闪发亮了,各种鸟儿吵闹起来,第一道霞光把一切都抹得红红的。金叶儿要趁着凉凉的晨气到河边洗衣服去,她挎上一个盛衣服的篮子急急地走。到底年轻力盛,一夜没有睡好,早晨走在树隙间还是欢欢跳跳的。她揪棵狗尾巴草在手里玩着,又在草丛间寻着花儿:蓝的、红的、黄的,每色两个,全要配对儿的……

前面的河边上有一株大野李子,那斜生的枝干探到了水面上。树下就有一块青石,金叶儿在青石上放了篮子。粗粗密密的李树枝丫上此刻默默地仰卧着一个年轻的男人:赤裸着身子,只穿个小裤头儿,奇巧地把长长的、晒得赤红的四肢贴靠在树枝上。他见金叶儿没有发现,低头看了一会儿，忍不住"哈哈"地笑了。

金叶儿吓了一跳，抬头看去，见是泊里鹿，脸一下子红了起来。她心里一下子变得烦躁躁的。

泊里鹿居高临下地看了一会儿，突然慢悠悠地说："我敢脱得一丝不挂，从这树上跳到河里游泳。"

金叶儿蹲在青石上，小声儿骂了一句："不要脸的！"

树上的"嘻嘻"笑着："你是我媳妇儿……"一边说着，一边开始往树下攀滑了，碰得树芽儿纷纷落了一地。

金叶儿仰脸一看，慌忙提起篮子跑走了……她一颗心"噗噗"地跳着，直跑开老远，才回头瞅了一眼。泊里鹿并没有追赶，只是远远地站在那儿，掐着腰向这方望着，身子却是用力地向后仰去，嘴里怪腔怪调地唱着："……姑娘好像——花儿一样，小伙子的心胸——多宽广……"

金叶儿捏弄着自己胖胖的手脖儿，不出声地哭了。

这个早上，她的衣服没有洗成。

回去的路上，她遇到了陆小吟在画画儿。

他把个画架支在河岸上，面向圆圆的朝阳、闪着红光的河水、一团团浓绿的闪着露滴的灌木。彩色在他的笔下流出来，他伸开胳膊，从容不迫地一笔一笔涂着。橘色的阳光映在他的脸上，他的脸明亮而又红润。金叶儿手挽着篮子，怔住了似的看着。她仿佛第一次看到他那眉毛浓浓的、边缘齐整，眉梢儿长长地伸开来，最后淡淡地消失在眼角上方；她还看到他那只有棱有角、透着英气和倔强的嘴巴上，生了一层小小的黑绒绒，像春天地皮上那一层淡淡的萌草……金叶儿眼角的泪花还没有干，她擦了擦眼，在心里说："他真俊呀……"

可她不敢走过去。记得她第一次看到河边竖起了高高的钻探井架，曾和一群姑娘哈哈笑着跑过去看热闹。那里什么都是新鲜的，可真热闹！陆小吟穿着油渍斑斑的工装，后屁股上斜挎着红皮革工具套儿，忙碌在隆隆转动的机器中间，在她们心目中简直就像个英武骁勇的王子！金叶儿不眨眼地看着他，看着看着脸就红了。……后来有一次她买鱼回来遇到了他，他见了那一柳筐新鲜的杂鱼，快活得像个孩子，抱着画夹看着，不停歇地问这问那。她羞答答地告诉说："这是团鱼、鲢鱼、青鱼，那个吗？针嘴儿鱼……"他看鱼，她就看他的画，翻呀翻呀，青山、绿水、高高的井架、红艳艳的花……等翻到一张光屁股的男人时，她赶紧用手掩上了，然后斜眼瞟一下身旁的陆小吟……两个人在拉拉谷里走下来，也就认识了。再以后他们相遇，也就像熟人一样地打招呼了。陆小吟在她面前展现了一个多么广阔的世界啊！她第一次从别人嘴里听到关于浩浩长江和汹涌黄河的描述，知道了秀丽的江南水乡和北国那巍峨的雪山……她仿佛也跟随他的勘探队在河边、在山壑、在一望无际的原野上安营扎寨。陆小吟问：你知道我们勘探队员在沙漠里跋涉一天，喝到第一口清冽的泉水时感到怎样的芬芳吗？你知道我们的老司钻把雪地里猎获的一只山兔架到篝火上，我们怎样围着火苗儿歌唱跳跃吗？……金叶儿摇摇头，又点点头，那明亮的眸子里跳荡着神奇而兴奋的火星。她老是问着：还怎么呢？这是为什么呢？你亲眼见的吗？……她实在想不出一个人为什么会懂这么多。这个新来的勘探队员在她心里放出了迷人的光彩。有一次陆小吟告诉她，他将来要投考"美专"的，还讲了罗丹、黄宾虹、伦勃朗，讲模特儿，讲十年动乱后美术专业刚开始的裸体素描……金叶儿听不懂，也不想一下子全懂。不过她可知道，"裸体"就是不穿衣服的人。她红着脸告诉他："裸体，海边上，拉大网那些人里有的是……"

……这会儿，她正犹豫着是不是走过去看他画画儿，他却先望见了，高兴地喊了一声："金叶儿！"

金叶儿笑了。她没有应声，只是把头低下，用脚一下下踢那泥土。

"我们勘探队今天休息。过来呀！……你怎么了？你去洗衣服吗？"陆小吟的眼睛从画稿上离开，望着她说。

她点点头，又摇摇头："想洗衣服哩……那边一个大黑熊，我，给吓回来哩……"

陆小吟吃惊地搁了画笔，连连问："噢？在哪儿？就在这拉拉谷里吗？我看看去……"他说着就要往前迈步。

金叶儿吃吃笑着："回来吧，哄你咧……"

陆小吟奇怪地望着她，然后重新走到画架旁边。她脚步轻轻地走了过去，立在他身后看抹颜色儿。他一边涂着水粉，头也不抬地说："……你的头发又黑、又厚；两只眼睛单纯极了，又是清澈如水的。你如果改改发式，倒像个日本小姑娘……"

"日本小姑娘就那么好吗？"

"不是好。我只是说像……"陆小吟说着又轻抹几笔，使芦青河面上闪出了淡红色的光斑。

她坐在了草地上，两手捧着脸看画架上的画。她记起自己去年过年时画了一个大猫，人们都说那双猫眼不像——哪儿的猫有那么大的眼呢？……金叶儿想着想着笑了。

陆小吟问她："你笑什么呢？"

她笑得直抖肩膀："我想跟你学着画猫。"

陆小吟也笑了："只学这一样吗？"

"别的也中哩！……"金叶儿提着小篮子站起来，特别深情地望了他一眼，就要往前走了。她要回去吃早饭了……绕过几丛灌木，等到确信没有别人看见时，她突然提着柳条篮子发疯似的抡了起来，那身子在树丛中旋转着，旋转着，最后笑嘻嘻地醉倒在一片蓉花树红色的落英上……

他们时常相遇在拉拉谷里。

有一个黄昏，泊里鹿远远地望到了他们的身影，就用平生最大的力气呼喊着："喔——呼！喔——呼！"当地人轰赶麻雀才这么喊的，所以金叶儿听了觉得怪好笑。陆小吟问："他在喊什么呢？"金叶儿久久没有回答……停了一会儿她突然止住脚步，问："什么叫'变心'？——压根儿不喜欢他，现在也不喜欢他——这能叫'变心'吗？"陆小吟惊愕地望着她，摇摇头。他问："你说谁呢？"她垂下眼睫："我的一个伙伴。家里人给她定的女婿，她一点也不中意……"陆小吟果断地说："那还算'女婿'吗？"金叶儿为难地噘起嘴巴："她爸厉害哟！"陆小吟笑了。他自信地说："八十年代的年轻人，真正的爱情在召唤她，她一定会比她爸还'厉害'的！"……

他们沿着河边走着。天渐渐暗了下来，河面上有了星星，也有了月亮。这个夜晚，他们谈得很热烈。归去时，他们都觉得今晚上拉拉谷美极了，连空气都是甜的。

四

　　撒网船靠岸了。蔚蓝的海面上，网浮儿划出了一道弯弯的弧线。

　　弧线的两端伸出两条长长的主纲，小伙子们脱光了衣服站在一边。瞧他们都是怎样拉网啊：在长长的主纲上搭上绳绊儿，再把绳绊儿末端的横棍挨放在后屁股上，将铁钩环儿挂好，一齐将身子躬下，两腿紧紧地抵住地面，一动不动，成一个姿势停在那儿。他们只等待老把头那悠长浑厚的第一声号子啦。

　　骨头别子就站在拉网的人群一边。他两眼瞪得老大，手里的烟早已熄灭了。他只盯住那沙滩上一溜儿黑红色的脚板——等那些脚板一齐往沙窝里一沉、一陷，那海中的大网就算开始移动了！……

　　老把头终于叫响了第一声号子。那号子在外地人听来简直就像唱歌。他唱一句："使足劲哪个嗨哟嗬！"人们就紧盯着自己的脚掌喊："嗨哟嗬！嗨哟嗬！……"随着号子的节拍，每个人都把身体使劲地挨一下那腰下的横棍，一长溜儿人就活动起来。

　　大网开始移动了！骨头别子兴奋极了，哪里还像个拐老头子啊！他飞快地在人群里窜动着，疯了一般，高高地抬起两片巴掌拍打着，有时还跳了起来，嚷着："大鱼上网了！小鱼上网了！辫子鱼上网了！他娘的鲅鱼也上网了！……嗨哟嗬！嗨哟嗬！……"没有办法，号子一响，这个铺老简直就要发疯了。

人们呼喊着,突然间这号子的词儿给换了——原来老把头一仰头又看到了什么,"哈哈"一笑,接上喊道:"二姑娘这行子(方言,等于说"玩意儿""东西")。

"哎——",众人赶紧接上:"不是个行子哎!嗨哟嗬!嗨哟嗬!……"骨头别子扭身一瞧,见二姑娘挎个断边缺沿的柳条筐子,笑眯眯地朝拉网的人群走来了。人群里开始有人打着哈哈:"骨头别子,瞧瞧谁来了……"骨头别子脸上的肌肉抽动着,恼怒地盯过去一眼,然后一拐一拐地走开了。

他想回小渔房子去。

但他沿着海边刚走了几步,发现前面的沙滩上孤零零地有个东西在动。海豹吗?他加快了步子奔过去,快到近前才看出:原来是个人仰躺在沙窝里,自己用手往肚皮上收着沙土玩儿呢!他仔细瞅了瞅,脸立刻沉了下来——躺着的是泊里鹿。

"咋玩这个?年轻轻的不去拉网!"骨头别子声音重重的。

泊里鹿懒洋洋地从沙土里钻出来,晃了晃高大的躯体说:"有么个心思哟!……"

骨头别子愣住了。

泊里鹿轻轻地抹弄着身上粘的沙粒儿,"哼"了几声说:"人家眼高哩,变心哩!跟画画的蹿树行子……"

"你是说金叶儿?"骨头别子圆圆地鼓起了眼睛。

"人家眼高哩,变心哩!……"泊里鹿还依旧重复着那几句话,说着往一侧蹭了几步，身子一歪，倒在了水里。他仰着游走了，使骨头别子只看到水面上那个倔强地昂着的头……他看着看着，猛然间记起了前几天晚上在拉拉谷里见到的那两个身影，这时如梦初醒似的拍打着膝盖，嘴里叫着：

"坏咧！坏咧……"

他的眼盯着远处海天相连的地方，一脸刀刻般的深皱动了动，那双眼睛此时显出了渔人特有的深邃、沉重和冷峻。

买鱼的姑娘们来了。金叶儿立刻被他叫到了一个僻静地方。

她两眼晶亮亮的，使着性儿咬着嘴唇，不管父亲的脸色多么难看，总是一副娇样儿。她低着头，手绞弄着，歪着个晒成粉红色的脖儿，时不时朝父亲翻一下白眼。

骨头别子瞅瞅她，说："有个姑娘不要脸……"

"谁咧？"金叶儿看也不看地问。

骨头别子接上说："偷着找人蹿树行子……"

"谁咧？……"她红着脸又问。

"谁咧，就是你哩！不对吗？！"骨头别子停了一会儿，突然大声儿喊了一句，所有的威严全在里边了。

金叶儿一头扑进了父亲怀里，使劲抵着他的胸脯，胖胖的胳膊搭在他的肩膀上，嘴里"哼哼呀呀"的，不知是泣哭还是在撒娇。骨头别子用粗粗的大手晃着她的肩膀说：

"真的？假的？"

她就是不吱声。直停了好长时间，她才昂起头来，跷着脚尖儿，扳

过父亲胡子拉碴的脸,把嘴对在他耳朵上,拖着小声儿说:

"假——的——!"

她说完就跑了,跑到了小渔房子那儿的姑娘们中间。

骨头别子眯着眼睛望过去,极力从中辨认着她的身影。他嘴里说:"假的!假的吗?……"

五

风总在晚霞普照的时候息落,拉拉谷里显得特别静谧。修挺的杨树像一排排站立的兵士,齐整、严谨而又雄壮。怪不得人们又把蓉花树叫"夜合"呢,这时候,它那一溜儿小叶片早已齐整地闭合了——这副迎接夜的姿态,常使人联想起瞌睡的孩子们那合起的长睫……在弯弯的小路上、在大树旁、在靠近芦青河的高高的荻草边,浓浓的绿色常掩去一对对幸福的影子。他们来自海边新建的渔业加工厂,来自不远处勘探队的宿营地……多少甜蜜的交谈、关切的询问、琐碎的争执,及一切送在耳边的悄声细语,都撒落在这片开阔的谷地里了。

骨头别子也并非过分地留恋那些桅杆和吐着白沫的海浪,他最近似乎也在培育自己对这片谷地的情感了。每到傍晚的时候,当从那几个黑黝黝的船影儿里转出来,他总要向南弯一下,到拉拉谷里走上一会儿。拉拉谷的颜色是斑斓的,但年轻人大致可以把它概括成"深绿";骨头别子却总觉得它是近乎生铁那样的"青灰"。他一拐一拐地沿着一条条草间小路走着，走得非常缓慢，除了不时向一旁的人影儿盯一眼，大致总是低着头的，好像失落了什么……就在一条弯弯的小路边，有一株特别大的蓉花树。那巨大的树冠才叫"伞"哩！巨伞之上，无数朵花儿，像无数支小小的火把点燃着，红、亮，映着慢慢暗下来的夜晚。风儿微微吹过，浓香笼罩了一切。

骨头别子一走到树下就显出非常疲惫的样子。他用手费力地撑住树干，低头久久地注视着树下，那一脸深皱慢慢颤抖起来……树下，有一座生满了青草的坟头。多少次啊，他只用眼睛注视着那些坟草，久久地注视着。只有他自己知道他在与亡妻交谈。欢欣、苦闷、犹豫、孤寂，生活中遇到的一切，他都向她无声地倾诉了……他就这样一动不动地望着。等他从树下走出来的时候，那双略微下陷的眼睛总闪射着坚定的光芒。

他的双目在一对对恋人中间搜寻着，好像要急于找到什么一样。

在一个闷热的晚上，他似乎终于寻到了。那是两个青春的影子——金叶儿和陆小吟，离得很近，并排走在谷地里随便一条小路上……他身子摇晃了一下，急急地追了过去，然后猛地喊了一声。

这不亚于晴天里响个霹雳！两个年轻人惊讶地瞪大了眼睛，怕极了。但金叶儿却示意陆小吟走开，自己一动不动地站在那儿。

骨头别子大口地呼吸着，一动不动地望着她。

哦哦！她今天穿了一条淡色的裙子，远远地站在绿茵茵的草地上，像个天空降下来的白羽白翎的鸟儿……它像是畏惧一个严酷的主人，睁着那双天真的大眼看着，看着，委屈地眨动一下双睫，然后伸开那双飞翔时紧贴在羽毛上的纤巧的小足，一步一步走了过来……

骨头别子声音低沉地问:"真的?假的?……"

金叶儿低下了头。她捏弄着衣角,使劲地咬着嘴唇。停了一会儿,她突然抬头瞅着父亲,那目光变得十分平静。她回答:

"真的。"

"真的不要脸皮!"老头子吼了一声。

金叶儿没有吱声。她伸手把额上的一绺头发抚上去,揉了揉眼睛,然后那小下巴颏儿使劲贴到了胸前,吃吃地笑了起来,笑得膀子直抖。

骨头别子不解地看着她,愣住了!他问:"你笑个什么?"

"笑你喝醉了,骂我哩……"

"啊呀,我没醉!我看得清清楚楚,你自己找了个野男人……"骨头别子气得身子摇晃着,用力地拍打着那条跛着的腿。

金叶儿被"野男人"三个字吓得"哎哟"了一声,一下子蹦开了老远。

远处好似滚过了隐隐的雷声。月儿被黑云掩去了。骨头别子看不真切金叶儿,急忙摇晃着追上去,斩钉截铁地喊道:"你听着:我活一天,就不能让你由着性儿乱来!……你听见了啵?!"

在自己威严的喊声里,他脑海里又浮现出妻子那张挂满了泪痕的脸,耳边仿佛又听到了妻子当年那苦苦的哀求——哀求他做个好人……他做成了一个好人吗?没有!他对不起她,她带着对他的乞求、思念和深深的责备离开了他。他将永生永世记住她作为一个妻子所给他的温存、忍让,记住她一切的一切。他不止一次在心里发誓:一定让这后半辈子、让他们的孩子,做成一个好人,就像这里祖祖辈辈赞许着的那些本分的男人和女人……此刻,就带着这铮铮作响的誓言,他拦住了她,立在了这条从绿草和野花间穿过的小路上，像矗起的一截黑森森的石塔。

天阴得真黑呀，要下雨了吗？一道蓝色的闪电划过，使金叶儿看到了父亲那副铁青的脸相。她的心颤抖了一下，差不多要吓哭了。她喊道：

"我怎么了啊？我怎么'乱来'了啊？我还不就是对他好点儿！在一块儿走走就是'乱来'呀？还不知道谁才'乱来'哩！……"

她喊着，大口地呼吸，胸脯儿一起一落。站在那儿，衣裙被风吹皱了，紧紧地裹在苗条的身子上，浓浓的夜色反衬着淡白的颜色，看去她像一株披满了银色小花的李子树。

他望着她，一双大手的骨节握得"咔咔"响。当听到最后一句的时候，这个高高的躯体突然像被什么击中了一般，颤抖了一下，慢慢地蹲在了地上……

金叶儿惊讶地望着，这才明白最后一句无意中刺着了老人的疼处……"哐——"她吸了一口凉气，心里多少有点后悔。

骨头别子蹲在地上，好长时间才站起来。他艰难地活动着那条跛腿，费力地调整着身体的重心，声音有些嘶哑地说："对哩，我年轻的时候没做成一个好人，你说对哩！……让自己的孩子戳了脊梁骨，活该哩！报应哩！我不配管你咧！……"他说到这儿长长地舒了口气，用力昂起头来，摇晃着往前迈一步，把一只粗粗黑黑的大手伸到胸前，不知喊了一声什么，那声音低沉、浑浊，令人恐惧。他问：

"可我如今呢？我这十九年呢？你说我这十九年呢？！"

他睁圆了眼睛，那只大手伸过去，在女儿的面前颤动着。

金叶儿还是第一遭看到父亲这样。她害怕地把手指咬在嘴里，没有回应。她看到了一只被海水泡糙了的、被渔线勒出无数印痕的大手。呀，这是一只多么大的手啊！她仿佛生来第一次注意到父亲有这样一双大手……

骨头别子用拳头捶打着自己那坚硬的胸膛，接着说："我这一辈子是怎么过来的！我痴过、迷去，被多少好人嘲笑过，今生对不起你那妈妈！可等到知道后悔、知道怎么做人，已经满把胡须了……"他说着，声音渐渐高起来，发狠似的喊道：

"可我今天还是要管你哩，更要管哩！不为别的，就为了让你结结实实做一个好人！就为了让你后来有个孩子没得话说你哩！……"

他说着，用力咬了咬牙关，从后屁股"唰"地抽出了那支骨头别子，一只手颤巍巍地握着，高高地在她头上举了起来。这个磨得光滑铤明的骨质器具，表面的一层莹光在夜色里泛着亮儿、冷峻、威严，在他看来，这好似一把正义与力量的刀剑！

一道闪电划过，把老人举起的手臂、连同那道黑黑的"剑影"，一齐映在了她的脸上。金叶儿突然"呜呜"地放声哭了起来，两只胖胖的手脖儿使劲搓弄着眼睛。她怎么也想不到父亲会这样啊，心里又惊惧、又委屈，泪水哗哗地流了下来……

骨头别子这时激怒地叫着："你知道吗？你是泊里鹿的人呢！"

金叶儿胖胖的手脖儿从眼上拿开，发狠地跺着脚、喊着、哭嚷起来，仿佛要把心头的怨气全吐出来："我怎么就是他的人呢？登记了？结婚了？我自己愿意了？！"她靠近一步，那脸差点要碰着父亲的胸口了，仰脸盯着老人的眼睛，一句接一句地嚷下去："俺看泊里鹿不好！俺看陆小吟好！俺，俺不怕人哪……反正我没朝三暮四——你管我，就劈下来吧！劈下来吧！举在头顶上，谁怕呀！……"她说到这儿哭声更高了，使劲地跺着脚，"就是打死我，我也不跟泊里鹿。打死我，就找人把我埋在那棵大蓉花树下吧，我和妈妈睡一起，告诉她你为什么打的我……"

她嚷着，嚷着，不知怎么这泪水就干了，两眼闪出了愤怒的火星儿。那对圆圆的肩膀震颤着、仰动着，好像随时要迎接什么、担负什么。往日的羞涩、娇态，这时一丝也找不到了！

骨头别子深深地吃了一惊，他不认识似的看着金叶儿……

"你劈下来吧！劈下来吧！……"她大声地喊叫，睁着一双红肿的眼睛，长长的头发被风撩动着，像个复仇的女神。

他吸了一口冷气，终于害怕似的往后退了几步……一支骨头别子在手里攥出了汗，他还是牢牢地握着，握着，最后痛苦地闭上了眼睛，重新蹲在了草地上……

凉凉的风吹动着远远近近的青草，叶片的唰唰声好似一片低低的细语。骨头别子在用心地倾听着、分辨着。一动不动地蹲在那儿。

他紧紧地闭着眼睛，整个思绪也沉入一片黑暗之中了。他昏沉沉的脑海里，一会儿闪过金叶儿母亲那张苍白的脸，一会儿又闪过小寡妇愤怒指来的竹梭儿、闪过她渔钩似的眼眉……就像做过了一场奇怪的梦，他恍惚、迷惘，一双手不停地抚摸着那支骨头别子，连连发出痛苦的叹息……不知停了多长时间，等他睁开眼睛的时候，金叶儿已经不见了。他呼喊了一声，可回应他的，只是远近滚动的雷声……他身上疲惫极了，这时步子跟跄地顺一条小路走了起来。

不知走了多久，他闻到了一阵浓烈的香味，定神一瞧，原来又走到了那棵巨伞般的蓉花树下！他一下子坐在了那个杂草青青的坟旁，低声儿诉说起来，就像跟一个久别的亲人交谈："金叶儿妈！你知道孩子今晚又跑到拉拉谷里了吗？你知道我没有管得住她吗？人哪！人哪！多少辈子了，到底该咋个样找男找女、该咋个样生娃娃哩？我好不容易明白过来，可今天又糊涂了——是糊涂了吗？做人真难哎！真难哎！……"

豆大的雨点儿洒下来，落在了他的身上、脸上，使那渗出的泪水和雨水一块儿沿深皱流动着……他坐了一会儿，然后在夜色里摸索着，寻着大海的涛声，一步步往小渔房子走去。

小渔房子旁边，此刻正有人在为他淋着雨。

她是谁呢？电光映出一个熟悉的身影，骨头别子还没有分辨出来，她就迎上一步，声音颤颤地叫一声——她是二姑娘！

骨头别子一愣，然后抱着头坐在了沙滩上。

"我不是缠你来的——我干吗老缠你啊！我是来求求你个心里话呢！……"二姑娘站在那儿，用手拂开粘到脸上的头发，语气缓缓地说着。她盯着一言不发的骨头别子，提高了声音说："你作声啊！你那颗心真是石头做的吗？……你一次次冷我的心，我真想再也不理你，可我还是不能。我是亲眼看着你怎样变成一个好男人的，我等了你十几年，一颗心早给了你，我注定要伺候你这个拐腿子的……你，你倒是说话呀！……"二姑娘声音颤颤的，可以听出她哽咽了。

骨头别子就像什么也没有听到，一个字也没有说。又蹲了一会儿，他轻轻地站起来，用力扭了扭衣袖和衣襟，雨水"哗"地淌了下来，然后回身迈进小渔房子,"咣"的一声将门关紧了。

　　冷冷的雨鞭抽打着关起的门板,二姑娘在雨中瑟瑟抖动着。她站了一会儿,直眼盯着关严的门板,突然双肩一抖,"哇"的一声哭了出来,背向着小渔房子跑走了……

六

　　夜雨下个不停,天公在细心地洗刷夏天的原野。近岸的海面上,不时有泛亮的鳞光——那是一些游过来的鱼群,在贪婪地喝着天上赐给的甜水。芦青河的流水声在不知不觉中加大了,河岸的草丛中,不时有惊醒的鸟雀嘎呀长叫……

　　拉拉谷里,金叶儿在一棵蓉花树下找到了陆小吟。他们站在树下,让那密密的树叶遮着雨水。但两人的衣服还是打湿了,雨水顺着头发往下流着。刚从父亲身边跑开的金叶儿,一直像害怕似的看着陆小吟,急急地呼吸着。这时,她口吃似的小声问:"小吟,你……听到我跟爸爸吵什么了吗?"

　　"吵什么了呢?"

　　"我……"金叶儿支吾了一声,低下了头。她摆弄了一会儿辫梢,然后抬起头来,用期待的目光望着陆小吟。

　　"……"陆小吟的嘴角动了一下,但什么也没有说出来。

　　金叶儿咬了咬嘴唇,突然大声说道:"我说我喜欢上你了,就不怕人了!"

"啊!……"陆小吟一惊,接着上前一步扶住了她的肩膀。他激动地、声音低低地叫了一声:"金叶儿!"……

她把脸埋到了他的胸口上,就再也不愿动了。她像个受了委屈的孩子,在黑暗中不出声地哭着,幸福地嗅着男人身上那种奇异的气息……陆小吟抚摸着她那润湿的头发,激动得不知说什么才好。

一阵风儿带着谷地里浓浓的香味儿吹过来,摇落了滴滴雨水,摇落了片片蓉花……金叶儿轻轻地说:"树花儿都要被雨水打落了……"

陆小吟像安慰一个小孩子那样,对在她的耳边小声说:"不能的——落下的只是枯萎的;新鲜的,只让水洗了一遍,然后更鲜、更香……"

金叶儿欣喜地抬起头来,使劲地呼吸着,果真觉得空气比原来香多了。她提起裙子,轻轻地蹲下来,伸手触摸着满地落英。啊,蓉花瓣儿在润湿的沙土上覆了一层,软软的像细丝绒。她捏起一小片放在眼前看着,嗅着,极力想透过夜色望到它那深红的颜色。她望到了几串小小的水珠,挂在花丝上,好似一颗颗晶莹的露滴,又像一颗颗透明的泪珠……金叶儿却愿意相信它是泪珠:蓉花哭自己落得太早了些呀!……她叫了一声,正要说什么,突然听到远处传来一阵隐隐约约的哭声。她赶紧站了起来,推推小吟:"你听!"

"呜呜……呜……"

陆小吟吃惊地抬起头来,一动不动地立在那儿,和金叶儿紧紧地站在一起。

哭声越来越近了。他们借着闪电望着,终于看到了一个五十多岁的女人披着湿淋淋的头发，沿着谷中小路向前跑去……

"是二姑娘！……"金叶儿差点儿惊呼出来。

"二姑娘……"陆小吟喃喃地说。

闪电熄灭了。黑色重新掩去了一切。金叶儿像害怕似的，更紧地挨着陆小吟，声音颤颤地说："一定是爸爸把她赶跑了——她哭得多让人难受啊！"

"他讨厌她吗？"

"不！他怕……怕对不住妈妈……"

陆小吟久久没有说话。他望着远方，像自语、又像在吟哦着什么……停了会儿他问：

"你愿意他们住到一起吗？"

金叶儿低下头去。想了一会儿她抬头说："我不知道。我觉得她和爸爸都怪可怜的……"

陆小吟激动地握起了金叶儿的手。天空，浓云裂开一道缝隙，几颗星星在明亮地闪动。他的声音多么沉重："拉拉谷，一条怎样的谷啊！多少代了，人们都在寻找……"

"寻找什么？"

"寻找心上的一点什么，就像寻找谷地里那条曲曲弯弯的小路……"

金叶儿把脸贴在他那粗壮的手臂上，眨动着双睫说："寻一条'小路'……就这样难吗？"

陆小吟望着她这副纯真的模样儿，点点头说：

"这样难！有人跋涉了半生，自以为触摸到了那条'小路'。可如今白发苍苍,发现眼前还是一片迷茫。他还要苦苦地寻找……"

"还要……苦苦地寻找……"金叶儿重复着,眼里涌出了一汪泪水——透过泪花,她依稀望见茫茫的海边上,在水浪和沙土的交接线上,一跛一跛地走着一位孤寂的老人……

陆小吟看着金叶儿:

"他那么爱你,可你能帮助他吗?也许能,也许这已经太晚了……让我们都记住他的话吧:'结结实实做一个好人'!……"

金叶儿擦着泪花,深深地点了点头:"结结实实做一个好人!……"

起风了,蓉花树在风中摇动,醉人的浓香播散开来,空气变得香极了。此刻,拉拉谷里所有的蓉花树都被风吹拂着。当它那沉重的树冠轻轻摆动的时候,好似一个巨人在深表疑虑地摇头;枝条激动地扬起,又像挥起了奋力召唤的手臂……一阵阵急雨摇下来,冲洗着幽深的谷地,也冲洗着它自己的落英;那淡淡清香随着小小溪流汇向芦青河,投入了无比旷阔的大海……

一九八二年四月至七月写于济南

生长蘑菇的地方

最近我去了一趟农村，遇到了一个人，就想起了自己过去的一个故事。

农村里真有些古怪地方，也真有些好地方。我的叔伯哥哥住在河边，又离大海不远，那儿玩起来很有意思。河里面有鱼、有鳖、有螃蟹，还有一片片的苇子。河岸全是树，柳树、橡树、杨树，什么都有，是片杂树林子。地上没有黑黏泥，全是细细的白沙，上面又生了密密的绿草，因而显得很干净。我十岁多一点的时候去过哥哥家一次，碰巧在河里逮了条二三斤重的鱼，因而总是留恋着那个地方。十八岁这年，社会上乱起来了，因为爸爸的缘故，街面上的一些"革命"青年时常要用拳头"教育"我一下。妈妈愁得没有办法，就对我说："你到哥哥家去住吧，在这里光要挨揍。"

十八岁，已经是有选举和被选举权的公民了。然而我不但丝毫帮助不了家里什么，还要挨揍。于是，我就又一次来到了河边的村子。

这是个初秋季节，田野里一片葱绿。芦青河快到了一年里水最旺的时候了，流得很响。岸上的林子里，各种鸟儿成天价不住声地吵，哥哥说庄稼和果子都快成熟了，它们是急着吃东西。我觉得很有意思。地上的青草长得很茂盛，里面夹杂着生出一簇簇的各色小花；你弯腰掐花的时候，又往往会从手旁的草窝里惊出一只野兔：玻璃球似的眼珠先向你转两转，然后箭一般射向远方……

村子里很忙。哥哥说这地方哪儿都好，就是每年里事情多一点。比如说在这个季节吧，别地方的人都是吃闲饭养神儿，准备积下劲儿忙秋。可这里就不行，这里秋季雨水大，一入秋就要忙着挖渠，提防秋田泡到水里。我问哥哥："不是有芦青河吗？怎么还要挖渠呢？"哥哥说："芦青河的水自己的肚子都盛不了，有时还要往外涨呢！"这真是个古怪地方。

哥哥一家人都在外边忙，我闲得有些不好意思。我对哥哥说："哥哥，我也去挖渠吧！"哥哥摇摇头："不行，你是外地人，干活也不记工分的……你要是闲得难受，就到林子里采些蘑菇吧。"

我提上了一个小柳筐儿。

为了采蘑菇，有时我要在林子里走上很远。我生来第一次知道，原来蘑菇也像花一样五颜六色：有红的、黄的、蓝的、紫的、白的、灰的……它们可以生在草窝里，也可以生在大树的半腰，生在小树的根上，生在白白的沙里；无论是橡子、柳树还是松树、槐树，都能生出肥肥嫩嫩的大蘑菇来。同时我还发现，它们都生在朽过的东西上面。凡是一株蘑菇，下面都有一截腐烂的树根或是草梗……大海滩是一眼望不到边的，在这块土地上，有各种的树、各种的鸟、各色的花，也有各种各样的蘑菇。我采呀采呀，慢慢在哥哥的院子里堆成了一个小山。哥哥和嫂子没事了就在这堆蘑菇旁边看着，他们说从来没记得有谁闲下工夫采过这么多蘑菇。哥哥喜欢地伸开那铁叉似的五根手指在蘑菇里摸索着，翻看着。有一次他的大手正在活动着，突然猛地一抖。我一看，原来他捏住了一片大大的、出奇美丽的粉红色的蘑菇。他放到眼前看了看,就小心地用两个手指夹起,"嗖"一下摔到院墙外边去了。他说:"有毒。"

院子里的蘑菇吸引了好多的人。村里的人有的端着饭碗进来了,一边吃一边看。他们看蘑菇,也看我。有的说:"大概全海滩的蘑菇全让他给采来了。"有的说:"也怪,大小伙子哪来这么多耐性儿!"人群中有一个姑娘不服气地说:"我要是专采蘑菇,比他采得还多。这有什么了不起?瞧他还成了'能人儿'呢!"

我顺着这声音一看,见她的鼻子上正蹙起好多道皱儿。那是瞧不起人的神气。这个鼻尖翘得很厉害,但是很好看。人们一会儿就走散了,但我还记得那个"小翘鼻子"。哥哥对嫂子说:"就是捧捧的嘴厉害!"我听了,知道了她叫"捧捧"……夜里我琢磨:大概是她让家里人"捧"惯了,才这么瞧不起人吧?

天亮以后,门口涌来好多小孩儿,说是爸爸妈妈让我领他们采蘑菇去——反正都没有事儿。让个大小伙子成天和一帮扎朝天辫儿的一起采蘑菇去吗?我突然感到了一点受侮辱的意味,怎么也不提那个小柳筐了。我跟哥哥说:"我挖渠去!我替你,你闲在家里好了……"

经再三要求,我终于扛上了他那把锃亮的大铁锨。

人们是在海滩上树木稀疏的地方挖渠的,准备让将来的雨水能顺着这沟渠流到海里去……挖渠的差不多都是年轻人,领头的是队长刘兰友。这个人有四十来岁,两只眼睛陷在里边,显得很深。他见我来到工地,就走到跟前端量着,好半天说了一句:"你咋长这么白呢?"

四周的年轻人都笑了。我的脸一下子变得通红。

刘兰友又说:"白点不要紧,我年轻时候就很白的。不过你在我手下干活,可得规矩点儿,不能跟姑娘们动手动脚的……"

我窘极了,心里真恨这个油里油气的队长。我突然闻到了一股雪花膏味儿,仔细一看,才发现刘兰友的脸上似乎抹了厚厚的一层……

这天回到家里,我把刘兰友跟哥哥说了。哥哥骂了一句说:"他就这么个东西!自己不正经,还得空就装样子训别人……不过这个人不坏的,他就这么个东西!"

在挖河工地上,每人每天要挖多少土方是固定的。队长刘兰友手里捏个皮尺,把未挖的渠道分成一个个长方形的格子。每人都站在一个格子上挥动着铁锨。我自然也分到了一个格子。我老瞅着这个白石灰画成的小格子笑。我觉得凭自己这身力气,挖掉这个小格子是太容易了。队长刘兰友干起活来只穿一个裤衩儿,这使我看到了他那出奇瘦削的身子。奇怪的是这么瘦的人竟有那么大的劲儿,那锨挥得飞快,一会儿就把格子掘了好深。我抬头看看四周,见所有的人,就连那些姑娘们也比我挖得快。刘兰友说:"看哪,'白小子'搁到'岛'上了!"

青年人都笑了。有一个姑娘笑得特响,她就是捧捧。这个捧捧这会儿让我看清了:高高细细的个儿,那身条有点儿像运动员,十分健美。由于常年在野外劳动,脸上自然说不上白,但却丰润细腻,配上那个小翘鼻子,有股子特别的神气。她见我在打量她,立刻就不笑了,只轻轻仰起脸来,使小鼻子上又尽是细细的皱皱了……我用尽所有的力气削脚下踏的"小岛",好不容易挖到黑黏土,地下又开始渗出水来,那黏黏的泥巴沾到锨上,怎么也甩不掉。刘兰友大笑起来。我觉得全身都在发烧。

这时候我老觉得她——捧捧在看我，一抬头，果真碰上了两道明亮的目光。这目光是温暖的，我一点也不害怕。她看着我，又朝手里的锨嘬嘬嘴，然后握紧锨柄，"噌噌"几下，在黑泥上铲出一个方块块，再把锨板放进一个水洼儿里蘸一蘸，这才掘起那方方的土块儿……土块儿在沾了水的锨板上很滑，被她只轻轻一甩，就飞出了老远，锨上一点泥巴都未粘！我简直看呆了，仿着样儿做了一遍，顺劲儿极了！

休息的时候，人们在做着各种各样的事儿。年纪大一些的铺着破棉袄躺着。这里的人出外干活，常常带个破棉袄，据说能随地而卧，变天时还能包在头上防雹。年纪轻的满海滩乱跑，跑到林子里摘酸枣，跑到海边上踩贝蛤。林子里，最后一搭儿蝉在树上鸣叫着，惹得捧捧踮手踮脚去捉它们。她那样儿就像捉迷藏。我看她那只伸出来捂蝉的手，又小又胖，手背关节处净小肉窝。这样一双手怎么那样能干活儿呀？

有一只蝉爬在高处，她捂不着，就用期待的目光看了我一下。我走了过去。因为打篮球练过弹跳，我就像投篮儿那样，一下子弹跳起来，飞快地将那树半腰的蝉捉了下来……我回身给蝉的时候，发现她正愣着神儿，脸儿红红地看着我。她把蝉接到手里，只用食指和拇指捏住一个翅膀，让它飞动着。她说："多好啊，多好啊，你飞去吧……"说着，那蝉就自由了，"吱"一下飞向了蓝蓝的天空，钻得很高、很高……

我奇怪地看着她，她却笑眯眯地看着空中的蝉。她收回目光的时候，又一次用力地瞥了我一眼。她说："哎呀，跳得真高，你跳得真高……啧啧！

啧啧……"

她跑开了。

我直直地盯着那个苗条的身影，盯着她飞进绿绿的林子深处……当我低下头来的时候，我突然发现脚边就有一簇儿嫩嫩的蘑菇！啊，我欣喜地蹲了下来。蘑菇，我亲手采了多少啊，我简直跟它有了特殊的感情。我小心地把它采下来，嗅着它特有的清香的气息，又珍惜地放到了衣兜里……小鸟儿四下里唱着，林中那无数片宽窄不同、颜色不同的叶儿刷刷地抖着。天真蓝哪！天空里，鹰飞得好高啊！我弯腰撷取着野花儿，一支一支，归结成一大束，我摇动着鲜花向前跑去。我跑着，又看到了一种小叶儿很密、上面生了一层小绒毛的草棵儿，就顺手揪了一把，玩着走向工地……

人们从四面八方走过来，劳动又要开始了。我这时突然觉得身上发起痒来，伸手一抓，痒得越发厉害了。刘兰友过来看看，立刻鼓着手掌嚷："哈哈，他碰上'痒痒草'了，瞧，他手上拿着'痒痒草'！"我赶紧把手里那个小叶儿草抛掉了，又去河边洗了手……我想：这儿的大海滩多怪啊，还有"痒痒草"！

这天回家的时候，我手上已经磨起了两个大泡。哥哥说："你累吧？"我说："不累。"我说的是真话，我真的没感觉到累。

大海滩哟！你宽广、神秘，最富有传奇色彩。每天里，多少飞禽走兽在奔跑、飞翔、鸣叫、追逐，有多少人在密密的林子里寻觅、采摘、挖掘。大海滩太广阔了，润湿而温暖的气候，使每天里有多少东西在腐烂，又生出多少新鲜而美丽的蘑菇！每当我穿过大海滩，奔向工地的时候，心里就有一阵阵说不出的冲动。这儿是喧闹的，又是宁静的。这常使我想起我的家，想起母亲那被愁苦和忧虑绞扭着的脸。那儿是寒冷的，因为我爸爸的缘故，有人要用拳头和棒子来迎接我……但愿我能永远生活在大海滩上吧！

在挖渠工地上，我慢慢找到了朋友。年轻人需要知道一些外地的新鲜事儿，我则需要他们的友谊。捧捧的弟弟也在工地上，名字叫"老国"。这个老国长得黑乎乎的，样子有点像小人书上画的"军阀"。他虽然刚有十六七岁，但却膀大腰圆，那肥胖的屁股看去像扣了一个洗脸盆。我不愿相信他就是捧捧的弟弟。但这分明又是真的。每当我看到他们坐在一起，笑嘻嘻地分吃一块烙饼的时候，心里就有一股奇怪的感觉：不是厌恶，不是嫉妒，好像只是觉得惊奇，觉得不十分谐调……

刘兰友故意将低洼的地方分给我来挖——这样要省好多力气的。我心里开始感激他了。我差不多完全忘记了刚来时他给我的不好的印象。劳动时，捧捧常常是很爱说话的。但我近来好像总听不到她的声音了。她只是用力地挖着土，使劲地甩着锹。她变得沉默了，也能干了。我有一次看她的时候，发现她也正在看我。她碰到了我的目光，就使劲甩了一下辫子，那道灼热的目光也一块儿给甩没了。

我像害怕什么似的，总不敢抬头。但有一股非常执拗的力量，使我总想瞅空儿看她一次。一颗心跳得很急，那跳动的节奏是愉快的、兴奋的，也含了一丝儿小小的惧怕。我停止了掘土，轻轻地用手擦着脸上的汗——擦汗的手挡去了一只眼睛，另一只眼睛却看到了她那热烈的目光！她看着我，咬着唇，笑了。那笑是羞涩的、甜甜的……碍碍褒原来是这样好看哪——在她笑的时候！我也笑了。大概谁也没有察觉。

我觉得自己真是一个男子汉。我有宽宽的肩膀，我有结实的肌肉，我有海滩猎手那样的勇猛。一张大大的铁锨握在我的手里，就像握了一把小铲子一样轻松，那沉重的土块也仿佛失去了原来的分量，被轻轻一甩就滚开老远。渠下的水渗出来了，土缝儿里，脚丫儿窝，到处都是水流儿，那铁锨插在泥土里，掘一下，清清水流会欢快地蹦跳起来，溅到我的身上、脸上。这是挖渠吗？这是劳动吗？这是在大海滩上干活吗？不，这是写一首诗、一支歌……

中午，大家要在海滩上吃饭、休息。年轻人全趁这个时候到海里洗澡、挖蛤蜊去了。捧捧也去了。我去得稍晚一点。在海里，小伙子只穿一个小裤头儿，姑娘们只在浅一点的水里，高高地挽着裤腿儿，花衣服依然穿在身上。他们都用脚在沙里拧着，如果脚下有个硬硬的东西，那一般就是蛤蜊了。小伙子踩到蛤蜊，从水中捞出时常要放眼前看一看，如果略小一点，就会喊一声："去他的！"大臂一抡，"砰"一声，摔到了远远的深海里。姑娘们踩到一个就新奇地"哎哟"一声，哪怕是最小的，也要珍惜地保存起来。我注意到，她们盛蛤蜊的小口袋和兜兜儿都是鲜红的塑料绳儿织成的。捧捧偏没有站在浅水里，而是站在比小伙子们那儿浅、比姑娘们那儿深的中间地带。她踩呀踩呀，总也不吱声儿。谁也不知道她踩了有多少。

我没有踩蛤蜊，我老在游泳：一会儿仰游，一会儿侧游，那温柔的水浪抚摸在我的身上，暖融融的。我透过波涌间的低谷望着捧捧，心里说：

"你是在踩蛤蜊吗?你很会踩吗?你踩蛤蜊真的就比得上我采蘑菇吗?"我不知怎么又想起了她在哥哥院子里说的话,想起了她那打了细细皱纹的小翘鼻子。正想着,捧捧在一边叫了一声什么,还向我招了一下手。我赶紧游了过去。

原来她踩到了一个大蛤蜊,水太深了些,她取不上来,求我帮一下忙。我在她身边扎下一个猛子,在她的脚下取了蛤蜊。这时,一双胖胖的小手伸到了水下,我慌忙将蛤蜊塞到了这双小手里,一个猛子扎开了老远……

赶海的人们是容易疲劳的,人们从海上回来,匆匆地吃了饭,就在树荫下睡着了。姑娘们差不多都铺着一块漂亮的塑料布,躺在柳荫下……我和老国他们睡在一起,整个中午只听他那粗粗的鼾声了,怎么也睡不着……住了一会儿,刘兰友最先爬起来了,他大约要招呼人们起来上工了。可是他没有喊什么,只是蹑手蹑脚地走到熟睡着的姑娘们身边,先蹲下端量一会儿,然后伸出那只又沉又大的手掌来,按在她们脖子下边,就势往下一捋,嘴里发出满意的一声:"嗯——"姑娘们爬起来就骂、打、用沙土扬他,他只嘻嘻地笑着。我看他走到捧捧面前,只用脚轻轻地碰碰她的身子,招呼一声:"上工了!"

"他不敢动捧捧。"我想。

晚上回到家里,哥哥说:"你已经替我干了这么多天,还是让我去吧!"我着急地大声喊着说:"不!不用你去!我要去挖渠!"大概由于我喊得太急、太响,使哥哥和嫂子都吃了一惊。哥哥连忙说:"去吧,去吧,愿去就去吧,没人拦你的。"

这天傍晚，我很想唱一支歌。我最先吃过了饭，来到了院子里，大口地呼吸着清甜的空气。这风多么湿润哪，大约是从芦青河边吹来的。满院子里摆满了蘑菇，这都是我前些日子采下来的，如今都快晒干了。我想，关于蘑菇，可不可以编一首歌呢？那歌儿开头也许会是这样的："蘑菇，蘑菇，生在大海滩上……"

这个夜晚，显得很长。我睡了一觉，醒来时天还是灰蒙蒙的。我坐了起来，从窗子里往外望去。我最先看到的是放在窗下的那把铁锨，锨板儿在星光下发出一片淡蓝的光。这光色使我想起海岸那密密树林缝隙里的天空，想起那轻轻荡着浪涌的海水……

天亮后来到工地上，我第一眼就发现，捧捧的辫梢上多了一小朵粉红色的野菊花。队长刘兰友看见她从后背上搭下来的黑油油的辫子和辫梢上的花，就慢慢地闭上了一只眼睛。他说："农村人儿，一般讲来，有点雪花膏抹抹也就可以了……资产阶级思想儿……侵蚀……"

他说着转过身去，利落地朝旁边的人一挥手："干活，干活了，都立着干什么？看西洋景儿吗？"

就在他转过身去的时候，捧捧看了我一眼，然后蹦跳着向着渠边走去。她拍打着手掌，嘴里嚷着："噢哟！噢哟！干活啦！干活啦！"

她真欢乐，像个小鸟儿。

踩蛤蜊，留给了我甜蜜的回忆，可蛤蜊吃起来是怎么个味道呢？

我们在休息时，支起了几块干木条烧起来，将刚踩来的蛤蜊烤着吃。刘兰友只有两三个蛤蜊，却丢进蛤蜊堆里说："烤烤一块儿吃吧。"老国撅着屁股用力吹火，那张方方的、满是横肉的脸上抹满了黑灰。蛤蜊一个个烤熟了，我们就首先投给姑娘们。刘兰友悻悻地对她们说："你们吃吧，你们脸上搽了粉，他们都是冲着香味儿摔的。"说着又扭头吐我们一口："呸！没出息……"

正烤着，由于不小心，我将一点火星溅到了老国脚边的破棉袄上，那棉花立刻冒起了烟。我赶紧用手扑打，结果还是烧了拳头大小的一个洞！老国一见，再也无心吹火了，一下子扑到上面，捧起一捧沙子就往洞洞里放，等看清那火早已灭了，才狠狠地骂了一句。我的脸烧了起来，觉得很对不起老国。他骂着，越骂越凶，最后竟然用手点划我的鼻子……我的目光不由自主地在人群里寻找她的眼睛：她正看着我和她弟弟，那表情木木的。人们都在看着我，我有点忍不住了。正在这时候，刘兰友突然喊了一句："看摔跤比赛啊！"

老国猛地抱住了我的腰。我愤怒地和他扭到了一起。这个粗粗的汉子有的是憨力气，但远不如我灵活。他扳住我，脸憋得通红，一双大手抓在我的腰上，使我觉得像一双钝口的钳子钳住了我。一股羞愧和恼恨的火焰在我心头燃烧，我不顾一切地反击着，用尽一切手段对付着这个牤牛一样的东西……等我把他笨重的身子"噗"一声放倒在地上的时候，旁边的人，特别是刘兰友，"哗哗"地鼓起了掌。

老国躺在地上，那脚还在狠劲儿往上踢，这提醒了我"战斗"还远远没有结束——我赶紧用力按住了他。按住了，再怎么办呢？就这样按着吗？似乎还应该打他几下吧！但我不知怎样打才好一点。我着急中想起了小时候淘气，母亲打过我的屁股，于是就拿过老国踢掉的一只鞋子，"啪啪"地打开了他的屁股：一下，两下，三下……当我举起鞋子要打第四下的时候，我猛然看到了捧捧那双尖利的眼睛！她站了起来，向我猛地一指说："你不要脸！"

她在骂我！骂什么？骂我"不要脸"——这是指我曾向她笑过、曾在海里接受过她的友爱吗？我的脑袋嗡嗡响着，那只举起的手颤抖了一下，鞋子一下掉了下来……

老国却瞅准这个时机，照准我的一只眼睛，狠狠地挥起了拳头。一阵眩晕，我跌倒了。那只眼睛一时间什么也看不到了……旁边的人乱起来，刘兰友大喝了一声："老国！你个臭小子，怎么能打人的眼睛？！"

我紧紧地捂着眼睛，止不住的泪水从指缝儿里流了出来。我听旁边有人说："他哭了，哭了……"刘兰友"哼"了一声："伤了眼睛能不疼吗？！"

我的眼睛一阵阵地疼痛。但我绝不是因为它才流泪。我的心在疼，这是别人无法看到的……

这天回家，我跟哥哥讲因为走路不小心，撞在了一个树枝上，眼睛被碰了一下……哥哥半点也不怀疑的，只责备我"毛手毛脚的"。我跟他讲再也不想去挖渠了。为什么？因为……我太累了。哥哥笑着对嫂子讲："我早说他会累下阵来的嘛！"又对我说："你还是去采你的蘑菇吧！"

我就重新提起了那个小柳筐儿。

我成天蹒跚在大海滩的密林间，就像做过了一个不祥的梦，我的心老在不安地跳动着。"不要脸"三个字一直在我眼前晃动。我在无声地追问："难道不是你向我送来甜甜的微笑、伸出温暖的小手吗？在我的心目中你曾经多么美好，像春天里第一次摇动绿枝的南风那样温柔！可是就因为一件破棉袄，因为我和老国的一次打架，你竟突然变得如此冷酷……这究竟为什么呢？"我认真地在树丛草间寻着蘑菇，排遣着心头的烦闷和懊恼。我不知疲倦地采摘、采摘，一筐一筐地背回去……很快，哥哥的院子里，又有了一堆新鲜的蘑菇。

我曾想过，一个地方有一个地方的理解，"不要脸"三个字也许不像我自己认为的那样坏吧？于是我偷偷地问嫂子是什么意思。她正在灯影下纳鞋底，听了我的话，赶忙用锥子在头发上抹了两下，红着脸说："我也不清楚……大概和'流氓'差不多吧！"

我吓了一跳！

海滩上，鸟儿凄清地唱着，树叶儿在风中轻轻弹拨，发出一阵低沉的和声。芦青河日夜奔流，那水浪声传过来，使人从中能听出一些愤懑。采吧，采吧，哥哥，我要给你采成一座高高的山，我要给你把满滩的蘑菇都采回来！

可是这天我回到家里的时候，发现哥哥的脸色不像过去那么好看了。他看看院里堆起的蘑菇说："采这么多有个什么用？你闲在家里算了！"

我惊讶地说了一句："多好的蘑菇呀……"

哥哥看了我一眼，转身进屋了。

吃过饭后，他一边卷着一根纸烟一边对我说："我都晓得喽。刘兰友全告诉我了。你那眼哪里是树枝碰的哩！"

我没有说话，一颗心怦怦地跳着。

他看了看嫂子，然后生气地盯着我说："为这种事被姑娘指着脸骂，你受得么？年纪轻轻就不学正经。你要是再不正经，就不要来这里住吧……"

夜里，我和衣躺在了炕上。我在苦苦地回忆着、思索着。我想：她也许过分宠爱她的弟弟了，但这也碍不着我们的友谊啊！也许她有时也以为这就是"不要脸"吧？也许她也认为这是一种"见不得人的友谊"，所以才这么容易地抛弃吧？想到这儿，我的脑海里突然划过了一道闪电，似乎明白一些了……我一想起哥哥那张阴沉沉的脸就有些害怕，知道这个家里并非理想的避难所，这儿是不欢迎一个"流氓"的。我分明是不好再住下去了，可我到哪里去呢？我从炕上坐起来，伏在窗上向外看着，又看到了立在窗下那柄闪着淡蓝光色的铁锨……我走出了屋子。

啊啊，好亮的一天星斗呀！初秋的夜，水汽很重，院墙边上的青杨树上，不时甩下来一点露滴。院子正中，高高的一堆蘑菇散发出一缕缕清香。我蹲下身子，伸手抚摸着它们，想象着我一个个地在草丛间采摘、寻找的情景。我曾多么欢快地采过蘑菇，多么用心地采过蘑菇呀！我要跟这些蘑菇告别了。我轻轻地抚摸着，抚摸着，最后伏在了蘑菇堆上，一汪儿泪水再也忍不住了，两手捂在脸上哭了起来……我想，还是回去吧，回家吧——一想到这儿，我马上想到了那些辱骂、欺凌，想到了那些高高举起的棒子和拳头……可是，尽管有这些在迎接我，我还是要回去。因为我仿佛感觉到在这大海滩上，似乎有比棒子和拳头更可怕的东西……

我决定要走了，马上就走。我给哥哥留了个小纸条，然后就顶着星光上路了。我走得很急，要在天亮之前赶到县城搭车的……

十几年一晃就过去了,我三十多岁,结了婚,如今已有了一个孩子。我自从那次离开芦青河边,就再也没有去过。我非常想念哥哥和老乡们。这年,也是一个秋天,我终于来看哥哥了。

令我吃惊的是,进村遇到的第一个人,就是捧捧。她正站在街口,抱着孩子晒太阳,见了我,先一愣,接着热情得了不得。她大概完全忘掉了过去的事情,我却一下子触起了好多的往事……我发现她依然还是那么美、那么羞涩,身上还是有一股别人所没有的神气……

哥哥是用蘑菇招待我的。做菜时,他专拣粉红色的、样子十分美丽的那种。我想起了他用两个手指夹起蘑菇摔掉的情景,说:"这不是有毒的吗?你摔过。"他笑了:"没毒。过去总以为长成这样好看的就有毒。错了,没毒。"他说着扳开一个放我鼻子下让我嗅,说:"闻闻,特鲜特鲜!"

吃饭间有说不完的话。他大约也忘了我被人打坏眼睛那一段往事,我也就不提它了。但我还是问了那年挖的水渠怎样了?他笑笑:"不成,不成,白费力了,水来了照样排不出去……"我笑笑:"不是常说'水到渠成'吗?"他听了苦笑一声:"那要看在什么时候、什么地方。这地方淤沙太多,风一起,挖成了也要堵死的!"

"淤沙太多……"我思虑着,在心里一字一字重复了一遍。

我又特意问到了刘兰友。他说:"还是队长!人老了,不过老了也好,老掉了不少毛病……这个人还不坏,顶能干的……"嫂子也在一旁点着头:"就是,就是。"

我问:"大海滩上还有那么多蘑菇吗?"

哥哥点点头:"怎么会没有呢?这地方气候好,水汽重,有些东西腐烂起来也快，就净生些好蘑菇了……"

是的，没有腐烂就没有新生，人，应该好好研究一下那些鲜嫩的、美丽的蘑菇是怎么生长出来的。

我最后要求哥哥领我到大海滩上采一次蘑菇。他同意了，连连说："成，成。"

一九八二年四月写于青岛

声　音

芦青河口那围遭儿树多。大片大片的树林子，里面横一条小路，竖一条小路，非把人走迷了不可。因此河边的各家老人都常常告诫自己的孩子——特别是姑娘：没事儿，千万不要往林子深处走！

可二兰子倒蛮不在乎。她常钻到林子深处割牛草。家里人阻拦她，她就说：“不怕，不怕，我到年都十九了！”妈妈脸一沉：“十九了更不好！”二兰子把一截草绳儿往腰上一扎，提起镰刀说：“我去！我去！我偏去嘛……”

她这句话里带着怨气。家里养个老牛，肚子比碾砣还大，地上放捆嫩草叶儿，它伸出舌头抿几下就光了。大弟弟忙着复习考大学，小弟弟要进重点班，唯独她不被看重，忙里忙外，出工前还得去割一大早的牛草。割就割吧，她没上几天学，管"大"念"太"，常常忽略中间那"一点儿"，还不得割牛草吗？可近处的青草全被人割光了，不进林子深处行吗？谁愿跑路怎么的！她觉得妈妈太不体谅人。

好在二兰子还从没有迷过路。

早晨，还是很早的时候就进林子了。一路上，也不知踢散了多少露珠儿。太阳升起来了，光芒透过树隙，像一把长长的剑。小鸟儿就像不闲嘴儿的小姑娘，吵死人了！还是老野鸡性子缓——多长的时间才叫一声"咔咔嗒"呀！二兰子总是这样：不管心里多么不痛快，一进了这林子就变得高兴了。大树林子绿蒙蒙的，多宽敞啊，她很想扬起脖儿喊一句，听听自己在这树林子里的声音。她知道，树林子能把声音传出老远、拖得老长，树林子真好哩！可她憋住了，她要赶去割草呢。她只瞅着脚下的草叶儿，急急地走。

　　她走着，地上的草叶儿嫩极了，一簇一簇，顶着露珠儿，闪着亮儿，二兰子还不割吗？不割！不割！她继续往前走……地上的草叶儿墨绿墨绿，又深又密，简直连成片儿了，二兰子还不割吗？不割！不割！她还是往前走……又穿过几排杨树，跨进了杂树林子。看吧，这里的草叶儿才叫好呢！青青一片，崭新崭新的，叶片儿宽板板，长溜溜，就像初夏的麦苗儿。那草棵里面还有花哩，红一朵，黄一朵，二兰子先拣一朵大的插在头上，然后才解了绳儿，举起手里那把雪亮亮的镰刀……小鸟儿在头顶"喳喳"地叫了几声，清甜的空气直往鼻孔里扑，二兰子高兴极了！她盯着那镰刀刃儿，镰刀刃儿锃亮锃亮，反射着阳光，耀得她眯起了眼。四周空荡荡的，一个人也没有，她脸儿红红的，四面儿瞧瞧，心里一热，不知怎么脱口喊了一声：

　　"大刀来，小刀来——"

　　呀，满林子都喊哟！二兰子听到自己那声音了，听那尾音儿，在林子里还引起了一阵"啦沙沙沙……"的震动。二兰子恣得闭上了眼睛，一溜睫毛显得格外长、格外密。她大仰着脸儿，眼也不睁，嘻嘻笑着又喊一遍。"大刀来——小刀来！"

　　她喊完了，大气儿也不出，只用心听着那尾音儿。

这回的尾音拖得特别的长。奇怪的是，它好像飞到了老远的地方，又从那儿折回来。声音已经变了。二兰子听着愣住了！她一个字一个字地分辨着：是哪个小伙子在老远的地方接着喊哩！听听，他还在喊哩——"大姑娘来——小姑娘来——"

二兰子赶紧藏到了一丛灌木后边。当她听出那声音是从远远的河西岸传过来的，才从灌木丛里走出来。不过她一颗心还在"怦怦"跳着，胆怯地向着河西岸望去——一团绿色又一团绿色，苇行、灌木，遮得严严实实，哪里看得见啊！不过这声音却是蛮嫩气，听那调儿，还是喊的普通话。二兰子小声骂一句"该死的"，就弯下身子割草了。

这天，她只默默地割草，连大声"哼"一句也不敢，生怕河西岸听见似的。割成了一大捆儿，她就无声地扛起来，踏着那林中小路儿回家了。

以后的早上，她每每来到林子里，刚要弯腰割草，就会听到河西岸那人在喊。"喊吧，喊吧，有谁理你才怪！"二兰子在心里说着，下狠劲儿割着草，头也不抬。她挥动着镰刀，胖乎乎的手脖儿在绿草丛里一掩一露，像一截儿洗得白嫩嫩的藕。割呀割呀！割得草叶堆成小山，老牛吃得肚儿圆；割呀割呀，她一口气割了十天。十天里有十个早晨，有十次踢散那林中小路上的露水珠儿，也有十次听到那河西岸的呼喊。呼喊，呼喊，显你小伙子嗓子脆啊！显你小伙子甜咪嗦嗦（方言，意为"爱在女人跟前讨好"）啊！二兰子烦他。她这会儿开始后悔了：一个姑娘家，干吗在树林子里乱喊呀？你就不知道这树林子特怪——能让声音大上几倍吗？

二兰子以后割草时，故意用心听那鸟儿吵嘴——这就能忘了那个小伙子的声音。可是几天之后,她突然觉得这无边的林子里好像少了些什么。少了些什么呢?花也在,草也在,鸟儿也在,手里的镰刀也在——少了些什么呢?她干活不勤快了,再也无心割草,默默地贴站在一棵大杨树上,伸出镰刀刮那衰死的老皮儿……她刮着刮着猛然记起了:是少了他那喊声哩!——他从河西岸走了吗?他哪儿去了?他怎么就一连这多天不喊哩!

二兰子扛着草捆儿回家,走在路上都没劲儿。她是太累了。

早上回到林子里,她清了清嗓子,面向河西,用甜津津的声音喊了一句:"大刀来——小刀来——"

树林子哟,树林子哟!树林子又把这声音传走了,那尾音儿不消不失,颤颤悠悠,像琴!像箫!像笛!像鼓!二兰子料定这声音是那千千万万片叶子传动的,要不它们怎么老是唰唰地动呀?她半个脸贴在树干上,她等河西岸那个声音。正在她的心急急跳动的时候,那声音果然又一次传过来了——

"大姑娘来——小姑娘来——"

二兰子笑了。二兰子蹲在地上了。二兰子解了草绳儿。二兰子挥起雪亮亮的镰刀了。这个姑娘真能割牛草!

这天晚上,二兰子回家后怎么也睡不着。这都怨那月亮太亮了些,把个窗外的树叶照得绿莹莹的,怎么能让二兰子不去想那树林子、那树林子里的草?她今晚镰刀就搁在窗台上,盯着在夜影里放光的刀刃儿,自然尽想些割草的事儿了。十八九的姑娘了,俊俏得全村没有第二个。奇怪的是这么俊的姑娘,这会儿竟迷上割牛草了。早几年全村里都穷,她和别的姑娘一样,读了两天半书就回家下地了。在田野里,她们都是成帮成群的,穿着镶白腰儿的蓝粗布裤子,赤着脚儿在柳行里跑、跳,拔刚露尖尖角的苦苦菜。苦苦菜做的小豆腐真香啊,妈妈一边吃一边夸,说村里这帮子姑娘黑头发、大眼睛,都像一个模子里扣出来似的,哪一个大了都能找个好婆家……二兰子一点点大了,再也不拔苦苦菜了。但如今她要割牛草。她想:"割吧,割吧,割到找婆家!"她睡不着,就想那林子,想来想去,竟觉得河西岸那青草一准会比河东岸的多——河东岸那青草原来不算多,也不算嫩!

天亮以后,她踏过一条独木小桥,进了对岸的林子了。这儿的青草果真嫩、果真多吗?二兰子看不出来。她只是带着几分好奇似地蹲下身来,悄没声地伸出了镰刀……林子里的鸟儿也许吵累了,四周静得很,空荡荡的林子里,只有她那挥动镰刀的嚓嚓声。

割了一会儿,她听到了有人在不远的地方喊了一声。她的手一颤,镰刀滚到草丛里去了。她不知怎么有些慌乱,站了起来,很想回应一声"大刀来、小刀来",却用手紧紧地掩住了嘴……绕过了几丛灌木,二兰子偷偷地趴在树枝下看着。她终于看到一棵皮黑如铁的老弯榆下,正有个人面向河东,用力地喊着。"是他了!是他了!"二兰子心里叫了一声,随手用镰刀狠劲儿扫了一下跟前的灌木丛。树丛发出了一阵"啪啦啦"的响声。

那个人赶紧转回身来。二兰子看真切了,也差点儿喊叫出来——这哪里是个小伙子啊:矮矮的个子,瘦干干的脸;一双眼睛陷得有点深,使上眼皮和眉骨处有一道深纹儿。他挺直身子站立着,那头颅也要往前探出一截儿——他是个罗锅儿！二兰子大失所望，觉得他就和身边那棵老弯榆差不多。他大概有二十八九岁了吧？她惊讶得嘴巴张得老大，在心里叫着："天哪！天哪！这样一个罗锅儿，还有那么嫩气的嗓子，还会说普通话，只听那嗓门儿，那声音，你会以为他是个多'帅'的小伙子哩。声音骗煞人！"

罗锅儿看到了二兰子，一下子怔住了！他把身子久久地贴到老弯榆上，让粗粗的树干挡住自己的脸。住了好长时间，他才不得不从树后走出来。

二兰子见他走了过来，警惕地问了句："干什么？"

"哦，割牛草，割牛草……"他慌促地点一下头，蹲到了二兰子的脚下。

二兰子退开一步，才发现原来自己刚才站立的地方，放着一根麻绳儿、一把窄窄的小镰刀……

他们都割开了牛草，谁都不说什么话。小罗锅儿敢藏在树丛里喊"大姑娘"，"大姑娘"真的来了，他却怕羞似的一个人跑到一边割着草。也只是不一会儿的时间，他就割了好大的一堆，速度快得简直让二兰子吃惊。他异常麻利地将草捆儿打好，然后就倚在草捆上，掏出个小本本看了起来，嘴里不停地咕咕哝哝……

几天过去了，他们两个都默默地干着。二兰子看小罗锅儿还算老实，从岁数上分属于另一搭儿的人，自己又耐不住寂寞，就上前搭讪着说起话来了。她知道了他大号叫李双成，就是西岸村子里的，负责队里三头老牛吃草。二兰子也告诉了自己的名字，告诉自己成天早晨在河东岸割草。小罗锅儿一双明亮的眼睛看着她，笑笑说：

"听你那声音真甜脆哩！我怎么也想不到是个割牛草的。我还以为是个'戏子'哩，出来练功……"

二兰子热得解开衣怀，露出了一件薄薄的、带小碎花儿的衬衫。她笑着把镰刀钩到肩头上说："咱不是'戏子'，咱还不识字哩……"

小罗锅儿站在她对面，温和地笑着，每听一句就点一下头、咽一口，那颏下的喉结也随之上下活动一次，好像不仅全听准了，而且记住了、装到肚里去了！

二兰子还是第一次遇到这么重视她讲话的人，心里一阵畅快，就说了好多好多。

第二天，二兰子割草的时候，小罗锅儿就立在一旁看。他觉得她这样是割不快的，于是就要过了二兰子手里的镰刀。

他要做个示范动作了。

他背向着二兰子蹲在了地上，头也不回，只示意她看准、看透彻。然后，他右腿跪在了地上，左腿向一旁伸开，上身儿向前伏去，再伏去，就像要倒下似的。这时候，那右手里的镰刀才伸出来，那左手的手指才拢到一起。镰刀动起来了：不是推，不是拉，不是砍，也不是割，而是像在草丛间划小圈儿！那左手配合得也叫好，触着抖动的草叶儿，一按一转，拍拍、拢拢，就像揉面团似的……青青草叶贴着地面给齐齐地割下来了，变成一卷一卷，一堆一堆。他就在这绿绿的草堆儿里活动着，整个身子有规律地晃动、俯仰，从容不迫地向前推进，就像游泳一样。

二兰子看得傻愣了！

她马上要过镰刀，就像小罗锅那样把身子靠近了地面，一招一式都仿他，但她动手割时，总不甚得劲儿，不但割不快，还差点割了手指……二兰子有些懊丧地跳了起来，请他重做一遍。她这次眼睛也不眨，从后背看，从前头看，从他的侧面看。突然她像发现了什么秘密似的，拍着手掌嚷：

"怪不得哩，那是你自己的法儿哟，那是你一个人的法儿哟！你是借了那罗锅的弯儿……"

她喊着，高兴得什么似的。突然，小罗锅"呼"地站了起来，仇恨似的盯了她一会儿，然后"啪"地摔掉了手里的镰刀，转身离去了。

"你怎么了？你怎么了？"二兰子吓了一跳，紧追着问道。

小罗锅没有理她。他走了老远，直走到那棵老弯榆下才停了下来。他倚着树干，默默地抚摸着黑色的树皮，一声也不吭。

二兰子似乎意识到自己的话语伤了他，就不作声了。她低头看看脚下的青草，又抬头瞅一眼小罗锅，发现那双有点深陷的眼睛里，有两点火星闪了一下。她伸手从一旁的槐树上取个叶儿，放在嘴唇上，"啵"一个吮了个响儿……她说：

"哎呀，你真是个要强的人哪，看不出来！"

他没有作声，只深深地看了她一眼，又回到原来的地方忙活去了。

像过去一样，也是刚住了不大一会儿，二兰子就看到他靠在捆好的草捆上读那个小本本了。她觉得新奇，就走到近前问他读的什么？他翻动着书页，头也不抬地说："没什么，一本书……"

二兰子问："上边有描的花儿人儿吗？"

他摇摇头："上边尽是字儿……"

二兰子鄙夷地撇撇嘴："哟哟，那能看出个什么来！"她嚷着，突然又想起了什么，问："你一直在这儿割牛草吗？"

小罗锅摇摇头："刚割了半季。我原来在学校里教书……"

"你教书？！"二兰子吃了一惊。

他点点头："是个'民办'。后来师范毕业生多了，'民办'有的要下放，我就给下放了。"他说到这里惋惜地搓弄着手掌，又碰碰身下的草捆说："老支书让我割牛草，他说：'你身子骨不硬，那活路也轻松……'我就来割牛草了。"

二兰子赞同地说："割牛草好！瞧你一会儿就割下这么多，然后净落得玩儿了。"

小罗锅听了，却激动得从草捆上跃起："那我就割这一辈子的牛草吗？"

二兰子看着他那样儿，觉得一阵阵好笑，心里说："割一辈子牛草有什么不好？连我也割牛草咧！"

小罗锅额头上渗着汗珠儿，涨得红红的。停了一会儿，他才蔫蔫地躺在了草捆上。他长长地吸了口气说："听说公社工艺制品厂要招懂外语的，这会儿正物色人呢，我想去找管工业的张书记……"

二兰子愣了一下："你连外国话也会说吗？！"

小罗锅摇摇头："还不能算是很会说……"

二兰子觉得有趣极了。她一迭声地喊道："'镰刀'怎么说？'割牛草'怎么说？'大树林子'怎么说韂？"

小罗锅很认真地一个个说了一遍。二兰子笑了："也听不出什么来，不过还真是怪好听的……哎呀你真能哩！你怎么学的？"

小罗锅两手枕在头下，大仰着脸儿，望着那插向天空的树梢儿，好久没有作声。停了会儿，他声音缓缓地说："我是来割牛草才开始学的。每天早晨，我天不亮就来到这林子里，背单词，练发音，露水珠儿滴到我脖子里……等树林子亮起来，我就合上书本，伸一个懒腰，要割牛草了。那时候我已经学了一个大早，心里兴冲冲的，河东岸喊来一声，我就应她一声……"

"你应什么不好呢？你偏喊'大姑娘鞠'！"二兰子装着生气地插上一句。

小罗锅的脸红了。他把身子扭到一侧，避开了她那目光。他接上说："我学得真难哩！背一个大早的单词，割一捆牛草就全忘光了。我差不多都要急哭哩，我学不成了吗？我不想它。我只知道自己这个人有股特别的拗劲儿，用来学外语正好！我只想：英语单词啊，你真难对付！你是什么做的？是生铁、是石头、是金子吗？我要一点点地磨，把你磨成粉面！我只想：人就像这林子里的鸟儿那么多，多么巧的嗓子都有啊，要用上我，我就得比他们高出一大截儿……"

二兰子敬佩地看着他，点点头说："你行，你去制品厂呗，你是不该割牛草……"

小罗锅瞪着眼睛，像僵住了一样，直直地瞅着她。直停了好长时间，他才说了句："明天，我就去找公社张书记！"

第二天，那是一个大晴天。

二兰子知道他去公社了，她要一个人待在林子里的，但她却早早地来到了原来割草的地方。她无精打采地拉了半晌镰刀，胡乱收拾起一地散乱的草叶，然后就坐在那儿，用镰刀刨着湿乎乎的泥土玩儿。快近中午的时候，身后树叶唰啦啦响，小罗锅来了。二兰子一见，立刻从地上跳起来问：

"张书记准你了吗？"

小罗锅不言语，倚在了二兰子刚刚打好的草捆上。他停了会儿说："张书记亲自跟我谈过话哩。他说如今不会埋没人才的，不过已经有好多懂外语的来报过名了，厂里决定通过考试取两名……"

"哎呀，才取两名！"

"就是取一名，我也要去应考的！"小罗锅声音低沉，但却非常有力量。

二兰子不言语了。不知为什么，她这会儿老在担心小罗锅会考不中。

小罗锅斜躺在草捆上，抽根草梗儿在嘴里咬着，皱着眉头苦笑了一下。他仰望着树隙间那蓝蓝的天，突然问了句：

"二兰子，你，生下来就这么好看吗？"

二兰子毫无准备，脸蛋儿马上红了。她把脸转到了一边，生气地噘起了嘴巴。

小罗锅似乎并没注意她的表情，仍在仰望着天空，接着刚才的话茬儿说下去：

"你长得多好看哪！你太有福了……哦哦，这是天生的，花钱也买不来的呀……我哩？我生下来弱得不像样子。爸爸要把我扔到沟里，是妈妈抱住了我。你看，我就是这样活下来的——好像压根就不该活下来一样。不过我活下来，就要像个人一样地活！那些混乱年头里，一个身上有缺陷的人受的欺辱格外多，可就是在那时候，我夜里做梦也梦见读过的书，书中那些建立伟业的将军……妈妈常常说我：'孩子啊，你这样不好，你太能争强好胜了！'我问妈妈：人，不就是要争强好胜吗？！"

二兰子很感新奇地望着他，觉得他拗极了。她像自语似的重复着他的话："梦见……将军！"

他说着说着激动了，一下子站了起来，急急地在地上走着。那窄窄的额头上又热汗涔涔的了。他昂头看着二兰子说："做人就是要讲究这个，怎么我们非得割一辈子牛草不可呢？我们不行吗？我们都行！割牛草行，干别的，也保管行咧！"

二兰子手里握着一束草叶，一边编弄着一边笑吟吟地说："你行哩，咱不行，咱连个字儿也不识。咱割牛草，割到找婆家……"

小罗锅听了，猛地转过身来，直直地仰脸望着她，那神情里有惊愕、有惋惜，甚至还有不能抑止的愤怒。他就这样望了一会儿，那声音突然变得嘶哑了，低低地呼喊着："你不行吗？哎哟，你十九岁活灵灵，怎么能不行？！听你那嗓子，你能唱戏哩！瞧，你那眼，大双眼；那眉毛，又尖又细又长啊！你那身条儿，啧啧，走起路来……哎哎！你怎么？！你平常不知道照镜子、照大镜子吗？"他说着，两个按在膝盖上的手掌微微抖动。突然，他又看到了什么，一把夺过了二兰子手里正编弄着的那个东西，放眼前细细地瞅，那略微有些下陷的眼睛越瞪越大。他看着看着，"呀呀"地喊了起来："看哪看哪！这就是你刚刚儿——一忽儿编出来的吗？哎哟,多好的一头小草马呀！你多能,多巧啊！简直能当'编

282

匠'哩！你就不知道看看你自己！你还说不行，你干什么都行——你看我——再看你——你怎么还说不行呢？！"

小罗锅急切切地望着二兰子，激动得不知怎么才好，那下颏骨不停地颤动，一双手在腿上使劲地摩擦了两下，又转身在地上急急地走动起来。

二兰子惊住了！她呆呆地望着他，一动不动地望着。望着望着，突然她肩膀一抖，不出声地哭了！

泪水顺着脸颊流下来，晶亮晶亮的。她伸手抹了一下，那泪水越发涌得快了。最后，她竟"呜呜"地哭出了声音，使小罗锅吃了一惊。

"二兰子……"小罗锅叫着。

二兰子就像没有听到，只是哭着。

"你怎么不吱声儿呢？"

"呜呜……"她哭着，两手捂在脸上，使劲儿摇了摇头……她今年十九岁了，十九年来，有谁这么看重过她、为她激动成这样呀？没有！谁都没觉得她一辈子割牛草有什么不好。她仿佛一瞬间又看到了那个破了半边的菜篮子，带着一截铁链的牛缰绳，还有那十九年里踏烂了的、至今还没舍得扔掉的大大小小的粗布鞋子……她哭啊哭啊，泪水把花衫儿都打湿了。

小罗锅紧紧盯着她那抽动的肩头，这会儿终于明白了她在哭什么！

二兰子抹着眼角的泪花问："我除了割牛草，干别的能行吗？"

"行！人若有志气，铁杵磨成针……"小罗锅非常肯定地回答……

停了好一会儿，他们才稍微平静一些。

灿烂的阳光照耀着林子，那树干，那草地，一切都抹上了一层银样的东西。到处都在闪光啊。树林子到了喧闹的时候：风声、鸟声、远方的人声……小罗锅大概激动之后变得疲劳了，又斜躺在了草捆上。阳光透过头上的枝叶落在了他的脸上。他这时喃喃的、怀着无限的柔情，用一种最美的男中音说：

"二兰子，你听咧！你听咧！你听这大林子里多热闹啊！风在吹箫，树叶儿奏琴，小鸟在歌唱……你就不觉得这是一曲挺好的交响乐吗？当我割完牛草的时候，当我学累了休息的时候，我常常爱一个人在林子里，默默地闭上眼睛听哩。我在听什么呢？我是在听这世上各种各样的音儿，我常常想：一个人，难的是不断地看准他自己。我们就不该给这林子添上一种声音吗？我们也有自己的嗓子，我们怎么就不该喊出自己的声音来呢？"

二兰子一边看着绿色的林子，一边听着甜美的画外音。她似乎是真正地听懂了，这会儿严肃地点了点头。

这天，他们谈了很久，分手时已经很晚了。小罗锅最后告诉她，他已经做好了应考的准备。

……

他们分手了，小罗锅走了五天。

五天，多漫长的五天哪，二兰子一个人割着牛草，她那么想念小罗锅，有时寂寞得厉害，就一个人站到那棵曾经给她留下极深印象的老弯榆下，望着那林梢上缠绕的乳白色的晨雾，喊几声"大刀、小刀"。每每喊完，她就觉得痛快，也觉得好笑："这么喊，可是我自己发明的！"

第六天，小罗锅来了！

他穿了一件崭新的衣服,那头发也细细地梳过……二兰子似乎并没有特别注意这一切,只兴奋地迎上前去。但他却"哎、哎"地往后退了一步。二兰子恼火地问:"你怎么结巴开了!"小罗锅挠着头:"没、没有结巴……"停了会儿,他走上前来说:"二兰子,我,我今天是……不割牛草了!"

二兰子这才注意到他今天根本就没带麻绳儿、镰刀。

停了半晌,小罗锅掏着衣兜说:"咱俩一起割草有多少天了呢?我也记不准。大概……很久了吧。我今天,想送你一件礼物……"

他费力地掏着,当一条鲜艳的纱巾从裤兜里一点点扯出来时,二兰子飞快地蹦到了一边。她惊讶地瞪大了眼睛,望着小罗锅,好像刚刚明白似地说:"哎呀,我总看你岁数比我大一截儿,没想到你在打这个鬼主意呀……俺不愿要!"

小罗锅像被击了一下,身子猛地一抖。他站在那儿,一脸虔诚地望着她,一条纱巾在手上颤动着。他语调平缓、非常激动地说:"二兰子,你多好哩!你到底有多么好,连你自己也不知道哩。你在我眼里像个水晶人儿,那么透亮,干净得没有一丝灰污气儿,我哪敢去想那些。我只是想:以后,很多很多年以后,我会想起在树林子里,送给过一个非常漂亮的姑娘一条……红纱巾……"

"俺不能要……"二兰子低下了头。

小罗锅怔怔地望着她,最后失望地坐在了地上。他一声不吭,用纱巾蒙住了脸,轻轻地摩擦着,摩擦着,最后放在膝盖上伸理平整,极其认真地叠好,重新装进兜里……他的头深深地低了下来,那刚刚还是粉

红的额角这会儿变黄了……不知过了多长时间,他站了起来,对在低头捏弄衣角的二兰子说:

"我今天来,也是跟你告别的。我考中了,明天就去厂里报到……"

二兰子的眼睛一亮:"真的?"

"真的!"

他无比友爱地望着眼前这个割草伙伴,深情地看着她,最后礼貌地点了点头,恋恋不舍地转身走去了……

二兰子直盯着他的背影,看着他消失在一片浓浓的绿色里……她一下子坐在了地上。她瞅瞅四周,觉得那么孤单、那么寂寞。不知又停了多长时间,她才从地上艰难地站起来。望着眼前踏乱的一片青草,她突然感到他是再也不会来割牛草的了,心上不由得一紧,两眼不知不觉涌上了一汪儿泪水。她知道他刚才被自己深深地伤害了,一颗心疼得发抖,这时突然想到了什么,扳开跟前的灌木,紧跑几步,带着满眼的泪水,向前放开声音喊着:

"大刀来——小刀来——"

尾间在林中回荡着,传过一片"刀、刀"的声音……他能回应吗?哦哦,他能听到吗?他走开多远了呢?

二兰子屏住了呼吸,一动不动地站在那儿。她这样等了一会儿,终于失望地转过身去——但正在她往前迈步的时候,却听到了那个由弱到强、由模糊到清晰的、从远方传来的呼喊了!啊,那是他从远远的林间送来的声音——

"大姑娘来——小姑娘来——"

二兰子欣慰地笑了。她在这喊声里抹去了泪花，随着那脸相也变得庄严了。她在想："他走了，我也该走了，但这要怎样走呢？林子里的路那么多，横一条小路，竖一条小路……"

　　那尾声悠悠不绝，无边的树林仍在鸣响。这声音扩展到了一个更广阔的世界里，起落、震荡，交织成一个力的回响，深沉、昂扬，像乐章里奏出的和声……二兰子一动不动地谛听着，抿着嘴角。她四周都是高入云天的大树、是蓬蓬勃勃的草木。她谛听着，渐渐觉得自己也溶化在一片无垠的绿色里了……

一九八二年三月于济南

夜 莺

乡村七月的夜晚,茫茫原野里一处又一处明亮的灯光,把星空都给映红了。那是什么呀?那是农民们新修筑成的一个个场院,他们在连夜打着麦子!

迎着每一处灯光走去,你都会发现一片热烈而欢快的生活。这个夜晚,是庄稼播种以来的一次大总结;人群在灿烂的灯火下、在隆隆的机器声里穿梭似的忙碌着,好像在寻找一首长长的农家诗的结尾……人们在场上做得多细致呀:脱下粒子,称一遍,扬一遍,再小心地用苦子苦起来;就连那麦草,也要堆成垛子。也就是这一个个麦草垛子,费去人们多少心思呀!垛墙儿,崭齐齐好像刀子削过;垛顶儿,披起的草把儿似一层鱼鳞。垛子或方或圆,力求美观大方,坐落在树下路边,很难说不是智慧和技艺的炫耀……

有个叫"胖手"的姑娘,特别喜欢堆垛子。

去年,打麦子的那个夜晚,就是她和一个叫"二老盘"的老汉堆的麦草。巨兽似的打麦机大口地吞食麦穗儿,一边又吐出柔软的麦草。麦草一会儿堆成了小山。人们吆喝着把一个个小山推到场院西北角那几棵大杨树下,她和二老盘就用铁叉拨弄着,堆起一个高高的麦草垛。垛子堆到一人来高的时候,开始有了弹性,一动腿脚就颤悠悠的。胖手的兴致随着垛子的增高而增高，二老盘的心情随着胖手的兴奋而兴奋，他们两人就站在高处，迎着凉凉的南风唱起来……

胖手老怀念那个夜晚。可惜这样的夜晚一年里只有几个。所以胖手非常珍惜它。这个夏天的这个夜晚终于来到了的时候，她就穿着崭新的短袖儿紫花小衫儿来到了场院。

场上，打麦机隆隆地响着，人群吵吵嚷嚷，两个人要说什么话，必须离得很近才听得清。胖手一到场上就寻找二老盘，老远地望见他蹲在场角的大杨树下，于是就跑了过去。二老盘迎着她嚷："垛草了！垛草了！"胖手笑着蹦过一堆一堆的麦草，也迎着他嚷："垛草了！垛草了！"……他们蹲在了一起。胖手附在二老盘的耳边，小着声儿说：

"咱还像去年那样啊！"

二老盘点点头："还像去年那样！"

这时候有个小伙子从旁边走过，胖手喊一声："金壮！"

他立刻在一边停住了。胖手走过去，用手比画了几下，金壮不明白。她于是压低声音说："咱还像去年那样啊！"

金壮立刻明白地点着头："还像去年那样！"

说完，两人就分手走开了。胖手又回到了二老盘跟前。……打麦机响着，麦秸不断从后尾吐出来，人们呼喊着号子，往积起的麦秸上插着叉子，套上绳索向场角里拉。胖手和二老盘需要等麦草积得多起来才好动手做垛基。胖手儿这时候空闲着，轻松得很，乐得合不拢嘴。她抱着个亮闪闪的铁叉，故意跑到明晃晃的电灯底下玩儿。

胖手儿今晚的头发显得特别亮、特别黑。别人怎么也想不到：她为了晚上来打麦子，白天刚刚洗过。她这会儿站在灯下，脸上显得红扑扑的。一双黑亮的眼睛东看一看，西看一看，长长的睫毛眨动着，好像看着什么都新奇。她刚刚十九岁呀，那神情里还有几分童年的傻气。她比一般姑娘要胖，从短袖衫儿里露出的那对圆鼓鼓的胳膊，特别逗人发笑……这时候她挂着铁叉，好奇地瞅着打麦机出米口上的小布口袋甩动，每甩动一下，她嘴里就"咦、咦"地喊着，老在笑。

几个媳妇管着装袋子，这时候看到胖手站在一边，就欢喜地过来摩挲她。她使劲缩着脖子，笑着，谁动她重一些，她就偎在了谁的怀里。有的说："胖手这双眉毛好！"有的说："胖手后脖子上的肉一团一团的！"……胖手全不搭茬儿。等人家不作声了，她却把嘴唇使劲缩起来，用手指指两边说："看到了吧？"

几个媳妇一齐看着，终于发现她嘴角下边一点各有一个小肉窝儿……大家笑了起来。

胖手又玩了一会儿，向着场角的大杨树那儿跑去了。

他们开始贴着杨树打起垛基。垛基打得好大呀，足有两座房子的底座儿那么大。二老盘说："大一些不妨，今年的麦子好，总得大一些的。到时候尖不起顶来，再抽四周！……"

由于垛基打得很大，两个堆草的人站在上面显得很轻松。下边的人将一堆一堆的麦草甩上来，胖手和二老盘只用铁叉轻轻拨弄几下就行了。垛子越高，垛下的人往上甩草就越不容易，站在垛子上拢草的人也就越松闲。胖手对二老盘说："咱一点也不累啊！"二老盘说："一点也不累。就是不能抽烟。"胖手儿说："抽烟有什么好？我就不抽的。"二老盘说："你懂什么。"胖手儿听了不高兴了，一个人离远一些拨开了草。……垛子慢慢高起来，胖手儿站在高高的垛子上，望着一场院灯火，一场院忙碌的人群，突然想起了什么。她凑近二老盘说："像开大会似的，咱俩在'台子'上了，像两个大干部！"二老盘说："我像，你不像，你不够稳重。"胖手又不高兴了。

一阵阵风儿吹过来，味道怪好闻的。胖手知道这味儿是怎么来的。场院的东南角上是个大菜园子，那儿有赤红的西红柿、有一条一条顺在架子上的嫩黄瓜；场院的西南角上，是个大果园，那里面有早熟的杏儿、有已经好吃了的大苹果……胖手儿想象着那些瓜果的模样儿，心里痒丝丝的。她突然喊了二老盘一声，说："你还不去抽烟吗？"

二老盘插了叉子，顺着一棵杨树滑下了垛子，到一个安全地方抽烟去了。

胖手儿立刻跑到垛角的另一棵杨树跟前往下看着。下面背灯，漆黑一团，什么也望不到。她看了一会儿，又喊了几声什么，最后失望地举着铁叉走开了……她拢着草，奋力地将大草团往垛子的中心扔，一扔就扔开好远。她不愧长了双粗粗的胳膊。扔了一会儿，她刚要伸手擦额头上的汗，突然听到了垛角那儿有树枝折断的声音。她想喊什么，那杨树上却跳下一个人来——是金壮。他跑到垛子中心，一仰身子躺倒了。胖手插了叉子，也靠着他躺了下来。她问："弄了多少？"金壮从衣兜里摸出几根黄瓜："嫩生生的，管你饱！"……

他们躺在软软的垛子中心，那草都要把他们包起来了。两人"咔嚓、咔嚓"地咬着黄瓜，仰脸儿望着天上的星星。金壮说："月黑头，看菜园的老同志一点也发现不了。我们几个贴着地皮的草往前摸，摸到一个就装进兜里……"胖手儿笑了。金壮问她笑什么？她说："笑你巧嘴儿，连人家的瓜都偷来了，还叫人'老同志'呢！"金壮也笑了。胖手儿又说："听你吃黄瓜的声音，猪似的。"金壮答一句："你也一样。"说到这里他不作声了，从草窝里探出头来四下望望，又重新躺下说："垛子这么大哟，我看像一张老大老大的床。"胖手儿不作声。他又说："就咱俩躺在床上……"胖手儿还不作声。他伸手抓过她的胳膊，放在眼前看着说："真是一个'胖手儿'呀！……"说着把这只手送到自己头下枕了，在暗影里盯着她闪闪发亮的大眼睛说：

"以后咱俩就好起来吧！"

胖手儿抽出胳膊，一翻身坐起来说："不好。"

金壮也坐起来："偷给你多少黄瓜吃呀，还不好！"

"吃了黄瓜就得好吗？谁还敢再吃！"

金壮失望地躺下了。胖手儿也躺了下来。她不满地咕哝说："去年也没这么多毛病，真是的！"……

金壮又躺了一会儿就走了。二老盘攀着杨树重新登上了垛子。老头子抽足了烟，精神头儿比刚才大了几倍。他一上来就喊："嘀呀，垛子立刻就这么高了吗？"

胖手儿说："可不是就这么高了。"

他们用着劲儿将边沿积下的麦草往中间铺展着。高高的麦垛又长出了新的一截儿。胖手儿用脚使劲跺了一下，那垛子的周身立刻颤动起来。她乐得笑了，说："能行了！"

二老盘也用脚使劲跺一下，重复说："能行了！"

胖手儿不做活了，插了叉子，在宽宽的垛子上跑动起来。她一会儿倒立，一会儿翻一个跟头。那垛子弹动着身子，使她觉得特别舒服、特别有趣。麦草被打麦机的钢铁牙齿咀嚼过，这会儿变得极为柔软，就像一片细丝绒儿似的。胖手儿玩累了，就平展展地仰躺在上面。她觉得全世界上，再也找不到比这个更大、比这个更让人舒服的卧床了。那麦草垫着她的紫花衣服，小草梗梗轻轻地动着，发出"吱吱呀呀"的声音。她就用力将身子提起来、再落下，让那"吱呀"声使劲儿响起来，让那个大弹簧床将她高高地弹起来！……正玩着，突然杨树上有只鸟儿叫了一声，那声音脆得悦耳，胖手儿立刻不动了。鸟儿一声接一声地唱着，别提有多么动听！"哎呀，哎呀，你个巧嘴儿，你是怎么叫的呀！"她在心里说着，惊讶地坐了起来，不转睛地望那棵杨树。听着听着，她自己的嗓子也痒了起来。

平常的日子里，胖手儿在田里老想唱歌。可她一唱，所有的人就全都停了手里的活儿盯着她看。有的还嚷："听呀，胖手儿练着当'戏子'啦！……"弄得她怪不好意思的，脸色比红绸布还红。其实她会好多歌儿，有旧的，有新的，她全给积攒在一块儿。每学会一段她就记住它，新新旧旧都记在心里，就像装在一个小布口袋里。小布口袋如今鼓胀胀的，她要往外倒了。高高的垛子像个戏台，只是下边的人瞧也瞧不到，听也听不清，胖手儿就尽兴地唱了起来，还伸出手比画着。

二老盘坐在一边看着，有滋有味的。他喜好了一辈子戏，一辈子也没捞到机会扮个角色。有一次村子里演小戏，他偷偷找到管事的，好歹央求才被应允做个"兵丁",只需描画一下,扎块红布,到时候呼喊着从台上过一次。但就连这也被老婆知道了,给骂了回来。可他一颗爱文艺的心永远也不会死去,一有机会就兴奋地搏动起来。这会儿,他看到胖手儿唱着跳着,自己也坐不安稳了。他站了起来,踏着颤颤悠悠的垛子走到胖手跟前,说:"有一出戏,是这样比画的……"

胖手儿感到新奇地瞅着二老盘那只往后跷起的脚,说:"这算什么?"

"算什么?嘿嘿!"二老盘不屑一顾地瞥她一眼说:"武松出场才能这样。"

胖手儿说:"武松就赤着手呀?"

二老盘也不应声,回身抓起那柄铁叉,当空舞了起来。他舞了一会儿,喘息得很厉害,头上也流了汗,这才不得不停下来。他一边抹汗一边说:"你看,要不说演戏也不容易呢——比垛草还累!"……

他们就这样在高高的垛子上比画着、唱着,嗓门越来越高。亏得场子上机器轰鸣,人声嘈杂,下面的人才发现不了……正唱着,一转身看到垛子边沿上又积起了一溜儿麦草,两人这才不得不去拨拢草了……他们一边拨拢着草,一边还是想着唱歌的事。二老盘说:"天热口渴,有个大西瓜吃就好了!"说着说着,竟又胡乱编排着唱起来:"热天里老汉馋西瓜,可惜这嘴里没有牙……"胖手儿接着茬儿唱道:"没有牙哎没有牙,我给你把瓜切成碎渣渣!……"

胖手儿唱着,使劲儿地拨着麦草。在她用力将一个草团甩去的时候,突然从里面掉出了一个脱把儿的叉头,那叉尖尖从她的脚面上"喳"一下飞了开去……胖手儿捡起叉头来,吓得心里噗噗跳着。但也只一会儿,她又笑了起来,嘴里唱着:"危险危险真危险,差点把脚给叉成两半!……"二老盘又接上唱:"叉成了两半还不算完,回家至少要养半年……"

胖手儿笑得坐在了垛子上。她嘴里嚷着:"哎呀,笑死俺了,俺不会干活儿了……"

正巧这时候打麦机停止了转动,原来是休息的时候到了。场子上立刻静了下来,那灯光好像也比刚才亮得多了。光亮亮的大场院上,那金灿灿的麦粒儿已经堆成了小山。大人们揩着汗,小孩子们满场里跑着……

胖手儿和二老盘坐在了垛子的边沿上,看着满场院的景致。胖手儿突然想起了那只鸟儿,就指指杨树问:"你刚才听到它叫了吗?"二老盘眯起眼:"不就是那只'夜嗒子'(即"树莺")吗?"胖手儿点点头。二老盘接上说:"听到了,也看到了——它又唱又跳,在垛子上翻跟头呢!……""哎哎哎哎!"胖手儿吐一下舌头,朝他蹙蹙鼻子,不作声了。停了会儿,她又指指麦粒儿说:"这就叫'丰收'。"二老盘依旧眯着眼:"那还用看麦粒吗?堆垛子的有数——麦秸多,麦粒就多。瞧这大麦草垛子吧!"

场子上的人都坐了下来,聚在一起说着什么。有一个十八九岁的男青年,一个人倚在靠路口的柳树上,皱着眉头站着。这会儿坐在高处的胖手儿和二老盘都望见了他。

二老盘说:"那不是二环吗?像是在生病……"

胖手儿说:"人家上大学后改成'刘翰林'了!他学校放暑假,今夜大概来替他妈做夜班来了。"

"可不是病了吗?"二老盘站起来端量着。

胖手儿说:"我看看去!"说着,就跑到垛角的大杨树上,顺着攀下垛子来。

刘翰林默默地站在树下,叫他都听不见。胖手儿就生气地推了他一下:"二环!真病了吗?"

刘翰林一愣,然后笑了:"是胖手儿呀!吓我一跳……病什么,我在考虑问题呢。"

胖手儿不信:"来场上干活还考虑吗?"

"考虑的。"刘翰林点点头,问:"你找我有事吗?"

"能有什么事呢!"胖手儿笑了。她蹲在了柳树下,捡着折掉的柳叶儿玩。停了一会儿,她问:"你上'大学','大学'老大吗?比这大场院大吗?"

刘翰林笑了。他眼睛只望着天上的星星,说:"那自然很大哩。场院?上操的地方也比这场院大!"

"哎呀!"胖手儿不知在惊讶还是在感叹,又喊了一声:"哎呀!"

"不信么?"刘翰林问一句。

"俺敢不信呀?"胖手儿把捡来的柳叶儿满天里一扬,看着它们在半空里飘舞……她又问:"大学里学些什么呢?都铁难("铁难"——方言,"极难"的意思)吗?"

"铁难!"大学生说,"有老古时候的课文。'知之为知之不知为不知是知也'——听听,谁懂呢?"

"啧啧!"胖手儿望着二环,说:"还懂哩,都跟外国话似的!"

"外国的,"大学生又说,"外国的,别林斯基,车尔尼雪夫斯基;

哦哦，有一本书：铁难！铁难！上面讲：'美是生活'！……"

"'美是生活'——怪好听的，比'斯基斯基'的好听。"胖手儿笑眯眯地望着他。她现在已经十二分佩服二环了。她心里想：二环哩，你能啊！你真好家伙啊！你就能说那么多一串一串的话，让人听了又不懂又好受，你就咋学的哩？……她心里一阵高兴，伸出两只胖胖的手儿，一下子拉住了二环的胳膊。二环一愣，不无惊慌地问："怎么咧？"

"上垛！"她伸手指着场角那高高的大麦草垛，说："是我和二老盘堆起来的，老高老高，上面可好玩儿了。你站在上面，脚一跺，整个垛子都颤动——然后你再闭上眼，觉得跟坐在一片云彩上了哩……"

"那有什么意思！"刘翰林把手挣回来。

"俺在上面'跳舞'！"胖手儿一急，说出了一个秘密。她羞得立刻把嘴闭上了。她想如果二老盘这会儿听到了，一准会使劲儿责备她的。这是她和二老盘两个人的秘密呀。

刘翰林却没有听明白，说了句："什么呀！"然后就转过了身子……胖手儿在心里庆幸他没有听懂，一边挪步一边说："不去算！不去算！……"她一个人向着高高的垛子跑去了。

二老盘在等她。

她见了二老盘，第一句话就说："他没病！"

"没病好。我就怕满庄里出个大学生，再给弄病了什么的。"二老盘说着，放心地往垛子中心挪一挪身子，一仰脸儿躺了下去。

胖手儿也躺了下来。她望着一天晶亮晶亮的星星，突然笑了起来。

二老盘问她笑什么，她说："笑二环，告诉我那么多新鲜事儿，可有意思了。"

二老盘在草窝里拉着长声儿问："什么新鲜事儿呀？"

胖手儿笑着说："都忘了，不记得了……"

"没脑性！"二老盘失望地责备一声。

"我就想起来一句。"

"什么哩？"

"'美是生活'……"

二老盘翻了一下身，咕哝说："噢噢，'美滋滋生活'，那样可是好哩……"

胖手儿笑得喘不上气儿。二老盘问："你笑什么？"胖手儿坐到他跟前，对在他耳朵上，一字一顿告诉他：

"'美、是、生、活'！"

"噢噢！"二老盘似懂非懂，不作声了。

躺了一会儿，他们从垛子上站了起来。胖手儿往旁边一走，"扑哧"一声给什么绊倒了。她要说什么，草窝里钻出个人来——是金壮。

胖手儿推他一下："你什么时候一个人摸上来了？特务似的！"

金壮神秘地冲她笑笑："你刚才和二老盘说的什么，我全听到了。"

胖手儿不信："你能听到什么！"

"'美、是、生、活'——对吧？"

胖手儿不吱声了。金壮得意地望着她，到了杨树跟前，开始往下攀滑了。胖手儿盯着树干上那团黑乎乎的影子说："你听到了呗！你听到了呗！又不是怕人的……"

月儿慢慢升起来了，呵，圆圆的一轮，多新、多亮。树梢儿在微风中轻轻摇着，摇着，把空气中麦粒的香味，果子的香味，一齐拂动过来。不知为什么，胖手儿这时候又想到了杨树上的那只鸟儿——它怎么不叫了呢？它被这机器声吵飞了吗？她多想再听一下它那脆生生的声音啊……月光和灯光交织在一起，把个大场院照得明晃晃的。地上，每一个麦穗儿都闪着亮儿……休息时间就要过去了，场子上的人群又活动起来了，身穿白帆布工作服的司机手在机器旁边活动着，他要开动这架巨大的机器了。

　　胖手儿使劲儿地、大口地呼吸着香甜的空气，用力地颤动着脚下的垛子，心里兴奋极了。她在心里琢磨着听来的那句话，虽然不甚明白，但觉得又奇特又好听……正在她想着这些的时候，突然不远处一只鸟儿又叫了起来！啊，它没有飞走，它仍在大杨树上唱哩！胖手儿老觉得它在唱给自己听，等着和她对歌。要对歌吗？她迎着铺满灯光和月光的场子，一阵冲动，禁不住甜甜地喊了一声。

　　她第一次听出自己的嗓子原来这么美的！她在呼喊吗？不，她觉得她在唱歌，唱一首刚刚学会的歌……

　　人们都在这声新鲜的呼喊里仰起头来。他们的目光一齐望向高高的麦草垛，望着垛子上的胖手儿、二老盘。……正这时，突然人群里也有人像她那样喊了一句，一字不差。

　　人们转身一找，看到了两腮涨得赤红的金壮。他在向着草垛子呼喊。

　　胖手儿站在高处，笑微微地望着他，又专为他喊了一句。场上静了下来，一霎时，空中只有这一种声音在应答着……

月色，灯光，人声，机鸣……夏夜里，那只鸟儿又开始尽情地欢唱了。歌声里，一切都在迎接着崭新的黎明……

一九八二年六月于青岛

紫色眉豆花

每人做事都有自己的风格。老亮头分工管菜园,总爱把眉豆架搭得高高的。

有个叫"小疤"的姑娘和他一块儿管菜园。

他们在架子下进进出出,脸上总是汗津津的。小疤穿了件好看的花衣服,上面染着一道道眉豆叶儿的绿色。她手上沾了什么,常常往裤子上擦两下。原来她穿了条粗布裤子。

河边姑娘讲究穿戴,主要是讲究上衣。很好的衣服,很差的裤子,从来没人觉得搭配不得当。小疤上菜园来是特意打扮过的。

她很漂亮。名字叫"小疤",其实细润光洁,谁也找不出一个"疤"来。这原是一种谦虚。在芦青河两岸,凡是叫"丑妞""黑孩""傻二丫"之类的,没有一个不是伶俐秀气的。

七月间,夜晚也不凉快。小疤吃了饭就回菜园来了。老亮头没有老伴,只有两个儿子,一个在外地读书,一个当兵。他一个人不愿守着空空的房子,就在菜园里搭了个铺子。铺子搭得别出心裁:竖起四根高高的木柱,木柱上端扎个草铺。上下要踏木梯,他管这叫"草楼铺"。草楼铺上,夜晚迎着南风,别提有多么凉爽。

老亮头听到木梯吱嘎吱嘎响,就知道是小疤来了。他喊一声:"小疤吗？"

小疤一边上，一边应声："是呀！"

一支艾草火绳握在老亮头手里，冒着长长的烟，烟味儿怪香的。小疤上了草楼铺，故意向着冒烟的地方，将鼻子蹙起来吸一下。老亮头的烟锅在黑影里一明一暗，映出一张黑黝黝的脸。他老也不说话，只望着天边那几颗星星。有几个小虫虫飞过来，在脸前绕了几个圈子，又向远处飞去了。小疤问："你闻不见吗？"

"闻见什么呢？"老亮头咬住烟锅问。

"香味呀，眉豆花的，一阵一阵的。"

"一阵一阵的，我闻不见。"

老亮头磕了烟灰。他把身子倚在一侧的木柱上，疲倦地伸开一条腿。风吹过来，小疤快活地动了一下身子，使草楼铺整个地颤动了一下。老亮头瞅她一眼，依旧向天边的星星望去。停了一会儿，问道："你望不见吗？"

"望见什么呢？"小疤不解地问。

"南边的山哪，墨黑的那一长溜儿……"

"一长溜儿，我望不见。"

老亮头不作声了。

小疤低下头，两手捏弄着衣襟儿。她望老亮头一眼，突然声音低低地说："小来来走了半年多，我怪想他的……"

——小来来，老亮头的小儿子，一个中专生。

"刚走了几个月嘛，调皮东西。想他干吗！"老亮头用手揉揉胡子，粗声粗气地说。

小疤笑了:"那是因为他刚走。那走了好久的,你想不?"

老亮头没有回应,眼睛一直望着南面的星空,自语似的说:"他们的部队在南山里开洞。这阵儿老不来信……"

"你在说春林吗?"

"还有谁!"

小疤喃喃地:"开山洞……用凿子啊?"

"炸药,铁锤,少不了也用凿子的……"

"什么时候能凿成一个山洞啊?一凿一凿的……"

"凿得成!就是一凿一凿的……"老亮头回身摊开那双被眉豆叶儿染成墨绿色的老茧手,"都是年轻人,性情拗,像春林一样,你想凿不成吗?"

"春林性情拗呀?"小疤仰起脸儿,笑眯眯地问。

老亮头不作声。他重新吹旺了火绳,点起那个烟锅儿吸起来,偏偏不说"拗"不"拗"的事儿。他大仰着脸儿,像回忆一段幸福的往事:"这个孩子,八岁了还没有'腰'……"

小疤不解地仰起脸来。

"没有'腰'——全身一般粗,桶子砘一样。你说壮吧?我对他妈妈说:这孩子有筋有骨。"

小疤笑了:"谁能没筋没骨呀!"

"哼,有的就是有筋无骨——软货一个……"老亮头看她一眼,接着说,"春林长到十岁,能担两块黄豆饼,扭扭扎扎送到烟田里……"

"扭扭扎扎"四个字逗乐了小疤。她把脸捂在手里，不出声地笑着。她想象着一个十岁的男孩儿，眉梢儿尖尖的，像女孩儿一样；头发黑黑的，贴紧在圆乎乎的小脑壳上；挑起东西来膀头儿一扛，一顶，耸两下扁担，然后一步一步向烟田里走去；太阳晒黑了的小腿鼓着肌肉，硬硬地抵住地面，脚，深深地陷了进去……小疤抬起头来，"吃吃"笑着问：

"他那时候有'腰'了吧？"

"有'腰'了。十岁，小伙子的身架长成了。"他使劲吸了一口烟，又吐掉，"不过，也越来越拗了。"……老亮头说着把脸转了过来，使小疤看到了一双突然变得发亮的眼睛。

"还记得那年芦青河涨水吗？"

"哪年呢？"

"你十几岁那年，就是棒子熟了掰不回来那年，门板儿不是让水漂走了吗？那会儿你该记事了，你想想。"

小疤用力地想着，终于点点头："记得，涨水了，水漫上堤来，红薯秧儿全泡了……"

老亮头笑了："三天三夜才撤水，洼地上蹦鱼，最长的半尺。家家都蒸鱼，鲜味儿走在街上都嗅得见。你也吃过。"

小疤笑着摇摇头。她大约真的不记得了。

老亮头接着说："就在撤水后的第三天，我的儿子——就是春林哪，出了个事，差点儿没把我吓死。……"

"到底什么事呢？"小疤惊奇地问。

老亮头手里捏弄着那杆烟斗。他把一直伸着的那条腿搭到铺沿上，又探头看看在夜色里变得十分模糊的眉豆架儿……几只小鸟轻轻地叫了几声,听声音它们是落在了架子上。老亮头看了一会儿夜色,重新把身子倚紧了铺柱子,继续说下去:

"那年——就是芦青河涨水那年,我包种了一片西瓜。也亏了种在一片沙顶子上,总算没被水淹掉。那西瓜也真对得起我,个个长得像米斗……你知道不,人的法儿有时真是逼出来的……

"瓜田四周尽柳行子,那些馋嘴小子成心气我,成天站在柳行里朝瓜田里嚷:'喂,吃个瓜吧?'我说:'吃瓜瓜不熟!'他们又嚷:'那就给口水喝吧,心里渴得慌。'我说:'喝水水不开!'……

"我搭了高高的草楼铺,喏,和咱坐的这个一模一样。人在高处,风凉爽快,有动静,一眼就看清了,一大片西瓜就像摆在前怀里一样……这回你该知道,为什么我就愿搭草楼铺:这法儿是早些年逼出来的……"

老亮头说到这儿打了个哈欠,又重复一句:"法儿是逼出来的……"

他说着探出身子望了望,回过身来的时候,咕哝一句:"月亮出来了。"

"出来了……"小疤也看到了那个黄黄的半圆。

"回去歇着吧,天不早了哩……"

小疤很不高兴:"后来呢?"

"后来——后来,哎,天真的不早了哩……"

小疤走下草楼铺的时候有些失望。她没有听到什么故事。可是想到她不久就会知道春林一段有趣的事,心里还是高兴起来。

这个晚上,她睡得很甜。

天亮了,她又到眉豆架下了。露水珠溅到眼上、眉梢上,凉凉的。

太阳快要升起来，霞光穿过眉豆的藤蔓，落在小疤的脸和脖子上，落在她裸露的胳膊和脚上，染上一块块美丽的红斑点。小疤觉得有趣，她伸手去捏、去搓，去轻轻地抚摸这些红斑点，老想笑。……老亮头就在一旁的架子下忙活着，不知怎么很有兴致，嘴里不闲。他说："……做什么事都得有个好帮手。早些时种山芋、南瓜，搭葫芦架，我都让春林做帮手。他总知道你要做什么，撒籽儿，浸水，递绳头儿……有事儿我也和他商议：种子下这么深嘛，这架儿搭这么高嘛，……哎哎，做什么事都得有个好帮手啊……"

小疤故意板着脸："你只记着春林、春林！春林不是在南山里吗？你叫他回来做帮手吧！"

老亮头这才不作声。

小疤又说："你怎么就不提小来来呢？就记得春林！小来来知道了要说你偏心眼……"

老亮头咕哝着说："春林走了三年了，从没断过信。可这一个多月我没收到他一个字……"

小疤立刻变哑了……

她用力地做着活儿，做得飞快，一会儿就甩下了老亮头，一个人做到前边去了……眉豆地里真静呀，她寻个干净的土埂，默默地坐下。紫色的眉豆花一串串从头顶垂吊下来，好看极了，她伸手将一串花儿拿到脸前，嗅着，嗅到了一丝儿清香……她突然记起了自己家的小屋——那小屋孤零零的，离开村子老远，盖在一片林子的边上，很多年以前，那小屋门口的篱笆上就爬满了眉豆蔓儿，开一片紫云似的眉豆花……

那时候，晚饭后，她总要趁着一片霞光到眉豆蔓儿上捉蝈蝈。她伸手在蔓儿上轻轻地捏，捏个绿色大蝈蝈，捏进手心，捏进笼里。有时她的手指反被别的什么给捏住了，她一笑，篱笆后头就有人探出头来——一个男孩儿，眼眉粗粗的，像眉豆角儿……

她总嘲笑地喊他"楞冲"。她和这个"楞冲"一块儿长大，在河里逮鱼，林子里捕鸟；他们一起采黄豆芽儿、拔起一整篮的野菜……夏天，他们割草割累了，就带着一身的泥汗跑到河边上。小疤捧起河水洗着脖子、脸，洗着挽起衣袖的胳膊；"楞冲"却三两下脱净了衣服，只穿一个裤头儿，"扑咚"一声跳到河里……他上了岸，身上挂满了水珠儿，那周身的肌肤和水珠一块儿闪着光亮。有一次，小疤怔怔地看着他擦水，第一次觉得他这么魁梧、强壮，是个漂亮的大小伙子！她的心噗噗地跳着……

做在后头的老亮头走过来了。小疤的脸红了起来，她赶紧收回思绪，从地上站起。她把手插到了一绺眉豆叶儿里，拽下了一个胖胖的豆角……

整整一天，她都觉得那阳光从眉豆架儿里泻出来，总在照她的眼，耀得她都没法做活啦。这使她总去联想"楞冲"跳进去游泳的那条河，河里闪动的一片光斑，他身上那些明亮的水珠儿……

"昨晚我说到哪里了？对，我说我搭了个草楼铺……"老亮头依旧倚在铺柱上，在小疤的催问下，眯着眼睛说下去。他手里的火绳在南风里明一阵暗一阵，他的声音也低一阵高一阵：

"我做的是看西瓜的营生，得罪的人可真不少。我想：黑夜里出门，没准儿被谁捆走揍一顿呢！……没想到，后来出事的倒是春林……"

小疤屏住呼吸听着。

"有一天，我正在草铺上睡觉，突然被吵醒了。往下一看，老天，一帮孩子赤条条的，头发都是湿的，望着我哭、喊……我一看就知道他们在河里洗澡来的，马上想到了春林，头'嗡'的一下响起来。我问：'春林呢？没和你们一块上岸吗？'他们搓着眼：'春林，没有，他淹死了……'"

老亮头说到这儿蹲起来："我一急，不知怎么就下了铺子，不顾一切地跑呀。到了河边一看，只剩下一河筒子水了，那浪头卷起来比屋檐高……我知道完了，腿一软瘫在了岸上，两手里攥满了沙子。……"

"真的淹死了吗？"小疤站起来喊了一声。

"真的淹死了，他今天还能凿山洞吗？"

小疤醒悟地坐下来，不好意思地垂下眼睑。

老亮头接上说："我快要吓死过去，那小子倒笑着从我身后走来了，手里还拧着一件湿淋淋的短裤！我跳起来抱住了他，心想这一定是天上掉下来的孩子啦，再不就是梦……你猜也猜不到——他原来一个人离开伙伴游进去，游到河心，看到河对岸的野椿树了，就鼓着劲儿游了过去，然后，这不，返了回来！……我怎么也不信他能在这样的大浪里游个来回，可我又不能不信，小疤！……"

老亮头点上了烟锅："我惊得说不出话，他还笑。……从那会儿我就知道了两样事儿：一样，这孩子水性特别好；二样，这孩子胆量特别大。"

小疤扭着手掌，得意地看着他。她问："就这么个故事吗？"

"嗯。不。我要说后来……后来，你知道后来我不看西瓜了，去护老林子，对付那帮子偷木贼去了。那会儿离开造反的时候没有几年，乱得够劲儿，胆大贼也特别多。我打过猎，会使猎枪——可你总不能见了贼就开一枪呀，要犯人命的。"老亮头说到这儿摇摇头："我这个人就是心软，到时候下不得手的。可人家下得手。有人几次捎话儿给我听，让我到时候'让让方便''当心这把老骨头'——你听这是什么话……"

"春林也跟你去护林子吗？"小疤明知故问。

"他还能不去吗？我跟你讲过：我干什么都愿让春林做个帮手。……也许我不该什么事都牵上他。这使他吃了不少苦头。有时回想起来也真后悔……"

老亮头眼望着黑漆漆的夜色，声音渐渐变得沉重了。

"一个黑夜，天下着大雨，芦青河水呜噜噜地响着。林子里，风搅弄着树叶，多么古怪的声音都有。到处是折断的树枝、枯树，加上漆黑一团，胆小的人不敢在里面走。可我还是背上猎枪出去了。因为一批割好的柳木刚在河边垛起，不久就要运往龙口煤矿。这是个大宗货，难说就没有人打它的主意……"

他说着，底下传来几声响动。连小疤也听到了。

老亮头煞住话头，一边摸着鞋子一边往木梯跟前走，嘴里小声说："有人以为那是黄瓜地，黑影里想摸黄瓜吃呢！"

小疤也跟他下了草楼铺。

老亮头一着地就嚷："喂——饶了我的眉豆吧，那不是黄瓜哟！"

先是一片寂静。接着，几个黑影蹿出来，箭一般向旁边跑去了……

"这帮淘气的东西！哈哈……"老亮头哈哈大笑起来。

他们没有再上草楼铺。老亮头在地里转着，要看看架子给踢塌了没有。小疤倚在田边一棵青杨树上，大口地呼吸着清香的空气。她仰脸望一下，只见那伞一般的树冠，枝叶儿缝隙里露出了星星，一颗、两颗……她在心里数着。数着星星，她不由得又记起了林边小屋那爬满了眉豆花的篱笆，篱笆后头那棵大青杨树。那些个晚上，她不就是这样数着星星，静静地待在树下吗？

"楞冲"到老林子里去，每天傍晚总要路过这棵青杨树。他们都贴着大树站着，把手背在身后，压在树干上。"楞冲"说："真香，你总往脸上搽些什么？"她委屈地说："不是眉豆花的味儿吗？"……有一次，"楞冲"说："你家这棵树长得也真快，转眼这么粗了！"她说："你抱不过来……""楞冲"伸开那双强健的胳膊，连她和树干一块儿抱住了，高兴地大声嚷着："不能吗？不能吗？"她生气了："能就能呗，喊个什么！"……"楞冲"就再也不敢出声了……

有一个傍晚，天阴得厉害。不一会儿，那雨就下了起来。小疤心想，他今夜不会路过这儿了。可正在她这样想着的时候，有人在急促地叩着窗棂——啊，正是"楞冲"！他伏在窗前，脸色就像这晚的天空一样阴沉。他连声呼唤："小疤！小疤！……"她赶忙奔了过去。"楞冲"说："快！快！去一趟镇子，找……"说着，塞进来一个纸头，转身向雨雾中跑去……

小疤呆住了！接着，她奔出了屋子，拦住他问："出了什么事吗？"

"楞冲"点点头。

"不要紧吧？"

"谁知道！也许……""楞冲"咬了咬牙，"也许你会害怕的，可你不准哭！……"

小疤吓得马上哭了起来。但她立刻擦去了眼泪，"嗯"了一声。

"楞冲"轻轻地、但分明是命令说：

"去吧。"

小疤回头向着镇子的方向跑去了……

她跑去了，几乎是一口气跑完这十几里路程的……直到今夜，她站在这棵大青杨树下，还依稀听见自己当年踏水的脚步声……

"踩倒了两截儿眉豆架！"

老亮头往这边走过来，离得老远就喊着说。他坐在裸露出地面的一块粗树根上，用手拧着被露水湿透的裤脚说："夜里的露真大，进了眉豆地，简直像挨了雨淋……"

"像一场雨……"小疤此刻耳朵里好像全是雨的声音。

"哦，"老亮头在摸索着烟锅，"刚才的话头搁到哪儿去了？嗯嗯，我说我背着猎枪，冒着大雨出去了？……"

小疤点点头。

老亮头吹吹烟锅，说下去："也真亏了出去一趟！拐出一片柞树林子，河水离得近了，声音震着耳朵。可是我从这里面听出有'咔当、咔当'砸木头的声音！我就赶紧跑了起来——老天！一岭子柳木在河边被粗缆编成几个排子，五六个黑影儿在河边上忙活着……我真的遇上了偷木贼！

"我吆喝了一声：'哪里跑！'不想那些人毫不害怕，还笑嘻嘻地围了上来。其中一个端量着我说：'噢，护林老头啊。正好你来了……'他让人把我的枪下了，然后坐下跟我说话儿。他让我帮忙把排子送到下游去，也好交个朋友。这不是一般的偷木贼，你听这口气吧！我知道他们有些怕今晚的水浪，又急着把木头运到海口装小船……让我帮他们忙吗？休想！我说：'我怕水。'他说：'怕水，不怕鱼叉吗？'我看到黑影里有鱼叉齿儿在闪光。但我还是咬紧牙关：'我怕水。'……他们没有办法，要把我反锁到林子的小茅屋里……"

"啊，反锁到小茅屋里！"小疤吃惊地喊了一声。

"春林正在茅屋里。路上我寻思着怎么才能让他跑掉。我知道坏家伙们见了非拉他下河不可……离小茅屋还有老远，我就故意提起嗓门说话。我想他听到会逃的……屋里，春林果然不在，我才放下心来……他们把我反锁在屋里了。我从窗子上望着他们，心想，今夜的河水能吞了他们才好！……正这样想着，春林不知从哪儿转了回来！

"我的心立刻'噗噗'跳起来。他拦住他们说：'让我下河去送你们吧！'

"我在屋里喊：'春林，你不能去！……'我知道他不会乖乖地送，这个拗性子是要在河道里整治他们呢！可你一个人敌得了吗？落在他们手里，就别想活着回来！……我圆睁着两眼，隔着窗户呵斥他：'你这个发了昏的崽子，你给我站住！'……

"他没有说话，就像没有听到我在喊他一样。我只看见他在和他们比画着什么，点点头，就要随着去了。

"我大概一辈子也没有这么气过、恼恨过。我喊着，狠狠地击打着窗棂，那手都流下血来……这个拗小子呀，这时候才算停了步子。他原地不动站在那儿，只重重地瞥了我一眼，然后就转身走了……

"小疤，你不知道他当时那眼神儿！那一瞥呀，我借着闪电看得一清二楚：愤愤的，狠狠的，像锥子直戳过来。我知道他恨死了我。他是恨我阻拦他，恨我胆小、不配做个护林员吗？……我这一辈子也忘不了他那眼神儿的。不该拦着他吗？直到今天，我也不知道那晚上该不该阻拦他……他走了，一直走了，再也没有转身看我一眼。他大约觉得自己不会死，还要回来看我的……"

老亮头长长叹息一声："往后的事，村里人都知道，你当然也知道了：镇武装部赵部长领的一帮民兵不知怎么得信赶来，坏人全被如数捉了起来。春林呢？到处找不见，后来是在一片淤滩上发现的，昏躺着，身子全是一片血，数一数，有十八处鱼叉扎伤……"

"十八处……扎伤！"小疤的声音颤颤的。

"人们找来最好的医生，把他当个英雄那样抢救。是啊，要不是他凭着一身好水性，在河浪里跟坏人斗劲儿，民兵在下游拦也来不及了……救是救下来了，可是落了一身伤疤。我早说过他是个拗性子的。在手术室里，我亲眼见医生给他整那血淋淋的身子，他咬着牙关，吭都不吭一声！……记得征兵那年，一个领兵的排长见了这一身伤疤，皱着眉头不敢要。镇武装部赵部长，就是领上民兵抓坏人的那个，气得抖动着手掌喊叫：'你知道这伤是怎么落下的吗？你有眼不识泰山，领兵不领硬汉子……'"

听到这儿，小疤的两眼闪出了兴奋的光。她不知是赞许还是责备，说道："当了兵就再也不回来。三年了，不想你，也不想小来来吗？"

"我跟你说过，他们忙着凿一个洞子，一凿一凿的……"

"一凿一凿的……来信了吗？"

"早些时候来的……"

小疤默默地蹲在了地上，用手划着什么。树上的一滴露水落下来，她伸手抹了一下脸。停了好长时间，她说：

"总也不来信，怎么回事呢？"

老亮头声音低低的，有些艰涩："一个多月了，没收到信。以前从不这样的……"

小疤默默地站起来。她仰着脸，又望到了从枝丫间露出的星星。啊，一颗，两颗……

天亮后，小疤和老亮头一块儿整治昨夜被踏倒的那几处眉豆架。

他们低头忙着活计，不声不响。老亮头不知怎么有些心烦。休息的时候，他吸着烟说："人哪！这东西也真怪。三年了，不见面行，一个月不通信就不行。"

小疤点了点头……

不久的一个早上，他们正在田里做活，两个军人和村支书一块儿进了菜园。他们是找老亮头的。他们在草楼铺下谈了一会儿，然后又一块儿走出了菜园……老亮头回来的时候，换了一身好点的衣服，对小疤说：

"我要去看看春林，随这两个兵一起……"

"这么忙呀？"小疤一下子紧张起来。

老亮头扭过头去，没有作声。

"你等不来信，急了吗？"

"嗯。"老亮头抬腿走了。刚迈出两步又回身嘱咐："等眉豆蔓爬上了大架角，要使大水浇……"

小疤点点头……她盯着老人的身影消逝在一排子杨树后头，不知怎么心里一阵慌促。她再也无心站在菜园里了,于是就跑到了路口上。"会出什么事呢?"她心里这样问着向前走去……村子里,车开走了,那两个兵和老亮头全不见了。她说肯定"出事了",急切地问着支书,摇着他的肩膀。支书表情严肃,坚决地否认说:"没,老亮头是顺路搭车……"

小疤这才稍微放心了一些。

一天又一天过去了。眉豆蔓儿慢慢爬上了大架角。最密的一茬花儿打着苞。她遵照老亮头的嘱咐,给菜园满满地灌了一次大水……晚上,她像老亮头那样睡在草楼铺上,也像他那样,入睡前遥望着天边那一溜儿墨黑的大山……

一个晚上,小疤刚上了草楼铺不久,那木梯又"吱嘎吱嘎"响了起来——老亮头回来了!

小疤不太相信自己的眼睛。她又惊又喜,差点儿跳起来,第一句话就问:

"春林好吧?"

老亮头点点头坐下,然后低沉着嗓子说:"他立了一等功。"

"啊!"小疤掩上了嘴巴。她激动得喘息起来。停了会儿,她口吃似的说:"一等功,就忘了……家里人呀!"

"他没忘。"

"还没忘!"小疤噘起了嘴巴。

"他……"老人燃着了烟锅,在黑影里直盯着小疤的脸。停了会儿,他蹲起来,离她很近地看着。他问:"小疤,我跟你说春林他们在干什么哩?"

"开一个山洞……"

"是啊，开一个山洞。炸药，锤子，有时也用凿子。一凿一凿的，人们凿了它五年了。五年里它都是乖乖的。……想不到，它上个月里发了脾气，轰隆隆塌下一截儿。春林是个班长，紧要时候他抢了上去。同班的五个战士就活着出来了，他自己把腿伤了……"

"伤了哪儿？重吗？"小疤猛地站起来。

"分不出哪儿，医生就把它割去了……"

小疤呆住了，身子一晃，倒在了老人身上。她哭了起来。

老亮头不知什么时候咬破了嘴里的烟管。他把那只粗粗的大手按在她抽动的肩头上。他声音低缓地说："……我见到春林，也像你一样大哭起来，扑在他剩下的那一条腿上……他对我说：'爸，你看，你儿子没做亏本的事：一条腿换回五条命，还不值得吗？……'后来，后来我也就不哭了。"

"你心硬！"小疤恨恨地说。

"嗯，我心硬……"

她抬起头来的时候，看到老亮头鼻子两旁有两道晶亮的泪。她伏在他怀里，无声地哭着，泪水打湿了老人的一片衣衫……她抬头哽咽着说："伯伯，我们对不起你，一直瞒着你。我……我给春林起过外号，叫他"楞冲"……"

老亮头淡淡地笑了笑："春林这次什么都告诉我了……"

"啊！春林………'楞冲'！"小疤把食指咬在嘴里，怔怔地望着南边的天际，望着在淡淡夜色里那一溜儿长长的山影……风起了，眉豆叶儿发出一片细碎的低语。

……

由于水的滋润，眉豆蔓儿缠上架角，一齐伸开了新的叶片，那顶在藤蔓儿一端的密密小花，一夜间开放了！嗬，紫紫的一片，如铺开的一层锦云。淡淡的清香诱来无数蜂蝶，它们在架子间飞动着，嬉闹着……眉豆花！眉豆花！它每一朵都很小很小，可聚齐了，开放了，原来是这样美丽……小疤一个人站在菜园的一角，细细地端量着。

她今天就要去看望她的"楞冲"了。她站在那儿想：见面先说些什么呢？三年没见了。说他的腿吗？不，先不说这个……还是说说眉豆花吧！该这样问他："你还记得它的颜色吗？"哦，紫的。是啊，紫的，一种多么让人迷恋的颜色啊！……

一九八二年七月写于济南

秋天的果园　　田恩华摄

草楼铺之歌

两年前,芦青河边的果园每年都要丢失好多果子。主要原因是园中有条通海大道,无数人早早晚晚就踏着这路去买鱼,去赶海,去洗澡……果园里每年都派几名身强力壮的小伙子护园,但最后苹果还是"在劫难逃"。有一天,果园领导领来了一个笑眯眯的老头儿,向人们介绍说:"以后,他就负责看园子。"

人们都认识这个叫"二老盘"的人,并且都知道他是个极有意思的人:爱唱戏,一高兴就唱起来,那曲调和词儿常常是随口编来,想到哪里唱到哪里。可他能看好园子吗?

二老盘也知道人们不大信得过他。他只不吱声,当时让人帮忙抬来四棵高大出奇的杨木竖在果园正中,然后在顶端搭起了一个草铺子。他说这叫"草楼铺"——看园子的人就应该住在草楼铺上。最后他让领导给配个助手,领导说:"我们有果园民兵,你挑最强悍的。"他摆摆手:"看园子是轻松活儿,最弱的就中。"领导想了想,说出了"常奇"两个字,大家立刻轰的一声笑了。

常奇十八九岁,长得十分瘦弱,脸色黄黄的,身材也极为单薄,侧着看去就像一扇破败的门板。更有趣的是那双眼睛:看起东西来,那有些歪斜的左眼总要执拗地瞥到一边去。当人们嬉闹着将他从人堆里推搡出来时，他就那样呆呆地站着，像做下什么错事似的低头掐弄着手指，只偶尔抬头瞅一眼二老盘，那左眼却总要歪到高高的草楼铺上。大家又笑了起来。一个叫"老憨"的青年这时不知从哪儿捡来一个绿色的大豆虫，一下放在了他蓬乱无光的头发上。常奇的肩膀本能地往后缩一下，然后伸手把豆虫拂掉了，也不吱声。

二老盘把那只粗大的手掌按在他瘦瘦的肩头上，说了句："上楼吧，小伙子！"两人便"吱嘎吱嘎"地踏响了木梯，登上草楼铺。

一圈儿人围在下面看着，就像在等待一件即将发生的神奇事情，久久不愿散去。但见他们在上面也只是稳稳地坐着，最后只好失望地离去了。

常奇在果园做了几年活，还是第一次登这么高。他望到果园的边缘了。他看到那条通海的大路原来是从园子南边的一个角落里伸延出来，又在园子中间——那片山楂树那儿拧了几下身子，穿出最北边的几排梨树远去，奔向大海了……二老盘也看了一会儿，然后就动手铺一块草荐子，嘴里咕哝说："这叫'站在草楼铺，放眼全果园'！抬头一望，老大一块园子就像铺在胸口上一样，是吧！是吧！"他说着就唱起来："好一派北园——风光——"可是常奇好像什么也没有听到，只是弯着腰帮忙铺草荐子……

渐渐，那些总想从果园里沾点便宜的人，知道他们遇到怎样的敌手了：有人若无其事地在月色朦胧的路上走着，走着，阵阵梨香扑鼻，他忍不住猛一伸手去抓路旁的枝丫——可就这时，那一串梨子突然显得耀眼夺目，原来从草楼铺上射过来一道强烈的手电光束，同时便听到二老盘的高声吆喝："伙计，我给你照着亮儿，别让树枝捅了脸！"有人偷偷地钻到林子深处，先坐在树下喘息一会儿，然后从裤腰里拖出一条细长的布袋——这会儿一边的树杈上会突然蹦下一个人来，正是常奇，有些畏惧地站在那儿，默不作声，只是那双略显歪斜的眼睛翻动着，不时地向他瞅一下，再瞅一下……

总之，在他们登上草楼铺一年多的时间里，果园再也没有遭受大的损失，同时威名大振，远远近近都知道河边果园有一个草楼铺了。

但也有些小的损失。这是因为二老盘过分地喜欢和相信读书人。离果园不远是乡村小学，有个姓郭的老师常来草楼铺上玩耍，少不了吃些果子。郭老师是县广播站的通讯员，大家从喇叭里听到他的名字，都知道他是个"写书"的人，了不得哩！二老盘对读书人从来都是无比敬畏的，他见郭老师进了园子，老远地就喊："瞎呀！赶紧上草楼铺呀！你不知道上边有多么风凉……"

郭老师上了草楼铺。他戴着一副近视眼镜，看人的时候总要先把脖子仰起来，然后再向着要看的方向拧过去。二老盘觉得被这样看一下也是光荣的。他嚷着："常奇，常奇！摘果子去！摘果子去！"

常奇不作声，身子一扭，趴在铺沿上，一出溜就下了梯子。他真是爬得娴熟了。不一会儿，他就抱来了果子，于是郭老师拣个最鲜最大的吃起来。二老盘出于礼貌，也陪着吃一个，并对常奇说："吃！"常奇瘦削的小手在宽大的袖口里摆动一下，然后异常谨慎地伸出来，摸在一个最小的苹果上……

有一次郭老师看到柱子上挂了一把二胡，问："会拉吗？"二老盘不好意思地笑笑："哪里！我不会，我喜欢这东西。"郭老师于是取过来，调了弦拉起来。

常奇抬起了眼睛，直盯着两根震颤的弦。

二老盘笑眯眯地站起来，头随着曲调一点一点，然后竟放开嗓子唱起来："……说起我二老盘哎，不忘八〇年。就是这一年，我进了大果园。搭起了草楼铺，我说话就算数……"

常奇注视的是两根琴弦，但略显歪斜的左眼却像是盯住了二老盘。二老盘于是唱道："小常奇你莫看上了瘾，下楼看有没有做贼的人……"

常奇正听得入迷，突然觉出末两句唱词是针对他的，于是赶紧下了草楼铺。

奇怪的是，郭老师和二老盘竟也能合到一个节拍上。唱罢，郭老师笑了，二老盘也笑了。二老盘在一边端量着，特别注意观察郭老师的那个脑袋——他想，这脑袋也真是奇特，能写书！他试探着问："郭老师，你咋就能写那多……拿去广播呢？"

"哦哦，"郭老师用手扶了扶眼镜，"这主要是配合形势的……抓准'主题思想'……总之，讲不清楚的。"他很客气地笑了笑。

郭老师是草楼铺上的常客了，二老盘总是欢迎他，他也总是吃掉一些果子。

一年之后，果园被几十个有胆气的人联合起来包产了。二老盘扯着常奇的手去辞职，可人家立即阻拦说，他们包下果园，是连草楼铺、连二老盘和常奇一块儿包下了的，今后两个人的工钱就在果园里出，让他们回草楼铺去。

二老盘于是扯上常奇的手，重新回到了草楼铺。

常奇干什么都眼在二老盘的身后,不声不响的。二老盘问他什么,他要不只点点头,要不就只是摇一摇头罢了。二老盘端量着他,不解地说:"奇怪!我在你这个年纪,爱说爱笑,高兴了就蹦几下。你这孩子……倒是好孩子,就是……唉唉,也许有什么病吧?"说着把他的胳膊拉起来,挽起袖子用手捏了捏,失望地说一声,"这胳膊太细了,这不是男子汉!"

　　但有一次上草楼铺,常奇登在前面,二老盘看着常奇肉鼓鼓的小腿一屈一伸,就伸手轻轻砍了它一下。奇怪的是它就像没有知觉一样,依然一伸一屈地往上登去……二老盘愣住了。上了铺子,一把拽过常奇的腿脚,用手按一按,发现腿上全是结结实实的肌肉。他笑了,接着用力捶了常奇一下,喊道:"嗯,对,这就是男子汉的筋骨!你硬是练就的,草楼铺,大树,翻上来爬下去,这就生了一腿硬硬的肉……"二老盘高兴极了,从口袋里摸出烟锅点上,吸了几口,又磕掉。又摸了摸常奇又细又软的胳膊,说:

　　"上身还不行——不是男子汉;那是没有练成。等我闲下来教你'功夫'吧……"

　　常奇一直默默地坐在那儿,这时眼睛一亮说:"你会……'功夫'?"

　　"看着!"二老盘从草楼铺上站起来,将烟锅插在腰上,然后两手在胸前架起来,左腿使劲地弓起……

　　"这就是吗?"

　　"就是!武松也有过这一招。"二老盘说完收回姿势,重新坐下来吸烟了。

　　常奇把身子倚在柱子上,轻轻地将眼睛眯起来。他在想心事。没有人知道，他的心事最重呢。他常常一个人找个僻静角落坐下来，让暖融融的阳光照耀着，开始想他的心事了。

常奇的爸爸是个哑巴，有一年打派仗，被一方拉去做证，由于没有比画清楚而引起了混乱。两军对阵时他给伤了，不久就死了。常奇刚刚五岁，母亲一个人把他拉扯大了。他从小虚弱多病，也读不好书，就索性早早来果园里做活了。在果园里，他一说话别人就笑，于是就常常闭着嘴巴。有人开心了就过来弹他几下脑壳，而且还说："西瓜熟了，西瓜熟了。"他在心中积攒着愤怒，有一次终于伸手抵挡那两根伸向脑壳的手指了，结果是被对方揪住衣领，只轻轻一拎就提离地面，大家哄笑了一场。

常奇这会儿想的是：我学会了'功夫'，绝对不欺负人的，我只用它护身！

这天郭老师又来了。二老盘带着深深的忧虑，指着常奇问他："你说他为什么长这么弱呢？"

郭老师看着常奇，摇摇头："在果园里工作，维生素倒不会缺的。也许……你以后多吃些肉吧，比如用猪腿烧汤喝。"

二老盘坚信不疑地重复一遍他的话："你以后用猪腿烧汤喝！"

常奇点点头。

果园里吹着徐徐的南风。夏末的夜里，那风都是香的。蝈蝈、土促织、绿壳儿……叫得十分欢畅。它们有它们的世界，它们有它们的歌。月亮被云朵擦拭得更亮了，星星像些瞌睡的眼睛，一颗一颗暗淡下来，渐渐变得稀疏……

二老盘和常奇静静地仰躺着，倾听夜的声音。二老盘翻展了一下身子说："和你在一块儿少好多意思——你不爱说话，我不说你也不说，这是一种毛病！"

常奇也像二老盘那样翻展了一下身子，就这样代替了说话。

二老盘又说："会讲故事也好，你也不会讲故事。"停了会儿，他突然坐起来，像是想起了什么重要的事情，问道："你会笑吧？我怎么从来没听见你笑？你笑笑我听！"

常奇往铺柱那儿移动了一下身子，没有吱声。

"你笑，就这样——"二老盘夸张地张大了嘴巴，"哈、哈、哈、哈！"

"哈、哈、哈、哈……"常奇照着样子学，但声音微弱。

"哈哈哈哈……"二老盘不禁大笑起来，声音在林子里传出好远，震荡着夜间的空气，直到他笑够了时，又伸手去拨弄挂在柱子上的一个小袖珍收音机。收音机嘶嘶哑哑地不成调，一会儿干脆不出声了，他用手拍打两下，竟又重新响起来。二老盘兴致勃勃地道："也怪，收音机这东西天天听，我就闹不明白它怎么能说，能唱！你知道吧，常奇？"

常奇嗫嚅着："有电台……"

"什么是'电台'呢？"

"不知道……也许一个大水泥台子，上面有铁，有电……"常奇费力地解释着，"收音机里的声音，都是从台子上射过来的。"

"怎么就能射过来呢？"

常奇反问："你见了灯塔，眼一眯，它就怎么样呢？"

二老盘用力地回忆着，然后说："那光'唰'一下，射过来了，射进了我眼里……"

常奇说:"对,电台就是那样,不过射来的'光'你看不见,也不是射进眼里,是射进这个匣匣里……"

二老盘一下把常奇拉起来,嚷道:"你把聪明装在心里呢——你只是不说!哎呀!以后就这样,这样就是个男子汉啦!"

从他们登上草楼铺以来,这个夜晚是他们交谈最多的一次了。

天亮以后,二老盘出去买来几只猪蹄。他在草楼铺下边烧了一小锅汤,看着常奇喝下,说:"你身上就缺这个东西!"

这天晚上,二老盘还想和常奇谈谈"电台"的问题,但总也没有成功,原因是通海大路上的人太多了,那"吱嘎嘎"的大车声,"丁零零"的自行车铃声,还有吆吆喝喝的呼喊,使他们不能安稳下来。他们老得用六节电池的手电筒往下照射。二老盘喊一声:"探照灯!"常奇就赶忙伏在铺上,按一下电钮儿。二老盘说:"也怪:怎么夜间赶海的人就一天多似一天哩?"

常奇摇摇头:"是贩鱼的……到南山,一次挣七十块钱……"

二老盘咬咬嘴唇:"发财的路子,苦路子,到南山一百五十里,天亮要赶到……苦路子!"

停了一会儿,常奇说:"邻居家的老憨,果园解雇了他,就专干这个。挣了钱,买来一个电视、一个录音机。他家的声音老传过来。妈妈说,'你若强壮,你也挣来哩'……"

二老盘不作声了。他们从高高的铺子往下望着。这条路如今倒陌生起来了。人像穿梭一样多,常有轻骑车跑过,马达突突地响着,前头昂着一只雪亮的眼睛，像风那样一吹而过……

二老盘看着，神往地说："这真是男子汉做的活儿！唉唉，可惜我现在老了，一夜蹬车子走不了一百五十里，再说扔下园子我也不放心……不过这真是男子汉做的活儿！"

常奇把一条布单拉到头上，像要睡觉的样子。

二老盘推他一下："你敢不敢跑他一趟南山？"

常奇的头在布单里摇着："……我会被挤死，踩死。"

二老盘捏捏他露出布单的那只纤细的胳膊，不作声了。

天亮后，二老盘又烧好了一小锅猪蹄汤。常奇喝过之后，二老盘问他："强壮些了没有？"常奇像过去那样抹抹嘴巴，说："嗯。"

近几天二老盘总是显出很高兴的样子。他常站在高高的草楼铺上唱歌，胡乱编一些奇怪的曲调和词儿……几天之后的一个傍晚，他突然出了园子，半晌才回来，还推了一个样子很笨重的粗架子自行车来。他对常奇说："别看它模样不强，可能装三百斤货！我年轻时用的，如今归你了……"

"我……不要。"常奇盯着自行车，往后退开一步说。

二老盘像是没有听见，只是说："天傍黑，你装上鱼，跑一趟南山。"

"老盘叔！我……我不哩，我不会做买卖，我怕……"常奇差不多在哀求了。

二老盘气愤地看着他，突然上前把车子一脚踢倒，说："你白吃了猪蹄！你成不了个真男子汉！你再不用登这草楼铺……"

常奇惊惧地看看二老盘，坐在沙土上，无声地哭泣着。最后，他终于站起来，扶起车子，抬起头来说："我跑一趟！"

天要黑了，一阵阵渔号子从海边传过来。常奇要走了，二老盘从铺柱子上解下一根布溜儿，结结实实地给常奇把腰扎起来，又用麻绳给他拴了裤脚，说："这就叫'武装'！"接着最后嘱咐一声："走过园子时，你拉响铃子——我的铃子我听得出……"

常奇走了。二老盘在草楼铺上等着。

一个多钟头之后，那喧嚷的路上果然传来了他熟悉的铃声——那是"嘎啦啦啦……"的一声长鸣！二老盘一个高儿从铺子上蹦起来，高声吆喝着：

"装了多少？"

"七十。我跟老憨哥一起走……"

常奇将铃儿拉得很响，这声音在喧闹的路上显得十分特别。

二老盘笑了。他迎着吹来的南风站着，把搭着的衣衫从肩膀上拉下来，举在手上唱道：

天黑路不清，

上坡下坎你慢慢蹬。

买卖人，鬼精明，

小常奇你可要——看准秤星！……

他把衣衫举着，像一面旗帜在风中抖动……直到那铃声越响越远，再也听不见的时候，他才把手臂放下来。

小常奇走了，进了南山，南山——从草楼铺上看去，是天边上那一长溜儿黑黑的影子。二老盘年轻时进过南山，他知道那一长溜儿黑影，实际上是由一座又一座高高的大山叠成的,道路就在这山间拐来拐去,上上下下的,有的紧挨着深不见底的山涧……二老盘在草楼铺上替常奇忧虑起来。

常奇两天没有回来。这段时间郭老师来了一次,样子显得很疲惫,对果子也不像过去那样感兴趣了。二老盘问他怎么了,他说正写一篇广播稿子,难的是没有"主题思想儿"……

第三天上,该是常奇回来的时候了。二老盘很早就烧好了一锅猪蹄汤。直到天快要黑的时候,常奇才推着车子来到果园。他见到草楼铺,立刻就扔下车子,跌跌撞撞爬了上去,任二老盘怎么喊也不应声。他很快在铺子上睡着了……二老盘坐在他身边看着,他那细细的胳膊从宽大的袖口里显露出来,上边粘着凝固了的血痕!二老盘惊讶地给他解开衣裳,发现了十几处跌伤……二老盘难过地自语说:"天黑路不清,上坡下坎你要慢慢蹬……"

常奇在草楼铺上一声没哼,睡了一夜。

醒来时,他看到身边的二老盘,一下子哭了起来。二老盘大喝一声:"不准哭!"

常奇不敢再哭。他从衣兜里摸出了七毛五分钱递到二老盘手里。

"挣来的钱吗?"

常奇点点头。

二老盘把钱放进他的手里说:"全都交给你妈妈,一分也不能缺!"

常奇说:"老盘叔,我,再不进南山了……"

二老盘把头转向一边,吸着烟锅说:"看看再说吧……"

一连几天过去了，常奇每天都喝二老盘烧的汤。他身上的伤完全好了。一天傍晚，二老盘又从铺柱上扯下那条布溜儿，要帮着常奇扎腰。常奇惊恐地大喊一声：

"我不进南山！不进南山！……"

二老盘喝道："南山没有虎！你是男子汉！"

他说完便缠好布溜儿，推推搡搡地将常奇带到草楼铺下，说一声："出发！"

常奇一动不动，瘦小的身躯硬硬地挺着。他望着二老盘，一双眼睛圆圆地睁着，那目光不知是愤怒，还是惊恐，只是圆圆地睁着，晶亮晶亮的。二老盘还是第一次看到这样一双眼睛，不知怎么想到了黑夜中的两点磷火，不由得吸了一口冷气，往后退开一步。

常奇望着他，突然射过来两道仇恨的目光，声音沉沉地呼喊了一声什么，接着狠狠一跺脚，推起那个异常笨重的车子，向着大路跑去了……

二老盘愣愣地站在那儿。

一个星期又一个星期过去了，常奇一直没有回来。二老盘有些焦急，回村问过他的妈妈，老人说："他走时来家一次，说不让我挂念，他在外日子要多些……"

二老盘在路口上拦问过几次，但都说没有见过常奇。

几个月过去了，这是多么难过的几个月呀！一天黄昏，二老盘正在草楼铺上歇息，突然听到果林深处有人大声呼喊他的名字。二老盘一愣：这声音又熟悉又陌生啊！是常奇吗？不，常奇没有这么高的嗓子。他急急忙忙坐起来，立刻就看清了——常奇！他差不多是直接蹦下草楼铺的，跑上前去，老远就张开了手臂……

两个人都很激动，大口地喘息着，最后一块儿登上了草楼铺。常奇刚坐下，马上就掏出了一个崭新的袖珍收音机，又掏出一个样式新颖的打火机……二老盘把这些东西统统推开，只着急地说："我快急死哩！我真怕你不回来啦！快说说，这几个月你到哪去来？"

常奇神色淡淡地应了一句："我还是卖鱼。在南山……"

"我怎么就没有拦住过你呢？"

常奇抹抹鼻子说："我半夜启程，改抄一条近路。"

二老盘没有说话，只兴奋地盯着他。常奇的脸显得更瘦小了，那皮肤几乎是紧绷在骨骼上，嘴唇稍有些歪。仔细端详，才发现嘴角上方新结了一个疤痕。眼睛，多么奇怪的眼睛啊，眯成一条缝，从缝隙里放出两道陌生的光，那光似乎表明他再不能够驯顺，也永远不打算跟谁妥协。不知怎么，这目光使整个瘦弱的身躯都透出一股野性。二老盘在心里说："了得！这孩子也许跟山坳中的虎狼打过一架……"他声音颤微地问：

"常奇，如今山里还有野物吗？"

常奇依然眯着眼睛，不解地瞥了他一下。

二老盘越发小心起来，补问道："我是说……有没有虎狼……"

常奇摇摇头，躺在了铺子上。

"说说吧，为什么这多天不回草楼铺！"二老盘见他像过去一样蜷曲在铺子上，这才转过神，大声问道。

"在山里，我不知跌了多少跤，也被同行们揍过，身上挂满了伤，可兜兜里还是空的。我想，我不能就这样见老盘叔！……"常奇盯着铺顶说。

二老盘听到这里，突然俯身抱起了常奇，喊道："这是'男子汉'！……"

常奇轻轻地用手拨开他的胳膊，坐起身来。二老盘觉得那手腕有股钢劲，攥住一看，只见皮肤上斑痕累累，握一把，硬实实的！他兴奋地拍打了一下说："这也是'男子汉'！……"

常奇告诉他："我一直和老憨在一起。他真有拼劲，车子上绑着二百五十斤鱼，能一口气蹬一百五十里。我在路上央求他：歇歇吧，歇歇吧！他听也不听。我就咬牙跟上去。到了山里，我再也没有力气了，躺在树荫下歇一会儿，老憨一下就跑没了影儿，他怕我争他的买卖……"

"老憨心硬！"二老盘插一句。

"是心硬！他只记得发财了。"常奇两手抱起头来，靠在了铺柱上，说："我不止一次看他在秤杆上做手脚，欺骗山民。你不知道山民有多么诚实，他们看见秤杆高高的就笑……有一次我实在看不下去，就在他身后用手对山民指了一下——也巧，正赶上派出所的民警路过这儿，罚了他的款，罚得也真狠哪！……"

"哑……"二老盘不知怎么，听到这儿用力吸了一口气。

"……老憨在路上追到我，两眼血红血红，对我说：'小常奇，我一不揍你，二不让你赔钱，只在今天告诉你，你若是再出来卖鱼，让我碰到，我就折断你那根贱气的手指！'……"

二老盘轻轻地喘着气。他知道这个老憨，也许真会折断常奇手指的！

两个人都不说话了。秋风吹到草楼铺上，发出沙沙的响声。啊，秋风真有些凉了。芦青河呜呜噜噜地流着。远远近近都是一片低沉的、神秘的呜呜，这是秋天原野上的声音。常奇靠着铺柱坐着，二老盘闷闷地吸着烟，两人都像在倾听这秋夜的声音。停了一会儿，常奇突然掀了身上包裹的布单子，说：

"老盘叔，您教我'功夫'吧！"

"这……"二老盘犹豫了一下。

"我学得会的！"

二老盘吸着烟锅，不声不响地吸着。他磕了烟灰，往铺下走着，说："我到园里瞅瞅去，瞅瞅去……"过了一会儿，他重新上了铺子，手里拿着三两个被风吹落的果子。他坐下来，望了一眼常奇，压着嗓子说："在路口那儿的大石榴树下，我看到一个黑乎乎的影子……像熊一样……"

常奇怕冷似的重新将布单围到了身上。

二老盘细声细气地说："真的，像熊一样……它蹲在那儿，见了我，一动不动……"

停了一会儿，像有什么在催促他一样，二老盘又不声不响地下了草楼铺。他回来的时候，手里还是握了些果子。他将果子轻轻地放到一个角落里，然后拿起了烟锅，小声说道："我又看到了那个黑影，粗粗的身子，像熊……"

常奇自语般地应声："那是老憨。我知道，他要等我推着车子走上路口时，狠狠教训我一顿呢！"

二老盘惊恐地磕了烟锅，直直地盯着常奇，问："真的吗？我赶跑他！"

"你赶不跑。你还不知道他的脾性。他做得出来。"常奇阻止说。

二老盘不作声了。

天亮以后，二老盘用一根麻绳将自己的腰捆了，将常奇领到一棵大李子树下，教起了"功夫"。他像过去那样将胳膊在胸前架起来，然后把腿使劲弓起。他解释道："你猛一放开胳膊时，打倒的是两边的人，你往前一踢时，打倒的是前边的人——这样能抵挡三方的歹徒，只是不要让人从后面赶上来……"常奇说："我对付的只有老憨一个。"二老盘立刻将胳膊拉到身侧，双拳紧握，说："那就这样！……不过，握拳时不能把拇指立在指缝里，那是伤人的一招……"

常奇一样一样记在心里。

十天之后的一个傍晚，常奇有些待不住，推上车子就要走出园子。二老盘上前拽住了车后座儿，说："你还是不去的罢！你家也不短那几个钱，怕要出事的……"常奇执拗地说："我也不为那几个钱。我是想，这么宽一条路，怎么能让一个老憨堵死！"

二老盘拽车后座的手并未松开，嘴里重复着刚才的话："我看你还是不去的罢！"

常奇两眼望着林木深处，坚定地说："要去！再说，我也跟你学了'功夫'……"

"恐怕不顶事的呀！"二老盘这样说着，却慢慢地松了手……他一个人蹑手蹑脚地走近那棵大石榴树，凝神瞅了瞅，并没见那个黑影。他想也许老憨的拗劲早过去了，心里轻松了不少……最后，他陪着常奇走出了园子。在路口上，他嘱咐常奇说：

"也只得由你去了。小常奇，卖了鱼，快快转来吧！"

一句话出口，二老盘倒觉得眼睛涩涩的。他赶紧转过身去，一边说：

"上车吧,上车吧……"

常奇走了。

二老盘再也无心唱歌,整日闷闷地待在草楼铺上。

有一次郭老师来了,他一个人抓起二胡拉了一段,然后皱着眉头问:"小常奇呢?"二老盘说:"贩鱼去了。"郭老师长叹一声,说:"唉唉,这年头怎么了得,连小常奇也知道贩鱼……"二老盘听了,气上心头,恼恨地顶一句:"小常奇怎么就不能贩鱼,你当那还是'伟人'才能做的事情!"一句话出口,他又觉口气太硬了些,忙笑嘻嘻地补说一句,"郭老师,你,找到'主题思想儿'那东西了吗?……"

郭老师摇摇头,没有说话。

七天过去了。二老盘渐渐不安起来。一个夜里,他梦见老憨一只手抓起小常奇,"啪"一下扔进了深不见底的山涧里……醒来后他难受极了,真后悔不该让常奇走掉。第八天常奇还没有归来,他心头升起一种不祥的预感,再也坐不住了,终于让人代看了一会儿园子,到龙口镇买来了一包刀创药。

第十天上,常奇回来了。

二老盘惊讶地盯着他,差不多都要认不出了!他浑身的衣服都撕成了条条,胡乱用一根葛藤束着。从撕裂的缝隙里,可以看到身上深深浅浅的疤痕。眼眶上有一个乌紫的印记,半边脸都好像浮肿了。人更瘦了,脖子显得又细又长,喉结突出着,使人能马上联想到一只脱了毛的鸡。但那神情却不像个被斗败的公鸡,倒像个刚刚厮杀完毕的雄鹰……二老盘的胡子颤了颤,问:

"赢了吗？"

"起码没有输。"

二老盘扯起他的手："草楼铺上说！"

常奇半躺半卧地倚在了铺柱上，挡过了二老盘递来的刀创药，说："……进山第二天，在山口上遇到了老憨。他放了车子就走过来。我说：'讲理嘛！'他点点头，上前就折我的手指，我一挡，他照准我的眼打了一拳。这一拳打得太狠了，我立刻趴下了，他趁势扑上来，用脚狠狠踢我。踢到第十下的时候，我一下子跳起来，架起了拳头……"

"你用了'功夫'吗？"二老盘瞪起眼睛问。

"没有……他又把我打倒了。我就抱住他，死也不放开，咬着牙，和他紧紧拧到了一起。我心里想：没有谁好欺负。我们滚、打、踢、咬，从路口的茅草窝滚到荆棘棵里，又滚到跟前的小松林里。我想，只要不让他离身，他的威风就使不出。他用腿狠命地顶我的肚子，我不止一次觉得肠子就要被压断了。我伸出十根手指，把手指抠进他的肉里去。我们拧在一起有一个钟头，谁都知道先软下来就完了。有一回我看见他腮帮的肉在发抖，就想，再撑一会儿他就没力气了。谁想到他突然像牛一样吼了一声，接上把两个老大的拳头并到一起，'嘭'一声猛击在我脸上！我带着满脸血花，也不知吼了些什么，我吼得比他响，两手抱紧他，撕、踢，还动用了牙齿。半个钟头以后，老憨抱我的手松动了，滚到一边歇了一会儿，然后吐了口带血的唾沫，一歪一歪地连爬带走离开了……我想站起来，可怎么也动不了，像瘫了一样……"

二老盘一只手按在铺柱上，两眼向很远很远的地方望去，一句话也没有说，两行泪水顺着两颊滚落着……

这个夜晚，二老盘是紧靠着常奇睡去的，他不断用一双温热的大手抚慰着常奇瘦小的身体，几次流下泪来。天亮时分，他早一些醒来，就一动不动地在霞光里端详着常奇的睡态，看着那好看的圆脑壳。不一会儿常奇也醒来了，一睁眼就说："老盘叔，昨天忘了告诉你件大事：山里几个老主顾要与我联合，在当地开个鱼摊呢……"

二老盘惊讶地说："那可是桩大事！"

"我想，也别太小气，要干，就索性开个店铺！下次去南山，我要商量定这桩大事。那要从政府开营业执照的……货源要足壮，老憨若不记仇，我准备把他也联上……"常奇望着远方说。

二老盘一愣，转脸盯着常奇的眼看了一会儿，伸出大手握住了他的肩膀：

"你真正长成了一个好人，长成了一个男子汉！"

几天后的一个傍晚，常奇跨上那个笨重结实的车子走了。海风从北边吹来，当他满载南去时，将会是顺风得意的……郭老师又登上了草楼铺，一个人闷闷不乐地拉着二胡。曲调凄凉压抑，在秋风里飘出好远。二老盘和他合不到一个拍子上，也就不唱。他问："还没有找到那个'东西'吗？"郭老师摇摇头问："常奇又贩鱼去了吗？"二老盘点点头，"成个好人！成个男子汉——用这做你的那东西不行吗？"郭老师苦笑一下，摇摇头。

这时候，从喧嚷的大路上传来一阵脆响的铃声，"嘎啦啦啦！嘎啦啦啦！……"

二老盘顾不上和郭老师说话，立刻站起来，高声唱道：

……

　　天黑路不清，

　　上坡下坎你慢慢蹬。

　　买卖人，鬼精明，

　　小常奇你可要——看准秤星！……

　　铃声断了一瞬，大概拉铃人正在倾听这草楼铺的歌声，但紧接着，铃声又响起来了，由远而近，又由近而远……

　　夜色茫茫，那远山在天边上显现出一溜儿黑影，那点点星辰使夜空变得更加神秘而空旷了。二老盘站在高高的草楼铺上，还在倾听那远去的铃声。他十分兴奋，这时突然把胳膊在胸前架起，将腿用力弓着，对低头冥思的郭老师说："喂，这是'功夫'！"

一九八三年四月写于济南

书院北部海湾　　田恩华摄

一潭清水

海滩上的沙子是白的,中午的太阳烤热了它,它再烤小草、瓜秧和人。西瓜田里什么都懒洋洋的,瓜叶儿蔫蔫地垂下来;西瓜因为有秧子牵住,也只得昏昏欲睡地躺在地垄里。两个看瓜的老头脾气不一样:老六哥躺在草铺的凉席上凉快,徐宝册却偏偏愿在中午的瓜地里走走、看看。徐宝册个子矮矮的,身子很粗,裸露的皮肤都是黑红色的,只穿了条黑绸布镶白腰的半长裤子,没有腰带,将白腰儿挽个疙瘩。他看着西瓜,那模样儿倒像在端量睡熟的孩子的脑壳,老是在笑。他有时弯腰拍一拍西瓜,有时伸脚给瓜根堆压上一些沙土。白沙子可真够热的了,徐宝册赤脚走下来,被烙了一路。这种烙法谁也受不了的,大约芦青河两岸只有他一个人将此当成一种享受。

一阵徐徐的南风从槐林里吹过来。徐宝册笑眯眯地仰起头来,舒服得了不得。槐林就在瓜田的南边,墨绿一片,深不见底,那风就从林子深处涌来,是它蓄成的一股凉气。徐宝册看了一会儿林子,突然厌烦地哼了一声。他并不十分需要这片林子,他又不怕热。倒是那林子时常藏下一两个瓜贼,给他送来好多麻烦。那树林子摇啊摇啊,谁也不敢说现在的树荫下就一定没躺个瓜贼!

种瓜人害怕瓜贼哪行!徐宝册对付瓜贼从来都是有办法的,而老六哥却往往不以为然。白天，徐宝册只这么在热沙上遛一趟，谁也不敢挨近瓜田，而老六哥却倒在铺子上睡大觉。如果是月黑头，瓜贼们从槐林里摸出来，东蹲一个，西蹲一个，和一簇簇的树棵子混到一起，趁机抱上个西瓜就走，事情就要麻烦一些。有一次徐宝册火了，拿起装满了火药的猎枪，轰的一声打出去……天亮了，徐宝册和老六哥沿着田边捡回几十个大西瓜，那全是瓜贼慌乱之中扔掉的。老六哥抱怨地说："何必当真呢？偷就让他偷去，反正都是大家的，偷完了咱们不轻闲？你放那一枪，没伤人还好，要是伤着个把人，你还能逃了蹲公安局？"宝册只是笑笑说："我打枪时，把枪口抬高了半尺呢！嘿，威风都是打出来的……"

一些赶海人都知道，老六哥的确是个大方人，所以常在瓜铺里歇脚。每逢这时，宝册由不得也要和他一样大方。有一次他烧开了一桶桑叶子水端上来，被一个满脸胡子的海上老大提起来泼到了沙土上。老六哥哈哈大笑着，便到瓜田里摘瓜去了。他一个腋下夹着一个熟透的西瓜，仍然哈哈大笑说："反正都是集体的瓜，吃就吃吧，只要不在夜里偷就行。"宝册也来了一句："人家把开水泼了，咱就乖乖地摘来瓜，威风都是泼出来的！"说完也哈哈大笑起来。他接过老六哥腋下的一个花皮大西瓜，顶在圆圆的肚子上，转回身子，来到一块案板前，放手摔下去。西瓜脆生生地裂成几块儿，红色的瓜瓤儿肉一般鲜，赶海的每人抢一块吃起来。

有个叫小林法的十二三岁的孩子常来瓜铺子里。这孩子长得奇怪：身子乌黑，很细很长，一屈一弯又很柔软，活像海里的一条鳝。他每次都是从北边的海上来，刚洗完海澡，只穿一条裤头儿，衣服搭在手臂上，赤裸的身子上挂着一朵又一朵泛白的盐花。盐水使他周身的皮肤都绷紧起来，脸皮也绷着，一双黑黑的眼睛显得又圆又大，就连嘴唇也翻得重一些，上边还有几道干裂的白纹。滚热的沙子烙痛了他的脚，他踮起脚尖，一跛一跛地走过来，嘴里轻轻叫唤着："嗦！嗦！嗦嗦……"

徐宝册一看到他这个样子就不禁乐了起来，躺在铺子里幸灾乐祸地喊着："小林法！小林法！快来……"他还常常跑上几步，把小林法拦在铺子外边，故意把他掀倒在地上，让沙子炙他赤裸的身子。小林法"哎哟哎哟"地叫着，在沙子上翻动着，笑着，骂着……徐宝册把自己的一只脚扳到膝盖上，指点着那坚硬的茧皮说："你的功夫不到，你看我，烙得动吗？"

小林法到了铺子里，就像到了自己家里一样。他躺在凉席上，两脚却要搭在宝册又滑又凉的后背上，舒服得不知怎么才好。宝册常拿起烟锅捅进他的嘴里，他就闭上眼睛吸一口，呛得大声咳嗽起来。老六哥在一旁对小林法说："嘿，不中用！我像你这么大已经叼了三年烟锅了！"小林法这时候就把脚从宝册的后背上抽下来，蹬老六哥一脚说："你中用，敢跟我到海里走一趟吗？我到哪你到哪，敢吗？"老六哥不吱声了。他当然不敢的：小林法长得像条鳝，水里功夫也是像条鳝的。

小林法在铺子里玩不了一会儿，就嚷着要吃西瓜。只是在这个时候，徐宝册和老六哥的意见才是完全一致的，二人毫不犹豫地起身到瓜田里，每人抱回一个顶大的西瓜来。小林法很快吃掉一个，又慢悠悠地去吃另一个……他的肚子圆起来时，就挪步走出铺子，往瓜地当心那里走去了。

那里有一潭清水。

那潭清水是掘来浇西瓜的。平展展的水面上，微风吹起一条条好看的波纹。潭水湛清，潭中的水草、白沙都看得一清二楚。这实在是一个可爱的水潭。小林法常在这儿游上几圈，洗去身上的盐水沫儿。徐宝册和老六哥笑眯眯地蹲在潭边上，看着他戏水。

小林法就像是水里生的、水里长的一样，游到水里，远远望去，还以为他是条大鱼呢。他不怎么吸气，只在水里钻，一会儿偏着身子，一会儿仰着胸脯，两手像两个鳍，一翻一翻，身子扭动着，有时他兴劲上来，又像一只海豚那样横冲直撞，搅得水潭一片白浪，水花直溅到潭边两个老人的身上。

他从水中出来，圆圆的肚子消下去了，又重新吃起西瓜，直到只剩下一块块瓜皮。老六哥说："你真是个'瓜魔'！"徐宝册点点头："瓜魔！瓜魔！"

日子长了，他们仿佛忘记了小林法的名字，只叫他"瓜魔"了。

瓜魔原来是个收养在叔父家里的孤儿。他对读书并没有多少兴趣，叔父对管教他也并没有多少兴趣，他从五六岁起就在大海滩上游荡了。他在瓜田，绝对没有白吃西瓜，他常常帮助给瓜浇水、打冒杈，一边做活一边笑，在太阳底下一做就是半天。徐宝册疼他，喊他进草铺里歇一歇，老六哥却总是吸一口烟，笑眯眯地望他一眼说："让他做嘛！用瓜喂出来的一个好劳力嘛！"瓜魔实在做累了，就到海里去玩，回来时总在身后藏两条鱼，还都是少见的大鱼哩。两个老人怎么也弄不明白，他一个小小的孩子两手空空，怎么就能捉住那么大的鱼？不过也从不去问，因为他们觉得瓜魔也和一条很大的鱼差不多，"大鱼"逮条"小鱼"，大概总不难吧？两个人自己起灶，把鱼做成鲜美的鱼汤、鱼丸子、鱼水饺。

有时瓜魔带来几个螃蟹，还有时带来几个乌鱼、八腿蛸、海螺、海蚬子……应有尽有。有一次他们吃过饭之后，问瓜魔怎么逮住了那条鱼，像腰带一样、细细的长长的那条？瓜魔说："捡条粗铁丝就行。这鱼老爱往岸边游，你瞅准它，一下子抽过去，就被抽成两截了，百发百中的！"两个老头儿笑了，嘴里学他一句："百发百中的！"

瓜魔隔不了几天就要来一次，徐宝册和老六哥吃不完他的鱼，就用柳条儿穿了晒鱼干。这个小小的瓜铺就像磁石一样吸引着瓜魔，因为他一来，徐宝册和老六哥总乐于为他摘最大的西瓜。他们对这么个瘦小的孩子能一气吃下那么多西瓜，开始觉得奇怪，后来倒觉得有趣了，来少了就念叨他。

这天，太阳偏西的时候，瓜魔又来了。入夜，他破例留下来，就睡在这铺子上。徐宝册没有娶过老婆，当然也没有儿子逗，半夜里常要伸手去摸摸瓜魔那热乎乎的肚子，觉得是一大快事。他想象着如果早几年结婚，有个儿子如今也该这般大了。他和老六哥是轮流睡的，要有一个为瓜田守夜。该他守夜时，他就把瓜魔叫醒，两人一起到地边上支起小锅煮东西吃。东西都是瓜魔出去找来的，无非是些刚长成小纽的地瓜、鼓成水泡仁的花生……这些东西撒上盐末煮一煮，味道都是极鲜的。

海风送过来一阵阵腥味儿。夜气很重，他们坐在火堆边上，衣服还是有些潮湿。空中的星星又密又亮，他们都觉得这会儿离星星近了许多。海潮的声音永无休止，虽是淡远的，但远比水浪拍岸深沉，那是硕大无边的海和整个地球岩石摩擦的声音。在这幽深的夜里，它和高空眨动的星光、远方林涛的振响一起，组成一个极为神秘的世界。芦青河在连夜急匆匆地奔向大海，那声音嘹亮而昂扬，不断安慰和鼓励着守夜的人们。

瓜魔斜倚在徐宝册的身上，看着远处升起的半个月亮。他突然说："宝册叔，我明年也跟你们来干吧！我喜欢这个活儿，晚上不会瞌睡……"

徐宝册从铁锅里捞出一块地瓜纽儿填到嘴里嚼着，摇摇头。

"怎么呢？"

"你该到海上学拉网，那才叫有出息！等你老了，年纪像我们差不多时，再来吧。"

瓜魔沉默着。从海岸隐隐传来拉夜网的号子声，他倾听了一阵，说："我去要几条鱼来煮上！"

瓜魔去了，提来几条鲅鱼煮到了锅里。徐宝册又点上了烟锅，吸了几口，说："讲点故事吧……"

铁锅下的木炭响了一声。瓜魔说："你讲吧，你是老人，老人十个里面有八个装了说不完的故事。"

徐宝册把那条又宽又肥的半长裤子提了提，说："那一年上，我种了棵南瓜，就种在屋后头。最后你猜怎么了？生出了一窝地瓜。"

瓜魔笑得肚子都疼了。他嚷着："我有一年种了一棵苞米，到头来你猜呢？生出一棵蓖麻！"

"胡说！"徐宝册严厉地打断他的话，磕掉了烟灰，"你胡乱编排些什么！"

瓜魔说："你不也是胡乱编排吗？"

"我不是，"徐宝册摇摇头，"我邻居家的孩子给我偷着埋下了地瓜呀……你看，是这样的。"

瓜魔无声地笑了。他把身子滚动一下，挨近一棵西瓜，摘下一个瓜来。他吃着瓜说："我想起一个故事来——这可不是编的，一点不是，是我亲眼看见的。那一年芦青河涨水，听人说河里的鱼多极了。好多人都鼓动我进河捉鱼去。我那几年就愿睡觉，头一碰着什么就粘上了，再也不愿抬起来……"

"小孩子都这样的。"徐宝册也掰了一块西瓜，咬了一口说。

"也不都这样。恐怕这是种毛病——我叔叔就说这是种毛病的。"瓜魔这时候不吃瓜了，一只手撑着地，半挺着身子讲他的故事了，"那一天大雾，芦青河就笼在一片灰白色的雾里。哎呀，好大的雾呀，我从家里走到河边上，衣服就湿了……河里这天没有多少人捉鱼，他们都怕雾呀，怕在对面不见人的时候被水里的妖怪拖进水里去。我倒不怕，直顺着水游下去，就在河口那儿的一片大水湾里停住了……"

徐宝册一直眯着眼睛，这时睁开眼插一句："是那片在三伏天也冰凉的水湾里吗？"

瓜魔点点头："嗯。"

徐宝册重新眯上了眼睛："那里面听说有不少鳖哩。"

瓜魔摇摇头："我在那儿捉到一条很大的鱼——它用鳍把我的小腿肚儿划开一道口子，惹恼了我，我用拳头砸了一下它的脑袋，它才显得老实了。我像抱个小孩儿一样把它抱上岸来，它直拱动，老想再回到河里去。我就紧紧抱着它……后来走在路上，累了歇息的时候，我就搂着这条鱼睡去了。醒来一看，鱼不见了，肚子上只沾了几片鱼鳞……"

"哪去了呢？"徐宝册蹲起身子，惊讶地问。

瓜魔揉揉眼睛："谁知道！到现在我也不知道。只是第二天我到龙口街上赶集，看见一个小姑娘卖一条鱼，越看，那鱼越像我捉的那条……"

徐宝册不作声了。他开始吸那杆烟锅。

瓜魔讲到这儿像是疲倦了，身子一仰躺了下来。他又伸手去拿起一块吃剩的瓜，放在嘴里吮着，并不咬，两眼一直望着那布满星星的天空。

蝈蝈儿在瓜垄里叫了起来。各种小虫儿也用千奇百怪的声音应和着。铁锅往外噗噗地冒着汽，鱼的香味儿很浓了。徐宝册起身把铁锅端下火来。

一个人迈着拖拖拉拉的步子走过来，走到近前才看出是老六哥。他不作声，蹲在了火堆旁，怕冷似的烘了烘手。他看到那一片片瓜皮，就伸手在瓜魔的肚子上捅一下说："真是个瓜魔！"

他们三个人一块儿将鱼吃了。这是一顿很丰盛的、也是一顿很平常的夜餐……

第二天，徐宝册和老六哥摘下了堆得像小山一样的西瓜，叫队上的拖拉机拉走了。搬弄瓜的时候，他们发现一个黑皮上带有花白点的大个儿西瓜，立刻就挑拣出来，藏到了铺子下边。他们记得去年就有这样的一个瓜，切开皮儿就有股香味扑出来，咬一口，甜得全身都要酥了。徐宝册说："留着瓜魔来一块儿吃吧。"老六哥点点头："一块儿吃。"

一连两天瓜魔没有来。西瓜从铺子下滚出来，徐宝册用脚把它推进去，说："瓜魔这东西把我们两个老头子给忘了。"老六哥说："瓜魔能忘了我们老头子，可他忘不了瓜！"徐宝册点点头："也忘不了海——这小东西，简直是鱼变的！这小子该到海上学打鱼。他原想以后跟我们来做营生呢……"

老六哥听到最末一句想起个事情。他说:"听人讲,村里的土地以后都要搞责任承包了——还没讲瓜田承包不承包呢。"

徐宝册笑笑:"承包怕什么?承包不就是咱俩的事了?别人也不敢揽这瓜田——这得有手艺呢!"

老六哥点点头:"就是呀,我讲的意思,也就是到时候咱俩瞪起眼睛来,可不能让别人承包走了。"

天气出奇的热,傍晌午的时候,瓜魔胳膊上搭着衣服从海上来了。徐宝册坐在铺子上,老远就瞅见了,兴奋地吆喝着:"嘿,你这小子!这几天跑哪去了?"

瓜魔仰着脸儿走过来,似笑非笑地眯着眼睛,身子晃晃荡荡的,像喝醉了酒。他唱着什么歌儿,一扭一扭走过来,躺在了铺子上。他喊着:"吃瓜吃瓜!"

"这个瓜魔!"徐宝册招呼一下田里的老六哥,从铺子下边滚出了那个大西瓜,……真快意呀!谁吃过这样的西瓜呢?瓜魔兴奋得在铺子上打了几个滚儿,然后才到那潭清水里洗澡去了。徐宝册和老六哥也到瓜田里做活,路过水潭,每人顺便抓起一把沙子扬了进去,使得瓜魔在里面骂了一句。

村子里来人告诉徐宝册和老六哥,晚上要开会商量责任田承包的事,让他们去一个开会。

这个消息使两个看瓜的老头子整整兴奋了半天。徐宝册要去开会,老六哥不同意,说:"你这个人关键时候话来得慢,我不放心。我去算了。"争执的结果,决定由老六哥去参加。

徐宝册觉得这事情不比一般，很需要运用一番自己的智慧。他想了好多，都想对老六哥嘱咐一遍，这使得老六哥都有些腻烦了。徐宝册打着冒权，说："比如这冒权吧，不比往年长那么旺——这是瓜秧不壮啊！不错，化肥也使了不少，可天旱，也只得不停地浇。结果呢？肥料都给冲到地下去了……这些，你都得跟领导说，让他们知道承包下来也不是便宜的事。"

老六哥听了暗暗发笑，徐宝册想到的他全想到了，他只不过将什么都藏在心里罢了。他觉得，今天手腕子也好像比过去强劲了些。他像囫囵吞下了一个大西瓜，心里老觉得沉甸甸的。他步量了一遍瓜田，又在靠近槐林的地边停住了步子。他想：如果承包下来，就是和自己的瓜田一样了，那么，这儿最好能架起一排荆棘篱笆，挡住那些瓜贼……

傍晚老六哥回村开会去了，半夜时分才回来。

老六哥笑模笑样的，这使徐宝册的心一下子放了下来。他问："六哥，承包给咱们了吧？"

老六哥点点头："不承包给咱们，谁敢揽这技术活儿？我一发话，会上没说二话的。没跟你商量，我就代你在合同上按了手印。我早算准了，咱们年底每人少说也能赚它五百块钱！"

"哎呀！哎呀！"徐宝册上前搂住了老六哥的腰，呼喊着，捶打着，说："瓜魔算'魔'吗？你才算'魔'！你这家伙鬼精明，你掐一掐手指骨节，计谋就来了。行啊，亏了这回承包！新政策是谁定的？我老宝册要找到他，敬他一杯大曲酒！"

老六哥搬来小铁锅，找来一条干鱼，放在里面煮上了。两人坐在一块儿吸着烟锅,谁也不想先去睡觉。老六哥吸着烟,伸出手捏住徐宝册的半长黑裤,拉了两下说:"看看吧!多丑的一条裤子……"徐宝册满脸愠怒地斜了他一眼,把他的手扳掉。老六哥笑吟吟地说:"这都是没有老婆的过。有老婆,她早给你做条好裤子了。"徐宝册的脸有些烧起来,只顾一口接一口地吸烟。老六哥又说:"今年卖了瓜,赚来钱,先去娶个老婆来!你总不能一个人老死在屋里吧……"徐宝册抬头望着远处月光下那片黑黝黝的槐林,嗫嚅道:"也……不一定……"

"哈哈哈哈……"老六哥听了大笑起来。

徐宝册也笑起来,这笑声直传出老远,在夜空里回荡着,最后消失在那片槐林里了。

天亮了,他们立即着手在靠近槐林处架荆棘篱笆了。瓜魔来了,就忙着为他们砍荆棵子……徐宝册告诉瓜魔:瓜田承包下来了,这片西瓜就和自己的差不多了。瓜魔听了乐得不知怎么才好。老六哥低头绑着篱笆,这时回头瞅了瓜魔一眼,没有吱声。瓜魔于是走到他的身后,在他的腰上轻轻按了一下。老六哥突然抛了手里的东西,瞪起眼睛喝道:"你小子打人没轻重,乱戳个什么!"

老六哥的样子怪吓人的,瓜魔吃了一惊,往后蹦开了一步。

徐宝册很惊奇地望望老六哥的腰,说:"就那么不禁戳吗?"

老六哥没有吱声,只是涨红着脸低头做活。

三个人整整用了一上午的时间才架好篱笆。午饭做的鱼丸子、玉米面锅贴儿,瓜魔只吃了很少一点,就躺到铺子上去了,仰着脸,扭动着。他嘴里哼唱着,一边把脚搭在徐宝册光滑的脊背上。老六哥一直皱着眉头吸烟,这时一转脸看到了,说:"真是贱东西!他整天做活累得不行,你还要把脚搭在他背上!真是贱东西!"瓜魔在过去总要把脚挪到他背上的,可是这回看到他阴沉沉的脸色,就无声地把脚放在了铺子上。

吃完饭后,照例要吃西瓜了。徐宝册见老六哥不愿动弹,就自己到田里摘来两个。可是吃瓜时,老六哥只是吸烟……瓜魔离开以后,徐宝册扳过老六哥的膀子问:

"六哥,你身上有些不对劲儿?"

老六哥只是吸烟。

"你不吱声我也知道。你掐一掐手指骨节就生出来的计谋,我都知道!你心里想心事,嘴上只是不说!"徐宝册盯着他的脸,硬硬地说。

老六哥磕打着烟锅,板着脸,慢声慢气地说:"瓜魔不能多招惹的,他不是个正经孩子。"

徐宝册哼一声,扭过头去说:"瓜魔是个好孩子!"

"你看看吧,"老六哥往瓜魔常来的那个方向指点一下说,"正经孩子有他那个样儿吗?黑溜溜像铁做的,钻到水里又像鱼,吃起瓜来泼狠泼愣!"

徐宝册气愤地将卷在膝盖上的裤脚推下去,站起来说:"你有话就直说,用不着这么转弯抹角。瓜魔一个孩子又碍了你什么!哎哎,你真是变成'魔'了!"

这是他们最不愉快的一次。这一天,他们简直没有说上几句话,只顾各忙自己的事情了。

以后瓜魔来到,老六哥总是离他远远地坐着。瓜魔带来的鱼,他似乎也不感兴趣了。瓜魔到水潭里洗澡，也只有徐宝册一个人跟去看了。徐宝册背着瓜魔对老六哥说："六哥，你心胸窄哩！你不像个做大事情的人！"老六哥顶撞一句："我也没见你做成什么大事情！"

瓜魔不知有多少天没来了，徐宝册常常往大海那边张望。可他除了看到远处海岸上那一长溜儿活动的拉网的人之外，几乎没有看到别的。夜里，他一个人烧起小铁锅，或者一个人走在瓜田里，总觉得少了些什么。

一天早上醒来，他对老六哥说："昨夜我刚睡下，就梦见瓜魔来了，蹲在瓜田南边，就是篱笆那儿，和我煮一锅鱼汤。"

老六哥点点头："煮吧。"

徐宝册眼神怔怔地望着篱笆说："煮好以后，我梦见他跟我要烟锅，我没给他。"

"你该给他！"老六哥讪笑着说。

"我没有给他。"徐宝册摇摇头，"我梦见他好像生了气，说再也不来了……"

老六哥嘴角上挂了一丝讥讽的笑容。

又有一天，徐宝册正给瓜浇水，一抬头看到海边上有个人在向这边遥望，那身影儿很像是瓜魔。他抛了手里的水桶，上前几步喊道：

"瓜魔呀？是你这小子！你怎么不过来呀？瓜魔——瓜魔——"

那是瓜魔，徐宝册越看越认得准了，于是就一声连一声地喊他，用手比画着让他过来。可是瓜魔无动于衷地站在那儿，望了一会儿，就晃晃荡荡地走开了……徐宝册愣愣地站在那儿，两手紧紧地揪着自己肥大的裤腿。

老六哥对他说："你再不要喊那东西了——他是再也不会来了。有一次你不在，他坐在铺子上吃瓜，吃下一个还要吃，我阻止了他。这小子一气走了。"

徐宝册听着，啊了一声，瞪大眼珠子盯着老六哥。

老六哥有些慌促地挪动了一下身子，避开对方的眼睛。

徐宝册却只是盯着他……停了一会儿，徐宝册寻了一个最大的西瓜，顶在肚皮上抱回铺子，对准那个案板，狠狠地摔下去。西瓜碎成一块一块，他两手颤抖着拢到一起，捧起一块吃着，瓜瓤儿涂了一腮。吃过瓜，他就躺在凉席上睡着了。

老六哥把这一切看在眼里，不敢说上一句话。

徐宝册醒来后，老六哥坐在他的近前。徐宝册眼望着北边的海岸线说："我早就知道你是舍不得那几个瓜！你要发一笔狠财，你不说我也知道！瓜魔平日里帮瓜田做了多少活儿？送来多少鱼？你也全不顾了……"

当天下午，徐宝册就到海上寻找瓜魔去了。

瓜魔在海里。他爬上海岸，坐在徐宝册的身旁哭了。眼泪刚一流下来，他就伸出那只瘦瘦的、黑黑的手掌抹去，不吱一声。徐宝册要他再到铺子里去，他摇摇头，神情十分坚决。最后，老头子长叹了一声，走开了。

两个老头子还像过去一样，每天给瓜浇水、打杈子；晚上，还像过去那样给瓜田守夜……可是，他们不再高声谈论什么，也不再笑。徐宝册无精打采，他觉得自己突然变得没有力气了……终于有一天他对老六哥说：

"六哥！我忍了好多天了，我今天要跟你说：我不想在瓜田里做下去了。你另找一个搭档吧。真的,开始我忍着,可是以后我不能再忍了。咱俩在一起种了多年瓜,我今天离去对不起你哩,你多担待吧!"

老六哥惊疑地咬住嘴里的烟锅,转着圈儿看徐宝册,说:"你,你疯了……"

徐宝册说:"我真的要走,今天就回村里去。"

老六哥这才知道他是下了决心了,有些失望地蹲在了地上。

徐宝册说:"还是李玉和说得好:'我们是两股道上跑的车,走的不是一条路啊!'……"

老六哥声音颤颤地说:"什么时候了,还有心去说这些!"他洒下了两滴浑浊的眼泪……突然,他站起来,低着头,只把手一挥说,"走吧,宝册,有难处再来找你老哥我!"

徐宝册离去了。半月之后,他重新与别人合包下一片海滩葡萄园,到园里看葡萄去了……瓜魔又常常去园里找他玩,两人像过去那样睡在草铺子里,半夜点火烧起鱼汤……

一个晚上,他们仰脸躺在草铺里,瓜魔又把脚搭在了徐宝册光滑的后背上。他用那沙沙的嗓子唱着什么,声音越来越轻,终于一声不响了。停了一会儿,他对徐宝册说:"我真想那个瓜田……"

徐宝册笑笑:"你想吃瓜了?瓜魔!"

瓜魔坐起来,望着迷茫的星空,执拗地摇摇头:"我是想那潭清水……真的,那潭清水!"

徐宝册没有作声。

这是个清凉的夜晚,风吹在葡萄架上,唰唰地响……徐宝册声音低缓地自语道:"葡萄园也需要个水潭呢,我想在这儿动手挖一个……"

瓜魔的眼睛一亮:"那水潭不是好多人才挖成的吗?我们能行?"

徐宝册点点头。

瓜魔笑了:"我真想那潭清水……"

一个早晨,一老一少真的找块空地,动手挖水潭了。大概泥土很硬,他们一人拿一把铁锹,腰弯得很低,在橘红色的霞光里往下用着力气……

一九八三年五写于济南

挖　掘

　　这是一片茫茫的海滩。白色的砂土被太阳烤热了，满地的葛藤、小草、山枣棵……都卷起了叶子。奇怪的是，这一类生命竟然能在焦热的烘烤下有滋有味地活着。它们在早晨喝点露水，入夜的时候就兴奋起来，叶子一片片地舒展开来，根须默默地又在往下扎……

　　现在，天开始凉爽一些了。

　　一簇簇树林在微微的风里抖动着叶子。风把水汽吹散了，于是一切显得明朗起来。树林仿佛变得比刚才绿了许多，色彩也艳丽了许多——那一团墨绿的，是槐树棵子；一条条大叶片子都看得清的，是野椿；长出一球球红色的、像肥厚的豆角的，是野楝了……有什么声音在林子里边响起来，那声音是迟钝的。停了一瞬，又响了一声，这有点像咳嗽。不一会儿，果然有一个人出现在林子边上。

　　小树林摇动起来。他是个六十多岁的老人，垂着头，像盯着自己的两只脚，一步一步走出来。那两只生着黑斑、爬满了青筋的大手握住一柄粗重的镢头。镢头的一端还挂了一个黑色的篓子。他只顾往前走着，仿佛大海滩上，什么都引不起兴趣了，什么也不愿多看一眼……一簇簇的草叶被他那双沉重的脚板踩到沙子里去。酸枣棵儿的尖刺像钢针那样锋锐，不止一次勾到他的脚背上，这双脚躲都不躲一下。尖刺果然也戳不进他的皮肉，倒是被这双脚踏上去踏折了。他的大脚在草丛里转动两下，那草棵就奇怪地向四周分开，使当心的沙土上显露出一株生了紫色籽粒的棵棵。于是他把镢头从肩上取下来，"噗"的一声刨下去，刨出一个白白胖胖、有小拇指粗的根根来……他把根根小心地拾到了篓子里。

那是一株沙参。

原来，他不是在看自己的脚板。他往前走时，眯起两眼，躲闪着白沙粒上反射过来的光线。草棵里不断有飞蛾之类的活物被这双脚搅扰得飞起来；不断有小虫虫顺着他的脚杆往上爬去。他就像没有看见，只等小虫爬到腰际的时候，再动手去捻掉。一步一步地往前走去，完全是不慌不忙的样子。他那神态也告诉别人：他是个性情平易的老人，激烈的热血早在年青时候就流完了。他看着脚下的沙粒、茅草，眯着的眼睛眨也不眨一下，显露出一副极有耐性的、满怀信心的脸相。

不知又走了多远，他的黑篓子里才装进第二株沙参。

沙滩上有一种小鹅卵石，黑里泛红，表面被海滩的大风沙打磨得油亮亮的。这种石头跟刨参老人的皮肤差不多是一个颜色。有一次这样一块石头掉进鞋子里，走一步就要硌一下脚底。可是他懒得脱鞋，还是眯着眼走下去。住了一会儿，脚底疼得厉害了，他才不得不放下镢头和篓子，坐到地上来。他把那双粗麻绳纳成的黑布鞋子脱下来，看到了那个石头：圆圆的，黑红透亮，像一枚板栗。他特别注意到它和自己的脚面一个颜色，嘴角露出满意的笑容，在手里摩擦一下，放进衣兜里了。当他穿鞋子的时候，他突然发现就在脚边的茅草棵里，有几片肥厚的沙参叶儿在摇动着！

他这次没有舍得使用镢头，仿佛害怕坚硬的镢头会碰坏它一样。他伸开了两只大手，扒开了好大一片沙土。这真是一株不平凡的沙参哪，瞧它的叶梗儿多长、多壮，掏进那么深的土里，还迟迟见不到白胖的参肉！老人呼呼地喘着气，眯着的眼睛睁圆了，一捧捧地往外掏着白沙，嘴里咕哝着："哎呀，你是棵好家伙哩！你藏得鬼呀，你藏到这么深的沙土里，藏在茅草窝窝里！嘿，你再鬼我也要请你出来呀……"他终于看到洁白的参肉了，圆鼓鼓的，比大拇指还粗！老人把头拱到了沙坑里，闻了闻它那淡淡的清香，嘴里又咕哝一句："是个大家伙！从来没见过的大家伙……"

在说这句话的时候，他突然觉出后背上仿佛有什么异样的感觉。就像被什么烘烤着，有些发热。他立刻闭上了嘴巴。他明白这时候正有个人站到了背后，离他很近地直瞅着挖这株沙参。他不想让别人知道他为一株大点的参高兴成这个样子。他只是默默地、一丝一丝地扒土，干完了最后一点儿活计，取出了这株沙参，转身往黑篓子里放去——

背后果然站了一个人。他三十多岁，黄色的脸膛上，有一双灵活的眼睛。眼睛转得很快。他正叼着一支粗壮的雪茄烟，看着那株肥大的沙参。原来是生产队长马其扬。

老人像安放一个熟睡的婴儿一样，在马其扬的注视下将沙参放入黑篓子里。

马其扬嘴巴一歪，笑了。他说："牛筋叔发财了！"

他的笑声里隐含一丝嘲讽，牛筋叔还是听得出来的。他没有作声，拍打了两下粘满沙土的大手，从腰里摸索出一杆烟锅吸起来。他问："小其扬，你干什么去呀？"

马其扬仍旧是那么一副嘲讽的语气："跟你一样，做发财的路子去啊！"

牛筋叔仰起脸来，见到不远处那条弯弯曲曲的黑土路上，停了一辆绑着柳筐的轻骑车。他知道这个队长是要贩鱼去——人家说进一趟南山能赚几十块钱哩！他使劲吸了一口烟，又吐出来，透过蓝蓝的烟气望着那辆轻骑。他想，刚才也许是挖得入迷了，怎么就没有听到马达响呢？嘿，这种车子也算个精灵了，"突突"一响，喷出一股烟气，就立刻能跑没了影儿……牛筋叔磕了烟锅。

马其扬递过去一支雪茄。牛筋叔接到手里，端量了一会儿，又还给了他。

马其扬站起身来，拍拍裤子上的土说："牛筋叔，你使劲挖吧！我就从这条路上穿来穿去的，等你这'人参'挖得堆成了山，我帮你用车驮回家去！……"他说着从衣兜里掏出一个变色眼镜，戴上之后又用手推一推，向着轻骑车走去了。

马达响了起来，小土路上扬起一团烟尘，轻骑向海上跑走了……牛筋叔歪过头来盯着黑篓子里的三株沙参，伸出手来抚摸了一下那株最大的。他知道马其扬是故意将"沙参"叫成了"人参"的，这同样也是一种讥讽——沙参只是一味普通的中药，自然比不得人参那么贵重。它们的模样有些相近，牛筋叔也常在心里省去前边那一个字，只叫它"参"！当他肩扛镢头，背起黑篓时，有人问他"干什么去？"他就响亮地回答一声：

"挖参去!"……

自从把土地分成责任田以来,人们自由支配的时间多起来。比如像这一个夏末吧,玉米早播上了,又施过了第一遍肥水,还闲在田里做什么?人们都寻各种门路赚钱去了:进城卖果子;到乡间收麻拧绳子,做蒲草席子……最有气魄的还是队长马其扬,买来一辆轻骑车贩鱼去,几个月就赚回一大笔钱,使村里人都想学他的样子干。但最终还是没有一个人敢买一辆轻骑,他们没有马其扬的气魄——气魄是他当队长时练出来的。他们只好卖卖果子、拧拧绳子了。牛筋叔的锨头刨掉了玉米地里的麦茬儿,很想再刨点什么别的。他使惯了锨头,让他放下锨头进城叫卖,他还没有做过。他只知道锨头锈住了,就该毫不犹豫地把它磨得铿亮!

他已很难受地闲了两天。第三天上,他看到村里人一个一个各自找路子去了,急得两手在裤子上摩擦了两下。这天夜里他睡不着,突然想起了海滩上有野生的沙参!他在黑影里宽慰地笑了……后半夜他睡得很好。天一亮,他就捐上锨头奔海滩了。

他一连挖了十几天,收获不足百株。但他并不失望,他知道这会儿失望还嫌太早。海滩太大了,他靠着海滩生活了六十多年,至今还有不认识的花草。肩上的锨头沉甸甸的,这给了他以勇气。

今天他挖这三株沙参,有一株如此之大。这使牛筋叔十分高兴。他甚至觉得这是个好兆头。他并不在乎马其扬的嘲弄。马其扬才经历了多少世事呀,骑上轻骑"突突"地跑,不定什么时候"扑通"栽一个筋斗,那是没有救的。牛筋叔觉得他简直没有一点值得羡慕的地方。他刚才跟马其扬只说了一句话,还特意在"其扬"前边重重地添了一个"小"字!

牛筋叔端量了一会儿沙参，重新背好黑篓往前走去。他仿佛觉得这黑篓子比刚才沉了许多，他知道那是多了一株"参王"的缘故……一股凉风从身边吹过，牛筋叔觉得十分惬意。头顶上，一只乌蓝鸟欢叫着飞过，它扑展着双翅，一会儿钻上高空，一会儿又掠过树梢，在远处变成一个小小的、一荡一荡的黑点。牛筋叔望着它，心想：如果它飞去的地方藏下了成片的沙参多好啊！……

这里是一片开阔的草地，密密的绿草差不多覆盖了所有的沙土。草地上没有棘棵，也没有树林。风在草尖上轻快地跑过，草棵愉悦地拧动着柔软的身子。这么大一片草地，应该藏下成千上万株沙参，这大概是确定无疑的了。牛筋叔眯着眼睛看着这片草地，在心里把它划成好多个小方格，他要沿着每一个小格子细细地寻找。

天渐渐黑了。牛筋叔在这片草地上只挖到三两株沙参。他必须在太阳落下之前赶回去。他等不得月亮。月亮要在深夜才生出来。可是他真不想离开这儿，他羞于看黑篓子里那寥寥可数的收获。

为了不迷路，他沿着芦青河旁的小路往回走去。离开村子太远了，走着走着，天就暗下来了。河边柳树上，乌鸦扑打着翅膀，像一股黑烟一样从他眼前飞过。芦青河水无声地流着，它一定也流得疲倦了。牛筋叔肚子一阵饥饿，摸摸腰间的干粮，才想起忘记了吃中午饭。

往常的时候，他出远门到野外做活，都是老伴和他一起，她总是能按时提醒他吃饭；如果离一个村落不远，她还会去讨来一碗热水……牛筋叔想起了老伴，闭了闭眼睛。他的老伴死了三年了。

这时，远处好像传来一阵马达声。牛筋叔立刻想到了马其扬。他往旁边跨了几步,迈进一片树林里。他不想让马其扬看到他挖来的沙参。……

第二天,牛筋叔很早又来到了海滩上。

昨天似乎是极没意思的一天,牛筋叔都觉得有些愧对这柄又粗又重的镢头。这样好的一柄镢头握在他手里,竟没有挖到多少东西!嘿嘿,罪过。他记得年轻时好像很少有这种晦气的时候,那时他抡起镢头来只穿一个白背心儿,让黑色的肌肉尽可能多地显露出来,一疙瘩一疙瘩地凸起着。这就等于告诉所有人他会成功。无论是精心收过的山芋地还是红薯地,他挨着地边细细地挖起来,总能挖出好多的收获……他相信镢头,就像相信自己的力气。……

今天的阳光把每一株茅草都染成了红色。牛筋叔觉得这实在像成熟的沙参籽儿的颜色。他大着步子穿过一片片稀疏的杂树林,又费力地扳着枝条钻过一片洋槐林,才看到了旷敞的空地……他笑了,笑着摸索腰间的烟锅。可是他的烟杆儿还没有插进嘴里,就被一支粗粗的雪茄戳了一下——原来马其扬又站在他身后了,那辆淡黄色的轻骑不知何时又停在了不远处的一条小土路上……

牛筋叔用烟锅拨开雪茄,毅然地划着了火柴。他鼻子里哼了一声。他厌恶那种不声不响就出现在别人身后的人。这也许是多年养成的习惯了,他在用心挖东西的时候,最烦有人在后头窥测……马其扬笑吟吟地问:"昨天发财啦?"

牛筋叔将镢头放倒,坐了下来。他不愿告诉只挖了十几株沙参,可又不愿撒谎。

马其扬将变色眼镜取在手里摆弄着说:"昨天我太忙了些,也顾不上来帮您老驮'人参'……嘻,昨天刮的什么风?北风!我载了鱼,顺风下了南山,比平常多跑它一趟,多赚回十块。嘿嘿,就当着是进山观景儿玩一样!……

马其扬用手搔了搔头,快活地躺倒在牛筋叔身后的白沙子上。牛筋叔一口一口只是吸烟,不吱一声。他想象得出这个人跨在轻骑车上那个神气样子。他想,这时要是有人把这个年轻人的变色眼镜摘下来摔掉,也许会好一些。……马其扬见老人不跟他应声,也觉得没甚意思,站起来就要走,临去还是说要给老人来驮"人参"。

牛筋叔竭力在脑海里排除着马其扬带来的不快,将心收拢在对面这片草地上。他很快又在心里将它分成了几个小方格儿,然后瞅准一个方格寻找起来。他觉得一夜间积起的精力正足,两只大脚又不慌不忙、深沉有力地踏在沙土上了。空旷的大海滩上,只有他一个人捎着镢头、黑篓,无声地走着。他的头永远执拗地向下弯,从不向旁边瞥一下。这是一个坚定的影子。

很快的,他寻到了一株沙参!尽管它小得让人不得不在心里盘算取舍,牛筋叔还是十分高兴。他仿佛觉得这是老沙参从草地深处派来向他问候的儿女。他笑了,愉快的心情添了几分宽容,终于没有伸出镢头去刨。他告别了它,迈大步子向前走去。

东方消退了红云,晨气渐见稀薄,因而清明一片,蔚蓝可爱。不远处的槐林里,小鸟儿又在吵了,风很爽快地吹着,使整个大海滩都变得可以爱、可以亲近了。这无疑是一天里最好的时候。这时候,好运气不定什么时刻就来的,机会对于所有人好像都来得更容易一些。他把镢头从肩上取下来,用右手提着,身子也不由自主地向前探去。那姿势好像要随时动用一下镢头,而每次又都是必定成功的。

可是他慢慢就把镢头重新搁上肩膀了。他的手腕疼得厉害。又一个方格走完了,竟没见到一株沙参。牛筋叔这才知道今天不行了。昨天的这时候,他的黑篓子里已经装了三五株了。但他心里又像过去那样在警告自己:不准松气,这还不是失望的时候!他觉得刚才那样急匆匆地往前赶至少是犯了一个错误。那是年轻人的做法。他是一个老人了,他应该沉住气。他见过搏斗的老牛:不慌不忙地移动身子,放低尖角,每一冲刺都是有效的、都足以使对方受致命的伤。老牛没有年轻时候的热血了,可是它有了耐性和智谋。牛筋叔从来都把自己看成是一头老牛。他弯腰往前走着,头低下来寻找,他觉得这是像牛那样放低了两只尖角。

他突然看到了地上挖过的一个沙坑!这是一片被人挖过的草地?他蹲下来瞅着,发现坑边上有两三个老大的、深深的脚印。他用力捶打了一下自己的头 —— 那是他自己的脚印!他不信似地抬头望去:不远处的槐林、海岸线……这里正是昨天细细寻找过的那片草地!

牛筋叔跌坐在了沙土上。他的腿脚确实有些疼了,肩膀也被镢头压得有些麻木了。他揉搓着眼睛,眼皮涩得难受。他知道这是几天来被反光的沙子照射的。老了!老了!大海滩又在无声地宣布他是一个老人了。牛筋叔歪歪斜斜地站起来,茫然地四下看着,又摇摇头,重新坐下来。

不远处的海岸线上,有一群影子在活动。一声声拉网号子就从那儿飘来。他知道那是一群青年人脱光了衣服在拉网。号子一声紧接一声,完全透露了年轻人的活力 —— 要是他,他就不会这么呼喊。他惯于默默地做事情、默默地用力。这号子告诉别人，他们有的是力气，有的是热血，那热血就像脚底板的沙子一样滚烫。年轻人做下了多少年老人眼热的事情。年轻等于金子，金子就有光芒，像他们赤裸裸的肌肤，流着油，闪着亮，让阳光从上面反射回来……

牛筋叔弯下头瞅了瞅黑篓子，再也不愿看它了。他想起了马其扬那笑声，马其扬的马达声，马其扬粗粗的雪茄……嘿嘿，清一色的年轻、健壮，彻头彻尾的炫耀！他瞧不起我的镢头。可是，我要让他们亲眼看看这镢头一下下刨进土里，会挖出些什么！……牛筋叔把烟锅磕了，又重新装起一锅。他大口地吸着，两眼变得雪亮了，望着海岸，望着那一群群人影……

无论是这些人影，还是马其扬，牛筋叔按年龄算，都可以做他们的父亲。他们还实实在在是一些晚辈。记得老父亲生前，看重的是镢头；街坊邻里的老人，也看重的是镢头。就连老铁匠铺子，开口也是"这块钢好，留在镢头刃上！"老一辈人都知道镢头的重要。父亲传给他镢头时也教给他怎么使用。牛筋叔还记得有一年上，南山里出了鱼鳞石，村里好多人都扛着镢头、拿着凿子去了，一心想着发财。结果那些年轻人开不动几块大石头，就累软了腰，跑回来了。父亲却和他蹲在一个石坑里，顺着一条石线开下去，默默地低头做着，做了十天，眼看也没指望了。烈日晒着年轻的牛筋，牛筋后背脱下了一层芭蕉叶儿大小的白皮。可是父亲还在低头默默地做下去。又是十天过去了，镢头刨下去，"哗啦啦"几声响动，掘出了大片的鱼鳞石……

牛筋是从鱼鳞石上懂得使用镢头的。父亲后来死了，他的耐性却奇生在儿子的身上。记得那一年闹饥馑,两个月断了粮,人们都慌了。大家都睁着眼睛往上瞅,瞅见的是发黄的树叶、树皮,于是就弄下来吃了。后来,往上看只有光光的天空了,不少人相继倒下了。牛筋叔却只是往下瞅,他提着镢头来到茫茫野地里,望着收过很久的红薯地,耐心地挖起来。他挖着,终于在几尺深的地下挖出一截小拇指粗的瓜根。有一次他还挖到一个小小的瓜纽。他养活了自己。尔后,他一生没忘这把镢头的重要,一生看重挖掘。……没有比在大地上游荡再容易的了。可是要生活,就要眼睛向下,在土地上用力气!

往事像烟云一样在牛筋叔的脑边浮动。他微微笑了笑,熄灭了烟锅,把镢头重新扛了起来。

牛筋叔又像往常那样,迈出大脚,沉重地踩到沙土上,一步步走下去……他先走出了这片倒霉的草地,继而跨入一片密林,最后出现在靠近芦青河入海口的一片浅草滩上。这一段路他走得很慢,脸上似乎还挂着一丝微笑,有一阵甚至还悠闲地将烟锅斜叼在嘴里。

牛筋叔又在这片浅草滩上开始了他的寻找……大海滩似乎在耍滑头。它变得越来越不坦率了。牛筋叔知道它总是将你想要的东西藏到了什么鬼地方,却将一些谁也不想要的东西故意显露在你的眼皮底下,比如这些茅草和鹅卵石子……大海滩显然在欺负和嘲弄一个老人!它不动声色地磨损这两只硬硬的脚板、拖累这两条变僵的腿;它把水藏起来,使他干渴得好几次靠酸菜芽儿才挺住;它用火辣辣的沙子炙着他的皮肤、眼睛;它把他引到一片片永远也走不完的茅草地上……也许是故意让人丢脸,它要让这个背运的老人折服。牛筋叔眯起的眼睛往上看了看,像要挣脱什么一样，用力地抬起头来。他在看茫茫的海滩。他的眼睛里闪射着蔑视和仇恨的光芒。当他继续低头走去时，依旧迈着那种步子，只是脚板落得更沉重了。他脸上像是有了一丝可怕的笑容……

茅草里果然生着什么奇怪的东西。他弯下身子，用手去触摸——尽是些小小的沙参幼苗！这些小苗苗全是不久前借助一场夏雨生出来的。牛筋叔一动不动地看了一会儿，两眼慢慢变亮了——如果经验没有欺骗他的话，那么这些小参苗正是由冬天那终日不停的西北风卷来的参种生出的！也就是说，如今西北方向会有一片旺盛的老沙参！

牛筋叔快乐地将镢头高高地举起来，向着前方，向着旷远的海滩吆喝起来。他仿佛已经望见了那片闪着紫红的参籽儿了。

他毫不犹豫地盯着群生的小参苗儿大步走去，天暗下来他也全无察觉。随着暮色变浓，他不断将身子弓下去。最后他简直就是伸开手臂去触摸了。他不愿离开参苗儿一步，他自信凭嗅觉也找得到那沙参的老窝。可是接下去却是令人失望透了的结局：他竟丢失了那些群生的参苗，糊里糊涂踏上了一片光秃秃的沙地……牛筋叔沮丧地坐下来。他长叹一声，在脚下挖了个做标记用的大沙坑，离开了。

一片黑压压的林子，他踏进去，却怎么也踏不穿了。

这不知是一片槐林不是柳林，静得无一丝声息。夜黑得像墨。牛筋叔气喘吁吁地跌坐在一丛茅草里，伸手去扳一棵小树。这是一棵胳膊粗的树，他扳一下，它弯一下，总不能帮助牛筋叔坐正身子。他的两腿感到了一阵阵的疼，他简直没有力气活动一下，力气已经在白天交给大海滩了。他气愤地松开了手——这是棵年青的树，它不愿帮助老人。他索性仰面朝天躺在茅草上……有什么东西在飞动,碰掉的干枝叶儿落在地上,显得声音很大。身边有一个刺猬爬过去,它好像正"咯吱吱"地咬着什么东西。……牛筋叔在草丛里昏昏地睡着了。

有什么小动物从他身上踏过,他醒了。身上每一处骨头都疼,动都不敢动一下。风从老远老远的地方吹来,带着一种令人恐怖的神秘意味,那声音悠远深长,不断落在了他的耳边。他开始后悔了,后悔不该在大海滩上干这么久。现在无边的黑暗包围着他,他迷路了,身子疼得不能动了,他又一次感到了这片广袤的沙土的力量,咀嚼到了被嘲弄的苦味……他断定无论如何明天是无法去继续挖掘了!

风中好像传来了拉网号子,断断续续的号子充满活力和愉快,带给他力量。

他好像又看到了那些赤裸的、年轻的躯体,想起了那些凸起的黑红的肌肉、那些力的炫耀,听到马其扬的马达,闻到他那刺鼻的雪茄烟味。他不知从哪儿涌出一股力量,两手一撑,坐了起来……他揉了揉眼睛,努力辨认着这四周的树木:一丛丛灌木,密密地簇在一起;粗壮的乔木,坚定地站在那儿……不知怎么,当他闭上嘴巴时,他听到了芦青河的咆哮!啊啊,芦青河来呼唤他了!牛筋叔兴奋地咬住了烟锅,用力挂着镢柄,奋力站了起来。他大声喊了一句什么,迎着芦青河的呼唤走去了。……

…………

后来,一切都像牛筋叔预料的那样。

他咬紧牙关,在天明重新回到了大海滩上。他找到了那个作标记的大沙坑,寻到了一片肥硕的老沙参棵儿!

怎样收获这片沙参是值得记载的。

那是老人一生中最难忘的经历之一。他是在正午时分找到老沙参的，那时候灿灿阳光照亮了一片银白的沙滩，沙粒儿放散出来的热力和光线正从参棵间隙里穿射出来，使牛筋叔快乐地闭上了眼睛。他当时很想吸一口烟，但是两手伸出来摸索烟锅时，却顺手脱下了发黄的背心，露出了上身黑红色的肌肤。这肌肤没有光泽，但富有韧性，别有一种力量流露出来。他扬起镢头，颤颤地举着，嘴里"啊啊"地吹呼着什么，两只大脚在沙土里愉快地左右踏动着，像做着奇异的舞蹈。他刨下去了，每一下都是那么沉重、结实……他的眼睛一会儿圆圆地瞪大了；一会儿又眯起来。它注视着镢头、注视着参棵，那么多温柔、那么多笑！……他的两只大脚板再无法像以往那样极其沉稳地踩在沙土上了，而是随着挖掘的节奏频频抬起，在沙滩上轻松自如地弹动。……

结果，这个初秋的挖掘就以这次巨大的收获结束了。牛筋叔收毕沙参大病了一场，没法再来这大海滩了。

他得到了六十多元钱。可是后来从街谈巷议中得知：马其扬挣来的钱是他的几倍！他深深地吃了一惊，惊讶之余不免有些失望。但他每看到那把镢头，又会涌起另一种激动。他用长满了黑斑的大手去抚摸它。他想自己最后还是挖出了要挖的东西来！自己也不单是为那几个钱，好像更多的是为了试试这把镢头的刃子，为了和大海滩比一比拗劲哩！就是这样！

牛筋叔的脸上又出现了那种不易察觉的笑容。……

他康复得很慢，康复后手和脚还要乱抖，差不多只能待在小屋前晒太阳了。可是他还常要挣扎着到田野里去一趟，手里从来不离那把镢头。尽管那手在颤抖，可是镢头却握得紧紧的，永远也不会松脱的。……

　　他似乎还要挖掘什么，一定的。

一九八三年六月于济南

海边的雪

一

海边的雪越积越厚。一个个渔铺子为了冬天暖和，都是半截儿埋在沙土里的。如今它们的尖顶儿也都是雪白雪白的了。赶海人剥下的蛤蜊皮堆成了小山，这小山也被雪蒙起来了。雪花儿还在从空中飘下来，飘下来。

海水很静。浪花一下下拍击着沙岸。海水的颜色渐渐变黑了，它迎接并融化了无数朵洁白的雪花。

有人从远处走过来。他背了一身的雪粉，摇摇晃晃地走着，那穿了大棉靴的脚一下下深深地扎到积雪里面，给海边留下了第一行脚印。海鸥"嘎咕、嘎咕"地叫着，样子有些焦躁。他仰脸望一眼海鸥，继续低头走着。老头驼背很厉害了。他最后在一个大一些的铺子跟前停住，用脚踢了踢铺门，喊了一声什么，嘴里喷出了粗粗的一道白气。

渔铺子的小门紧紧地关着。他骂了起来，大声地喝着："金豹——你这头'豹子'！"

一个老头子在里面瓮声瓮气地应了一句："是老刚么？"接着"哐"地响了一声，门开了。门外的人钻了进去。

像所有渔铺子一样,它只在地面露着一人来高的尖顶儿,里面却很宽绰。铺子是用高粱秸和海草搭成的。隔成两间,外间有一个睡觉的土台子,上面垫了厚厚的麦草和半截苇席。台子下、二道门里,全是一团团的渔网和绳子。地上铺了草荐;露出沙土的地方,满是蟹腿和鱼骨什么的。油毡味儿、腥臭和湿气,一块往鼻子里涌……这就是渔铺子,自古以来看海的"铺老"就住这样的铺子。它能给打鱼人别一种温馨。在海上斗浪的人想得最多的是哪里?就是这卧到土中半截的渔铺子、这里面的气味!

那头"豹子"这时就在土台子上舒服地睡着。他的脚伸在被子外面,原来刚才他是用脚勾掉了顶门杠儿,并没有爬起来。

钻进门来的老刚两手攥住了他的脚,用力一拽。金豹只得起来穿衣服了。他光着身子,抖着沾了沙土的衣服说:"不服不行,不服不行——夜里抬了一会儿舢板,这身上乏得不行!唉,快七十的人了……"

金豹仔细地抖着沙子,也不嫌冷。铺子里倒也不怎么冷,铺门的一侧生了一个小铁炉子。他的确老了,身上很瘦,多少根肋骨都看得出来。可是他的肌肉很有力气,手脚十分利落。他很快穿好了衣服。

老刚从铺边的沙子里扒拉出半盒烟卷儿,凑近火炉吸着说:"昨夜下了一场大雪,还在下哩。"

"唔?"金豹也点了一支烟,穿上了鞋子。他问:"雪挺大么?"

"挺大——我估计这会儿半尺深了。"

金豹特意探出身子望了一会儿,然后缩回来说:"好!嘿,好!"

他们都是留下来看冬铺的"铺老"。沿岸的一些渔铺大多家当很少,一入严寒就卷了行李回家去了，唯有老刚和金豹要留下来看冬铺。整日孤独得很，他们天天在一块儿说话，已经没有多少好说的了。老刚这会儿在想，金豹夸这场雪好是什么意思。

金豹不作声，只是吸着烟。炉子里的火苗儿映着他脸上那一道道黑色的皱纹，皱纹像要跳动起来。

铺子里面黑乎乎的。老刚丢了烟蒂，很费力地摸到了烟盒儿。他咕哝着："也怪，渔铺子上就没有一个开窗户的，白天也像黑夜。"

"铺子黑好睡觉。"金豹使劲吸一口烟，望望铺门上那个小小的玻璃片，说："好！嘿，好！"

"怎么就好呢？"老刚忍不住问了一句。

金豹拨着炉里的火说："雪天咱焖一条大鱼，关了铺门喝它一天酒，不好吗？"

老刚笑了："好。"

"喝醉才好。天冷，寒气都攻到心里去了。寒气这东西怪，像小虫一样，能顺着脚杆和手腕往心窝里爬……"金豹说着回身从沙子里挖出一瓶酒，放在老刚跟前说："怎么样？这是来赶海的老伙计们送我的。你哩，那个戴眼镜的儿子什么也不给你……"

老刚的儿子就在附近的一个煤矿做助理工程师，差不多忘了还有个父亲。老刚从来羞于让别人提这个儿子，这会儿就大声咳嗽起来。

金豹又将酒瓶插到了一边的沙子里去了。

外边几乎没有了声音。两个人都在吸自己的烟。要说的话都说完了。像今天一大早就说了这么多话，似乎很久以来还是第一次。这完全是因为下了一场大雪的缘故。

又吸了一会儿烟,他们弓了腰钻出了铺子。两个"铺老"都叼着烟卷儿,看着漫天飘舞的雪花。

哈嘿!这可是这个冬天的第一场雪,崭新崭新,飘到海边上来了。往日朝前看去,看到的全是衰败的杂草,坑坑洼洼的沙滩——如今都是一片白了,干净漂亮得很。雪花笑着落到他们的脸上、手上,马上就融化了。脸上手上都痒痒的,怪舒服。

站了一会儿,老刚要回他的铺子了。金豹让他过一个时辰再来,那会儿就把大鱼逮上来了。

二

雪花笑着落到金豹的脸上、手上,马上就融化了。脸上手上都痒痒的。他穿着高筒儿胶靴,将旋网搭在乌黑的手腕上,沿着浪印儿往前走。他觉得这面小旋网漂亮极了。他曾经用它逮过一条三尺长的胖鳃鱼呢,他至今记得那鱼发红的、恶狠狠的眼睛。

海水映着天空的颜色,阴沉沉的。没有什么鱼,这使金豹有些失望。他很想吃一条焖鱼,如今这条鱼就远远地躲起来不肯让他来焖。他生气地在水浪边缘上来回踏了一个时辰,最后只得回到铺子里,扔了旋网。

小火炉子燃得正旺,发出"噜噜"的声音;真像待在自己的小屋里一样舒服——金豹曾经有过那样一座小屋,漂亮得使他常常想它,不过如今没有了……他想老刚该回来了。他钻出铺门,看着乱纷纷的雪花在半空里飞动,看着远处老刚那个渔铺子的尖顶……海鸥烦躁地叫着,海里好像还传来什么人的喊叫——一辈子交给大海的"铺老"才有这样的耳朵:能从海的嘈杂中区分出细小的人语。他吃惊地往海里看了看,发现有两个人用力划着小舢板,离海岸已经几里远了。金豹想,如今允许打鱼发财了,也就有了不怕死的人!不过他不明白这样天在海里能做什么。

金豹就站在雪地里看那小船、等老刚。铺子里不断传出炉子燃烧的声音,他想炉子上没有那条鱼,老刚来了会失望的。说来也怪,一个人待在铺子里,总想找老刚说会儿话。老刚真的来了,又觉得没有什么可说的了。老刚真是个古怪东西。这儿离了老刚不行。

又等了一会儿,金豹骂着去找老刚了。

老刚的那个铺影儿越来越清晰。金豹想起有一次等他不来,闯进那铺门儿一看,他正一个人把蛤蜊皮堆成一座小塔。那全是小孩玩意儿。

铺子里面有人说话。金豹惊奇地推了铺门钻进去,看到老刚正和两个猎人说话,其中一个是他的儿子"眼镜"!金豹是从放在一边的双筒猎枪知道他们是来打猎的。那两个猎枪真漂亮。

"雪真大,今天停不了啦……""眼镜"客气地朝进来的金豹点着头,说。

"停不了!"一边的黑瘦青年肯定地说。

老刚咳嗽着。

金豹觉得老刚的脸有些红涨。他想,怪不得老刚不到他的铺子去,原来儿子来了。有这么个倒霉儿子就忘了老朋友了!金豹有些气愤地瞥了他一眼。

"眼镜"搓起了手，越搓越快。

金豹盯着他那两只又白又嫩、很像鲅鱼肚皮似的手，觉得这手可真不多见。

"这鬼天气！死冷……有酒么？""眼镜"说。

老刚阴沉着脸："没有。有酒也没有菜。"

"有条鱼不就行么！""眼镜"冲一边的黑瘦青年挤了一下眼。

"没有鱼！没有！"老刚愤愤地说了一句，有些得意地看了金豹一眼。"再说你不嫌你爸的孬酒辣嘴吗？"

金豹讨厌这个"眼镜"，也讨厌他挤眼睛。金豹不明白海边上怎么出了这么个背着双筒猎枪、不管老父亲的人。他早就不耐烦，这时"哼"了一声，从铺子角落里站了起来，干瘦的脸上堆满了嘲弄的笑容。

助理工程师不解地看看他，叫了一声"豹伯"，往父亲一边挪动了一下。金豹笑着说："又白又胖，你长得好！手和鱼肚那么细，我们的手和老槐树皮差不多，上面还有血口儿。这是捉鱼捉的。你从来不管我们，只是冻疼了，才躲进这铺子要酒喝。嘿嘿！"

"眼镜"脸红了。他咬了咬嘴唇。

金豹继续说："看见你爸住的地方了么？进门时要使劲弓起腰，铺子里也全是沙子。不错，有酒喝，不过杯子砸了，用蛤蜊皮盛酒。你也该送个杯子来啊……"

黑瘦青年觉得有趣地笑了。"眼镜"有些恼怒地说："我跟我爸要，又不是跟你要！"

金豹笑容没了。他暴躁地说："你爸的事情我说了算！你是谁的儿子！

你也进这铺子？你该滚到雪地里去。"

老刚慌慌张张地站起来，大声地咳嗽着，站在儿子和金豹中间。

助理工程师气得身上抖动起来。显然他很少有这样气愤的时候，这时用手推一推眼镜，执拗地说："我偏要……待在这儿！"

金豹扩了扩胸，又搓弄着手掌。他像在故意活动着筋骨。他急促地说："我让你走！我让你走！"一边说，一边要用手推开挡在中间的老刚。他的脸像喝足了酒一样红，每一条皱纹都在可怕地活动。

黑瘦青年捡起猎枪，拉着"眼镜"的手出了铺门。"眼镜"回转身嚷着什么，往雪地里走去了。

老刚追出铺门，好像要说什么，但他吐出一口气，蹲了下来。

金豹愤愤地盯着远去的两个黑影："儿子这东西，没有也就算了。有，就让他像个儿子的样子！"

"逮到那鱼了吗？"老刚有气无力地问。

金豹摇摇头。他看看外边的天色，说："我身上筋骨老要疼。这都怨我们抬那条舢板抬的。和你儿子干一架，这会儿身上轻了点……"

老刚哭丧着脸笑了笑。

他们走出门来，向着金豹那个渔铺子走去。海是灰的，天是灰的，茫茫的一片灰黯阴沉。海边的雪积得更厚了。雪花儿落得差不多了，又开始飘细碎的冰凌。他们"吱吱"地踩着它。昏暗的海面上，隐隐约约看出一条小船。金豹说："看到了吗？这样天还有人出海。肯定是年轻人，年轻人才做这种险事情。"说到最后一句，他又想到了老刚的儿子，不由得大声骂了一句。老刚怪异地看看他问："骂谁啊？"

金豹摇摇头:"我是说,年轻人欺负老头子,是以为老头子不敢跟他干架。老头子又怕什么!老头子的筋骨才硬……"

老刚没有作声。

金豹先一步走到铺子跟前,掀开铺门说:"哎哎!要是里面有条焖鱼多好啊,这么大雪的天……"

三

他们到了铺子里都喘息起来。金豹一边喘着一边从角落里端出一碗咸鱼,又从沙子里摸出了那瓶酒。

两个人默默地喝着酒。金豹捏酒盅的手有些颤抖,那酒老要泼出来。金豹说:"我们是老了,手也抖了。"

老刚说:"我的手不抖。"

咸鱼放得时间长了些,又硬又咸,两个人用力地嚼着。酒很醇厚,又是热透了的,喝得他们鼻尖上渗出了汗珠儿。老刚说:"就缺那条焖鱼了。如今人变灵活了,鱼也变精巧了。"金豹点点头:"人是变精了。去年划分渔业承包组,年纪大的,人家不愿要哩。"老刚说:"你这把年纪了,还不是也进了承包组。"金豹喝了一大口酒,抹抹嘴巴说:"比我么?我这样的老把式,他们争还争不到哩!"

外边有了一些风。两人听到风声,都放了盅子走出来。雪花舞得厉害了,它们想方设法钻到领子和袖口里。老刚说:"你看云彩有多么低。"

金豹眯着眼端量了一下,说:"雪停不了,再一刮风,海边上准会旋起一道道雪岭子。"

他们重新钻回铺子里喝酒了。

咸鱼又硬又咸,他们费力地嚼着,倒也一时忘了那条焖鱼……近午时分,承包组里有人冒雪送来烟酒、干粮,这使两个老人很高兴。他们从来人嘴里得知:海上那条小船是小蜂兄弟在挖蛤蜊,蛤肉卖到龙口镇上,一天能得半百……

老刚吱吱地吸着酒。金豹一直没有作声。他由拼命积钱的小蜂兄弟想起了别的事情。

他想起了自己那个"小屋"。

那个小屋是老婆得病时卖掉的。老婆死的时候,他才四十岁。他没有了小屋,村里要帮他盖,他摇摇头挡过了。他住到了海边的渔铺里,似乎再用不着那个小屋了。可是人没有一幢小屋怎么行!他一时也没有忘掉那个小屋,做梦都梦见它。他默默地攒钱,攒呀攒呀,准备盖一幢漂亮结实、只有一门一窗的小屋……常和他在一起的老刚也不知道,他的钱就缝在这渔铺的枕头里。夜里睡觉时他想:我的头枕着一座小屋呢。

金豹这时不由自主地盯住了他的"小屋"。老刚瞧瞧他,他才把目光从土台的枕头上转到酒杯上。

两人都不说话。他们之间也用不着说多少话。老刚推一推杯子,金豹就知道他想吸一口烟,于是扔过一支烟。金豹撕下鱼脊背上那道黑皮儿肉,老刚知道他特意留下了多油、味美的尾巴。老刚满意地吃着鱼尾巴。两个人喝去了多半瓶。

风把渔铺子吹响了。老刚盯着铺门缝隙里旋进来的雪花，轻声咕哝着："唉，待会儿风搅起雪来，他们会在大海滩上迷路……"他说着，起身去拨炉里的火。

金豹放了杯子。他知道老刚牵挂着打猎的儿子。他看了看老刚生了白胡茬的脸，没有作声。这就是做父亲的啊，再不好的儿子还是儿子！

风的确慢慢大起来，小沙子奇妙地穿透铺子飞进酒杯里。金豹记起该去看看舢板，就和老刚走出来。海里的涌多起来，岸边的浪花白得像雪，用力地往前扑着。他们给舢板的锚绳一个个加固了，又将无锚舢往上抬了抬。一切做完之后，金豹和老刚坐在一个反扣的小船上吸烟，看着海。哪年的冬天都下雪，今年这场雪却似乎太大了些。

有什么东西从东北方向漂移过来，渐渐大了、清晰了。金豹一直盯着，对在老刚耳朵上说："也许会发财的。"

这里的海边有个规矩：大海飘来的东西，谁先发现的，就属于谁。金豹和老刚慢慢都看清那是一粗一细两根圆木，粗的那根可以做屋梁。金豹又兴奋地想到了那个"小屋"。他跳下船来，又让老刚回铺子取绳索、长柄抓钩。

老刚跑开了。西北方驶来了小蜂兄弟的船。

金豹和老刚将圆木拉到了岸上。他们的半截裤子都湿了，冻得瑟瑟发抖。金豹却十分高兴，他大声喊了一句："小屋有了大梁……"他的喊声使老刚莫名其妙。

小船也靠了岸，跳下了小蜂兄弟。小蜂见了圆木就嚷："金豹啊，你真会捡便宜！我们从深海里就盯上了，随木头上来的，你倒伸出了抓钩。"

老刚慌促地瞅了金豹一眼。

金豹拧着裤脚的水。他坐下来吸着烟,吩咐老刚说:"歇会儿,喘匀了气,再往回拖。"

小蜂蹦到眼前来了:"你拖不走!"

金豹眯上眼睛:"哼哼,我睡了半辈子渔铺,眼里揉不进沙子。圆木从东北漂来,你的船从西北来,你看见了圆木?"

小蜂的脸血红血红,他眼盯着结了盐花的木头,发狠地喊着,凑了过来。金豹抛了手里的烟蒂,将两只硬硬的黑拳拉在了腰边。他咬着嘴唇,瞪起眼睛,前额的皱纹积起又厚又深的一层。老刚在他耳边嚷什么,他一句也没有听见。

小蜂对他的兄弟使了个眼色,接着弯腰抱起圆木的一端。金豹的拳头只一下就让小蜂额上起个包。小蜂倒在地上,却巧妙地趁势用脚蹬倒了金豹,令人难以置信地一滚就翻身蹿起来,抓住圆木,两兄弟一起扛着跑起来。

金豹一声不吭,举起抓钩,弓着腰追去。

老刚看着金豹飞也似的跑势,惊呆了。他看到金豹紧追几步,狠狠地把抓钩抡了个圆弧抓下来,抓住了一根圆木……两兄弟扛着那一根跑着。

抓下来的是那根细小的。

两兄弟在远处喊着:"有一天渔铺子着了火,烧死你这根老骨头!……"

金豹浑身的肌肉都在颤抖。他用粗壮骇人的声音骂道:"两个畜生,两个贪心贼！我烧不死！"

四

两个老人一点一点地将圆木拖回来，放到了铺子的尖顶上。

"它能做条檩。"金豹声音细弱地说了一句，钻到铺子里去了。

他躺在一团发黑的网线上，紧紧地闭着眼睛。老刚凑到身边，端量着这张布满深皱、生了黑斑的脸。他发现金豹的眼睫毛已经很稀了，有的断掉半截，硬硬地挺着。他喘得很急促，很用力，鼻孔张开老大。老刚想对这两个黑洞似的鼻孔议论几句、开几句玩笑，可他现在不敢。

"他依仗着年轻，硬抢走我一根屋梁！"金豹愤恨地说。

老刚肯定地说："是抢走的。"

"我是看海的人，倒被别人抢走了东西。这是欺负老人。你看，我一天干了两架，全是跟年轻人。"金豹站了起来，把那只又黑又硬的拳头举起来。

老刚看清了那只拳头。他发现有两根手指歪斜着，从根部起就歪斜。他料定那是过去的日子里打折的。那该有多疼啊！老刚咬着牙想。

"嘿嘿！血气方刚的年轻人！让他们知道，老头子里面也有爱干架的。"金豹说着，又找出一条生咸鱼，放在炉口上烘着，拿出酒来倒满两个酒盅。

外面的风呼呼地吹着，有雪花儿从门缝里钻进来。铺子里很暖和，小炉子又"噜噜"地叫了。这使两个老人兴奋起来。你一盅我一盅地对饮。

烟气充满了铺子,他们不停地咳嗽。透过烟气,金豹看见老刚的脸色那么阴冷。他问:"老刚,你怎么了哩?"老刚轻声说:"我在想我这一辈子。"

金豹不作声了。

金豹知道老刚的一辈子都在海上,跟自己一样。不同的是他有一个儿子,自己没有。这一辈子都在跟大风、跟山一样的浪涌斗,死过,但终于还是活过来。可是后来,和自己一样,还是被大风和浪涌赶上岸来。他们只能趴在岸上看浪涌了。金豹长叹了一声。

老刚说:"我们都老了。老得真快啊!"

金豹说:"回头看看这一辈子吧,也该老了。我不记得使烂了几条船、让海浪打散了几条船;有的船还是崭新的,我就扔给大海了,一个人赤条条地往岸上爬。有一年冬天我靠一个浮篓游了二十里,奇怪的是没有冻死!"

"不知道这辈子打了多少鱼,"老刚抄着衣袖,头低着,下颏使劲抵住胸骨说着:"那时候鱼真多,堆到海边上,买鱼的扔下几个钱,就任他背。小时候听见上网了就往岸上跑,老父亲在渔铺里捧出一碗冒白气的鲜鲅鱼,说:'小孩子,多吃鱼少吃干粮,反正也不下海!'那时候鱼真多……"

金豹点点头:"都是吃鱼长大的。那时节见了玉米饼子馋得流口水。嘿嘿,今天没人信这话……我第一次进海放钩子钓鱼,差点让一条带鱼咬断了大拇指。那时候全仗年轻啊,身上划条小口子,血流那么多,全不在乎。我冬天落进水里不止一次，海里的冰矾割开我的肉，我就咬着牙。海水墨黑墨黑，大浪吼得吓人，也不知掉在哪片老洋里了的，心里想，死是定了的。不过就那样死了还嫌太早，这时候可真难过。一个人不愿死硬要他死，这时候可真难过。"

老刚笑了几声。

"我这一辈子在风浪里钻，就想在没风没浪的地方盖一幢小屋子。"金豹苦笑一声："我是生在渔铺子里的，老渴望有一幢结结实实的小屋子。直到解放才有了一座屋子，也有了媳妇。那几年的日子我下辈子也忘不了！媳妇是个好东西啊……有一年她病了，馋一条鲈鱼，你知道鲈鱼可不好整。有个老头子不知从哪儿弄了一条，要我用一个旋网换，讨价还价，怎么说也不行，非要一个旋网不可！我气急了，夺下来就跑，随手扔下五块钱……"

"这么说你也抢过别人的东西啊。"老刚插了一句。

金豹点点头："不错。我那时候也年轻，也是抢一个老头子的东西，像小蜂他们一样。也许人年轻的时候都要抢点什么的。还有一次在桑岛，让我们用船运水抗旱。中午吃干粮渴得嗓子冒烟，驻村干部从提包里掏出小暖瓶喝起来，跟他要一口都不给。我那回夺下了他的小暖瓶。后来，你知道——你肯定听说了，那东西找碴儿，说我要破坏一条机帆船，在队部关了我一个星期！……"

金豹笑起来，使劲用手捶打自己的腿："事情也巧，后来有一次他坐我的船（他认不出我了），我好好调理了他一下，呕得他脸色蜡黄。这东西看来官也做得不小了，小口袋上光钢笔就有三支。我把他呕得脸色蜡黄……我这辈子，你看，抢过别人，也被别人抢过。可按住心窝问一问，伤天害理的事咱没做过。"

"你的媳妇也是抢的。"老刚闷声闷气地说。

金豹不认识似的盯着他，随手斟满了杯子，轻轻地吮着。他直看得老刚笑了，这才说话："我不抢走她，她要上吊哩……那晚上，也是大雪，我把她抱在船上，抢出岛子来。只可怜了老丈母娘，听说她哭闺女哭坏了眼……"

金豹难过起来，默默不语了。

铺子里面暗淡下来，他们在炉台上点了油灯。金豹吸着了烟，盯着自己的脚，长长叹一口气说："小蜂兄弟怎么成这个样？你那宝贝儿子怎么就背起了两个筒子的猎枪？……"老刚低下头，没有吭声……坐在铺子里有些闷热，他们想到外面活动一下腿脚。昏蒙蒙的雪野，此刻滚动着千万条雪龙了！风肆无忌惮地吼叫着，绞拧着地上的雪。天就要黑下来了。他们差不多一刻也没有多站，就返身回铺子里了。

金豹重新坐到炉台跟前，烘着手说："这样鬼天气只能喝酒。唉唉，到底是老了，没有血气了，简直碰不得风雪。"

"这场雪不知还停不停。等几天你看吧，满海都漂着冰矾。"老刚还在专心听着风雪的吼叫声。

"唉，老了，老了。"金豹把一双黑黑的手掌放在炉口上，像烤一条咸鱼一样，反反正正地翻动着。"就像雪一样，欢欢喜喜落下来，早晚要化的。"

老刚点点头，"像雪一样。"

金豹望着铺门上那块黑乎乎的玻璃："还是地上好，雪花打着旋儿从天上下来，积起老厚，让人踏，日头照，化成了水。它就这么过完一辈子。"

"人也一样。都是在地上被别人踏黑了的。"老刚的声音有些发颤。他的眼睛直盯住跳动的灯火，眼角上有什么东西在闪亮。

金豹慢慢地吸一支烟，把没有喝完的半瓶酒重新插到沙子里去。他活动着胳膊，畅快地伸着腰，嘴里发出"哎哟哎哟"的声音。他叫得很舒服。他说："我这名儿是老父亲给的。我这脾性也真像个'豹子'，我刚才还干了两架。我老了，不过是头'老豹子'！哈哈……"

金豹大笑起来。老刚觉得老伙伴是醉了。

五

由于风雪阻隔，老刚只得睡在金豹的铺子里了。两个老人挨在一起，闭着眼睛各自想心事。老刚想他的儿子——这时已经背上猎枪回那个家了。那个家他见过，很小，很漂亮，还有暖气。这样可以烤烤冻透的身子。儿媳妇是个很厉害的城里人，老刚只见过两面，不过他已经知道她很厉害。不知怎，老刚突然想儿子是让她用城里的什么法儿给制住了的，所以他背上了双筒猎枪，不管老子了——外面什么东西"吱哟、吱哟"地响，老刚听了不安地坐起来。金豹躺着说："不知道哪里被风吹的，海滩上就这样。有一年人家告诉我：夜里老有个女人喊'腿呀，我的腿呀'——

你在海滩上走一步，那喊声也远一步，可能是落水的鬼魂，在这儿折了腿。我就不信，后来一找，嘿！是浪推着船尾巴，船上两块木头磨出的声音，听起来尖尖的，可不就像个女人！……睡觉吧。"

老刚躺下了。金豹自己却睡不着了。那个"吱哟"声搅得他心里烦躁躁的。他侧身吸着烟，静静地听外边的声音。海浪声大得可怕，他知道拍到岸上的浪头卷起来，这时正恶狠狠地将靠岸的雪坨子吞进去。他惯于在骇人的海浪声里酣睡，可是今晚却睡不着了。仿佛在这个雪夜里，有什么令人恐惧的东西正向他慢慢逼近过来。他怎么也睡不着。停了一会儿，他扔了烟蒂，披上破棉袄钻出了铺子。

刚一出门，一股旋转的雪柱就把他打倒了。他大骂起来——这股雪柱硬得真像根木柱。眼睛耳朵全塞了雪，头被撞得有些懵。金豹惊惧地"哼"了一声，望着四周，真不敢相信自己的眼睛。海浪和风雪一齐吼叫，像嘶哑的老熊。海底也许有一面巨大的鼓擂响了，震落了空中堆积一天的云彩，抖动了整个儿海。金豹趴在雪粉里听着无处不在的"鼓点儿"，心里奇怪地也咚咚跳起来。他突然想起了白天搬动的舢板，加固的锚绳也不保险哪！他像被什么蜇了似的喊着老刚，翻身回铺子去了。

……凭借雪粉的滑润，他们将几个舢板又推离岸边几丈远。彼此都看不见，只听见粗粗的喘息声。他们不敢去推稍远一些的小船，怕摸不回铺子。这老天和海真是发疯了啊。金豹说："全仗着喝了一天酒啊。酒真是个好东西。"老刚喘得说不出话，用力拽着绳索，嘴里发出"唉、唉！"的声音，算是应和。有一次他拽得不妙，脚下一滑跌到了棉绒似的雪粉里，好长时间才挣扎出来……

他们的手脚冻得没有了知觉，终于不敢耽搁，开始摸索着回铺子了。金豹不断喊着老刚，听不到回应，就伸手去摸他、拉他。有一次脸碰到他的鼻子，看到他用手将耳朵拢住，好像在听什么。

老刚真的在倾听。他在听一种奇怪的声音、一种"铺老"才分辨得出的声音。听了一会儿，他的嘴巴颤抖起来，带着哭音喊了一句："妈呀，海里有人！"

金豹像他那样听了听。

"呜喔——哎——救救——呜……"

是绝望的哭泣和呼喊。金豹跳了起来，霹雳一般吼道："是小蜂兄弟俩！他们上不来了！"

"听声音不远！"老刚身上抖起来，牙齿碰得直响。

金豹跺着脚："让浪打昏了头，两个发横财的家伙！小蜂——小蜂——！"金豹在浪头跟前吼起来，浪头扑下来，他的身子立刻湿透了……老刚喊了一阵，最后绝望地说："不行了，他们听见也摸不上来，两兄弟不行了……"

金豹张开手臂，像要用他那对可怕的拳头威胁着什么一样。他奔跑着，呼喊着，不知跌了多少跤子。伸开手在雪地上乱摸——他想摸些柴草点一堆大火：被海浪打昏了头的人，只有迎着火光才能爬上来，金豹想按海上规矩，为小蜂兄弟点一堆救命的火。厚厚的大雪，哪里寻柴草去！最后他一声不吭地站在了老刚身边。这样站了有一分钟。突然他说了句："点铺子吧！"

他的大手紧紧抓住了老刚的肩膀。

老刚的骨头都被捏疼了。他知道只有这个法子了，往常也有人用过这个法子。可是金豹的铺子搭满了闲置不用的网具、杂什，是他们承包组的全部家当啊。老刚声音颤颤地点头说："快，快搬开铺子上的东西吧，你搬里边，我搬外边……"

老刚的两只大手在厚厚的雪粉里掏着网具，却被一团尼龙丝线套住了。他大骂着，挣脱着，手腕挣出来时被勒出了血。他还在拼命地挣着，嘴里还奇怪地叫着："金豹啊！金豹啊！"

金豹一丝声音没有，也没见他往外抱一件东西。老刚钻到铺门里一看，一下子呆住了：

金豹想从火炉里引火点铺子——火炉子不知啥时熄灭了，他正用颤抖的手划着火柴……老刚一巴掌打落了金豹的火柴盒，吼道："跟我出去，你这头豹子！"金豹咬着嘴唇，抖着结了冰凌的胡子，睁开通红的眼睛看了看他的老伙计，猛然伸出那只钢硬的拳头，"扑哧"一声砸过去……

老刚被打出铺门，趴在雪地里差点昏过去……他是在一片"噼啪"的燃烧声里爬起来的。

大火燃起来了！风吹着，熊熊烈火四周容不得冰雪了。尼龙网具在火中爆出银亮的、油绿的光色。天空、空中飞旋的雪花，都被映红了；雪地上，远远近近都是嫣红的火的颜色。狂暴的风雪比起这团大火好像已经是微不足道的了……老刚被大火烤得全身发疼，他奔跑着，喊着金豹。可是火边上没有金豹的影子了。

金豹早钻到了水浪里。他这时正盯着水里的那团黑影。黑影近了，是抱了一块木板的小蜂。金豹拖上小蜂，刚迈开一步，就被一个巨浪打倒了，他爬起来时，看到老刚也拖着一个人……他们把两兄弟抱到了大火边上。

小蜂兄弟俩的衣服差不多被海浪全撕光了。他们的皮肤光滑得很，在火光下发红，冒着白汽。他们的脑壳儿上紧贴着油亮亮的头发，显得很圆，很好看。烤了一会儿，两个身体蠕动起来。

正在这时候，金豹和老刚听到了大火的另一边有一种奇怪的声音。他们跑去一看，惊得说不出话——从雪地里、从黑夜的深处滚来了两个"雪球"！"雪球"滚到大火边上才放展开，让他们看出原来是两个人。老刚低头瞅一瞅，惊慌地捏住其中一个的手说："这是我儿子！"

原来他们终于没能冲出茫茫原野，在漫天的雪尘中迷路了！像小蜂兄弟一样，他们左冲右突，终于知道自己注定要冻死在这个雪夜里了，可他们绝境中望到了奇迹——一团生命的大火在远方剧烈燃烧，爆出了耀眼的白光！他们流着眼泪，爬过去，滚过去……

火势渐渐弱下去，那一堆炭火却红得可爱。小蜂兄弟能够坐起来了，他们看看炭火，看看远处的黑夜，叫着金豹和老刚的名字，放声大哭起来。

两个年轻猎人的双筒猎枪早已不知抛在哪里了。他们的一身冰坨融化着，水流又渗进沙子里。助理工程师颤声叫着："爸！豹伯……"

他们和小蜂兄弟一块儿跪在了两个老人面前……

两个老人身披长长的雨衣和棉袄站着，一动不动。炭火把他们笔直的影子印在了雪地上。

六

他们将四个年轻人送到老刚的铺子里时,天已近明,风雪势头明显地弱下去了。就像被什么驱使着,两人很快又回到了烧掉的铺子那儿。

火完全熄灭了,余下一堆黑色的灰烬。

他们盯在灰烬上,眼睛都不眨一下。是一个承包组流血流汗置起的全部家当啊!两个人不由得害怕起来。

金豹除此之外,还感到了揪心的疼痛。他简直不敢去想:慌促之中,他竟然忘掉了那个藏下一座"小屋"的枕头!他亲手烧掉了自己的一座"小屋"啊!

老刚嘴唇哆嗦着:"烧了,一把火烧这么干净……"

金豹两手捧着脑袋,没有作声。他多想告诉老伙计这桩隐藏了多半辈子的秘密,告诉他亲手烧掉的这座"小屋"……可是他终于忍住了。昏暗中,他一个人在无声地哭。

……雪慢慢停止了。风还在刮着。地上的雪片飞起来,想将那堆灰烬盖住,但终于也不能够。金豹蹲在那儿,突然想起了什么,他走到灰烬上,用力地扒着。他沾了一身灰土,终于扒到了:一个酒瓶,已经烧裂成了几片……

太阳出来后,天边的白雪耀眼地明。天蓝得真可爱啊!很多的人又踏着积雪到海边上来了。人们不可能一连几天把海忘掉,他们其中的好多人是在风雪之后,不由自主地走到海边上来的。积雪很厚,还横着一道道雪岭，人们艰难地、兴奋地走着。

大家都来看烧掉的渔铺，从一堆很大的灰烬上想象开去，极力想象出当时那团白亮的大火。

承包小组很快来搭了新铺子。新铺子当然和老铺子搭得一样，只是上面没有了那些网具。事情再明白没有，似乎没有人责备两个铺老。村领导调查之后，决定给这个承包组一些经济补助，并表彰了两个老人当机立断的精神。金豹感动地说："这有什么，我们不过是到时候划了一根火柴！"

以后有人赞扬他们的时候，老刚也说："这有什么，我们不过是划了一根火柴！"

金豹在心里问着："只是划根火柴吗？"他痛苦地摇着头："烧了那么多东西，烧了我一座屋啊！"他清楚地记得从小蜂手里夺下的那支"檩子"也一起烧了——开始它只是冒烟，好像有些害羞的样子，后来便爆出红的火舌来，快乐地烧掉了……

这个夜晚，他特意留下老刚睡新铺子。他说要和老刚说话。但是躺下之后，他却什么话也没有了。他仰面躺着，听着大海的潮声，想了那么多往事。他闭着眼睛想着，突然觉得有好多话不是跟老刚、而是要跟自己交谈……一个低沉的声音在心底问着："你如今老了吗？"自己回答道："觉得是老了。筋骨常常疼。""你最近想起了死吗？""不想死。不过要死也不怕。""你的小屋呢？""烧了。""烧了？！""……不，已经盖起来了。它盖了一辈子，前几天夜里又加了一页瓦……"

……他跟自己谈着话，终于感到了疲倦，带着欣慰的笑容睡去了。

……………

这一觉睡得很长很长。待醒来时,他们就兴奋地踏着积雪去捉鱼了。

鱼捉到了。金豹做焖鱼的手艺是很绝的……两人喝了那么多酒!他们好长时间没有这样兴奋过。铺子里面有些热,他们后来走到了铺子外的雪地上。

一片洁白的原野上,已留下了道道脚印。海边上,海风旋起的高高的雪岭上,被赶海的人踏出了几条通路。雪粉上留下了辛苦的渔人的脚泥,掺进了的沙土。阳光下,大雪已经开始融化了……金豹看着雪地说:"多少人都驾船进海了。你看赶海人的胆子。我老想进海试试,我不比年轻人差,前几天,我还一口气跟他们干了两架。我一拳就打倒了小蜂,这个你记得。"

老刚庄严地点点头。他这会儿突然发现脚下融化的雪地上,正生出一株嫩嫩的芽儿,就惊奇地指给金豹看。

金豹也看到了:一株小草,很绿很绿的……

一九八四年一月

海上老渔船

黑鲨洋

一

老七叔新搞了一条船，请曹莽入伙打鱼去。曹莽正犹豫。

这时候正是初秋，天还很热，曹莽穿了条裤衩，露出了两条圆圆的、黑红色的长腿。他今年十九岁，脸庞很粗糙，也是黑红的颜色。他不怎么说话，这使人觉得他的所有憨劲儿全憋到两条腿的肌肉里去了。这的确是两条诱人的腿。老七叔看重的可能就是这两条腿。

老七叔敢做大事情，有时甚至让人觉得他莽撞。可是每样事情做过之后，细想一想，又觉得他非常精明，事先将一切都冷静地打算过了。所以他从来不失败。

但是对于他新搞的这条船，大家都在议论，结论是老七叔必定要失败。

为买这条船他花去了几千元，加上必需的一些网具，特别是造价昂贵的一盘"袖网"，他一共花去了近万元，其中一大部分是借贷来的。袖网可是捕鱼的好东西！它栽到海流里，就好比筑了一座迷宫，等着逮大鱼吧！不过一个人携带着这么多钱到波涛汹涌的海里去，还是有说不出的危险。最要紧的是，他搞的是海边上十几年来的第一条船！

以前当然有很多船的，都是公社里的，打来一些鱼，也死了一些人。

海滩平原可以种很好的庄稼，人们偏要执拗地跑到海里去，这常常使上级领导十分愤怒。有一次，捕鱼船在有名的黑鲨洋一带出了事，死了好几个人，其中包括有名的壮汉曹德（曹莽的父亲）。这终于使大家惊醒了。人们发誓再也不去捕鱼了。

近一二年海边人除了种好庄稼，还做起了十分有趣的活儿：将山楂蘸了白糖卖；将艾草搓成绳儿卖；沙滩上的酸枣核儿也可以卖钱。但老七叔全不做这些，他买来一条船。

大家的眼睛都默默地注视着他。谁心里都明白，这样一条船老七叔一家可驾不了。老七叔是海上的好手，有两个儿子。可他的两个儿子不行啊，很瘦弱的样子。他必定要请人入伙。每个人都坚定地在心里告诫自己：永不入伙。

他们当时如果知道老七叔是怎么想的，也就不会那样告诫了。老七叔从来就没有打算过邀请他们。他看中的只是一个人：曹莽。

大家知道之后，都长长地出了一口气。谁入伙上船，谁就要和倒霉的老七叔一块儿背负那上万元的经济重压，一块儿钻海搏浪，很可能还要一块儿去死。曹莽才十九岁啊，他还没娶媳妇，是个又强壮又稚嫩的小伙子呢。这简直是欺负曹莽。

曹莽却不这样想。他不说话，听了人们一些议论，泰然自若地从大街上走回家去。他的黑黑的、裸露的腿显得很有弹性，走着路，脚掌把土碾上一个个深窝儿。他在心里想：老七叔多么看得起我啊。

虽然是这样想，但他并没有立刻答应入伙。他跟老七叔讲，他要好好想一想。老七叔也没有逼他立刻应允下来，这样重大的事情嘛！曹莽真是个有心计的孩子。回到家里,他躺在炕上,将手掌垫到脑袋下,认真地想着。他一口气想了几个钟头,还是没有想好。

这个夜晚正好是有月亮的日子,屋子里黄蒙蒙的。曹莽有些烦闷地跳下炕来,在中间屋子里走着,木头拖鞋"嗒嗒"地打着地面。屋子里真空旷,曹莽想,有个人商量一下也好啊。母亲怎么死的他不记得;父亲死在黑鲨洋乱礁里,死得惨,他还记得。从那时起他一个人住在这座结实的房子里,自己做饭吃了。没有人在闲时和他说话,他一个人也没有多少好说的……上不上船呢?曹莽想,这回可遇到了难题,如果同意,可能这一辈子就交给大海了。

他决定明天找一个人商量一下。

平常曹莽不怎么找这个人。其实曹莽完全应该和这个人亲近起来,只是由于有些怕他,也就不常去他那儿。那人和父亲曹德是最好的朋友,曹德死后,最有资格管教曹莽的,就是他了。

他叫"老葛",是个老头儿了,前几年刚从水产部门的一条大船上退休回来。他就是那条大船的船长,中了风才回来的。由于一辈子都在海上,脾气和样子都有些特别,所以曹莽心里对他有些莫名其妙的畏惧感。他半边身子不灵便,说话也含混起来。但无论如何他对船、对海,是海边上最有发言权的一个了。还有,曹莽觉得父亲不在了,这时候应该听他的话。如果他说一声"去",那他无论如何也是要去的了。

天明了,曹莽却陷入了新的犹豫:找不找老葛呢?

最后,曹莽还是去找老葛了。

老船长正在家里看一本书,是躺着看的。曹莽看了看书的封皮,知道是一本捕鲸鱼的书。枕边还有一本书，名字太怪，读不出，封面上画着两个壮汉斗拳。老葛就像没有看到来人一样，翻弄几下，又换成那本斗拳的书。曹莽叫一声"葛伯"，他才慢慢坐起来。

老葛很瘦，穿着宽领儿白衬衫，露着又紫又硬的胸脯。他已经没有多少牙齿了，嘴巴使劲瘪着，反而显得特别执拗。一对眼珠很黄了，但是亮得很，盯着曹莽，就像用锥子戳过来一样。他的背驼得十分厉害了，头低着，这时却硬挺起来看着曹莽。曹莽说："葛伯……老七叔拉我上船……可，可我又怕出事。我想听听你的！……"

"嗟？！"老船长先是用心听着，接着含混不清地大吼了一声。

"老七叔拉我……"曹莽又重复一遍。

"你……"老船长咳嗽起来。他咳得非常厉害，涨得脸色紫红。曹莽离得太近，看得见那脸上的几个伤疤在抖动，就有些害怕地往后退开一步。

老船长咳着，声音更加含混不清。曹莽差不多一句也没有听得懂。他愣愣地看着那张瘪嘴里的两颗半截的牙齿。老船长的眼睛一直没有离开过他的眼睛，曹莽被这双锥子似的目光戳得有些难受。好像老人突然生起气来，那胸脯一起一伏，同时大咳。

曹莽什么也听不清，也有些害怕。他脸色红涨着支吾几句，退出了老人的屋子。

他后悔不该来问老船长……海边上，老七叔和他的两个儿子正围着那条新船。曹莽走过去了。

老七叔热情地招呼着，让他在船舷上坐了。这条船真是新哪，浑身散发着桐油味儿。老七叔的两个儿子光着脊背，低头用油泥塞着一条小缝子。老七叔吸着烟锅说："来吧，咱是进海的第一条船。你不用担心……"

曹莽用手抚摸着船舷，没有作声。

"不用再想你爸了，那样的事不会有了。有天气预报，再说船又新，停一年，我们还安上机器。我不骗你！"老七叔盯着曹莽说。

两个瘦瘦的儿子也嚷："来吧莽兄弟！船、尼龙网，崭新崭新……"

曹莽说："我还得再想想，好么？"

二

老七叔耐心地等着曹莽上船。他一直睡在海岸上新搭的渔铺里，守着他漂亮的船。村里人来看过他的船，都觉得漂亮，也都觉得是个不祥之物。

曹莽总也没来。老七叔就决意先搁起袖网，和两个儿子到浅海里放放流网。

三个人把船摇到海里。

浅海的水是一种迷人的蓝色，波纹那么柔和。橹打在水上，水沫溅到身上，很舒服。一丝一丝的水草，一群一群的海鸥。海鸥飞过船的上方时，可以看到它们白白的腹。两个儿子很快活，他们把腮鼓得老大，迎着海鸥吹出呜呜的声音。老七叔很看重第一次出海，但他强压着心底的兴奋。他看到儿子的样子，就有些不高兴。

"下网吧！"老七叔喊。

儿子往下抛网。他用力摇着橹，看着海水在橹梢上打着小小的漩儿，冒出一串很白的小水泡。大海太平静了，像一个人在不怀好意地微笑。老七叔一声不吭地做他的事情，想着心事。十几年没有在海上飘荡了，今天的各种感觉好像都不那么真切……小儿子笨拙地扯着网纲，脊背用力弓着，椎骨凸出，像一根要折断的陈旧的弓。他用手提起网浮，吃力地挣脱网脚缠乱的生铁环子。他的哥哥过来帮忙，使劲撅着屁股，一件又破又小的裤头儿正对着父亲的脸。他的腿怎么晒也不够黑，白里显灰，从大腿根处，爬下来一条细细的青脉管儿……老七叔喊一声："扯松一些，浪涌会把网扣儿摆弄好。"这样喊着，他心里却在想，委屈了两个儿子：长到这么大，没有好好地吃上几顿鱼！他们亏了算是生在海边上，就因为父亲胆子小，没有鱼吃。有一次，他在芦青河汊子里捕到几条泥鳅，放在锅里烧一烧，让小兄弟俩争得打了起来……老七叔把目光从儿子身上移开，看船后漂起的一道好看的塑泡网浮子了。

流网布好之后，他们按海上的规矩在一端竖一杆做标志用的小黑旗子，就往回摇船了。

大海正在落潮，浅滩的地方，需要他们下来推船。父子三人将船推在浅滩上，一时不想到岸上去。他们仰躺在浅水里，水将金色的细沙子扬到身上。太阳把一切都烤热了，水流温和地从他们的身上和身下通过，像一双双又软又小的巴掌轻轻地摸过来。老七叔已经很久没有过这种体验了。他兴奋地活动着胡须，让鼻孔里喷出的气冲开漫到脸上来的水和沙子。

当他的目光转向东北方向时,脸立刻就绷紧了。在一片水雾后面,隐约可见一个黑影,像天上的两团乌云落进了海里。黑影越来越大,那是露出潮面的一个暗礁:像一条搁浅的巨鲨。

老七叔闭上了眼睛。他像自言自语,又像说给儿子听:"曹德就死在那里。那就是黑鲨洋。自古就是险地方,也是个出大鱼的地方。那一次死了好几个人,淹死、冻死,还有吓死的……我想有一天在那儿栽我的袖网。"

两个儿子盯着父亲的脸,没有说话……

傍黑的时候,他们要去拔流网了。

涨潮了,风也大起来,船在海里颠簸着,两个年轻人直跌跤子,胳膊和腿跌上了青紫的印痕。老七叔脸上挂着水珠,阴沉着脸摇橹。他见小儿子趴在船头上,就用一只手举起一个铁钩,钩到他的腰带上,将他拉了起来。他说:"这已经是不错的天气了。这还不算打鱼。"

流网上系的小黑旗子被风吹得摇晃着,像在召唤他们这条船。两个年轻人刚看见小旗子,就吐了起来。天突然有些冷,兄弟两个身上起了鸡皮皱,使劲缩着身子。一只海鸥在他们头上大笑起来,笑得十分欢畅痛快。

老七叔两只脚像粘在了甲板上。他想起了十几年前的一次出海。那时候他还是个壮汉,什么都不怕。可那是最后的一次出海了,几乎给他留下了永久的遗憾。

那是一个冬天的早晨,他,还有两个老头子,一起去取最后一个流网。他们穿了棉衣,上面都套一层雨衣。涌很高,可是没有多少惊险的浪。

水花在船的四周拍散了，发出欢笑似的声响："哈、哈哈哈……"船上人都听惯了这种海的冷笑，若无其事地坐着……开始拔网了。这网不久就会在屋角里烂掉，反正是最后一次出海了，他们都懒洋洋地做着活儿。突然间，他们拔出了一条身上生了黑斑的特大家伙。毫无准备，一时慌了手脚，找不到木棍。他记得这个特大家伙在船舷上蹭了一下身子，蹭掉了几片五分硬币那么大的鳞片，就凶猛地跳了起来。它跳得那么高，实在让人惊奇，如果身上没有缠上网丝，它准跳到海里去！他是用两只手把它抱住的，就像抱着一个胖胖的娃娃那样。但他明白这是个老家伙了。他给它脱了网丝。他和鱼离得很近，它那么凶恶地看着他，牙齿咬出了声音。它的嘴巴张开来，使他闻到了一股令人厌恶的腥臭气味。就在他喊着船上的两个老人时，这家伙在他怀中拧起来，将他拧倒在甲板上，然后跳起来，跳到海浪里去了……

这最后一次出海，不能不说是十分晦气的。

老七叔摇着船，还在懊悔着十几年前的事。他后来想过失败的原因，他知道坏就坏在那是"最后一次"。人人做事情都有最后一次，可你别想这是哪一次，这样才能将锐气凝聚在十根手指上，再愣冲的大家伙也休想从这样的手中逃脱掉。

"小黑旗子……流网到了！"小儿子嚷着。

老七叔的眼睛圆圆地睁起来："舱盖打开！"他嚷着，放下橹柄，两腿叉着站到甲板上。

流网慢慢拔上来了。凉鱼、偏口鱼、燕鱼，用嘴巴衔着网丝，摆动着雪亮的尾巴。三个人高兴极了。老七叔嘴里发出"啊、啊啊"的声音，一边摘鱼一边咕哝:"……凉鱼死在'夹'上,偏口死在'钩'上——这东西嘴巴像钩,钩到网丝上就跑不了!看看,这是黑皮刀鱼,这东西气性大,一碰着网眼就气死了……小心那条莛鲅鱼!它的嘴狠……"老七叔太兴奋了,胡子上也沾着闪亮的鱼鳞。他现在看不出鱼的大小,他被这第一次收获激动得眼睛迷蒙起来。

兄弟两个,一边摘过鱼,一边将流网再放到海里。小儿子两腿叉开,但不敢站到船头上,常常跌倒。他跌倒的时候,鱼就趁机跑掉。老七叔又焦急又兴奋地放尖了声音喊着:"哎!哎!"

网贴着船舷往上滑去,好像流网是从船底生出来的一样。老七叔后悔船上得太急促,让船靠网时背了流!他怕船底划破渔网,就拼力地用橹掉着船尾巴。这时有一个黑黑的东西从水中慢慢钻出来,像打足了气的黑胶胎那样光滑滑的、圆鼓鼓的。兄弟两个惊呼着,看出那是一个大鱼的脊背!大鱼离水了,闪出了白肚儿,"咕咕"叫着,狂跳起来。

老七叔立刻扑上前去,可惜船剧烈地簸动一下,将他掀倒了。他一边爬起来一边喊:"用手指!别用胳膊……"兄弟两个果然在用胳膊,搂紧了它,又用拳头砸它的头颅。老七叔爬起来时,大鱼正割破了小儿子的皮肉,怒气冲冲地跳到了浪涌里去。

"应该用手指。"老七叔蹲在了甲板上,声音低低地、亲切地说。他觉得十分可惜。他想这条船上该有一个人,该有曹莽!曹莽第一次进海就懂得使用手指,在几秒钟内用木棍击中鱼的脑壳。

这条船上真该有个曹莽啊。

三

曹莽睡了一个好觉。他已经几夜没有睡好了。醒来时，他首先听到的是海潮的声音，想到的是那条船。他早知道老七叔和两个儿子把船推到海里去了，夜里就为这个失眠。

他睡不着时常想老葛的话。他那天没有听明白，因为中了风的老船长说话含混不清，再加上不住地咳嗽。但他看清了那一副涨红的脸庞，看清了满脸抖动的黑斑。老船长显然在生着气。不过他不明白老人为什么生气，也不敢问。如果说曹莽在这海边上还有害怕的人，那就是老葛船长了。他也怕过父亲，不过父亲现在已经管不着他了。

老葛退休回来的时候，村领导曾经建议曹莽接到他家里一起住。曹莽虽然怕他，却把他看成父亲一样的人。他去请他，老船长却怎么也不离开那间屋子。他含混地喊着，用黑色的花椒拐杖捣着地，用力地摆手。曹莽见他果断而坚决地拒绝了，也就回到自己结实又宽敞的大房里了。

老葛的脾气实在太怪。村里人都不敢沾边，他也从不与村里人来往。他一个人种点菜蔬，闲下来就躺着看书。人们说：他一辈子没有娶老婆，又是在海上度过的，脾气怪异是很自然的。由于曹德和他的特殊关系，所以曹莽总要礼节性地去看看老船长。这就使大家也用奇怪的目光看着曹莽了。人们仿佛觉得敢于和那样一个老人来往的小伙子，也必定多少有些怪异。实际上曹莽和老人很少感情上的交流，他自己不愿说话，老船长也不愿意吱声。老船长有时说很少的几句话，他也听不明白。过节时，他送去鸡、苹果，老船长只用拐杖指指窗台，让他放在那儿。

曹莽眼下可以说来到生活的岔路口上了。村子里近年来很活跃，人们都在雄心勃勃地做事情。可是他还没有认准做什么。上不上船，事情的确太重大了。他需要琢磨老船长的话，更需要自己拿个主意。他十九岁了。

早上，他茫无目的地从房子里走到街上。天还早，人们都在街头上站着。他故意将头低下来，看着自己的腿和脚。走了一会儿，他又将脸扬起来，让阳光照在这张粗糙的脸庞上。他的神气很拗，这点儿大家都看出来了。

有人突然喊了一句什么，接着大家都向一个方向望去。曹莽见有个人背着霞光走过来，看不大清，仔细些瞧，才认出是老七叔。原来他肩上扛了一根又细又长、弹性十足的竹竿，竿子的末梢拴了两条胖胖的鲈鱼。老七叔故意将竹竿根部扛在肩上，让拴了鱼的竹竿拉出一个可笑的大弧。

曹莽愣怔怔地看着那对漂亮的鲈鱼。他知道这是老七叔刚捕来的。街道两旁的人用嫉羡的眼光看着他和鱼，他却只顾按紧了竹竿往前走去。

老七叔并没有看到曹莽。曹莽被吸引着，跟在他的后面走着。

他拐过几道巷子，站在了一个小屋子跟前。曹莽愣住了：这不是老船长的家吗？……他眼盯着老七叔取下鱼来，两手高高地托起，推开门走了进去。

老葛船长唯独这次没有躺着看书，而像有过什么预感似的，端坐在小院子正中的一个大草墩上，身后，是一株威风的铁皮榆树。他见了捧鱼进来的老七叔，高兴地摩挲着手中的黑花椒拐杖。

"老船长！老七进海了……两条鲈鱼，不成敬意！"老七叔半蹲着，样子十分严肃。

老船长微笑着点点头，让老七叔将鱼放在他身边。

老七叔说："过去买不得船，如今行了。怕个什么？我偏要把这条船开进海里……"

老葛瞪圆了黄色的眼珠，费力地活动着身子，样子十分激动，连连说："嗯。嗯。你！……"他说着大咳起来，脸色涨得紫红，一道道皱纹和疤痕又抖动起来。

曹莽一直站在门口，这时不由自主地跨进门来。

老七叔高兴地招呼他，老葛却像没有看见来人一样。

老葛请老七叔留下喝酒，老七叔同意了。他提着鱼就要去收拾，随口对老船长说了句："让曹莽也留下喝酒吧！"谁知一句话出口，老船长竟站了起来。他费力地往前跨一步，用拐杖敲了一下曹莽的腿。曹莽胆怯地叫了一声"葛伯"，但一动没动。

老葛继续用拐杖敲着曹莽这两条腿。他敲得很认真，不轻也不重。他从大腿处敲到腿弯，像要验证点什么似的，最后将拐杖收起。他愤怒地嚷起来："你！……咳咳！咳……"

"葛伯，我……"曹莽尖利的目光盯住老船长黄黄的眼珠，大着胆子喊道。他的两条腿像两根石柱，硬硬地拄在脚下的泥土上。

老船长的眼睛也盯着他。老人的嘴巴张开了，又显露出那两枚半截的、却不甘躺倒的牙齿。他满脸的深皱活起来。从脖子到胸膛有一道斜划下来的伤痕——曹莽好像第一次发现了这道伤疤，见它抖动着，闪着亮。曹莽慌乱地退后一步，嗫嚅着，扭过脸去走了。

老七叔提着鲈鱼，一直不解地站在那儿……

曹莽走了，他出了一身大汗。

走近海岸，他又看见了那条船——两兄弟正光着脊背在上面砸着什么。他避开船，到远一点的地方脱了衣服。

他跳进海里，游得很深、很远，然后爬上岸来，沾一身沙子。太阳晒干了他的全身，全身都渗出一层油样的东西，闪着光亮。他把手捂在脸上，泪珠儿顺着手指缝流出来。他狠狠地抹干了眼泪，坐起身来，望着东北方黑黑的海水。黑鲨礁神秘地藏在一团雾气里，他盯着，咬了咬牙关。他的父亲就死在那片黑色的海水里了。

他还记得父亲的模样。他长得很瘦小，脸色蜡黄，说话的声音很低。他是公社船队的总指挥，说一不二，人们叫他"小霸王"。他把很小的曹莽带到海上去，半年之后，曹莽就能离开船游到很远的地方去了。有一次小曹莽跟上一个舢板去查网，舢板被浪掀翻了，他就"失踪"了。四天以后，父亲才从一个小小的礁子上找到他。父亲自豪地对别人说："这个孩子再也淹不死了。"曹莽很小就知道自己这一辈子交给大海了，读书也不用心，只想早些回到海上。

老葛从老洋里回来，第一件事是找父亲喝酒。父亲说话时，任何人都得闭上嘴巴。可是老葛说话时，父亲总是很用心地听。老葛的个子也不高，可是满身都是横肉，年轻时曾经跟海盗打过架，杀了三个海盗。父亲每一次送走了老葛，回头都对曹莽说一句："全村里就出了这么一个英雄。"

可是后来，曹莽恨老葛了。那是一年秋天，父亲淹死不久。老葛从老洋里回来了，红着眼睛，就睡在曹莽的家里。白天，他找到几个辣椒，把曹莽父亲留下的酒全喝光了。夜里，曹莽想念父亲，呜呜地哭，惊醒了老葛，他就给了曹莽一拳头。曹莽大概忘记了他曾杀死过三个海盗，竟然像个小豹子一样猛扑过去……结果是挨了更重的一顿拳头，曹莽趴在了炕上。尽管老葛酒醒之后十分后悔，曹莽还是恨着他。

当时曹莽只有九岁。老葛临出海的前一天晚上对曹莽严厉地嘱咐道："以后再不准哭！好好念书，至少念完高中！学费我按月寄给你，吃的用的也跟我要，我就算你爸了！"……

老葛果然按他说的做了。曹莽长大了。他对老葛还存有一丝怨恨，但更多的，却是一种莫名的惧怕。大约就是从父亲死的那天起，他和海边上的人一样，开始疏远大海了。

他疏远了海，却没有忘记海。浪涛声日夜响着，谁也不可能忘掉它。大海像个谜，解不开；大海像匹烈马，永难驯化！父亲死在黑鲨洋里了，可父亲不能不说是条硬汉子；老葛船长中风败下阵来，嘴里只剩下两颗半截牙齿，可他杀死过三个凶猛的海盗，也不能不说是条硬汉。曹莽长壮了，长高了，却不信自己能超过前两条硬汉。他就是这样想的。

所以，他犹豫着，上不上老七叔的船。

眼下他感到委屈的，是弄不明白老船长的话，老船长却对他发了那么大的脾气！第一条船哪，诱惑力实在是不小。他从老船长抖动的嘴唇上，知道老人有很多话要说。老葛就是这样怪异的脾气，这怪异中主要就是霸道。曹莽又想到了小时候吃过的恶拳。海浪呼呼地涌上岸来，泡沫溅了他一身。无数的大涌耸动着肩膀，炫耀似的靠到岸边来了……曹莽用力抓紧了手中的沙子，又狠狠捶了一下自己结实的腿，站起来，穿好衣服，大步往前走去了。

他有些愤恨地想：为什么非要弄明白老葛船长的话不可呢？自己十九岁了，自己的主意呢？他回身望着海滩上一串串深深的脚印，站住了。他在心里说：我可以不超过前两条硬汉，但我怎么就不能成为第三条硬汉？！

四

老七叔的船上，终于有了曹莽。

这个初秋将会长久地留在海边人的记忆里。他们十几年前告别了船帆，心头滞留的欲望和惆怅又被一条新船搅动起来。老七叔和强健如牛的曹莽合伙搞一条船了，这条船带着一股可怕的生气冲入人们的生活中去了。多少年来，人们已被教训得像些腼腆的小媳妇，看到果断刚勇、一往无前的男性的强悍，那种惊讶确是非同小可。

老七叔的两个儿子见到船上有了曹莽，比老七叔还要高兴。曹莽沉着脸不说话，单是那粗糙的、黑红色的面庞就给人以力量。他们都相信曹莽是不会怕海浪的。

开始的时候，船仍旧在浅海里放流网。每次的收获都差不多。鱼不太大，也不太多。带鱼几乎没有了。捉过两条海狗鳝鱼，两天后从船舱里拿出来，它们还会撩动尾巴。这是生命力最强的一种鱼。大头鱼永远是笑眯眯的样子，擒到甲板上，还兴奋地晃着大头颅。没有诱人的鲈鱼，也见不到身上生了灰斑的、出水时像一把大片钢刀一样的鲅鱼。老七叔每一次拔网时都遗憾地摇头。

他们还试着撒过小眼网，结果网上来那么多小鲇鱼、沙拱子，还有一团一团的海草。这些差不多都得重新还给大海。老七叔说："我要到那个地方栽袖网去——这盘网让我花去了几千元。大鱼遇上它，就像入了迷魂阵！……不过这东西经不得大风，六、七级风就得取网，也怪麻烦……"

曹莽望着那片黑色的海水，没有作声。

老七叔压低了嗓门："要捉大鱼，非上那个地方不可。"

曹莽点点头："明天，把袖网装到船上去吧！"……

第二天，船张了帆，果真向那片黑色的海水驶去了。

这片神秘的海域！这片藏下了无数可怕的故事的海域！此刻它是碧蓝碧蓝的，没有一点波澜。它是透明的，像溶化了的、但仍然浓稠的绿色结晶。没有破碎的浪花，船是在柔软光润、丝绒般的质料上滑动。这里的气息也不像浅海那样腥咸，倒有一股特异的清香。太阳就在不远处微笑，她仿佛变得可以亲近了。在这里，她的手掌不会是滚烫的，不会在那一个个黝黑的打鱼人的脊背上揭皮。这里吹动的的确是九月的海风，船没有颠簸，人可以不眨眼睛。

由于曹莽一路上没有讲话，老七叔也不作声。他的两个儿子互相对视着，用力压抑着心底的兴奋。很快看得清那像鲨鱼似的怪石了，风开始凉爽一些。落在礁上的海鸟尖叫着。船体常要莫名其妙地微微震动，船上人终于能觉出湍急的海流了。

他们很快开始下底锚了。这些巨大的铁锚就是袖网的根，大风来时，取走袖网，却依然留下它的根——风过之后，袖网很快又系在这些根上了……老七叔做活时咬住一个空空的烟斗，他要说什么，都用鼻子"哼"出来。这时他用烟斗指指海里：三个年轻人都看到在新栽的网浮旁边，一条小鲨鱼腼腆地游着……

曹莽一声不响地做活。他整天都是紧绷着脸皮的，抖索、下锚，都是用牙咬着嘴唇，发出"嗯、嗯"的屏气声。他的脚蹬在船舷上，船被他踏得浑身震颤……四个人不停地干了多半天，太阳偏西时，袖网栽成了！

…………

老七叔的船闯到黑鲨洋里了，村里人都面面相觑。可是很快的，他们又齐声惊叹起来。

崭新崭新的船，鼓胀着白帆，一次又一次向东北方驶去，他们在那儿，将走进"迷宫"里的鱼不断装进船舱里！这简直有些神奇了。黑脊背的大鲅鱼、黄鱼、白皮刀鱼……都乖乖地给运到岸上来。村里人啧啧地咂着嘴。

他们不知道四个人是怎样搏斗的。

船驶进那片黑色的海水。四个赤裸的脊背在太阳下闪光，从网上摘下的鱼也在甲板上闪光。鱼蹦跳着，死命挣扎，用尖尖的鳍割破他们的脚背。这里的鱼大，力气也大得惊人，特别是刚闯到网里的，要摘下它们来简直就是一场拼杀。老七叔咬着一个空空的烟斗，他前边就是曹莽那两条粗黑的脚杆。网丝水淋淋的，不断勒到这腿上，这腿动都不动，真像两根生铁柱。曹莽可以一口气拔上十二托网，腰都不直一下。大鱼用尾巴拍他的脸，他用拇指和食指钳住鱼鳃，按到甲板上。大鱼锉刀般的牙齿发狠地磨动着，咬不到曹莽的手指，跌到甲板上，就用力咬穿了另一条大鱼的肚腹。曹莽常在两兄弟的惊呼声里将大鱼踢进船舱。

甲板上满是鱼血、鳞片和黏乎乎的液汁。老七叔的小儿子有一次跌倒，让船舷磕掉一颗牙齿。老七叔的烟斗不知何时甩到海里去了……

一直收获到中秋季节，他们没有取过几次网。

中秋之后，风凉了，涌大了，取网躲风的次数也渐渐多起来。四个人累得腰都要断了，每个人都明显地消瘦了。老七叔甚至真想让袖网闲息一段。但风过之后，他们还是将网系到根上了。

正像好多打鱼人一样，他们本来是要等更多的大鱼，可是他们等来了一场灾难。

这一天并没有变天预报，老七叔斜倚在铺子外边的油毡纸上吸烟。他是在磕烟斗时瞟了一眼天空，发现了一片奇怪的云彩。他立刻跳起来，呼喊着曹莽和两个儿子去海里取袖网。

网很快要取上来了，天还没有黑。可是西北天空变得那么紫，老七叔看了看，手都有些抖动了。偏偏剩下的一截儿网拖不上来——疾流不知何时竟将坚牢的网根移了位，网脚勒在乱礁上了！当老七叔弄明白这一切，脸上立刻渗出了一层冷汗。他犹豫了一会儿，抹掉脸上的汗珠说："割网吧……"

扔掉半截子袖网，心太狠了些！曹莽摇摇头。

黄昏即将来临了。两兄弟说："莽弟，再不走，要挨上风了。"

曹莽咬着嘴唇，两眼死盯住变黑了的海水，沉着脸说："挨上吧。"

老七叔暴跳起来："你这个黑汉！割网走船！"

曹莽还是沉着脸。

老七叔使个眼色，两个儿子突然拦腰将他抱住了。曹莽愤怒地大叫一声，叉开两腿，一下子将他们摔倒在甲板上，接着翻身跳到水里。不知过了多长时间，他从水中露出脑袋喊："我爸爸就死在这上面，这就是那片乱礁！"他说完乌黑的头发在水中一闪，不见了。

老七叔的两个儿子哭起来。老七叔喊："住嘴！"

后来曹莽又在水上露过两次脸，但并没有上船。他再一次潜下时，水面上有一道血水。老七叔见了，赶紧跳下水去。

两兄弟喊叫起来，声音里透着无比的恐惧。

住了一会儿，曹莽终于浮上来了。他周身带着血口子，身边的水立刻红了。老七叔也浮上来，一把将曹莽拉到船边。两兄弟和父亲把曹莽放在了甲板上。他身上的血口子深深浅浅，多得数不清，还在往外流着血。两兄弟把他血乎乎的腿伸开，看到左脚被什么咬掉了一个脚趾，腿肚上，是黑乎乎的一个肉洞。

老七叔流下了眼泪。

他用嘶哑的嗓子喊道："割网！走船！"

曹莽还想爬起来。可是他正要伸出手和两兄弟争刀子，昏了过去。

网割断了。船往回开去了。老七叔告诉两个儿子："网真是勒到乱礁上了。曹莽身上的血口子是礁上的蛎子皮割开的。他可能还遇见过鲨……"

黄昏来临了。巨涌一个紧连着一个出现了。

老七叔不断向两个儿子呼喊着,可大海的呼啸淹没了他的声音。船体好像陡然落到了狭窄的巷子里,水的墙壁,柔软而可怕的墙壁,随时都有可能坍塌。他们的船在挣扎。他们听见了船的骨头在"咕咔"地响着。后来,他们不得不将一个流网抛到海里,拖住摇摆的船……

岸上有人为他们点起了大火,他们可以看到在火边活动的影子了。两兄弟奋力扳橹。老七叔喊着:"瞪起眼来,别让船横了!……"

大火离他们只有半里远了。两兄弟兴奋地呼喊起来。老七叔却一动不动地伏在甲板上听着。他听到了"呜——扑!"的声音,绝望地说:"海边有'瓦檐浪'。坏了,靠不了岸啦!"……

五

老葛的病几天来加重了。人们都到他的小屋子去,看他大口地喘息。他不喜欢人,可他已经没有力气赶走别人了。

这天傍黑的时候起了罕见的大风,海水出奇地响。人们突然记起了老七叔的船,就跑到海边上张望。

老葛一个人蜷曲在小屋里,昏昏地睡去了。睡梦里,他跟一条巨鲨打了一架,他赢得很险,折了一条腿。醒来后,他用力扳着那条腿,扳也扳不动。那是属于中风后不再灵活了的另一半身子。他想这是鲨鱼给他咬折的——那条凶狠的家伙,他是用拳头把它打败的,敲碎了它的脑壳！老船长费力地张大嘴巴呼吸,一个人在黑影里笑着。

他突然听到一种奇怪的声音。这声音好大,又是时隐时现的。他用力听了一会儿,听出是大海的咆哮。他在心里说:"这家伙又在发脾气!这家伙又在叫了!"他竭力要爬起来,可总也没有成功。跌倒几次,他最后还是坐了起来……屋子里空洞洞的,人们都走了。他猛然记起人们在这儿议论过船,然后就一齐跑走了。他终于听出了"瓦檐浪"的嘶叫,伸手去摸索黑花椒拐杖。他刚一动,就重重地跌到了床下。可他还是伸出手掌去摸索着……

海岸上,人们还在往火堆上投着柴火。天渐渐亮了,船还是没有靠岸。船上的人奋力挣扎了一夜,随时都可能被大浪吞噬。可他们还是不让船"横",不让船靠近"瓦檐浪"——这种浪会把船抛起来,再重重地甩进浪谷深处。岸上的人们喊叫着,嘈杂的声音里充满了恐怖和焦灼。

与此同时,正有个黑影子缓慢地朝火堆这边移动着。

由于他走得很慢,所以天大亮时才来到火堆边上。大家一看,大吃了一惊——老葛船长!有好几个人不信似的看着他,往后退开两步,惊呼起来。这个不久还躺在床上喘息的人,怎么会一个人摸索到海滩上来!

这真像有神力帮助他一样。大家一时说不出话,只是一起瞪圆了眼睛看着他。他走得真是费力极了,两手拄着那个黑花椒拐杖,一点一点往前挪动。他的小黄眼睛亮得吓人,不看任何人,只盯着海浪、盯着那条挣扎的船。大家上前搀扶他,他定住似的一动不动;再要去拉,被他厉声喝退了。

"你!啊啊哦……咳!咳咳……"

老船长向着大海吆喝起来，这声音大得简直不像他喊的。他的脸又变成紫红色了，衣怀敞着，一条又长又亮的伤疤让所有人都看到了。

　　船上老七叔向岸上喊着："老葛船长——老船长……"

　　老葛大吼起来，钝钝的声音像打雷。好几个围在他身边的人胆怯地退开了。他吼叫着，两手举起拐杖，举得高高的，然后猛地往怀里一拉。

　　船上老七叔看得真切，命令两个儿子："拔流网，把网拉上船来！"

　　老葛又吼起来，一边跺着脚。他将拐杖费力地顶、顶，横到左肩前边，然后再往右前方奋力一推。

　　船上老七叔又命令儿子："快，把船尾巴拨北一点，用橹，下狠力……"

　　老葛船长又向西走了半步，同时两手握住拐杖根儿，往西捅着。他一边呼喊，一边把拐杖拄起来，费力地向西挪动着。

　　这段时间，所有人都一声不吭地看着老船长。他们谁也不明白老船长喊叫了些什么、比画了些什么，只是惊惧地、钦敬地望着他。

　　海中的船往西，斜压着浪涌，十分艰难地驶去。

　　人们也背起老船长，向西走去。

　　船到了芦青河入海口停住了。河口处，扑向海岸的浪涌没有遇到浅滩的阻力，那"瓦檐浪"竟小好多！大家一下子全明白了。

　　老七叔指挥着儿子，艰难地将船往岸上划。船是向着河与海的交角处往上来的，刚一驶近，几个壮小伙子就冲上去，帮着把船推了上来……

　　老葛船长这时却松脱了手里的黑花椒拐杖，倒在了河滩上。老七叔抱着一身血渍的曹莽，伏在了老人身边，大声地呼唤着。所有人都叫着"船长"和"葛伯"……老人紧闭着眼睛，仰躺着。大家第一次凑近这个老人，看到了大大小小、不同颜色的疤痕。

海浪在轰响。曹莽睁开了眼睛。他看到了躺倒的老船长，从老七叔怀里爬了下来……老船长终于也睁开了眼睛，他把手放在了曹莽血淋淋的腿上，声音极其微弱地咕哝着什么。曹莽眼角流出了两滴晶莹的泪珠。老七叔告诉了曹莽受伤的经过，老船长嘴角似乎有一丝微笑，对曹莽点点头，又点点头。老七叔转脸对曹莽说：

"老船长眼里……你是一条硬汉了……"

曹莽抹去了泪水。他这会儿心中一亮，突然像是明白了老船长，明白了他以前那些话。

他转过脸去，久久地向黑鲨洋望去……他看着岸上的船，崭新崭新的一条船。不过它会在某一天被浪打得粉碎。不过——曹莽想——还会有第二条、第三条……船！

老七叔背起了老葛船长。他让小儿子背起曹莽，大儿子拿着老人的拐杖。所有人都跟上他们往前走去了……

一九八四年一月于郯城

龙口市西郊田野　田恩华摄

红 麻

一

达光刚刚十九岁，可是他长了浓黑的络腮胡子。他的下肢很长，胸脯上的肌肉也很结实。因为刚刚毕业不久，身上还有股学生味儿。春天的田野上，绿色并不多，但却给人生机勃发的感觉。冰冻过一个冬天的土块儿酥散松软了，生出暖融融的香味儿，正有小草芽从上面生出来。达光扛着一把铁钉耙走在野地里，步子迈得很大，使人觉得他的两条腿真长。他的胡子刚刮过，头上戴了顶舌头很长的蓝帽子。

一群姑娘在离他不远的一条田埂上走着，她们大声地咳着。

几个小灰蛾子（也许是蝴蝶）垂直向上飞了一会儿，又旋转着消失在远处了。蜥蜴在土块儿上懒洋洋地跑动。燕子一声不吭地飞着，只偶尔低下身子吻一下春天的泥土。风几乎没有，但好像所有的人都能感到它的热情、它的温柔。

达光脚下的土路差不多和姑娘们踩着的田埂交到了一起。达光昂起头颅看着远处的天空、原野。他看到碧蓝的空中，白云正被一种奇妙的力量拉成一道白白的直线。原野上，不远处一丛丛柳木该要变黄变绿了吧。柳木长在堤上，下边是流淌着的芦青河。

"大胡子！"一个姑娘快意地、带有一丝挑衅地喊了一声。

达光分不清是谁喊的，他只是瞥了她们一眼。

可是她们都看清了达光这一双黑亮的大眼睛。她们又大声地咳起来。有人把头埋到胳膊弯里笑，另有人就从后背上捣她一拳。

达光有些燥热地用手推了推蓝帽子。他原先听到咳的声音还以为她们感冒了；后来他终于从中听出咳的尾音很长，最末还要打个弯儿。他的脸红起来。

对她们，达光总有些陌生感。虽然长在一个村子里，但她们很早就不读书了。而他读了初中又升高中，后来又在重点班里考了两年大学，忙得几乎再没有看到她们。考大学是很难的，父亲病逝后他就索性回来种田了。他惊异的是她们都长那么大了，并且每一个都那么漂亮。他想她们有时对自己表现出一些新奇，可能是他长了副络腮胡子的缘故。如果那样，达光想，就有点"少见多怪"了。

"你的地里准备种些什么呀？"她们中有人问道。

达光不假思索地应道："种瓜。"

"哈哈……"一群姑娘笑起来。她们不停地笑。

达光大步地走着，他想把她们甩开一段距离。

可她们小步跑着，总是跟得很紧。她们喘息着问："达光，瓜熟了，给不给我们吃啊？"

达光头也不抬地说："熟了再说吧！"

二

达光想在地里种瓜,这已经是很早的事情了。很小的时候,瓜皮上五颜六色的花纹儿、那股特别的香味和甜味儿,就使他着迷。他简直想象不出地上会生出这么好的东西,也不明白为什么好多人都不种瓜。他想,如果他来种地,他一定会种好大一片瓜的。

责任田分下来了,像河边沟汊上的洼地、边角地和砂土地,种什么可以由承包人自己决定。达光几乎是不假思索地搞来了瓜种。

他来到自己的土地上,总是默默地在田头上站一会儿。这是片靠着一条水渠的土地,近渠的一边明显地洼下去。他知道有时候雨水大,洼下去的那半截土地就要被水蒙起来,有无数青蛙跳进去唱歌。但那样的时候到底还少,一般是有播种必有收获。……多大的一片土地呀,达光用了几个早晚的时间,已经翻过了土,又用铁钉耙细细地耙过,垒起了笔直的土埂。阳光照着这片有了土埂的土地,真好看。达光兴奋地用手抚摸着他发青的下巴。

他蹲在土垄里下种了。

渠对岸的那片土地也修了相似的土埂。有一个姑娘背着手,两脚踩着土埂,走过来,又走过去。她想把土埂踩实一些,可是她的脚步那么轻盈,看上去就不像是劳动。她穿的衣服极其洁净、好看,一束浓黑的头发垂在背上,随着活动的脚步颤动着。她站在田埂上,显得十分秀挺。

她就像没有看到达光一样,默默地踩着土埂。她的脸仰起来,让阳光照着。她的脸比较黑。

每个小土坑里放三颗种子，浇一碗水。达光做得真仔细。他觉得这和完成课堂作业时那股劲儿一样，他总是在作业本上极其小心地描画。他也看到那边的姑娘了，并且认出是本村的"皮妞"，但他懒得先打招呼。他只是用心地下种，有时故意将种子摆成一个正三角形。

皮妞又踩了一会儿，弯腰捡起一个小小的泥蛋，很准确地打在达光头上。

达光疼得蹦起来。

"我不先和你说话，你也不吱声，你还真沉得住气！"皮妞站在沟边上说。她笑吟吟的，舒服地伸着懒腰问："疼吧？"

达光点点头。

皮妞蹦过沟来，到这边的田里了。她不说话，弯着腰，将两手按在膝盖上看达光点瓜种。达光还是那么无声地做着，用拇指和食指捏起瓷碗里的籽儿，就像安放一枚棋子儿那样，沉稳而自信地摆到了湿润的泥土上。他知道皮妞在看他。皮妞轻轻呼吸着，不发出一点声息。她盯着达光这双健壮的、没有多少老茧的手，目光特意在那闪着莹光的指甲盖上停了一瞬。她看到达光两条长腿费力地半蹲着，粗帆布裤角都要给它绷裂了。她笑了。

"你做得真用心！"她说。

达光谦逊地抿了一下嘴角。

"你种瓜像绣花一样。"她说。

达光腼腆地活动一下身子。

"你是个学生。"她又说。

达光看她一眼:"我毕业回来了。"

"回来了也是学生!"皮妞很果断地摆了一下手掌说。她今天不知怎么十分兴奋,黑乎乎的脸上泛起两片红润。"我老远就看见你扛着铁耙——铁耙在你肩上就像个小笊篱一样。你这个家伙呀,壮得像什么一样。可我老觉得你是个学生。"

她没有说出他壮得"像什么",但他想她是要说他壮得像头牛。他很高兴。他也确实知道自己很壮的。在学校时,那课桌和小凳子常被他压得吱扭扭响,他想也早该回到家里,像牛一样耕地了。现在他看着眼前这个面庞黝黑、露着两排洁白牙齿的姑娘,不知怎么身上一阵燥热。他像生气似的抛掉了手里空空的瓷碗,又脱了蓝帽子。他用力地揉着帽子,帽子上沾了一点泥巴。

有人在不远处的地里怪声怪气地长叹一声。

达光赶忙抬头向那边望一眼:一个四十左右的黄脸汉子头枕着一个口袋,像要晒着阳光睡觉;可他不一会儿就从口袋里摸出几粒花生填到嘴里……原来是邻地主人颜凤启。他是来播种花生的吧?

皮妞连看也不看那人一眼。她只笑眯眯地和达光说话:"你种瓜,我种菜园,咱是邻居。我最爱吃瓜。你多种'虎皮脆瓜'吧。"

"你怎么不种瓜?"达光看着渠对岸那一条条笔直的土埂问。

皮妞摇摇头:"生不了那么多闲气。还是你种吧。"

我就能生那么多"闲气"吗?达光想这样问她一句,但话到嘴边又咽了回去。

"你是男的,又是'大胡子',谁敢来糟蹋你的瓜?"皮妞笑着坐在了地上。

达光有些不高兴地看她一眼，不作声了。他用手抚摸着粗粗的胡茬。胡茬儿长得真快，一转脸又刺手了。他真恨这些胡子。

不一会儿，颜凤启来借铁钉耙用。他像没有看见一边的皮妞似的，只跟达光一个人说着话。他故意想将话说得幽默一些，可达光觉得一点也笑不出来。他扛着耙子离开了，拖着长音咕哝着："种瓜得瓜哎，种豆得豆！……"

达光看着离去的背影说："他怎么不和你说话？"

皮妞"哼"了一声："他怕我——男的怕女的，就不敢跟女的说话。"

达光琢磨着这其中的道理。停了一会儿他又问："他怎么就怕呢？"

"我硬骂他！"皮妞看看不远处那个身影，说："这个人净歪心眼儿，惹了我，我就骂，专往他的痛处骂……"

达光不敢苟同。他说："我看颜凤启挺好的嘛……"

皮妞撇撇嘴："你知道什么！你让人家欺负了还不知道来……分责任田时，颜凤启抓阄抓的是你这块地，他嫌不好，暗里找支书调换了。支书是他叔。你是刚毕业的学生，不欺负你欺负谁去？"

达光愣愣地看着不远处弓腰耙地的颜凤启，又看了看皮妞。他深深地吃了一惊。可他又不能不信皮妞的话。

"你以后不用借东西给他使！"皮妞说。

达光点点头。

"也不用理他！"

达光伸手将地上的一个土块儿捏碎了。

皮妞站在了土埝上,两脚陷下去很深。她说:"你这埝儿踩实它才行哩!"说着就踩了起来,她的脚迈那么快、那么细碎,远远看去,像是一个美丽的姑娘沿着一条褐色的铁轨滑去了……达光被阳光耀得眯起了眼睛。他只能看到皮妞的剪影。那是多么奇妙的轮廓线啊,达光好像这才刚刚发现:她是穿了一件米色的、硬质料的外套出来做活的;春天的阳光使这衣服散出淡淡的光亮来……她一边踩着一边喊:

"你要像我这样踩一遍!"

"嗯!"达光应着。他看着她越踩越远。他本来想她踩远了还要折回来的,谁知她就这样沿着土埝踩下去,踩到地边,跳过水渠到自己的地里去了。

三

几个月后,瓜长得很大了。他原来无论如何也想不到种瓜会这样难。他的肩膀上挑水磨起了巴掌大的茧子肉,贴身的背心都让汗水泡烂了。天热起来,他就穿着那个后背上有数不清洞眼的小背心。

对面的菜园长得很茂盛。那儿,眉豆、黄瓜,全是搭了架子的。皮妞在这些架子里边活动着,很难看到她了。不过每天里她总能从碧绿的叶子中探出头来看看达光。她的脸上被阳光晒得很厉害,流着汗花,可她总是很高兴的样子。

有时候她到瓜地里帮他掐秧顶儿、打杈子。她做得很快,一双手简直是在瓜秧上飞,一会儿就掐下一大把多余的秧顶蕊,故意扔在达光眼前。达光真担心她会掐错了秧子,因为她做得太快了,使人眼花缭乱。她抹着脸上的汗珠说:"你就像我这样做。你原来是个笨人……"

达光确实跟她学了不少技术。他不承认自己笨,只承认她太聪明了。她走在随便的一条田埂上,只要有人做什么做得好,立刻就会掐着腰站一会儿,看上几眼。只要看几眼,她也就会做了。达光曾经到她的菜园里看过,黄瓜秧儿长那么壮、匀,西红柿棵子一般高,差不多又都是在一个位置上开始结果子……这一切他都觉得很神。

皮妞的妈妈有病,很难到菜园里来一次;她的妹妹还在读书,只在星期天来帮她做一天活儿。妹妹穿得像她一样好,比她白。虽然差不了几岁,却是很听她的话。皮妞告诉达光:"她像你一样有福,这么大了还是学生。妈妈有病,我是老大,读到三年级就回来做活了。你不知道我从小做了多少活儿……妈妈让我顶着门户过日子!"

达光钦佩地看着她的眼睛。他突然想到她已经在很早就开始挑着一个家庭的担子了。他看了看她的一双手,不禁怔住了:又粗又黑,骨节儿老大,已经有些变形!你简直想象不出这是一双姑娘的手……

皮妞笑了笑,接上说:"我妹妹也和你一样:爱害羞!你见过她吗?没有。她老钻在架子里边做活儿,不吭气。我老想让你看看她有多好看……"

达光红着脸哼了一声。皮妞问:"你'哼'什么呢?"达光摇摇头,转身又掐瓜秧去了。

……

瓜田里第一个成熟的"虎皮脆瓜"是让颜凤启吃掉的！他常到达光的田里转，和达光说话儿，还用一毛钱一盒的廉价烟哄着达光吸。达光不愿和他说话，更不想染上烟瘾。颜凤启刚有四十多岁，却总是装出一副老头儿模样，一手插在背心下边，弯着腰，侧拧着身子盯住瓜秧往前走，那样子可笑极了。那个成熟的瓜就这样让他给盯到了。

他吃瓜的声音很响。达光在心里骂道："一头猪！"

颜凤启将瓜吃完后，撩起背心擦了擦嘴巴说："你今年的瓜一定丰收。"

"怎么呢？"达光不解地问。

"你把第一个瓜让给长辈人吃了，真是个懂礼貌的好青年——好青年种瓜还能不丰收吗？！"颜凤启自己也觉得这话说得很幽默，竟笑了起来。

达光气得差点儿跳起来。

颜凤启又说："你就跟我叫叔吧。"

"谁跟你叫叔！"达光喊道。

颜凤启端详着他："到底年轻，火性太暴。"说着，又把手插到背心下边，哼着什么走开了。他站到自己的花生田里时，又扬着脸向这边嚷一句："你到底年轻。"

几天以后，又有一个"虎皮脆瓜"熟了。达光把它摘下来，捧给了皮妞。

他在瓜田中央搭好了看瓜的铺子，晚上就睡在里边。颜凤启常在晚饭之后进铺子坐一会儿，进来的时候故意像老头子那样弓了腰，咳着。他说："大叔陪陪你吧！"结果每天达光都要损失二至三个瓜。

午夜里下过一场大雨，水渠很快涨满了。蛙声很响，达光睡不着，倒也愿听这奇异的歌唱。可他想不到正午时分有那么多年轻人跳进去洗澡。他们亲热地叫着达光，达光就兴冲冲地往水里抛瓜。青年们走后，达光也跳进去洗了，他发现这生了青草的渠里，水竟这么清！

有一天黄昏，有一群姑娘也来洗澡了。她们洗了一会儿，都甩着一头乌黑油亮的头发跑上岸来。达光看着她们，不停地抚摸粗涩的下巴。"让吃瓜吗？让吃瓜吗？"她们笑着、叫着。达光点点头。他看着她们在瓜垅上跳跃着，那一身湿衣服不断甩下一串串水珠……她们吃着，离开时都拣一个又小又黄的，使劲地嗅着。她们中间还有人挑衅地叫着："大胡子！"

颜凤启就站在不远处。他用一只眼睛看着她们走开，然后对达光说："吃几个瓜也上算！"

皮妞反而不怎么来了。

达光有一次喊她，她说："我不去。你的瓜让人吃光了，到年底算账时，我也要算一个了！……"

"我……不好意思赶她们……"达光嗫嚅着。

"我早说你是个学生！你就写一张大纸，贴在铺柱上，谁吃谁买——你的汗珠儿就那么不值钱吗？"皮妞有些气愤地跺了跺脚。

这个晚上，颜凤启又来了。他坐了不一会儿，就伸手到瓜垄里摸瓜。达光背向着他，用手电照着铺柱子大声念道：

"'吃、瓜、要、现、钱！'"

四

雨水慢慢多起来。达光在细蒙蒙的雨丝中奔忙着。雨水洗着瓜田，瓜香在雨雾中飘出很远，是一种很诱人的味道。渠水溢出来，有人顺着水流游泳，扎个猛子就偷走了瓜。

瓜田的下半截儿终于泡在水里了。

颜凤启天晴时站在渠岸上，长时间地看着弯腰劳作的达光。看了一会儿他说："瓜这个东西十分奇怪，水一泡就不甜了。买瓜的人也怪，瓜不甜就不买了……"他的声音拉得很长，说着说着又笑起来。

达光气愤地拔起一棵水下的瓜秧，狠狠地抛开老远。

颜凤启丢下手里的烟蒂，指着达光说："挺好的瓜怎么拔了？你这是破坏农作物！"

这时候不远处的眉豆架儿动了动，皮妞一撩叶蔓儿走了出来。她一双黑亮的眼睛看了看天空，像在观察雨后这清明可爱的早晨。她一句话也没有说，用一只脚擦着另一只脚上的泥巴，又伸手去整脑后那束头发。

颜凤启像没有看见她一样，眼睛仍然盯在对岸的达光身上。他说："那么好的瓜秧你就拔了，你是个狠心的人，我敢肯定。"说完咳了一声，转身到自己的地里去了。

皮妞穿了洁白洁白的上衣，她身后是绿莹莹的叶子。阳光还是红色的，透过叶子射过来，染她的衣服。达光看着她，很想喊一句，但他嘴巴张了一下，没有喊出。皮妞的衣服像雪一样白，耀得他眯起了眼睛。

皮妞久久地看着漫进了雨水的瓜田，咬了咬嘴唇。她难过地叫了一声：

"达光啊！"

达光说："这真想不到。"

"常常这样。"皮妞寻找着浅水处涉过来，站在了达光眼前。她端量着他，舒展一下眉头微笑了。她说："你这个样子真可笑，看你长的吧，你不该怕什么。一脸的黑胡茬儿，像个壮汉。挺好的黑胡茬儿……"

达光不好意思地抚摸着下巴。

"看样子你真不止十九岁。你这两条腿，跑起来谁也追不上……别等着水退，到渠下边看看去。大胡子！"

皮妞话说得很快，也许对方还没有领会呢，她的脑子又想别的去了。她在瓜田里来回走了几个垄子，又坐到了小铺子里。铺子里的小床是门板搭成的，她用手捏住上面的铁门扣儿摔打着玩了一会儿，就离开了。

达光沿着渠水走下去，发现这只是洼地上的一条渠，水要退下去，只能指望它渗到地里去！他看明白了，就丧气地回到了田里。可是他看到地势较高的那片花生——颜凤启的责任田时，心里立刻涌起一股火气来。那原来是自己的田哪，他找做支书的叔说一句话，就给调换了！达光望着瓜田里白茫茫的一片水，想到在村里过日子也真是艰难。……他继续沿着渠岸走上去，又走了没有几步，就惊呆了！

原来颜凤启为了让渠水远离他的田，竟在水流转弯处挡了个小土坝子。水给逼进了瓜田。

达光踢飞了水花，溅了满身满脸的泥点子，一口气跑到了颜凤启的田里。颜凤启只用后背对着他，盯着脚下的一株草，弯下腰轻轻拔了去。

"老颜……你！"

颜凤启笑眯眯地拧过脖子看他一眼："找大叔有什么事情呀？"

达光气得说不出话，把蓝帽子攥在了手里。

"大叔想去吃个瓜，又怕你要现钱……"颜凤启嘻嘻笑着。

达光两手攥成了拳头。

颜凤启一转脸看到了，忙退出一步说："噢，打人！打吧，我打不过你，再说你又会'气功'。"

"我不会'气功'！"达光气愤地解释。

"不会我也打不过。你是鲁智深。你一脸好胡子。"

最后一句话特别激怒了达光，他的拳头颤了颤，但终于没能打出去。脚下的花生棵儿长得很茂盛，达光觉得那梗子上的叶片就像一对对小巴掌，嘲弄地向他举着。他气愤地拔掉了两撮，狠狠地抛在地上。

颜凤启一愣，接着也弯腰拔起来。他拔了一会儿，把手里的花生棵往地上一扔，转身就走。走了几步，又回身指指拔倒的花生说："你犯法了！"

…………

结果达光成了被告。人们对毁庄稼的做法从来就十分厌恶，队里判定达光要做经济赔偿。达光跺着脚说："我拔了，可他也拔了！"颜凤启哭丧着脸嚷："我能毁自己的庄稼吗？！"……

天黑的时候达光才回到瓜铺里。他哭了。

四周很静，漫过半边田埂的水在夜色里泛着光亮。青蛙一只只爬到高出水面的土顶上，又"嗵嗵"地跳进水里。

有一个人轻轻地走过来，在他的身边坐了。

达光没有作声，他知道那是皮妞。

皮妞点亮了桅灯，又从衣兜里掏出一盒蛋糕……达光坐了起来，一声不吭地盯着布满星辰的天空。他们彼此都听见对方的呼吸，只是静静地坐着。停了一会儿，皮妞问：

"你知道我为什么叫'皮妞'吗？"

达光摇摇头。

"我回来做活儿时才十岁，不像你这么有福气。"皮妞声音很低地说，"我那时就顶大人使了，妈妈有病，妹妹小。我跟大伙一块儿出工，在土里滚。日子穷，买灯油的钱都没有，我就钻茅草窝挖沙参、打野枣核儿卖。看泊的追赶我们，我一次跳土崖子摔断了腿骨……顶门户过日子真难，谁欺负我就跟谁斗，后来什么都不怕了，他们跟我叫'皮妞'……"

她说到这儿站起来拧大了灯苗儿，站到有些惊讶的达光对面说："现在分责任田了，人人都拼那股劲儿，你学着过日子也快！可别泄气，别让人笑话。你也真傻：颜凤启挡土坝，你就给他捅开！毁他的庄稼，正好让他抓把柄……"

达光钦佩地看着她，点点头。她又一次捧起蛋糕时，达光的目光在她的手上凝住了。他好像第一次发现她的一双骨节老大，有些变形的手掌上竟有那么多茧子、疤痕！有的疤痕很长，像是镰刀砍伤的……他的心颤了颤，闭上了眼睛。他不敢想象她摔折了腿骨时，痛苦地在泥土里挣扎的样子；也不敢想象她怎样在泥巴中滚了这十多年，……

这个夜晚他们谈了很久。临离开时，皮妞说："你种不了瓜，这块田也种不成瓜。我替你想了想，这里合适种红麻。"

五

第二年达光果真在渠边田里种了一片红麻。大雨来临时，田的半边儿依旧漫了一层水，可红麻依旧长得很旺。一株株红麻又粗又高，深红色的干，浓绿的叶子，远看成一片极有风采的林子。更令人羡慕的是它几乎用不着管理，只是生气勃勃地往上长去。

达光迈起两条长腿，在红麻的绿荫下走着。他的背心好像总是洁白的，下边儿扎在一条很挺的裤子里。那浓黑的络腮胡子刚刮过，铁青的胡茬衬托出一副刚毅的脸相，使人更能想到这是一个成熟起来的男性。人们在远处望着这片红麻，也望着他。大家都在议论：这地片儿洼，正好用来种红麻。达光这小子，真有好主意！

颜凤启听到别人的夸赞，就拉着长腔说："什么好主意。有得就有失。以前那么多年轻人来渠里洗澡，有男也有女。女的一洗，头发像马尾巴一样，又黑又亮，走到哪里水珠甩到哪里……啧啧！"

达光常常站在田头上望着他，目光里有愤慨、也有警惕。经过了那一次，达光也就记住了这个人的刁钻和可怕。

皮妞常到达光的田里来。她一来，达光就钻到红麻地的深处去了，不久就捧出一两个小香瓜。原来他在里面种了瓜。可惜这瓜见不到阳光，长不大，只是很香。他们坐在那儿，有滋有味地吸着瓜瓤儿，说着话。皮妞端量着达光，常常使他不好意思。皮妞说："达光，你真高！你像电影上的骑兵一样，我想你把腰上扎一条硬皮带，就像个骑兵……"

达光怎么也不明白自己为什么就像个骑兵。他只是默默地听她讲下去。他知道皮妞高兴时什么都讲的。"……芦青河西有个'西瓜大王',比你大五岁,种的西瓜脸盆口儿塞不下,最小的也比颜凤启的头大!他闲下来还作曲子呢,整天'捎来法来,捎来法来',写了厚厚一本,傻乎乎的东西!……"

皮妞高兴得双眼眯起来,嘴里轻轻咬着一根青青的草梗。

达光又要进去寻瓜,皮妞悄悄地跟进了红麻林……这里面静极了,只有几个小鸟儿在麻秆上跳动;往上看几乎看不到天空,往四周看,只看到红色的麻秆儿,像彩色的挂帘一样。皮妞在青色的嫩草上盘腿坐了,只是笑。她把身子往后仰去,两手支在泥土上,盯着达光又说一句:"傻乎乎的东西!……""你说我吗?"达光问。皮妞摇摇头:"我说河西那个人……"

皮妞顺着红麻垄儿跑动着,达光也跑着,他们只隔了一行红麻。皮妞说:"我老想让妹妹到田里来,到红麻地里来,可她不!看等我走了以后她来不!"达光有些惊讶地问:"你还能走吗?"皮妞侧着身子在红麻间跳动着,说:"女的和男的不一样。女的不一定什么时候就走了,走得没了影儿……"

达光想:她真能开玩笑。

有一天晚上,一直没有走过渠岸来的颜凤启突然来了。他叫着"达光兄弟",达光没有理他。他拍拍膝盖:"达光啊,我是给你赔罪来的。我这个人你以为还有多少好心眼?没有!可能你也知道了:分地时,我把你的好地换走了!"说完,他一直严肃地盯着达光。达光望着很遥远的夜色,没有吱声。

颜凤启转身走了，临走扔下一句："我要积积阴德，把地和你调换过来。"

第二天达光告诉了皮妞。皮妞问他："你和他调换吗？"达光冷笑着："他想用这块洼地种红麻，他想得美！"皮妞夸奖说："你真棒！你一眼就看穿了他，我说你像个骑兵嘛！"

这天，达光正在做活，有几个割草的姑娘走过来了。其中的一个故意往渠里抛泥块，让水溅到他身上。她说："大胡子，你以为俺们不知道吗？"她说完，身边的几个就跟着齐齐地笑，好像得到了什么隐秘似的。达光不解地看着，她们又说达光："脸红了！脸红了！"达光也真不知道这是怎么了，正愣怔着，她们几个早过了渠水，嘻嘻哈哈跑进了红麻地。达光纳着闷，也跟了进去。他看到她们一人摘一个小香瓜跑开，这才明白过来……在渠岸上，他久久地望着她们跑远了的、十分得意的身影。

几个姑娘摘走了几个瓜，事情本来就这么简单。可是几天后，村里竟传着达光不怀好意地追一群姑娘，把她们赶进了红麻地。几个老人从渠岸上走过，用达光听得见的声音议论："唉唉，这个小伙子要走下坡路喽……"有的年轻人见了达光，就把头扭过去，走开老远才回头伸一下舌头……

达光愤怒地拍着腿，他实在受不了。

颜凤启又称自己是"大叔"了，来到田里，就坐在达光的对面，不停地吸烟。他慢条斯理地说："听大叔的话吧。为一片红麻毁了名誉不值得。大叔四十多岁了，还不敢种这么高的红麻，只能种那么矮的花生。高秆农作物里面常常出事，你应该听说过。……"

他说着说着，又自以为幽默地大笑起来，笑完了接上说："一般讲，你这么大岁数的青年，都有点'流氓习气'的。可我不那样讲。我说：'我和达光是地邻，达光是优秀青年！'……"

达光终于明白是他造的谣言。他再也忍不住了，怒斥说："滚！滚出我的红麻地！"……

六

秋天，砍倒了红麻。它立着时成林，倒下时成山。人们都围拢到渠岸上看达光捆红麻，不住地惊叹着。

达光不愿抬头。他只是拼命地做活。经过近两年的拼搏，他的手上有老茧了，胳膊也有了力气，他拧麻捆儿拧得多么漂亮！因为曾经有谣言毁坏过他的形象，他不愿抬头看人们的脸。脊背上的汗水像小溪一样流着，他愿人们从这上面看出他的诚实，也希望汗水能洗涤泼来的污垢。

红麻捆好了，达光一捆捆扛到渠水里沤制。这些红麻要经过一个晚秋、一个冬天的沤制，才能变得坚韧、洁白；到了春天，他会欢歌着把沤好的红麻卖到收购站里……他扛着粗粗的麻捆，那么沉着自信地扛到渠岸上。人们说他一次扛起的麻捆有二三百斤！他迈开两条健壮的长腿，有力地踏在收获的田野上，就像炫耀着自己的力量和体魄一样……

收获的日子里，颜凤启常常在渠岸上溜达着。他叼着一根香烟，紧闭着眼睛。奇怪的是他这样也从来没有跌到过渠里去。

皮妞来找达光时，达光好像不如过去那么热情了。皮妞总追问着他："你怎么了呢？"

达光总是摇头。

有一次达光问皮妞："你相信我不是那样的人吗？"

皮妞说："我当然相信！"

达光感激地望着她。皮妞却笑起来："你到底还是个学生！有人编一套瞎话你就怕成这样，还怎么过日子！让人说去，你只管种好红麻；以后，再娶一个最漂亮的媳妇——一定要最漂亮的！"

达光听着听着脸腮红了。停了一会儿他说："想不到颜凤启这么坏！看样子他非要把地再调换过去不可了。想把我当成软面团一样捏来捏去！"

"他就仗着他叔是支书。在村里，他本家亲戚也多——农村可讲这个，有些人明明知道他不占理，也要向着他。气人的事可太多了！……"皮妞愤恨地说。

达光望着远处一片低低的浮云，低声说："那就让他们来吧！"

"来吧，没有什么可怕的。我们要告诉全村人：他们合伙欺负一个刚毕业的学生了。再不行，我们就找上级……"皮妞的脸涨红了，一只手握成了拳头。当她注意到自己在挥动拳头时，又笑了。她说："你才回村不久，刚学着过日子，就像没有沤好的红麻一样，还嫌脆，不结实……"

达光点点头。

说到沤红麻，皮妞想到了一个要紧事，对他说："你红麻上该用石头压一压，要不渠水多时就浮上来了……"

秋末时候,达光往田里运肥了。他对这片土地寄予了更大的希望。明年,他知道红麻会长得更好。如今这土地又是光秃秃的了,那漂亮的红麻秆儿全沤在水渠里。达光推着肥车,也在想着水中的红麻,他想那彤红的麻秆上,如今吸满了珍珠似的小水泡……他这样愉快地推着车子,半路上,却被村支书拦住了。支书微皱着眉头说:"算了!"

"什么算了?"

"不用运肥了……支部里要研究。"

达光知道是换田的事,就红涨着脸说:"当初颜凤启骗走了我的好地,你们不研究;我丰收了红麻,你们就要研究了。什么支部!"

支书无意和一个年轻人争吵。他轻轻扫了达光一眼说:"你等着支部决定吧!"说完就离开了。

达光继续往田里运肥!他带着一股怒气,力气就更大一些,半天的时间,就将肥运完了。肥堆在洼地上整齐地摆起一长溜儿,也是很好看的。颜凤启这天就在渠对岸走着,来回溜达,像过去一样闭着眼睛,叼一支粗粗的雪茄。

这天的下午支书赶到地里来了。他一来就黑着脸问达光为什么继续运肥?达光回答得十分简约:"这是我自己的田。"

"运肥无效。"支书说得也十分简约。

达光把铁锨用力往地上一插说:"农家肥,效力可大!"

支书的脸扭动了一下,但并未发火。他往前走一步说:"达光,你差一点考上大学,也算个有知识的青年了,怎么就没有组织观念?"

达光愤愤地说:"这里面有个阴谋!"

"你太狂妄！"支书终于爆发了火气，大喝了一声。

这时候，突然不远处尖叫了一声，他们一齐把脸转过去：一个姑娘，是皮妞，急火火地从菜园里跑出来，跑过浅水时，踢起的泥水花有一人多高！她喊叫着跑到两个人跟前，大口地喘息着。她用手抹了抹汗花，对达光喊一句："撒肥！"

支书往后退开一步问："你……来干什么？"

"我来骂你！"皮妞满身满脸都是泥点子。她用手理一下吹乱了的头发说。

"我揍你一顿巴掌……"支书气得嘴角有些发颤。

皮妞扬着两道长眉说："来吧，打不过你，就往你眼里扬土！"

"你……管闲事，真是个'皮妞'！无法无天！"支书离她老远跺脚。

"我是'皮妞'，我的坏名声已经出去了，还怕什么！"皮妞说着靠到支书跟前："你可是好名声，你不怕我挨门挨户讲你的坏话吗？我从村东说到村西，把你和你侄子做的丑事、欺负刚毕业的达光的事，细细说一遍！你不怕群众，还怕上级哩，我再找上级说去！……"

皮妞说得又快又清晰，支书还没等反上话来，她已经把身子转开了，扬着一只胳膊说："颜凤启，你这个不要脸的大坏蛋！你过来！你不用在渠岸装好人，你叔叔要给你调换地了，快过来呀……"

颜凤启往这边瞅了瞅，见到皮妞招唤他的手臂，反而转身走去了……

达光插不上话，这时告诉皮妞："我上午就看出来了：这是个阴谋！"

支书恨恨地对皮妞说："支部要研究！"

皮妞像没有听到，只向着达光说："撒肥吧，扬得高，才撒得匀！"

七

春天来了。红麻籽儿又撒进了肥沃的土里。

太阳照在耙细的土皮上,空气中有一种泥土的香气。小红麻苗儿钻出地面,那秆儿一开始就是红的。达光蹲在地里,常常半天不动,他看着小苗苗,就像母亲看自己的婴儿一样。

皮妞就站在渠岸上,不停地嚷:"达光啊!'捎来法来,捎来法来……'"她老想逗达光从红麻地上站起来。她觉得达光已经完全迷上红麻了。

达光却在想:西瓜大王做的曲子皮妞怎么就记得这么清!他想那个西瓜大王在这个春天里,在这会儿,也一定是像他一样趴在松软的泥土上。

皮妞引不动达光,也就笑着到他的地里来了。皮妞穿的衣服很好,很时髦,质料往往是第一流的。他们离得很近,一起看着像小豆芽似的红麻。达光有时把视线从红麻上面移开,看一眼皮妞。他看到了红润的、微黑的、生了一层细细的绒毛的脸;他还看到了长长的、整齐的睫毛。他轻轻叫一声:"皮妞啊……"

"怎么?"皮妞转过脸看着他。

他低一下头:"有时候你真厉害,你的嘴像小刀子。可是小刀子从来不戳好人……"

"戳你!"皮妞拍打着手掌站起来,笑着走了。

达光还是蹲在那儿,一动不动地望着那个涉过渠水的影子……

皮妞常常到红麻田里来了。她来得越来越频繁,只是不多说话,愿长时间地看着达光。她的目光好像压迫了达光,达光也不想说什么。有一次她突然对达光说:"达光,我到夏天时就要走了。"

"什么?"达光不明白。

皮妞咬了咬嘴唇,轻声说:"'西瓜大王',作曲子的,你还记得吗?……我到他那儿去……"

达光把面前多余的一株红麻拔掉了,又小心地给剩下的一株培了培土……他点点头。他突然明白了皮妞为什么总记得起那曲子,他也想起了她很早就说过要走的,只是自己太傻,没有听出来……

皮妞又玩了一会儿,就到她的菜园里了。

达光觉得有些疲倦,这时就仰躺在了红麻地里。身子下的泥土真软,那么温柔的泥土啊。他将脸庞侧过来,贴紧到了泥土上,贪婪地嗅着它奇异的、厚重的香味儿……他的衣服全沾满了泥土,他还是躺在那儿,到后来,他的头发也被泥土染成黄的了。

傍晚,他就带着一身的泥土去找皮妞了。

他倚在一棵披满晚霞的桃子树上,看着她摘篱笆上的干豆角。他有好多话,可是他说不出,他默默地看她摘干豆角。皮妞说:"我会常回菜园的……你好好种红麻……"

达光说:"我真怕你走……我离不开红麻,也离不开你。我想不到你会走这么快……这几年,是你教着我过生活,皮妞!……"

皮妞将干豆角揉碎了,只拿着乌黑锃亮的眉豆粒儿。她说:"你要过日子,还有比这几年难一千倍、一万倍的事情,你怕吧?"

"不!"达光离开桃子树,站直了身子说:"大不了搏斗几场,像你一样,腿骨折了还会长上!这是出好汉的年代。我能成个好汉,我还年轻。"

皮妞一双热切的大眼睛久久地看着他，轻声说："人这一辈子也像红麻，有时沤得发烂、变臭，可后来还是白了，结实了……"

达光含着泪花点点头："在生活里边沤。我会把自己沤得坚韧顽强的！"……

红麻长得很快，转眼又是一片红秆绿叶的林子了。

太阳变得灼人了，它熨着红麻秆儿，使它们变得深红，像用颜色重新涂过一遍似的……鸟儿开始往麻地里飞，唱着哀婉动人的歌子。红麻慢慢开出了淡黄色的花儿，夏天真的来到了！达光像往年一样穿着那雪白的背心，迈开两条健壮的长腿，在红麻的绿荫下走着……他站在田边渠岸，长时间地望着邻地。

颜凤启抄着袖筒，懒洋洋地走在他的花生田里；皮妞的菜园一片碧绿，真正是苍翠欲滴啊！可是那儿今天不见了皮妞……

傍晚，皮妞来到了红麻田里。她是来告别的——明天，她就要出嫁了。她穿着崭新的衣服，微笑着站在红麻花儿下。

达光说："你一走，我会感到孤独的……"

皮妞转过脸去，用手向旁一指说："不会，她以后在菜园里做活了，她会和你玩的。"

一个身穿布拉吉的姑娘提着裙边，正小心地涉过渠水。她长得酷似皮妞，只是比皮妞白一些，也显得腼腆一些……达光有些惊讶地望着她。

她站在渠岸上，再不往前走一步。

……皮妞又玩了一会儿，就回家去了，达光目送她很远很远，直到她消失在一片霞光里……他一直站在红麻下，仿佛他的面前还站着皮妞一样。

"大胡子！"

一声清脆的呼喊使他抬起头来——原来刚才涉水过来的姑娘躲在眉豆架儿里喊，见达光在看她，赶忙笑着把头缩进眉豆蔓儿里。

"原来也那么……调皮！"达光在心里说。

一九八四年三月

胶东海边烟农老屋　　田恩华摄

烟 叶

从月亮的位置来看，天是到了午夜了。露水真盛，烟叶上湿淋淋的，像刚落过了一阵小雨。水珠挂在叶子的边缘上，在月色里闪着亮。田野上到处都是"嚓嚓"的声音，不知有多少割烟刀正从烟秸上划过。

年喜割着烟，老打哈欠。有一次烟刀削下去，差点儿削了手指，他心里一惊，睡意立刻没了。

邻地升起一堆火，颜色很红。他立刻觉得身上冷起来，摸摸棉衣，棉衣已经湿漉漉的了……他迎着那火走了过去。

跛子老四就坐在火边上割烟。他原来先将烟棵齐根斩断，再坐下来割烟叶。他的面前就放着一块被烟汁染绿的木垫板，几柄形状不同的烟刀。他的身侧还放了一个录音机、一些杂七杂八的东西。他就像没有看见有人在旁边蹲下来一样。

年喜在看他割烟：一个又高又大的烟棵放到垫板上，接着被一只大手按住，另一只手伸下刀来，"哧哧"地割起来。仿佛只用了刀尖，左一拨右一拨，每个烟叶就带着属于它的那截烟骨掉下来了，而且顶叶、中叶和底叶各自分开，所带的烟骨的形状也有所不同。

真好刀法。这简直不是割烟，是熟练的医生解剖一个什么生物。年喜对跛子老四佩服极了。

"四叔，该歇歇了。"年喜两手抄在袖筒里，说。

跛子老四当啷一声摔了刀子，说："歇歇！"

他从火堆里面掏出一个大泥蛋，砸开，露出喷香喷香的肉来。他又找出了一个瓷酒瓶儿，对在嘴上喝一口。他一手将酒瓶递给年喜，一手撕下一条肉来放进嘴里。

"什么肉哩？"年喜喝了酒以后问。

"好酒啊！"跛子老四抹抹嘴巴说。

"什么肉哩？"

跛子老四头也不抬："你就吃罢！"……

喝过几口酒，两个人的脸都红了。跛子老四的话开始多起来。他问年喜烟割了一半没有？年喜说没有。他失望地摇摇头，嘴里发出"嘿嘿"的声音。他说：

"你割烟怎么不在地里生堆火呢？割了手怎么办？"

年喜说："我看好多人也不生火……"

"他们！"跛子老四抬头往远处瞥了一眼，生气地说："你能跟他们学吗？跟他们学能成个好务烟把式吗？一夜一夜坐在地里，没有火，寒气都攻到身上去了；再说这火苗一跳一跳，也是你在烟地里的一个伴儿；想吃什么了，放火里烧烧就是……怎么能不点一堆火？！"

年喜笑了。

刚毕业回村时，年喜就觉得这个拐腿老四有意思。一块儿在海滩上种花生时，他发现对方能趁那条跛腿着地时将花生种扔进坑里，十分省力、十分巧妙……烟田承包后，跛子老四的烟叶又是全村里最好的！……

跛子老四又喝了一口酒,开始抽烟了。他的烟袋很奇特:烟杆儿只有二寸长,烟锅儿也只有大拇指甲大。年喜忍不住问:

"这么小的烟袋锅呀!"

跛子老四磕了烟灰,又重新装上一锅烟。他厚厚的眼皮抬也不抬,说:"我还嫌它大哩!"

年喜又撕了一块肉吃。这肉真是香极了。他从心里羡慕起跛子老四晚上的生活来。

跛子老四连吸了五六锅烟,就将小烟斗递过来。

年喜连忙摆手:"不会,我不会吸烟,吸了咳嗽……"

跛子老四大失所望地收起烟斗说:"年喜你啊,嘿嘿!……你完了。"

"我怎么就完了?"

"种烟人不会吸烟,还不是完了?"

年喜红着脸说:"好多人就不会吸的……"

跛子老四生气地蹲起来:"我说过一遍了——你能跟他们学吗?跟他们学能成个好种烟把式吗?你不会吸烟,能知道你种的烟叶什么味道么?烟叶到了集市上,你得轮番尝一遍,什么味儿要什么价钱!嘿嘿……"

"味儿能差多少!"

"什么?!"跛子老四气愤地站起来:"种烟人不就求个'味儿'吗?差多少?差一丝也别想瞒过我……"

年喜就让他转过身去,然后分别将一个顶叶、中叶和底叶放在火上烘干,揉碎了分开让他尝。他每种只吸两口,就分毫不差地指出:这是顶叶,这是中叶,那是底叶子!

年喜惊讶地看着他。

"别说这个,你就是使了什么肥,也别想瞒我……"这倒有点玄。年喜跑到自己地里取来几片不同的烟叶,烘干了让他吸。他这回眯着眼睛,再三品尝,最后说:

"这份烟叶味儿厚,使了豆饼!那份辣乎,使过大粪!那份平和,大半使了草木灰……对不对?"

年喜拍打着手掌,连连说:"绝了!绝了!"

跛子老四摇着头:"到底是个'学生',……这有什么绝的!种烟人就得这样。"

他说完又喝了一口酒,擦着嘴巴说:"好酒啊……"

年喜长时间没吱一声。他在想着什么。

跛子老四放下酒瓶,惬意地往火堆跟前凑一凑。停了一会儿,他又回手按了一下录音机。

有个女人在里面唱。是一首近来常常听到的歌,但年喜记不起这叫什么歌了。……他请跛子老四重新按一次。

　　……

　　烟叶丰收了。

　　多么叫人喜欢,

　　我们拣烟叶,

　　不怕劳累加油干,

　　一片片呀拣起挂在小棚间。

"嘿嘿,是唱'烟叶'的!四叔你听……"年喜可听明白了,叫着。

我们把晒干的烟叶，

　　一捆捆包扎严，

　　把它送到远方，……

跛子老四笑着说："她要不是唱烟叶，咱还听么？"

年喜笑了。

跛子老四烘着手，又转过去烘着后背。他说："种烟人不易哩。你想想从种到收，在这田里熬了多少夜？割了烟再晒干，一夜一夜都得在这地里守着，不易哩！生一堆火，喝口酒，身上热乎起来，这就不怕湿气了；吃点东西，长一些精神，一些劲头，这半夜才能熬过来。吸烟也是长精神的好办法……"

"录音机也是好东西。"

"好东西！一个人孤孤独独地坐在烟地里，就好听它说唱了。听它唱唱也有好处。又不是今天做了明天不做，不是；这一辈子都得在这烟地里做活了，就是这样！你多想想这是一辈子的事，你就不会马虎了。你就会想想办法，把日子过得有意思些。"

"一辈子"三个字使年喜心里沉重起来。他不由得要去想今后那漫长无边的种烟的日子，那数不清的劳苦和欣喜……他仰望着闪烁的北斗，心头升起一股肃穆的，冷峻的感觉。……

"四叔！……"

年喜叫着，可他也想不起要说些什么。

跛子老四就像没有听见。他欠身去给火堆上加几块木头。坐下来，他把剩下的一点肉吃了，又饮一口酒，惬意地咂着嘴。

年喜盯住了那从肉团上剥下来的泥巴，问："这到底是什么肉呢？"

"刺猬肉……"

年喜感兴趣地咂了咂嘴。他说："我还以为你是从家里带来的什么肉哩，嘿嘿，想不到……"

"成夜地坐在外边，该吃点野物。"跛子老四站起来往西望着说："我在河湾上下了'撞网'，堤下坡设了野兔子的拦扣……停一会儿我就去转转，弄着野物就捎回来。"

年喜的眼睛一直没有离开过跛子老四。他自语似的说："这些方法，别人都不会……"

跛子老四转过身来："我早说过，你能跟他们学吗？跟他们学能成一个好种烟把式吗？！……"

年喜点点头，往火堆前凑了凑。

一九八四年十月三十日

剥 麻

一片浓绿茂盛的麻地，多么叫人喜欢。罗贞家就种了这么一片麻。麻地里总是散发出一股奇怪的味道，那是麻叶麻秆的气味。没法儿说得清这是一种什么味道，只是闻过一次就再也忘不了啦。它不怎么好闻，但好像能够使人喜悦、不安，产生一种轻微的惆怅和或多或少跃跃欲试的心理……

罗贞每天把大量时间花费在她的麻地里。

麻田是最不需要怎么管理的。也许就因为这个，她爱人道理才故意种了麻吧？道理是个身材高大的男子汉，他常年在东北做买卖，做着男子汉才敢做的活儿……罗贞想除去麻棵跟前的那些草。这些草好像也并不能危害到麻棵什么了，但她还是想慢慢地拔掉它们。

麻田是疏松的多沙土，因而地垄里总是显得那么干净。太阳也晒不透麻叶，地上全是绿荫。不断有微风从密密的麻秆儿间吹过来，那是周围田野上的风……在麻地里坐上一会儿也许是惬意的，罗贞常常拔着草也就坐下来。

她静静地坐着，睁着一双乌黑的眼睛四下里看着。她是蹁着腿坐在那儿的，像一只卧地的羔羊。她长得很瘦小，所以那对乌黑的眼睛就显得特别大了。……四周什么也没有，全是麻秆儿。绿色的麻秆挡去了周围野地里的景致，也使这麻田安静得很。她能够在这里默默地坐上很长时间，一动也不动。

这样的环境很适合于想象。

她刚刚三十岁，嫁给道理已经三年了，不过他们还没有孩子。她老想考大学去，要孩子多麻烦。令人气恼的是没有孩子，也没有考上大学。她原来比现在要胖一点，现在也许更好看。她把心从大学收到麻地里，开始的几天是心乱如麻的。她就在这个时候瘦了一点。道理一走就是多半年不回来，她只能用纷飞的思绪追逐着他。她也想些别的，她这样的年纪大约正是想很多事情的时候吧。

一些鸟儿在麻叶上滚动——厚实实的叶子大约在它们看来像一张绿床吧。它们围在一起先是闹，后来就抱起来滚了。她记得有一次道理逮了一只小小的麻雀，它气坏了，高傲地闭着眼睛。她那会儿发现麻雀的眼睛闭上了，就像一粒麻籽！他们后来当然放了麻雀……每年他们都播下麻雀眼睛似的麻籽，由她眼瞅着长起来，长成乌油油的一片，让麻雀们再到上面滚……

麻雀们热闹一会儿，又呼的一声飞走了，像他突然闯进了麻地似的……他手持一把雪亮的镰刀，麻秆儿全被一下子砍倒了，接着又被迅速地打成了捆儿。他做活儿总是这么麻利干脆，连一口气也不歇。他那么高大粗壮，伸出长长的手臂去挟、去拢那些麻秆，像欺负它们似的。他就是道理。他不到收麻的时候不回来，回来以后就是这么急火火的。他肯定是急着赶回海的那边——关东。

麻捆儿推到水沟里，压上石块和木头沤起来，他就要拍拍手掌离开家了……她不让他走,不过她知道他还是要走。她临别时对他说:"年纪轻轻的老想离开老婆,还能是好东西吗?"他像是无可奈何地笑笑说:"还能不是好东西吗?"……他走了。她知道委屈了他。不过有时委屈他一下也好。哈,他多么壮、多么高呀。

冬天来了,麻也沤好了。冬天里总是没有他做的那个买卖,他也就回来了。两口子要剥一冬的麻……

罗贞坐在满是阴凉的麻地里,像一只卧地的羔羊。她是蹁着腿坐在那儿的。她手里缠弄着几根草蔓,晶莹的眼波上带着笑。

她笑冬天里无声无息的落雪和屋里噜噜响的煤炉子。炕上真暖和,她是蹁着腿坐在炕上的。道理坐在炕边上,和她一块儿剥麻。他那个黑黑的手指勾住了折断的麻秆,用另一只手去剥着麻绺,发出"索拉索拉"的声音。两只手配合得这么好,一迎一送,连着两手的麻绺一松一紧,越拉越长。一段一段的、雪白的光麻秆儿啪啦啪啦掉在地上,看上去真让人舒坦。

她坐在炕上,就把白麻秆折了一席子。这些断了的光麻秆儿那么光滑,真好玩。她没有他剥得快,她简直要嫉妒他了。他的宽大的后背向着她,使她老去想象那坚韧的皮肤、皮肤下面发达的肌肉。这么一个粗大的身躯里竟搏动着一颗纤细温暖的心,这使她非常激动。……小炉子噜噜噜,噜噜噜,像一首歌。炉子上正放了个砂锅,里面炖了豆腐,满屋里都是它的鲜气。还有别的气味,讲不清楚,反正是一些家庭的气味。

她不明白的是只要他一走,这种气味就淡下去、淡下去,以至于完全没有。外面的雪不停地落,如果停息下来,她会很不高兴。好像天空落着雪这才更像个冬天。冬天剥麻嘛，"索拉索拉"地剥麻嘛……

罗贞坐在满是阴凉的麻地里，蹁着两条腿，像一只卧地的羔羊。她又像嗅到了炖豆腐味儿。她记得那些麻秆儿在炕席子上积成了一堆一堆。

他们把剥下的麻绺儿合到一起，捆成一方一方的。道理打麻捆儿打得很漂亮，就像他做其他事情一样。他把麻捆儿垛起来，一双大手挟起轻轻的麻捆儿，那样子显得小心翼翼，十分滑稽。他说："生个小孩儿，喂，你听见了吧！"罗贞点点头说："嗯。"他又说："今年生个小孩儿……"听他的口气，好像再也没有比这个更容易的了，其实到现在连一点苗头都没有！她苦笑着，脸有些发红了。……接下去，整整一个下午，她就尽想"小孩儿"的事了。她想着想着，就看见了有一个粉红色的小孩儿在帮她理炕上的散麻绺……她照准道理的后背打了一拳头。

她那只小拳头当然打不疼他。不过这有点让他莫名其妙。他说："……生个小孩儿，再买个十八寸彩电。明年就干这两件大事。"他很严肃地看着她，好像在端量这么一个小巧的妻子能否协助他完成那两件大事一样。她不示弱地朝他翘翘嘴角说："等着看吧！"……

开春的时候他走了。怎么也挽留不住他。她真希望家里老是剥麻呀——剥下的麻丝缠着他的手，连着他的心（剪不断，理还乱！），剥麻才好。

不久他又回来一次，为了取走一些农产品——做买卖，有时少不了用这些去打通关节。他告诉她：有人为了买到一样东西，给管事的送了多少烟酒，合几百块钱呢！她吓了一跳。她想道理在外面真不容易。她说："道理，我们两个在家种麻吧，你再也别走了！"道理就像看一个不懂事的孩子那样看了看她，笑了。她生气了，故意用那句老话气他、刺激他：

"年纪轻轻的老想离开老婆,还能是个好东西!"

无论怎样,他还是走了。

浓绿的麻地里静静的,愈发显得空荡荡的了。罗贞坐在那儿,睁大了眼睛望着麻棵间的空隙,似乎想看到谁从麻地旁边的小路上走过。她只看到麻秆,无数根,碧绿碧绿。地边上的脚步声很清晰,渐渐远去了,只是见不到人。她想那些走过的人会不会蹲下来,透过麻棵往里望?他们如果看到一个三十岁左右的女人坐在麻地里,会觉得有趣吧。也许他们会想些别的。……她顾不上他们了,她只是想她的那个大汉子,想他安安稳稳坐下来,和她一块儿剥麻的时候。

这个冬天里,他计划的两件大事完成了一半:彩电有了。他们夜晚剥着麻,一边看着彩电,觉得真幸福。完成了一半就这么幸福,如果再有个孩子该多好啊。他们剥麻、看电视、一遍一遍地议论孩子……

冒着风雪,道理又买来了一个洗衣机,这东西造得真漂亮,让罗贞好一顿的抚摸。她说:"彩电,洗衣机,你说有多么好。"道理用手抓着蓬乱的头发,满意地笑着。冷风把他的脸吹成了红色,看上去他像喝了酒一样。他那么健康、意气风发,像个将军一样从屋里踱到屋外。他在她和洗衣机旁停住了脚步,说:"有个孩子吧!让他(她)早些来我们家看电视吧!……"

冬雪快要融尽了,春天不久就到。她已经多次郑重地告诉他:不要再过海去做买卖了!

一个粗壮的男子汉在家做些什么呢?

种麻!留在土地上,种麻。当麻沤好了时,你再和妻子坐在温暖的炕头上剥麻吧。

道理点着头,一边盘算:我要留在家里了,那就把麻田种得更好。他点头,大概是在盘算麻田了?

他们一块儿播种,比以往任何时候播得都匀、都及时。麻苗儿慢慢生出来了,那绿茸茸的样子真让人高兴……晚上的时候他们就看电视,看到里面有很多有意思的事儿。这段日子是几年来过得最美妙的日子,两人都觉得对方说话的声音比过去柔和了。他们试着做各种凉拌菜吃,有时也放一点酱油,他们觉得酱油的味道真鲜。偶尔用过一次洗衣机,里面水沫旋转的样子有时比电视还要好看。

麻苗长到半尺高的时候,罗贞发现道理有些不耐烦。她知道那是什么让他不耐烦,只不过不去点破他的心思。这样子过了十来天,道理终于忍不住了,说:"不行,我还得去东北,我不能老待在麻田里。"罗贞紧紧地盯着他的眼睛,好长时间没有说话。他说:"你不用老这样看着我,我明天就准备走了……"她还是盯着他,慢慢眼里涌出了泪水。

这天的晚上,两个人都睡不着。罗贞问他:"告诉我,家里电视也有了,什么也不缺,你为什么还是要往外跑,外面有什么扯着你的心?"道理翻着身子,叹着气,就是不回答。罗贞用手推他宽宽的后背:"你说!你说!"道理叹着气,说:"说也说不清——我也不全是为了钱。咱俩老在一块儿也好……不过——你听说'跑野了脚'这句话吧?我就是'跑野了脚'了!我老想到外面闯荡,不愿一年到头待在麻地里……"

第二天他真的走了。

他到外面闯荡去了。

罗贞一个人呆在了麻地里，一个人种着麻。家里走了男人，这真是没有道理。她带着委屈，带着艾怨，用食指轻轻地捅开彩色电视的开关，一个人咀嚼着那上边有意思的和没意思的……

罗贞在麻地的阴凉上蹁腿坐着，像一只卧地的羔羊。她睁大了一双乌黑乌黑的大眼四下里看着，满眼里都是碧绿的麻秆儿。这些麻秆儿密密的，摇摇晃晃，仿佛一瞬间被割倒了，沤好了，搬到家里剥麻了。

他俩剥着麻，她把光滑的麻秆儿折在炕席子上。

烟 斗

又一茬庄稼收走了,又剩下一片光光的泥土了。

卢叔一边吸烟一边整着土埂,有时那烟斗熄了半天他还不知道……有一次他突然想用力吸一口烟,一合嘴巴,发觉嘴上并没有烟斗。他急急忙忙地翻口袋,回头到土埂上找,结果还是没有。

真想吸一口烟。可是没有了烟斗。

他那烟斗是黑胶木做成的,已经很旧了,烟油儿常常堵住烟杆上的洞眼。他常常为这个骂起来。不过他还是喜欢这个烟斗,睡觉的时候就放在枕头边上。他在田里做活儿,不知丢失了多少烟斗,可这一只已经使用了三年 —— 这可是从未有过的事情,也多少有点怪。"这只烟斗跟我亲!"他常端量着它说。

真想吸一口烟。可是没有了烟斗。

他挨着地垄找起来,老想在泥块儿中发现那个乌亮的小东西……整片的承包地都找遍了,最后他终于失望了。他开始憋住想吸烟的那股劲儿,蹲下来整土埂了。

不知为什么,手里的土铲老要抖,这使他对这个土铲生起气来。后来他才明白:这是想吸烟的那股劲儿搞成的。烟斗这小子悄没声地溜了,只留下一股劲儿折磨人。

卢叔气冲冲地扔下了铁铲。

要不是舍不得时光,他一定即刻回家取烟斗去。家里有很多烟斗,并且是各式各样的。他把那些烟斗都装在一个专门的抽屉里。

那些烟斗没有一个是买来的,都是他在田里做活时顺手从土里翻出来的——哪个庄稼人没有从田里捡过烟斗呢?人们见了锈迹斑斑、脏里脏气的烟斗,就停下锄头或者铁锹,照准烟斗跺一脚,再把它取到手里——据说这一脚就能跺去旧烟斗带来的晦气……卢叔从来不跺这一脚,他觉得没有那个必要。他似乎都是怀着一点敬意去取起那个烟斗的。

他尊重每一个烟斗,等于尊重当年那个遗失烟斗的人。

因为他知道自己就多次丢过烟斗;父亲和爷爷,都丢失过烟斗。他特别不能忘记的,是父亲活着时讲过的那只烟斗:黄铜锅儿,锅儿下面还有三道箍;印花竹杆,假玉石烟嘴……总之,那是一个再好也没有的烟斗了。可惜有一年给东家割麦子,老人家不知怎么就把它给丢了!

烟斗都会丢失,这大概是谁也没有办法的事吧。

卢叔蹲在田埂上,一只挨一只地想过了抽屉里那些烟斗,也正好抵挡了那股劲儿。他开始试着把那股劲儿干脆抛到一边去,专心地整地了。

他的土埂上几乎找不出一个大过核桃的土块。这种笔直笔直的土埂将整个儿责任田分成一道道长条儿,他就在这长条儿间蹲着,用那土铲去拍碎泥块,修理凹凸。每个稍大些的土块,被犁铧划过的那一面都闪着亮光,油滋滋的。他常要端量它一会儿。只从这亮光、这细腻如肌肤的样子来看,泥土真肥,真是个好东西。他简直不忍心拍碎这样的土块,和蔼地看着它,最后总是带着一点歉意将它弄成粉末。

小蜥蜴在土上跑着，急慌慌的样子。它从这个土埂跑到那个土埂，有一次还停在他身旁，歪着头，用疑惑的眼睛看了看他手里那把磨得雪亮的土铲……卢叔的土铲在土里甩动着，主要使用了手腕的力量。土铲落土，或者击打，或者搓动，或者推平，都在甩动间完成。如果有人嘲笑他用这么小的土铲做活，那等于是反过来嘲笑了自己。这把土铲的灵活和准确，的确弥补了它的很多不足，它做田上功夫的细腻风格，是别的农具所不具备的。所以种山芋、栽菜苗，凡是要在土埂上做的活儿，卢叔都要带了土铲来……

小蜥蜴刚跑开不久，卢叔的铁铲突然又在手里抖动了一下。他偏要用力将它握紧，它还要抖……不用说，黑胶木烟斗留下的那股劲儿又来了。卢叔松开了铁铲，把两只大手放在裤子上磨动着。

真想吸一口烟。可是没有了烟斗。

邻地里的老汉古由法像个鹫鹰一样踞在一条土埂上，向这边张望着。卢叔一转头瞥见了他，就急急地走过去。他一边走，一边伸出右手的食指做成一个勾，向对方比画着。

古由法先是不解，后来嘻嘻笑着嚷："我不会抽烟呐，哪有那东西——这你还不知道吗？！"

卢叔是急忘了。但他不去责备自己，反而埋怨了古由法一句："你这个人不行！"

"怎么不行？"

卢叔没有作声，在他的一边蹲下来。他端量着脚下这条土埂，沉着脸说："我也不知道你是怎么修的，这么大的弯曲你就看不见吗？"

古由法认真看了看，怎么也没有发现土埂有弯曲。

　　"我早说过，你这个人不行。"卢叔说着歪倒身子，将头枕在热乎乎的土埂上了。他仰脸望着天空，又说："连烟也不会抽，白长了这么大年纪。不会抽烟的人，我就从来没见过一个是像样的庄稼人。也真是怪，烟这个好东西你怎么就能不喜欢……"

　　古由法终于明白老伙计的怨气从哪里来的了。他忍不住笑了。他想老伙计的烟斗肯定丢在田里了。

　　天正要接近正午，太阳耐心地烘烤着土地。细细的土末又软又热，而且有一股特别的香味，在上面睡觉最好了。卢叔被阳光耀得一直眯着眼睛，后来终于睡着了……古由法坐到他头的上方，可以用心地观赏这张脸了。他发现那两道眉毛中，变白的都很长；胡子全白了；奇怪的是这脸上没有多少细碎的皱纹；有两道深皱沿着嘴角划下来，显得脾气很坏——其实他叼着烟斗时再随和没有了。古由法正端量时，突然见他的嘴巴用力地动了一下。那大概是梦中夹住了黑胶木烟斗。古由法笑了……

　　他可跟卢叔学了不少东西。他的土铲也是仿造卢叔的。两人在搭边地里做活，可有很多意趣。有时高兴了，他会面向邻地唱一句《戒烟歌》。他只会那么一句，不过这一句也让卢叔十分恼怒。他却正因为卢叔的恼怒，便又用心地学会了那歌子的第二句。卢叔实在没有办法，就低哑着嗓子，伸出一根手指对他说了一句："你等着吧！"

　　古由法这才不敢再唱了。

　　只有他一个人知道没说出的那句话是什么。因为卢叔一个老头儿种这片土地不会长久，迟早要到外村的女儿家去住。古由法早跟他商量妥当：

他走时将土地转包过来……"你等着吧！"……这句话等于说："看我到时候能把地转包给你？！"

这当然只是一句玩笑。可这玩笑开得好吓人啊，使他不得不把《戒烟歌》戒掉……古由法这时正想到这里，无声地笑起来。又瞅了他一会儿，古由法像报复似的伸出手来，抹了一下他的脸。卢叔立刻醒了。

他醒来后，第一眼就看到自己的土地上，那把土铲在阳光下闪光，像一个小镜子那么亮。他快步回到自己的土地上去了。

重新握起铁铲，它不抖了。他还像过去那么甩动着它，主要就用这手腕的力量。有好几个蜥蜴从他身边跑过，都是急急忙忙的。他完全忘记了黑胶木烟斗。

有一次土铲突然响了起来。

怎么回事呢？他一愣，发现土铲碰到了一个古怪东西。他眯着眼瞅了瞅，认出这是一个锈住了的烟斗！

他心里激动起来，急急忙忙地用铁铲敲打。

烟斗上的绿锈慢慢剥掉，原来是个锅子下有三道箍的大铜烟斗，烟杆儿朽了，可那假玉石烟嘴儿却还闪着光亮！……

这是老父亲当年丢失的那个黄铜烟斗吗？——他的脑际蓦然闪过这个问号，心立刻怦怦地跳起来。他找块瓦片，急急地磨着烟锅。烟锅慢慢发红了，是个红铜烟锅！

红铜的，不是父亲那个烟斗。

卢叔多少有点失望，但又一想倒笑起自己来：就算是黄铜的，敢说一定是老父亲丢失的那一个吗？

红铜烟斗擦拭得亮锃锃的,闪着阳光。他欣喜地看着它,不知怎么手里的铁铲渐渐又抖起来。他望了望太阳,索性把土铲和烟斗一块儿收好,往家里走去。他决定回家后首先燃上一锅烟,然后就动手整理这个新捡到的烟斗!

卢叔给捡到的烟斗新镶了烟杆,又将整个烟斗细细地擦一遍。他是做这个活儿的好手,烟斗像新的一样了。最后他装上了烟末,点燃了,长长地吸了一口。

真好烟斗。

可是他吸过几口之后,用牙齿咬住烟嘴儿时,那烟锅老要莫名其妙地往上翘,按下来,又翘上去。他看了看烟嘴,见上面磨了一道齿痕。这么说那个人平常就是翘着叼住烟斗的了……卢叔盯着翘翘的烟斗,突然想起了村里的老会计——那个霸道人就爱把烟斗叼得往上翘起!

想到这里,卢叔对很久很久以前叼这个烟斗的人的品质有了怀疑。他甚至想到那人是一个地主。

卢叔不高兴了。他很快不喜欢这个烟斗了。但是,他还是把它装进了那个抽屉。

他开始吃饭了。饭后,他特意把所有的烟斗都找出来试了一遍。有几个果然齿痕很重。如果顺着原来的齿痕咬住,那么就会发现,其中的一个烟斗端得水平水平,而另一个,却总要往下斜着……

卢叔认真地想着。他终于记起,村东的一个人吸烟时,叼住的烟锅很平很平,并且还可以系上一个烟荷包。这个人胆子小,也是个小气的人。还有一个人就是往下斜着叼烟斗的,看上去,烟斗就像用绳子拴在嘴上一样——这个人是个浪荡鬼,又懒又馋,从来不做正经事情的……

卢叔一边收拾烟斗一边琢磨。他想很久以前吸这两只烟斗的人,大概也和如今村里这两个人差不多吧……罢,罢!原来从过去到现在,土地上都有这么些花花鼗鼗的人!卢叔摇摇头,躺到炕上歇息了。

他睡不着,就尽想烟斗了。

他也记不清自己换过多少个烟斗,就这么换来换去,人也老了。世上有好多事情到死也搞不清,比如这烟斗,庄稼人习惯于把它叼在嘴上做活——谁清楚土地里埋着多少烟斗啊,庄稼人又多……

他很快又想到了自己那个黑胶木烟斗,不由得有些怅然。凭经验,这个烟斗他这辈子是找不到了。不知多少年后,也不知一个什么人,或许会把它捡到的。那个人会像自己一样,想到那个烟斗的主人吗?

"就是想到,他也搞不明白当年那个老头儿!"他在心里说道。

一九八四年十一月二十五日

采树鳔

如今的果园是自己的了。松松一想到这上边就笑。她笑自己十三四岁的时候,夜间和一群小伙子结伙来果园里偷果子。那时候看果园的是大胡子老鲁,领了一条狗。她记得一伙儿人刚刚摸进果园里,狗就叫起来了。大家慌慌地转身就跑,谁也不顾谁了,她落在最后边,跑着跑着就急哭了。后来跑开老远的大个子大壮记起了她,又跑回来,把她抱起来就蹿。狗吠落在后边了,完全没有危险了,可大壮还是抱着她。大壮喘息着,亲了她一下,把她放下了。

她忘得了那次偷果子吗?

上初中的时候,她常常走神。她功课不太好,可是还没人说她不聪明。她的一双眼睛清清楚楚地告诉了别人她是聪明的:明亮、深邃,透着一种少女的含蓄。她的眼底潜藏着十四五岁留下的那个秘密。

初中毕业了,她没有考上高中。

她回到集体果园劳动了。第一天,她曾经寻找过来这儿偷果子时走过的地方,心里泛起一股说不出的滋味(完结了,美妙的学生生活!)。她可以天天吃果子了。然而这果子不是偷来的,似乎也不如想象中的那么甜。

人在他(她)更年轻一点的时候,应该偷个果子。

一闪又是几年过去了。这期间松松的父亲有了这片果园，松松也像雄心勃勃的父亲一样兴奋。那就在这一年，那个大壮考上了大学。走的日子里，松松多想跟他说点什么，可大壮就那么走了。

把别人的高中亲没了，自己却上了大学——松松想大壮是天底下最自私的一个人。她决心不去想他。

父亲领着松松在果园里做活，无非是剪剪枝、修修土埂，说不上怎么累。如果到了收果子的时候，父亲就找来很多人帮忙。一大伙儿人在园里忙来忙去，嘻嘻哈哈，很有趣。这使松松想起了上学的日子、偷果子的夜晚——那都是火暴暴的时光啊。松松欢乐中又感到缺了点什么。

人们都跟父亲叫"老道"——他年轻时候上过一次崂山，回来时就老道长老道短，而且走路也用力甩手，人们觉得真正的老道也无非如此。人们喊："老道，你今年发大财了！""老道，这个园子算让你看准了！"……

松松闲下来就喜欢攀到树上。在高处，她可以望到一片原野。她如今十八岁了，个子又高，紧紧地贴在树木的粗丫上。她从树上下来时，那个粗树丫还热烘烘的。如果是杏树、桃树或李子树，她就能发现上面有一块块透明的胶状硬块，心里咕哝一声："树鳔！"就扳下来，装到了小口袋里。

树鳔到底有什么用？她也不太清楚。她母亲过世早，她是跟奶奶长大的。她记得奶奶就喜欢收集树鳔，积攒了一个抽屉，还告诉：造纸厂里就收购这些东西。但松松不记得哪家工厂来收购过。只见奶奶将树鳔泡化了，用来粘窗纸、糊木箱里子。

松松也喜欢树鳔的色彩，它有的金黄，有的洁白，都那么晶莹透亮，可爱极了。她知道树鳔都是从树木的伤口、裂缝中流出来的——一想到这上边，她的心就猛地一动。她觉得树鳔决不是平平常常的东西，它或许是大树干涸凝结的血液和精髓……

奶奶装过树鳔的那个抽屉装满了松松的树鳔。她采呀采呀，做得有滋有味儿。她只是喜欢。她从来没想过用它去卖钱。

老道有一次找东西，拉开了松松的抽屉，不禁大吃了一惊。他问："你弄这些干什么？你手痒痒了……"松松回答："造纸厂要来收购呢，到时候你看吧。"老道笑了。

他想松松的心可真细密。不过他可不指望用这点树鳔赚什么钱啊。如今他正生活在畅快的时候，有着各种各样的计议。他没有跟女儿讲过，他甚至想请来一个木匠，做一套漂亮的组合家具呢。老道笑着。

松松还是常常攀到树上。树木被太阳晒得热烘烘的，她的身子就紧紧地贴在上面。遇到树鳔就扳下来放进小口袋，遇不到也就算了。有时候她伏在一个粗粗的树丫上往下望，稍稍有些发晕。她有时觉得自己就像骑在大马背上。

老道在园里做活，如果发现女儿不在了，就习惯地仰起脸往上望。他说："大姑娘家整天缠在树上，像个长虫！"

松松不出声地笑。

"把那些东西扔了吧！"

松松闭上了嘴巴。她的手不由自主地捂紧了小口袋。这些东西都是透明的、闪亮的，你能扔了吗？

她从树隙里往外望着大片的原野，像走了神似的。有人在远处活动着，有马车在细细的小路上移动。这一切都是另一个世界里的，他们与果园没有任何关系。她似乎在企盼着什么？她不知道。

有一棵老李子树结了不知多少李子。老道那么喜欢这棵树。它身上也常常渗出又大又亮的树鳔来，让松松惊叹不已。有一次下起小雨来，淅淅沥沥下了三天。雨停下来，松松走到了园里。她从老李子树身边走过，一下子惊呆了：它身上挂满了闪亮的树鳔！她站在那儿，直瞪瞪地望着它。后来她轻手轻脚地走近了，伸手搭在树干上。她看得清清楚楚，所有的树鳔都是从老树的裂缝中流出来的。她看得心都揪紧了。

松松以后每走近这棵老李子树都要停一会儿。她对父亲说："这棵树快死了！"

老道看也不看女儿一眼，咕哝一句："胡诌！"

松松知道自己的判断没有错，因为她知道树鳔都是树木流出来的最宝贵的东西。她心里有些可怜那棵老李子树。

不久，老李子树真的死了。老道看着这棵树，又看看一边的女儿，嘴里发出不解的一声："哼？"

老道费力地挖出了老李子树的躯体。多粗大的一棵树呀。他把这树的细枝丫全除去了。只留下一截粗粗的树干。它后来归到了那堆干木材一起——老道把所有老死的树木都放在这儿，正盘算着用它们打一套漂漂亮亮的组合家具呢。

香喷喷的果子味的秋天快要过去了。树叶飘飘落下的时候，老道不知从哪儿请来了一个木匠。木匠十分年轻，顶多有二十岁，长得很利落，还穿了一条牛仔裤。松松见了他,有些高兴。可是老道的脸阴沉着——他请的是小木匠的父亲。木匠就像中医,还是老的好。老中医又讲阴阳又讲气,老木匠耳朵上边夹个铅笔。

小木匠叫"小班"。他很爱开玩笑,来了没有几天就跟松松开玩笑。他不停地用刨子刮木头,松松给他做下手。小班有时故意将松松的名字套在里边,吆喝一声:"松松垮垮的,立定——!"

松松这时真的两手并拢,站直了身子。

小班在光滑的木头上用墨划道道,拐尺一抖,量一量,再打个叉叉。松松看得出神,头快要触到木板上了。小班小声对她说:"这里面有数学。"他们这样的时候,老道走过来喊:"松松远些去,碍手碍脚!"松松站起来,伸手指一下划满了墨道的木板:"这里面有数学!"

那些死去的果树都被锯成了木条和木板。老李子树被锯开的时候,松松觉得身上一阵阵疼痛。这一天,她忽然想到了什么,高兴地领上小班到她的卧室里去了,拉开抽屉,让他看那些闪亮的树鳔。小班愣了好长时间,说:"好东西!"

锯木头的时候,松松坐在低处,小班坐在高处,两人合拉一个锯子。休息的时候,小班直眼瞅着松松看。松松觉得脸上发烫,一转脸,小班赶紧把目光移向别处。松松有些不高兴,问他:"你干什么?"小班说:"看看!"

这些晚上,松松不知怎么老是想到大壮。她认定:如果不是因为那次他们合伙去偷果子,她一定也会考上高中,考上大学。那样她就不会待在果园里了。她想恨那个偷果子的夜晚——可就是恨不起来呀。

老道一个人在园子深处忙些杂活，偶尔才来看看年轻的手艺人。

一件件家具开始进入组装阶段了。小班的样子十分神气。松松说："这些树死了，又给你做成了家具！"小班说："它们这会儿就不是树了。你得说：一个衣橱、一个大立柜——你得这么说。"松松点点头。停了会儿她突然问了句：

"你知道它们都是怎么死的吗？"

小班抬起头，摇了一下。

"是这样——"松松从衣袋里摸出了一块树鳔，"它呀，一丝一丝从树木的裂口里往外渗。后来干结成这样了，你看看吧——它原来像血液一样在树的身上流着，树才活。树鳔都从树的伤口里渗出来了，最后，树也就死了。"

小班不出声地蹲下来。他接过那块树鳔看着，又迎着阳光照一照。后来他返身从工具箱里摸索出一块黄亮的木胶，掂了掂："树鳔原来和它差不多。"

这天小班让松松把抽屉里的树鳔拿来一些，他支起一口小铁锅熬起来。树鳔一会儿全化开了，小班就用汤匙舀了，往家具的榫缝里灌。灌满了，还要加上楔子。

两个人一起忙着，松松十分愉快。

她觉得这是在做一件了不起的事情。树木在风风雨雨里把皮肤皴裂了，血流尽了。他们这会儿把这些最宝贵的东西交还给大树。松松看着树鳔汤汁一丝丝地渗入缝隙里，心里一阵阵宽松。她相信它们又开始转活了。

老道发现了树鳔的用场,兴奋地去看自己的女儿。他说:"你呀,嘿嘿,真行。"

一件件家具神气地立起来,瞅着屋里所有的人。老道用手拍拍它们,它们发出声音。松松想象着那些树鳔正滋润着它们,在全身的脉管和肌肤里周流不息。"这些家具都是活的,爸。"她抚摸着说。老道点点头:"可不!都是活的。组合家具嘛,并到一块儿行,分开也行——都是活的。"

松松再不言语。

晚上好月亮。小班也许劳累了,很早躺下了。松松在冰凉的园里走着,脚尖不断踢碎土块。父亲白天将树木周围的土都翻掘了一遍,并且故意将土块立着。她知道他的用意:让冬天的雪在土地中多滞留一些,以解春旱。他默默无声,看似平淡无奇,其实是好手段,这些她全知道。她走在园里,后来干脆就爬上一棵树。月光透过树枝,花花点点地落在她身上。树皮又凉又滑,她的手按在上面,感到了树皮下有什么在缓缓地流淌。

不知在树上坐了多长时间,她有些疲累了。从树上下来时,她一下想到了大壮:他此时此刻在那个陌生的大学里正做些什么?想不出,就慢慢往下移动。一个滑溜溜的东西碰到了手掌上,凑近了一看,见是一块又黄又大的树鳔!她有说不出的高兴,费力地、有滋有味地将它扳下来,在月光下端量着。

它很大,全透明。它的当心,天哪,还藏下一颗珍珠……她愉快地呼吸着园里的空气,滑到了地上。

她捧着这颗树鳔回到了屋里。她在灯下观察了一会儿,又想给小班看看。小班就在隔壁,她站到门外,用肩膀轻轻地碰开了门 —— 小班闭着眼睛躺在那儿。

"你睡了吗,小班?"

"睡了。"

"你骗我吧?"

"哪能。"

松松坐在床边上,看着小班的脸。他真像睡了一般安静,鼻子、眉毛一动不动。后来她终于看出小班的嘴角隐藏着一丝笑意,就捏了捏他的鼻子。小班打了个哈欠,猛地睁开眼睛。松松说:"你看看多大的树鳔吧。"小班的头在枕头上转一下,眼睛瞅着松松手掌里那个晶莹的东西。他的目光很平静。松松说一句:"里面有一粒珍珠。"小班掀了被子蹦起来,抢过树鳔,把灯弄亮,仔细地研究起来。

他只穿了条短裤,身上的肌肤在灯下闪亮。也许是不停地用刨子、斧子的缘故,他的两只臂膀粗楞楞的好看极了。松松不眨眼地看着灯前的小班。她似乎闻到了果子的香味。

小班失望地转过脸说:"里面是个气泡。"

松松毫不吃惊地接过来,滑到了口袋里。

小班看起了松松,咬着嘴唇,两手在胸前不安地活动着。松松说:"还不睡进被子里,看冻着。"小班点点头,却跳起来,击了几下拳,又啪地打了个飞脚,才钻进被子里。他微微喘息着说:"我会功夫啊。"

松松没有应声。屋里一阵冷清。她慢慢坐到床边,两腿悠动着。后来她问了句:

"你知道大壮吧?"

"他是谁?我怎么能知道他……"

松松微笑着:"也不用管是谁。告诉你吧,大壮可有劲了。"

"净替他吹。"

"你是不能信啊。你不信呗。"

松松要走了。她离开床的时候,伸手将小班的被子掖紧了,又按一按。在做这些的同时,她心里温暖极了,胸间升起了一种庄严的情感。她恍恍惚惚记起了母亲给她夜间盖被子的情景……她转过身去,小班在床上不停地翻滚;她迈出门去,小班在屋里大喊一声什么……松松轻手轻脚地回到自己的房间里去了。

这天晚上她睡得香极了。半夜里她做了一个梦:她采了数不尽的透明的树鳔,堆成了小山;它们全是五颜六色的,有的蓝、有的红,呀,色彩斑斓。她坐在了小山之巅。后来,小山竟缓缓地溶化,渗入土地,又生出一片红红绿绿的树林——她、小班、大壮、父亲,都在这片林子里穿来穿去。

早晨,老道起得最早。他收拾着地上散乱的木头,又把院子扫了一遍。松松起来了,一会儿小班也到院里来了。老道问:"夜里小师傅像是喊了一声?"小班的脸有些红。松松也问小班:"你喊了一声吗?"小班摇摇头:"我不记得。"

家具差不多全做好了,剩下的活儿就是上油漆之类。松松平日里采下的树鳔才用去了三分之一,她有些不高兴。好像它们全应该溶化了,渗入木质里才好。她把这个想法告诉了小班,小班摇摇头:"你这是从满园里采来的,将来满园的树倒下了——别怨我说话难听啊,它们早晚都会倒下的——那时候这些树鳔全归到老树身上,也正好用完。"

松松睁大了眼睛:"能那么合适吗?"

"正合适——哎呀,你的眼睛真好看啊。"

"一点也不剩吗?"

"剩什么——松松,你对我不太好。"

松松愣了一下:"你说什么呀!"

小班"哼"一声:"说什么!那天早晨你爸问我为什么夜里喊叫,你也跟着问。你什么不知道?你也问。"

松松捂着嘴笑起来。

家具全都油漆好了。它们亮闪闪地站成一排,像长出了眉眼,骄傲地注视着四周。老道两眼明晃晃地围着它们转一圈,用手弹击着它们的腰部。

小班的任务完成了。老道说:"回家跟你爸说,就说我说的——你儿好手艺。"小班严肃地点点头:"'你儿好手艺'。"

老道走开时,松松不高兴地斜他一眼:"你跟我爸不正经说话。你该说'我记住了',你故意学他,你!"

小班笑笑,但收了笑容时脸上有些苦涩。

他该离开果园了。但他的工具散在院子里,似乎也不急着走。老道对他说:"功夫不金贵,就再住几天。"他说:"不行,我得走了。"话是这样说,他还是没有走。

松松见了他,似乎不像过去那么亲热了,只是客客气气,话也少了。

小班皱着眉头，去收拾工具箱。松松帮他给一件又一件工具擦拭灰尘。小班头也不抬，咕哝着："还是那句话：你对我不太好。""又怎么了呢？""我要走了——我走了你还能见着我吗？你连句话也不愿说了！"

松松转过脸去，一个劲地笑。

小班突然大喝一声："松松垮垮的，立定——！"

松松抖动的肩膀立刻平稳了，飞快地转身，两脚并拢打个立正。她那么严肃，看着小班。她的眼角里似乎有什么东西在闪亮。

夜晚，隔开一道墙壁的两个年轻人都睡得很晚。小班躺在床上，两眼望着屋顶。望了一会儿，他伸手击打着墙壁："咚、咚、咚、咚！"他连续了两遍，倾听着。一会儿，那边也在击墙，也是相同的四声。后来他又击了一通，对方仍然是那么回应。

天亮了。小班搓着发红的眼睛，一见到松松就小声问："听见我打墙吗？"松松会意地一笑："你那是打了一句话。"

小班望着她。

松松说："你那是告诉我——'明、天、走、了'！"

小班抿了抿嘴角。

松松又说："我也是打了一句话——'给、你、树、鳔'！"

小班再没说什么。停了好长时间，他伸出手来说："我们再见了。"握过手，他又进屋找老道话别去了。

小班出来，松松拿来一布袋树鳔。她递给小班说："全给你。这是我一点一点积成的。你用得着。"小班将布袋打开，用手抄起一把看着。这都是上好的树鳔，有的洁白、有的金黄，像玻璃那么闪闪亮。他小心地合上袋口，收下了。

小班走了。

果园里无比安静。父女两个合计了一下，把一套崭新的组合家具放在一个大间里。老道让女儿睡在里面。

松松日夜都能嗅到淡淡的油漆味儿。夜里，最安静的时候，她老觉得它们在看她。一天深夜，她梦见它们伸出老手，呵呵笑着掀开被子去抚摸她的身体。这天夜里她再也没有睡着。后来，她又听到这套组合家具里面有咳的声音。她从床上坐了起来。

白天，她打开每一件家具看了，发现里面除了一些木屑，什么也没有。

可她还是害怕，就让父亲夜里来作伴。这夜里它们又响起来，松松说："你听！你听！"老道笑着走到它们跟前，听了听说："这是接缝的地方响——大约新家具都要响响的。它们刚刚变成了柜子什么的，筋骨不顺。"

第二天晚上老道就回自己屋子去了。尽管松松明白了是怎么一回事，夜里一听到声音还是有些害怕。如果小班还在就好了——啊，小班，自己采了那么多的树鳔，就像是专门为他准备好了似的——他把树鳔化开，灌进木头的缝隙中，使它们重新有了血脉，有了精气。

松松盯着立在墙边那一溜儿高高大大、放着淡淡光色的东西，心想这不是别的，这是些复活了的精灵啊！

果园里空旷得很。地上积满了落叶，父亲就在落叶上蹲了，不停地忙着，松松什么也不想做，从这棵树边踱到那棵树边。老道看看女儿，叹息了一声。后来他说："松松啊，你做点什么吧，人要是闲了，偏偏就不自在。"松松看看父亲,没有应声。

这天傍晚松松对父亲说:"爸,现在园里也不忙,我想出去做点什么——啊?"

老道说:"做点什么?再说你自己出去我也不放心。"

"以前园里那么多人……如今就剩我们俩了。"松松拧着手。

"果子都是我们俩的呀,傻孩子!"

松松摇摇头,又摇摇头。她说:"我反正得出去干点什么呀。老待在这园里就会……"

她不言语了。老道问:"会怎么?"

松松咬咬嘴唇:"死。"

老道蹦了起来。他喘息着,直眼盯着女儿。这样停了好长时间,他才长长地吐了一口气:"孩子,人闲了就偏不自在 —— 你爱做些什么就做些什么吧——你不是喜欢采树鳔吗?你只做你喜欢做的罢。"

那些崭新的家具夜间仍然响着。"这些精灵!"她在心里叫一声。这个夜晚她默默地回忆了大壮,还想到了小班。小班如今又在哪里了呢?他带走了那么多树鳔,还不知弄出多少新的精灵呢!

松松白天又开始采集树鳔了。不久,她的抽屉里又满是一些晶莹闪亮的东西了。

一九八六年三月

激 动

一九八六年秋天的农村，自由散漫。

八点钟的太阳热烘烘的，照着田野，照着屋顶上摊开的花生壳。四个美丽的少年把柳条篮子扣在头上，慢吞吞地出了村子，沿着干涸的水渠往前走。

秋天是越来越古怪了。过去的秋天要忙个死去活来，学校放秋假，他们差不多要蜕层皮。如今的土地爱怎么做就怎么做，不爱做就让它长荒草。他们聚到一起痛痛快快地玩：学会了扑克牌的三种最新玩法，最近甚至还学会了抽烟。

九点钟的太阳耀人的眼睛。他们走到了广阔的原野上，理由是要拣豆角。豆角散在地上，上面有一层金黄色的茸毛。伸手取豆角时，一双双手看得人眼花。小个子京东拣着豆角说：有一年上，有一个城里少年，有一次拣豆角，有一个豆角的尖尖扎破了他的手。其余三个少年听了大笑，一齐喊道："呸！那是什么手！"喊完了他们大笑起来。

一条绿蛇弯弯扭扭地滑过来，他们喊着，围住它蹦、闪、挪、跺。蛇一会儿停住，一会儿急急地逃。最后它昂起头来，向着四个少年一一鞠躬。于是他们让开路，让绿蛇走开了。

十点钟的太阳使人后背发烫。四个篮子差不多都满了。他们背着太阳坐着，合计着要做点什么。仇虎从裤兜里摸出了一个小烟斗，四个美丽的少年一齐乐了。那个烟锅是橡子壳做成的，精美绝伦。可是没有烟末。几个人想了想，就拣几片最黄的豆叶搓一搓。开始吸烟了，一人一口，有的会鼻孔冒烟，有的不会。京东一边吸一边咳，说自己像爸爸一样。不提他爸倒好，一提就让仇虎来了气。他记起有一回扒了京东家一块红薯烧着吃，被那个老东西抬手打了一巴掌。"这个小气鬼！"仇虎这会儿骂了一句。大家都知道仇虎骂谁，只是不作声。停了一会儿京东说："'小气'，也就是'吝啬'的意思。"

接着大家就一个一个将村里的习惯说法与书上的词儿对应起来——比如"小气"等于"吝啬"；"真脏气"等于"不卫生"；"老猫儿头"等于"猫头鹰"……一个一个对照起来蛮好玩。后来不知谁喊了一句："'激动'等于什么？"大家都难住了。是啊，什么是"激动"？京东说就是"发火"，张有权说就是"胸脯一鼓一鼓"……大家吵着，最后还是糊糊涂涂地吸起烟来。

他们继续沿着干涸的水渠往前走。头顶上一个老鹰定住了一瞬，然后翅膀一仄滑到一边去了。白云在远处一簇一簇绽开着，像一团团愤怒的蒸汽。天蓝得很，空气仿佛一片芬芳……不知谁用手指了一下前边的大沙岗，大家欢呼着往前跑去。那是一座很久以前就存在的沙岗，是大自然用一种神秘的力量堆积起来的。它上面长满了野藤和大树，远远看去黑乎乎的。在这个平展展的原野上，唯有那里藏起了一个个谜。孩子们在那里捡过带花斑的鸟蛋；小伙子在那里打过火红的狐狸；老人在那里见过雪白的鬼。

大家跑到岗子跟前已经呼呼喘气了。仰起脸来，树叶上晶莹的露滴闪着白光。蝈蝈儿在荆棵里叫着，小蚂蚱飞来又飞去。长尾巴喜鹊尖声吵闹，见了跑到岗下的四个少年就闭了嘴巴，一荡一荡地飞到岗子的另一侧去了。他们开始往岗子上攀登。脚下是一条干干净净的沙土路，四个少年愉快地呼叫着，跑着，爬着，有时还在沙土上打滚……好不容易到了岗顶。仇虎用手做成喇叭，放开喉咙呼喊着，其他三个少年静静地听这声音怎样回荡播撒到辽阔的远方。后来他们绕着一些柳棵奔跑起来，出来时有的手里是野枣，有的是毛茸茸的小桃子；张有权找到了三颗小小的沙参——他说要带给父亲泡酒喝。站在岗顶向四下里眺望，可以看到远处的田野上，做活的人一个一个蹲在那儿。每个人都认出了自家的土地，并且伸手指点着："爸爸——！"仇虎向着远处踞踞的一个黑点儿呼喊着、涨得脸和脖子都红了。那个黑点儿当然听不见。李南、张有权、京东，也都一起呼喊着"爸爸——"……他们的爸爸又是哪个黑点儿呢？

大沙岗太好了。四个少年站在岗顶，兴奋也到了顶点。学校的拘束，秋天的劳累，全去他的狗蛋吧。他们编了四个柳圈儿戴在头上，沿着光洁的沙路冲下沙岗、滑下沙岗、滚下沙岗、翻着跟头栽下沙岗。再怎么样呢？也亏了小个子京东能想得出！他想出了一个崭新的好玩法：将裤子脱下一截，露出屁股，看谁最先跑到岗下。大家红着脸一齐应和，真的脱下一截裤子，一绊一绊地往下跑去。

谁能这样玩法？哈，在丛林掩映的白色沙土上，谁也瞧不见他们。女孩子们在遥远的地方，老师、大人，一切不必要观看光屁股的人都在遥远的地方了。他们在跑，也像在跳跃，四个美丽的少年光着屁股，大笑大叫，互相看着，动动手脚，撩起脚来还击……到了沙路的尽头了，真不容易，鼻子耳朵都是沙土了。他们仰躺在沙岗下的一片阳光里，汗珠在脸颊上流动，大口地喘息，从指缝里去看火热的太阳——这时候他们才感到一些羞怯。不过谁也没有去穿上裤子。

张有权第一个把手从眼睛上拿开。他瞥瞥三个伙伴说："咱们刚才真是'激动'了。"

"嗯。真激动了。"京东捂着眼睛说。

李南坐起身来："谁也不要把这激动告诉别人！听见了吗？"

没人吱声。

停了一会儿，仇虎瓮声瓮气地说："这能算'激动'吗？"

其余的三个少年全坐了起来。仇虎望着他们，断然否定说："这不能算'激动'。"

大家轻轻地喘着气。京东小声问："到底什么才是'激动'呢？"

仇虎擦了一下鼻子："我也不知道。反正我觉得这还不算'激动'——它要比这厉害千万倍呢——那才算'激动'。"

"嗯。"京东又躺下了。

所有的人都躺下了，躺下去认真地想那个"激动"。

一个大蛤蟆蹦跳着凑近了，一动不动地看着四个少年，嘴巴下边的皮肉有节奏地跳动。没有人理它，它耐心地等待了一会儿，不知在等待什么。后来它终于激动地一跳，箭一般射向远方。

张有权仰脸看着蓝天，目光远远地躲着太阳。什么才算"激动"呢？天边的云团翻腾着，像剧烈的爆炸激起的烟团。那簇云彩肯定是激动的——他由云彩想到了村子里升起的一团白烟,这会儿猛地坐了起来。

那是春天的一个下午,太阳像血一样红。红太阳粘在林梢上的时候,不知从哪里传来了巨大的爆炸声。全村的人都昂起头寻找什么,马上看到了半空里腾起的白烟。"粉丝工厂被炸了啊——"有人惊慌地喊着,举起双手从巷子口跑过来……后来才弄明白,原来是有人偷偷地放了炸药。村里的人不知怎么都有些愉快,站在自家门口观望着,并不围过去。粉丝工厂是全村最重要最赚钱的工厂,年前被一个人买通关节承包到了手里,真赚了大钱。不过谁放了炸药呢?上面很快派来了人,不知多少人被叫去查问。两个月过去了,还是没有找到放炸药的人,上面也只好暂时作罢。谁放了炸药呢?也就是说,谁"激动"了呢?

那大概才称得上真正的"激动"吧?

张有权望着天边的云彩,咽了一口唾沫。他喃喃地说:"敢放炸药的人,那是多么'激动'啊……"

李南听明白了,反驳说:"那是破坏。"

"是破坏。不过也是'激动'。"

京东很赞同张有权的话,用手捶打着身边的沙土:"有那么一个人——我可不说他是谁,最坏了。谁拿他也没办法——前一段——你们听到前一段的事了吧?"

三个人都把脸转向了他。

"我爸爸告诉,这个人可贪了,他家里的海参多得用布袋子盛;彩色电视机有十几台,全是人家偷偷送去的礼物……"

"咝——!十几台,彩色的……"张有权有些羡慕地咂着嘴。

"睡到半夜里，那个人就从被窝里钻出来，用指头一个一个地捅那些电视开关玩儿，一个一个地捅……"

他们三个谈论这些的时候，仇虎慢慢把脸转向一边了。他一声也不吭，三个人都发现他不吭声，只好不去管他。

也许是在沙岗上来回奔跑的缘故，他们都感到肚子有些饿了，于是生起了一堆火。不过他们不愿烧豆子吃——大家把白绒线的野桃子、枣子，甚至是张有权的沙参都放到了火里。正烧着，京东想起了什么，起身到一边的豆叶里扒拉起来，找出了五六个黄黄的大豆虫。他们都记起跟大人忙秋的情景：半天的活计做下来，疲乏得很；大家唉声叹气地坐下，慢腾腾地拢了堆火，烧起了豆虫。烧熟的豆虫冒着油，要多香有多香……京东把豆虫放到火里。

火慢慢燃着。火堆里不时有什么烧爆了，啪啪地响。李南为了让火苗蹿高一些，不时伸出棍子去撩动柴火。张有权蹲在火堆跟前，嫌脱下半截的方格裤子碍事，干脆全脱下来搭在一棵小柞树上。不知是什么烧出了香味，京东伸长棍子，从火炭中往外拨拉着。焦黄的豆虫和冒着水沫的野果子一个一个往外跳，奇异的香气一下子扩散开来。大家回头叫着仇虎，一边将滚烫的果子往上撩着。

最好吃的还要算豆虫。桃子和野枣则有别一种滋味。沙参被烧得卷了皮，像一条黑色的小蛇。张有权一边拨着沙参一边说："它和人参差不多，是补身体的。吃多了可不行。我爸说年轻人吃多了鼻子要冒血。"

"啊，真香啊！"京东咀嚼着沙参。

张有权又说："凡是带个'参'字的都有大补。海参、人参、玄参……

还有'党参'——那是党员才能吃的一种参。"

大家愣愣地看着他。停了一会儿李南问："那个狗蛋家伙海参不是多得用口袋盛吗？"

李南点点头："海参要一百多元钱一斤呢！"

"嘀！"京东伸了伸舌头。"那个狗蛋家伙要有多少钱哪！"

张有权摇摇头："不多。人家说他不过有几万块钱。"

"呀！几万块钱，这还不多死了呀……"

"可村里有个人——我也不说这人是谁，如今是个十万元户呢。"

"滋——！"几个少年同时吸着冷气。

十一点钟的太阳行走得更加缓慢，烤得人焦。可是它慢慢地躲到一棵小槐树的后头去了。好长时间没有人吱声。四周静静的，没有一丝风。不知从哪儿爬来了一个豆虫，仇虎默默地捏起来，放到离火堆很远的一丛茅草里。

大家伸手在火上烘着。停了一会儿李南问："他们怎么有那么多钱呢？吓人，十万元户！"

张有权把头低下来，四下里瞥了几眼，嗓子低低地说："你不知道那个粉丝厂吗？听人说有一半股份是那个人的呢。不过他不出头，他让别人出头，暗里净等着拿钱就是了。"

李南哼一声："要我是承包人，就不让他占股，自己干了……"

"谁在这块地盘上开工厂，就得让出一半给他……这还不算，村里的好多副业，那人都有股份呢。你想想，他成十万元户还难吗？"

张有权的声音越来越低，到后来一声不响了。

仇虎折着树枝，把一根长长的树枝折成了一小段一小段。

京东小声凑在李南的耳边说："看吧，仇虎'激动'了。"

想不到仇虎听到了，抛了手里的树枝，直抛开老远老远，说："这算什么'激动'！你才看见几次'激动'！"

京东想顶他几句，但一抬头，似乎看到仇虎的眼睛里有一丝泪花在闪动，立刻就闭住了嘴巴。他悄悄地蹲下来，装着去扒拉火堆，一边小心地观察着仇虎。

仇虎说完那句话就转过了身去。他在望着十一点钟的太阳。太阳的强光耀得他怎么也睁不开眼睛，可他还是用力睁开了眼睛。光箭击中了他的眸子，他用手捂住两眼，低下头，旋转着身子，旋转着身子，后来大滴的泪水顺着指头缝隙流了出来。

张有权、京东、李南，全都盯着仇虎，站在那儿，一动不动。

仇虎咬着嘴唇，久久地望着大沙岗。他说话了，差不多是一个字一个字地蹦出来："我秋天不上……学了！"

大家惊讶地望着他。

"爸爸不让我上了。他说你回来吧，一块儿对付日子……"仇虎说到这儿，像肚子疼似的屈着身子蹲下来。"妈妈偏让我上学去，爸爸就一巴掌把她打到炕角里。他喝了一瓶酒，我眼盯着他把一瓶全喝完。妈妈去夺酒瓶，爸爸用闲着的另一只手去打她的头、她的脸。"

三个伙伴吃惊地大睁着眼睛。

"开春，爸爸合计要开个小磨面厂。村里有个人就是这么发了财的，存了上万元。他是个好心人，劝爸爸也这样干。爸爸让妈妈去商量村里的一个人——你知道,什么事情要做成都得那人点头才行啊——他说行啊,开吧。爸爸乐得直搓腿。这两年他去海上挖蛤、做绳子卖,都挣不到钱,愁得一夜一夜抽烟。这回他乐了,赶快东家西家借钱买了钢磨、电动机。什么都弄好了,营业牌照也开好了,'面粉厂'三个大字还是请老校长写的……就剩下拉电线了,爸爸去问那个人,他说'等等罢',十几天过去了,爸爸又去问,那个人的脸一拉老长:'谁让你来啦?你老婆是这么说话来吗?'我爸给弄糊涂了,回来问妈妈,妈妈也不明白。后来妈妈自己去问,半天才回来。电还是拉不上。妈妈气得老是哭。她求爸爸给那人送些礼物吧,爸爸就送去了一些烟酒。谁知人家接过去,一扬手扔出了大门……"

京东一直皱着眉头,这会儿插嘴说:"肯定是嫌东西少了,我也明白这样的事儿。"

仇虎咬咬牙关:"我爸爸也这么想,他打谱送更多东西,急得在屋里来回走,妈妈就在炕上哭。后来妈妈一下从炕上蹿起来,抱住爸爸的腿说:'不开工厂了!不开了!他瞧不上你的礼物,人家不会要不会要不会要……'我爸火了——我从来没见他发那么大的脾气:一把揪住妈妈的衣领,说话像打雷:'狗养的东西,他们到底要什么?'妈妈疯了一样抖,冲着爸爸耳朵喊:'他们要我!'……"

李南看看京东,京东看看张有权,都不明白。

仇虎把泪水擦干了:'我只见爸爸听了妈妈的话,一下闭上了眼。他这么闭着,半天才睁开——眼里全是红丝丝,像血那么红。他一脚把门踢开,妈妈拉也拉不住,跑到院里抄起大镢头,他奔到磨屋里,几下子砸碎了钢磨壳子，又去砸电动机。妈妈在院里给他跪下……我爸那天老喝酒，瓶子喝空了，就'砰'一声扔到墙上。玻璃片子满炕都是，硌破了妈妈的手。爸爸脱光了上身，摇晃着跳到大街上，好多人就围上看他通红的胸脯。妈妈扯着我的手在后面追，她喊：'你爸爸是疯了，你爸爸要杀人了——'我不信，可是我给吓哭了。人越聚越多，我和妈妈挨不上爸爸的身。只听见爸爸一个人在人堆里喊：'我把那些东西都砸了啊，都砸了啊！我豁上了，我今天是豁上了，反正是一个字：穷！……老少爷们，我刚才把那些东西都砸了啊！我豁上了！我借了谁的钱，一个子儿也短不了他——当驴当马，死也要还他啦……'我爸喊得嗓子破了，那音儿我都听不清了。又是酒瓶子响，我知道他喊着又喝酒了……"

一旁的三个少年怕冷似的蹲在火堆跟前。火苗儿早弱下来，他们回身找来几撮草叶，轻轻地放在上面。火苗儿往上蹿去。黑色的灰屑飘飘地升起来。有什么"砰"地在火中响起，一个火炭从仇虎耳朵上边唰一声擦过。仇虎僵住了一样，一动不动。

"仇虎……"京东扯住他的手，把他拉到火堆跟前。

李南一直在想什么，这会儿对仇虎说："如果你真那样儿——我是说你真上不了学了，就让俺仨来帮你吧。老师讲了什么，我们再回头给你讲！"

京东立刻高兴起来："对，一人教一课，就这样好了……不过教的时候你最好从家里跑出来，就在大沙岗子这儿最好了。别忘了带上小烟斗，咱们一边上课一边抽烟。"

仇虎的脸慢慢转过来，点了点头。

京东伸手从仇虎的衣兜里摸出了小烟斗，揉碎一片豆叶吸起来，不停地咳；大家一人一口地吸了，全都咳着，呛得泪花闪闪。所有人都高兴一些了，兴奋地喊叫起来。他们试着骂起了"那人"，一人一句，骂得十分巧妙。京东说："想法儿治治他才好，把他家草垛点上火吧！"仇虎飞快地瞥了一眼京东。李南说："那可是犯法的。"

张有权从火堆跟前猛地站起来："犯法？人要是激动了可不管那些！人在激动时候什么做不出来？"

"是犯法的……"

张有权坐下来，两手按在自己脚上，嘲弄地看着李南，鼻子仰得老高。他拖着腔儿说："人不发火就干不出大事。听说了吗？有个外国皇帝叫拿破仑，发起火来使劲一跺脚，鞋带儿全齐茬儿断了。第二天他就发兵打俄国人，差点占了一个国呢！……他的对头叫库图佐夫，一个俄国大元帅，也发火了——不过别人看不出来。他火了只是两撇大白胡子一动一动，像是要钻进鼻孔里……"

京东笑了。

仇虎、李南都盯着张有权。他们知道他看了不少课外书，也喜欢胡诌，是个爱卖弄的家伙。虽然将信将疑，不过听听也蛮有意思。

张有权最后瞥一眼李南："人这个东西又不是别的，不会发火哪行？不发火还能干出大事来？你没听说曹操率领八十三万大军下江南，一口气杀了八万人？血把大河都染红，咕噜噜流！努尔哈赤火了，一抬手射箭，射下了九百多只大雁，有一只大雁脖子上还系个铃铛……"

"还系个铃铛？"

"嗯。"

大家笑着，大口喘气。

"我没听说谁不发火还能干出大事来！"张有权挑战似的一个个环顾着。

没有人回应他。京东停了一会儿皱着眉点点头："也是的。也真是的——我讲个故事——大约你们都听到了吧？哦，没有。那就是前几个星期发生在河西的事呀，那个小媳妇的事嘛。"

其他三个少年真的没听到，于是认真地听起来。

"那个小媳妇的事嘛。在河西没人不知道她的事，三岁小孩也知道。她长得可俊了，俊到没法说！她两口都在本村做工，有个人家开小工厂，富得流油，还不知有十万百万的钱呢！河西的富人多，有的是拼力气挣的，有的就不是。那个人家在城里的大工厂有亲戚管事儿，一年就肥了。他家雇了十几个工人，白天黑夜开工厂。男主人钱多了，常跑银行。他雇的工人里有不少女的，他就多给她们钱，一把一把给……"

张有权哼一句："他犯傻吗？"

"他才不傻！谁拿了钱不和他好？那些女的有俊有丑，都在一块儿，硬好硬好——她们家里人都装着不知道。女主人恨那些女工，一天到晚找茬儿打仗，男人就吓唬说不要她了。她再不敢惹自己的男人，就用烧火棍去烙女工，一烙一个水泡。后来全厂里就剩下那个聪俊的小媳妇身上没水泡了。她可不吃男主人那一套。她男人也爱惜她，说俺媳妇可不是那样人。俺媳妇可好咪。他放心她。"

"小媳妇真好！"李南夸一句。

"慢慢看吧。有一天男主人又去跑银行了。他去银行都是走秘密道儿,谁也不知道——可是这天他走到一片玉米地边,从地里'噌'一声跳出一个大汉,用黑布蒙了脸。男主人吓得腿也软了,只顾用手去捂钱口袋。蒙面黑汉手伸得抓钩那么长,一下子就把钱袋撕破了,十元大票'唰唰'撒了一地。黑汉弯下腰来,一张一张捡起来,跳回玉米地里。男主人瞪着眼坐在地上,黑汉跑没了影,他才咕哝说:'恐怕是个熟人,是个熟人……'"

仇虎、张有权、李南,全都惊恐地瞪大眼睛。

李南问:"他怎么不揪下黑布看看?"

京东白一眼李南:"一边去吧。你什么也不懂。那可揪不得。"

"怎么?"

"怎么?布从脸上一掉——也不管是揪下的、风吹落的,反正只要那脸一露出来,另一个人就得完——"

"怎么个完法?"

京东哼一声:"死。"

大家不解地盯住他看。

"他用布蒙住脸,那就肯定是个熟人。这布一去掉,你想他给认出来了,不杀人才怪——上年纪的人都知道,遇上蒙面人打劫,千万不能去碰他脸上的布……咱说不定以后也会碰上,咱可不敢碰。"

大家舒一口气,钦佩地看着京东。

京东向仇虎摊开手说:"抽口烟吧——你看看我这烟瘾……"仇虎不太高兴地摸出了烟斗。京东吸着烟,慢悠悠地讲下去。"钱给抢走了,他跑回家里就躺倒了。躺了一天一夜,他从炕上一个鲤鱼打挺蹦起来,跑出去告发说:是小媳妇的男人拦路抢了钱!这当然是他躺在炕上想出来的——有人问他证据在哪?他说去银行从来都是秘密的,谁也不知道;要怨也怨他自己,活该自己'作风不好',跟小媳妇睡觉时走漏了风声。他对天发誓:天底下只有那个小媳妇知道他去银行,也肯定是她告诉了男人……过了没有几天,小媳妇的男人就被抓走了。那天村口上围了好多人,小媳妇追着男人哭,哭哑了嗓子。男人大声问小媳妇:'你真跟人家睡了?你说!你说!你不作声,我知道你是冤屈啊!我就知道会是这样!你不是那样的人!'他喊着、喊着,一双眼瞪得老大。谁知就在这会儿小媳妇哇哇大哭,用手捶着自己的胸脯说:'我是那样人哪!我真做了亏心事啊!这都是我害了你啊,我不愿过穷日子,人家平日里多给几个钱,就依了人家。我想攒钱给你买件新褂子……'小媳妇哭着,叫着,她男人没听完就昏过去了。"

大家默默地听着。

"他就这么给抓走了。小媳妇再不吃不喝,老僵神儿。那些女工都过来劝她,她理也不理。第三天上午她对女工们说了一句:'钱是个好东西。不过我这会儿恨它。'说完再不吱声。就是那天夜里,她摸到男主人床根,把他给杀了。天放亮时,她自己也喝了毒药……这就是那个小媳妇的事儿啦,河西人没有不知道的……"

京东讲完了,磕磕烟斗,咳着。

"我敢说,那个小媳妇一连三天都是'激动'的!"仇虎说道。

火渐渐熄灭了。青烟升上去,在一人多高处又懒洋洋地折向北。一个蝈蝈儿嗓子沙沙地唱着。

四个美丽的少年无比疲倦地躺下来,仰着,用手捂着眼睛。光滑的下身暴露在阳光下,闪着亮儿……仇虎声音涩涩地说:"我老替那个小媳妇难过。她不该杀她自己……她男人以后从监里出来一看,媳妇没有了!"

其他三个人叹息着,没有什么异议。太阳晒得人下肢发痒,大家翻了一下身。下肢还是发痒。这个秋天!这个让人发痒的秋天!……李南翻动了一会儿,问道:

"瞎子'激动'了你们见过吗?"

"应该叫'盲人'。"张有权更正说。

"嗯。盲人'激动'了你们见过吗?"

没人吱声。

李南欠起身子:"有一回一个盲人弹着三弦走进村里,咿咿呀呀唱。他唱了快一天,手里的小笸箩收了三毛钱。他又唱,小笸箩里又多了三个钢镚儿。天黑了,盲人请求找地方借宿,几个小伙儿笑嘻嘻说好。他们领上盲人走,肩上还扛个门框儿,捂着嘴叽叽地笑。后来直走上大河滩了,有人说声'到了',就扶住门框,等盲人从门框里走过去,说一声:'你自己在这屋里歇吧,俺走了!'然后轻轻扛起门框走开了。盲人千谢万谢,往前摸索着,说:'好大的一间屋呀!'……"

有人笑起来。

"盲人后来才知道上了当,他听见了河水噜噜响。这一下他火了,两手发紫,凹下的眼窝往外流水,水的颜色……我不告诉你们。"

再没人笑。沉默了一会儿,仇虎又问:"一群要饭的小孩'激动'了,你们见过吗?"

都说没有见过。

仇虎说:"他们都一般高,瘦得皮包骨,头发一摸就断。这群孩子不知从哪来的,说话的腔儿谁也听不懂,常年就在镇上饭馆里转悠。他们吃些残汤剩饭。有一回一个要饭的孩子去喝丢在桌上的半碗杂烩,过来个服务员硬把那碗杂烩泼到地上。一群要饭的孩子全急了,提着小饭筒,齐着劲儿叫唤,嘴唇发黑,呀呀地往前冲。他们一叫就露出牙齿,雪白雪白,呀呀地叫。饭馆里吃饭的人全吓呆了,一齐站起来,手里的筷子掉在地上……"

李南接上喊:"连半岁的小孩子也会'激动',他们也会!有一回我见了……一个小东西躺在炕上,身子直滚直滚,小脚趾紧挨在一起,像要握个拳头。滚着、叫着,'哗'一下撒了一炕尿……"

大家笑了。

"鬼也会'激动'。"——李南说着看看四周震惊的脸色,肯定地说:"也会。我听老人说了,鬼在半夜里出来游荡。他们不伤人,也不让人伤。要是谁去惹他们,他们就火起来——他们火起来可不是闹着玩的,倒退着往前蹦,两个肩膀抬得水平水平,一蹦一抖,一蹦一抖。你听吧,'咯吱、咯吱',那是骨头摩擦的声音……嘻!"

他最后的一声"嘻"喊得非常响亮,其他三个人吓了一跳。李南重新躺下了。

十二点钟的太阳滚烫滚烫,它高高地悬在正南方的天空,发出了"滋滋"的声音。这好比是彤红的铁块缓缓放入水中的声音,四个少年都十分熟悉。四个篮子放在一边,里面的豆角闪着金色的光亮。有什么香味儿飘进了张有权的鼻孔里,他觉得那是太阳炙熟了野地里撒落的果实。刚才的一些故事还在他脑海里旋转,使他老要冲动起来。他似乎觉得这些故事里面还缺了点什么——他当然不能理直气壮地否定那一切都是"激动",他不能。但他似乎看到过更真实的激动,那是真正的激动啊。那也是个秋天,天上也亮着十二点钟的太阳……

他逮住一个蝈蝈。蝈蝈的触角像长长的头发丝一样。他轻轻地伸出手去——正这时不远处响起了什么,他不由得缩回了手。他透过树隙看到了他们,一颗心怦怦跳着,悄悄地卧在了沙土上。

一个姑娘和一个小伙子依偎在柳树棵下,就离他几步远。姑娘十六七岁的样子,脸庞汗津津的,彤红彤红。她身边的小伙子要比她大好多,粗手大脚。小伙子伏在她耳边说着什么,她就伸出了两只小巴掌去推他的胸脯。她的头垂得那么低,抵住了对方的胸口。他们就这么静静地僵在那儿,一动不动,连喘气的声音也没有。不知停了多长时间,她嘤嘤地哭了,越哭越厉害,哭着去抓小伙子的手。她仰起脸来,泪水在粉红色的面颊上划了两条长线。小伙子呆呆地望着。她不哭了,去吻他的下巴,那上面有黑胡茬,胡茬上有砂土。小伙子猛地伸出两只又粗又长的手臂,像两条抖动的锁链一样缚住了她,把她紧紧地搂在胸前。她的身体在碎紫花衣服里战抖着。停了一会儿,小伙子把嘴对在她耳边,哈气似的说:"啊?"她半天不作声,好长时间才抬起头,看着他。小伙子的左手小心翼翼地往前移动,碰到了碎紫花衣服上……

这就是张有权亲眼见过的。可他谁也没有说——他只是在心里认定了，他藏住的才是一个真正的"激动"！

十二点钟的太阳滚烫滚烫。张有权的脸庞又热又红，他轻轻地背过身子站起来，向一旁的小树走去。

他提着花格裤子瞥瞥躺在野地里的三个伙伴，开始费力地往身上套着。

一九八六年九月写于龙口

三 想

深秋时节，一个人从闹市区来到了三十五公里之外的老洞山，要因公在此住一段时间。这里自四十年代初就是军事封锁区，如今已经变成了一个具有原始意味的绿色世界。到处都是蓊郁的林木，葛藤纠缠在枝丫上、山石上，野物的呼叫声此起彼伏。来人被这巨幅自然画卷惊呆了，他贪婪地看着一切，常常一个人钻到山谷深处，像是要寻找什么，如痴如迷。部队不得不让小战士到山里喊他，告诉这里有数不清的野物——前不久战士施工误伤了一只狼，它们就咬死部队的一头羊以示报复。他的惊喜心和冒险心交织在一起；不知不觉就忘记了规劝，一去就是多半天，有时被山雨淋得浑身透湿……战士们叫他"奇怪的城里人"。

我喜欢一个人待在这山里。我难得独自一人。四周再也没有人潮和车辆的声音，而是小兽们的呼唤和山谷自己的声音。这儿叫不上名字的树和果子太多了，我尝过那些奇异的美丽的果子，滋味都好极了。我多次迷路，可那时我更多的不是恐惧，而是一种得以亲近山谷的骄傲。我不信我会转不出去，总是那么自信而从容地撩开藤条，在薰人的浆果气味里迈过一块又一块石头。有的石缝里有水流出，四周就有青苔。滑腻的青苔使我格外小心，当我跨过它们时，就注意观察了那深深浅浅、多少有点像褪换斑毛的兽皮的样子。这里的风和各种气味都能使我安静下来，使我心灵的最深处一阵阵激动。我知道那里有一根弦长期地闲置着，如今正被缓缓地拨动了。我深情地在这空寂的山谷里回忆了远处的亲人和朋友，回忆了我的童年，想象着与我爱人一起度过的美好时光。我此刻没有任何抱怨和不悦，只有遥想的欲望和欢快。我回忆我读过的一些美丽而深邃的书，咀嚼着，感受着一种辉煌。我知道这是人生的一种时刻，或者说是一种机会。让我费解的只是它为什么偏偏更多地出现在这浓荫匝地的山野里？

这天我又欣然地迷途了。与以往不同的是天下起了大雨。我找到一处避雨的地方，平静地站在那儿。这还是生来第一次见到雾雨电怎样步步逼近深山。白色的雾气漫过了山尖，覆盖了高处的绿色，大山一下子暗下来。闪电急促地赶来了，耀眼的光环围着巨石滚动。白雾慢慢流泻到山腰、到山根，大雨接上哗哗地浇下来，由于电光和白雾的作用，大山看上去也像在撼动。满山满野无处不在摇曳、长吟。各种鸟儿急急地寻找地方避雨，一会儿工夫就有三只野兔跑来又跑走。我无法判断此刻满山的植物与生灵是高兴还是抱怨，不知道它们的心境。我只是想象：各种动物此刻大概全像我一样躲避起来了，全像我一样地注视着这场大雨。雷声隆隆的，远远近近响个不停。震荡、洗涮，一种漫无边际而又无法估量的力量在做着它自己的事情。山野上的各种生物观望着这一切，有时候一定会感到同样的费解吧。大家都一起经受、一起忧虑，也一样的无能为力。

我此刻躲在大山的一个小小褶缝里避雨，谁也看不到我，我是这样的微不足道。茫茫雨雾，层层山林，黑乎乎的葛藤，还有在雨中呼唤不停的各种动物,这一切都半点没有使我感到恐惧。一切都是那么自然而然地待在一起了。我想起了城里的朋友,你们此刻都在做些什么?在小屋里一边喝茶一边抱怨天气吗?手持雨伞等待二路电车吗?——三十多公里外就有一座熙熙攘攘的城市,那儿有无数四四方方的小房间,其中就有一两间是我的。我在那儿欢乐和痛苦,过着有意思的和没有意思的日子。而我现在是待在另一个世界里了,这个世界恰恰是因为拒绝了人、依靠着大自然的汤水慢慢调养,才滋润成今天这个样子。这真是令我无比震惊的又一个事实。这里封锁了四十多年,于是草木和各种动物才得以喘息繁衍,使大山变得无比繁茂。这种对比而产生的残酷意味是,我们人还不能与树木、与土地、与一切有生命的东西和睦相处。我们无论怎样精明、无论产生了怎样多的哲学头脑,从整体上看还是笨拙的和无理性的。我们中间有美丽的少女,有温柔的母亲,可是从整体上看还是丑陋和粗暴的。人与土地上的一切生命应该是互相帮助互相依存的,人——包括我自己有时也承认这个。可悲的是我们太自信、太满足于自身的力量了。随心所欲地规划、管理,丝毫也不顾及其他生命的自尊心,慢慢变得为所欲为。我们的确使荒山绿过,可也的确使一大片一大片的绿色消逝了。它们消逝了,有时候永不复回。这是人的失误,可世界上有的失误只允许有一次啊。

大雨下个不停。各种稀奇古怪的声音都从远远近近的地方传来,响成一片。这使我想到任何生物都会有语言。人的语言红果树听不懂,狼也听不懂;小狗永远地厮守在人的身边,也不过似是而非地听懂了那么一两句。可是大家都极力地去理解人的语言。而人却恰恰相反,他们断然否认除自己以外的任何生命会有什么语言。树木和花草怀着被误解的巨大痛苦，向人类不停地打着手势，乞求他们的宽容和谅解；各种动物远远地逃离着人，站在荒芜的山腰上注视着人的生活，偶尔发出亲切的呼唤。可人不是将这一切视为风吹草动，就是视为狂吠。他们相信语言只有一种模式，而且必须有声音。他们自己用语言交谈，获得了巨大的欢乐。人类当中有少女，有老人，有生也有死，各色各样。既有不断结识的欢愉，也有不断分离的痛苦，于是他们自成一个世界。他们不须与其他一切生命交往，不须任何形式的沟通，永远也不会感到孤独，但事实是这个人的世界也常常感到孤独，并且由于极度寂寞而躁动起来，疯狂地杀戮，血流遍地。人的鲜血渗在泥土中，滋润了树木花草，这倒具有了讽刺意味，也是人类始料未及的。

　　当我在生活中遭遇了不快而陷于极度烦恼的时候，我的母亲就对我说："孩子，到外面走走吧，别老闷在屋子里。"我听了母亲的劝告走出来，走到渠边或草地、或小树林中。我缓缓地走着。我的心情真的慢慢好转了。依靠这个方法，我终于一次又一次信心百倍地、舒畅地走回到生活中去了。我常常想这是为什么？这里面有什么秘密？现在我明白了，这是我与自然中的其他生命交流的结果。我们彼此无声地交谈过了，使用的是各自的语言。人类自身的痛苦折磨着人，人不能自拔。但一切事物都是旁观者清，如果换一个角度考虑问题，比如从树木的角度去考查人的痛苦，这种痛苦或许就不那么可怕，不那么必要。人是坚强的，但不是任何时候都那么坚强。人还有脆弱的时候。人也需要其他生命的安慰。人的内心世界是宽广的、丰富的，但不一定永远是豁达的。当你看到一些动物无忧无虑地玩耍和奔跑，你就不能不向往它们所独有的那种天然自由放荡流畅的境界。人难以有动物的天真，而天真对于一切人都有必要。一个人往往由于天真才变得可爱；而他自己，奇怪的是也往往由于天真而导致了深邃。

如果仔细观察，几乎没有一种动物的眼睛不是美丽的。有极少数可怕的东西完全是因为丑恶的品性而遮掩了它心灵的窗洞。我爱动物，我真诚地希望和它们交流、亲近。当我的这些念头有时在生活中闪现出来的时候，我的爱人偶尔也会提醒我一声，告诉我们常常去食物店里买鸡买鱼之类——我们像别人一样喜欢吃荤。我这时候常常陷于长久的沉思。我在这个问题上不是虚伪的，令我难过难堪的，是我常常走入这种永难解脱的矛盾之中。这种矛盾我相信是人类所共有的。勇敢的人不应该回避这个问题。我在经受一种生生分裂的痛苦。我不是那种多愁善感的书生，不是。我在想一个长久折磨人的巨大的命题。它不是出现在今天，也不是出现在刚刚开始的文明社会，而是与生俱来的。一想到这里我就有一种恐惧，一种小心翼翼。我怀疑人类的好多不完整不完美就是从这一类矛盾开始的。人没法回避这种矛盾，简直就像没法回避苦难！心灵深处不存在分裂，人才会真正幸福。可是怎样才会达到这个目的呢？也就是怎样才能在那种冷酷的提醒中身心坦然呢？我回答不出。我虔诚地相信这是在某一个角落里生活着的上帝才能够回答的。它是关系到人从哪里出发并向哪里落脚的根本性问题，我每一次想到它都感到了苦涩的战栗。

由此我还想到了作为一个生命的柔情到底意味着什么。我从雪白的小兔子身上看到了柔情，从绽开的花朵上也是如此。柔情简直无处不在，有时又好像永难寻觅。柔情与善良、与天生的细腻禀赋有什么关系？我不知道。我只是觉得它们常常连在一起，分也分不开。有人常常认为柔情之类只是存在于女人的身上或是生了孩子的女人即母亲身上，是我特别不能同意的。它属于一切生命，当然也属于人，而人是无须分男女老幼的。一个正常的人总会在一切时刻里去设身处地地体察外物，以一个生命的身份去宽容另一个生命。他会常常激动起来，怀着极度的虔诚和由衷的赞叹去抚摸他喜爱的东西。他的温柔绝对不会因为他的粗壮高大、因为他的满脸胡须而丧失。温柔应该像生命本身一样浑然天成。我不止一次在生活中看到这样的情景：在危急的关头或者严峻的时刻，在需要为真理和正义做出极大牺牲的时候，往往是那些满怀柔情的人首先挺身而出。相反总是那些惯以"男子汉"自居的人物临阵逃脱。这使我懂得了怎样去辨别真正的"男子汉"，也知道了温柔与勇敢之间常有的那种联系。勇敢可以来自一万个方面，但我敢说，它来自柔情才是真正的勇敢。这个世界太需要勇敢了，一切都需要守护。荒原、山岭和土地，比以往任何时候都需要人去保卫。从这个意义上讲，你才会理解作为一个生命的柔情到底意味着什么，理解这个世界上需要的温柔和勇敢原来是一样多。如果一个生命只为它自己活着，那么这个生命实际上已经死亡。因为生命总是与周围的一切密切联结才有实在的意义。再说勇敢。勇敢不一定是赴汤蹈火，或是冲锋陷阵，或是分明的流血和利益上的损失。从更高的意义上讲，勇敢是一种生命的真实实现。寻找真实，执拗地寻找，它的结果往往就是勇敢的行为。在内心深处承认并进而恪守一种东西，更需要勇敢。没有类似的勇气就看不到真实的存在，就看不到泥土。

比如此刻在雨中变得愈发鲜艳的那一片红叶树吧,你的美丽,你的激情,你的诉说,你的娇羞,你的摇曳,你的一切的一切,你的存在,我也只有这会儿才算真正地感到了,看清了。你此刻看到我在同一座大山里向你微笑、向你举起了右手吗?那是来自我的问候,人的问候。哦,红叶树,红叶树,祝你愉快,祝你幸福,就像现在的我一样。

  我明白我在这山雨中的激动到底意味着什么,相信它是人类反省的一部分。我在请求大山的谅解和同情。人只有走到大自然中才会知道自己是多么渺小、多么孤单。要解除这些心理障碍,也只有和周围的一切平等相处。人在人群中常常有恃无恐,在大楼中更是神气活现。如果他有机会支配同伴,也就变得更加傲慢和愚蠢。同样的一个人,他走到茫无边际的草原上,待在雷声滚滚的夜晚的大山里,就会发出哀怜的呻吟。这时候你能区分人是可怜的还是骄横的吗?都是,又都不是。他的一切毛病,实在是与周围的世界割断了联系的缘故。平心静气地想一想,高楼比起雄伟的群山就好比一处处蚁台;而人本身比起大地和海洋中的无数生命也仅仅是那么一点点。只相信自己、只依靠自己,事实证明就不能生存——不是不能很好地生存,而是绝对不能生存。危险的讯号不是一次又一次地发出来了吗?我们仍然视而不见。邢台地震,唐山地震,一座城一座城地毁灭,千千万万的生命一瞬间全部丧失,惨不忍睹。而在这之前就有那么些善良而敏感的小生命——它们中包括我们嘲笑过的"蠢驴"和一贯轻视的小鸟、任意宰杀的牛羊,向我们一再地发出呼号,预示那巨大的毁灭即将来临。它们仰天长啸,面对木然不觉的人类而痛心疾首、热泪滚滚。它们悲伤得不思茶饭。结果灾难很快就像它们预言过的那样来临了。一切在它们看来都是自然而然的。它们的呼叫对于一切不懂这类语言的人来说等于没有。人从来就认为它们没有语言。他自己这一类生命才有语言。可悲的是人的语言更多的用来称谓油盐酱醋，而不是预言灾难。动物从与人相处的那一刻开始，就开始了对人的劝慰和帮助。我宁可相信是这样。可爱的生灵，可爱的山野上的智慧，你们无灾无难吧，你们长生不老吧，你们仍然一如既往地提醒着人类吧，他们终有一天会听得懂你们的语言，并永久永久地感激你们的存在……我不知道这大山里生活了多少我熟悉和不熟悉的家族，我相信我会理解你们。我愿意在一生中去和你们不断结识。我将告诉我的女儿，让她也学会尊重你们、爱戴你们，我明白教育下一代有多么重要。我此刻还是真诚地恳求你们帮助人，一如既往，抛弃前嫌。我在这儿替所有的人恳求了，并在这大雨中为你们祝福了。我不知道这会儿有多少家族在山中避雨，狼、山兔、小草獾，大雨都淋湿了你们漂亮的衣衫吧？还有满山的花草树木，你们在接受着大雨的沐浴，洗去了一身尘埃。哦，我知道你们都在这雨中沉思，像我一样。我多么想知道此刻你们沉思了些什么？

雨在不知不觉中停歇了，闪出一片蓝天。脸上湿漉漉的，我也弄不清是雨水还是泪滴？我站在那儿，久久地不愿离去。我在心里问着：你们在哪里？你们躲在了哪里？你们在茫茫山雨中想了些什么？你们会告诉我吧？……

它不止一次地观察过大雨怎样来到了山里。所以它在这样的日子里从未惊慌过。它是一只叫"姆姆"的母狼，当云彩低得快要擦着"老人"头顶的时候，它就高高地喊了两嗓子，让远处贪玩的儿孙们快些找地方躲雨。"老人"就是在崖下长着的那棵老白果树,是姆姆最先给它取了这么个外号。姆姆两天前左腿骨就有些隐痛,于是它知道天空正孕育着一场雷雨。那天它嘱咐孩子们不要乱跑,不要跑得太远。大雨来到的时候,它突然又产生了把孩子们全部呼唤到身边的愿望,后来好不容易才把这个念头压下去。它知道它们都机灵得要命,这会儿早该躲起来避雨了,不过它还是有些惦念。没有办法,它老了,愿意牵挂事情,也变得絮絮叨叨了。此刻姆姆蜷曲在一块石板下,忧郁地望着一片迷茫。它有些寒冷,一次又一次把身子缩紧。如今怕冷怕热,在石崖上站久了身子就要哆嗦。这都是衰老带来的礼物,它不得不一件一件全接受下来。可是它不曾抱怨过什么。一切都是自然而然的,它知道如果连这些也不能忍受可就太过分了。这里的岩石泥土以及树木草丛都好得没法说。它知道在这里定居已经是十分幸福了。它后悔的只是没有更早地开始那场艰难的迁徙,没有更早地找到这块落脚的地方。它的童年和中年差不多都是在惊恐不安中度过的。母亲和父亲都在流离颠沛中了结了一生,死的时候皮包骨头。那一段生活是它一生中最不愿回忆的,只在特别的日子里才讲给孩子们听。

姆姆觉得有必要让后一代了解家族的历史。由于它的叙述,它们才变得不那么单纯了。可是它觉得它们还远远不够成熟——每逢闲下来的时候就这样想,此刻透过密密的雨帘,它似乎又望到了孩子们充满稚气的眼睛。一双一双眼睛,装不下苦难的眼睛。这些眼睛美丽得发绿,水莹莹的,夜间也闪闪有光。它看着它们一点点长大、变粗壮变浑实,呼唤一声,它们就回到身边来,嘴里发出顽皮的声音。后来它们常常跑离很远很远，去捕捉食物，去捉迷藏。姆姆对它们讲了很多，告诉它们什么是危险的或万万不可接近的。如果站在高处往下望，望不到麻雀或小石子，那就是太深了，千万不要逞强往下跳跃；如果遇到柔软的明亮如镜的一片，那就是水，不能贸然冲进去；遇到人 —— 孩子们当然很早就能辨认这山里这土地上这一切一切地方的主宰者了 —— 一定要快快逃遁，如果见他们手拿一杆长长的东西，那就必须尽快伏下身子，然后伺机逃离。特别是当那东西端起来瞄准的时候，那就万分危险了。那是枪！那是枪！那是罪恶的该诅咒的鬼怪器物！它会喷吐火舌如蛇样狠毒迅猛，飞到身上咬一个通洞，使你鲜血流尽而死……该说的都说了，姆姆怎么也想不到的是，它最小的孩子咕咕还是死于非命。当时咕咕玩累了，正躺在一个荫凉地方歇息，突然身后的山石发出崩裂声，一块巨大的石块就飞到了它的头上。

　　姆姆当时没有流泪。它此刻待在山石下避雨，回想起这一切的时候还有些奇怪。也许是眼泪流尽了，反正它那时十分平静地注视着天空。它当时觉得老洞山一片血红的颜色，连天空也是一样。在孩子们的搀扶下它走到了咕咕丧生的地方，认真地看了看那块巨石。它打量着四周，终于搞明白这是部队开山施工炸飞的一块石头，咕咕死于误伤！姆姆坐在地上哀鸣着，心中充满了怨恨。它还是没法原谅人，它还是没法使自己去宽容这一切。那天傍黑它蹿出了窝穴，全身的血都变得滚烫。它蹑手蹑脚地走近了部队营房，倾听着一片鼾声，嗓子一阵饥渴。透过门隙，它望到他们光洁的面庞和肩膀，当目光停留在他们小巧的鼻梁上时，它的心终于软下来了。它不愿让另一个世界的那位母亲难过。于是它久久地徘徊在营房四周。天傍亮时，它望了望东方的曙色，终于又愤恨起来，就冲进紧挨营房的栅栏里，发狠地咬死了一只羊。

那是人的羊。姆姆现在想起来还感到恐惧的就是这个。人的本身、人的一切所有物都不可伤害，这是它们家族里一条永恒的准则。一代又一代坚守着，不能违背，就是没有谁去怀疑一下它的正确性。人是至高无上的，姆姆的家族里都这样认为。可是它如今要问的是，太阳又是什么？无边无际的土地又是什么？还有更旷远莫测的蓝天、海洋……这些又都是什么？数不尽的星星呢？它不敢再问下去了。人如果真是至高无上的，就除非没有太阳和土地；而失去了后者，也就没有了前者——姆姆是靠简单的推想得出了这个结论的。土地使一切活着的东西立脚、太阳则给它们温暖。在一切事物中，如果抽掉了某个事物其他事物将不复存在，那么某个事物才是至高无上的；而对应着某个事物的这一切，则应该是平等的——姆姆被自己的推论吓了一跳。它们竟然与人平等了……姆姆鼻尖上渗出了一层汗珠。它又从头推想了一遍，并未发现什么错误。人的至高无上是他们自己决定了的，而这种决定的不合理性从根本上讲就在于他们忽视了太阳和土地。总之，自然界里存在着不少类似的误解和颠倒，于是与人有关的无数惨剧频频发生。谁来发现这些？谁来制止这些？姆姆认为依靠人本身当然是不能够的。那么它只能去乞求于太阳和土地了，因为太阳是大家的，土地也是大家的。

姆姆永远也忘不掉这个家族与人的一次次遭遇。那是一部血泪写成的历史。它记得半岁的时候跟上母亲去觅食，随着一群老老少少的狼在山梁上游荡。太阳变红了的时候，草丛里突然一声钝响，接着五六个人从四面八方蹿了出来。他们每人手里都拿了一杆枪，火舌就从枪口上跳了出来。立刻有三四只狼倒在地上，大家惊叫着逃命。这些人像凶神恶煞一般，有的单腿跪地瞄准，有的就站着射击。枪声惊天动地，一只又一只狼倒在地上。有的狼还躺在那儿喘息，立刻有人走过去补一枪。有的狼刚刚生下来几个月，那时吓瘫了，它的母亲惊叫着跑去搀扶，草丛里的人就跳起来，连老带少一块儿打死。鲜血冒着热气流淌在山崖上，染红了青草。姆姆也不记得它跟母亲是怎么逃出了火网的。只知道它们立在一块石头上，听着远处的枪声和哀鸣，全身抖个不停……类似的场景说也说不完，姆姆更不愿去想母亲和父亲丧生的日子。世世代代的围剿，世世代代的仇恨。后来它们终于明白了，人决心全部杀尽土地上的狼，一个也不留！他们只留下自己过生活，自己去享受天上的太阳！这未免太不公平了，也未免太贪婪了。人擅自给别的生物规定了悲惨的结局，说一不二。狼要逃脱这个结局比登天还难，它们只有拼命地逃窜——从一块土地逃到另一块土地，从一座大山逃到另一座大山。人在疯狂地砍杀树木，使土地和山岭变得光秃秃的，使它们无处藏身。它们跑呀跑呀，四条腿累得越来越细。姆姆就这么跟上一群陌生的狼，经过长达十八个月的流徙，才来到了林草茂密的老洞山。这里安静得简直不像人的世界，它们大喜过望。直到定居下来五个多月之后，它们才明白这是一处军事封锁区。

姆姆这之前不止一次暗暗观察过人类对狼群的藐视的目光。它对这些已经习惯了，但还是不能不气愤。这或许是包藏了他们决心剿杀狼群的全部理由。他们不止一次地指责狼的凶狠、残忍、自相残杀、没有教养——好像他们自己就多么善良、多么有教养一样。狼的没有教养及一切恶劣的方面是人所共知的，那么人呢？狼往往结伴围猎，当同伴倒下死去时，一群狼在饥饿时就把它吃掉。如果史书上不是笔误的话，那么高贵的人类也有过同样的历史。狼有自相残杀的时候，但如果凭公而论，人的自相残杀却远远超过了狼。他们对付狼的枪口就常常掉转过去对准同类。围剿狼时使用的只是步枪、双筒猎枪、绳网，而他们对待同类则常常换上了更有杀伤力的机枪、大炮；至于毁灭一切的原子弹和氢弹，则本来就是为人类自身准备的。说到这里也就可以明白了人的高贵到底在哪里、明白了人的有教养到底在哪里。说到饮食习惯，那更是几近荒唐。人吃鸡羊，没人说他凶恶；而狼食草兔，也就成了大逆——这一切到底是为什么？到底意味了什么？这难道是愤愤不平和简单的攀比吗？不，绝不！这起码是说明了，每一个物种都要经历它漫漫无尽的成熟过程；每一个物种都有它自身永远难以克服的弱点。这就是存在于整个大千世界中的悲剧意味。姆姆的心激越地跳动着，痛苦地闭上了眼睛。

它在想：我要求于人类的到底是什么呢？我有多少非分之想呢？我的愿望又在多大程度上能被人类所接受呢？这些艾怨和激愤、这些追溯和探究，又有多少意义多少道理？姆姆摇着头，一时回答不了，它的金色的眼睫毛上溅满了晶莹的水珠，长满了土黄色细绒的漫长脸上弥漫着惘然的神气。它极不愿回顾以往，可还是没法忘记那一切。因为历史与现实紧紧连在一起，这二者之间还夹着一种东西，叫作"经历"。整个家族千万次地喊出了"平等"的呼声，它则认为这是越来越不可能实现的了。要紧的只是生存，是生存的权力。真要说到平等，那么活动在茫茫原野上的狼与人的关系，就不是高级动物与低级动物的关系，更不是人与动物的关系，甚至也不是一种动物与另一种动物的关系。而是地球上的一种生命与另一种生命的关系。这才是真正的平等。这样的平等虽然永远也不会成为什么准则，但我姆姆只要一次，让大家都在土地上喘息吧，让大家一块儿分享氧气。一个物种没有必要将另一个物种赶尽杀绝，它只想获取上帝分配给它的那么一点点，一点点而已。

狼还没有绝种，但只剩下了原来的几万分之一。姆姆就亲眼见过一个又一个物种的彻底毁灭。它们的灭绝无一例外地全都与人有关。人们在闹市和郊区日夜焚烧和熬炼着什么，如林的烟囱喷吐着毒雾，无数的生灵很快就窒息了。人们还日夜不停地淘洗着什么，流出的脏水臭气熏天，直接汇入河流和海洋，使庞大的水族急剧衰落。机器日日怪叫，地底、地表、空中，到处都是这种震耳欲聋的声音，很多生灵不堪忍受，最后七窍流血。各种动物只得像狼一样不停地逃窜，疲于奔命。可惜安身之地越来越少，它们都从不同的方向汇拢到一个绿色的角落里，惊恐不安地等待着那最后终会来临的全面围歼。用什么办法才能回避这个可怕的结局呢？去劝阻？或是利用极少数与人类关系密切的生灵比如狼的近亲——狗去游说吗？这都无济于事。狗们早已失去了自由的个性，为富不仁，更多的是故意装出一副嫉恶如仇的样子。再说人类与大千世界中的一切都不能对话，即便人类本身也常常由于民族不同而语言隔绝。语言，还是语言，除此好像再也没有其他途径了。姆姆记得好像人类只在一种情况下容忍过狼的存在，那就是让它们生活在动物园的铁栅栏里面。这是一个物种生存遗留下来的唯一条件。可是，姆姆要说的是，它们这会儿已经不是狼，我们不认识它们。我们更愿意认为它只相当于人的一件器物，比如烟斗。

美丽的小儿子咕咕死去已经半年多了，姆姆直到现在想起它蓝莹莹的眼睛还要流泪。一颗母亲的心在颤抖，这颗心的悲伤与其他生命的悲伤没有什么不同。这是一颗母亲的心——世界上生活着多少愉快的和不愉快的母亲。姆姆相信每个母亲都有相似的感触和经历，如果可能的话，母亲之间会有很多共同的话题。它亲眼见过一位脸膛红润的年轻母亲领着她两个可爱的孩子从田间小路上走过；一只母鸡呼唤一群团绒绒的小鸡；一只大刺猬和几个猴精的小刺猬；一株野麦草亲昵地伸手抚摸它身边刚生出的几株小野麦草……形形色色的母亲，无穷无尽的母亲。让我们这些做母亲的达成新的谅解吧，我们有权力让后一代和气地相处。因为土地上常有不测风云，无论是大雪封山的日子，还是像现在这样的雷鸣电闪，我们做母亲的都要怀孕，都要哺育，都要牵挂着孩子们一寸一寸长大、长高……听我再说一遍吧：让我们这些做母亲的来达成新的谅解吧？

姆姆的胸脯急剧地起伏，两手一次次绞拧着。大雨变缓，透明的雨丝渐渐像针一样细了。姆姆大口地呼吸着，从石隙里站起来。它最后想到的还是小儿子咕咕。"我的孩子——"它大声呼唤着，湿漉漉的山野都听见了。

山崖下的那棵老白果树一迭声地咳嗽。深秋的雨水有些凉，它年纪大了，多少有些受不住。老洞山里没有什么活物比它的年纪更大，连它自己也不记得活了几百年了。大山的荣辱兴衰都记在心里，那里装了一部活生生的历史。可爱的雨水细细地冲刷着身上的灰尘，它这时候还算快活的呢。一个生命老了就往往被误解,连晚辈也要说它脏气。它的肤肌多皱,没有了光亮,颜色灰黄,可这是真色儿。老皮像石片子那么厚壮,抵御了多少风霜。年轻的树木没法理解它,它们实在太稚嫩了。雨前一些路边杨树曾经不停地抱怨,说行走车辆碰伤了它们的身子。一连几天的吵嚷,它的耳朵都快震聋了。有什么办法?谁能够保护谁呢?在这山上,也许只有人才是决定大家命运的真正主人。几百年来都是如此,它相信今后的日子里也只能如此。雨水像瓢泼一样,四周的树木发出欢快的呼叫。远处那些伤残的杨树被雨水冲洗了伤口,痛苦不堪,于是其他树木才慢慢沉默下来。老白果树记得这是它所度过的最沉闷的雨天。它的眼睛哪里也不想观望,这时干脆就合上眼皮,打着瞌睡。

它当然睡不着,还老要咳嗽。四周不时有几棵树发出埋怨声,也搅得它心神不宁。这些年轻的树木不懂得忍耐和宽容,话语尖刻,其原因就是它们经历的还太少。它们记住了什么?它们看到了什么?它们知道很久以前山岭的颜色以及雨水和山泉的味道吗?当然不知道。老白果树发出了一声叹息。它记忆中这差不多是老洞山最好的时候。这座山有一百多年是光秃的,有一百多年是贫瘠的,几百年间烧了两次大火,闹了无数次旱灾,闯进来数不清的伐木人。你如果在深夜里望着冲天大火把山都烧红了,听着树木揪心的惨叫,会是什么心情?百年大树、刚生出来几天的小苗,都在这场大火中活活烧死了。你如果亲身经历了长年的干渴、眼看着自己的枝条血脉不通,只剩下心窝里的一丝水汽了,你又会想什么办法活下去呢?这一切都是真实的事情,作为一棵树本来就没有什么可惊讶的。记忆中,满山的树木比起那些会移动的生命来就可怜得多了,它们一动不动地等待着雷击、山火、人的板斧,连小如叶梗的毛虫也日夜啃咬。它们十有八九死于非命。这就是树木的历史。

为什么绿色的生命偏偏是短促的?老白果树想了几百年,百思不得其解。谁都知道它们离不开土地,离去了就会死亡,但究竟又有谁发现过这样一个普通的道理:土地失去绿色也会死亡?土地上一切会移动的生命与绿色到底是怎样的依存关系?绿色给地球提供了多少被称作"氧气"的至关重要的东西?这些都没谁去思索。树木家族是最先在泥土上安家的,它与任何生命都可以和平相处。但奇怪的是人类对树木的依赖性最强,却偏偏表现得最不肯相容。在"垦荒"的美名之下,一片又一片树木被砍伐,连小草也给烧成灰烬。结果失去了绿色的土地真的荒芜了,连人类自己也没法挽回。事实上,哪里林木葱茏,哪里的人类就和蔼可亲、发育正常。绿树抚慰下的人更容易和平度日,享受天年。土地的荒芜总是伴随着人类心灵上的荒芜,土地的苍白同时也显示了人类头脑的苍白。这之间的关系没人注意,却是铁一般坚硬的事实。树木与阳光、空气、土地的关系,比任何其他生命都来得更亲近。它身上才蓄满了它们的原气原色,然后又把这些极为珍贵的东西传送给人及其他。它含蓄冷静,自然挺立,默默地使女人更温柔、男人更勇敢。它们是真正具有灵性的扫帚,不断地扫去自然的尘埃。没有树木,世界早就堆满了垃圾。

老白果树历尽了辛酸,仿佛什么都可以忍受了。它不知多少次感到了失望和沮丧,可还是强忍着活下来。它一动不动地站在崖下,站立了几百年。它不断地埋怨上帝:你给了我生命,可你没有给我行走奔跑的权力。我在这世界上生活着,同时也就是等待着。你让我等待什么?你从来不管我有多么孤寂。只有风声将千里之外的坏消息不断传送给我：又一片森林失火，又一片树木被伐。我多么喜欢任何形式的生命走近我，想亲手去抚摸小狼崽子、小沙狐、小兔子；我见了人们走到我这儿来，总是微笑着，老远老远就向他们打招呼。可我还是忘不掉这样的事情：我向他们招手，他们却伸出了斧子。有一次我孤单地度过了一天，傍黑时有一个小孩子身背草篮从身边走过，我高兴地挥手与他呼应——他嘬着嘴走到跟前，站了一会儿，猛地折断了我一根手指！还有一次我愉快极了，正跟落在我胳膊上的一只红鸟交谈，想不到有一个人悄悄地凑近了，"砰"地就是一枪！红鸟就死在了我的怀里，鲜血啊，沾了我一脸一身……那时刻我真的流泪了，老泪纵横，眼泪一滴滴洗着彤红的血。人哪，人就是这样的与他四周的一切相处。树木为人做出的牺牲还少吗？结出果子献给他们，用自己的身躯为他们盖房子遮风雨，还化为桌椅板凳和木床。一代一代的人都懒洋洋地躺在木床上，休养生息，做一些美丽的梦。他们出生在床上，最后也还要死在床上。通过一张木床，不是更可以理解人类与树木的关系吗？

　　树林常常使闯进去的人感到恐惧。不过那不是树木的过错。它还常常让人迷路，那又完全是树木亲近人类的一种方法。它们无时无刻不想与人类结成亲同手足的关系，每到了有人伸手抚摸的时候都激动万分。老白果树记得，曾经有一个少女待在它的身边，它闻过她温暖的气息。她到后来曾将丰满的胸部贴在了它的身上，它感到了一颗朝气勃勃的心脏的跳动。老白果树至今回忆起那一幕来还感到一阵幸福。是的，它与人亲近过，并且自己也终于活了上百年。似乎它已经没有权力去指摘什么。

但老白果树要说的是，它究竟为什么得以挺立在山崖下？那是几百年前的事情了，那时山崖下有一座小庙，人们来庙里烧香，乞求神灵的保佑。后来庙毁了，只剩下了白果树，于是人们就以为这是一棵"神树"。老白果树想到这里就感到了苦涩。它要面对整个绿色的世界大声疾呼："我是一棵普通的树！"一棵普通的树——又一棵普通的树——千千万万棵普通的树——组成一片绿色的海洋。啊，海洋，覆盖泥土，整个世界都因此而鸣奏出森林自己特有的音乐，经久不息。人类、百兽，一切的一切，都在这音乐声中走进和平与幸福……老白果树每一根枝条都激颤着，像个年轻的小树一样浑身摇动起来。人们啊，你们实在没有权力拒绝一棵普通的树，就像大自然没有权力拒绝一个人一样。树木有血液和生命、会呼吸，毫不夸张地认为，也有自己的血统、种族和尊严。人们有时也特意在房前屋后种一两棵树，可那只算作一种装饰。你能通过这一棵树去唤起对整片森林的激情吗？人类的疾病千奇百怪，这其中有的就与疏远绿色的世界有关。人类的绝症已经不能依靠人类自身去根除，他要达到目的，就必须走进大自然中，平心静气，伸出他友谊的双手，与大自然里无数的手臂连接起来。让我们手携手地去享受阳光、空气，肩并肩地去度过属于我们自己的日子吧。到了那时候，我们啊，就会一起生活，一起歌唱。我热爱的人们啊，你们美丽，你们神圣，你们就是我们。你们的交谈就是我们的交谈，你们的生育就是我们的生育，你们的奔跑就是我们的奔跑！

　　老白果树一遍一遍地搓揉自己的眼睛，费力地抖去身上的水珠。雨水由大变小，后来就完全地停息了。

天空闪出一片光亮，山中的雾气缓缓地往上升去。一道漂亮的彩虹出现了，接着满山满野都是愉快的呼叫。

"嘎呀——！""嗬咔！嗬咔！……""啦——沙——！""姆姆——咕咕——"……

一万种声音也不止。多少生命。

一个人从浓绿浓绿的、尚且滴着水珠的藤蔓下走出来，两眼闪亮地盯住了天上的彩虹。"彩虹如桥！"他小声地自语了一句。

"哎——罗——！"远处有一个脆生生的声音在呼喊。

那个人知道又是小战士在喊他，就用手做成喇叭筒，学对方喊了一句。满山满野，多少生命在这喊声里笑了，大家一齐模仿他的声音喊了一嗓子：

"哎——罗——！"……

一九八六年十月至十二月

美妙雨夜

在七月快要结束的这个夜晚,我怎么也不能入睡。天有些闷热,汗水正悄悄地浸湿我的蓝色条杠背心。窗户敞开着,可是没有一丝风。这个夜晚出奇地安静。我在床上翻着身子,小床不断地呻吟。隔壁没有一点声息,爸爸妈妈都熟睡过去了。

一个人久久不能入睡而又渴望入睡,那会是多么烦躁。一阵阵热浪从身体内部涌出来,与周围的热气融汇到一起。屋内屋外都黑乎乎的,这夜色也因为闷热变得越来越浓、越来越沉重了。从窗户上望出去,看不到一点星光。在这安静的时刻里,我似乎期待着什么。

这样的夜晚本来是最容易入睡的。学校放了假,大家一拥出校门就全都无忧无虑了。白天在河滩、在田野上,有玩不尽的新把戏。我甚至偷了爸爸工作用的罗盘和望远镜,跑到很远的地方去。夜里总是很疲劳,从来不记得还会失眠。这个极其例外的夜晚好像在故意折磨我,我想天亮后遇到伙伴们,第一句话就要问他们睡得怎样。

我闭着眼睛,使呼吸变慢变匀,这样也许会出现转机。但我的脑海里总是闪过一片片田野。七月的土地是灼热的,一望无际的麦子收割了,到处是闪亮的麦茬。一个接一个的大麦秸垛子耸起来,像一些肥嫩的蘑菇。白杨树挺立在路边,油绿油绿的叶子哗哗抖动……

窗外有什么"啪达"响了一声。随着这响声，脑海里的一切倏地飞去。我屏住呼吸倾听。又是一声。接下去，大约每秒钟都要响一下。"下雨了"，我心里愉快地喊了一句，同时也知道了这个夜晚里久久期待的是什么。

仰躺着，默无声息地捕捉那又大又圆的雨点真让人快乐。我仿佛看到碧绿的、椭圆的小水球从高高的天空跌落，碰到地面又弹了起来。它落到麦茬地上，麦茬儿颤抖着，像丝弦一样被拨响了。它击在石板上，腾地一下反弹到高空，发出了"当"的一声脆响。

雨点异常沉着地落着，并没有像我预料的那样渐渐变急。但是空气明显地凉爽了，甚至有一阵微风从窗口吹进来。

我从床上坐了起来，穿上鞋子走到窗前。这样站了一会儿，又想走到外面去。这个姗姗来迟的雨夜不知怎么那样诱人，我真想在疏疏的长长的雨丝间走一走。

雨点仍在沉着地落下来。一个雨点打在了窗外的水桶上，发出了猝不及防的一声巨响。我似乎想到，随着这一声鸣响，午夜悄悄地从它的标界线上滑过去了。新的一天开始了。我毫不犹豫地从窗前离开，蹑手蹑脚地走到门口。

屋子外面果然清凉多了。雨点落在我的耳朵上、手上。我好几次仰起脸来，想让它落进眼睛里，试了好久都没有成功。当这雨水把头发和背心全都弄湿的时候，那又该多舒服！这个夜晚我心中像有一团火药。

我大口地呼吸着，缓缓地向前走去。到哪里去呢？记得不远处是一个打麦场，旁边有一条干涸的水沟，有一排高大的白杨。它周围就是望不到边的麦茬，太阳出来时，麦茬就闪闪发光。

雨点越来越大、越来越凉了。土地在雨滴的拍击下散发出奇怪的味道，直熏鼻孔。一种甜甜的气味在四周弥漫，我知道那是枣树被雨水洗过后发出来的。一阵浓浓的香味飘过来，我眼前立刻出现了一片迷人的红色——榕花树的无数花丝沾上了晶莹的水珠，水珠溅落下来，碎成无数的屑末。不远处的麦秸垛也送来清冽的香气，多少有点薄荷味儿。那是新的麦草的气味，是这个雨夜里最厚重最使人沉醉的。夜色隐去了一切，但我感到脚下越来越辽阔了。如果低下身子，可以模模糊糊地看到泛白的麦茬，那时麦茬间的青草也看得到；用手去抚摸热乎乎的泥土，正好会有一只蚂蚱跳起来，劲道十足地撞一下手背。田野的气息越来越浓烈了，它不知为何使人老想放开喉咙呼喊点什么。我伸手摸了一下头发，头发湿漉漉的，我终于被雨淋湿了。

我在雨中尽情地走着。如果没有夜幕遮掩，那么很多人可以看到，在平展展的田野里，正有一个少年，他满面欢欣。这个夜晚，田野与我是那样的接近。我只是走着，好像什么也没有想。无边的夜色，以及夜色里的雨丝和土地，在这一刻全属于我了。我可以奔跑，也可以像雄鹰停在空中似的一动不动。如果我伫立在那儿，就能感受到一颗心快乐地跳动。老师讲，心像一个人的拳头那么大，又像含苞待放的花朵——此刻这花瓣正颤颤地张开，沾上了透明的雨滴。

黑魆魆的白杨树就在不远处，我迎着它们走去。贴在凉凉的树皮上，把身体挺得像它一样直。这儿靠近了打麦场，麦草的清香一阵阵漫过来。树下是不久前还在不停转动的石砘子，这会儿被雨水淋得又冷又滑。我像骑一匹小马那样骑在了砘子上。

雨水的声音十分清晰。白杨叶上也响着雨水的声音。干燥的、已经使用完毕的打麦场有千万条裂纹，小小的水流就从这纹路中渗进去。微微的风贴着潮湿的泥地吹过来变得更熏人了。我的肺叶里灌满了湿润的风，这时就蹬动两脚，使石砘子缓缓地转动。

石砘子从杨树下转到打麦场中央的时候，我好像听到了一阵脚步声！后来，我看到有一个人——一个模模糊糊的影子，犹豫了一会儿，然后向这边走来。我站了起来。

那是个细细的、不太高的影子，我一眼就看出是一个姑娘。

我原以为她是伙伴当中的一位，可她开口说话的时候，我听出是完全陌生的声音。

"你一个人在这儿玩吗？"

我点点头："是的。下雨了，在这儿玩真好……"

"天热得人睡不着，我就出来了——我想让雨全身淋湿了吧！"她说着，差不多要笑出来了。

我觉得她和我差不多的年纪，或者比我更小。她是完全陌生的，我越来越肯定了。在我们这个工区里，常常有人调来调去，出现一个新的伙伴完全不是让人吃惊的事。我甚至感到，她在这个雨夜里像我一样睡不着（我想象得出她在床上翻来覆去的样子），要到外面走一走的愿望也是太合情合理了。我们真是一对自然而然的伙伴。

接下去有一分钟之久，我们都站在那儿缄口不语。但我知道她这会儿像我一样，因为在田野里意外地遇到一个人而高兴极了。夜色使我们互相望上去都朦朦胧胧的，也许这样更好吧。我想她此刻看到的会是一个比她高、比她壮，留着一头短发的男同伴。她看不到我鼻子两侧的几个雀斑，这真得感谢老天。我也在这时候端详着她。我发现她比我第一眼看到的要粗一点点，是个胖嘟嘟的姑娘。尽管有浓浓的夜色，还是遮不住那一对又大又亮的眼睛。我似乎还看到了两排长长的、向上微微翘起的睫毛。

"真想不到能遇上一个人，我原来想自己走一走，让雨淋一淋……"她首先打破了沉默。

我高兴地说："我也是这样想。真的想不到。"

她往前走去。我走在她的右边。

雨还是稀稀疏疏地落着。这雨太好了。我不相信这个夜晚雨会大起来。她不时地伸出手掌去接雨点，脚后跟常常跷起。我没有像她那样，那已经完完全全是小孩子的动作了。她走到我刚刚站立了一会儿的那棵大杨树下，伸出小巴掌去拍打它。她试图拍下叶子上的积水，可惜没有那样的力气。我教她一块儿用脚猛力去跺树干，一阵水滴哗哗地浇下来。"啊呀！哈哈……"她抱起双臂，快活地叫着。停了一会儿，她问：

"你喜欢白杨树吗？"

"喜欢……"

"我们那会儿，"她仰脸看着黑漆漆的树冠，"就是春天的时候，把白杨胡儿塞在鼻孔里……"

我想到她每个鼻孔垂下一条白杨胡儿会是什么样子，就笑了。我问她：

"你喜欢柳树吗？"

她想了想，说："喜欢。"

她想了一想才回答，说明她是很认真的。可我回答她的白杨树时什么也没想。一阵小小的惭愧从心头掠过……我开始说柳树：

"秋天，我们到柳树林里去玩，采黄色的柳树蘑菇。"

"多好啊！"

"我们还躺在白沙子上，从树空儿里去看太阳。"

她看着我。夜色里，我觉得她在微笑。

我没有再说柳树，很想换一个话题。正这样想着时，她问了一句：

"你常常看到大海吗？"

这儿离大海只有六七里的样子，我们今夜就站在海滩平原上啊。冬天的午夜里，如果狂风怒吼起来，躺在床上也可以听到海浪的声音。大家在这个夏天每隔几天就要跳到海里一次，身上的皮肤就是被海水弄红的……我真高兴她谈到了海，我点头说：

"嗯。你呢？"

"我前几天第一次看到海。真大——你不觉得奇怪吗？"

我需要想一想了。我承认从来没觉得这有什么奇怪，海嘛，本来就是大的。我回答："没有觉得奇怪。"

她点点头："是的。可能你从小就见到了海，现在早忘了当时是怎么样惊奇了。"

"可能是的……"

"我们沿着这排杨树再往前走好吗？"她商量着，和我一块儿走着。我觉得她走、说话，一切都是那么平静柔和，我想起自己平时与伙伴们吵吵嚷嚷的，多少有点不好意思。她接着还在谈海："我站在大海跟前，不知道该怎么看它才好……"

我不太明白，只好听下去。

"它太大了，可伸手又能摸得着：它是冰凉的。望也望不到边，瞧瞧，这就是海。我面对大海想了好多，我甚至想过：我一定要好好学习。"

我站住了，因为我不能同意她这样去想。我问："为什么要这样去想？"

"因为海太大了，我太小了。我这么小，如果不好好学习，不懂很多知识，我还有什么意思？我说不清，反正那会我想过这些。"

我差不多能同意她的想法了，就痛快地告诉她："你说得真好。我明白了你的意思……不过，"我突然想问问她最喜欢哪门功课，也许和我一样？我说——"你喜欢运算吧？"

她用力点点头。

我有点失望。但没等我表示出来，她又说："我更喜欢作文。作文课之前，我把笔灌满墨水……"

我兴奋地打断她的话："对。我们要用整整一页纸描写自然景物，让老师吃惊。"

她惊喜地笑着、应答着："就是啊，就是……我还有一次写鸽子的脚：'粉丹丹的小巴掌儿……'我这样写呢。"

我不得不满怀激动地告诉她——我也这样写过鸽子，几乎一字不差。天哪！我屏住了呼吸，眼睛一动不动地盯着她，竭力想看清她的脸、她的鼻子和眼睛。可惜没有光亮，这做不到。此刻我离她那样近，并且一直感到她在平静地微笑。我敢说我们这样谈到天亮，哪怕谈遍天底下的一切，结论都会一致。这真是太奇怪了，可又是真实的，是完全感觉得到的。我这样想着时,她又往前走去了。我稍后一点走着,这样就看到了她在微风中活动的有些鬈曲的长发和小肩膀。肩膀上有两条带子。她穿了背带裙子。我觉得这裙子是蓝色的。这时候,一股特别的、从未闻过的香味涌过来,它不同于榕花树的气味,也不是新鲜的麦草温吞吞的清香——我相信这是从她的长发中飘散出来的。她用手撩一下头发,向我转过脸来。我与她并肩走在洒满雨丝的田野上。

我们不知走了多久、多远。我相信很大很大一片泥土上都有了我们的脚印。在迈过那条干涸的水沟时,她歪了一下,我赶忙去扶她。她的身体那么轻盈,只借了我的一点手力就跨上了沟岸。我们都想在铺满麦草的沟边坐一会儿。这时候我们又谈了无数事情,星星、月亮、钢笔,还有小刀。她问我最喜欢什么季节。我告诉她:秋天。

"树叶哗哗落了,你还喜欢吗?"

我赶忙解释:"不,我指树叶最茂盛、最绿的时候,这时候有多少果子……我最不喜欢秋冬交界的那一段日子。"

她不作声。

"不对吗?"

她声音颤颤地说:"对。太对了!我就这样想……我们想得多一样啊!……"

她还告诉我她喜欢清早跑到果园去玩,喜欢额头上有一块白色花斑的牛和刚刚发胖的小猪,喜欢不刮胡子的老师,等等。一切都与我想的一样,但我没说。我已经不像一开始那么惊讶了。我只希望这个雨夜无比漫长才好。

可也就在这时候，雨停了！

我们都知道如果不是有云层遮盖，天也许会微微放亮了呢。她站起来，向我伸出了手。

"再见！"我首先说。

她用力地握了握我的手，走了。

地上的麦茬不断将水珠溅起来。我一路听着脚踏麦茬发出的"吱吱"声，往回走去。这会儿的空气已经像早晨的了，尽管天还是那么黑。就像刚刚出来时一样，我大口地呼吸着。

屋子的门虚掩着。我小心地进去，先用枕巾擦擦头发，然后躺在了床上。我相信爸爸妈妈什么也没有发现。我想朝霞和睡意很快就会一起降临，让我趁这之前的一点宝贵时间好好地想想这个夜晚吧！

只是一会儿，我就接连打起了哈欠。我记得最后想到的是：妈妈，可不要喊醒我，不要打断你儿子甜甜的梦。

这是七月里的最后一天了。夜里照例十分闷热。这座城市的七八月份永远让人诅咒。我要在这个白天乘长途汽车出差，晚上想着那拥挤的车厢就格外沮丧。早晨，当我背着旅行包走下楼梯、踏上街道时，第一个感觉就是十分清凉。再看看四周，人也很少。我觉得这一天似乎还不像想象的那么糟。

乘市内交通车到了车站，然后顺利地上了一辆待发的长途车。这辆车出奇地空，再有五分钟就要开车了，可乘客刚刚坐满一半位子。今天的车显然不会再拥挤了，我心里立刻高兴起来。

马上就要开车了,最后上来的是一位三十多岁的女同志,领了一个四岁多一点的小男孩。她上车后四下看了看,微笑着在我的邻座坐下。那是一个空着的双人长椅,她放了棕色小皮包,让孩子坐好,然后自己坐下来。她与我隔了一条半米宽的小通道。

汽车很快地穿越了市区,在郊外的田野上奔驰。清新的风从车窗吹进来,一下子拂去了那座城市带给我们的全部烦恼。公路两旁的麦子刚刚收割,新长起来的玉米苗儿和麦茬一同待在田垄里。远远的地方,一头牛、一只羊,还有笔直傲立的树木。由于不久前刚下过一场雨,略微泛湿的土皮上又长出一层茸茸绿草。这时候早晨的薄雾还没有散尽,远方的村落迷迷离离。原野上有人在呼喊,那喊声好像隔在了一架山的后面。汽车在平坦的路上轻松行驶,早晨的风越来越凉爽。我慢慢知道这会是一次愉快的旅行。

邻座的女同志不断地伸出手,向她的孩子指点着外面的景物。她说:"那是马车,那是狗……看到了吧?一只蜻蜓!"

当一轮鲜亮动人的太阳出来时,正好她一转脸看到了,就对孩子喊了一声。孩子久久地伏在了窗上。她似乎意识到刚才喊那声太响了,这时就有些不好意思地看了我一眼。

车厢内充满了朝霞的颜色。

她的一只手搭在小男孩的肩上,温和沉静地坐着。那个小男孩长得很神气,老要不安分地站起来。他的黑黑的眼睛不断地看着车里的人,把所有的人都看遍了。他的目光更多地落在我身上,那双小男子汉的眼睛流露着一丝得意和顽皮。他一边用眼瞟着我,一边小声在妈妈的耳边上说了一句什么。妈妈咬着嘴唇笑了。那句话显然是关于我的。

任何人只需一眼就可以看出小男孩是她的孩子。她的眼睛也是那么大、那么亮。她的脸庞有些红，像是有一丝永远也褪不掉的羞涩。那脸庞还给人一种火烫的、青春勃勃的感觉。她已经有一小点胖了，但这反而使她更温柔、更像个母亲了。她坐在那儿，显得那么洁净，就像我们所拥有的这个早晨一样。她穿了雪白的上衣，一条棕黄色的、做工极其讲究的裙子；一道小小的暗绿色硬塑拉链一丝不苟地拉合了，腰身和臀部显现出柔和的曲线。她的另一只手掌常要去抚摸车座扶手，那只手很小，指甲盖像小孩子的一样光亮；手指根上，有劳动留下的茧子。

"叔叔……"小男孩又在她耳边说我了，但听不清在说什么。

她不好意思地转过脸来，说："你看他多调皮。"

她的声音低低的，显然不希望更多的人听见。

我说："他很让人喜欢。我的孩子也这样闹，有时向客人做鬼脸。"

"你的孩子多大了？"

"和他差不多。"

"男孩吗？"

"男孩。"

她的手从孩子的身上拿下来，身子向我这边侧了侧。这时小男孩索性伏到她的后背上，一双眼睛专注地看着我。我差不多被小家伙盯得有点不好意思了。她握住孩子的一只手，对我说："独生子女都这样。他们什么都不怕……将来走向社会呢？也什么都不怕吗？"

我笑了。我想象不出由下一代人主持的生活会是什么样子。一个个洒脱干练的、什么也不怕的小伙子从各自的门口走出来，走上街头，不是也挺来劲的吗？我说：

"但愿他们都长成些好小伙子。"

她满意地看了看孩子，让他坐到位子上，然后又从皮包里取一个东西给他玩。她的身子完全转过来，这样谈话就方便多了。她望了望窗外，看着一棵棵闪过的树木，说："今天坐车算是舒服的。这些天给热坏了，老盼着出来，可又怕坐车。"

我点点头："那些楼房挡住了风；还有柏油路，太阳晒一天，气味很难闻……"

"我一出来就高兴，你看，一眼可以望多远。我想人要老这样才好呢。"

"人就好比植物——它栽到盆里也能活，可让它长在田里不是更好吗？"

她抬头看着我，眉毛活动了一下，说："瞧你比喻得多好！真的是这样。我想你一定喜欢到野外去玩，是吧？"

"是的，我业余时间常常走得很远，到河上钓鱼……"

"钓过大鱼吗？"

"没有，它们最大像手掌这么长。"

她高兴地说："那也好啊！我没有钓过鱼，不过那该多有意思。"

我告诉她在城市的西北方有一条小河，比较远，要坐市郊车或是骑自行车去。她叹息了一声，说要会骑自行车就好了——她不会骑车。

我说："那就坐车。我也不会骑车。"

她看了我有好几秒钟，说："真的不会？"见我点头，又像是有点替我不好意思。但只是一会儿，她又谅解地笑了。

小男孩没有声音，原来是瞌睡了，头歪在妈妈的背上。她给孩子正了正身子，把他手中的东西取下来。汽车正驶在平坦的路面上，非常平稳。她继续和我谈话，声音还是低低的。我们都谈到了这座城市近来的一些恼人的事情，谈到了新出的一些电影和几本书，还谈到了一些其他琐事。我知道了她是一个生活得十分认真的人。她说：

"当我工作中遇到不顺心的事，哪怕是很小的一件事，有时也让人很伤心——我会一下子联想到好多别的事。难道不让人失望吗？我们本来是好心好意地走到这个世界上来了，可是……"

她咬了咬嘴唇，没有说下去。我知道她的意思。"好心好意"几个字使我心头一抖——是啊，多少人在这样过生活……还有必要历数那些不快的事情吗？我全都理解，全都明白。我看着她，没有说话。好像我们相识很久了似的。

她好长时间看着自己的手掌。我也没有作声。又停了一会儿，她抬起头，望了望远处的原野，说：

"有一次我的情绪简直坏透了。我想一个人到外面走一走才好。开始我想让爱人陪陪我，后来还是自己来到了公园里。那里没有什么人，我在草地上走了一会儿。后来——每一次往往都是这样——慢慢平静下来，觉得好像也没有必要这么丧气……天很晚了，我尽快地走回家去，我想起爱人不会烧菜……"

她说到这儿笑了笑。

我感到惊讶的是好像她在说我！真的，她平静地叙说的，好像就是我的情形。我也曾多次用类似的方法去平整心中的皱褶……我看着她，没有作声。

她似乎已经意识到应该谈点更轻松的话题，这会儿想了想，说："我这人喜欢一些小动物。我们家总养点什么。现在有两只鸽子，其中一只是白的……"

我喊了一声，打断了她的话……我想说什么，但话到嘴边又咽了回去。我想告诉她这真是巧极了，我们家也有两只鸽子，并且也有一只是白的！但我没有说，我不想说。

我看着她，又看看熟睡的、夹出了一溜儿眼睫毛的美丽的男孩。她大概有三十五六岁的样子，可是没有什么皱纹。那张明朗的火热的脸庞会给一个家庭增添多少温馨。我想象着她穿了这条漂亮的、有着塑料小拉链的裙子，在那儿操持家务的样子。我们都侧着身子坐着，彼此离得很近，我差不多已经感受到她温暖的呼吸。

汽车飞速奔驰着。车窗的风大了一些，不断将绿色的窗帘扬起来。这是一段起伏的路面，车子一会儿滑下一会儿跃起，像一条轻盈的游船。车上有不少乘客倦倦地闭上了眼睛。司机的右手从方向盘上移开，在一旁的几个旋钮上活动着。一阵音乐轻轻地、像微风那样飘过来。这音乐先是纤细、轻松，渐渐又变得火一样热烈。

音乐盖过了马达的鸣唱。

我看到她的脸庞稍稍向一旁转了转，那双明亮的眼睛里，有什么在跳荡。

音乐渐渐缓慢，正一丝一丝地走向深沉和舒缓。

她的睫毛垂了下来。

我把目光转向一边,眼前的一切好像都消逝了。我仿佛一个人沉着地走着,走到了一条波涛滚动的河边。我知道这是芦青河。河边是开阔无垠的绿色平原,我在这漫无尽头的田野上走下去、走下去。有一个小黑点在遥远的地方出现了,出现了,终于看出那是一个少年。少年迎着我跑过来,满面悲怆,泪水涟涟,一下子扑到了我的怀里……我双手托起了这陌生而又熟悉的少年。

音乐停了。

她抬起了头,一直注视着我。我的两手端在胸前,好像在抱着什么……我小声说——这声音多少有点恳求的意味:"他睡了,睡得多好看!能让我抱他一会儿吗?"

她的两手按在膝盖上,转脸看了看儿子,然后俯身小心地抱起来,递给我。

小家伙用小手搓了一下眼,但没有醒。我把他抱在胸前。

——在家里,我常常这样抱自己的儿子。

接下去的一段路,我就这样抱着他,一直抱到我该下车的那一站。那时车子出乎预料地停在原野上,我一怔,醒过神来,不得不把孩子交给母亲。

我背起了旅行包。她站起来。我们说了声"再见",伸出了手。我握了握她的手。

车子又向前奔驰而去。

我目送着汽车,心头升起一丝甜甜的惆怅。车子终于看不见了,我

默默地转回头来 —— 就在这一瞬间，我脑际突然闪过了二十多年前的一个夜晚。

……那是一个美妙雨夜。

一九八七年七月写于济南

梦中苦辩

在这个小小的镇子上，任何一点事情都传得飞快。新来了一个会算命的人啦，谁家生了一个古怪小孩啦，码头上的一艘外国船要卖啦，等等。所有传闻大都与我无关。

但现在传的是：镇上要打狗了。根据以往经验，我相信会有这样的事。接着又传出，打狗从今天一早就开始了——看来事情准确无疑了。

不幸的是我有一条狗，已经养了七年。我不说这七年是怎样与它相处的，也不说这狗有多么可爱，什么也不想说。消息传来时，全家人都放下手里的活儿，定定地望着我。它当时正和小猫逗玩，一转身看到了我的脸色，就一动不动了。

家里人走进屋，商量怎么办。送到亲戚家、藏起来，或者……这些方法很久以前都用过，最终还是无济于事。他们七嘴八舌地商量，差不多要吵起来了。有人说已经从镇子东边开始干了，进行到这里也不需要多久。妻子催促我："你快想办法呀！"孩子揪住了我的衣襟。我一直在看着他们，这会儿大声喊了一句："不！"

这声音太响了。他们安静了一会儿，互相看了看，走出去了。

整个的一天外面都吵吵嚷嚷的。我把它喊到了身边。我们等待着。

这个时刻我回忆了以前养过的几条狗。它们的性格、长相都不同，但结局是一样的。我又闻到了血的气味。

有人敲门，我站了起来。进来的是邻居，他要借东西，爱人拿给他，他走了。两个钟头之后又有人敲门，我又一次站起来。——这一回是孩子的朋友来玩……天黑了，我对家里人说："把门关上吧！"

这个夜晚我睡不着了，总听到有人敲门。我不止一次从床上欠起身子，妻子都把我阻止了。她说这是幻觉。可我睡不着啊。

半夜里，她睡着了。就在这时候，我异常清晰地听到了重重的敲门声。我再也不信什么幻觉，立刻起来去开门。

门开了。有一个穿了紧身衣服的年轻人笑着点了点头，闪进来。他蹑手蹑脚的，背了枪，挎了刀。我明白了。我尽量平静地问："轮到我了吗？"

"是的。"他笑一笑，将刀子放在桌上，搓了搓手。他坐下，问："有烟吗？"

我把烟递给他。

他慢慢吸着烟，一点也没有焦急的样子。我知道他从镇子东边做起，做到这儿已经十分熟练、十分从容了。或许他本来就是个操刀为业的人。我心里为他难过。他还这么年轻，正处在人一生最美好的年纪里。我看着他。

他被看得多少有点不好意思了，揉了烟站起来说："开始吧。它在哪？来，配合我一下……"

他弯腰紧了紧鞋子，又在衣兜里寻找什么。

我冷静地、每一个字都很清晰地告诉他："不用找它了。我也不会配合你。我不同意。"

他像被什么咬了一下,猛地抬起头。这回是他端量我了。他有些结巴地问:"为、为什么?"

"因为我不同意。"

"你——?"他按在桌上的手小心翼翼地抬起来,"这是镇上的规定。再说,你不同意,有什么用?"

我再不作声。我等待他的行动。这时候我觉得自己的两臂、还有拳头,都在抖动。我等着他的行动。

可他偏偏坐下来了。他说:"自己家养的东西,谁愿意杀。可没有办法,要服从公共利益。你这么大年纪了,这些道理应该明白……"

"我不明白!我不明白一条狗活得好好的,为什么要把它杀掉。我的狗从不自己跑出这个院子,它危害了什么?它咬人吗?它从生下来就没有伤过一个人!怕传染狂犬病吗?它一直按要求打针,你看它脖子上的编号、铜牌……不过这些都来得及谈,我现在要问你的还不是这些,不是。我要问的是最最起码的一句话,只有一句。"

他惊愕地望着我,问:"什么话?"

"谁有权力夺走别人的东西——比如一条裤子,谁有权力夺走它?"

他很勉强地笑了笑:"谁也没有这个权力。"

我点点头:"那么好。这条狗就是我的,你为什么从外面走进来,硬要把它杀掉呢?"

"这是我的工作!我是来执行规定的!"他提高了嗓门,有点像喊。

我也提高了嗓门:"那么说做出这个规定的人,他们就有权力去抢掠。

你在替他们抢,抢走我的东西!"

他大口地呼吸着,不知说什么才好。

"有些人口口声声维护宪法,宪法上明明规定公民的私有财产得到保护 —— 只要承认这是我的狗,而不是野狗,那么它就该得到保护。这种权力是宪法上注明了的,因而就是神圣的……"

那人发出了尖叫:"你的狗是'神圣'的?"

我不理会这种尖叫:"……如果我没有记错,这个镇上已经强行杀狗十一次,几乎每隔几年就要来一次,也就是说十一次违背宪法。我怀疑他们嘴里的宪法是抄来的,是说着玩的。镇上人失去了自己的狗,难过得流泪,有些人倒觉得这种眼泪很好玩,每隔几年就让大家流一次。不,这种眼泪不流了,我要说出两个字:'宪法'!……"

一股热流在我身上涌动。我知道自己已经相当激动了。面前的年轻人盯着我,像在寻找着什么机会。他突然理直气壮地说:"狗咬人,人得病,那么就是'危及他人人身安全'!"

"它危及了谁,就按法律惩罚好了!但我的狗明明谁也没有伤害。可你要杀它。原来这种冷酷的惩罚只是建立在一种假设上!一个人可能将来变为罪犯,但谁有权力现在就对他采取严厉行动?你没有行动的根据。到现在为止,我的狗还是一条好狗;它下一秒钟咬了人,下一秒钟就变成一条该受惩罚的狗。不过它现在冲进来咬了你,你倒应该多多少少谅解它一点……"

"为什么?"

"因为你要无缘无故地把它杀掉。"

"我真遇到怪事了！"他气愤地看了看表，又瞅瞅桌上的刀子。"我们几个人分开干，我负责完成这一条街。这下好了，全让你耽误了。"

我长长地吐了一口气，拍拍他的肩膀："坐下吧，小伙子，坐下来谈个重要的问题——怎么保护自己的东西、什么是自己的东西。你可不要以为我老糊涂了，连什么是自己的东西都分不清。在我们这儿，这个简单的道理早给搅乱了。比如你就能挨门挨户去杀死别人的狗，原因就是分不清什么是自己的。街道上，一天到晚都响着高音广播喇叭，吵得别人不能读书也不能睡觉。这就是夺走了别人的安静。人人都有一个安静，那个安静是每个人自己的东西。再比如……太多太多了，这些十天八天也讲不完，你还是自己去琢磨吧……"

"我不愿琢磨！"小伙子有些不耐烦地打断我的话。他白了我一眼，伸手去摸烟。他吸着烟，头垂下去，像是重新思索什么。他咕哝说："养狗有什么好？浪费粮食。镇上有关部门核算过，如果这些粮食省下来，可以办一个养猪场，大型的！"

我不知听过多少类似的算账法。我真想让小伙子把那个先生即刻请来，让我告诉他点什么！我对小伙子说："粮食是我自己的，是我劳动换来的，我认为用粮食养狗很好；你认为是一种浪费；那是看法不一致。你只能劝导我，但不能把自己的看法强加给我。还有，我可以从狗的眼睛里看出微笑，一种特别的微笑——这种微笑给我的安慰和智慧，是你那个先生用养猪场可以换取的吗？"

他不安地活动一下身子，小声说了句什么，说完就笑。

"你说什么？"

"我说精神病！"

我冷笑道："不能容忍其他生命，动不动就要屠杀，那才是丧心病狂。我刚才强调它是自己的东西，强调它不能被随意掠夺和伤害，只不过是最最起码的道理——事情其实比这个还要复杂得多、严重得多！因为什么？因为它是一个生命！"

"什么？"他又一次抬起头来。

"它是一个生命！"

他撇撇嘴巴："老鼠也是一个生命……"

"可它毕竟不是老鼠！它毕竟没有人人喊打，恰恰相反，它与人类友好相处了几千年，成为人类最忠实最可靠的伙伴。那么多人喜欢它、疼爱它，与它患难与共，这是在千百年的困苦生活中作出的抉择和判断，是在风风雨雨中洗炼出来的情感！你也是一个人，可你把这一切竟然看得一钱不值！我不明白你了，我害怕你了，小伙子！我怕的不是你的刀枪，我怕你这个人！我怎么也不明白你会面对那样的眼睛举起刀子……那是什么眼睛啊，你如果没有偏见，就会承认它是美丽无邪的。你看它的瞳仁，它的睫毛，它的眼白！我告诉你吧，没有一条狗能得到善终，你弄不明白它有多长的寿命——它其实活不了太大的年纪。一条五六年的狗就知道什么是衰老，满面悲怆。你注意去研究它们吧，你会发现一双又一双忧郁的眼睛。它们老了，腿像木棍子一样硬，可见了人仍要把身体弯起来贴到他的腿上，就像个依恋大人的孩子。它太孤独无援了，它的路程太短暂了，它又太聪明，很快就知道关于自身的这一切，于是变得更加可怜。它心中的一切没法对人诉说，它没有语言或者没有寻找到人类可以接受的语言。它生活在我们中间,就像一个人走到了完全陌生的国度里。它多么渴望交流,为了实现一种交流不惜付出生命。它自己待在院子里,当风尘仆仆的主人从门口进来的时候,它每一根毛发都激动得颤抖起来,欢跳着,扑到他的怀里,用舌头去温柔他,眼睛里泪花闪烁……我不说你也会想象出那个场景,因为每个人都见过。你据此就可以明白它为人类付出了多少情感,这种情感是从内心深处迸发出来的,没有一丝欺骗和虚伪。由此你又可以反省人类自己,你不得不承认人对同类的热情要少得多。你进了院子,它扑进你的怀中,你抚摸它,等待着感情的风暴慢慢平息——可相反的是它更加激动,浑身颤动得更厉害了。你刚刚离开你的家才多长时间呀?一天,甚至不过才半天,而它却在这短短的时间里孕育出如此巨大的热情。你会无动于衷吗?你会忽略它的存在吗?不会!你不知不觉就把它算作了家庭中的一个成员。所以,你看到那些突然失去了狗的人流出眼泪、全家人几天不愿言语,完全应该理解。这给一个人、一个家庭留下的创伤是无法弥合的,是永久的……"

小伙子一直用手捧着双颊,这会儿不安地活动了一下身子。

"我丝毫也没有夸大什么。我甚至不敢回想前一条狗是怎么死的。那时也是传来了打狗的消息,也像现在这样,全家人心惊肉跳。那是一条老狗,它望着我们的眼神就可以明白一切。当我们议论怎么办的时候,它自己默默地走进了厢房。厢房里放着一些劈柴,它就钻进了劈柴的空隙里。我们以为它这样藏起来很好,就每天夜里送去一点水和饭。谁知道送去的东西一点也没有见少,唤它也没有声音。我们搬开劈柴,发现它已经死了,一根柴棒插在脖圈里,它绕着柴棒转了一圈,脖圈就拧得紧紧的。它自杀了。它的眼睛还睁着。全家人吓得说不出话,怔了半天,全都哭起来。当时我的母亲还在,她拄着拐杖站在厢房里,哭得让人心碎。你想一个白发老婆婆拉扯着这么多儿女,还有一个多灾多难的丈夫——我停一会儿再讲他的事情——她一生的眼泪还没有流完吗?她哭着,全家人更加难过。母亲的哭声做儿女的不能听,如果听了,就一辈子也忘不掉。我们把老人扶走,可她不,她让我们把狗抬到一个地方,亲眼看着把它埋掉了。第二天杀狗的一些人来了,到处找它。领头的说:'还飞了它不成?'我告诉他:'真的飞了,它算逃出这个镇子了!'那个人哼一声说:'它除非再不回来!'我说:'放心吧,它再也不会回这个伟大的镇子了!'……这以后多少年过去了,我们再没有养过狗。我们差不多发誓永不养狗!可是后来,后来——真不该有这个后来——我的小儿子从外面捡回一个小花狗,疼爱得了不得。我看它,它也看我,扬着通红的小鼻孔。我狠狠心,决定只养两个星期就送走。两个星期到了,儿子死也不干,接着全家人都心软了。它就是我们现在这条狗。那时多么轻率!我当时想,毕竟不是过去了,又不是'备战备荒'的年头,或许再也不会发生那样的事了。我太无知!我把事情看得太简单了……"

我讲到这儿,面前闪动着那一双不愿闭合的眼睛,心头一阵阵痛楚。我不得不去桌上取烟。我拿起一支烟,发现自己的手在抖。小伙子用打火机给我点着了烟,这时问了句:"老同志,我想问一问,您是做什么工作的?"

我回答他:"教师。不过早就离休了……"

小伙子若有所思地点着头:"嗯,教师,教师……"

我重重地吸一口烟,又吐出来:"我是个教师。不过我没有在本镇教书,所以你不是我的学生。在东边那个镇子上,像你这么大的小伙子,有不少都是我教出来的……愿意听听那个镇子的事情吗?那好,你听着。怎么说呢?一开头就赞扬那个镇子吗?我不能,因为我们这个镇子的人可没有轻易赞扬别人的习惯,我也是一样;更重要的,是那个镇子确实也有很多毛病,有的甚至极端恶劣。不过我接下去要说的是其他的方面,是他们与其他生命相处的方法和情形。因为咱俩眼下讨论的正是这个问题。我要告诉你,那个镇子上几乎没有多少裸露的泥土——到处是草地、庄稼和森林。各种鸟儿很多。它们差不多全不怕人。我早晨到学校去,一路上不知有多少鸽子飞到肩上。如果时间充裕,我常停下来与路边水湾里的天鹅玩一会儿。我对野鸭子招招手,它们就游过来。我不止一次用手去抚摸野鸭子的脊背,去摸翅膀上那几道紫羽,感受热乎乎滑腻腻的奇妙滋味。它和天鹅、还有鸽子,眼睛都各不相同,却是同样可爱。它们用专注的神情盯着你,让你多多少少有些不好意思。离开它们,我一整天的心情都比较愉快。它们安然的姿态影响了我,使我也变得和颜悦色。这就是那个镇子的情况。如果你不怀疑这一切都是真实的话,你会怎么想呢?

"回头再看看我们这儿吧!没有多少树和草,没有野鸭子和天鹅,如果从哪儿飞来一只鸟,见了人就惶恐地逃掉。鸽子也怕人,所有的动物都无一例外地要躲避我们。我真为这个羞耻。我仿佛听到动物们一边逃奔一边互相警告,'快离开他们,虽然他们也是人,但他们喜欢杀戮,他们除了自己以外不容忍任何其他生命!'它们没命地奔逃,因为一切结论都付出了血的代价。无数远方的动物，比如一只美丽的天鹅在这儿落脚，只停留一个小时就会被镇上人用枪杀掉；一群野鸭子莽莽撞撞地飞到河边游玩，只半天工夫就会被如数围歼，吃到肚子里去了。实际情形就是这样。尽管我们要挖空心思做一番事业，但我想，如果连一些动物都对我们不屑一顾，对我们从心底里感到厌恶和惧怕的话，那我们是不会有希望的。对野生动物这样残酷，野生动物可以躲开；于是我们的目光就转向家庭饲养的动物，对温驯的狗下手了。我相信这是一部分人血液里流动的嗜好，很难改变。事实也是如此。如果我没有想错的话，那么下一步轮到的很可能是一些更小更可怜的家养动物，比如猫和鸽子。这些行为会一再重复，因为它源于顽劣的天性，残酷愚昧，胆怯猥琐，在阴暗的角落里咬牙切齿。这些人作为一种生命，怎么会去宽容其他生命？！他们憎恨和惧怕一切生机勃勃的东西，砍伐树木，连小草也不让生存。我不止一次看到一些人走上街头搞卫生，第一件事就是蹲下来拔小草。绿色很快没有了，留下来的是肮脏的脚印。当然，镇子上也有人种草植树，正像有人热爱动物一样；但严重的问题是树和草越来越少，动物或者远离了我们，或者被大批大批地杀掉。

"对其他生命不宽容，对自己也是一样。我这里不想去复述镇子上的几次械斗，点到为止，你心里完全清楚。算了吧，不说这些了……但我不得不跟你讲讲我的父亲——我曾说过要讲那个多灾多难的人。我相信你不会怀疑这是真的。我要说的是他生活在这样的情形中，有这样的结局是多么自然；而一些人在今天的行为，与昨天的如出一辙；这二者之间究竟有一条什么线在联结着——我由一些不该杀戮的其他生命想到了一个生命，想到了这个生命与我的关系，他对我的至关重要、他留给我的疤痕、他流动在我身上的血液……他死的时候满头白发，而我如今也满头白发了——我想说，我并不一定安然自如地走完我生命的里程，正像我的父亲到了暮年还遭到意外一样。小伙子，我羡慕你的年轻，可也忧虑你的岁月。因为生活的道路比你想象的坎坷万倍，你手中的刀子也许很容易就刺得自己遍体鳞伤……不说这些。我还说我的父亲，说说他吧。他七十多岁了，行动不便，但头脑也还清晰。他对于镇子一片忠心。他看到什么不利的地方，就要说上两句。有一次他议论起新修的一条马路，指出这条柏油路耗资巨大，但却效益不好。他有理有据，虽然尖锐无比，可是态度和蔼。谁知道这就惹火了镇上的一些人。开始他们寻茬儿让他进了一个什么学习班，后来又说他在学习班上态度不好，就把他转到了一个农场——就是我们镇子的明星农场。父亲那么大年纪了怎么能种地？我和母亲去找了管事的人，他们说已经照顾他了，让他做农场的饲养员。我去看过他一次，见他弓着腰给猪搅拌饲料，饲料里有拇指大的一块地瓜，他抓出来就吃……我偷偷地哭了，没有让父亲看见，也没有将这些告诉母亲。又过了半年，父亲的罪行不知怎么又加重了，被调到了一个石墨矿去。那里更苦更累，而且劳动时有人看守。去了石墨矿的人，他的家里人不能随便探望，直到父亲死，我只见过他两次。第一次见他，我给吓了一跳：他的白发全给石墨染黑了，连牙齿上也沾了黑粉。我问他在这儿做什么，他不回答，只用包了破布的手去擦脸。最后一次见他，是他在小床上喘息的时候，我和母亲被通知去矿上探视。可母亲病了，丈夫临死她也没能见上一眼。我自己去了，路上尽管做好各种思想准备，也还是被父亲的样子吓呆了。他握住我的手,不说话。我也不说。最后,老人突然从身子底下取出一个小纸包,指了指说:'哑药!'他又指了指自己的嘴,说:'祸从口出啊……'他把哑药递给了我,我明白了。父亲本来是为自己准备的,后来见用不上了,就留给了他的儿子……我两手捧着这最后的礼物,向父亲跪下了……"

我的声音渐渐低得快要听不见了。小伙子拧着眉毛看着我,嘴角活动了几下,问:"你,吃了哑药?"

"我捧着它离开了石墨矿,沿着芦青河堤往回走去。好几次我想塞进嘴里,但最后一次我抬头看到了自己的镇子,心里一热,就把那药撒到河水里去了!"

小伙子大松了一口气。

"尽管父亲的话是千真万确的真理,但我还是不想使喉咙变哑。我的镇子!我的镇子!请摸一下我这颗滚烫的心……我之所以给你讲了父亲的死,是因为我想到了有些人像潜伏病菌一样潜伏了一种仇恨,它会像流感一样突然而迅速地蔓延。眼下我又看到了这种危险。无数的狗被杀死,鲜血染红庭院,惨叫声此起彼伏——那些人是不是正期待着这种效果?这一切,又是不是他们宣泄仇恨的一种方法?我确信会是这样。宣泄的方法各种各样,但确定无疑的是每一次宣泄都留下了巨大灾难。我忘不了有一年春天的所谓'垦荒'——毫无必要地将镇子北面的树林毁掉!那片林子茂盛得可爱,当时槐树正开满了银色的槐花,引来了全世界的蜜蜂;蓉花树刚长出粉茸茸的叶子,柳棵爆开小绒球,灰暗的枯草里挺起红的紫的鲜花。它们好不容易告别了冬天,又要在挥动的镢头下呻吟。我亲眼见到有些人狠狠地刨倒了一棵开满鲜花的槐树,双脚把花朵踩到土里时的那种微笑,那是掩饰不住的快感。连续五天的围垦,树林没有了,留下来的是一片焦土。他们疲惫地走了,头也不回。这片垦出的沙土至今没有种什么东西,只是冬天里旋着沙丘,那沙末在空中转着,像是树木的魂灵。就是这样,你怎么来解释这种种举动呢?你能说这不是另一种宣泄的途径吗?

"我更不明白的是,街道上有多少刻不容缓的事情需要去做,他们恰恰对这一切视而不见。垃圾成堆,苍蝇一球一球在那儿滚动,捡垃圾的老人用赤裸的双手去抢一堆碎玻璃。又破又响的汽车轰隆轰隆地跑在街上,让人白天晚上不得安宁,冒出的油烟半天也散不开。在窄巴巴的街道上,常常有几个贼眉鼠眼的人窜来窜去,总有人被掏兜、被欺侮。妇女和老人丢了东西就哭,一个乡下来的小姑娘被几个歹徒拖到了防空洞里。没有腿和手的人在街上行乞,垫着小板凳一挪一挪往前走。各种宣传车来来往往,无数大喇叭吵翻了天,野蛮无理地强行掠夺你的宁静。为什么要这样?有什么权力要这样?不知道。你放眼往南望,你望到了那一溜儿黑影吗?那就是南山,是我们这儿唯一的山区。那儿没有水,没有柴草,也没有多少粮食。那儿的人衣衫褴褛,一代一代都面黄肌瘦。因为没有可以燃烧的东西,就往灶坑里填地瓜干,锅里煮的还是地瓜干。你可以想见那里的生活。你知道那里有多少事情需要立刻去做。可惜这些一年一年延续下来,没有多少变化;而与此同时,有人却毫不含糊地强令杀了十一次狗……"

小伙子的眼睛转向了窗子,望着很远的地方。他听到这里,认真地插话说:"我不是反对你的意见,不过我想到了两件事儿。一是你把我们这儿说得太吓人了;二是山区里的人那么苦,为什么不把养狗的费用使到他们身上?难道这些狗比那些人还重要吗?"

这都是直接的意见,然而十分尖锐。我不由得握住了小伙子的手,我感谢他终于开始和我一起思考起如此严肃的问题了。我不知怎么回答他这两个简单极了也是复杂极了的问题。我说:"你问得好,我没法回避。让我试试吧。先说第一个问题。你认为这地方被我说得太吓人,但你没说我编造了什么,这就好。当然,我们这儿还有一万条值得赞扬的,这也是事实。而我要说的,是那些刻不容缓地需要根除的方面,这一切只要存在一天,我就有理由用手指去指出来。但愿你不要真的被吓住,而是变得更勇敢。我在指出这一切的时候,有时会手指抖动,但那不是为了吓你,而是一个老人真诚的激动。再说说第二个问题吧,它更难以辩解。首先我想说,饲养狗是人类的一种需要,这种需要看起来似乎可有可无,但你只要看一看镇上人在这方面的经历,看一看最困难的山区还有很多人养狗,就会否定那种看法。镇子上十一次对狗进行围剿,无数人流下了眼泪,受到了很大的挫伤,发誓再不养狗。可奇怪极了的是,大家像我一样发誓,如今也像我一样地违背了誓言。看来这是没有办法的事,是一个生命最深层的一种渴望,必须去满足。至于这种渴望到底反映了什么,我还说不清。我朦朦胧胧觉得,一种生命需要另一种生命的安慰,他们必须在这种无形的交流中获得某种灵感。在通向永恒的路上,也许真的需要它来陪伴。这个谁也讲不清,你默默地用心灵去感觉,也就知道了。所以从这个意义上讲,你那种切近的功利换算的方式就无助于理解这个问题，二者没有任何可以沟通的。这是一方面，另一方面，我想说对待困苦和艰难勇往直前的，究竟是世界上的哪一种人，是些什么人，这种人到底有什么样的素质。那些坚决主张杀狗的人当然不是为了节俭，他们恰恰在情感上是极其吝啬的一种人。而对于自然界的各种生灵倍感亲切，每时每刻都试图去理解和接近的人，他们才对苦难特别敏感，也最愿意为消除那些痛苦贡献出自己的一切。勇敢的人从来都不是冷酷的人，你可以在生活中找到无数的例子。"

他倾听着，眨动着眼睛，不知是否真的理解了我的话？当我停顿下来的时候，他就将头埋下去。看来他已经准备再听一听，他由厌烦这种谈话转为渐渐习惯和可以容忍，又变为希望去接受……但我这会儿也想听听他的了。我问："这次打狗进行得顺利吗？已经完成了多少？"

他像困倦一样揉着眼睛，把头扭向一边。停了一会儿他转过脸来，抿了抿嘴角说：

"大约进行到一半以上了。这次比过去困难。把狗藏起来的太多。有的狗冲出来，疯了一样。我们有枪，可怕伤了人。狗冲到小巷子里，急得乱跳。我们堵上巷口，用枪扫，有的中了弹还迎着我们反冲过来。天哪，真可怕，它们一边流血一边跑。好多狗跑出镇子，往南，往山里跑。我们联合起来堵截。有一次围住一个山包，往前缩小圈子，一抬头，看见几百只狗昂着头站在山坡上。它们一起看我们，这一回没有一只跑掉，也不逃，我们吓得不轻。后来当然开了枪，几百只狗叫成一片，有的腾到半空，像给打飞了一样。那面山坡都给染红了……"

我们都沉默了。

我像被什么烧灼着，心上一阵阵刺痛。我说："真不简单，小伙子，真不简单。在你这儿，一切需要暴力、需要用强制手段去对付的方面，都干干脆脆地做了；一切需要胸怀、需要眼光、需要高瞻远瞩才能办到的事情，都搞得一塌糊涂……"我差不多要碰到小伙子的脸了，声音大得有些吓人："你能否认这是一场屠杀吗？你没法否认！崭新的屠杀，就发生在这里！可是，一切就这样过去了吗？没有！不会这么便宜。一种反击正在悄悄地开始，只要你好好睁大眼睛就会看到。你到医院，你看看有多少人在排队治病，他们横一行竖一行，人山人海，天天如此；你再看看手术台上有多少人在流血，看看病床上有多少人在死命地绞拧。不治之症越来越多，肿瘤医院天天满员，今天一个好友死于肝癌，明天一个熟人因肠癌开刀；我的一个学生前不久还给我送来一盆花，昨天听说他已经查出了肺癌。无数的人患上了肝炎，验血的、做Ｂ超的要提前一个星期预约。屠杀吧！与大自然的一切生命对抗吧，仇视它们吧！这一切的后果只能是更为可怕的报复！不要胆怯，不要逃遁，来收获自己种植的果子吧！最近，那些热衷于种种屠杀的人据说又有了一个愚蠢之极的可笑举动：阖家迁到镇子北边的小河滩上居住！他们把大街上的树伐光了，堆满了垃圾，如今又要逃了！他们就忘了南风一吹，街心的毒气照样吹到河滩上去，忘了他们身上已经积满了毒素！他们假使逃掉了惩罚，他们的儿孙呢？他们一手糟蹋了我们的镇子，如今倒想一逃了之！可惜这绝对办不到，大自然不会放过他们！凶狠残酷地对待生活、对待自然，必遭报应！你听说这样一个故事了吧？一个人无法战胜他的仇人，最后就在身上缚满了炸药，紧紧地抓住了仇人，然后拉响了导火索！人类身后此刻就紧紧跟随着这样的一个自然巨人，他的身上缚满了炸药。我们跑吧，跑吧，躲避着他要命的手掌……真的，我总觉得大自然与人类决战的时刻就要来到了！……"

我说着，说着，不知何时流下了滚烫的泪水。泪水流下脸颊，又流进密密的胡须。

我看到小伙子站起来，眼睛里也有两汪泪水。他看着我，木木地站着。他的身体突然像秋秸一样疲软，两手抖着，肩上的枪一下子掉在地上……他感激地点了点头，转过了身子。他推开了门，跨了出去。

我捡起了地上的枪，追出门去。

"小伙子！你的枪！枪！……"

我大声地呼喊。他没有回应。我再一次呼喊。

有人在摇动我的肩膀。我猛地睁大了眼睛，看到了身穿睡衣的妻子。她用手来擦我的泪水，说："你梦中喊得好响。你哭了。我听了都有点害怕……"

我一下坐起来。我说："我总算把杀狗的人劝阻住了，他刚刚走。"

妻子苦笑着："这是一个梦。你一直在睡觉。"

是的。一夜的辩解，没有目标的辩解！我推开了被子，走下来……太阳从窗棂射进，彤红彤红。我不知怎么急于到院子里看看我的狗——我相信它这个夜晚会像我一样睡得很糟。它的温暖的小窝就垒在院子的一角，是我的杰作。我向它小心地走去。我惯于在它清晨睡熟时去逗弄它一下……我走过去，低下头去看它。我身上抖了一下——这是真的吗？

它闭着眼睛，眼前是一汪凝住了的血。它昨夜被人杀掉了！刀痕在脖子上，刀子插得很深、很准……屋子里，爱人和孩子在说笑，他们在笑我夜里说梦话……我的眼泪夜间流过了，因此这会儿没有再流。我轻轻地把它托起来，像托一个孩子。我小声对它说："我对不起你。我没能保护你。我现在才明白，原来这一次已经不需要通知，也不需要辩解了……"

一九八七年七月写于济南

满地落叶

一九八五年秋天，我在胶东西北部小平原的一个果园里住了一个星期。当时正是采收苹果的季节，每天看到的都是红色的大苹果在人们手里滚来滚去。这里没有正式招待所，我就住在果园子弟小学的闲房子里。学校大约处在园子当心，因为我出来散步，无论朝哪个方向走，都看不到园子的边缘。

孩子们差不多都有一副圆圆的脸庞，让人想到大红苹果。他们笑吟吟地看着我，虽然顽皮，但似乎又比外地孩子多了一些大方和洒脱。他们和我开玩笑，有时把我围起来；直到不远处传来一声招呼时，他们才从容不迫地离开。

我听不清召唤他们的是一种什么声音。这声音大致上是柔和轻微的，不容易辨析。一个人刚刚来到密密的果林之中，耳膜不会适应这里特别的音响。比如我开始的几天就弄不明白这果园是嘈杂的还是宁静的？风吹树叶的声音、蜂与鸟的嗡鸣、人的声音，一切都融合在一起，细碎含混。人的周身被园里的风洗过一遍，轻松而且爽快。

那一声召唤肯定是极其普通又极其独特。它透过密密的枝叶传过来，孩子们听到了，接着离去了。然而我就听不清楚。这一切是在我还来不及察觉的时刻里完成的。

早晨，当太阳还没有升出，果园里铺满了暗红色的晖光时，我就走了出来。空气清冷。树木间隙里遗留着冷丝丝的甜味。果子收走了，地上是片片落叶。到处都安然宁静，连鸟儿也不叫一声。一株株大树默默矗立，纹丝不动。工人们还没有上班，园子里看不到一个人影。一个大鸟被惊飞了，扑楞楞的翅膀扇动声传得很远。

前边响起金属碰撞的声音。我弯腰从树隙里看去，见有人在水井那儿提水。

提水的是一个女同志。她把装满水的铁桶放在一边，动手去整木头井盖。我看到的只是一个背影。停了一会儿，她拍拍手掌站起来。

她看了我一眼。

我一动不动地站在离水井几公尺远的地方。她马上垂下眼睑，提起一小桶水，将湿漉漉的绳子绾在另一只手里，轻快地迈下井台。

她的身影很快消逝在绿叶中。

可我刚才看到了什么？我看到的是一张彤红的脸庞，一对稍微有些圆的黑漆漆的眼睛；很挺的鼻子，多少显出些棱角的嘴唇……她大约有二十六七岁，过分的成熟中透出了深深的温柔。上身是紫红色的衣服，束在了一条粗杠蓝条绒长裤中。她的腿又直又长，充满了力量；她的腰那么柔软。

这就是我刚刚看到的。在那一瞬间我突然想到了那个召唤孩子的声音：对，就是你了，是你在把孩子们呼唤过去！那种声音只能是你的！

我认定了她是一位教师。

这个早晨我久久地呆在了水井旁边。我端量着这口井：井筒是石砌的，上面的木盖因日晒雨淋已经半朽；井台不高，是方的，有两面砌了石阶。水滴晶莹，清晰地留在了青石上。我真希望她这个早晨来提第二桶水。她没有来。

一直到太阳升起来，我还在林子里走着。果园的一片碧绿在颤抖，无数的叶片像洁白的羽毛一样悬挂着，后来又成为紫红色，一片片落下来。不知道铺满地上的是落叶还是鲜花，我踏着它们往前走，双脚滚烫。正前方的白雾升到树梢那么高，成了无限长的一道白线。我越走越快，简直像要奔跑起来了。渐渐，我的全身都变得滚烫了。

后来我站住了。

一阵歌声像轻风一样飘过来。那是天真烂漫的声音。我循着歌声走去。

一间教室内，真的有一群孩子在唱歌。站在讲台上的就是提水的姑娘——我估计的一点不错！我的脸贴在一扇窗玻璃上，久久不愿移开。她会瞥过来一眼，会看到一个令人感到迷茫的形象吧？孩子们停止了唱歌，她微笑着看着孩子。

一束阳光投过去，我看到她的脸那么明亮，一些细微的光点在浓密的头发上闪动。她在说什么，我无法听清。但我从她的神采上可以判断出一种语气。她的微微发红的脸庞好像渗出一层极其细密的汗珠，那么火热和生气勃勃。我最后注视了她一眼，离开了。

让我们相识吧。

整个的一个白天我都无心做其他事情。干燥的嘴唇抿来抿去，端起水杯又放下。我坐在窗前，望着南边的树木。这片果树枝叶中水分充足。树下是干净的土，是绿得发亮的草棵和微微变红的草棵。蚂蚱飞起来，在叶子上停留了一瞬，又落到泥土上。没有风，刚刚被摘去果实的树木默默地，像在等待着什么。不久就是更多更多的落叶，是北风和积雪。我突然觉得浓丽温厚的秋天是这么短暂。

当秋天过去了的时候，果园深处的人们会怎样呢？他们将穿上闪亮的皮衣服，戴上翻皮帽子，把树隙间的白雪踏得吱吱响。如果是个姑娘，她会穿一个半长筒子的、筒口那儿毛茸茸的小皮靴吧？阳光下，她踩着干冷的硬土往前走，两手插在上衣口袋里……我怎么不到果园里领略一下冬天呢？

傍晚，我到教师小食堂吃饭，恰巧和女教师坐到了一个小桌旁。我轻轻地呼吸着。

在小食堂就餐的人很少，大多数人在小窗口领了饭回去吃……小小的饭桌被我笨拙地晃动了一下，碗里的汤洒出了一点。汤在桌面上流动着，一直向她流去。她抬头看我一眼，笑了笑。

我真想说点什么。我甚至想告诉她：你领孩子们唱歌那会儿，我就站在窗外；我还想告诉她，我是从很远的地方来的，是第一次住在一个果园里。

她什么也不说。我知道她不会轻易对一个陌生人说话的。一个生活在果园深处的姑娘，我第一眼就看出，她把全部的灵秀藏在了心底。我那么渴望与你相识，你知道吗？

桌子上的汤在她面前停住了。

她吃完了，点点头站起来，往外走去。我也结束了，只晚她一步。出了餐厅，她回头一看，大概见我像在追赶她吧，就站住了。我走上去，说:"我是刚来你们这儿的,来了三天……"她微微抬起下巴,点了点。

"我就住在你们学校里。"

她目光柔和地看着我,好像在问:你还有多少废话要说?

我有些急促地说:"我们原来像是认识的。"

她一双黑亮的眼睛睁大了。

"是的,我早上见你提水时就这样想过。我去看你领孩子唱歌,看你站在讲台上笑着。当然,是我弄错了,我们以前并不相识。"

她点点头,用手拂了一下头发,往前走去。

校舍前面是一排高大的李子树。晚霞穿射密密的枝丫,染红了大树下一片沙土。仍然没有风,树叶垂着。芦青河把水声从遥远的地方传送过来,傍晚愈显得宁静。我们站在李子树前。

她没有说话。

我想说点什么,话涌到喉咙那儿,又突然想起她还一个字都没有说呢。我看着她安然的神色,觉得与这李子树下的夜晚是和谐一致的。一个人如果永远生活在这样的天地里,暴烈的火焰就会慢慢熄灭,滋生出温柔的青苗。她一句话没说,可我却感受到了一种交谈的舒畅。

我又想到了她召唤孩子的声音。那种召唤我听不到,可是孩子们全听到了。

她注视着晚霞中的李子树,我差不多听到了她心底的热烈的声音。她在赞扬果园里的这种时刻,赞扬渐渐暗淡下去的光色。多少个傍晚,她站在校舍前面深情地观望。她喜欢独自一人在果林里漫步,走很远很远。当太阳的余晖全部收尽的时候,她就回到自己的办公室去弹那架陈旧的琴。我在心里说，我多么想听听你的琴；黑夜来临的时候，想想吧，果园深处有个人弹响了她的琴；琴的旁边有一个细高个子男人如痴如迷……她的目光终于从李子树上移开。

这一天就这样结束了。可我们算是相识了吗？这个夜晚好漫长，我一直呼吸着一种温馨的气息。清晨，我睡得正香，一群从窗外跑过的孩子把我闹醒了。站到窗前，看着他们可爱的身影，倦意全都没了。

我走过一大片收获的园子，到正在采果子的人们当中去。我跟他们一块劳动，让红色的苹果挨上我的手掌。刚刚离开枝叶的果子冰凉生动，托在掌心上，觉得它有脉搏似的。工人们都戴了手套，工作起来麻利极了。他们看到这种劳动给予了一个外地人巨大的愉快，十分高兴。休息时大家坐在一块儿，抽烟，开玩笑，讲一些实实在在的故事。几乎所有的女工人都穿了蓝色的背带工裤，生气勃勃。

我无意中听到了他们谈论小学校。听得出大家对自己的学校全都心满意足。孩子好，老师也好。总之，这个小小的学校如今是好极了。我听着这些议论，不知怎么竟有些激动。我知道了那个女教师是刚到这儿工作不久的中等师范生，从一座城市的中学调到这儿来。她叫肖潇。

小伙子们谈论着肖潇的名字，口吻亲切但同时又皱着眉头，显示了一种过于严肃的疼爱。

我走回校舍的时候，正好碰上肖潇端着粉笔盒从一间教室里走出来。我站在那儿，说："肖潇。"

她站住了，手中的东西倒换了一下，有些惊讶地看了我一眼。她说："去摘苹果了吗？"

我点点头。她的旁边是办公室，一转身就可以跨进去。我很想到里面坐一会儿，可又怕这样做太莽撞了。她一边转身一边说："请进来吧。"我应了一声，随她走进去。在跨过屋门的那一刻，我在心里说了一句：我们已经相识了。

小小的办公室极其整洁朴素。屋里没有一张写字台，只有几个浅黄色的桌子，几个报夹，一个放了几份杂志的小书橱。角落里有一台风琴——我想象中她有一台琴，但不知道是风琴。当然不会是钢琴，也不可能是吉它；为什么？我不知道，反正她只该有一架风琴。（当夜幕降临的时候，果园里就会响起一阵琴声。）

不过我来到这里之后从来没有听到。但我总以为有过一种夜晚的琴声。我甚至想象得出一只姑娘的手怎样在琴键上活动。

肖潇请我坐在一把木椅上，然后说："你闲了可以来这儿看看杂志和报纸什么的。外地人来这儿都很寂寞，他们就来这儿翻翻看看。"

我说："我一点也不寂寞。相反，这些天好像才刚刚从寂寞中走出来一样。"

肖潇的脸色一下子生动起来："我倒是第一次听到这样的话。客人们都是从热闹地方来的，这儿安静得让人受不了——只有你是个例外。"

我看到她在说最后几个字的时候，目光垂了垂，伸手将桌上的几本书拉齐了。我站了起来。

我在屋里走着，走到了那架风琴旁边。我注视着琴键，但没有伸出手指。我说："听说你是从那座城市来的——那才是个热闹地方。你在那儿读书、工作，差不多有十年？好长的日子……"

她仰脸望着窗外。这样停了一会儿，她抱歉似地笑笑："那儿也许什么都好，就是太寂寞了。"

我深深地点了点头。

下午她要上课，我自己待在屋子里读书。我随身携带的书总是我最喜欢的，从内容到书的装帧。它必须是洁净的、精美的，同时又必须是自然和质朴的。有一次我读到一本矫揉造作的书，读到不能容忍，就扔到了一团茅草里。那团茅草日后会有人收割，活该有人把它割出来……我手中的书与果园的气息、风吹树叶的声音，还有我的心境融为了一体。这是一本诗集。诗人身心放松，又满怀激情。诗人是个男人。他的咏唱让我热血沸腾。

我好几次想放下书，到那个窗下去。但我还是忍住了。最后我到果园里去了。树下的草棵、叫不上名字的各种绿色植物、一蹦一蹦的小虫子，所有这一切都使我安静下来，变得兴趣盎然。

有一棵小香瓜的秧子绕过树桩，在树的另一面结了一个黄色的、香气四溢的小瓜。我不明白当时采果子的人为什么就没有摘下它。我不信他们会没有发现，因为无论对于视觉或是嗅觉，它都是一个十分明显的存在。金色的小瓜，嘿，纯洁美妙到无法形容的一个果实，就这么静静地、谦和地卧在泥土上。我宁可相信是人们不忍心去摘取。

那么我也只能爱恋地守护它一会儿，然后走开。

晚饭后，我与肖潇一起走出去。先是走到那一排高大的李子树下，但没有停留，继续往前走去。

果园里出奇的空旷和安宁。我们走得很慢，完全是自由自在的。我真是幸福极了。我会永远记住这个铺满红霞的果园。我不曾记得在这之前有过这样的安逸和平静,无论是情绪还是步伐,都是这样缓缓的。在一片绿色的簇拥下,身心放松到如此境地。这往往是一个人的情感最健康的时候。

我们都不怎么说话。因为我们都在倾听大自然最优美的诉说。彼此都看得出对方是一个可以接受这种声音的人,就是说都懂得怎样用心灵去捕捉绿色的弦音。晚风一丝丝地增大,千万片叶子发出了悄声细语。芦青河水又一次送来了低低的歌唱。红色的光束在叶子上颤抖着,又像晨露一样在风中一滴滴摇落,渗入了泥土。小飞虫的双翅像小扇子一样打开又折合,发出了铮铮的钢丝弹拨般的声音。红云在暗绿色的树丛上方流去,流进海洋,慢慢熄灭,一边变为铁青色,一边发出腾腾的蒸汽。果园上方还有最后的一绺淡红色,树隙间已是灰蒙蒙的了。

肖潇贴着一株梨树站下来。她问:"你刚踏入果园的时候,没有什么奇怪的感觉吗?"

我回忆着刚来那天的印象。她自语似地说下去:"我第一次出差路过这儿,简直给惊呆了。这么大的一片,完全是另一个世界呀。在那座城市里我老有一种做客的感觉,原来是这个世界在等待我。我就要求调到了这里。"

"那座城市是我们的出生地,它变得生疏了;而这里倒好像是生活了几辈子的地方。"我说道。

她热切地看着我:"真是这样。"

"生活像刚刚开始,又像一切都是自然而然的。每个人的行为都有自己的理由，比如说离开一个世界来到了另一个世界。你割舍了好多东西，正因为这样才获得了好多东西。失去的多还是得到的多，其他人无法回答。"

她仍然用那种目光看着我，鼓励我说下去。

她的温柔而深沉的目光倒使我不好意思说了。这样停了一刻，她说："你说得真对。我来果园时也是秋天，深秋的颜色让我入迷。我每天走在林子里，想再不敢奢望更大的幸福了。我和可爱的孩子们在一起，我每天完成我的工作，剩下时间就是读书、玩，干一切渴望的事情。比起过去，我的生活真好极了。我才刚刚二十多岁啊，就获得了这样的宁静，我还奢望什么？"

我激动地望着她。我想她是这样理解生活的，一点儿也不新鲜又似乎十分新鲜。

"后来"，她接上说，"就是冬天了。树叶全落光了，平原上更空阔了。太阳下面的芦青河银子一样发亮。这儿比城里雪多，大雪无声无息地下一夜，好多天也化不掉。我准备好了冬装，盼望雪天。我有一件翻毛领儿直筒呢大衣，一双半高筒儿皮靴。踏着白雪往前去，有时一口气走到河边上。那儿常常有人凿冰打鱼，冰窟窿上热气腾腾。打鱼的人向我喊：'喂——！'我扬起胳膊应一声：'喂——！'从河边回到果园，回到校舍，脸冻得彤红。有一次我眉毛上结了小冰凌……"

我想象着冬天的情景。大地一片洁白，单纯而又严肃。小平原的冬装让我不由得去想一位姑娘的冬装。她穿着那双半高筒儿皮靴，两手插在大衣口袋里踏雪而去的形象仿佛即在眼前。那双皮靴是灰色的，筒儿是多皱的,筒口上的茸毛是浅蓝色的——不必问她,一定会是这样的。

她的双手叠压在身后,这时不安地活动了两下。我看到她的眉毛蹙起,目光落在自己的两腿上。她把手抽出来,嫌热似的拢起头发:"我也不总是这样。也有一些很矛盾的想法。那是我想起那个城市、还有其他一些令人痛苦的事情。每逢这时候我就怀疑自己的选择,问这是不是一种回避?我多想跟朋友讨论一下。我觉得你会跟我讨论。"

我点点头。我思索了一会儿,说:"这非常复杂。好像是一种回避,但又不敢肯定。因为这个新世界里也有各种困苦磨难,你也必须去经受。你迎接下了崭新的责任。"

她感激地盯着我:"真的,这里有这里的难处。你看见了,这里连自来水都没有。有一天散步,林子里跳出一个坏人,但我勇敢地进行了自卫。有误解和谣言。我没有退缩,也没法退缩。这里也需要一股坚韧劲儿,要有勇气。我一个人生活,就这么生活着,难处和易处全在一起了。可是我为什么做出了这样的选择呢?"

"你找到了一种更喜欢的东西,难道这也有值得非议之处吗?"

"差不多让你说对了。我认为最重要的是我的工作,我在认真工作。我用全部心灵去爱孩子们,该学会的全让他们学会。从果园里出去的孩子也要过另外的生活,他们会恨会爱,有时像些小武士一样强壮大胆。教会他们这一切,是我的责任。我记住了责任,我没敢忘记。"

"这就不能说是回避。"

"可我总觉得还是回避。你看看有人在挣扎,在呻吟,有人在流血搏斗……我寻求的生活道理在哪里?我要想这些。这种生活与另一种生活的联系在哪里？我应该心安理得吗？……"

我打断她的话："只要有选择，就必然有回避。你回避的是生活中的某些东西，而不是生活本身。如果连这也不允许，那就太苛刻了；实际上也等于窒息了生活。"

肖潇不作声了。看得出她在沉思。

果园里黑漆漆的，我们都像是突然意识到天不早了，抬步往回走去。

走到那排大李子树下时，她停了步子。她说："我们讨论得挺好，今晚上过得愉快极了。明天见吧！"

她走了。我回到自己的住处。不知为什么，我觉得步子有些沉重。回忆刚刚讨论问题时的冷静和清晰，不由得一阵惊讶。现在我又恢复了那种难言的企盼和欣悦，全身感到灼热。

我仰躺在床上。后来我听到了一阵琴声。我走出门去，伫立谛听。当然是那架风琴的声音。琴很老了，因而琴声就有些凄冷。弹奏的人尽量使它欢快起来，让活泼动人的旋律飞扬到夜色里。天空的星辰尖亮逼人，又多又密，这个夜晚的天幕清明到了极点。南风吹过来，凉凉的。

不知不觉间，我迎着琴声走去。当我看到了那个明亮的窗户时，心跳稍稍加快了。我缓缓地向回走去。

琴声一直响下去，由欢快变得低沉、昂扬。我在风中走着，想到了遥远的城市的灯火。那是密集如草的光束，又像树杈一样交织到一起。白天来临，那些灯泡又像果子一样悬在那儿——无数的没有汁水的果子。琴声越来越舒缓，最后像一个人的慢声细语。

她的琴声是我们这场夜谈的继续。她仍然在诉说。大果园接受了一个生气勃勃又充满柔情的女儿,这个女儿伸开臂膀,接受了那么多可爱的孩子。她像个随和的大姐姐,又像个宽容的小母亲。她总是微笑着,动作轻灵和缓,使人们看不到她的忧思。但我从那双黑眼睛里明白了另一些东西,知道了她起伏不安的胸脯下正潜藏了一片炽热。

这个夜晚我梦见了一个双腿颀长的女孩站在了水淋淋的井台上,她向我微笑。

早晨,我突然想到自己来到果园好多天,归期已过,该离开了。一想到这里就有些沮丧,差不多要骂人。到底是什么阻碍了一个人自由自在地在果园里生活着呢?我竟然甘心领受着这种束缚。我在一瞬间决定了待在果园里,起码要再住些日子。不知怎么,我又想起了那个金黄色的小瓜,走以前我可要再去看它一次。

我走出屋子,首先想到的就是去找肖潇。我必须马上看到她。我不知道她的宿舍在哪儿,就直接去教室;教室里空空的,使我想到这是个星期天。我急急地走进办公室,见她正在那儿读书。她放了书站起来,很高兴的样子。我说:"星期天也不休息吗?"她说:"当地的教师都回家去了。我每个星期天都用来读书。您请坐。"我看了一眼那本书,有些惊诧:这与我随身携带的那本诗集是一样的。我看了她一眼,叫道:"肖潇……"

她的目光与我撞到一块儿,随即移开。后来,她又用询问的目光看着我。

我说:"你等一下。"说着返身跑出办公室,跑回我的住处,找到那本书。我把书放在她的书边,说:"你看——我只带了一本书,然而……"

她将两本书叠到一起，又反复看着。看了一会儿，她又把两本书分开了。"我常常在安静的时候读它，不知读了多少遍。我想你也会喜欢它，但不知道你带着它。从我们的交谈中我知道了你会喜欢它，现在证明了。"她又把两本书合到一起。

我愿这两本书永远合在一起。我坐在那儿，一句话也没说。桌上的两本书也在交谈。我看了她一眼，又一次看到了发红的脸庞、一对稍微有些圆的黑漆漆的眼睛。时间一秒一秒滑过去，我们两人都沉默着。不知过去了多长时间，她声音涩涩地说："昨天的讨论——我是说散步的时候，好极了。让我们再继续那种讨论吧……"

我摇了摇头。

"我真喜欢那种讨论。"

我咬了咬嘴唇，摇摇头。

她低下头去，好长时间才抬起来，说："晚上的谈话使我想了好多。我想我们谈得真好，已经很久没有这样了。人们本来可以这样交谈的，可是不能。这为什么？是一个人的修养不同造成的吗？还是其他原因？"

我没有回答。

她接上说："一个人的修养怎样去判断？当然有很多的标准了，可是……"她停下来看着我，"可是有一条最重要的标准被人们忽略了。"

我问："什么标准？"

"说不清楚。我只知道，一个人无论怎样高深，如果他（她）不愿亲近大自然，大自然也唤不起他的柔情，那么就不能算有很好的修养。"

我同意她的说法，进而补充说："这对于一个人是太重要了。有人读了很多书，可仅仅把书作为生活的工具，也无助于修养。如果读懂了多少书还不能算作修养的最重要标准，那就只能把它与大自然联系起来去考查了。"

她的眉毛蹙着连连点头，这使我认识到自己身不由己地又陷入了讨论。我看着她，淡淡地笑了笑。我说：

"肖潇，你弹琴吧！像昨天晚上那样。"

她看了看那架陈旧的风琴，没有动。我又催促了一遍，她就走到了琴边。我又一次沉浸在琴声里……她唱道："没有歌声的夜晚，没有故事的夜晚，没有篝火的夜晚，没有星月的夜晚，朋友啊，这算什么夜晚？……"

她的嗓子那么好，这有点出乎预料。我不知道以后还能否听到这样的歌？这歌声让我想起了过去的岁月，想起了那些不算凄苦也不算幸福的平平常常的日子。我不知道小平原上还有这样的一片果园，我寻找得太迟太晚了。她先一步踏入了果园，她毕竟比我聪慧。

这一夜难以入睡，因为她的歌声总是在耳边萦绕。窗外寂寂一片，没有声息，没有星月。我翻着身子，想这个夜晚她正在安睡吗？"……朋友啊，这算什么夜晚？"我久久不能解答。

这个早晨我起得很早，起来后就走到了那排李子树下。在树下站了一会儿，我又往果园深处走去。太阳没有出来，朝霞的颜色也很淡，凉风使人有些发冷。地上的落叶明显地增多了，秋天好像在一夜之间深入了许多。

我漫无目的地走着，直到看见了一株空空的瓜秧——这个地方十分熟悉，我蹲下来看着，终于明白是几天前看过的那个金黄色的小瓜，它被人摘掉了！我睁大了眼睛，撩起瓜秧看着，看着剩下的一小段瓜梗……我缓缓地转身离去了。

我向着校舍走去。当那片红瓦已经看得见的时候，两脚却不知怎么停住了。我在李子树下久久注视。

我把头靠在树干上站着，不知过了多长时间，才向别处走去。

从李子树下离开的这段短短的路程，我又记起了归期，心中涌起一阵莫名的急促。

中午，我找肖潇告别。她看着我，默默地伸出了手。她说："你来啊！"我点点头……

脚下的落叶沙沙响着。我踏着落叶走去。此行以及关于此行的一切只是生活中的一瞬，但又似乎包含了人生的全部欢乐和全部悲怆。我最后回头看着——她站在那儿，像我第一眼看到的一样：微红的脸庞，稍微有些圆的黑漆漆的眼睛，紫红色的衣服束在了粗杠蓝条绒长裤中……真棒！

一九八七年八月

冬 景

进入十一月，老人的神色变得沉重了。他一个人走向田野，注视天际，眉毛不停地抖动。天气晴和，人们在田里忙着，在海上打鱼，没人注意这样一个老人。

树叶铺地，又被大风扫进干涸的沟渠。老人用一个网包往回背树叶，在自己的小院堆成一个垛子，又用秫秸、破渔网将垛子盖得结结实实。接上的日子老人都到海边上去，提一个粪筐，沿着浪印往前走。海水不断推拥出一些碎煤和木块，他都捡到筐子里。

有一天，他的小儿子穿着胶皮裤子从舢板上下来，看看父亲筐里的东西说："蛴！哪天我去拉车炭不就是了。"老人没有抬头，伸手把拇指大的一块木头捏到筐里。

他把所有的煤和木头都摊在院里，准备经一场雨后，晾干，堆起来。那时盐未被水冲去，这些东西烧起来更旺。平时他走在路上，见到树枝什么的，都要捡起来；现在他每天都去海边捡东西。如果浪印上有一个蛤、一个螺、一条小鱼，他都随手取了放进筐里。他的每时每刻的拾取和积累终于让人纳闷儿了。有人问他的小儿子："你父亲是怎么了？"小儿子笑笑："人老了还不就那样！"

老人住的小院四四方方，是一人多高的围墙围成的，一角是他的小屋。

老伴去世后,儿子让他住新房,他毫不犹豫地拒绝了。小院宽敞,装满了阳光,他一个老人舍不下这么多的阳光。

碎煤和木块摊开来,占去了小院的大部分。半夜里下雨,老人穿上蓑衣,戴了大竹笠走到院里,用一把铁抓钩在木块堆里搅着。雨水在脚下流动,他弯腰取一块木头片放进嘴里咂了咂,品品还有没有咸味,吐掉,回屋子去了。

白天太阳很好,他翻晒着木块煤屑。这样过了几天,他将它们堆起来,拍实,然后用泥封好。看上去,院子的一角像多了一个坟丘。

老人拌了一大堆草泥。他用筐子装上草泥,沿着小屋转着,哪里有裂缝、有小洞,都用草泥糊上。屋后墙上有一个四方小窗,他也用草泥抹上了。

小屋里最大的东西就是一个土炕。这个炕最多睡过六个人:他、老伴、四个儿子。后来死了三个儿子,死了老伴,小儿子也搬走了。可是土炕依旧那么大。一个人坐在暖烘烘的大土炕上,看着窗外白雪飘飘,那才是一种富足。老人把小屋的外部收拾过了之后,又蹲在屋里琢磨土炕。他将土炕凿开两个洞,又用土坯接通了这两个洞口,沿墙壁垒了一圈。这样土炕里的烟火就会蹿到墙壁上,形成火墙。

他记得这辈子只做过两次火墙。

那一次是在奇冷的冬天里,有几个打鱼的人落在水里。他们有幸攀着冰碴儿爬上海岸,立刻昏迷过去。赶海的人把他们救了,背到他这全村唯一有火墙的小屋里,让脚上的冰一点点融化。老婆子在锅里煮几块红薯,煮得软软的,扳过打鱼人的头,像抹油膏一样往他们嘴里喂红薯。

"你真有本事。"老人蹲在刚垒成的火墙下,望着锅台夸了一句老伴。

当年她就坐在锅台边上,打鱼人的脚伸到火墙根,滴着水。

他垒火墙时,她为他搬草泥。草泥稀了,稠了,他晃晃手指头她就知道。那年亏了垒火墙,他们安安稳稳过了一个冬天,还救下了一帮人。这些人如今仍旧在海里搅水,比当年还有劲;可是她没有了。

老人现在重垒火墙,垒好后就在炕里点上了柴草。火苗噜噜响着,不久湿湿的火墙冒出白汽,慢慢变干。他额上挂满了汗珠,十一月可不是点燃火墙的时候。

从屋里出来,他用剩下的草泥加固了墙壁,然后出了院门。向南遥望,远处的山影碧蓝碧蓝的。他每天都要看看南山,从颜色上可以知道风雨。

当年救出的是一些血气方刚的汉子,老婆子说:积了阴德!积了阴德!奇怪的是老天把人间的事情记反了,他三个活蹦乱跳的儿子一个接一个死去了!

那年大儿子被派到南山修水利,快过年了还没有回来。老伴用红薯掺米粉做成了老大的锅饼,让他去山上看儿子。他到了工地上,最后在一个半里长的山洞尽头找到了儿子。儿子头发老长,面色就像石头,告诉他:这条山洞就是他们开的,要凿穿高山。老人慌了,找到他们的头儿说:"这做得成吗?要几辈子?"那个人哼了一声:"你还不相信革命的力量吗?"他只好放下锅饼往回走。他忘不了一路上大雪没膝。还没有出山,他就听见了一声轰响。回到家里的第二天,有人送信说,儿子被埋在了山洞里!

拉儿子的木轮子车几次陷进雪里……

　　那个冬天哪，整个世界都是白的……

　　老人在门口站了一会儿，又转回了院子。他从屋子左侧的小夹道里提出了一个黑柳斗，里面是些破鞋子。他将棉靴挑拣出来，又找出一个形状奇特的东西：这是用生猪皮缝成的四方小包裹，里面装满了麦草，上面还缝了两条粗长的带子。他脱下鞋子，费力地将赤脚插进生猪皮里，又把两条带子缠到裤脚上。生猪皮上的鬃毛全　了起来，原来是一种自制的靴子。

　　这是上个冬天做成的，穿上它踏雪赶海是再好不过了。眼下会做这种靴子的人所剩无几，更没有几个人知道它的妙处。多少人笑话这双靴子，连小儿子和他媳妇也笑。他懒得扇他们耳光，只管穿上就走。冰雪被他踩出了汁水，双脚却感不到一丝凉气。海边上，在小船边奔忙的人冻得乱蹦，唯独他一个老头子安然地走来走去。

　　他试了试靴子，觉得还好。有的地方开了线，他就捻一根麻线，用两腿夹牢靴子，一针一针缝起来。

　　车上的儿子血肉模糊。他们尾随车子往前走，不吭一声。半路上，老婆子一头栽进了白雪里，咬紧了牙齿，脸色变青。一群人围上掐弄拍打，她才算缓过一口气来。老头子蹲下，解开老棉袄的扣子，把她揣进怀里往前走去。她身上的冰雪很快融化了，他的衣襟下一滴滴流出水来。"走吧，回去还得过日子！"

　　生猪皮干硬了以后赛过钢铁。好几次粗铁针要折断，他都巧妙地寻到了去年的针眼。以前缝东西可是老伴儿的事儿，他只是满腿泥巴，在院里走来走去，身边是大大小小的几个儿子。

大儿子的头发有些鬈，一双眼像鹰一样亮。他比父亲高得多，胸脯宽厚。老人与他去伐树，见他握住斧柄时，手指绕了一圈还余出一段。老头子夜里躺在炕上，对老伴说儿子的手指有多么长，那可是个有大力气的角色。白天老婆子盯住儿子的腿看了半天，发现这两条油光闪亮的腿上，有鱼皮似的菱形纹儿！她笑了。

两只生猪皮鞋子修好，中间塞满软草，悬在了屋檐下。

老人又找出一些钓钩和丝线，准备到海上去钓鱼。他盘算了一下，整整有半月的时间可以用来钓鱼。在太阳和暖的日子里，他要把闪闪发亮的大鱼从海里拖上来，然后搓上盐，悬到半空里晒干。等到焦干的鱼片晒成时，他就用马兰草捆起来，五张一沓，像捆烟叶那样。

海上的人太多，小船在远远近近的地方搅来搅去。老人常常因为寻个安静地方要走上老远。他放出钓钩等待着。

很长时间过去了，没有一条鱼上钩。这是自然的，一点也没有出乎预料。他用了大号的钓钩，那就只有大鱼才能上钩，让小鱼继续活着吧。又过了半个钟点，他拉上一条带灰点儿的圆头大鱼。这时小儿子跑来了，帮着他摘下了大鱼，又夸了几句鱼鳍：它是红的。然后他就埋怨父亲说："蚝！我从舱里取几条不就结了吗？"老人继续往海里放渔线。

尽管整个一天风平浪静，老人才仅仅钓了三条鱼。三条鱼都很大很肥美，躺在筐里。他回到小院，给鱼剖膛、搓盐。鱼悬到树枝上了。小儿子又送来三条。这三条通身乌黑，不漂亮。他哼了一声，打发走了儿子，同样剖洗搓盐，悬到树上。

二儿子的一生与鱼紧相联系。在他刚能吃东西的时候，老婆子就喂他鱼。后来他果然强壮，只是要比大儿子矮上两寸。他浑身皮肤像鱼一样滑。四岁的时候他到海边上玩，逮到了一条一尺四寸长的鱼。

他是怎么逮到的呢？

老人后来只要一接触到鱼，就会想到那个费解的事情。六条鱼悬在半空，在暮色里银光闪闪。他仰脸看了一会儿鱼，又到屋子里去看沸动的锅水。他把鱼身上剖下的东西煮了，鲜气诱人。

一连几天他都在海边上钓鱼。每天的收获都不超过三条大鱼。天渐渐冷了，老人清清楚楚嗅到了严冬的气味。严冬眼下还只是藏在水天相连的地方，可是它已经有了气味。正像一头猛兽藏在远处的灌木中，好猎手嗅得见它的气息。他一声不吭地盯着从脚下伸到水中的那根线。

二儿子是怎么逮到它的呢？

对付大鱼要有钓钩、网，要有指尖上的力气。可是一个四岁的嫩苗竟然不需要这一切，笑吟吟地将那家伙抱回了家。老人用手握住了线，感受到有个东西在另一端挣扎，就欠身拉扯起来。线像一条钢梁，沉重、冰凉，用拇指拨一下发出"嗡"的一声。那条鱼在那一端肯定是张大了嘴巴咒他，腥气熏人。后来谜解开了，它是一条浅灰色的大片子鱼，像一把伐木的锯子。到了浅水里，它蹿了起来，要咬住人复仇。老人瞅住机会，抬脚踩住了它。

它红色的眼睛乜斜着他。二儿子出海回来曾告诉父亲一些奇怪的感受，说鱼眼像人。小伙子高高细细，被海水渍得黑红乌亮，像被一种老漆涂过。船老大金狗旧社会杀人如麻，杀的全是坏人，如今在海上威震四方。金狗最满意的就是这个细高小伙子，给取个外号叫"钢筋"。金狗把船开到深洋里，说："不要命的人总是长命！"

鱼在沙滩上堆成了山。方圆几十里的都来搬鱼山，扔下一块钱，鱼就随便担。天冷了，大雪落下来，鱼冻成了一根根硬棍。赶海的人互相吵起来，有时就抓起一根鱼棍横扫过去。

老人在金狗最得意的那个秋冬也没有停止钓鱼。他搞来的鱼个个强壮。老伴为他送饭，有煎鱼，有巴掌大的棒子面饼，嘿，结结实实咬一口饼，用力咀嚼，甩开膀子去扯渔线。那时哪像现在这样钓鱼，蹲着，喘着气把鱼拖上来。

小院的树枝上悬满了鱼。这棵树落光了叶子，又结满了"鱼果"。老人坐在树下，有时用脚踢一下树干。树木向阳那面悬着的鱼哗啦啦响，他就取下来用马兰草捆了。干鱼的脊背上还闪着微蓝的荧光，那是从大海深处带来的。这些鱼如果一直待在深水里就会活得挺好，它们却偏偏要到浅水里去寻找要命的渔钩！

就像大雪陷住木轮子车的那个冬天一样，这个冬天同样出奇的多雪和寒冷。老人不怎么出他的小院，只和老伴围住暖烘烘的锅灶。听说金狗的船也不怎么出海了，只是在海里栽了流网，隔几天进海拔一次网。有一天半夜里涌起了大浪，大海的轰鸣声就像打雷一样。金狗呼喊他的人快去海上抢网，一群人发了疯似的往堆满了白雪的海岸上跑。二儿子走了，老人再也睡不着。他穿上老棉袄，用一根黑色网纲束了腰，往海上走去。

他至今记得那个早上海浪突然安息下来，一群黑乌乌的人站在雪地里，见了他都扭过头去。他大口喘着走过去……就这样，他见到了死在雪尘中的二儿子。儿子满脸血污，左手还紧扯着一片渔网。金狗领人往东海岸追去了，每人手里都举着橹桨和棍子，还有锈蚀的铁锚。一夜的大浪把渔网搅乱了，金狗命令赶快拼抢。另一渔队过来夺网，金狗让手下人抡起家伙。"钢筋"一个人抢来了三块大网，当他瞅准了第四块时，头上挨了一记铁锚。

他躺在那儿，就像睡在大土炕上一样，顽皮地扭着身子，一只手插在毛茸茸的雪被里。

拉儿子的木轮子车几次陷在雪里……

那个冬天啊，整个世界都是白的……

后来老婆子半夜跑出小院，一直向海上跑去。老头子跟在后边喊她，她一声不应。前边就是闪着磷光的海水了，她一头栽了进去。他赶紧跳进海里，觉得这漂着冰碴儿的水浪像沸水一样滚烫。不知怎么抱住老伴，爬到沙岸上，见她紧紧闭着眼睛。他问："你死了吗？你可不能死！咱们还有两个儿子！三儿子快长大了，小儿子也生出来了。咱们还有两个儿子！"

剩下的半个夜晚他煮了一锅鱼汤，放了很多姜。土炕烧得热乎乎的，上面躺了剩下的两个儿子和水淋淋的老伴。他知道她死不了，她不会撇下他对付这个冬天。

不过他知道那样的日子也许不远了。大约又过了两个冬天，老伴死去了。这个女人真好，她伴着老头子过了一个冬天又一个冬天，实在走不动了还送他一程……

以后的冬天是他自己的事情了。他沉着地生起炉火，把小屋里的寒冷驱赶到荒凉的旷野里。

三儿子和小儿子没有前两个那么高大，他们差不多是一个比一个矮瘦一点儿。老伴在世时，他曾经感叹："这就是说，咱俩身上的火力不行了。"老婆子缺少牙齿的嘴巴咀嚼着一块干鱼，又吐出来填进小儿子的嘴里。

干鱼一捆一捆积起来，堆放在屋角的一个搁板上。老人觉得这差不多了，可是第二天，他还是带上渔具到海边去。

天冷了，他穿了一件长长的棉衣，真正的冬天就要开始了。海里的船不像秋天那样欢快，像僵在了阴暗的水面上。整整几天没有看见小儿子了，老人心里有些不安。这是最小的一个儿子，也是唯一的一个。后来小儿子又活蹦乱跳地出现在海滩上了，他才专心地钓鱼。他知道现在的忧虑是多余的，冬天才刚刚开始。

小儿子自己有一条船，似乎自在得很。几年以前他要做个渔人，就必须跟上金狗。年代变了，金狗也死了。这个满身疤痕的船老大死得不明不白，像是被什么人勒死在船舱里。小儿子和媳妇扛着网具走在海滩上，那个女人见到老头子在不远处踞着，就会忍住笑发出一声："啧啧！"

有一次老人听到她发出的这种声音，就叫过儿子来说："别再让我听到这个！这是最后一回了！"

老人钓着鱼，十分气愤。前三个儿子都是壮男儿，可是都没有女人；最后一个儿子娶了个女人，嘴里吱吱响。他想如果要是老伴在世，不会在乎这种声音的,她真是一个随和的好人。他坐在海边做活,她就送饭,看他干一会儿。当一个男人老了,他的女人也像他一样老了,满脸深皱,那么那个女人真是无比珍贵!

有一个冰凉的东西钻进衣领,后来才明白是雪花。他站起来看着,天边有一片灰色的云彩。第一场雪就这样开始了。他决定收起渔钩。那个小院里已经准备了对付冬天的各种东西,当冬天走进时,他就缩进那个小窝里顽抗。他仔细地缠着渔线,一边看着星星点点的雪花落进海里。

每个冬天开始的情形都不一样:刮一次冷风,或者降一层毛茸茸的霜,有时甚至是下一场大雨。不过用一场雪开头是最好不过的,它预示了真正的冬天。三儿子就是在冬天的第一场雪里出生的,后来又在另一个冬天里离去了。他皮肤白白的,像雪花一样干净。这是老人和老伴所能生出的最俊俏的孩子了,他们看着他长高了,看着他又黑又亮的眸子、长长的眉梢,真不知道这个小子要来世上做些什么!

那时他来海上钓鱼,到野地打柴火,都要领上三儿子。老婆子说:"孩子学不会这些,不信你等着看吧,他不是在海边上做事的料儿。"老头子笑着,可是三儿子不吭一声,只用忧郁的眼神看着他。老人不喜欢娇嫩的东西,人也是一样。可是这个孩子像个晶亮透明的海贝,让人忍不住就要藏在贴身的小口袋里。

老伴临死的时候,最牵挂的也就是三儿子。

第一场雪照例下不大。雪后不久该是呼呼的北风,沙土会飞飞扬扬。老人准备了几个麻袋子——当风停沙落的时候,沙丘漫坡上会积一层黑黑的草屑，细碎如糠，是烧火炕最好的东西了。往年这时候他和老伴干得多欢，跪卧在沙丘上，像淘金一样筛掉黄色沙末，把草屑收到衣襟里，再积成几麻袋。

风果然吹起来，直吹了两天两夜。风停了，老人提着麻袋往海滩走去。黑乎乎的草屑都积在沙丘的漫坡上、坑洼里，他一会儿就装满了袋子。把袋子扛到肩上，要有人帮一把。他一个人只好将它滚到高处，立起来，弓下身子顶住袋子。老伴儿伸手一推也就行了，他可以顺劲儿来一下子，让它顺在肩上。三儿子跟着他跑一阵，在沙滩上滚一阵，老婆子不停地叫着孩子。她要留下来继续弄草屑，坐在那儿，伸手将沙土和黑末子一块揽到跟前。老头子和儿子返回来的时候，她已经在身边堆起很多的草屑了。三儿子远远地就指着妈妈说："爸，妈快把自己埋下了。"

不久，老伴死了，就埋在沙丘那儿。

她的坟堆也如同沙丘，大风吹来吹去，沙丘一个连一个，最后分不清她睡在哪座沙丘中了……三儿子那句不吉利的话至今响在耳边。老人扛着草袋，走累了就倚着小些的沙丘歇一会儿。他总觉得重新赶路时下边有谁推了一把，他想那还有谁，那还不是老伴儿那只瘦干干的手吗？

他一连在沙滩上奔忙了三天，小院里堆了满满几麻袋草屑。

天越来越冷了。小儿子有时进院一趟，向手上吹着气，搓着。他说："爸，刀割一样。"老人斜他一眼，心里说：你经了几个冬天？小儿子看了看孤树上面，笑了。树枝上悬了最后的一条鱼。那是条大鱼，油性也足，要多晾晒些时日。他咂了咂嘴巴，说："肥得像鸡。"老人抬头看着那条鱼，回想着把它拉上海岸的情景。好像就是它用血红的眼睛斜了自己一下。小儿子将院里的东西一一看过，又看了屋里的火墙，一脸的迷茫。

老人一个人在院里的时候，手总也闲不住。他找了块木板，钉上长长的木柄，做成了推雪的器具。几把扫帚用旧了，就拆开来，合成一把大扫帚。他用这把大扫帚清除了院子的脏物，然后和推雪的木板一起小心地放好。再做点什么呢？老伴儿那时候见他转来转去的，就和他一起剥花生、剥麻。天还不黑，老伴儿就动手做一家人的晚饭了，一会儿满院子都是红豇豆稀饭的香味儿。三儿子在院里捕蜻蜓，小儿子负责保管捕到的蜻蜓。那时候还像一个家。

三儿子读过了初中，在院墙上写了很多外国字母。问他什么意思？他说"数学"的意思。"数学"是什么意思？他说"算账"的意思。行了，终于有了会算账的人了。老头子亲自推荐儿子到海边卖鱼房里做会计。那时候老人兴奋极了，他终于明白这个雪白的孩子到世上是做什么来的了。

一年之后，三儿子报名参军。老人并不反对，但还是习惯地咕哝了一句："好男不当兵，好铁不打钉。"儿子把漂亮的眼睛瞪圆了，说："你怎么能说中国人民解放军是'钉'？"他当兵走了。

他走了，冬天来过两次，都不像个冬天。小儿子长大了，成了这个小院里走出的第二个渔人。老大死在南山，他算什么？也许该算个石匠吧？这个小院的第一个渔人可算条汉子，不过不能学他，你得赖赖巴巴活下来……第三个冬天冷酷无情，滴水成冰，冻死了一头驴，还冻死了一只羊。前线传来了作战的消息,战事演大。大雪朵像棉絮一样掉在小院里,老人一边往外推雪一边盘算着什么。他有了一种奇怪的感觉。这种感觉以前也经验过,就是那一次从南山走出来,踏着没膝大雪时的感觉,他在心里小声呼唤着:"我的儿子!我的儿子!"

那个冬天的夜晚奇冷,他烧热了火炕,围紧了被子,牙齿还要打战。那些夜晚他想,老伴不在了,可不要发生那种事情,他一个老人待在小院里可受不住那一下啊!白天他不出门,缩在屋里,连小院也不怎么去。他躲避着什么东西。

终于有人叩响了门。乡长、村头儿,好几个人神情肃穆地跨进小院。其中一人捧着一摞东西,上面放着一个精制的小盒,盒里有金星闪耀。老人迎上去,看了看,缓缓地坐在了厚雪上。

奇怪得很,那个冬天他也过来了。三儿子没有了,送回的是一枚立功奖章。老人一辈子也没有见过这样奇怪的东西。小儿子抚摸着说:"要是金的,就要藏起来。"

一阵风吹来,树上那条鱼碰响了枝丫。老人倚着树干坐着,闭着眼睛。如今奖章就在屋里的一个小钟罩里,它的一角被磨过,露出了另一种颜色……"你这个混蛋!"他骂了一句小儿子,仍然闭着眼睛。

门响了一下,小儿子提来一只鸡。老人把它收拾了一下,搓上盐和作料,悬到树上。这是要做成一只"风干鸡",它可以放到来年暮春。儿子叹了口气。老人说:"怎么不出海?"

"给小船堵漏呢。"

"要出快出,半月后把船搁了吧。"

儿子愣愣地问："为什么？"

老人没有吭声。他站起来活动着，弓着腰咳着，费力地说："在家……熬冬。"

"冬天可是采螺的好时候哩。"小儿子奇怪地瞅着父亲的脸。

老人再不说话了，坐在树下草墩上，眯着眼睛。雪花无声无息地飘下来。

这一次的雪花越落越大，很快积了厚厚的一层。大雪下了三天。人们都呼喊着："好大雪呀！"老人用大扫帚将雪赶出小院，在心里说："这算大雪吗？我经过的那三次大雪，埋掉了三个儿子。"

三天的积雪慢慢融化，天气骤冷，小儿子跑来，伏在窗上嚷："爸，怎么还不点上火墙？"老人在熬一锅稀粥，耐心地搅动着，说："还不到时候。"

积雪化完了，天还那么冷。打鱼的人全都不出海了，在家里生起了火炉。小儿子忙了一秋，没有拉炭，就抄着衣袖到父亲这儿找取暖的东西。老人没有给他，他哭丧着脸走了。这样又熬过了几十天，天气慢慢转暖了，蓝天上白云飘游。小儿子扛着橹桨走出来，见了父亲说："俺这回不是把冬天过去了？"老人端量了一眼儿子，说："给我回去，待在家里熬冬。"

儿子笑出了声音，因为他这会儿看见父亲穿上了自己缝制的生猪皮靴子，小腿那儿还用粗布缠了。

老人对儿子后面的几个渔人说："回去，回去。"

几个人对视了一下，往回走了。小儿子一个人站立了一会儿，也回家了。

老人缓缓地走上海岸。大海还算平静。他眉毛跳动着，遥望着水天相连的地方，又把耳朵侧起来倾听。他好像听到了一件瓷器被缓缓地碾碎，咯吱吱的声音从海底传过来。当他转过脸来的时候，看到有一半海水变了颜色。一线黑云在远处悬着，云与水之间像是闪着紫红色的火苗。海浪一点点加大了，后来卷起一人多高，扑碎在沙岸上，有"昂昂"的回响。头上还是晴天，可空中分明落下雪粉。空气一瞬间凝固了，像无形的冰筒把人裹住。老人转身离去，步子急促。当他站在一个沙丘上回望大海的时候，大海已经没有了。

他知道那是风暴劫走了大海，用它制造冰雪和严寒，然后一股脑儿压向泥土。天地间有多么凶狠的东西！

他跑起来，一口气跑回小院。

小儿子和媳妇站在小院里，见到老人回来了，就放心地往回走。老人说："哪里也不要去了。冬天开头了！"

他点燃了火墙，噜噜火声与风暴的声音搅在了一起。小儿子走到院子里，立刻呆住了。雪花像一群惊慌的蜜蜂在旋动，树枝上那条肥鱼狠劲拍打着树干。天空一片昏暗，小院外的东西什么也看不见。他退回了屋里，"嘭"一声将门关严。

老人从屋角提出一捆鱼，挑出两条油性足的扔进锅里。水滚动着，浓浓的鲜味满屋都是。这种气味使人神情安定下来，小儿子和媳妇笑嘻嘻地围在锅台上。老人用一个勺子将水面的泡沫刮掉，使汤汁变清。两条鱼的红鳍展开来，一瞬间活了，沿着锅边游了两圈。小儿媳妇抓了一把葱姜，喂鱼似的投进水里。老人合上锅盖。

一个个冬天逝去了，新的冬天又来临了。老伴儿在世的那些冬天就在眼前，如今还嗅得着她煮出的鱼汤。几个孩子依次坐在炕沿上，由他捏起雪白的鱼肉给他们一一填到嘴里。天黑了，一家人躺在炕上，二儿子装成会打鼾的人，其他的孩子哧哧地笑。半夜里，老伴儿弓着腰披着衣服，在屋里活动着，添添炕洞里的柴火，给灶上的铁壶灌水。她提起铁壶，用铁条捅火，蹿起的火苗把她的脸映得通红。

小儿子揭开锅盖，舀了几碗鱼汤。

鲜味儿使他媳妇不住声地咳嗽。她捧起碗来，又烫得赶紧放下。她说："爸呀，喝汤……啧啧。"

她又发出了那种声音。老人瞪了儿子一眼，走出了小屋。

天黑了，第一阵风雪平息了。院子里已经积下了半尺厚的雪。老人取了那个推雪板一下下推起来。如果不在夜里将雪清除，那么新的积雪就会掩住屋门。寒气比他记住的任何一个冬天都要严厉，他紧紧咬住了牙关。他知道这不是平常的冬天，一切才刚刚开头，没有错的。

他记得有人说过，冬天总是跟老人过不去；可他却在冬天里失去了三个儿子。三个活蹦乱跳的小子没有了，生他们的那个老人还活着。他还有一个最小的儿子，如今就待在暖烘烘的小屋里。老人刨开院里的草泥堆，取了些煤屑木片回到屋里。小儿子和媳妇歪在炕上睡着了，一溜儿空空的瓷碗摆在一边。老人伸手到席子下试了热力，然后给炕洞子添了东西。他盯着洞里的火燃起来，然后又取了麻袋里的草屑，厚厚地压在火炭上——这样，永不熄灭的文火将使他们睡得更好。一切做过之后，老人又掩上门走出来，走到院门口。

雪还在落着。茫茫白雪泛出微微的光亮，从脚下铺到遥远的地方。老人的眼睛一动不动地看着雪地，他怀疑这个新的冬天会漫无尽头。"天哪，我已经损失了三个儿子，谁都会说那是三个好儿子。三个小伙子三个行当，他们是石匠、渔人、兵。"

老人像守门人似的，蹲在了小院门口……

一九八七年九月济南
一九八八年六月龙口

胶东葡萄园田野　　田恩华摄

鸽子的结局

我和弟弟有过一个好朋友,他就是荒原人肖贵京。

肖贵京是个四十多岁的汉子。那时候,有人在离我们家不远的地方开垦了一块葡萄园。当葡萄结出来的那年,园子当中就垒起了一个平顶小泥屋。荒原人肖贵京就住在里面。

肖贵京有一支很长的土枪。那时候我和弟弟常去找他玩。他对我们很好。我们觉得他是世界上最好的一个陌生人了。他不仅给我们葡萄吃,还在夏天点上篝火引来知了,用油煎了给我们吃。那种香脆的滋味让人久久不忘。

有一天他的脸色突然变了,阴沉着,见了我们也不爱搭理。

我问:"肖叔叔,你怎么啦?"

他不作声。弟弟问他也不作声。他在门槛上坐了一会儿,又站起来。我想,一定是发生了什么事。后来我们就不问了。又停了一会儿,他主动告诉我们:

"昨个晚上,我在屋顶睡觉,看见了一个女鬼。"

"什么?"我们都愣了,喊起来。

谁都知道鬼是很吓人的,也知道那是一般人绝不可能碰上的事。肖贵京真的遇上了,这让人觉得无比恐惧又无比诱惑。我们详细询问起来。

他告诉：为了能把葡萄园全都看在眼里，就要在屋顶摊开行李睡觉，天冷了再回到屋里。夜里他总是睡一会儿就睁开眼睛，四下里瞄一遍。他的枪一直放在行李旁边，担心火药被露水打湿，总是用被子盖住。他说："我晚上被冻醒了，起来看星星，估摸是半夜。这时候突然听见了嚯嚯啦啦的哭声。往北一望，见一个头发披散的人，穿一身白衣服，一边哭一边跑。她好像往大海那边跑。她一直背对着我，越跑越远。"

我说："那你怎么不开枪？"

他摇头："鬼是打不得的。再说我的枪也打不到那么远。这个鬼，我想是海里淹死的。你们不知道，有一年一艘客船从大连往龙口开，是个冬天，船在半路炸了。成百的人都掉到海里，一挨上浮冰就冻得不会动了……第二天好多人去赶海，看到海潮推上来很多死人，就把他们埋了。从那以后每到半夜什么声音都有。有哭有笑，有男有女……"

天哪，肖贵京的话多么吓人啊！

我们不敢看他。又停了一会儿他说："这个女鬼以后还会来的。"

我和弟弟十分好奇，尽管害怕，还是想和他一块儿过夜。

到了晚上，我们像过去一样点亮篝火，把小铁锅用油擦得锃亮。弟弟往葡萄架旁的杨树上摔石头土块儿，树叶哗哗一响，上面的知了迎着火光就扑下来。

我们还一块儿享用他打来的一些猎物，那是野兔之类。他煮了一锅肉汤。吃过了晚饭，我们就踏着木梯到屋顶上去。肖贵京让我们分开躺，因为三个人在一处会把屋梁压折。屋顶颤颤悠悠的，真的随时有倒塌的危险。

我们等啊等啊,露水把头发全弄湿了。没有一点儿奇怪的迹象,只有天空传来的大雁咕嘎咕嘎的声音。猫头鹰在远处叫着,报来不祥的音讯。天上的星星一齐瞪大眼睛。

肖贵京把枪搂在怀里,枪口直指北方。

这一夜就这样过去了。

第二天晚上我们还是爬上屋顶,结果仍旧没有什么事情发生。肖贵京怀疑那个女鬼是怕我和弟弟。他若有所思地拍着脑袋说:

"嗯,可能是这样,你们两个火气太旺。要知道,阴间的东西最害怕阳气足的人。你俩在这儿,她也就不敢出来了。你们明天晚上不要来了,我自己等等看。"

第三个夜晚,我和弟弟没有去小屋,可是悄悄藏在了葡萄架下。我们暗中看着他踏着木梯上了屋顶,像打伏击一样搂着枪趴在那儿。我们一声不吭。有好几次我嗓子痒得难受,好不容易才把咳嗽忍住。大约到了深夜两点左右,屋顶上趴着的身影突然动了一下,接着我们都看见了他的枪口在慢慢移动。我们屏住呼吸,知道他在瞄准。可是这枪筒往上扬着,扬着,最后竟然朝着天空放了一枪。好大的声音啊。我们大叫一声从葡萄架下蹦出来:

"怎么啦?怎么啦?"

肖贵京不作声,从木梯上抱着枪下来,怕冷似的抄着手说:"她又出来了。你们什么时候来的?没听到哭声吗?"

我们都说:"没有。"

"我打了一枪,她一下就没了影儿。哎呀,这荒滩上什么事儿都有……"

我和弟弟对视着,半晌没有说话。

从那以后,我们再也不敢独自到荒滩上走了。不过我们有时还真想去碰见那个女鬼。我们不知道那时候她会怎样?她会说话吗?

有一段时间我们打着可怕的主意,故意在近一点的荒滩上游荡。我想,我是不会怕她的。她会和我们和平共处,说不定还会告诉我们那次大船怎样出事……

这一年冬天雪特别大,前一场雪还没有化掉,后一场雪又来了。新雪覆盖旧雪,天冷得要命。荒原人肖贵京没有离开小土屋,他是个单身汉,没有别的地方可去。他在屋里支起一口小铁锅煮东西吃,吃饱了就出来给葡萄培点土,做一些可做可不做的小事,剩下的时间就藏在小屋里。他常常在雪地里踏上一行脚印,提回一串猎物。他把土炕烧得滚烫,煮着肉汤。由于他夏秋时节种了一些白菜萝卜,所以整整一个冬天都有吃的东西。

有一天我们三个在园里玩,一走近小土屋就看到屋顶上落了一只鸽子。肖贵京立刻蹲下,示意我们不要出声。

我看着那个鸽子,觉得它漂亮极了。它也许是孤独才到我们这儿来吧。反正它一点都不怕我们,大大方方看着我们三个人。

正这会儿,肖贵京轻轻扬起了枪口。我在关键时刻飞快推了一下——扳机扣响了。由于是霰弹,所以尽管打偏了,那只鸽子还是受了伤。它没有落下来,歪歪斜斜飞着……

"追!快追!它飞不远,它伤着了!"

他领着我们跑，绕过几行葡萄架。那个鸽子还在艰难地飞着，看来它伤得不轻。它飞得很慢，飞一会儿就落在雪地上，等我们跑近了再飞。有好几次肖贵京都想开枪，可总嫌离得太远。我们在鸽子停留的地方看到了血红的雪。鸽子的血像人血一样。

谢天谢地，鸽子离我们越来越远了。它飞到了一片槐林里。

肖贵京骂着往回走去。我们随他来到小土屋里。他的脸一直阴沉着，我们就离开了。

当我们穿过葡萄园时，积雪已经把裤脚弄湿了。弟弟走了一会儿，突然站住了。他建议我们去把那只鸽子找回来：

"它流了那么多血，这会儿肯定飞不动了。我们去槐林吧。"

我们调转方向，向那片槐林走去。

一路不知跌了多少跤，浑身都被雪粉糊住。那片槐林里有好多灌木和草棵，被大雪覆盖了，常常把我们绊倒。有一次我倒下去，手上扎了酸枣棵的尖刺，鲜血一下染红了一小片雪，就像鸽子的血一样……

这片槐林并不大，我们仔仔细细从树上和树下找。槐树上结着雪块，风一摇就落下来，掉进我们的衣领里，把我们冰得直抖。

不知找了多长时间，弟弟首先发现了那只鸽子——它偎在一个大树墩跟前，那儿有一团干草。

弟弟小心翼翼地接近，一边脱下上衣——当离鸽子还有一米多远的时候，他猛地把衣服往上一撂，盖住了鸽子。我也跑过去。我们俩按住衣襟，从下面摸出鸽子。当我们把它取出来时，手上已经沾满了鲜血。

它原来伤了翅膀。我们小心地用衣服将它裹好，摸了摸它小小的额头，安慰着它，然后往家里跑去。

回家后我们马上给它抹上红药水，还包扎了一下。妈妈把它的羽毛剪去一点，说："这样它就飞不走了。等养好了伤再说。"

我们每天都要给它上药，喂它高粱和玉米。大约二十天过去了，鸽子的伤长好了。它的食量也增大了，吃得胖胖的。我们全家都高兴极了，连父亲脸上也绽出了笑容，还要抚摸一下鸽子润滑的羽毛。母亲和我们谈得最多的就是这只鸽子。它好像很懂事，在屋里一边走一边"咕咕咕咕"叫，还时不时地在我们脚边偎一会儿。我和弟弟轮流把它捧在手里，揣在怀里。弟弟还让鸽子的嘴巴对在自己脸上，亲它的额头。

它的翅膀长得像过去一样，又开始拍打起来。它还会飞上天的。

我们给鸽子在屋檐下垒了一个窝，里面铺上了弟弟的一块花手绢。鸽子第一次试飞，打了一个旋儿就落在了院子里。后来它离开我们屋子，在四周盘旋一圈，然后再飞回自己的窝里。

我们有了一只自己的鸽子，这真了不起啊。

我们又到那个葡萄园里去了。肖贵京长时间没有看到我们，似乎有些寂寞，他问我们做什么了？我们搪塞着，隐瞒了鸽子的事。我们突然想起了女鬼，问他怎样了？

"没有了，再也没有了。天冷了，我也不能天天上屋顶。"

好不容易盼来了夏天。这时候我们的鸽子可以飞到很远的地方去了，但总是能按时飞回来。可是有一次它四天没有回巢，母亲急了。我和弟弟简直绝望了。

第五天半夜我被什么惊醒了，爬起来一看，见父亲从窗户上探出身子，划亮了火柴去照屋檐下的鸽子窝。里面还是空空的。我听见了一声叹息。这是父亲第一次和我们一同忧虑。

第六天鸽子回来了。我们全家像过节一样长时间看着它。我们想把它抱到怀里抚摸，可它怎么也不肯。

夏天的夜晚是葡萄园最好玩的时候，我们和肖贵京一块儿爬到土屋顶上，望着无边的夜色。肖贵京怀着永远不能消退的兴致，等待那个女鬼。

他有一次笑嘻嘻地说了一句话，让我吃惊："如果是个男鬼，我早就不理了。"

我当时没听明白是怎么回事，可就是忘不掉。

那个女鬼当时只留给他一个背影，如果她转过脸来呢？她长得好看吗？她是一个女鬼，但能不能再变回平常的人呢？她善良吗？这一切都无法回答。

肖贵京问我们："你们两个敢到海滩上去？敢在那儿玩到很晚吗？"

我们互相看看："怎么不敢？我们就玩到很晚，玩上一个通宵。我们在月亮底下能跑老远老远，穿过大片林子，跑到海浪跟前……"

肖贵京摇摇头："你们不怕遇上她吗？"

我说："不怕。"

虽然这样说，但知道是说了假话。我们自从知道了女鬼，就再也没有跑到荒原深处，没在夜间跑到海浪那儿。

这个夜晚肖贵京的话很多。他告诉我们：护秋的光棍汉里，就有人常年在野地里睡觉，最后还交往了女鬼。"她们当中还真有好的。她们可不像传说那样拉着长舌头，也是人，和人一样；只不过她们在夜间活动，不在白天活动。有些光棍汉就和女鬼住在小屋子、草铺子里，到了夜间和她过日子，到了白天就一个人孤单。"

我们听得直冒冷汗。他又说了一句：

"那不也挺好的吗？"

我这才明白，原来他有自己的打算。怪不得他总要在屋顶上伏着。这会儿我觉得女鬼不那么可怕了。他说：女鬼和人不同，她能变成各种各样的东西，比如说一只麻雀，一只老鸦，一只大雁……

我和弟弟脱口而出："会不会变成一只鸽子？"

肖贵京的脸一下变色了——他大概想起了那个在大雪天被打伤的鸽子——是啊，那么孤孤单单的一只鸽子，单独落在这个小屋上，难道是偶然的吗？这会不会是她变的呢？肖贵京的手在左胸脯上抖抖地摸索，掏出了烟锅。我们看到有好长时间，他的神色都有点恍惚。

从此以后，我们心中也装了一个疑团。从葡萄园里出来，回到家里再看那只鸽子，怎么看怎么觉得它怪异。我和弟弟下决心不把这个秘密告诉妈妈，担心她会害怕。半夜里，我们常常爬起来，去听窗外鸽子窝里的声音。鸽子熟睡着，没有任何响动。到了早晨，它蹲在窝外，挺着鼓鼓的胸脯。它的胸部可爱极了。我们老想用手在它那儿拍打几下。那个饱满的耸起的胸部啊，只有鸽子才长得出……我想不出任何动物还能比鸽子更美丽。

它跟我们一家人相处得那么好。但是它很少落到我们身上，让我们捧在手上抚摸着亲昵。它总是远远地给我们一个微笑，在小院里盘旋一圈，飞起来。

转眼又是一个冬天来到了。我们还是到葡萄园的小土屋里去。肖贵京不停地在屋里奔忙着，一会儿做一点红薯吃，一会儿又炖好了什么野味。

有一天我和弟弟走到那儿，老远就喊起了他。往常他总要应答着出来，可是这一回任我们喊着，就是没有应声。我们觉得奇怪。门虚掩着，我们用肩膀把门碰开，一下子呆住了：肖贵京抱着枪，跪在小屋的中间，面前是一只血淋淋的鸽子。

"啊？"

我和弟弟一齐喊叫了一声。我们想起了自己的鸽子。弟弟俯下身，扒开鸽子左边的翅膀，接着尖叫一声。我也看清了，那里有一个疤痕！不错，这是我们的鸽子啊。我指着肖贵京大喊：

"你！你打死了她！你……"

弟弟用拳头猛击他的胸脯，骂着，甚至踢他的手。奇怪的是肖贵京抱着枪，仍然跪在那儿，一声不吭。这样待了一会儿，他喃喃着：

"我，我不知是怎么了，听到外面有声音，走出屋子，一看是它，落在屋顶……我就……不，"他说着又否认起来，"我的手按在扳机上，只是想吓唬它。我实在不想打下它。我不想打下它。我知道它不是一般的鸽子，不是。我心里明白是她变的……可是我手一抖，扳机就响了。我敢发誓，这不是我扣响的 —— 我的手还没挨上，它就响了……我的手指到现在还没挨上扳机啊！我发誓……"

"胡扯！骗子！胡扯！"弟弟骂起来，满脸泪花。

我把鸽子捧起来，挨上胸口。它的血顺着衣服滴下来。

黄昏时候，我们三个在葡萄园里走着，找了个最好的地方把鸽子埋掉了。我们给它立了个小小的坟尖。

从那儿以后,我觉得这片无边无际的原野上少了一个灵魂。从此我们的荒原就变成没有魂灵的、死寂的一片了。

我们的荒原将慢慢地死去,这一天已经不远了。

一九九〇年二月

王 血

人们步入荒原时,总会发现各种各样奇奇怪怪的事情。一些从未见过的动植物从眼前掠过,引起阵阵惊喜;但他们却极有可能忽略这样的情形:在一片茂长的茅草和灌木中间,有时会看到一个不规则的圆形,它寸草不生,是裸露出的一片黄土或沙粒,与四周的蓬勃形成了鲜明对比。

回忆一下,似乎多次见过这样的场景了,只是谁也没去多想什么。辽阔的荒原嘛,本来就是无奇不有,发生什么都是自然而然的。

但这毕竟是一片空白,它什么也不长,仔细想想有多么奇怪!每年的风沙搅起来时,草籽纷纷落下,为什么它就寸草不生呢?

听听那些荒原故事吧,它们或许会使人恍然大悟……

很早以前有一个大王,他和所剩无几的士兵被敌人追赶到一片荒野上来,最后就战死在这儿。士兵围在他的四周,一个一个倒下了。就是士兵的血使这片荒野的树木和茅草一代代生得如此繁茂。大王倒在中间,他的血渍过的这一片却寸草不生——王血有毒。

这故事如果是真的,那么这荒野从古至今不知有过多少次壮烈搏斗。

那个大王身高八尺,刚开始的时候没有盔甲,兵也是一些普普通通的人。后来队伍越拉越大,兵也就服装齐整,他自己也穿上了盔甲。他们都使用矛枪,无比英勇,所向无敌,攻下了无数城池。每进一座城,他们就放手抢掠官家的财物；再后来，大王就立起了自己的城池，血红的旗帜迎风飘扬，上面书着大王的名字；左右再不敢直呼他的名字，都称他为"大王"。

大河的另一面，战鼓不绝，杀声震天，他的兵士正在和敌人做殊死搏斗。夜晚，他站在城墙上，望着远处红色的月光，误认为那是战火烧赤了天空。他说：

"好壮丽啊，山河壮丽。"

大王没有读多少书，他小时候跟父母在渠边上种地瓜。父亲用一根紫穗槐条子狠抽他的脊背。那时候他刚刚八、九岁。父亲因为他偷食了瓦罐里的一块地瓜干：那是父亲用来充饥的。父亲在地里抡镢头，刨出了一些茅草根，很小的大王就负责把草根拣出来，扔到水沟里。

这片地瓜田已经种了好几代，奇怪的是越种面积越小。邻近的一个富户不断把土地往这边推拥。大王的父亲敢怒不敢言，有火气就向着儿子撒。大王脊背上满是伤疤。他牙齿咬得咯咯响，一声不吭，两手像抓钩一样从土里抓出茅根。

那个富户土地越来越多，后来盖起了一座青砖大楼。大王十八岁了。

父亲冬闲时去打猎，打到了一张猞猁皮，儿子就把它捆在了赤裸的身上，又用猞猁头部做了一个帽子，虎气生生地顶在脑瓜上。

父亲不怎么打他了，因为有一次父亲举起树条又要抽他的时候，他用手指捅了父亲的额头一下，只一下就把父亲的额头戳出了血。父亲擦血时，他又用拐肘照准父亲的肚子猛地一顶。父亲一下弯了身子。

父亲已经七十岁了。大王说：

"我早晚要杀人,兴许第一个杀你。"

父亲一声不吭,他想起自己是一个老人了。他在儿子身后弓腰走着,像一个老仆人。

大王依然种着祖传下来的这块劣质土地。不同的是,他用一把镢头将那块土地不断地往外扩。

有一天,一群浑身抹了颜色的人把大王截在路口上,把他的衣服扒下来,然后每人上来揍了一顿。他身上紫一块青一块卧在那儿。他们临走又把他翻过来,在他脸上解了溲。他咬着牙,一声不吭。当这些人散去时,他的四肢在地上屈着,屈着,腰慢慢弓起,最后一下站了起来。

他回到家里,命令父亲把仅有的一头小猪杀掉。父亲不杀,他狠狠地盯他。父亲就把尚未长成的一个猪娃杀了。

他喝了汤,身体很快就康复了。

康复后第一件事,就是跟父亲要来那把宰猪的刀子。他把刀子磨了半夜,用它把自己的头发全部剃去,说:"好刀。"

他腰里插着这把刀,趁黑摸到了青砖楼房的顶部。他抓住上边一个人,问清了主人住在哪里,就摸进二层拐角的一个房间,毫不费力把那人的头割了下来。他把头颅握在手里下了城,又使足力气把它摔在砖墙上。

他蘸着血在砖墙上写了一句粗话,迈着大步走回家去。

父亲一看他浑身是血,知道杀了人,吓得泣不成声。大王问:

"从今反了。你是等着人宰,还是先让我宰?"

父亲双手颤抖,刚叫了几声,脸一紫就不动了。

大王发现他死了,说一声"孬",跺了跺脚,把溅在身上的血用灰土搓了一把，别上刀子上路了。

这一夜星光黯淡，风都是黑的，他一直往前闯。

后来他结交了一些拦路贼，又结交了一些无家可归的流兵，做起一面红色的旗帜。队伍拉起来了。大王的口号喊得震天响，所有人都知道来了专打抱不平的好汉。他们一半害怕一半钦佩，手端着最好的米面，最肥的猪肉献给大王。

大王好东西越吃越多，身子越长越壮，渐渐肌肉鼓胀，皮肤闪着亮光，两眼黑白分明。

为了增加威气，他用鸡蛋清把头发搓了，让其根根直立。人家都说："大王怒发冲冠。"

大王只穿黄色的衣衫，他把这些像金子一样闪亮的衣服紧裹上身，下身则穿一条黑色皮裤，又用皮条胡乱缠了几道。

他的刀越用越大，后来非他不能取起。打仗的时候，他一声呼喊，山摇地动，所有人都没命地往前赶，有人跑得慢了，他就喝一声"孬"，甩起飞叉把那人的脚跟叉豁。没有一个人敢落在后头。猛虎一样的队伍无往不胜，大王的名声一直传到京城。

皇帝闻听有人造反，发下重兵围剿。他轻而易举就把皇兵打败。

大王率领的反兵像野火一样不可收拾。

无数有文墨者投奔了大王，他们都是些机灵人，看准他可以成事。大王说：

"你们这些不中用的东西，来了也好。"

大王闲来喜欢哼歌，就让新投来的人编一些给他。这些人不知道大王喜欢听武歌还是文歌，就试着每样编了一点。有一个秀才以为大王是个有名的武士，一定爱听慷慨悲歌，于是献上一首。大王听了，一阵暴怒，命令人把他的额头刻上一个字。另一个见了，赶紧回去修改，后来就献上了一首情意绵绵的小歌。大王非常高兴，咧着嘴巴，从身上取了一块金子赐下。那人赶紧跪下磕头，大王怒喝一声："去！"

有一次他们攻打一座城池，从中捉到了大量花枝招展的使女和仆人。大王手持一个墨碗，不时给瑟瑟抖动的女人额头沾上一点墨汁。所有的人都有点惊讶，不知大王要干什么。后来大王说：

"所有沾了黑点的人，都赏赐了。"

手下人听了，一齐上前，每人抢了一个去了。

这时那堆女人当中只剩下几个额头没有沾墨的了——原来她们如此鲜丽！大王说：

"你们好好服侍大王。"

其中的一个少女异常美丽，只是特别弱小。她的嘴唇哆嗦着，惊悸的目光瞥一眼大王，双膝跪下，头也不抬。大王伸手把她的下巴托起，说：

"好。"

"陛下……"

大王哈哈大笑。他第一次听人这样喊叫。其实这是小女子以前喊惯了。他把她抱起，又解开上衣，使小女人贴紧在他粗糙的肌肤上。他用衣服将其包起来，像抱一个很小的孩子一样往前一摇一晃走去，剩下的两三个女人跟在身后。

大王把小女人抱走之后，只让手下人去料理战事。军情危急时，他才扯着小女人一块儿走进帐篷。小女人就伏在他的胸膛上。他一边拍打着小女人，一边听着禀报。报告战况的人满脸虚汗，青筋鼓起，大王却无动于衷。

几天过去了。

半夜里，大王被城外的火光惊醒了。他听到震天的喊杀，这才穿好衣服跑出来。他四处怒吼，可是被敌军围杀的兵士已经不听号令。眼见得冲天大火越烧越近，喊杀声也越来越近，大王这才跳上战马，把小女人扶到马背上，领着一帮兵士往北跑去。

他们翻过泰山，渡过黄河，再往北，直跑到了登州海角的一片平原上。

敌军穷追不舍，最后把他们紧紧围在了荒野。

大王把他的刀戟插在沙土上，一面旗帜立在一边。他让所有人都喊他陛下。四周的人跪下来，喊了一遍。小女人在他赤裸的胸膛上依附着，泣声不住。大王问：

"你怕死吗？"

小女人说："我就像陛下身上的一根毛发，生来就是随了大王的。"

大王哈哈笑，命令左右端上酒来。他狂饮了两口，咂咂嘴，觉得这酒不是味道——人们在慌乱中胡乱取了一瓶劣酒。

喊声越来越近，大王命令勇士们奋力拼杀，以血祭土。勇士们往前冲，大王眼见他们像退潮的海浪一样涌荡，最后倒在沙土上。血泛着泡沫染红了绿草白沙。小女子拔剑自刎。

大王仰天长啸，一双圆目瞪得老大，想用刀剑割断自己的喉咙，可是还没动手，就飞来一叉，叉在了他的胸膛上。一股浓浓的血喷出，他摇晃了两下就倒下去。

大王的血比所有人的血都稠、都多,汩汩流出,染过一片沙土……

但这还不是故事的结局。

当所有的尸体都被取走时,荒野上出现了一些衣衫褴褛的人。他们都是从很远的地方奔来的,都听说大王在这里归天了。他们好不容易寻到大王死去之地,用鼻子嗅,用手抠,每人都从那片沙土上挖走了一点。他们相信:王血是能够避邪的。

他们把那些土带回家,装在了一个很小的瓷瓶里,放在几案正中,用香火供奉。

也有人否定这个流传的故事,他们说:什么大王,那不过是在一个饥馑年头里,老族长领来一帮逃荒的人;也是翻过了泰山,渡过了黄河,最后在这片荒地上扎了根。他们到河里逮鱼,到海边上捡鱼虾,在野地里采野果嫩芽。就这样,这个大家族活下来。

后来族长越来越老了。他是家族里最有威望的一个人,一声号令,所有人都必须遵守。所以他活着时,这个家族条理分明,纲纪清晰。家族里严格遵照婚配原则,每一支人都按辈分排列齐整,没有一个女子或男子敢于胡来。这个有着血缘关系的大家族繁衍很快,奇怪的是一代比一代矮小。就是说人的身个与辈分正好成正比:辈分越大,身个越高;所以当这一族人站在那儿时,你一眼就可以认出老族长。

老族长面色发黄,皮肤没有一点油性,像已经被熟皮子的人熟过了似的。他满面暮色,银须飘洒,戴着一顶毡帽,穿着一件鹿皮衣服,一天到晚不动声色。他的眼珠已经完全变黄,咳嗽声如同朽木断裂。所有人都知道他活不久了，但那些妄想胡作非为的年轻人还是盼望他即速死去。他们在一边试探观望，等待族长咽气的一天。

族长活得很艰难，但是活得很长久。在他七十岁的那一年，他为自己做了一具很好的寿材，自己也误认为用上它的时间不会太长了。可是令所有人都感到失望的是，那副寿材搁在一个草棚里，虽然遮挡着阳光风雨，也还是慢慢朽掉。族长依然健在。

人们彻底失望了，也就不再为他做寿材。族长后来身体糟到了不能再糟的地步，说话已经含混不清，全族里只有两三个人可以分辨他的语意。他只能吃族里两个最年长的老女人为他做的瓜叶稀饭，吃类似的流食。

有一次，有人为了尊敬他，做了一只团鱼。他们按照过去的老法，把团鱼血放在一个酒盅里，让族长饮下。族长饮了一口，觉得不能下咽，就原样不动地喷了那人一脸。从此之后，再也没人敢奉献补品了。

族长的食物越来越简单，越来越朴素。到后来他只吃一点柳芽和苦菜。

入冬之前，人们为了给族长准备一点食物，就采下了很多草芽和菜叶放在沙土上晒干。族长不沾一点荤腥，所以越来越瘦，形容枯槁，好像一阵风就能把他吹倒。没有人能够明白：族长正是因为坚持了严格的素食，才能活这么久。

就这样，族里那些年轻男女一次次失望，到后来彻底绝望了。至少有几十对男女要近亲婚配，他们都处在热恋之中，内火熊熊燃烧，他们扬言要杀掉老族长，还有的甚至配好了毒药。可是没有一个人敢于把这些付诸行动。族长轻轻咳嗽着，拄着一根柳木拐杖，在一个个小土房子跟前徘徊。那拐杖轻轻的捣地声，在所有人听来都好似雷鸣。大家匍匐在炕上一声不吭，等待着拐杖的敲击声远去。

家族继续繁衍，荒滩上已经形成了一片古怪的、建筑矮小的村落。老人们相继死去，年轻的长成壮年，少男少女们沾染了恶习，一个个面黄肌瘦。那些想违禁婚配的人再也得不到机会，等着皱纹爬上额头，银发掺进鬓角，终于放弃了最初的打算，抱定了独身的主意。

到这时节，族长自己至少已经换了六次老婆，一个比一个年轻。与他一起过了六十年的那位夫人死去时，族里为她立了一个很大的坟堆。再到后来，那些年轻的女人与族长同寝时，族里的人就不怀好意地互相注视。他们原以为族长很快会化为灰烬，等待着幸灾乐祸。可同样让他们失算的是，族长依然如故，既没有再年轻，也没有再衰老，倒是那些年轻女人一个个很快衰败了。大家终于深深后悔，认为不该怂恿族长再娶了。

事情一旦开了头就不便终止，族长仍旧婚娶，并终于活了下来。但到后来，人们还是发现他离死亡只有一步之遥：他的牙齿慢慢脱落，仅剩下的几个也在动摇。人们兴高采烈地说："族长又掉了一颗牙。"

也就在牙齿开始脱落的那一年，族长开始吃起了流食。后来人们才明白，牙齿脱落只不过带来了一个改变饮食习惯的后果，其实并无伤大雅。

又是两个春天和冬天过去了，第三个春天来临时，族长觉得牙龈发痒。后来他惊讶地发现，又有新的牙齿从牙龈钻出，新牙像儿童的乳牙一样，既白又小，十分稀奇。他整夜摸着自己的牙齿，笑声像蛇蝎发出的声音。

族长重新长出牙齿的消息很快传遍了全族。这时的村落已经无比巨大，没有多少人还记得族长早年的故事。所以这些人只对族长怀着敬畏和惧怕、像对待神灵和上帝一样的心情。这时年纪最大的就是当年那些妄图违禁婚配的几个男女，他们如今已成了老太婆和白发老翁了。只有他们知道事情的严重性。

族长的规矩越来越多，已经使全族人无法平安度日。随着年龄的增大，他的怪癖也越来越多，比如下雨天要让全族人脱光了衣服站到雨地里淋浴，炎热的夏天，正午太阳底下，他要让最老的人和最小的人站在毒日头下，说是炼炼皮骨。有人不堪忍受，当场就被太阳晒死了。

有人在一块儿慢慢策划，策划出一个毒辣的计划。他们冒着巨大的危险，下定决心要干一件有利于全族的事。有人连夜磨着一把三环刀。

又是一个月过去了，机会没有到来。他们总觉得族长从世上离开时定有什么异兆。一天夜晚，月亮突然由黄变红，接着淅淅沥沥下起了雨，而月亮的颜色却没有被乌云遮住。这显然是一个兆头。

族人派出了一个最胆大的猫眼小伙，交给他磨得锋快的三环刀。授刀人嘱咐：必须看准了族长的脖颈，连砍三刀。因为这不是一般的人，他至少有三条命，一刀是砍不死的。要把头颅撤离躯体至少五步之遥，然后才可以走开。年轻人依嘱行动，当夜就把族长砍死了。

族长一死，万众欢欣。但是每个人都不敢表露心中的兴奋。他们装作很悲哀的样子互相串门，只在阴暗的角落里交换着自己的喜悦。他们暗中送给那个行事的年轻人一些金钱，有的姑娘还去抚摸那个年轻人的脸和手。有人细细问起族长被砍死那一刻的情景。年轻人对此拥有无上的权威，一直沉默不语。到后来追问的人实在太多，年轻人还是不说。

几年之后，当年轻人娶走了这个族里最美丽的一个少女，又生下第一个娃娃的时候,他才把那个场景向大家简单做了描述:族长躺在那里呼呼喘气,声音均匀;他走过去,非常沉着地摸了摸族长的喉管,又摸了摸他脖子上的骨节……

"族长醒了吗?"

"族长照旧睡着。他的皮肤太老了,已经没有知觉。后来我不是砍,而是照准脖子像拉锯子一样拉了几下,把他的头锯下来了。"

"族长没挣扎呼喊吗?"

"没有。族长已经活得太久了,又是个很沉着的人。我像拉锯子那样割他的头,割到一半时他才醒来,睁开眼睛,眼珠里没有恨,也没有惊慌,更没有痛苦,就那么平平常常看了我一眼,然后又闭上眼睛睡了,打起了呼噜。"

所有的人都惊呼出一口气来。

"我就在他的呼噜声中把他的头割下来。只是在头离开肩膀的那一会儿,呼噜声才一下停住。"

"流了很多血吧?"

"没有。我割下族长的头才发现,原来族长的肉、骨头,早就风干了,没有一点水气,更不用说血了。你想一想,人给风干成这样,还会再老、还会死吗?"

一句话击中了要害,所有人都吐出一口气来。

人们给族长埋了一个很大的坟堆,它整整比族长第一位老婆的坟堆大出一倍。再后来,不知是谁传出一个话,说族长是一个长生不老的人,他的血肉烂在泥里,取一点泥土就可以保佑世上的人。

远远近近的人都到那个坟堆上去取土，不久那儿也就成了平地。而那坟址再也没有生出一点绿色来。

　　那个族没有了族长的管束，就常常争吵，一支人与另一支人打闹不息。后来竟然分化成几支队伍；再后来，他们从荒原直打到黄河边；几年后，他们又沿着来路打回老家去了。

　　现在那一族人不知有没有；如果有，也一定是些非常矮小的人种了。

……

　　两个故事都有些滑稽，并且差异甚大；只有一点是相同的，那就是：所有人都崇拜王血，供奉王血。

一九九〇年三月

蜂 巢

春天就要从这片荒野上消失,天气将一点点变得炎热。大片大片的槐花开放了,浓烈的香气覆盖了一切。放蜂人从四面八方汇拢而来,帆布帐篷在草地上一座连着一座,弯弯曲曲绕了几里长。蜂群拥挤着,从帐篷间隙涌出,急不可待地扑到山一样的槐丛上。

蜂箱砌起了一道城墙。

蜂群有时卷成一个筒状,往天上旋,像故意做什么游戏。它们翻过一片槐林,落到更远的槐林上了。

一个脸色发黑、又粗又矮的汉子提着一块爬满了蜜蜂的东西,那是巢脾。他伸出一根手指在密集的蜂子间轻轻推动,立刻刮去了一层。巢脾那种规则的六角形闪出了一片。

一个像他一样粗壮的女人正提着一桶蜜,摇摇晃晃往一边走。她瞟了一眼脸色发黑的粗壮汉子,鼻子里哼了一声。她把蜜桶提到了帐篷里,只露出一半脸,喊着:

"老班!"

老班提着那个沾满了蜜蜂的巢脾往前走了一步。

女人朝他摆一下手,老班就把那个巢脾放到蜂箱里。

他拍拍手,从衣兜里摸出一个黑胶木烟斗叼上。

女人把一桶蜜倒在一个更大的桶里，坐在那儿揩手。老班走过去。女人问：

"你刚才干什么？"

"什么干什么？"

"就是刚才那一会儿。"

"喷，"老班大吸一口："我在摆弄那个东西嘛。"

"……"

老班不出声地笑，紧咬烟斗，脸上立刻出现了一道下流的皱纹。他伸手在胖女人额头上抹了一下：

"我刚才琢磨了一下巢脾……一群蜂里就有一个王。看见了吧？那家伙天生就肥大，所有的蜜蜂都要围上它做事哩。王就是王。所有的蜂都必得围着王……"

肥女人有五十多岁了，皱纹不多，似乎有点浮肿。她的眼睛已经瞪不圆，眼皮松得厉害。可是这双眼睛在十几年前还是很妩媚的。她咕哝着："王……就是王，就是王……"

老班胖胖的食指在她脑壳上又抹了一下，转身到蜂箱跟前忙去了。他没有忘记把烟斗熄灭，装到了衣兜里。

胖女人像咀嚼什么东西一样磨动牙齿，看着外面的老班。她这样注视了一会儿，提着蜜桶走出帐篷。她的身影慢慢消失在一片槐林里。

槐林的另一面同样立着很多帐篷。一个穿着粉红色衣服的姑娘在那儿搅着什么，见了胖女人，赶忙放下手里的活计。胖女人从衣兜里掏出一把东西给了她：

"小芬子，吃了吧。"

"不！"

"我费了好大劲儿才从那个村子弄来，你吃了吧，管事。"

小芬子咬着牙关，摇头。

"那个……该死的东西！"

小芬子说："你快别说了，这不关你的事。"

胖女人说："你知道什么？我的话没有错。你用鼻子嗅嗅我身上的肉，你嗅啊！"她说着真解了衣怀，往小芬子跟前凑。

小芬子推开了她。

胖女人坐在那儿，手里抓紧了沙土。一会儿她脸上滚下了泪珠。小芬子重新搅起东西，忙起来了。

胖女人哀求什么，咕哝：

"没良心的东西啊，金明多么好，他死了，你就一点不难过……"

"难过又能怎么？难过也不能老哭啊。我哭了多少天，这还不够吗？"

胖女人紧盯着旁边那个帐篷。往常就从那个帐篷口走出一个十九岁的小伙子。他多瘦，多精神。队伍从江南一路往这边赶，一踏上这个半岛，两顶帐篷就常常挨到一块儿了。头儿老班有一天对金明说：

"我看你还是养好那群蜂子吧，你手头有多少蜜？还想喂别人……"

金明手里握了一把小刀，这把刀被他磨得雪亮。他听了并不搭理，只是"砰"地一下把刀甩到了前面的一棵树干上，然后过去费力地取下刀子。

老班走开了。

金明从衣兜里摸出一个铝制小烟斗。那个烟斗前边拉了一个奇怪的弯,而且烟杆很长。他叼在嘴里吸一口,舒舒服服喷出一口烟。

小芬子坐在一边,一直看他们。老班喘着粗气从她跟前走过。

小芬子像是自语说:

"多准……甩到哪儿是哪儿。"

老班身后留下了一串又深又大的脚印。

"像一头老野猪……"她又说。

前不久的夜里,还有一头野猪摸到她的帐篷里,用力压在她的身上,呼呼喘。小芬子推不动它。它獠牙弯弯,硌她的胸部。"大约就是这对獠牙的缘故,这片荒滩上放蜂子的人都要怕它了……"她在最后的那一会儿直想哭。它一声吼叫,那些前来劫蜜的人就吓得魂不附体。

老班也许亲手杀过人啊。有人说几年前他还年轻,曾一口气杀了三个劫蜜的野人。后来他带着一伙放蜂人远逃他乡,官府也没法追究。

野猪常在半夜钻到一些帐篷里,奇怪的是大伙都睁一只眼闭一只眼。日子过到今天,出了个金明,他才第一回把野猪从她的帐篷里赶跑。

小芬子真快活。

可是就在她夸过他的刀法不久,有一天金明正在割蜜,突然蜂群反了!先是几十只蜂子勇猛地扑过来,接着又是一大群。金明慌慌喊叫,拼命扑打。只一会儿,他的脸就肿得变了形。

小芬子吓得掩口,傻了。

整整一大群蜂子都沾到了金明身上。

小芬子想起用一件衣服扑打,奇怪的是蜂子死也不顾地蜇起金明,不理不睬小芬子。金明躺着、后来又站起，简直就像一个蜜蜂做成的躯体。

小芬子扔了衣服，捂上了眼睛。一会儿她听见了沉重的呼叫声，像是从土底下发出。人倒下了。

金明死得好可怕，整个身子像发酵的面粉一样鼓胀，青一块紫一块，有的地方还流出了黑血。他当天就被放蜂人埋掉了。

小芬子哭得死去活来。

老班卡着腰站在一边。后来他走近了，一只肥大的手在小芬子头顶轻轻敲了三下，又迈着沉重的步子消失在槐林里……

胖女人数叨着小芬子。那会儿小芬子不愿说出心中的隐秘。

金明刚死，野猪又在帐篷里钻来钻去了。

一天半夜，老班正在月光下走，突然林子里跳出了一个人，她揪住老班胸口的衣服，死劲拧着往怀里拉。老班想动手，发现是那个胖女人，就哼了一声。胖女人手一抖，松了。

"野猪……"

老班吐了一口。

"我求求你了。"胖女人跪在地上，"别人我不管，我跟你说过，她有九成是你自己的孩子……"

老班又吐了一口："呸！我还不知道你那心眼吗？"胖女人绝望地哭起来。老班嫌脏似的用袖口揩掉她落在胸前的泪水："你那会儿来往的人多了，想蒙我……"

老班用最腌臜的字眼骂着胖女人，伸腿把她蹬到一边，回自己的帐篷去了。

胖女人整整哭了一宿。

第二天，月亮好亮，胖女人在星月的照耀下往槐林深处走去。槐花的香味熏得她老想呕吐。她依偎在一棵槐树上歇了歇，又往前走。有一片很齐整的茅草，她在上面躺了下来。肥胖的身躯压在了一条蛇的身上，蛇蜷动了一下跑走了。胖女人睁眼望着星星，想起了一个人。那个人是她以前的男人，一个身材弯曲、不像样子的老头儿，外号叫"老锅腰"。老锅腰带着一伙人放蜂子，已经十几个年头了。后来老班来了，教会她怎样恨老锅腰。老锅腰发狠揍她，他揍人真是一把好手。他有几个坚硬的指甲，就用这指甲去掐她的肉，把她弄得血迹斑斑。她几乎没有办法战胜老锅腰。还是老班帮了她。

"你看看我怎么整治他吧。你让他跑开、还是让他死呢？"

"把他赶开，再也不见……"

"那中。"

老班斜披了一件衣服，喝了一碗米酒，摇摇晃晃去找老锅腰。老锅腰当时正弄蜂巢，见了老班眼也不睁。

老班说："你从今天以后，离开这一伙，重入新伙去吧。简单收拾收拾，到明天日头出来的那会儿，别再让俺看到。"

老锅腰像被烟呛了，大咳起来，说：

"那么你就等日头出来再看吧。"

"你是个好伙计。"老班说。

第二天早晨，老班掀开了老锅腰的帐篷——老家伙牢牢地压住了胖女人。老班大喝了一声，胖女人抬起头来。这时老班才看清：她的四肢都被老锅腰用绳索捆起来了。老锅腰歪着头笑起来。老班走了。

第二天他塞给胖女人一个小瓶子，里面装了一种药膏。

胖女人回到家里，在黑暗中把药膏抹在了老锅腰的衣服上。

老锅腰一觉醒来，穿上衣服到蜂箱那儿割蜜去了。刚站在那儿没有多会儿，就有一群蜂子围上了他，它们发疯一样往他的脸上蜇去。老锅腰在地上滚动，像球一样旋转。那群蜜蜂越聚越多，慢慢把老锅腰全部遮住，就像一层落叶遮住了黑色泥土一样。老锅腰的嚎叫声由大到小，渐渐像线一样细了。

他最后死的时候，锅腰也挺直了。他本来瘦骨嶙峋，可是最后也胖起来了。人们都害怕看到这样的身体，于是很快把他埋在了沙滩上。

大约有两个蜂群因为歼灭老锅腰而全部毁掉了。

胖女人一直用手捂上了眼睛。她的手掌慢慢往下滑动，当手掌从嘴巴上离开，就咕哝出一句：

"真是报应……"

她坐在草地上，惊恐地问远处的夜色："她真是我的孩子吗？是，是……"她问着，又一下躺倒了……

这个夜晚剩下的一点时间，胖女人就在草地上躺着。露水打湿了她的衣服，她一动不动。

就在这同一个夜晚，老班奇怪地失眠了。他躺在那个最大的帐篷里，用力伸展四肢。这个夜晚好像在等待什么。他等待着一个奇妙的想法。这个想法实际上早就有了，但奇怪的是它老要从他的脑袋里飞开去，像蜜蜂一样卷成筒状，飞到老远老远的槐林那边。那真是一个妙极了的想法，这样美妙的主意他一辈子也没有太多。他想那个胖女人病得好重,该是从根医治的时候了……那时候嘛,先好好亲她,抚摸她,夸夸她,然后悄悄给她抹上一点儿,她那件又脏又破油迹斑斑的衣服也要……老班一笑就露出黑色的獠牙。

这片草地上就有,但不易找到。那是一种植物茎叶,还要再配上一种紫色的花朵。

老班这个晚上一直琢磨的,就是那种植物,那种紫色的花朵。他决意在天一放亮时就到林子深处去。这样想着,他迷迷糊糊睡了一点。

胖女人在黎明时分被冻醒。她睁开眼,突然看到不远处有一个人笨模笨样在寻什么,一颗心咚咚跳起来。她马上钻进了更密的一丛茅草中。

老班在寻什么呢?

她在茅草的空隙里把老班看得一清二楚。这个粗壮的、结实的汉子啊,不知不觉间已经完全衰老了。这家伙如今有七十岁了。他可远比一般人强壮,腰背不弓不弯,气色也好。他呼吸粗壮,像一头健壮的老猪。他的头发白了多半,眼睛也略有昏花,瞧这会儿不得不使劲低头,辨认着地上的一切。

"老天爷,千万别让他先找到那种草哇。"

老班刚刚转过,胖女人赶紧爬起来。她想起的第一件事就是要赶在前边找到那种植物——还有那紫色的花朵。

她跟跟跄跄往前跑,伸长的脖子像羊。

她突然跳了起来。她差不多毫不费力就看到了那种植物——旁边就是一些紫色的花朵。

"天意天意！"她把它们紧攥在手里，忘情地呼叫。

天上有几个老鸦一叫，嘴巴里的几根枝条松落下来，打在她的头上。她来不及抚摸一下打散的头发就一扭一扭往帐篷里跑——一边跑一边把东西塞进嘴里，咀嚼不停。

她把嚼成的黏糊糊吐在手心里，紧紧握起拳头。她在帐篷角落找出了一个小瓷钵，把掌心里的东西抹到里面，然后又掩藏起来。

那个男人大喘着从林子里钻出来，头上沾满了衰败的槐花。胖女人一眼就看出这个男人脸上有了死相。"不错，他活不久了。"

老班走过来问：

"你咕哝什么？"

"我呀做了一个梦，梦见有一群乌鸦落在你头上。"

"胡诌！"

"落在你头上，那不是一个吉兆。"

老班干笑两声，露出一对獠牙。他眯起眼，嘴唇努得很长，乜斜着胖女人。胖女人在围裙上擦擦手，抓起老班的左手：

"给你看看手相吧。"

老班让她看。在他的印象里，这个女人至少给放蜂人看准了两次。一次她说有个放蜂人将有一次劫难，结果不久之后的一个大风天里，有人把他的蜂箱点着了火，熏死了好几群蜂子。还有一次她说一个结实的壮年汉子有凶相，两天之后那人就在海里淹死了……这会儿老班半信半疑让她看起来。胖女人把脸上的一点灰土揩了揩，两眼快要抵到他的手上，说：

"你的寿限到了,看看这里横着来了两道,寿线断了。"

老班像狮子一样吼:

"断在哪时哪刻?"

胖女人仰起脸,眯着眼睛:

"日头升到枝梢那会儿……"

老班像咽下一口什么东西,喉咙里发出咕咚一声。

他们两人睡得很好。

太阳出来了,老班穿起衣服往外走,他要到远处一个蜂群那儿去看看。胖女人擦擦眼角,去叫上小芬子,说要一块儿去看点什么。小芬子像被什么线牵着一样,跟着胖女人就走。一会儿她们就看到了前面的老班——他正摇晃着身子朝一片蜂箱那儿走。

蜂箱前面的蜜蜂围成一团。

胖女人伸手指了指东方。小芬子一看,太阳正像一个巨大的火球悬在枝梢上。胖女人嗓子撕裂一般大喊一声。小芬子一转脸,马上掩了嘴巴:一群蜜蜂追逐着老班,老班两手在头上拼命扑打,可是那些蜜蜂纷纷粘上了他的脸。

老班的号叫啊。

那些蜜蜂像听到了什么号令一样,一群群扑到了老班身上。

她们两个站在不远处,都看到了老班粗壮的身子密密糊了一层蜜蜂——老班先是四肢绷紧了站着,接着发出一声沉闷的叹息,倒在了地上。

他在地上作了一个很规范的"大"字。

蜜蜂仍把老班严严遮住。

两个女人在一边流着泪水,不停地呼叫。一些放蜂人听到了喊声,都放下手里的活计往这边奔跑。

大家都看到了老班的结局。

这是蜜蜂毁掉的第三个人了,第四个是谁呢?

他们互相看着,极力想从对方脸上看出什么异样的痕迹来。可是他们看不出。

一九九〇年三月

鱼的故事

父亲也被叫到海上拉鱼了。他大概做梦都不曾想过会做这么有趣的工作。他那张被山风吹糙了的脸总是挂满愁苦，现在接受了这个工作，满面微笑。他一穿上发下的油布衣服，背起拉网用的带横棍的细绳，就兴冲冲的。

我也觉得有趣。我沿着父亲的足迹穿过大片草地和丛林，去海上看那些拉大网的人。

海上没有浪，几个人把小船摇进去。随着小船往海里驶，船上的人就抛下一张大网。水面上留下一串白色网漂。小船兜一个圈子靠岸。剩下的事儿就是拽住大网往上拖，费劲地拖。这就是"拉大网"。

网一动，渔老大就呼喊起来，嗓门吓死人。父亲，所有的人，都在他的呼喊中一齐用力。

天并不热，可是拉网的人连一点衣服都不穿。只有父亲下身绑了一件汗衫。

拉网人细绳搭到粗绠上，再把棍子横到屁股上，用绳扣拴住。老大喊号子，大家随号子嗨呀嗨呀叫，一边后退一边用力。

网里一定兜住了很多鱼，网有千斤重……

大网慢慢上来了，岸边的人全都狂呼起来。我这是第一次看到怎样从海里逮到这么多鱼，第一次看到这么多活蹦乱跳的鱼一齐离水，看到这一刹奇景。各种鱼都有，最大的有三尺多长，头颅简直像一头小猪。有一条鱼的眼睛睁得老大，转动着，一会儿盯盯这个，一会儿盯盯那个。我相信它懂事。

所有鱼都在海上老大的吆喝声中被网包抬起，倒在了不远的一片苇席上。席子旁早排好了长队，都是赶来买鱼的人。他们有的推车，有的担筐。鱼不值钱，卖鱼的扔下一块钱就可以随便背鱼。

几个老头从鱼铺里钻出，手拿网兜，把喜欢的黄花鱼挑出来。

拉鱼的人可以松闲一会儿了。大家都赤身裸体，谁看谁都一样。父亲笑了。他和他们差不多。人人身上都是黑红色，是太阳把他们弄得差不多了。他们坐在一起喝鱼汤。鱼汤这样做：拣最肥的鱼当当剁成几大块，扔到锅里就煮，什么佐料也不放，直接用海水煮。连盐也免了。

我们围看的几个孩子被熬汤的老头叫过去，每人舀给一大碗。我们端着碗跑开了。

拉网的人各自从角落里搬出一个酒瓶，一边吃鱼一边喝酒。大家都去敬海上老大。老大几乎尝遍了所有人的酒，一会儿就有些醉了，在海滩上蹒跚，唱起了难听的歌——越难听越有人为他叫好。父亲木着脸。

父亲没有酒。一个长络腮胡子的人从另一个人的手里夺下酒瓶让父亲喝一口。父亲看他一眼，接过酒瓶，先抿一口，然后一仰脖子喝一大口。他咳嗽，脸也红了。

后来我就常常看到父亲喝酒。他跟母亲要钱买酒，母亲不给就自己搞。他制了一个挺好的葫芦，弄到零酒就倒进去，然后用一个玉米芯塞住，夹在腋下。

父亲从海上回家时常常满脸酒气。母亲很忧虑。他满不在乎。我觉得父亲这时变得不那么讨厌了。我也喜欢酒了。酒能让一个人变。父亲常要捎回一些鱼。那是海上老大对拉网人的犒劳。拉网人每人都有一个大网包，那里面装了鱼和器具、甚至是衣服。他们真辛苦，每天要拉好多网。有时候半夜还要拉一网。那就要在海上过夜。

我也钻过他们的渔铺。那是一个深陷地下的土坑，上面用海草搭了架子，架子上胡乱扔了一些玉米秸和废旧渔网。到处腥臭熏人。拉网的人像鱼一样挤在一块儿，拼命打鼾。有的人晚上起来解溲，没地方下脚，就踩着人的屁股走。好多人一边打鼾一边叫，互相伸手狠拧。我不知叫的人里面有没有父亲。

早晨要拉"黎明网"，这网最重要。这时也是海上老大最精神的时候。他像赶牲口一样把渔铺里的人全部号醒，催他们快些快些。

小船蒙了一层霜。撒网的人用衣袖把甲板上的霜擦去，然后蹦上小船。有的胡乱上船，霜立刻在脚板下融化。他们嘴里发出"夫夫"声，喝酒抵挡寒冷。不停地喝，等到船往回返时，每个人都醉了。醉汉手脚分外灵快，像跳舞一样摇橹，往水里"唰啦唰啦"扔网。奇怪的醉歌飘到岸上，岸上就大声叫好。他们也不怕吓跑了鱼。鱼实在太多了

岸上的人穿着棉衣，光着屁股。拴网绳了，喊号子了，领头喊的人两手伸得像大猩猩一样长，一举一举大喊。海上老大就高兴这样。号子里常要掺杂一些坏词儿。父亲也跟上喊，额头冒着汗珠。

多少鱼啊。鱼多得让人骂起来了。

家里没有粮食吃。有时一个月吃不上一次玉米饼。玉米饼闪着金黄色，馋得人直流口水。母亲只吃糠窝窝，有时也让我们和她一块儿吃糠窝窝。父亲提回鱼来，一家人赶紧围上母亲飞快洗鱼，就用清水煮，放点盐。

吃鱼吃得嘴巴发酸，再好的鱼也比不上玉米饼啊。可是母亲说："你们不做活，吃鱼就行。你爸要拼劲干活，让他吃玉米饼吧。"

父亲从来没推辞过。唯一的一块玉米饼被他三口两口吞下去。尽管肚子不饱，他也不愿端一碗鱼吃。

父亲在海上学会了做一种毒鱼。这种鱼身上全是蓝斑，肚子发黄。它样子就可怕。可是父亲学会了怎样对付它。这种鱼肉最鲜，可偏偏有毒，毒死的人数不完。母亲一见它就吓得叫起来，说我们无论如何也不能冒这个险。父亲把衣袖绾起，用一把小刀剖开鱼肚，然后分离出什么，把鱼头扔掉。用清水反复冲洗，又将鱼脊背上那两根白线抽掉，说："没事了。"母亲喘着把鱼做好。

一种奇特的鲜味飘出。

真好吃。这才叫好吃。

父亲从酒葫芦里倒出一点酒，让我和母亲都尝了一小口。这天晚上愉快。碰巧父亲第二天用不着起早上海，不急睡。他还唱起了一首拉网的歌。母亲为他缝补衣衫。这晚上我胆子大了，伏到父亲背上。脊背热得像炕。

父亲唱过了，摇摇晃晃走到院里。我跟他走出。月亮真亮，没有多少星星，天瓦蓝瓦蓝。整个野地里听不到一点人声。这时我才想起：我们这座孤零零的小屋盖在了荒野上。丛林里，猫头鹰一声一声叫。对我们，它可不算坏鸟。父亲手按胸膛凝望远方。他准在想什么。

这晚上，我从他身上闻到了鱼腥味。

这一天父亲从海上回来，天还没黑，人喝得烂醉。他一头栽到了屋里，肩上的网兜空着。原来那网兜斜扣在肩上，就这么拖拉着回来了。母亲说：

"你顺着他的来路，去把鱼和衣服找回。"

我挎着筐子出去。出门不远就是一条小鱼。这条鱼还一动一动。每走几步都会发现一条鱼。它们都藏在草里。我能听到一种吱吱的声音。我也怪了，能听见鱼叫。它们藏在哪我都知道。茅草扒开，里面准有一条鱼在动。

我往前走，两脚在茅草里卷，鱼儿碰到我的脚就顺势往上一挑，在半空里把它捉住。只一会儿我就把父亲丢掉的鱼全捡回了。一件脏衣服也被我找到了。

父亲常把海上的欢乐带回，又差点全部抵消。这次父亲又捎回几条毒鱼，扔在地上就睡去了。母亲仿照父亲上次那样把鱼剖开，从头全做一遍。还是鲜气逼人。美吃一顿。

一个多钟头过去，我有点晕。真的晕了。接着我看见父亲全身抖动，手指像按在一根琴弦上，又颤又挪，嘴里吐出了白沫。母亲比我们好一点，脸也黄了。她抱紧我和父亲，说："我不是故意。我不是。你知道我不是故意的——你信吧？"

父亲嘴唇变青。他咬着牙点头。

母亲让我看住他，要去请医生。

父亲摇着头。

这里离最近的村落也有几十里路,我们去哪儿请呢?母亲明白来不及了。这时我觉得手脚都一阵抽疼,想站起,一挪步子就跌倒。我咬着牙爬几步。母亲摇晃过来,我们扶在一起。母亲说:"到外面采一点木槿叶,采一点解毒草。"

我往外连爬带跑。草地上全是一样的草稞,根本分辨不出有什么不同。这些草稞像是向我伸来,抚摸我。我低下头,它们就摸我的眼睛,头发。一会儿又像火焰一样烧我的脸。我叫了一声。妈妈跟来了,拍打我:"不要紧,不要紧,慢慢找。你睁大眼看。"

母亲已经采到了一株解毒草,她先嚼碎一些,吐在我嘴里。我们继续找。原野在眼前变成一片紫色,又变幻出更奇怪的颜色。整个原野都有一层紫幔,下面像有一万条蛇在拱动。它不停地抖、舞,升上来。一道紫幔升到我的腰部、颈部,眼看就要把我覆盖了。我沉在紫色布幔下边,挣着,两手去揪幔子边缘。我像溺水的人那样喊,手脚勒住了。我不能挣脱。我想起了妈妈,睁大眼找。四周一个人也没有。我喊,不知喊了多久,才听到一阵脚步声。

我躺在小茅屋里,旁边是父亲。母亲坐在那儿,旁边的碗里是捣成稀汁的解毒草。她说:"孩子,你说胡话……"

我觉得好了。

吃毒鱼后一个多月的晚上,外面起了大风。风很大,搅弄得整个荒滩不得安宁,各种大声使我害怕。我睡着了,接着就梦见一条小鱼。好俊的小鱼。它打扮得像一个小姑娘一样走进了茅屋。母亲把她抱到怀里,给她梳理透明的头发。真漂亮,除了有两个鱼鳍,到处和人一样。我扯着她的手在院里玩，一起逮蝉。母亲对她特别好，给她玉米饼吃；母亲让她住在屋里。

后来我才知道，母亲想让她做我的媳妇。我不好意思。不过，幸福啊。

她说她要走了，但是还会常来小屋。

我说："你不要走了，你的家在哪里？"

"在大海里。"

我想起了，她是一条小美人鱼。看来平时人们传来传去的话一点也不假啊。

走前她告诉：她的爷爷、奶奶、哥哥、弟弟，所有的亲戚都给海上老大逮来了。他们死得惨。她让我求求岸上人，求求他们住手吧。如果他们做得到，她就可以嫁到岸上来。

我哀求母亲答应她的话，哀求母亲去找海上老大，和父亲一起。母亲答应了。

小鱼姑娘又来了。她哭着，告诉我：他们还在捕鱼，海里那么多姐妹再也看不到了。她实在是没有办法了，所以刚才路过渔铺的时候，给好多睡觉的拉网人腿上胳膊上都扎了红头绳："我把他们扎住了，他们就不能下海了。"

梦做到这儿就醒了。我觉得像失掉了一个真正的朋友，竟然哭了。

父亲睡得正香，被哭声惊醒，推我一下。母亲赶紧把我抱到怀里，问怎么了？我就告诉了这个梦。母亲没有作声，看了父亲一眼，哄我睡下。

天亮后父亲要到海上去，母亲让他小心一点。她把我的梦告诉了他，说："孩子梦见好多拉网人都给扎上了红头绳。"

父亲瞥了母亲一眼，走了。

后来我才知道：那天父亲把我的梦告诉了海上老大，老大只是一笑。

那天傍晚风息涛平，老大就让小船出海。想不到一场风暴突来，出海的五个人就在人们的眼皮底下跌进了狂浪。他们无一生还。

父亲跑回来嘴唇都紫了，双手抖着跟母亲讲了风暴。

母亲一句话也没说，只直眼盯着我。

这就是鱼的故事。我再也忘不掉，一直没忘。尽管许多人说那只是一次巧合……

一九九〇年十二月

怀念黑潭中的黑鱼

这片黑色的沙土，需要多少墨汁才染成！几十年过去了，它颜色如故。后来人不会知道，在几十平方公里的棕壤和沙滩之间，为什么会有这么一大片黑色的沙土？

我却清清楚楚记得，就在这个地方，在这儿，原来曾有过一个黑色的水潭。正是水潭毁掉的那一天，它才把四周的泥沙染黑。

多少年来，那片黑色的清水潭常常闯进我的梦境，闪动在我的眼前。我还记得小时候一整天在潭边徘徊，看潭中穿梭的黑鱼。它们有木炭条似的身体，晶亮晶亮的眼睛。这水太清了，所以它们身上的片片鱼鳞都看得清楚。

这个水潭就在我们小茅屋西北的一座沙岭下边。它什么时候、如何生成？又为何没有在松松的沙土上渗掉？今天看这都是谜了。在这片无边的荒原上，类似的谜还有很多，只是没人探寻罢了。

水潭两边长了些野椿树，每到秋天，大霜把野椿树的叶梗染得彤红。树叶慢慢脱落，有的落在潭里，有的落在岸边。我们拣椿叶玩，把它编成一顶帽子戴在头上，学各种动物啼鸣……

水潭边有一些枯朽的木桩，上面常常生出一些蘑菇。把刚生出的采走，不一定什么时候又有了新的。这真是一个有趣的地方，似乎对人有着神秘的吸引……这儿沉寂荒凉,除了我和一两个小伙伴,几乎无人光顾……水潭右侧的沙岭有两个凸起,长满了荒草,有人说那是两座坟墓。有谁跑这么远来做两个坟墓?大家都很怀疑。

后来我就听到了关于黑潭的传说。这传说使这儿更加怪异和费解……多年之后,当我带着这个传说来寻找它的遗迹,只看到一片黑色的沙土时,有一种可怕的惆怅袭上心头。我的脚步变得沉重了。

是母亲把这传说告诉给我。我将来会把这个传说告诉孩子。我会领着他到这个地方来。

如果不太留意,就会觉得这儿不过是一座沙岭、一个发黑的水潭,它普普通通,不过是荒原一景。可是你如果在传说中追寻它的来由,又会大吃一惊……

它是一个神秘的水族留下的痕迹。

很久以前,在沙岭下住了一对年老的夫妇。他们以种田为生。由于土质不好,只能广种薄收。当时的水潭不是黑色,就像平平常常的水潭一样。他们从水潭里汲水浇地。整个水潭四周都种上了花生和菊芋等,略好一点的地就种上了玉米和小麦。两个老者省吃俭用,穿粗布衣服。他们没有儿女,是从很远的地方漂泊到这里的。他们的来路或许有点像我们家——我们也是漂流到此,也有一座孤寂的小屋……

两个老人过着淡泊的生活。有一天夜里,老头子做了一个奇怪的梦。他梦见有一个高高瘦瘦、眼睛鼓鼓的男人向他哀求一个事情。他流着泪水叙说:他们一大家子由于一个特别的缘故,被人从祖居地赶走了。眼下实在没个去处,就请求这块土地的主人,让他们全家在这儿安身。

老人梦中问:"我们这儿怎么让你安身呢?"

泣哭的男人指指那个水潭:"这地方就很好,这就足以让我们一大家子凑合着住了。您老如果答应,我们不会忘记您的。"

"这有什么,你们住就是了。"

那个男人感动得竟然跪下来,再三道谢。

他走的时候,不小心洒下了一串水珠。早上,老头子醒来,第一眼就发现炕下的水珠还没干。他指着水迹,跟老伴叙说那个奇怪的梦。老伴惊讶地拍了一下膝盖,说她也做了一个相似的梦。老头子急急扳住老伴肩膀:"你在梦中答应他了吗?"

"答应了。"

老头子舒了一口气。

他们穿过沙地,直奔水潭。他们一眼就看到水潭的颜色变了:里面有很多黑色的鱼,它们正愉快地戏水。老人想起那个水淋淋的老男人,一拍脑瓜:这是一个水族!他刚要转身,老伴指了指水潭边——

那里有一桌酒菜,旁边还摆了一叠钱币。

他们明白,这是新来的这个家族对他们的酬谢。于是他们就坐下来,在野椿树下吃过了饭,然后又取走钱币。

从此以后,他们就过着非常安逸的生活。每逢节日,梦中那个老者总是再一次出现,向他们千恩万谢;第二天,水潭边又会有一桌丰盛的酒筵。这样一晃就是一年。

有一天,一个出海的渔夫路过了水潭,一眼就发现了潭里的黑鱼。他对老人大喊大叫:"这么多的鱼,你们怎么不捉?"

老人摇头。

"我把这些鱼捉了,卖了,一半的钱交你,怎么样?"

老头子还是拒绝了。

后来那个渔夫领了另外三个人来看了,他们一块儿对老人提出请求。老人还是没有同意。

就在这天夜里,那个浑身是水的男人又在梦中出现了,他哀求老人:"我们全家都感激你的好意,你没有答应他们;可是他们明天一早要进水潭;到时候还求你能帮我……"

老人答应了。

第二天,那个渔夫真的带来一帮人。他们带着水桶和捞斗,跳下潭去就要捉鱼。水流只达到他们胸部。可是那些鱼怎么也捉不住。它们灵活得很。捞斗伸下去,它们就很快闪开。

两个老人过来阻止,渔夫就劝导说:"这些鱼捉上来,一多半收入是你们的。到时候你们就可以把泥屋掀掉,盖一座又高又大的青砖瓦房。再说我们也不是一下把鱼捕光,还要留下一些哩,让它们再长,到时候还是你的。你有取不完的财源了!"

两个老人互相看看,都有些心动。渔夫又加紧劝说。他们终于点头同意了。

他们站在岸边,看一伙人捕鱼,夜间的许诺早抛到九霄云外了。

渔夫和手下人使尽全身力气往外泼水。他们想把水潭掏干,可是尽管累得满头大汗,潭里的水却一点也没减少;只见那泼出来的水像墨一样黑,但却清澈得很。这些水泼到渠岸上,立刻染透一大片泥土。岸上的老人看着,这时候捋着胡须一笑。

"我这个水潭,你们才不摸底细。这样就是搞上一年,怕也搞不干的。"

渔夫问缘故,他就指了水潭一角,"那地方斜着下去有一水洞。那水洞通着地下水脉。不把那洞子堵上,就休想弄干它。"

渔夫立刻让所有人都脱下衣服。一团衣服球了,再裹些草,潜水下去。果真有个水洞。他把它严严地堵实。

他们拼上劲儿泼水。眼见着水潭里的水一分分减少。半个钟头过去,潭中黑鱼像米饭一样浓稠,不断碰撞他们的腿,发出吱吱叫声。这些鱼又黑又亮,肥硕得很。渔夫提出一尾,看它在眼前挣扎,又抛给岸上的老人。

就在他们伸出捞斗往外捞鱼时,突然听到一阵隆隆的声音,像闷雷一样在地下抖动。渔夫呆住了。这样响了一会儿,突然"嗡隆"一声,从那个堵住的水洞喷射出一股水柱,把潭里的人全部击倒了。

他们哇哇叫着,面无血色,慌慌地从潭里爬出。

所有的人都呆看着潭里的水慢慢涨起,恢复到原来的样子。几个人就这样怔了一会儿,又恐惧又绝望地离开了……

就在当天晚上,老人在梦中又一次见到了那个水淋淋的男人。他的衣服还像过去那样明亮和滑腻,站在那儿,鼓鼓的眼睛里再也没有一点儿温和的神情。他定定地注视老人:"你劝阻不了他们也就是了;你不该给他们出这么恶的主意。你是个没良心的人,你为了一点点好处,就要卖了我们整个家族,你不得好报。"

他说完就消失在夜色里。

老人出了一头冷汗，坐起来，见老伴已经在那儿发呆了。老伴说，她也梦见了那个水淋淋的老者。

第二天早晨，他们起来的第一件事，就是去看黑水潭。到了岸边，他们发现水潭里异常平静。潭里波澜不惊，没有几条鱼。再看看，岸上有一些水珠，还有一条小鱼干死在地上……他们就沿着这水迹走去，一直翻过了沙岭……这个水族在绝望和慌乱中连夜迁徙了。两个人向着它们迁徙的方向追了老远，什么也没看见，只有一地的水珠儿，偶尔还有遗落的几尾小鱼……

半年之后，两个老人衰弱下来，再不久就病倒了。后来他们一块儿死在了小屋里。有人发现他们，就把他们葬在水潭旁的沙岭上。

黑水潭里还有几尾小鱼，大概是那个家族遗留下来的。它们在这儿繁衍着，总算没有断根。

这个传说让我感到惊讶和惧怕。我再回头看这水潭时，就有点战战兢兢了。潭里那些黑色的小鱼变得无比神圣，我甚至不敢长久地凝视。它们如果有记忆的话，就会互相叙说以前的那场劫难。而它们到底由于什么缘故遗落在此，又会是一个不解的谜。

大概就是因为这个传说的缘故，我不记得有人来碰过这个水潭里的黑色小鱼，从没有人在这儿垂钓。也许这些小鱼是那个家族里最没出息的一个分支，因为它们好像总是长不大，也繁衍不多。它们在潭底游动，似乎活得很苦，很寂寞。我很少见它们在里面翻腾和蹿跳，而只是轻轻地游动，就像人蹑手蹑脚行走一样。

这以后再去看沙岭上的两个凸起，就相信那是两个坟堆了，里面埋着两个背信弃义的人。

我曾经在母亲的指点下，沿着那个水族撤离的方向——据说是从两个坟尖之间穿过——往前寻找它们的踪迹。一路上荒草漫漫，丛林茂密。我只是在这条奇怪的路线上，看到了很多野花。它们香味扑鼻，三三两两盛开在一片绿色里。我甚至觉得那是一些很久以前遗落在草尖的鱼儿，是它们的魂灵变成的。花芯就像鱼的眼睛，又圆又亮。我不敢去折这些野花。

这条路直指太阳沉落的方向，而那里正是浩瀚的海洋。我心中得出结论：黑水潭里的鱼从那时加入了海洋……

剩下的一个问题就是，它们最初是从哪儿迁到黑水潭来的？那儿又有一种什么力量驱赶它们呢？那里也曾经发生过一次背叛吗？如果是那样，它们今天会彻底失望的……

看着这两个被荒草覆盖的坟尖，我心底泛出深深的厌恶和怜惜。这两人直到最后也难以洗掉自己的耻辱。这耻辱太大了。它不仅仅属于他们自己，而多少也属于前前后后、所有在荒原上居住过的人。

二十年后的秋末，我在旧地寻找那一片红色的野椿树。我渴望在一片银霜上踏着落叶走一会儿。凄冷的秋风吹乱了头发，挡住了眼睛，再也望不见那两个茅草覆盖的坟尖，望不见熟悉的丛林和草地——这里的一切都不复存在了，只有一大片发黑的砂土……

如果是其他人，他将永远也解不开这片黑土之谜。但我会永记它的来由。

我蹲在这片黑土上，细细地捻着土末。我渴望从土中分离出一点什么……

这片黑水潭里最后的一些小鱼归于何处，就不得而知了。但我对现代人的仁慈是从不抱奢望的。记得一次路过山区水库，那儿的人竟然使用黄色炸药捕鱼。轰一声闷响之后，无数的鱼翻起白色的鱼肚，浮在水面上。他们只需用一个浅浅的罩网，就把它们收到船舱里去了。

不过由于那个传说的缘故，由于两个坟尖在那儿耸立着，当年还没人敢染指黑水潭。今天，只要我们活着，那个故事就应该传下去，让那一点点恐惧存留心中。这样对谁都好。

这片失去了水潭的黑土能断绝一个故事吗？不，它只是暂时地掩埋了。

我在这儿徘徊，不忍离去。

黑水潭和黑鱼永远不会从我的心中消失。它们构成了我童年的一部分。那个远离我们的水族，不知现在如何？

我渴望在梦中与那个水淋淋的男人相会，这当然是非分之念。我们已经永远不值得信任了，它再不屑于和我们交谈。它与我们已经毫无共同语言了。

那个清清的黑潭是大地的眸子。我相信在它闪闪发亮的日子，会清晰地看到人世间的一切。在它南边的丛林中有一座小茅屋，那儿也生活着一些漂泊者；他们常常到潭边来徘徊，来寻找……

我白发苍苍的母亲哪，黑水潭曾经多次映出过您的身影。尽管岁月无情地摧残了您的面容，但您还是那么美丽。您要为这个不幸的茅屋操劳；要等待远方那个人……

您是多么的不幸。您一次又一次到黑水潭边,您来寻找什么?我,一个流浪归来的儿子,来寻找什么?寻找什么?

一九九〇年

割 烟

父亲试着种烟。这个地方黄烟有名。父亲想试一试。

他在四周围了山药架的地上种烟。架子等于是篱笆。种烟需要特异的技术,不过这对他不难。像开始种山药一样,像干别的一样,对他都不难。无论干什么,他超过一般人所需要的时间大约是一年。

他可不仅是能吃苦,不仅是舍得力气。他有别人没有的内力。父亲有内力。世上有些男人没有内力,我总觉得不像"父亲"。

我知道他这股劲儿是从哪里来的。他在露天采矿场上熬了十年。

烟棵长得又高又黑,长到齐腰高,可以藏人了。烟垄被一把小木铲拍得又光又亮。我钻到烟棵里玩,如果不小心碰折了烟叶,就得把它藏到土里。可是父亲能从断去的叶梗那儿看出什么:哪一片叶子除掉或留下,都记在心里。这真怪。怪得恨人。

父亲曾经对母亲说:种烟最难是割烟。割烟就是给烟棵除顶。由于除顶的时间和方法不同,长出的顶叶数量和质量就不同。每一株的顶叶烟只有三片,宝贵啊。

母亲在旁边看父亲割烟。他不知从哪找来一根细筷子粗的钢条,一边磨成了锥子形,另一边锻成小斜刀。真锋利。他交替使用它的两端,一眨眼把一棵烟割成。

父亲夜里汲水浇烟，我在烟垄那儿看水，烟垄涨满就呼喊一声。湿漉漉的夜晚，蚂蚱跳起来撞脸。蝈蝈在山药架下唱，我一学它们，它们就长时间不作声了。蝈蝈是又小又拗的动物，只愿独唱。我一个人待在沙土上想很多事情。那些夜晚啊，真适合想事情。

父亲在山药架旁还种了一些南瓜。南瓜泼辣，不怕荒草，什么都不怕。它们这辈子结出了多少又大又甜的瓜。它们的力气大得吓人，结这么多瓜当然需要力气。有些大瓜蛾在花上伸出一根长针，不停地旋。我逮住了它的"探针"：竟可以延长许多，变成一根细绳。我捉住这细绳，看上去就像放风筝。不忍心，一松手让它飞走。

我们有一只狗，它和我同心同德。把它自己留在小茅屋它就叫个不停。它也想到烟田里玩。后来它不知怎么就挣脱了脖扣，顺着烟垄跑过来。我装着没看见，抄手闭眼。只一会儿湿漉漉暖烘烘的嘴巴就触在了脸上。它浑身乱拧，尾巴拍打我的膝盖。"虎儿你好生坐着。"它就在我身边坐下。我教训它一番。我愿偷偷教训它。一教训它就安静。虎儿忍了一会儿，一头扎进了周围的灌木丛。

一群鸟雀惊叫窜起，后来又有其他野物发出惊叫。虎儿在灌木丛里闹腾一会儿，顶着一身花草香味奔出。它浑身粘满鬼针草，我一根一根摘去。

虎儿总是抿那个锃亮的鼻头。我捧起它的脸。一张好看的脸。脸上的毛很洁净，一尘不染。是一张好看的花脸，眼睛是双的，睫毛浓黑；耳朵耷下，很松。它温和、乐观。由于年龄的关系，它还顽皮。我把它揽在身边。它的一颗心咚咚跳。我给虎儿号脉，真的在它前爪那儿找到了跳脉。跳得很快很快,不得了啊。

黄烟很快成熟了,最劳累的夜晚来了。

不是把烟叶一支一支剥下,而是要把烟棵齐根儿砍下,然后再收到一个地方,用刀子把烟叶连带一节烟骨剜下。时间必须抓紧,不能耽搁,因为烟叶怕闷。

我们每人都有一把刀子。母亲也像父亲一样,面对一个木头垫板割烟。

那些夜晚几乎不能睡觉。为了省油,全家合用一盏油灯。"哧哧"割烟。父亲总是起身去抱烟棵。烟秸在我们四周垛了很高。割啊割啊,实在疲倦了,抬头一看,东方露出鱼肚白。父亲说:睡觉。

我左手指有几个疤,是被割烟刀碰的。当时犯困,烟秸一滚,刀子就滑到了手指上。彤红的血一流,母亲就发出尖叫。是她的叫声让我害怕。

虎儿在这个季节总是睡在烟田里,伴主人一块儿值勤。我晚上跟父亲睡搭起的草铺,铺外晾了烟叶。那些赶海的人路过这儿随手就捎上一些。我们一年的收获啊。赶海的人都是一些有大烟瘾的人,他们一个人一年可以抽掉一大口袋烟末。父亲说:这是他们在海滩上抵挡湿气的一个方法。

那些夜晚父亲总在铺前拢一堆火,不紧不慢烤一个烟叶。烟叶发出好闻的香味。我很难一个人睡去,坐在铺子里,看着父亲坐在火边的身影。就是那时候我看见他的头发白了一半,一双大脚赤裸着,上面是黑一块绿一块的颜色。他搓烟叶了,从衣服口袋里掏一片纸捻喇叭烟。他敢用手直接捏起一块发红的火炭对在烟上。吸第一口烟时闭眼,一只手拄地,伸开两腿。他舒坦了。

我裹着被子从铺子里跳出,父亲呵斥一声。我不退缩,他再不管。

我蹲在火边烤烟叶，烤好了就递给他。

父亲一夜要抽多少烟。

有一个晚上我睡过去，醒来已是下半夜。一旁的被窝是空的，抬头一看，他还在火堆旁坐着。他的头上全是露水，身上披了一件老棉袄，虎儿就在对面。

下半夜，我们被虎儿的剧烈叫声惊醒。四周静悄悄没有一点声音。虎儿向晾烟的架子嚎，脊背的毛都竖起来。父亲取过一根长竹竿，伸到架子里面拨着垂挂的烟叶。这样拨了一会儿，竹竿另一端有了分量。父亲的手抖着往外抽，好不容易才抽出来。原来竹竿的另一端被人握紧了，这时随着竹竿走出，嘻嘻笑。

父亲对在那人脸上看了看，陪笑。我也从火光里认出钻来的人是"起儿"。

起儿三十多岁，早有了满脸皱纹。他穿了一件脏臭的灰衣服，头发上沾满草梗泥巴。他今夜大概是想偷点烟走。起儿常年在荒滩上游动，主要靠两种营生维持生活：一是串门时随手取走一点东西，什么都拿，小锄子、小铁钉耙，有时还拿走晒在绳子上的一条裤子，拿走就到集上卖。再就是他会阉割，身上常带一把小刀，如果有人需要阉猪，他就把这活做了，然后讨酒要钱。起儿做得熟了，沾了两手的血，走到哪里都不洗。

他今晚当然不干这个，两只手不红。

父亲请他坐在火边，请他抽烟。虎儿盯他。起儿一连抽了四五支烟，说：

"这狗早晚招惹事情。"

父亲点点头。

起儿又说：

"都是没阉的病。一阉，也就成了一条好狗。"

父亲点点头。

"你不阉，它跑出去闹事，咬了村里人，你这样的人也担待得起？"

父亲看一眼虎儿。

起儿说："我抽一会儿烟，今夜咱就做了罢。"

父亲嘴角牵动一下，"这……"

起儿一拍膝盖。

父亲点点头。起儿又卷一支烟。他闭一只眼看虎儿。虎儿拼出力量挣那条锁链。我站到虎儿身边。

起儿说："你看，不阉哪行！"

父亲垂下眼睛看着自己的两手。起儿让他回院去取两把锄，两眼像狼一样盯他。父亲往院里走了。我破开嗓子喊了一声。他没听。我央求起儿不要不要……起儿嘻嘻笑。

父亲拿来了两把锄头。起儿也吸完了烟。他从衣兜里掏了一会儿，并没有那个阉猪刀。这会儿他一抬头，看见父亲的上衣口袋装了一把割烟刀，就一把夺过，对在火苗上看了看："也中。"

父亲把锄头交给我一把。这是要用两把锄钩绞住它的脖子。我大嚎。起儿就把锄头取到手里："咱俩来吧。"

锄钩套到虎儿的脖子上。虎儿身子歪下了。它哭，没有大哭。它在忍。

起儿一手扶着锄柄，然后蹁起左腿把锄柄夹住，闲出手扯起虎儿两条后腿。我跑到了黑影里。

虎儿有了长嘶。"砰"一声，锄钩断了。可是它没有逃开。那边是嗯嗯的用力声。

虎儿叫着。起儿大概在缝伤口。

我走过来。一眼看到虎儿腿拐了两下，围着拴它的那个柱子转圈，然后躺下舔伤口。

起儿把虎儿身上取下来的东西放进火里。烧了一会儿，拿在手里吹了吹，竟然吃起来。

父亲背过脸去。

起儿吃完了，又是抽烟。

露水真盛。不知离天亮还有多远。没有一点声音。突然起儿问了句：

"你家的猪阉了没有？"

"没有……"

起儿一拍膝盖："那不一块儿！"

我大着声音："我们的猪不阉！"

父亲也抬起头："我想留作种猪……"

起儿摇摇头："留种猪要上级批准的，你能留种猪？你这样的人也能留种猪？"

父亲不作声了。

起儿站起来，手提那个割烟刀往小院走去。父亲坐了片刻，跟上。

推开院门时母亲被惊醒了。父亲对她耳语几句。母亲没有作声，只是点起一盏桅灯，悬在了门框上。

起儿和父亲进了猪圈，把睡得正熟的小猪提起，又用绳子把它的四蹄捆了。起儿让把桅灯挪近一些，母亲把灯递给了父亲。

它号叫。

起儿提着灯，两手都是鲜血，割烟刀上也是。

起儿从猪圈里一蹦出就急急往外奔。他到了火边，把割下的东西投进火里……

吃完之后，他一直盯着父亲。他目不转睛。

我知道，他是跟父亲要钱。父亲咳了两声：

"我取钱去，我……"

父亲取来一些硬币。起儿在手里一个一个扒拉，从中拣出了一个一分的硬币扔给父亲："该多少是多少。"说完将硬币溜进了兜里。

他打着响嗝，拖拉着鞋子走了。走了几步又回头，从架上取了几片烟叶……

虎儿一直闭着眼睛。

……

不久的一天，父亲不知用割烟刀干什么，一不小心，手给割了。他刀子使得熟极了，从没碰过手指。可是这次真惨，锋快的刀子一下捅进手掌，他"啊啊"叫两声，刀子掉在地上。我和母亲听到了一块儿跑去。父亲的脸蜡黄蜡黄。我看了一眼血手，吓得懵了。一道大血口子，从手心到指根。浓血涌出。大口子像鱼嘴那样咧开。父亲用另一只手握住了手腕，可是血更多地向外流。母亲把布兜里的一个手巾撕破给父亲裹，又扯他的另一只手往前跑。

我们不顾一切，院门也没锁，一齐往前跑。

整个路上都洒了父亲的血。

……

接下去的日子父亲什么活也不能做。我觉得可怕极了，可唯有父亲没事人一样。他没有呻吟，更没有流泪。真不简单。我再次觉得父亲有内力。

停了没有几天，他竟然用闲着的一只手摆弄黄烟了。我不愿离开父亲，当他动手做活时，我就跑在前边。可是父亲还挂记着那把割烟刀——他那天把它掉在地上，慌乱中没有捡起。这会儿我们到处找，找不到了。

父亲的手整整过了两个多月才解了纱布。这中间他上了几次药。结了一个很大的疤，那五根手指要伸直时，它就阻止。东西抓不牢，是那个疤碍事。只有当他握起拳头的时候才好，那样什么毛病也没有了。

半年之后我们平整土地。父亲的铁锹插进地里，发出了"当格"一声。一锹土取出，父亲弯下腰去摸，一把掏出了那把割烟刀。

它已经锈了……

十多年后，剩了母亲一个人。她回城后还存有那把割烟刀。

有一天我收拾一些杂乱物品，打开了抽屉。我把一些过去的小东西集到一起。我打开一个座钟罩，一下发现了那把割烟刀。

它擦得锃亮，抹了油。

我双手捧起了它……

一九九〇年

致不孝之子

尽管我对家里人、对你都隐瞒着什么,你们也知道我在这里待不了太久。那一天到来时,你不会吃惊,只会悲痛。悲痛就足够了。我已七十多岁,可以了。

原说你秋天回来,现在看不能了。也好,纸上谈吧。我有些憋气,当面谈断断续续反而容易遗忘。随想随记。我这一生、我与你、你今后,合在一起想。

作为一个失意的父亲,我想我培养了一个陌生的儿子。你很特别,很争气,太好了,好得不像我的儿子。

我曾经给你带来了少年的磨难,和许许多多的、长时间的羞愧。可是这些后来又成了你的资本。现在我老了,秋叶已落,难免感慨。你在大都市,终于远离了父亲的土,回头一想,会庆幸得欢喜。我像你这般大也不在土上,也从事体面的职业,小有名声。我的厄运有一多半是自己找来的。结果换来饥寒辛苦的大半辈子。我们全家因我而穷困,这是我的欠和恩。

……荒疏了文字,失去了文化,让你后来轻视。是因为辛苦的生活让我难以兼顾。你有个好脑子,刻苦,会成。你想让命离我更远,就拼力。走了,成了,越来越远,我不敢认你这个儿子了。

日夜回想许多，都关于你。很难过。我自知无力更改你什么了，还是记这些不废的废话给你，权作遗产。它会告诉你：我总算像个父亲那样，在最后日月里，认真想过你了。

简单一句话：你使我失望、痛心。有时很愤懑。想给你最后命个名，又找不到合适的字句。用个老旧易行的说法吧：你是个不孝之子。

"孝"字蒙了一层灰，还毕竟是个好字。不孝就不好，是对长辈不行义，等于无良知和叛卖。

我的指控在左邻右舍眼里极难成立。看来你已无可挑剔：嘘寒问暖，寄钱物，接我去住。你待我很好。

可我总是觉得你不孝。

这是个固执的印象，这时要真实记下，存个心情给你、给我。

你看到此不要以为人老迈了，心衰意迷，加上长期疏远文字，不知 dog 是狗之类……其实我并未糊涂。你之不孝，也包括对我逐年轻视。不关心我的想法，不看重我的意见，把我视为一个物质主义者，只用满足衣食之方代替一切，搪塞一切。

你不愿与我讨论人情世事。我偶有提示，你即滑过。这是对父亲的精神怠慢，形同欺辱。

你太匆忙，每天有无数学问要做，有那么多名流要过往，在学术上成了精。你读过的书、特别是外文书，比我当年多上十倍。看着你一边结领带一边用眼角瞟公文包，我很气愤。

你误以为这是老年人的孤寂以致嫉妒心理作祟。这回你错了。我虽走入老境，却已抵达安静，害怕打扰，只想留下更多自己的时间。干什么？用来忆想。忆想有快乐。

我的时间并不宽裕。我与一些老年人不同，很忙。人一生奔波，只为了心上的积累。我到了使用积累、自我犒赏的时候了。要不是因为你，我会活得更好。是你的不孝伤疼了我。

因为你是我的儿子，我必须牵挂你。我还爱你。絮叨即是父责。

在你这个百年不遇（至少在我们家是如此）的成功者眼里，倒霉的父亲一生没什么可自豪的。若有，也仅仅因为生了你这么个聪明儿子。错了，我自豪，但不是为你。忆想中自豪感多多涌来。

……不是我少年得志的"成就"，也不是青年的辉煌。当然美誉不少，你母亲不失时机地爱上我：这一点最有助于我的幸福。还没有踏入中年我就走了下坡。尔后一路跌落，坠入深渊。去农场、隔离、蹲监，直到多年劳改。最后——遣返。

我感激她与我一起，并且一生忠诚。

忆想之中，自豪感就从下坡路上生出，越来越多；伴随它的有苦，有屈辱，有疼。可是都没能淹没自豪。

你懂事之后目睹过我的苦。我在泥里趴着做活，病中雨中雪中，都要做……大雪天被驱上街头扫雪，与其他"异类"一起。这一幕，多么令你羞辱。

我自知坎坷的由来。我对投向的煎熬可不能悔恨。因为在大多数时间里，我知道这是必然结果。也就是说，我是在一种自我把握之中受苦的。

当年，一开始，要摆脱这些，就得重找做人之路。这不能。

……那一天逼讯直到深夜。下半夜三点了，他们再一次让我签字做诬……我拒绝了。这是个开端。你对这段历史已经听熟了。

类似场景不难遭逢，人人如此。

我做过的，很简单。不过是求个真实无愧，不做诬而已。一点也不深奥。结果也就苦难临头，也就自豪。

看上去我败了，一贫如洗，殃及全家。实际上我胜了。我是险胜。胜者，活得像人而已。

我如今就为这一生的不断险胜而自豪。

儿子，你险胜过吗？

大约与年轻和磨损有关，我多多沉默。一起住时，我亦如此。这或可加剧你之误解，你认定父亲眼浊心钝，早无热情。有时提笔忘字，向隅出神，进而加重你之误解。你将父亲看成一个只需安度晚年、与世无争的人。他已无是非感，无激动，更没有你们过量吞服文明药者之敏感。是也，非也。

我提醒你想想父亲的过去、父亲为人的性质。质不变，其他亦不变。

你的交往、学术活动，言行内外，皆不避年迈的父亲。这是你的疏漏。我几次与你讨论，你总是不屑于多谈，瞒哄而过。这又是你的大疏漏。

你不知我正看着你呢，心里除了哀痛，更多怜悯。我的目光，是射向儿子的光，是充满惊讶的光，更是投向平民之子的光……

不，你不是平民之子。我再斟酌，要否认这个说法。因为更真实更准确点说，你应是来自最底层——平民之下者——的儿子。

接下来不由得深长思之：这样一个儿子又该生成什么模样？

自问中，我想抓住症结。

这样一个儿子，有什么权利，没有什么权利，与其他儿子又该有何区别，不可不想个分明。

你经历磨难甚多，看过磨难甚多，为了喘息、活，当年和亲人手足并用，挣扎到流血。你已不凡。后来呢，你当多多行善。远离恶行邪念，该是本能。

你生在地狱，所以尚不能称作"平民之子"。

"平民之子"即应自我苛刻：平民之子以下者呢？

你从地狱之隙挣出，对这个世界的奥妙污脏凶险，无所不知。再聪明曲折的书生，在你眼里也形同傻子。你把嘲笑收在心底。

这或许不错。不过无论如何，你也无由丢失纯谨。

……那天你与同伙吵得我难眠。细节不甚清楚，但我知道你们要做点什么。最后议定你来执笔。因为寻到了更有权势者或更有用者，你要进击自己的导师了。他视你如兄弟手足，且已百疾缠身。但你执意要做，硬了心肠。

接下去要寻个堂皇理由，再搬弄时髦的词儿，借以吓人的名义。其实都无济于事。

类似的关节、场合还有许多，不再一一。

总之你太精明，人海中避害趋利，游刃自如。宦路仕途，文墨生涯，学术人生，陷坑累叠，你懂得不是太少而是太多。可叹小小年纪。

异常苦难之童年少年生活会教导出两类：一类更善，一类更凶。人若恐惧，就会一生屈从、苟且。人若挺拔，就会升华自身，不再畏惧。

你则过于惧怕，怕蹈父之覆辙。

覆辙不好。但不能因此而行亏，而加害他人。

那一夜我想得太过遥远。我想：仅此一分好处在诱惑，你就能对导师落井下石；如果几十倍大的利益拥来，你能否用不太痛苦之方杀死亲母？我全身战栗，汗出如豆粒。

日常中，你的一些聪巧多具有如上性质。我注重性质的分析。

你因胆怯心虚，总要设法拢一伙一帮，寻找安全快意，并假设道德支持。也罢。无效无益。

挺拔之人、清洁爽气之人，从不如此。

我只见过群蝇而没见过群鹰。

你母亲在四十年前，即我遭返土上之前，有机会更有理由离去。慕她者不止一人，个个运气强我十倍。她很美丽。我劝她走罢，她说："闭嘴。"

她先是等了我许多年。后来我们一起回了。这一场没头没尾的煎煮、超出想象的野蛮欺辱，两人都在一块儿受。

吃了半辈子薯干，玉米饼是精食点心。她像村里妇女一样用蓝布包头，扎上围裙，到沟里寻柴草。她学会了炖薯干。刚开始常常烧焦，我笑，她哭。她说自己真是个无用之人。

她在煤油灯下缝补。她多么美丽。更打动我的，是她的心性之美。

我想起她的去世就难忍悲恸。那病是生你时落下的，时好时坏。有多少辛劳愁苦等着她。你碰伤了手，她哭。你被同学打破了头，她哭。你因出身不能升学，她哭。

你不会忘记母亲那一头白发。

你只要回家晚一点，她都站在村头树下等。我等不及出去找人，老远先看见那白发在黑影里飘。

你可能要说，世上所有母亲都是这样。也许正是。不过我总觉得，其他母子是分开的，而你一直是母亲连着的命，是她接着长的命。当她设法把生命之汁一点一滴注到你身上后，她就死了。

我对下一代的恩情，不及她万分之一。

那个秋天，早晨，是十月末，老天反常地下了一场雪。她离开了我们。

你一直不解，我为什么不随你搬至城里。你厌恶这个屈辱不祥之地。我理解。不过我没有离去之念。

有土就活人。我活下来了，老伴入了土。我得守着有她的土。这地方让我舍弃知识，沤我磨我，几十年了，耐性和用心让我费解。我剩下的工夫不多了，就留下解它罢。我得守着有她的土。

你就得来回跑路。你做得像个孝子，大包小裹回乡探亲。街坊们站在那里瞅，分享荣耀。瞅与不瞅大不一样，乡亲的眼光比别处——世上任何一处的目光都沉。这重量你全部收下了。

你过去在地上爬、全身泥巴时，你们见过。什么都见过。这是归来人、体面人的一忌一喜。你的穿着各处、身份名声，他们也一一见过。你满足欣悦，心里也不能不傲。

……想起那个旱天,你不足十六,被打发去田里抗旱。人长得又瘦又小,这样的都去看水。可是他们偏要让你去扳辘轳。你连水斗都提不稳,央求也没用。是心里的犟劲儿帮了你,硬是做下去。从一大早做到半下午,你实在难挨,手一松,辘轳柄打破了头,血染了脖子。你还是挣着爬起。

你在那口半枯的井上苦做三天。第四天井筒酥泥塌了,人差点活活埋进。辘轳和水斗埋上了。领工的头儿骂你、踢你,还说你是什么人的子弟,故意破坏一口水井……围上的人没几个敢说句公道话,只看你糊在身上的血土。

人的残忍、不公至此,已无话可诉。那一夜我用盐水给你洗了伤口,熬一瓢薯面咸粥分食了,上炕睡觉。我想你妈许久。她离去难说不是福。可是余下者还得活。活吧。

那时你在田里、在学校,最怕听的几个字就是父亲之名,怕被斥为什么"子弟"。你常常打抖,像害冷。这证明着我的亏欠。我又证明着谁的亏欠……

无语无方,忍着熬着。寒冬一到人更苦,父子都去深翻队。沟底结冰,沟沿遮去你的头。你把冻土铲到沟畔,铁锨举到一半,土块就砸到头上。我给你做一双草靴,极大。我之拙手只会做这双草靴了。靴帮缝了生猪皮,防水。

每天天不亮爬起,去工地。你说不起了,再不起了,趴在炕上哭……还是穿上铁硬的生猪皮草靴,迎上顶头风走了。口袋里塞了干粮,是地瓜窝窝。

顶头风夹沙带雪,至今响我耳边。

儿子，也许这辈子再没那样的顶头风了。你那个冬天给吹得胆寒，就一生背过身去。

我说了，这些乡亲都见过。

你心底慢慢生出个结：混好了，回见江东父老。

这个结把你盘住，害你一生。

那天你提上公文包匆匆离去，想不到我会逐字推敲那几页纸。老花镜许久不戴了，为了心静。你把几页纸遗在桌上，想不起我。我说过，我失去了文化。可我并未失去其他。纸上的概念术语已不易懂。但一目了然者，是你过于偏嗜复杂繁琐，其实终究只为遮去一个简单：能否存一丝勇气？或可不卖良心？

我一生见识粗臭文字可谓多矣，不愿你再续作。直看得我手足俱冷。

你在家中、在朋友间津津乐道于某某人之赞扬。大可不必。你显小了。其实仅从心智而论，你也该存个警觉。对来自利益之人的提携，犹要疑惧。

昨天常让你羞愧难当。其实何必。它不过是命中一截。将其抽去，人生即中断。你难以割绝昨日，用力也是枉然。

我在阵阵喘息憋闷中苦苦想去的是，我已无望看到更远的去路，不知你之终点。我也不知你缘何走到时下一步。

知识既不害人，血脉又无劣痕，余下的全是困惑。空气中有一种元素腐蚀了我的儿子。肯定如此。它漫漫无边，无声无息，浸染始终，无坚不摧。

可是真正的人宁可贫困艰难至死，也要一如鹰隼，伸开双翅击打空气。

这些豪言殊为多余。仅有不可回告的隐语，用明白的声气传出。它是关于魂灵之隐语，隔代相悟也未可知……

　　人老了好比走近。走近了定数，也走近了谜底，人愈平静。想起有后人，有个接续，又复走远。焦虑就如此这般生出。

　　你长成这副模样我心不甘。

　　入夜，倾听自己粗重喘息，自知末路已至。

　　我梦见最多的还是你的母亲。醒来不胜伤感。她左边一绺发上有一支卷丹花，灿烂灼目。这是误记。她生前从不如此——许是在另一世界焕发欣悦，盼念与我相会。时候真也不早。

　　关于生母的记忆，你该有许多罢。她之温柔善良、美丽、忍耐，都达到个极数。我爱她，今日愈爱。我在日常苦寂中，相依相扶中，无意间被她进一步教导。这些都留在忆想里。我晚年的岁月只靠她温暖。

　　生母会给人不息之力。我那次去城里，所遗下的物品中有一件竖条衣褂，肩部襟上都有补丁，针脚密密。我是把它还你。想你不至扔掉。

　　你的妻子扔掉也等于你扔掉。她是个水性孩儿，随和、清澈，你要对得起这样天然的生命。

　　我私下还为这外姓孩儿难过呢。

　　我家对她有亏欠……她应随从更优良的人。

　　年轻时我常把美好一面显露给爱人。为了这深爱。久而久之，我在变好。这算个报答，她对我，我对她。不能忍的日子太久，可庆幸者唯有我与你母亲一起。

……居城时，我见你偶尔迁怒于妻。多半为世俗物利所急。她对你比其他贵重十倍。无疾即福，要善待家人。

你太机敏。这些年，你这样的青年多起来了。这是时代之不幸。我预言一下：只要人类还期望好好活下去，时代就最终不会属于你们。时代也会慢慢设法，伸出看不见的手。人们从前纵论经济，常说"第三只手"云云。世道人心，大概也有"第三只手"罢。

你给我钱物，让我"安度晚年"。老人，伤心几至绝望，如何"安度"……

……无非是个"有知识的蠢人"。卑微者之精明首先葬送自身，尔后污浊世界。时人敏捷许多，你精明人亦精明，一举一动尽收眼底。

我儿勿躁。笃定沉思。

要朴素真实地做人。要有耿直之美。

我想告诉你的是：真理这东西还是有的。

你活着感激谁？谁给了你生命并使之延长？追根究底，也不得不认定：真与善使人生，假与恶使人灭。孝，就是感念回报。古往今来，一切背弃真善的行为，都是不孝的行为。

诚然，如上的话并不能阻止你精明地笑或恼。

但我说过，我要在纸上记下来。

记下来留与你。你看了能长一分也好；扔掉，会知道我想些什么。

一九九五年十二月

附 录

农村社会变革的隐痛[*]
——论张炜早期小说

倪伟

张炜是对当代社会现实有独特思考的作家,他的强烈的道德关怀精神以及由此出发的对现实的质疑和批判常常引来众多的争议。从一九九三年以后,张炜与现实的紧张关系变得更加尖锐触目,他对剧烈变动中的中国社会现实的忧虑充斥于这一时期他的所有文字中。《九月寓言》及其后一系列作品当中按捺不住的忧愤,对工业文明的疑虑,对道德理想的高调宣扬,使原本显得低调沉默的张炜一跃成为知识界、文化界的焦点人物。对张炜的这一"转变",批评界看法不一。誉之者称其对精神理想的坚守浸透着深厚的人文关怀,毁之者则认为张炜的"道德重建"的激情以及他对当下现实的质疑和批判,在根本上是"反现代性"的,是站在"守旧""没落"的农业文化立场上对现代文明发展的"诅咒",有着民粹主义和文化保守主义的精神影子①。在这些批评者看来,张炜的"反现代性"立场不仅决定了他对现实的批判是虚弱无力的,而

---

[*] 本文发表于《文学评论》二〇〇五年第三期。

且也是对八十年代的启蒙主义精神的背叛。

这两种截然相反的看法显然有不同的思想出发点，与批评者各自对当下现实的感受、认识的差异不无关系，简单地判定双方的对错没什么意义，而那种把张炜的创作与某种既有的概念和思想体系强扭在一起的批评方式也是缺乏生产性的，除了强化某些固有知识之外，并不能帮助我们更深入地认识现实。鉴于此，我将避开引起众多争议的张炜九十年代后的所谓"转向"，而将目光转向其早期创作，即《古船》以前的那批小说。在我看来，这些早期作品对于理解张炜在《九月寓言》后的发展变化极为重要，在某种意义上甚至可以说，张炜创作的一些基本思想都已包含在这批作品当中了。

不无遗憾的是，张炜的早期作品（特别是《秋天的愤怒》之前的作品）似乎遭到了评论界的普遍漠视，甚至还不乏苛评。一种比较严厉的批评认为张炜的早期作品没能"写出真实的、血淋淋的农村生活来"，反而在唱着"美、幸福、快乐"的颂歌，这证明他是受了"文革"遗风的影响，大脑和心灵都被一种"虚的观念"所左右了②。这个批评恐怕是过于严厉了。农村生活有诸多面相，未必只有"血淋淋"才是农村生活中的"真实"，揭示农村生活诸多面相之间复杂纠结的关系才是更关键的。事实上，在张炜的这批作品中，即便是对"美、幸福、快乐"的赞颂，也包含有一些独特的声音。忽视其存在难免会导致片面的误解。对张炜早期作品的另一种有影响的解读是把它们归入到八十年代的启蒙主义思潮当中，强调其中所透示的"个性""自由""知识"等主题。这种看法虽然有一定道理，但仍不免流于片面，没有充分注意到张炜早期创作的异质性。

在启蒙话语覆盖一切的八十年代，张炜创作中有一些时代主题的回声，这是再自然不过的，但他又是一个目光敏锐、精神强大的作家，这种独具的素质和禀赋使其作品常常能触及一些被当时的人们所忽略的问题。这些问题在今天已充分暴露出来，严峻地摆在人们面前，此时再回顾张炜的这批作品，令人不禁要感叹文学确乎有知微察渐、睹先机于未发的力量。在我看来，这种超越时代的前瞻性正是张炜早期作品的独特价值所在。

一

七十年代末的农村题材小说基本上延续了"伤痕文学"的思路，着重于揭露"文革"期间极左路线给农村带来的深重灾难，农民不仅在物质生活和精神生活上陷入极度贫困，连追求爱情这样的基本人权也遭到剥夺，人性被摧残、扭曲，家庭失去了和睦，一些基层干部横行乡里，为所欲为，贫苦无告的农民只能仰其鼻息，唯求自保。这样的社会实在已恶化到极点。这就是包括《许茂和他的女儿们》《李顺大造屋》《被爱情遗忘的角落》等一批获奖作品所描绘的一幅阴暗悲惨的农村社会画卷。

一九七八年，安徽省率先在全省范围推行承包责任制，掀开了农村改革的序幕。一九七九年九月，中共十一届四中全会正式通过《中共中央关于加快农业发展若干问题的决议》，认可了家庭承包责任制的合法性。在随后的两年时间里，家庭联产承包责任制迅速在全国推广，到一九八一年底，全国农村已有百分之九十以上的生产队实行了承包责任制。这一制度变革带来的最直接可见的变化是农民的生产积极性提高了，粮食增产了，农民看到了摆脱饥饿的希望。

农村改革直接影响到了当时的文学创作。从一九八〇年起，农村题材小说开始着重描写改革给农民生活带来的变化。在这方面，最有代表性的作品是何士光的短篇小说《乡场上》。吃不饱肚子常年低头做人的冯幺爸，终于第一次直起腰杆，说出掷地有声的公道话。冯幺爸腰杆硬了，是因为实行责任制后，粮食多打了，日子有了盼头，不用再像往年那样求曹支书要返销粮了。这篇小说通过对农村生活中一件小事的刻画，反映了国家政策的变更给农村带来的变化，它首先体现在农民个体人格尊严的失而复得上。从个体"人性"的复归写出时代的变化，是这篇小说最令人称道的地方，而"个体""人性"恰恰是当时思想界、知识界所极力鼓吹的两个核心价值，也是整个八十年代思想的两面旗帜。

揭露"文革"伤痕，歌颂改革成就，这是新时期开头几年农村题材小说的两种基本模式。而张炜的创作从一开始就显示了与众不同的路向，他既无意去揭过去的伤疤，也不满足于歌颂当下的"幸福"，而是倾注全力去描摹、塑造自己所热爱的"芦青河"世界。他笔下的农村没有令人窒息的浓重暗影，反倒洋溢着田园牧歌般的情调。这种游离于主流之外的幻美声音遭到了不少批评家的诟病，这或许可以反过来证明张炜是一个有着坚强创作个性的作家。当然，在"芦青河"系列里，我们仍然能看到当时流行的一些思想主题，知识启蒙便是其中比较突出的一个。获一九八二年全国短篇小说奖的《声音》堪称这方面的代表作。有严重身体缺陷的小罗锅凭着过人的毅力，利用为生产队割牛草的间歇发愤自学英语，最后终于如愿以偿地考进了公社工艺制品厂，实现了自我的价值。与小罗锅形成对照的是二兰子。这个淳朴憨厚的姑娘只上过几天学，在家里帮着干农活。她对自己的未来没有什么特别的想法，在找到婆家之前，似乎只有靠割牛草来打发日子。小罗锅的成功却给了二兰子不小的震动，她那颗懵懂的心不免有了憧憬，第一次认真地思考起自己将来要走的道路。这个短篇的主题是发现自我、实现自我的潜在价值，而把懵懂的个体从蒙昧中唤醒的"声音"正是由英语所象征的现代知识。《山楂林》里的阿队十六岁了却还只上四年级，但她天资聪颖，顺口溜乃至难懂的古诗只要听上两遍就能背出来，让城里来的大学生莫凡惊喜不已。在莫凡的百般启发下，小阿队终于改变了自己的人生理想，她原来只想看一辈子山楂林，最后却被鼓动着想当一个工程师了。来自城市的启蒙者所带来的知识象征着一种先进的文明，它能够引导人们从自在进入自为。在这里，我们确实可以从中依稀看到"城市——乡村"二元对立模式的影子，它们分别代表了先进与落后、文明与愚昧。这种价值对立在《芦青河边》这篇小说里表现得更鲜明些。小碗儿与同村青年李林相爱，却不敢公开关系，约会也要偷偷地避人耳目，因为在那个偏僻的小山村，青年人若是不经媒人介绍而私自相好，就会被认为不要脸。驻扎在当地的地质勘查队带来了新风气，相爱的男女勘查队员可以自由自在地携手游玩，完全无须顾虑别人会怎么看。这对当地保守的风俗是个不小的冲击。最后，小碗儿在女大学生郭蝈的开导和鼓励下，终于勇敢地冲破了陈旧观念的束缚，大大方方地公开了与李林的恋爱关系，同村的其他青年也在勘查队员的影响下逐渐解放了思想。

在这几篇作品里，作为启蒙力量的知识都来自于农村之外的世界，它们所代表的显然是先进的现代文明。在这点上，张炜的早期作品与当时流行的启蒙话语是相吻合的。但我们也注意到张炜并没有刻意突出现代知识文明与乡土道德习俗之间的尖锐对立。就像二兰子的懵懂无知也蕴含着一种天真未凿的美好一样，乡村的传统道德习俗尽管有其蒙昧的一面，却也不能说它就是非人性的，在个体践行者身上它甚至还能折射出令人钦敬的人性光芒。在这方面，《拉拉谷》是一个很典型的文本。骨头别子年轻时有点心花，迷恋上同村的青年寡妇二姑娘，结果使妻子在无人照料的情况下死于难产。这件事让他终生刻骨难忘。在此后二十多年里，虽然痴情的二姑娘屡屡向他示爱，他自己也确实深爱二姑娘，但道德上的自我谴责还是使他紧紧地关上了心灵之门。相爱却不能厮守，这令两人都痛苦不堪。骨头别子严峻、苛刻的道德观也给女儿金叶儿的爱情投上了阴影，他不顾女儿的反对自作主张地要把女儿许配给泊里鹿，可金叶儿却爱上了地质勘查队的陆小吟，这使骨头别子大为震怒，在他看来，女儿不从父命、偷偷地和人相好简直就是伤风败俗。尽管得不到骨头别子的同意，两位年轻人却下定了决心，再不重蹈上一辈人的覆辙，而要勇敢地追求属于自己的幸福。两代人的不同爱情遭际旨在揭示的是乡村道德的"开化"，但这篇作品最令人感兴趣的还不在这个启蒙的框架，而是骨头别子失败的爱情中所包含的那种悲剧力量。同样写爱情的悲剧，《拉拉谷》与稍前的《许茂和他的女儿们》以及《被爱情遗忘的角落》的区别是显而易见的。阻止相爱的人不能长相厮守的，不是某种外在的牵制力量，而恰恰是强大的道德感。站在现代伦理的立场上看，骨头别子的冥顽不化也许是不道德的，因为它除了给当事者造成无穷的痛苦之外似乎没有什么正面的价值，但这种对固有道德的执守又不可简单地目之为愚昧，而是有着复杂深刻的人性内涵。这篇作品所隐现的对传统道德的复杂感情在张炜后来的创作中被表现得更充分。在《山楂林》里，我们同样能感受到张炜在拥抱现代文明时的那一丝犹豫。不远处的煤矿的"火焰山"对山楂林是一个巨大的威胁，莫凡说现代化的滚滚洪流是无法阻挡的，山楂林极可能被这洪流所毁，正是在这一刺激下，阿队才发誓要做工程师，因为只有这样，她才能获得"设计"、保全自己家园的权力。对现代知识的渴望其目的却是要通过知识来阻止现代化对家园、土地的破坏，这里面存在着一种微妙的悖论。在张炜的小说里现代文明常常是由地质勘探队来象征的，"勘探"这个反复出现的意象颇耐人寻味，它既是用知识对沉默无言的大地进行规划和开掘，同时又是对自然地貌和环境的破坏，它所具有的双重性恰好能映照出张炜对农村现代化的矛盾情感。

张炜早期小说中八十年代启蒙思想的痕迹也表现在对个性价值的肯定和赞扬上。刻画农村中新一代知识青年的精神追求是这一时期张炜小说创作的主题之一。除了前述的《声音》之外，《三大名旦》和《野椿树》也很有代表性。《三大名旦》中的大萍儿是一个极有个性的农村女青年，她的一些生活习惯很城市化，比如农闲的时候要歇个星期天，什么活都不干，浑身收拾得干干净净，穿上好衣服出去玩儿。她平时爱穿白力士鞋，黑尼龙丝袜，头上还要戴一个护士那样的小白帽。她还爱读书，喜欢文学（书架上插有卢梭的《忏悔录》，还订了《人民文学》等几种杂志，对河西的一个业余作者非常仰慕），爱跟有见识的人聊天，爱跟附近矿上的工人扎堆，因为她觉得这些工人走南闯北、见多识广，远非村里人所能相比。大萍儿的卓尔不群令其陷入孤立之中，在村里人眼中，她的所作所为不像一个本分的姑娘，名声自然也就不那么好。但事实上大萍儿却是一个很能干的姑娘，农活样样拿得起，关键时刻也能挺身而出，跳到水中护堤。《野椿树》描写了回乡务农的高中毕业生的精神苦闷。许葭、邹方平这些接受了现代知识教育的农村青年在生活方式和趣味上都已与农村拉开了距离，他们与周围的人群格格不入，成了农村中的他者。他们对土地不再有依恋之情，一旦有机会，会毫不犹豫地离开土地。而当无法脱离农村时，就只好把痛苦转化为发家的努力了。邹方平就靠着经营香椿苗圃而成了当地令人瞩目的"万元户"。张炜似乎是想借着这些农村知识青年的形象，表达自己对新时代的"现代农民"的某种想象，这样的"现代农民"不像其祖辈那样从头"土"到脚，他们可以像城里的知识人那样"谈点诗，谈点艺术，甚至在晚饭之后弹一会儿钢琴"。这种想象虽然充满善意，却是虚弱而扭曲的。这样的新农民在生活方式和趣味上都明显地城市化了，其形象充其量只是城里人的一个投影。如果农民的现代意识仅仅体现在对城市生活方式和城市文明的追慕上，亦步亦趋，刻意仿效，那么他／她在被启蒙的同时难道不也是丧失了其主体性吗？在这些作品里，张炜虽然敏锐地抓住了农村中部分知识青年的思想新动向，但当时的主流话语对现代化的狭隘想象显然束缚了其思考力量。在那一整套现代化话语体系当中，现代化被认为首先是"人的现代化",而"人的现代化"的一个基本标志就是个体的觉醒、自我的实现,个性、自我因而被赋予了天然的合理性与合法性。"现代人"通常被简单等同于一个拥有现代的(西方的)知识视野、具有强烈的个体意识、把自我价值的实现作为人生首要目标的自主主体,而在个性解放的旗帜下,个体欲望也被认为是人性的基本部分而获得了正面的肯定。这样的"现代人"是以欲望为内驱力的利益主体。把现代化落实为首先是人的现代化,实际上是有意无意地忽略了连结个体与国家的社会制度和社会组织的变革和重建,其结果必然是"觉醒"后的个体成为逐利型的原子式个人。在这一套现代化话语的规划图景中,农村的现代化被等同于城市化、工业化,"现代农民"则被想象成与乡土社会的传统价值体系决裂、自觉接受现代城市文明及其价值体系的叛逆主体。这种农村现代化模式实际上是向城市文明的全面投降,当乡土社会的传统价值根基遭到摧毁、赖以团结社会成员的中间组织被破坏之后,农村社会所迎来的决不是"现代化"的美好允诺,而是社会解体后的凋敝和破败。

尽管张炜的早期小说未能摆脱当时主流的现代化话语的笼罩,但我们仍能从中看到他本人的一些独特思考。他不像当时的许多农村题材小说那样,把农村当作落后、愚昧的标本与现代文明直接对立起来,而是在一定程度上肯定了农村社会中的道德人情之美,他对现代化进程可能对农村社会造成的破坏性影响深怀忧虑。虽说他对农村社会的描绘不无美化,但似乎不能说这就是一种过客式的审美欣赏,在这背后的价值建构的努力仍然值得肯定。

二

在《芦青河告诉我》的后记中,张炜说:"我厌恶嘈杂、肮脏、黑暗,就抒写宁静、美好、光明;我仇恨龌龊、阴险、卑劣,就赞颂纯洁、善良、崇高。我描写着芦青河两岸的那种古朴和宁静,心中却从来没有宁静过。"这段话道出了张炜创作的秘密:对"宁静、光明、美好"的描写,对"纯洁、善良、崇高"的赞颂,恰恰是因为在现实中这些美好的东西正在急速地流失。

张炜对芦青河两岸农村社会的抒情化描绘,一直遭到不少人的批评。批评者指责他没有写出"真实的、血淋淋的农村生活"③,他对美好的人情道德的咏赞凸现了他的"道德乌托邦"理想。在我看来,这些批评都把张炜早期的小说世界静止化、非历史化了。如果通览这些作品,会发现张炜描绘的其实是处于变动中的农村社会,这个社会在一种不可阻挡的历史潮流的推动下,渐渐变得面目全非,虽然仍不乏美好,但这美的光泽却在黯淡下去。在这个意义上说,张炜的吟唱有点接近于挽歌了。

不妨先来看一下《夜莺》这个短篇。它以优美的抒情笔调写出了农民收获的喜悦。七月的夜晚,大伙儿聚在大场院上打麦子,对胖手儿这样的年轻人来说,这简直就像是个盛大的节日。心灵手巧的胖手儿负责打麦垛,站在高高的麦垛上可以俯瞰整个热火朝天的场院,天上的星空深邃辽远,身边麦草柔软清香,南风拂面,胖手儿禁不住要高兴地唱起歌来。从村里的大学生二环那里,胖手儿学到了"美是生活"这句名言,这句话多么贴切地说出了她内心的感受啊!她禁不住站在高高的麦垛上迎着铺满灯光和月光的场子喊了起来:"美、是、生、活!"这篇洋溢着田园风格的作品曾遭到严厉批评,认为张炜让一个文盲村姑在劳动中咀嚼车尔尼雪夫斯基的名言"美是生活",恰恰证明了他已被一种"虚的观念"所支配,这种"虚的观念规定了他只能说好、美、幸福、快乐之类"。其实对《夜莺》这个文本,我们不能只关注它写什么,纠缠于其描写究竟是"真实的"还是"虚假的"这样的问题,而应该更多地注意它写作的历史背景,换句话说,就是必须把它所写的内容历史语境化。《夜莺》描写的是农村的集体劳动,正是在热火朝天的集体劳动中,人和人之间表现出彼此协作、关心、友爱、团结的和谐关系,个体也建立起对共同体的认同,深切地体验到生活的美。在这篇小说里,田园牧歌式的美是与对劳动共同体的体认分不开的。这篇小说创作于一九八二年六月,而在同年八月创作的另一篇小说《猎伴》中我们知道芦青河地区已经实行了承包责任制,由此便不难断定《夜莺》所描绘的应该是实行承包责任制以前的生产队的集体劳动生活。因此,这篇小说恐怕不能单纯看作是对农村田园生活之美的抽象讴歌,张炜在其中应该是另有寄托吧。如果联系同一时期诸如《猎伴》之类的作品,我们似乎不难从《夜莺》中读出一丝不安和忧虑。

农村青年的思想和生活是张炜这一时期小说创作的主要内容。这批农村青年和父辈最大的区别在于他们是在社会主义农村长大的,他们所接受的教育以及成长的环境都使他们牢固地树立了对生产集体的认同感,这种认同感又通过青年们的各种集体活动而得到强化。正是靠着这种对生活共同体的强烈认同,这些农村青年才对土地有了舍不得离开的眷恋之情。然而在实行家庭联产承包责任制以后，这个集体生活共同体却迅速瓦解了。再没有热火朝天的集体劳动，代之而起的是每家每户的独自劳作，而当生产队这个基层单位也开始逐渐丧失其组织功能时，依附于其上的一些集体生活形式也随之消失了。比如夜校曾在农村青年的生活中占有很重要的位置，在那里他们学习、聊天、唱歌、打乒乓球，结识朋友，点燃爱情之火，而在实行责任制后，夜校被关闭了，青年们失去了活动的场所。生活方式上的这些变化怎能不令敏感的青年感到郁闷呢？

《猎伴》就很真实地写出了农村青年在面对这种转变时内心的困惑和苦闷。大碾原是个有热情、有活力的小伙子，和二满、三喜等几个青年伙伴一起扳倒了村里的"土霸王"刘三拐子，热火朝天地带领大家修水道、打机井、整治田地，还办起了纺绳厂，雄心勃勃地想把村集体建设好。可一切才刚开个头，上头就要求推行责任制，分地到户，大碾原来的计划彻底泡了汤。他想不通，一气之下辞去了生产队长的职务，把心思放在了自家的责任田上。实行责任制后，农民的生产积极性提高了，起早贪黑地苦干，除了种责任田，农闲时间还搞副业。粮食确实多打了，钱也多了，但伴随着也出现了很多新问题。日子富裕了，村里的老人都很高兴，可青年们却有了失落感，原来丰富多彩的集体活动没有了，因为很难再召齐人，不是这个要去收谷子，就是那个要去运高粱……他们牢骚满腹，纷纷跑到大碾那里发泄烦恼和不满，他们怀念大田里集体劳动的号子，怀念夜校里通明的灯火，怀念二满的歌声……以前舍不得离开农村、放弃招工进城机会的青年们纷纷离开，到最后连一开始坚决支持责任制的二满也进镇当工人去了，因为他们发现这土地已变得如此陌生，以往"那种火爆爆的生活，那种向上的力量"都消失了。在实行责任制以前，劳动是一种集体活动，是农村公共生活的重要形式之一，它在农村青年眼里有一种创造生活的浪漫色彩，但在分田到户后，集体劳动的形式被轰毁，劳动蜕变成谋生、发家的手段。劳动在价值上的急剧跌落让青年们改天换地的理想失去了寄托，生活的意义成了一个问题，而这种意义失落的空虚是绝对无法用富裕来填补的，他们越是悠闲，就越是感到空虚，正是这种空虚感最终迫使他们离开了土地。

　　张炜对责任制的思考是复杂的。他认识到责任制打破了以往大呼隆集体劳动的弊端，确实激发了农民的责任心和积极性。在《看野枣》这篇小说里，三来在当生产队长的时候总是游手好闲，靠着手里的权力捞一点好处。在实行责任制后，这个怕苦的懒汉也被逼得勤快起来，下力苦干，从而改变了人们对他的不良印象。辛勤的劳作换来了丰硕的成果，农民的日子确实比以前好过多了，这和责任制的推行是分不开的。但张炜也注意到在实行责任制后，农村的生产水平却后退了。以前生产队有大农具，耕地有拖拉机，播种用播种机，打谷子也有脱谷机，可推行责任制的时候，这些集体的大农具都被变卖了。在失去了农业机械后，农民只能靠人力干活，没有牛的家庭只能用肩膀拉犁，用锨头、木耧下麦种，那多打的每一粒粮食都是农民用加倍的汗水换来的啊！对缺少劳力的家庭——尤其是那些子女在外、家中只剩下老年人的农户——来说，这样艰巨繁重的体力劳动是难以承受的，这些家庭渐渐地就落在了后面，陷入相对贫困的状况。《第一扣球手》里老农民半拉，女儿棉棉是著名的排球运动员，早年丧妻的他孤身一人留在农村。半拉虽说是干活的好把式，但要伺弄好自家那份责任田，却也不容易，要付出比集体劳动时代艰苦得多的劳作，繁重的体力劳动使他比过去更加苍老了。看到父亲如此辛苦，棉棉非常难过，她不明白责任制怎么反倒使劳动方式倒退了，以前沟渠四通八达，都用机器浇水，而如今父亲却还要摆弄废弃多年不用的辘轳，从井里打水浇地。棉棉不明白，是因为她不知道实行责任制以后，在大集体时代费尽千辛万苦建设起来的水利设施不仅得不到维护整修，反而遭到了毁灭性的破坏。农民们只顾自家田里的事，谁还会去管堤堰渠坝呢？不仅如此，一些私心重的农民为了多占地，毁掉了自己地界里的水道、机井不说，甚至还侵占渠道用地，致使农村的水利设施完全瘫痪，灌溉用水便只能靠手提肩扛了，逢上旱灾，损失就更惨重了。在《猎伴》中，正是因为水道被破坏，造成了庄稼大片干死④。

这些年来，被广泛宣传的一种论调是农村家庭承包责任制是生产力的一次解放，其主要依据是粮食产量提高了⑤，但正如张炜的早期小说所揭示的那样，这种所谓的解放却是以农民付出更加繁重的体力劳动为代价的。耕地的条块分割更使得农业倒退到了传统小农经济的时代。当年曾让张炜感到困惑的问题，如今已可看得分明。推行责任制原本就不是为了把农民从繁重的体力劳动中解放出来，而是要利用农民对私利的追逐之心，来激发他们的生产热情。通过分田到户，国家或集体得以从生产组织中撤离，免除原来组织、管理生产所需的相应投资，先前由国家承担的一些责任则被卸给农民自己来背负。劳动生产水平的下降还仅是表面的现象，在更深的层面上，责任制对个人利益原则的引进，有力地瓦解了社会主义农村的社会结构方式以及相应的生活方式和伦理道德准则。在以前,公社、大队、生产队、家庭形成了一个井然有序的层级结构,劳动和分配都由集体组织和控制,个人、家庭与集体之间存在着紧密的依附关系,而在实行包产到户的责任制以后,生产完全成了农户个人的事情,集体组织已基本瘫痪,丧失了以前的多种功能,多少年积聚起来的集体资产也以各种方式在不断流失。家庭尤其是核心家庭取代了以前的生产队成为农村社会的基本组织单位,这种结构性变化的一个直接后果是农村公共生活的日渐萎缩,邻里之间的串门聊天似乎成了唯一的公共生活形式。发展到今天,搓麻将成了许多地区的农民唯一的公共娱乐形式,在集体退场的情况下,公共生活的贫瘠化是一个必然的结果。而打麻将作为一种把娱乐和逐利完美结合在一起的娱乐形式上升为农村中主导的消闲娱乐形式,似乎也是一个合乎逻辑的发展。利益至上的原则渗透到农村生活的一切领域,生产、休息、娱乐、交往,无一不蜷伏在其笼罩之下,这种变化之巨大远远超出了当年人们的想象。

当几乎所有人都在为承包责任制大唱赞歌的时候,张炜却敏锐地抓住了这一制度变化给农村生活带来的消极影响。在时隔二十年后的今天,当我们目睹农村公共生活被彻底摧毁的荒凉景象时,就更能体会到张炜当年的忧虑的沉重分量了。

三

在对张炜的各种批评中,火力最猛的莫过于对其道德理想主义或道德乌托邦的质疑，有不少人甚至认定他是反现代的，是站在落后的农业文化立场上的文化保守主义者。道德问题确实一直是张炜创作的一个核心，他对现实的否定也往往是从道德的角度出发的，但应注意到张炜对道德问题的关注，是因为他敏锐地觉察到在推进改革的过程中，利益至上的原则一跃成为社会生活中支配一切的首要原则，导致了社会道德的窳败。现代文明社会不等于是一个唯利是图的社会，也不等于是一个可以肆意破坏自然生态的社会，张炜所要反对、所要谴责的是唯利是图的市侩哲学，以及在它支配下所衍生的对自然的掠夺性破坏。即使他从传统思想道德那里汲取了不少精神资源，但他对现实的批判仍然立足于当下，是对一切"伪现代"的揭穿和清理，这样一种正当的立场怎么能简单地说成是反现代的呢？所以，对张炜的道德关怀的任何探讨都必须放在具体的历史语境中，不能在"现代—前现代""工业文明—农业文明"的二元框架里面作抽象的辨析。

还是回到张炜的创作。在其早期作品里，张炜热情地讴歌了芦青河两岸乡村的纯美人情，但我们是不是也能觉察到在他的歌声里隐隐流露了一丝忧虑和不安呢？答案是肯定的。在《一潭清水》里，徐宝册、老六哥这两个看瓜人和孤儿瓜魔本来关系很融洽，瓜魔隔两天来一趟，帮着给瓜浇水、打冒权，还带来自己捉的小鱼，两位看瓜老人总是宽厚地让他放开肚皮把西瓜吃个饱。在承包瓜田后，老六哥对瓜魔的态度发生了变化，他开始觉得瓜魔是一个令人讨厌的不正经孩子，而真正的原因却无非是嫌瓜魔太能吃西瓜了，他看着心疼得慌。老少三人之间的关系本来像一潭清水，而如今这一潭清水却不再清澈了。是什么搅浑了这"一潭清水"呢？显然是人的利欲之心。原来瓜是生产队的，所以老六哥不心疼，而承包后那一个个瓜可就等于是自己口袋里的钱了，这时候老六哥可就舍不得了。老六哥的反应自然也是正当的，以前受穷，现在眼看着有致富的希望了，对寄托着自己希望的瓜当然就多了一份珍惜。但从这前后变化中，我们又不难看出个人利益原则伴随着责任制的推行在农民心中渐渐占据了上风，他们开始更多地考虑自身的利益，并从这一角度出发来重新衡量并调整与他人的关系。这种变化对原来相对简朴的人际关系以及道德伦理观念产生了不小的冲击。自私自利、以邻为壑的现象开始冒头。为抢夺灌溉用水，黄鲶婆把分配给别人烟田的水偷偷地引到自家烟田里（《女巫黄鲶婆的故事》），颜凤启在发生水涝的时候把自家田里的水排到别人的地里（《红麻》），这在以前是比较少见的。当个体利益成为处理人际关系的首要原则时，不仅是邻里之间的关系，甚至连家庭内部的关系也遭到破坏。《达达媳妇》里那位俊俏的弟媳会为了一个小小的米斗或是一块瓷盘而与婆婆争吵，把婆婆气得病倒在床。

　　农村社会道德水平的下降当然不能完全归因于责任制的推行。在实行承包责任制之前的乡村也未必是民风淳朴的桃花源，而是同样存在损人利己甚至不惜残害别人的丑恶现象，这在同一时期的许多文学作品尤其是"伤痕文学"中都有大量的揭露。张炜自然也清醒地认识到了这一点，在稍后的《秋天的愤怒》等作品（尤其是《古船》）中，他把批判、反思的视角扩展到了整个社会主义农业合作化时期。但不可否认的是，责任制对个体利益原则的引入使农村社会的道德问题有扩散化、严重化的趋势。在集体化时代，普遍化的贫穷减少了因利益争夺而引发纠纷的可能性，农村社会中的道德危机主要是由一轮轮的政治运动所引发的，人们为求自保而不敢挺身而出、伸张正义，甚至不惜打击、陷害他人。这是迫于外部强大政治压力而导致的道德沦丧。在推行责任制后，农村中产生的矛盾、纠纷的国家政治色彩相对减弱了，它们通常发生在日常生活领域，而且多半是由利益冲突引起的。一方面是农民家庭之间以及家庭内部的矛盾在日益利益化、日常生活化，另一方面是普通农民与乡村基层干部之间因资源分配而引起的矛盾变得更加尖锐化，这后一个方面所触及的其实已不单是道德问题了。

在乡村社会秩序的建构中，乡村权威向来有着极重要的位置。在传统的乡村社会中，乡村权威主要是依托于宗族的家族权威。到了二十世纪，随着国家政权力量进入乡村，国家权威日益强大。一九四九年以后逐渐推进农业合作化，直至建立人民公社制度，终于完成了国家对乡村的完全控制。在政社合一的人民公社阶段，乡村权威是那些代表国家政权的基层干部⑥，尽管他们也常常利用手中掌握的权力捞取个人好处，但由于社会主义公有制度的束缚，把公共政治权力转化为私有经济资源多半只能是隐蔽的。而在推行土地承包责任制后，随着农户私人利益的合法化，一些乡村基层干部开始肆无忌惮地利用所掌握的权力谋取私利，胡作非为。

对实行责任制后乡村中出现的这种新的权力寻租现象，张炜一直很重视。《猎伴》里就已触及分责任田的公平问题，在后来的《红麻》中这个问题被挑得更加明了，跟队长搞好关系的就能分到好地，关系疏远的老实人则吃亏。《秋天的思索》和《秋天的愤怒》以及《泥土的声音》

是揭露这一问题最有力的三篇作品。《秋天的愤怒》里面的肖万昌是一个塑造得相当有深度的人物,他自信、沉稳、冷静,留着令乡下人望而生畏的背头,而且梳理得一丝不乱,干净的衬衫下端利落地扎在灰色的裤子里,显得干练有生气。在乡村中他是那种一眼就可看出的与众不同的人物。肖万昌在村子里当了三十多年干部,与胡作非为的民兵连长勾结在一块,始终牢牢地把持着村子的权力,招工、分红、参军、出夫都由肖万昌一伙决定,甚至娶媳妇都得受他们干涉。在人民公社时代,权力还不能给肖万昌们带来太多的利益,这一方面是因为村子本身穷,榨不出油水来,另一方面是集体所有制的体制约束令他们无法明目张胆地侵吞集体资产。实行承包责任制终于让肖万昌们获得了捞一票的机会,用肖万昌的话说是为集体干了几十年,现在终于可以为自己着想了。他们明目张胆地以承包的形式把集体资产化为己有,集体办的工副业,如粉坊、果园、榨油厂等,都被肖万昌之流以极低的承包额抓在手中,无权无势的普通农民则完全被剥夺了理应享有的权益,不仅如此,甚至在化肥和灌溉用水的调配上,他们都要受制于肖万昌之流。在《秋天的愤怒》里,我们可以看到农村基层政权组织是如何冠冕堂皇地打着承包责任制的旗号,把集体资产据为己有的,这样的基层组织已完全蜕变成鱼肉乡里的利益集团。《秋天的思索》里面的王三江虽不如肖万昌那么沉稳、冷静,但他却将粗俗和狡诈完美地结合在一起。在承包葡萄园的第一年,王三江不顾共同承包的三十六户的利益,自作主张地把收入的大部分上交集体,王三江借此笼络了上级领导,从而得以长期霸占葡萄园的承包权。葡萄园年年丰收,王三江利用关系以次充好地卖了好价钱,三十六户却没有得到多少实惠,只能眼看着规模小得多的河西葡萄园的农户纷纷盖起了新屋,自己却还只能蜷缩在草窝窝里。他们明知自己的劳动所得是被王三江中饱私囊了,却无力改变这种现状,因为他们知道如果没有王三江来当承包领头人,就会碰上许多麻烦事,紧俏的农药会买不到,和酒厂、果品公司的关系就不会那么铁,卖不到那样的大价钱,所以只好忍气吞声。王三江之所以能够横行无阻,是因为他有门路、有关系,而这些门路、关系是他当生产大队长时用集体资产铺出来的。虽然他已不再是大队长,但作为承包领头人,他仍可以作威作福、横行乡里。在这里,我们看到的是权力转变的另一种形式,政治权力先转变为社会资本,再转为经济资本,而经济资本又反过来更强化了权力和资本的拥有者在社会中的强势地位。

正是由于肖万昌、王三江之流的农村基层干部借着责任制的堂皇旗号,"名正言顺"地以权谋私,普通农民对责任制产生了抵触的情绪。在《泥土的声音》里,陆明的老家艾子口推行责任制遇到了阻力,县里派他来解决难题。陆明上任后,却意外地发现艾子口的责任制实际上搞得最早也最彻底。在全体社员会上,社员们先是举手表示赞成责任制,接着却又举手反对责任制。他们赞成责任制是因为以后不用再混在一起吃大锅饭,大家凭力气过日子,这公平!但真实行责任制了,得好处的却还是那些干部,集体的资产被变卖了,村里的工副业也都被包给村干部的亲戚朋友了,工副业倒名正言顺地成了干部们的钱柜子!一般庄稼人还是只能出苦力死抠责任田。像这样的责任制,他们又怎能不反对?农民们希望按照公平的原则推行责任制,这要求并不算高,但以个体利益为驱动力的农村改革却并没有充分考虑到公平的原则,无权无势的普通庄稼人的利益无法得到保障。

揭露农村推行承包责任制过程中的种种弊端,这是张炜早期小说的一大贡献。当同时代的许多作家还在讴歌农村改革带来的新气象时,张炜却看到了这表面繁荣背后的危机。但我们也看到,张炜虽然不乏批判的锋芒,但他在骨子里却还是个浪漫主义者,他似乎没有充分认识到这些层出不穷的问题在根本上是由体制转变所引起的。农村改革的首要目标就是打破大锅饭,这实际上是要拆解原来以"社—队"为基本结构的利益共同体,以原子化的单干家庭取而代之,这实际上是传统小农经济的死灰复燃。中国小农经济的传统非常悠久,而且顽固。从五十年代开始的社会主义农村改造虽然取得了一定成效,通过政权力量建立了人民公社制度,但其基础却并不牢固,分地单干的梦想在农民的心中始终没有彻底泯灭⑦。十一届三中全会后,国家顺应农民的要求,大规模推行承包责任制,冀图通过利益刺激来调动农民的生产积极性。但是这种制度大变革来得却不免仓促了点,没有制定完整周密的配套制度,而且完全不顾各地的具体情况强行搞一刀切,其结果是农村集体资产及相关资源被少数掌权者瓜分、霸占,普通农民的合法权益遭到剥夺。这决定了农村改革的起点是不公平的,也为农村社会以后的发展埋下了隐忧。在缺乏健全的制度约束的情况下,人的私欲便会极度膨胀,手中握有权力资源的人更是肆无忌惮,为所欲为,而那些被严重不公所伤害的农民则会被逼迫着采用极端的手段来伺机报复。《秋天的愤怒》里的荒荒,就把对肖万昌的不满和仇恨发泄到了肖万昌的女婿李芒头上,砍掉了他责任田里的烟叶。小农经济的狭隘性，尤其是农村改革在起点上的不公平，严重损害了农村社会的道德诚信，致使农村社会的道德水准逐渐下降。

要解决农村社会的"道德"危机，显然得从根本上完善制度的建设，建立起公正的制度平台，使每一个农民的正当、合法的权益得到切实的保障。张炜对此似无充分的认识，或者在他看来制度建设仍然是不够彻底的解决方案？总之，他最终还是转向了道德重建的路途。在《秋天的思考》《秋天的愤怒》中，老得、李芒是依靠个人内心强大的道德感、正义感来与农村恶势力斗争的，尽管他们最后都取得了一定的胜利，但是这种斗争方式却不具备普遍的可操作性，因为它有待于具有强大人格力量的个体的出现，没有这样的个体，也就发动不起有效的斗争。可在农村中，像李芒、老得这样的人毕竟是极少数。在《秋天的愤怒》等作品中所表现出来的这种依靠个体的道德正义感来进行斗争的思路在张炜以后的创作中有更进一步的发展。在《古船》中，他把道德正义的思想资源延伸到儒、道等中国传统思想以及马克思主义那里，在《九月寓言》《柏慧》《家族》等作品中，更是把资源的触角伸展到"民间"甚至家族血缘那里。随着时间的推移，张炜对"道德理想主义"的追求显得愈加执着，这与其说是他的思考变得更成熟了，倒不如说是因为中国社会的道德危机变得愈发严峻，迫使他不得不上下求索，冀望从各种思想资源中汲取养分，以实现其重建美好道德的宏愿。在此意义上，尽管张炜的理想主义不免显得苍白无力，所开出的"道德"药方也决非什么对症的良药，但我们还是应看到他的"道德理想主义"乃是对现实危机的一种回应方式，其所拥有的批判力量是不容抹煞的。

迄今为止，人们对张炜的研究大多集中在《古船》及其后的一系列长篇作品。而我却更珍惜张炜早期的中短篇小说，尽管这些作品在思想表现的广度和深度上都无法与后来的长篇相比。这种偏爱并非因为张炜给我们描绘了一个更美好的充满诗情画意的田园社会，而是因为他以敏锐的笔触描出了阳光下的阴影，并彰显了八十年代启蒙主义话语内部的思想短路。当"解放"的启蒙话语甚嚣尘上之时，鲜有人注意到这些"解放"所挟带的种种负面影响，以及给农村社会的未来发展所种下的祸根。在今天，中国农村已陷入到深重的危机之中，自然环境急剧恶化，道德水准也大幅下降，广袤的中国农村大地将再一次陷入到寒冷、萧条之中。此时重读张炜的早期作品，怎能不令人在惊回首的同时感受到一种悲凉和沉痛呢？

二〇〇五年二月改定于上海高校都市文化 E- 研究所

注 释

(1) 这类批评可参见：贺仲明《否定中的溃退与背离：八十年代精神之一种嬗变——以张炜为例》《文艺争鸣》2000年第3期；陶东风《道德理想主义与转型期中国文化》，《原道》第三辑；刘圣红、黄威《挽歌与乡愁——试论张炜的道德理想》，《成都大学学报》（社科版）1999年第3期。

(2) 摩罗：《张炜：灵魂搏斗的抛物线》，收入陈娟（主编）：《记忆和幻想——中国新时期小说主潮》，上海文艺出版社2000年版。

(3) 同上注。

(4) 实行责任制后，中国农村水利设施被严重毁损的现象非常普遍。在河南驻马店地区，六七十年代建成的自流灌溉系统被沿渠农户挖得千疮百孔，致使原来好端端的高产水稻区如今变成了小麦、玉米产区。参见曹锦清《黄河边的中国》，上海文艺出版社2000年版，第624—625页。

(5) 粮食的增产不能仅仅归功于制度的变革和农民劳动积极性的提高，70年代的农田整治和水利建设，种子技术的进步，以及化肥的大量使用，都是不可忽略的重要因素。

(6) 在社会主义时期，乡村中的家族权威在一波又一波的政治运动冲击下已遭到极大削弱，但国家权威与家族权威并非是完全对立的，在某些宗族力量强大的农村社区，国家权威需要借助家族权威的力量建立起来，并藉以贯彻执行国家的政令法规。在这些地方，上述两种权威紧密结合在一起，而集这两种权威于一身的人物是乡村社会事实上的统治者。《古船》中的赵炳即是这样的人物，这也是他为何能历经多次政治运动而始终屹立不倒的根本原因所在。

(7) 在承包责任制的滥觞地安徽省，早在1961年就曾推行过一段时期的"责任田"制度，1962年初因受到中央批评而停止。但在安徽的某些偏僻山村，"责任田"制度却一直被偷偷摸摸地保存了下来。参见《起点——中国农村改革发端纪实》，安徽教育出版社1997年版。

图书在版编目（CIP）数据

草楼铺之歌/张炜著．—济南：山东教育出版社，
2016
　（张炜文存）
　ISBN 978-7-5328-9251-8

Ⅰ．①草… Ⅱ．①张… Ⅲ．①短篇小说—小说集—中国—当代 Ⅳ．① I247.7

中国版本图书馆CIP数据核字（2015）第314324号

总 策 划：刘东杰
出版统筹：祝　丽
特邀编辑：马　兵
责任编辑：苏文静　张彤彤
装帧设计：王承利　宋晓军
手稿摄影：曹清雅

张炜文存
草楼铺之歌

张炜著

主　管：山东出版传媒股份有限公司
出版者：山东教育出版社
　　　　（济南市纬一路321号　邮编：250001）
电　话：（0531）82092664　传真：（0531）82092625
网　址：sjs.com.cn
发行者：山东教育出版社
印　刷：济南精致印务有限公司
版　次：2016年3月第1版　2016年3月第1次印刷
规　格：720mm×1092mm　16开本
印　张：45.5 印张
字　数：526千字
书　号：ISBN 978-7-5328-9251-8
定　价：88.00元

（如印装质量有问题，请与印刷厂联系调换）印厂电话：0531-88783898